EINE KOSTBARE AFFÄRE

Über die Autorin:

Katie Fforde lebt mit ihrer Familie in Gloucestershire und hat bislang 15 Romane veröffentlicht, die in England allesamt Bestseller waren. Wenn sie gerade mal nicht schreibt, hält sie sich mit Gesang, Flamencotanz und Huskyrennen fit.

Katie Fforde

Eine kostbare Affäre

ROMAN

Aus dem Englischen von
Michaela Link

Weltbild

Die englische Originalausgabe erschien 2005 unter dem Titel *Flora's Lot* bei Katie Fforde.

Besuchen Sie uns im Internet:
www.weltbild.de

Genehmigte Lizenzausgabe für Verlagsgruppe Weltbild GmbH,
Steinerne Furt, 86167 Augsburg

Übersetzung: Michaela Link
Umschlaggestaltung: Johannes Frick, Neusäß/Augsburg
Umschlagmotiv: mauritius images, Mittenwald (© Alamy)
Gesamtherstellung: CPI Moravia Books s.r.o., Pohorelice
Printed in the EU
ISBN 978-3-86365-109-1

2015 2014 2013 2012
Die letzte Jahreszahl gibt die aktuelle Lizenzausgabe an.

Für die Thameshead Singers,
vor allem aber für die subversiven Zweiten Soprane.
Danke, dass ihr mich aufgenommen habt.

Dank

Das Buch wäre ohne folgende Menschen nicht möglich gewesen. Ihr wisst selbst, was Ihr für mich getan habt, und ich danke Euch dafür:

Chris und Jean Arnison, Lindsey Braune, Elizabeth Poole, Paul Wakeman, Catriona Aspray und der ganzen Mannschaft der Cotswold Auction Company. Elizabeth Lindsay und Cheryl Gibson, den Experten für Trödelmärkte.

Bei Random House in ungeordneter Reihenfolge Kate Elton, Georgina Hawtrey-Woore, Charlotte Bush, Justine Taylor, dem wundervollen Verkaufsteam, Mike Morgan und allen anderen, die dafür sorgen, dass es die reine Freude ist, von Random Haus verlegt zu werden.

Richenda Todd, die wie immer eine peinlich genaue und einfühlsame Lektorin war und ihr Gewicht in Rubinen wert ist.

Sarah Molloy, Sara Fisher und dem Rest der Belegschaft von A. M. Heath, die sich als freundlich, hilfsbereit und in bester Weise geldgierig erwiesen haben!

Und zum Schluss meiner Familie, die mich inspiriert, unterstützt und (manchmal) auf dem rechten Weg hält.

Kapitel 1

Aus der Plastikkiste zu ihren Füßen kam ein kläglicher Laut, und Flora riskierte einen ängstlichen Blick nach unten. Bekam Imelda gerade ihre Kätzchen, oder jammerte sie nur, weil sie an einem heißen Sommertag in einem Katzenkäfig eingesperrt war?

»Nicht jetzt, Süße, bitte!«, flehte Flora mit zusammengebissenen Zähnen. »Halt einfach durch, bis ich diese Sitzung hinter mich gebracht habe. Dann suche ich dir eine hübsche Frühstückspension, in der die Leute Katzen mögen.«

Im klaren Bewusstsein ihrer eigenen Ohnmacht in dieser Angelegenheit nahm Flora den Käfig mit der greinenden Imelda in die Linke, hängte sich ihre Handtasche über die Schulter, schnappte sich ihre Reisetasche und taumelte die Treppe hinauf. Ein ganz klein wenig bereute sie es, ihre neuen Schuhe angezogen zu haben. Sie waren einfach gottvoll hübsch, mit einer himmlischen, falschen Pfingstrose zwischen den Zehen, aber sie waren nicht eingelaufen und daher mörderisch unbequem. Da sie nicht dazu neigte, Schönheit der Bequemlichkeit unterzuordnen, ignorierte Flora die ersten sich bildenden Blasen, stellte oben auf dem Treppenabsatz ihre Reisetasche wieder ab und drückte auf den Klingelknopf. Der Anblick ihres eigenen Nachnamens auf dem Messingschild darüber elektrisierte sie auf seltsame Weise. Die Familienfirma, und sie stand im Begriff, dieser Firma beizutreten.

Die Tür wurde von einer hochgewachsenen Frau geöffnet, die eine Menge Dunkelblau trug. Sie war ein wenig älter als Flora und verströmte eine Nüchternheit, die in Flora unausweichlich den Gedanken an Pfadfinderinnen heraufbeschwor. Meine Schuhe mögen nicht ganz passend sein, überlegte Flora, um sich ein wenig Mut zu machen, aber Dunkelblau ist bei dieser Hitze auch nicht gerade angemessen. Unter anderen Umständen hätte es sie in allen Fingern gejuckt, der Dame einen Vortrag in Sachen Mode zu halten.

»Hallo«, sagte die Frau mit einem professionellen Lächeln, »Sie müssen Flora sein. Kommen Sie doch herein. Wir freuen uns ja so darauf, Sie kennenzulernen. Besonders Charles.«

Flora lächelte ebenfalls. »Ich hoffe, es macht Ihnen nichts aus, aber ich habe meine Katze mitgebracht. Ich kann sie bei dieser Hitze nicht im Wagen lassen. Abgesehen von allem anderen ist sie auch noch hochträchtig.«

Eine kleine Falte erschien zwischen den Augenbrauen der Frau, während sie nun den Blick auf den Tragekorb senkte. »Oh, hm, nun … nein, für eine kurze Zeit wird es wohl gehen. Obwohl ich schrecklich allergisch bin, fürchte ich.«

»Ach herrje. Ich könnte sie wohl draußen vor der Tür lassen …« Flora biss sich auf die Unterlippe, um anzudeuten, dass sie sich in Wahrheit keinen anderen Platz für Imelda vorstellen konnte als den direkt zu ihren Füßen. »Aber sie könnte jeden Moment ihre Kätzchen zur Welt bringen.«

»Sie kommen am besten erst einmal rein«, meinte die Frau, deren professionelles Gehabe langsam ins Wanken geriet. »Wir sind hier drin.« Sie öffnete die Tür zu einem Raum, der fast zur Gänze von einem Tisch mit mehreren leeren Stühlen darum ausgefüllt wurde.

Die einzige Person in dem Raum, ein hochgewachsener, auf konventionelle Weise gut aussehender Mann in einem dunklen Anzug und mit einer sehr konservativen Krawatte, stand auf. Offensichtlich Charles, ihr Vetter fünfzehnmillionsten Grades.

Nicht sehr vielversprechend. Flora verließ sich ganz auf ihren Charme, um sich den Weg durchs Leben zu erleichtern, und sie hatte gelernt, die wenigen Menschen, bei denen das nicht funktionierte, sehr schnell zu erkennen. Er war ein klassisches Beispiel, das spürte sie sofort; er hatte nicht viel übrig für Frauen mit hübschen Schuhen, fast schulterfreien Kleidern und witzigem Schmuck. Er mochte vernünftige Frauen, die Sportschuhe oder schlichte Lederpumps mit mittelhohen Absätzen trugen. Seine Vorstellung von gutem Geschmack war eine einreihige echte Perlenkette mit dazupassenden Ohrringen und vielleicht – zu besonderen Anlässen – ein Armreif.

Die Frau, die sie hereingeführt hatte (und all diese Zeichen eines angemessenen Bekleidungsstils aufwies), berührte ihn am Arm und erklärte: »Darling, das ist Flora.« Flora war nicht im Mindesten überrascht, einen Verlobungsring aus Diamanten und Saphiren an ihrer linken Hand zu entdecken. Die beiden waren das ideale Provinzpaar.

»Flora«, sagte Charles und hielt ihr die Hand hin. »Wie nett, Sie nach all diesen Jahren einmal kennenzulernen.« Er klang ganz und gar nicht erfreut.

»Hm.« Flora schüttelte ihm die Hand, lächelte und nickte; auch sie war nicht erfreut. Sie hatte ihr Leben vollkommen umorganisiert, um sich dem Familiengeschäft anzuschließen, und jetzt wurde ihr klar, dass ihre Nachforschungen sehr zu wünschen übrig ließen. Charles und seine würdige, konventionell gekleidete Verlobte wollten sie nicht haben, sie war hier nicht willkommen, und ihre Zeit in der Provinz konnte sich als grauenhaft langweilig entpuppen. Trotzdem, sie hatte sich ihr Bett gemacht, und nun würde sie darin liegen müssen – zumindest bis der Vertrag auslief, mit dem sie ihre Londoner Wohnung untervermietet hatte. »Ich freue mich auch sehr, Sie beide kennenzulernen. Ich begreife einfach nicht, warum wir uns nicht schon früher begegnet sind.«

»Sie haben einen großen Teil Ihrer Kindheit und Jugend außerhalb des Landes verbracht«, erwiderte er nüchtern, als könnte sie das vielleicht vergessen haben.

»Ja, das erklärt es wohl. Wir haben jedenfalls eine Menge Familienhochzeiten verpasst.« Sie lächelte. »Obwohl ich die nächste vielleicht nicht verpassen werde?«

»Oh ja, habt ihr beiden euch bekannt gemacht? Das ist Annabelle, Annabelle Stapleton. Meine Verlobte und möglicherweise auch meine zukünftige Geschäftspartnerin.« Sein Lächeln, wenn auch förmlich, bewies zumindest, dass er sich die Zähne putzte, und das war immerhin etwas.

»Wie hübsch«, meinte Flora und wünschte, sie hätte mehr Erkundigungen über das Geschäft eingezogen, bevor sie diesem netten Mann gesagt hatte, dass er selbstverständlich ihre Wohnung für mindestens sechs Monate mieten könne, weil sie sie ohnehin nicht benötigen würde.

»Ja«, pflichtete Charles ihr bei. »Und nun lasst uns Platz nehmen und über Ihre Rolle bei *Stanza und Stanza* reden.«

»Möchte vielleicht irgendjemand zuerst ein Glas Wasser?«, fragte Annabelle.

»Oh ja, bitte«, antwortete Flora. »Und könnte ich auch ein klein wenig für Imelda haben? In der Box? Ich muss ohnehin nach ihr sehen.« Flora schenkte ihrem entfernten Cousin ihr reizvollstes Lächeln, ein letzter, verzweifelter Versuch, ihn auf ihre Seite zu ziehen. »Ich hätte sie nicht mitgebracht, wenn es eine Alternative gegeben hätte, das versichere ich Ihnen.«

»Das ist kein Problem«, entgegnete Charles glatt, und es gelang ihm beinahe (aber eben nicht ganz), seine Ungeduld zu verbergen. Als schließlich das Wasser verteilt und die Katze versorgt war, sagte er: »Eines wüsste ich gern, Flora, und ich hoffe, Sie betrachten diese Frage nicht als Unhöflichkeit – wie viel verstehen Sie denn nun wirklich von Antiquitäten und dem Auktionsgeschäft?«

Flora nahm noch einen Schluck Wasser. »Na ja, diese Dinge schnappt man doch so nebenbei auf, oder?«

»Tut man das?«, fragte Charles, dessen Augen unter den skeptischen Brauen das Graublau der winterlich kalten Nordsee zeigten.

»Hm, ja.« Flora versuchte, sich auf eine passende Phrase zu besinnen, um den Anschein zu erwecken, als wüsste sie mehr, als es der Fall war. Denn ihre Kenntnisse hatte sie sich erst in jüngster Zeit durch den reichlich hektischen Konsum verschiedener Fernsehsendungen zu dem Thema erworben. »Natürlich«, erklärte sie lässig, »verstehe ich, da ich einen so großen Teil meiner Jugend in Europa zugebracht habe, nicht sehr viel von englischen Möbeln.«

»Aber Sie sind bestimmt mit diesen prächtigen Keramiken gut vertraut«, bemerkte Annabelle. »Ich liebe Keramiken.«

Nur für einen kurzen Moment war Flora unsicher, was Keramiken eigentlich waren. »Ah, Sie meinen Porzellan und solches Zeug? Ja, das liebe ich auch. Ich sammle Teekannen, komische Teekannen, verstehen Sie?«

Charles zuckte sichtlich zusammen. »Ich denke, wir sollten besser weitermachen. Also …« Er schlug einen Aktenordner auf und nahm einen Stapel Papiere heraus. Er war nicht der Typ Mann, der bei seinem Papierkram etwas anbrennen ließ. Das sah man ihm förmlich an. Er war ein Sortierer und Ordnungsfanatiker.

»Also«, begann er, »unser beiderseitiger Großonkel hat die Dinge etwas ungeschickt geregelt.«

»Ach ja?«, gab Flora zurück. »Ich fand die Dinge eigentlich recht klar geregelt. Sie hatten bereits neunundvierzig Prozent von Ihrem Vater geerbt, und mir sind mit Onkel Clodios Tod die restlichen einundfünfzig Prozent zugefallen. Die Dinge sind also so klar wie Fensterglas aus dem sechzehnten Jahrhundert oder etwas in der Art. Obwohl mir bewusst ist, dass man normalerweise wohl kaum erwartet hätte, dass ich etwas erben würde«, fügte sie zum Trost hinzu.

»Ja«, erklärte Charles, der sich keine Mühe mehr machte, seine Verärgerung zu verbergen. »Doch es bleibt eine ungeschickte Regelung. Ihnen gehört mehr als mir. Und Sie wissen nichts über das Geschäft, während ich dieses Auktionshaus mehr oder weniger mein Leben lang geleitet habe.«

»Hm, ich werde natürlich nicht hier hereingefegt kommen und gewaltige Veränderungen vornehmen!« Flora machte eine weit ausholende Bewegung mit den Armen. »Ich möchte etwas über das Geschäft lernen, an dem ich beteiligt bin.«

Charles und Annabelle tauschten einen fragenden Blick. »Das ist sehr ermutigend«, entgegnete Charles wachsam, »aber damit ist die Sache noch nicht ganz geregelt. Ich kann nicht zulassen, dass Sie mehr Aktien halten als ich. Das ergibt keinen Sinn, wie immer man es auch betrachtet.«

Die Katze schrie – möglicherweise, um sich mit Charles solidarisch zu erklären.

»Entschuldigung, ich muss mal kurz nachsehen. Für den Fall, dass es so weit ist.«

»So weit?«

»Dass die Kätzchen kommen. Es ist nämlich ihr erster Wurf, und die Kätzchen können innerhalb einer halben Stunde da sein, wenn es erst mal losgeht. Ich habe alles darüber gelesen.«

Während Flora sich mit der Katze beschäftigte, dachte sie über ihre eigene Situation nach. Sie war hier offensichtlich höchst unwillkommen, und Charles war grässlich. Was eine Schande war – normalerweise entwickelte sie kaum je eine Abneigung gegen jemanden. Wahrscheinlich war sie gut beraten, sich einen Plan B zurechtzulegen. Es würde bestimmt keinen Spaß machen, in der tiefsten Provinz bei zwei Menschen zu leben, denen ihre Anwesenheit offenkundig ein Gräuel war. »Wenn du nicht wärst, Imelda«, flüsterte sie unhörbar, »würde ich mich hier jetzt sofort aus dem Staub machen.«

»Eins wüsste ich gern«, bemerkte Charles, als Flora sich auf ihrem unbequemen Stuhl wieder aufgerichtet hatte. »Was genau erhoffen Sie sich von Ihrem Besuch hier?« Die graublauen Augen waren durchdringend und tatsächlich so kalt wie die Nordsee. Flora fühlte sich wie bei einem Vorstellungsgespräch für einen Job, für den sie keinerlei Qualifikationen mitbrachte – was ja in gewisser Weise auch zutraf. Mit Mühe rief sie sich ins Gedächtnis, dass sie, zumindest theoretisch, mehr zu sagen hatte als Charles.

Sie atmete tief durch und ließ sich von Imeldas Heulen nicht ablenken. »Im Gegensatz zu Ihnen bin ich nicht in diesem Geschäft groß geworden, aber ich habe natürlich davon gewusst. Ich habe, wie gesagt, nicht mit einem Erbe gerechnet. Als Niccolò damals bei diesem Autounfall ums Leben kam, war das ja ein furchtbarer Schock für alle, und niemand hat zu dem Zeitpunkt darüber nachgedacht, wer einmal an seiner Stelle erben würde. Ich bin jedenfalls nie auf die Idee gekommen, dass Onkel Clodio – kannten Sie ihn übrigens, er war ein reizender Mensch – mir etwas hinterlassen würde.«

»Nein. Ich habe ihn nicht gekannt.«

»Nickis Tod hat ihm das Herz gebrochen.«

»Es muss schrecklich gewesen sein«, murmelte Annabelle.

»Wir – meine Eltern und ich – waren also vollkommen überrascht, als wir erfuhren, wie er die Dinge geregelt hat.«

»Dann spreche ich Sie von dem Verdacht frei, dass Sie ihn auf dem Totenbett gezwungen haben, sein Testament zu ändern«, erwiderte Charles trocken. »Aber das macht unsere Situation nicht weniger schwierig. Theoretisch könnten Sie hier auftauchen und alles auf den Kopf stellen.«

Flora lächelte. »Ja, das könnte ich, nicht wahr?«

»Sie werden es natürlich nicht tun«, informierte Charles sie energisch. »Aber es wäre viel besser, wenn wir die Dinge anders arrangieren könnten.«

»Und wie sollte das aussehen?«, fragte Flora, die spürte, dass die beiden bereits einen perfekten Plan geschmiedet hatten.

»Annabelle könnte drei Prozent Ihrer Anteile kaufen, sodass ich ein Prozent mehr hätte als Sie. Was eingedenk der Tatsache, dass ich der Seniorpartner bin, nur recht und billig wäre.«

»Und Annabelle würde drei Prozent der Anteile halten?«

»Ja.«

»Und Sie beide wollen heiraten, sodass Sie gemeinsam verfahren könnten, wie Sie wollen?«

»Ja, aber Sie hätten immer noch achtundvierzig Prozent der Anteile, was Ihnen eine hübsche Summe einbringen würde, wenn wir Gewinn machen.«

»Was im Augenblick nicht der Fall ist?« Tatsächlich wusste Flora, dass die Geschäfte nicht allzu gut liefen. Sie und ihr Vater hatten ausführlich darüber gesprochen, doch Charles war so pedantisch und tyrannisch, dass sie ihn dazu zwingen wollte, es auszusprechen.

»Im Augenblick nicht, nein«, gab Charles zu, »aber wir haben Pläne, wie sich das ändern ließe.«

»Oh, schön. Und jetzt haben Sie mich! Ich weiß natürlich nicht allzu viel über das Geschäft, doch ich bin lernfähig. Und zwei Köpfe sind besser als einer – oder sollte ich sagen, drei Köpfe sind besser als zwei?« Sie blickte zu Annabelle hinüber, die sich ziemlich unwohl in ihrer Haut zu fühlen schien.

Charles runzelte die Stirn. »*Haben* wir Sie, Flora? Ich hatte den Eindruck …« Wieder sah er fragend zu Annabelle hinüber, »… dass Sie nur zu Besuch hier sind.«

»Hm, ja, aber ich hatte die Absicht, länger zu bleiben. Mindestens sechs Monate. Um festzustellen, ob ich das Landleben ertragen kann – ich meine, ob ich es mögen kann.«

»Sechs Monate!«, rief Annabelle. »Aber wo wollen Sie wohnen?«

Flora hatte insgeheim gehofft, dass irgendjemand ihr ein Gästezimmer anbieten würde, zumindest für einige Tage. Da mit einem solchen Angebot offensichtlich nicht zu rechnen war, antwortete sie: »Vielleicht in einer netten kleinen Frühstückspension? Wo Katzen willkommen sind?«

»Flora, bevor wir uns ausführlich darüber unterhalten, wo Sie unterkommen werden – und ich bin davon überzeugt, dass Sie vorübergehend bei uns unterkommen könnten …«

»Nein, Charles!«, unterbrach ihn Annabelle. »Ich bin schrecklich allergisch gegen Katzen. Das musst du vergessen haben.«

»Tut mir leid, das hatte ich allerdings vergessen.« Einen Moment lang blickte er gequält drein. »Aber wie dem auch sei, stellen wir diese Überlegungen zunächst einmal hintan. Ich denke, ich habe mich vollkommen klar ausgedrückt. Es gibt in diesem Geschäft wirklich nichts für Sie zu tun. Es wird besser für uns sein – ich meine, für *Stanza und Stanza* – und unterm Strich auch für Sie, wenn Sie einfach drei Prozent Ihrer Anteile verkaufen …« Imelda begann von neuem zu schreien. »Machen Sie einen kurzen Urlaub hier, wenn es sein muss, und dann verschwinden Sie mitsamt Ihrer Katze wieder nach London.«

»Ah – hm«, sagte Flora, die nicht zugeben wollte, dass sie vorübergehend obdachlos war.

»Ihren Eltern gehört doch immer noch diese hübsche kleine Wohnung in Lancaster Gate?«

»Ja.«

»Und Sie wohnen dort?«

»Wenn ich in London bin, ja.« Und im Moment bin ich nicht in London, du Armleuchter, und ich habe die Wohnung mit einem geringfügigen Profit untervermietet, sodass ich meine Kreditkartenkonten wieder ausgleichen kann, fügte sie im Stillen hinzu. Nicht einmal Daumenschrauben hätten sie dazu bringen können, diese Dinge Charles gegenüber zuzugeben.

»Sie könnten also nach London zurückkehren?«, vergewisserte sich Annabelle.

»Ich hatte eigentlich vor, hierherzuziehen. Zumindest für den Augenblick. Um es mit bescheideneren Verhältnissen zu versuchen!«, fügte sie ungezwungen hinzu, obwohl sie sich ganz und gar nicht ungezwungen fühlte. »Gesundschrumpfen sozusagen. Das ist gerade schrecklich modern!«

»Aber wenn Sie mir die Anteile verkaufen würden, hätten Sie

eine Menge Geld zur Verfügung. Sie könnten eine andere Wohnung mieten und Ihre Konten ausgleichen«, entgegnete Annabelle, die ebenfalls graublaue Augen hatte und einen aufreizend geduldigen Tonfall anschlug.

Hexe!, dachte Flora. Sie weiß, dass ich knapp bei Kasse bin. Sie und Charles haben einander verdient. »Nun ja, so gesehen klingt Ihr Angebot ziemlich verführerisch. Ich werde mich natürlich mit meinem Vater beraten müssen. Obwohl ich offenkundig über einundzwanzig bin …«

»So offenkundig ist das nun auch wieder nicht«, murmelte Charles, was ihm einen ärgerlichen Blick von Annabelle eintrug.

»Allerdings bespreche ich solche Dinge für gewöhnlich mit ihm. Meine Eltern sind zurzeit nicht im Land, aber wir stehen ständig per Telefon oder E-Mail in Kontakt.«

»Gut«, antwortete Charles. »Er wird Ihnen sicher raten, Annabelles Angebot anzunehmen.«

»Möglicherweise – wenn er wüsste, wie hoch das Angebot ist«, gab Flora zurück und lächelte. »Haben Sie eine Summe im Sinn?«

»Zehntausend Pfund«, erwiderte Charles. »Das ist natürlich erheblich mehr, als die drei Prozent wert sind, aber wir wollen großzügig sein.«

»Das Angebot klingt tatsächlich großzügig«, erklärte Flora, die keine Ahnung hatte, ob das der Wahrheit entsprach oder nicht. »Haben Sie etwas dagegen, wenn ich darüber nachdenke?«

»Wie lange werden Sie dafür brauchen? Um sich mit Ihrem Vater in Verbindung zu setzen, das Ganze zu besprechen und so weiter?«, fragte Charles.

»Ein Besuch auf der Toilette wäre schon mal ein guter Anfang.« Flora hatte nicht nur das Bedürfnis, zur Toilette zu gehen, sie wollte sich auch kaltes Wasser über die Handgelenke laufen lassen, um den Kopf ein wenig freier zu bekommen. Es war heiß, und sie war müde. Sie wollte sich von diesem geschniegelten Paar mit den farbkoordinierten Augen nicht gegen ihren Willen in irgendetwas hineindrängen lassen.

»Selbstverständlich«, sagte Annabelle. »Tut mir leid, das hätte ich Ihnen gleich bei Ihrer Ankunft anbieten sollen. Wie dumm von mir!«

»Nein, das ist schon in Ordnung«, antwortete Flora großmütig.

»Folgen Sie mir«, bat Annabelle.

»Wenn Sie so lange ein Auge auf die Katze haben könnten?« Flora schenkte Charles ein liebenswürdiges Lächeln, wohlwissend, dass es ihn ärgern würde.

Flora trocknete sich in dem schäbigen Bad die Hände an dem kleinen Stück Handtuch ab, das ihr der Rollenautomat großzügigerweise zur Verfügung stellte. Scheußliche Seife, schlechtes Licht und billiges Klopapier, alles Dinge, die sie geändert hätte, wäre es ihr erlaubt gewesen. Der Gedanke, dass all ihre Pläne für ein Leben auf dem Land durchkreuzt worden waren, enttäuschte sie, aber mit zehntausend Pfund konnte sie ihre restlichen Kreditkartenrechnungen begleichen, eine Kaution hinterlegen und für einige Wochen die Miete in einer neuen Wohnung bezahlen. Oder sie konnte den Mieter in der Wohnung ihrer Eltern auszahlen.

Diese neuen Möglichkeiten hätten ihre Stimmung heben sollen, doch als sie den umgebauten Korridor, der jetzt die Damentoilette war, verließ, fühlte sie sich seltsam mutlos. Bevor sie in den Hauptflur zurückkehrte, vertrat ihr ein älterer Mann in einem braunen Kittel den Weg. »Entschuldigen Sie, sind Sie vielleicht Miss Stanza?«

»Ja.« Er hatte silbernes Haar und eine geschliffene Aussprache, aber das Hemd und die Krawatte unter dem Kittel wirkten ziemlich abgetragen.

»Mein Name ist Geoffrey Whiteread. Ich habe Ihren Großonkel noch gekannt – das liegt jetzt schon viele Jahre zurück. Ich bin der Chefporter.«

Flora geriet für einen Moment ins Schwimmen. »Der Mann, der bei den Auktionen die Sachen hochhält?«

Der Mann lächelte. »Hm, ja, obwohl ein bisschen mehr dazugehört als das.« Er sah sich eigenartig verstohlen um. »Die Situation ist ein wenig schwierig. Ich wollte mit Ihnen sprechen.«

Flora, die stets geneigt war, sich die Probleme anderer zu eigen zu machen, lächelte, obwohl ihr das Ganze ein wenig unheimlich erschien. »Schießen Sie los.« Der Mann wirkte freundlich und eine Spur beunruhigt.

In diesem Augenblick hörten sie, dass die Bürotür geöffnet wurde, und sie zuckten beide zusammen. »So bekommen wir zumindest etwas frische Luft«, hörten sie Charles sagen.

Der alte Mann runzelte die Stirn. »Hier können wir nicht reden«, flüsterte er. »Aber vielleicht könnten wir uns später irgendwo treffen? Es ist sehr wichtig, dass diese Annabelle keinen Zugriff auf das Geschäft bekommt.«

»Warum?«, gab Flora leise zurück.

Er bedeutete ihr, dass er sich im Moment nicht genauer dazu äußern könne. »Weil sie eine …« Er hielt inne. Offensichtlich war er drauf und dran gewesen, eine sehr unhöfliche Bemerkung über Annabelle zu machen, hatte seine Meinung jedoch wieder geändert. »Wir können hier nicht reden«, wiederholte er.

Durch die geöffnete Tür war Imeldas klägliches Miauen jetzt deutlich zu hören. »Ich sollte besser wieder reingehen«, meinte Flora. »Können Sie mir nicht jetzt schon irgendetwas erzählen?«

Der Mann schüttelte den Kopf. »Nein, nicht jetzt. Lassen Sie nur nicht zu, dass sie die Kontrolle über das Geschäft gewinnt. Sie ist ein wahrer Albtraum.« Flora, die befürchtete, dass man sie würde hören können, nickte und ging langsam auf die Tür zu. Offensichtlich war sie in eine Art Kriminalroman hineingeraten, und sie, Flora, würde diesen armen alten Mann vor der habgierigen Verlobten retten müssen.

»Sie ist ein absoluter Hohlkopf«, hörte sie die habgierige Verlobte sagen. »Aber ich gehe davon aus, dass sie das Geld nehmen wird. Ein Modegeschöpf wie sie wird sich wohl darauf stürzen.«

Modegeschöpf? Flora tauschte einen entrüsteten Blick mit Geoffrey, der das Gespräch mit dem gleichen Entsetzen verfolgte wie sie. Sie mochte Kleider, aber war sie deshalb ein Modegeschöpf?

Ein Kichern, das vermutlich von Charles kam, folgte diesen Worten. »Ja, sie ist offensichtlich eine echte Blondine.«

Flora kniff die Augen zusammen. »So echt nun auch wieder nicht«, raunte sie Geoffrey zu.

»Ich hätte mir nie träumen lassen, dass sie auf die Idee kommen könnte, sich hier häuslich einzurichten«, bemerkte Annabelle.

Flora war verwirrt. Sie hatte in ihrer E-Mail klipp und klar geschrieben, dass sie sich ein wenig Zeit lassen wolle, um das Geschäft zu erlernen. Ihrer Meinung nach hatte sie sich absolut unmissverständlich ausgedrückt.

»Ich muss sagen, ich hätte doch gedacht, dass selbst jemand wie sie das vorher erwähnt hätte. Ein solches Verhalten ist unhöflich, und es kommt höchst ungelegen.«

»Nun …« – das war wieder Annabelle – »es könnte sein, dass sie in einer E-Mail davon gesprochen hat. Ich habe einfach angenommen, dass sie sich nur mal eben umschauen und dann nach London zurückeilen würde.«

Es folgte ein kurzes Schweigen, während Flora den Atem anhielt, darauf bedacht, keinen Laut von sich zu geben, damit die beiden sie nicht beim Lauschen ertappten.

»Oh.« Das war Charles. »Wir können nur hoffen, dass du Recht behältst.«

»Du brauchst nicht darauf herumzureiten, Charles«, entgegnete seine Verlobte.

Selbst Flora, die keine freundlichen Gefühle für Charles hegte, fand diese Bemerkung ein wenig unfair. Er hatte nur »oh« gesagt.

»Wir werden versuchen müssen, sie davon zu überzeugen, dass es eine schlechte Idee wäre, hierzubleiben. Und dann können wir nur hoffen, dass sie den Hinweis versteht«, antwortete er.

Bevor Annabelle weiter über sie lästern konnte, drückte Flora die Schultern durch und marschierte zurück in den Raum. Bis zu der Bemerkung über die »echte Blondine« war sie unschlüssig gewesen, aber das hatte den Ausschlag gegeben. Auf keinen Fall würde sie sich mit einem Scheck über zehntausend Pfund nach London zurückjagen lassen! Selbst ohne die Warnungen dieses netten älteren Herrn hätte sie der Sache jetzt eine Chance gegeben.

»Also«, begann sie, nachdem sie sichergestellt hatte, dass sowohl Charles als auch Annabelle sie ansahen. »Ich habe ein wenig nachgedacht, und im Augenblick ist mir nicht danach, Ihr großzügiges Angebot anzunehmen, Annabelle.«

»Was? Warum nicht?«, fragte Charles entrüstet und überrascht zugleich.

»Weil ich wirklich mehr über unser Familienunternehmen herausfinden möchte, weil ich hier arbeiten und mehr über Möbel und solche Sachen lernen will.« Der Ausdruck »und solche Sachen« schmälerte ihre großartige Ankündigung ein wenig, dessen war sie sich durchaus bewusst, aber sie hatte nicht viel Zeit gehabt, um sich vorzubereiten, und sie hoffte, dass die beiden es nicht bemerken würden.

»Meine liebe Flora«, entgegnete Charles und bediente sich damit unwissentlich einer Ausdrucksweise, die seine Cousine unweigerlich in eine wutschnaubende Emanze verwandeln musste, »Sie haben nicht die geringste Ahnung vom Geschäft. Sie haben uns absolut nichts zu bieten. Es gibt keinen Platz für Sie. Wir hätten keine Verwendung für Sie.«

»Ist das so?«, erwiderte Flora spitz. »Warum suchen Sie dann in der Lokalzeitung nach einer ›Assistentin der Geschäftsleitung‹?«

»Wann haben Sie die Lokalzeitung gelesen?«, verlangte Charles zu wissen, als wäre der Kauf der Zeitung irgendwie illegal gewesen.

»Vor meiner Ankunft hier. Ich habe nach einer Frühstückspension gesucht.« In Wirklichkeit hatte sie nach einer Mietwohnung Ausschau gehalten, in der später auch die Kätzchen unterkommen konnten.

»Die Lokalzeitung wird Ihnen da auch nicht weiterhelfen«, erklärte Annabelle. »Ich fürchte, es gibt im Moment keine freien Zimmer.«

»Was soll das heißen? Es muss welche geben. Dies ist eine hübsche kleine Stadt. Irgendjemand vermietet hier doch sicher Zimmer.«

»Allerdings. Das tun viele Leute«, erwiderte Charles. »Aber zurzeit findet das Musikfestival statt. Es wimmelt hier nur so von Geigern.«

»Oh. Dann ist das ja schon mal vergeigt«, murmelte Flora. Aus Imeldas Box kam ein leises Geräusch.

Eine winzige Falte in seinen Augenwinkeln verriet Flora, dass Charles ihre Bemerkung durchaus komisch fand, sich jedoch nicht gestatten würde, darüber zu lachen. Nun, zumindest hatte er Sinn für Humor, selbst wenn er ihn kaum je benutzte.

»Aber eigentlich hatte ich ohnehin eher daran gedacht, etwas zu mieten.« Trotz ihrer mutigen Entschlüsse war sie sich bewusst, dass ihre Stimme ihr Unbehagen verriet.

Charles seufzte ungeduldig, als hätte er es mit einem Kleinkind zu tun, das er beschwichtigen musste, obwohl er das Problem lieber mit einem Klaps gelöst hätte. »Irgendwie scheinen wir einander auf dem falschen Fuß erwischt zu haben. Wir versuchen nicht, Sie daran zu hindern, ins Geschäft einzusteigen, uns war bisher einfach nur nie der Gedanke gekommen, dass Sie sich das *wünschen* könnten.«

Diese Bemerkung war aufreizend genug, um Flora von einem Moment auf den anderen neuen Mut zu geben. »Nein?« Ihre braunen Augen verrieten Ungläubigkeit, während sie seinem kalten, nordseeblauen Blick standhielt. »Aber ich habe eine E-Mail geschickt. Ich dachte, ich hätte mich ziemlich klar ausgedrückt, was meine Absichten betrifft. Oder haben Sie die Mail nicht bekommen?«

Annabelle räusperte sich. »Sie … ähm, sie ist nur halb hier angekommen, also haben wir die Mail tatsächlich nicht bekommen, jedenfalls nicht ganz. Aber Sie verstehen Charles sicher. Er möchte nicht, dass Sie hierherkommen und in Dingen herumpfuschen, von denen Sie keine Ahnung haben«, fuhr sie energischer fort. »Natürlich werden Sie die ganze Angelegenheit mit Ihrem Vater besprechen wollen, aber er wird Ihnen gewiss raten, vernünftig zu sein und mein Angebot anzunehmen.«

»Vielleicht«, erwiderte Flora. »Doch ich sollte eines vielleicht klarstellen: Mein Vater berät mich zwar, aber ich bin alt genug, um meine eigenen Entscheidungen zu treffen.« In dem Bewusstsein, dass sie sich in einer starken Position befand, wurde Floras Stimme tiefer und freundlicher. Sollten die beiden ruhig nach Lust und Laune Phrasen dreschen.

»Es wird einige Tage dauern, die juristischen Formalitäten zu erledigen«, erklärte Charles. »Wenn Sie also hier unten ein paar Tage Urlaub machen möchten, werden Sie vielleicht feststellen, dass ein kleiner Marktflecken wie dieser wirklich nicht der richtige Ort für eine Frau aus einer Weltstadt ist.«

»Aber wo soll sie unterkommen?«, fragte Annabelle. »Hier kann sie nicht bleiben – sie hat eine Katze!«

»Und weil ich eine Katze habe, die jeden Augenblick ihre Jungen bekommt, kann ich nicht nach London zurückkehren. Ich könnte einen Unfall verursachen. Stellen Sie sich doch nur die Schlagzeile vor! ›Krankenwagen herbeigerufen, um nach einer Massenkarambolage auf der M4 bei der Geburt von Kätzchen zu helfen. Der Tierschutzverein ermittelt.‹«

»Wir sollten uns da nicht unnötig hineinsteigern«, sagte Charles, der Floras melodramatische Schilderung nicht einmal annähernd komisch fand.

»Nein, das lassen wir besser«, pflichtete Flora ihm bei, enttäuscht darüber, dass er kein noch so winziges Lächeln erübrigen konnte, und sei es auch nur, um höflich zu sein.

»Flora kann in dem Ferienhaus wohnen«, fuhr er fort.

»Mach dich nicht lächerlich!« Annabelle tat diese Idee unverzüglich ab. »Das Cottage ist nicht bewohnbar. Wenn es anders wäre, hätten wir es längst vermietet.«

»Es ist durchaus bewohnbar«, widersprach Charles ihr. »Es entspricht nur nicht ganz dem Standard, den die Agentur verlangt.«

»Es liegt mitten im Nichts!«, protestierte Annabelle.

Charles betrachtete diesen Umstand nicht als Problem; tatsächlich war es wahrscheinlich sogar ein Vorteil. »Flora hat einen Wagen.«

»Ja, den habe ich.« Flora lächelte, denn sie verspürte nicht das Verlangen, weiterhin Zeuge dieses Streits unter Liebenden zu sein. »Ferienhaus klingt jedenfalls wunderbar.«

»Sie werden dort wirklich nicht wohnen wollen«, erklärte Annabelle. »Es liegt weit draußen auf dem Land, in der Nähe eines Waldes. Die Eulen werden Ihnen schreckliche Angst einjagen.«

»Meinen Sie?«

»Ich möchte nicht, dass Sie Charles ständig mitten in der Nacht anrufen, weil Sie sich vor der Dunkelheit fürchten«, gab Annabelle zurück.

»Natürlich nicht«, pflichtete Flora ihr freundlich bei. »Was für ein Glück, dass ich keine Angst im Dunkeln habe. Und Eulen stören mich auch nicht.«

»Entschuldigung!«, sagte Annabelle. »Es ist einfach so, dass die meisten Leute aus London nicht in der Lage zu sein scheinen, mit der ländlichen Geräuschkulisse zurechtzukommen: mit sich paarenden Füchsen, Eulen, Katzenkämpfen und dergleichen mehr.«

»Wenn Sie Löwen haben brüllen und Elefanten haben trompeten hören und wenn zwischen Ihnen und den Tieren nur eine dünne Zeltleinwand war, dann machen Sie sich um etwas, von dem Sie nicht gefressen werden können, wohl kaum große Gedanken«, bemerkte Flora. Sie glaubte, dass diese Bemerkung der Wahrheit entsprach, auch wenn ihr selbst entsprechende Erfahrungen fehlten.

»Oh. Richtig«, erwiderte Annabelle gereizt. »Wahrscheinlich nicht.«

»Gibt es in dem Ferienhaus Bettwäsche? Töpfe, einen Schraubenzieher?«, erkundigte Flora sich zaghaft, denn sie wollte ihren Gastgebern nicht mehr Unannehmlichkeiten bereiten als notwendig.

»Ich fahre für einen Sprung nach Hause und hole ein paar Sachen. Bettwäsche habe ich wirklich reichlich«, sagte Annabelle. Sie nahm die praktische Ledertasche vom Stuhl und zog einen großen Schlüsselbund heraus. »Ist es in Ordnung, wenn ich den Landy nehme, Schätzchen?«

»Natürlich«, antwortete Schätzchen.

Als sie mit ihrem Cousin allein war, meinte Flora: »Ich sollte Sie wohl warnen, dass ich wirklich hier arbeiten will. Wenn Sie wollen, bewerbe ich mich für die Stelle der Assistentin.«

»Ich glaube wirklich nicht, dass es Ihnen gefallen würde.«

»Sie können mich unmöglich gut genug kennen, um zu wissen, was mir gefällt und was nicht! Wir sind uns gerade das erste Mal begegnet.«

»Ich weiß, aber …«

»Aber was?«

»Sind Sie früher mit einem Mann namens Justin Mateland zusammen gewesen?«

Plötzlich war Flora auf der Hut. »Ja. Kennen Sie ihn?«

»Wir haben gemeinsam die Schule besucht.«

»Oh, verstehe.«

»Ja.« Charles sah Flora lange genug mit seinen harten, blauen Augen an, um ihr die Botschaft zu übermitteln, dass sie sich seiner Meinung nach Justin gegenüber sehr schlecht benommen habe. Er sprach es nicht laut aus, sodass Flora sich hätte verteidigen können, er ließ sie lediglich wissen, wie er die Dinge betrachtete.

»Nachdem wir jetzt unsere gemeinsamen Bekannten erörtert haben, könnten wir da vielleicht zum Thema zurückkehren?«, fragte sie scharf.

»Und welches Thema wäre das?«

»Der Job. Ich wollte mich gerade darum bewerben. Wenn Sie mir vielleicht einfach ein Formular geben, das ich ausfüllen kann?«

Charles stieß einen tiefen Seufzer aus. »Oh, schon gut, das wird nicht nötig sein.«

»Aber falls Sie noch mit anderen Bewerbern sprechen …«

»Nein. Es gibt keine anderen Bewerber. Die Annonce ist schon seit Wochen geschaltet, und bisher hat sich niemand beworben, der auch nur annähernd geeignet gewesen wäre.«

»Warum nicht?« Diese Information war ein wenig beunruhigend. Galt Charles bei den Einheimischen als ein so unfairer, humorloser Arbeitgeber, dass niemand etwas mit ihm zu tun haben wollte? Das schien durchaus im Bereich des Möglichen zu liegen.

»Weil niemand, der einigermaßen qualifiziert ist, hier arbeiten will.«

»Aber warum nicht?« Sie erwartete nicht, dass er ihr unbedingt die Wahrheit sagte, doch vielleicht könnte sie ja aus seiner Antwort gewisse Schlüsse ziehen.

»Die Bezahlung, meine liebe Cousine, ist ausgesprochen mies.«

Flora biss sich auf die Unterlippe. Das war keine gute Nachricht, aber es hätte schlimmer sein können. »Ich verstehe.«

Charles schwieg eine Weile, damit Flora darüber nachdenken konnte, was es bedeutete, praktisch umsonst für eine Firma zu arbeiten, die sie nicht haben wollte, und in einem entlegenen Cottage mitten im Wald zu leben. Schließlich erklärte er: »Ich muss den Anwalt anrufen. Darf ich Sie für ein paar Minuten allein lassen? Wir haben hier einige Zeitschriften …«

»Ich komme schon zurecht. Erledigen Sie nur Ihren Anruf.« Aus reiner Gewohnheit lächelte sie abermals, aber er bemerkte es nicht.

Kapitel 2

Als Flora die uralten Ausgaben der *Antiques Trade Gazette* durchblätterte, Imelda in ihrer Box streichelte und darüber nachdachte, ob sie nicht einfach nachgeben und die Zehntausend annehmen sollte, klopfte es an der Tür, und jemand schob den Kopf ins Zimmer. Es war der nette alte Mann. Geoffrey Irgendwer.

»Sind Sie allein?«

Flora legte die Zeitschriften, deren Lektüre ihr wie Schularbeiten erschienen war, erleichtert beiseite. »Ja. Charles spricht mit seinen Anwälten, und Annabelle ist weggegangen, um das Ferienhaus herzurichten, in dem ich wohnen soll.« Da Flora ein mitfühlendes Ohr witterte, ergriff sie die Gelegenheit, sich ihre Kümmernisse vom Herzen zu reden. »Diese Frau hatte doch tatsächlich die Frechheit, so zu tun, als wüsste sie nicht, dass ich bleiben wollte! Ich habe ihr eine E-Mail geschickt und mich diesbezüglich ganz klar ausgedrückt. Außerdem sieht es so aus, als wäre jede Frühstückspension in der Stadt wegen eines Musikfestivals vollkommen ausgebucht.«

»Das stimmt. In puncto Musik genießt Bishopsbridge einen ansehnlichen Ruf. Unser Chor hat letzte Woche das Festival eröffnet.«

Geoffrey Whiteread entschloss sich jetzt, ganz hereinzukommen. »Heißt das, dass Sie doch nicht Hals über Kopf nach London zurückfahren?«

»Nicht sofort, nein.« Flora seufzte. Sie war erhitzt und müde und ein wenig mutlos, und sie wusste nicht recht, wie lange sie das Gefühl ertragen konnte, derart unerwünscht zu sein.

»Gut. Halten Sie durch. Dieses Geschäft braucht jemanden, der frischen Wind bringt.«

»Und warum glauben Sie, ich sei die Richtige dafür? Ich habe keinen blassen Schimmer von Antiquitäten.« Charles' Unnahbarkeit und die Realität ihrer eigenen Situation hatten das Selbstbewusstsein, das sie noch kurz zuvor an den Tag gelegt hatte, in nichts aufgelöst.

»Sie sind jung. Und Sie gehören zur Familie. Im Gegensatz zu Annabelle.«

»Wenn Sie Charles heiratet, wird sie ebenfalls zur Familie gehören.«

Geoffrey schauderte. »Nur weil die beiden einander schon seit einer Ewigkeit kennen, heißt das nicht, dass sie heiraten sollten! Annabelle hat für das Auktionsgeschäft nicht das Geringste übrig!«

»Warum will sie dann in das Geschäft einheiraten? Oder sich einkaufen?«, fügte sie bei der Erinnerung an das Zehntausend-Pfund-Angebot hinzu.

»Sie liebt Macht, und wenn sie Charles heiratet, wird sie Macht haben.« Er hockte sich auf die Tischkante. »Sie hat bereits einige katastrophale Ideen zur Kosteneinsparung entwickelt.«

»Worum geht es dabei?«, fragte Flora.

»Zunächst einmal darum, mich zu entlassen«, berichtete Geoffrey. »Sie hat Recht, ich bin alt, aber ich habe im kleinen Finger mehr Wissen und Erfahrung, was dieses Geschäft betrifft, als Annabelle in ihrem ganzen Leben je besitzen wird. Sie sagt, wir brauchen keinen Vollzeitporter, wir könnten geradeso gut mit Selbstständigen als Aushilfen arbeiten. Aber die Auktionsstücke müssen zunächst einmal sortiert und katalogisiert werden. Dafür hat Charles keine Zeit.«

Flora seufzte. »Die Sache ist die, ich weiß rein gar nichts über Antiquitäten und Sammlergegenstände oder wie immer man diese Dinge nennt. Ich kann die beiden dazu zwingen, mich hierzubehalten, aber es besteht die Möglichkeit, dass ich alles nur noch schlimmer mache.«

»Oder dass Sie genau die frische Brise sind, die dieses Geschäft braucht.«

Flora schüttelte den Kopf. »Das klingt so wie aus der Reklame für ein Raumdeo. Doch ich weiß nur das, was ich im Fernsehen aufgeschnappt habe. Ich habe einige Folgen der *Antiques Roadshow* gesehen und diese Sendung, in der man Dinge auf Antiquitätenmessen kauft und sie dann bei einer Auktion wieder *ver*kauft. Das wird nicht genügen.«

»Ich werde es Ihnen beibringen«, sagte Geoffrey. »Ich habe mehr vergessen, als Sie jemals zu wissen brauchen. Ich habe jahrelang selbst als Händler gearbeitet, bevor ich dann hierher zurückgekehrt bin.«

Flora lächelte ihn an. »Das ist ein wunderbares Angebot, aber das löst nicht all meine Probleme. Da wäre noch die Frage, ob ich mit dem Leben auf dem Land zurechtkomme. Charles und Annabelle glauben offensichtlich jetzt schon, dass ich auf der Stelle zusammenbrechen werde, wenn ich nicht mindestens zweimal die Woche in den Genuss eines Schuhgeschäfts und einer Weinbar komme. Und dabei habe ich mir bisher noch nicht einmal irgendwelche schrecklichen Schnitzer erlaubt.« Sie sah ihn ernst an. »Es stimmt, dass ich eine Schwäche für Schuhe habe, aber ich hätte dieser Sache trotzdem gern eine Chance gegeben.«

»Wenn es Ihnen wirklich ernst damit ist, könnte ich Ihnen auch dabei helfen, sich hier einzuleben.« Er lächelte, und in seinen Augenwinkeln bildeten sich freundliche Fältchen. »Ich könnte Ihnen zwar keine Weinbar im Umkreis von dreißig Meilen nennen, aber dafür gibt es andere Möglichkeiten, sich hier zu amüsieren.« Er hielt inne. »Haben Sie schon mal gesungen?«

»Sie meinen, abgesehen von meinen Darbietungen unter der Dusche? Ich singe nämlich immer unter der Dusche. Und ich habe in der Schule gern gesungen. Meine Lehrer haben mich immer gebeten, bei den Weihnachtsliedern die Oberstimme zu singen, und einmal habe ich bei einem Schulkonzert ein Solo gesungen.« Sie runzelte die Stirn. »Das ist allerdings lange her. Warum fragen Sie? Wollen Sie mich zu einem Karaoke-Abend mitnehmen?«

Er kicherte. »Nicht direkt. Ich wollte Sie fragen, ob Sie nicht vielleicht Lust hätten, meinem Chor beizutreten.«

Der Gedanke war so absurd, dass Flora um ein Haar laut gelacht hätte. »Was, Sie sprechen von dem Chor, der das Festival eröffnet hat?«

Er nickte. »Das ist eine gute Möglichkeit, um Leute kennenzulernen. Wir stellen zwar hohe Anforderungen, sind aber alles in allem eine sehr tolerante Truppe. Und wir brauchen einige höhere Stimmen. Sie wären uns sehr willkommen.«

»Das kann ich bestimmt nicht! Ich habe seit Jahren nicht mehr gesungen, und im Notenlesen war ich noch nie besonders gut.« Sie konnte sich jetzt schon vorstellen, was ihre Freunde in London sagen würden, wenn sie ihnen erzählte, sie sei einem Chor beigetreten.

»Ihre Fähigkeiten im Notenlesen werden sich schnell verbessern, wenn Sie sich erst wieder in die Materie hineingekniet haben, und Sie werden von uns die nötige Unterstützung erhalten.«

Flora dachte nach. Geoffrey war seit ihrer Ankunft hier der erste Mensch, der ihr das Gefühl gab, einigermaßen erwünscht zu sein, und sie war gerührt. »Sind Sie sich sicher? Die anderen werden mich nicht für eine grässliche Städterin halten und mich zum Kuckuck wünschen?«

Er kicherte. »Ein hübsches Mädchen wie Sie würde uns aufheitern. Nicht dass wir alle alt sind, das will ich damit nicht gesagt haben, aber im Chor gibt es schon seit Jahren keinen jungen, weiblichen Single mehr. Sie sind doch Single, oder?«

»Zurzeit, ja. Um genau zu sein, ist das quasi eine Premiere für mich.«

Wieder lachte er; er schien sie tatsächlich sehr amüsant zu finden, jedoch auf eine freundliche Art, nicht – wie Charles und Annabelle –, weil er sie lächerlich fand.

»Dann begleiten Sie mich heute Abend und sehen sich das Ganze an. Vielleicht gefällt es Ihnen ja.«

Es war ein verführerischer Gedanke, vor allem, solange die Alternative darin bestand, den Abend allein in einem Ferienhaus zu verbringen. Und da sie sich ungefähr vorstellen konnte, welche Anforderungen Charles und Annabelle an ein Ferienhaus stellten, würde sie wahrscheinlich nicht einmal einen Fernseher haben, um sich von Imeldas Jaulen abzulenken. Bei dem Gedanken an Imelda bemerkte sie: »Da ist noch meine Katze. Imelda könnte jeden Augenblick werfen.«

»Sie wird sicher zurechtkommen – Katzen schaffen das schon seit einer ganzen Weile. Warum lassen Sie sie nicht für ein Weilchen aus ihrer Box, solange niemand hier ist? Vielleicht meldet sie sich ja nur deshalb zu Wort, weil sie eingesperrt ist.«

Flora schloss den alten Mann mehr und mehr ins Herz; statt zu sagen, dass die Katze schlicht und einfach Krach machte, sprach er davon, dass sie sich »zu Wort melde«.

»Würde es Ihnen dann etwas ausmachen, auf sie aufzupassen, während ich die Katzentoilette aus dem Wagen hole? Sie würde bestimmt niemals etwas tun, das sie nicht darf, aber ich kann mir lebhaft vorstellen, wie sehr Annabelle mich hassen würde, falls meine Katze auf ihren Teppich machen sollte.«

»Ich schätze, sie würde Sie dann ebenso sehr hassen, wie sie mich hasst.« Er lächelte. »Holen Sie nur die Katzentoilette, dann lassen wir Imelda für ein Weilchen heraus.«

»Sie mögen Katzen, nicht wahr?«

»Genau wie meine Frau. Ich bin mir ziemlich sicher, dass sie eins der Kätzchen wird haben wollen, wenn die Tiere so weit sind. Dieses Geschäft ist nicht das Einzige, was etwas junges Leben braucht.« Er grinste breit.

Es war eine solche Wohltat, mit jemandem zu sprechen, der auf sie reagierte, der sie als Menschen sah, statt nur ein Riemchenkleid, unpassende Schuhe und teure Strähnchen wahrzunehmen. Flora erwiderte Geoffreys Lächeln voller Zuneigung. Wenn dieser Mann wollte, dass sie blieb, dann würde sie bleiben, um seinetwillen ebenso wie um ihrer selbst willen. »Ich hole dann mal die Katzentoilette.«

Während Imelda im Büro umherstreifte und Geoffrey wieder an seine Arbeit zurückgekehrt war, beschloss Flora, ihre beste Freundin anzurufen, und holte ihr Handy heraus.

»Hey! Ich bin's! Amüsierst du dich?«

»Ja«, antwortete Emma. »Ich bin zu Hause. Und wie gehts bei dir?«

»Nun, um ehrlich zu sein, sieht es nicht besonders vielversprechend aus, aber ich bin fest entschlossen, durchzuhalten. Zumindest für eine Weile.«

»Hast du deinen Vetter schon kennengelernt? Wie ist er denn so?«

»Absolut grässlich.«

»Oh. Wie schade. Ich hatte gehofft, dass ihr beide, du und dein Vetter, ein wenig Spaß haben könntet, wenn du schon in der finstersten Provinz leben musst. Ist er verheiratet?«

»Verlobt. Und so stoffelig, dass er alles Lebendige allein mit seinem Blick mumifizieren könnte.«

»Und richtig fies? Oder nur im übertragenen Sinne?«

»Hm, seine Gesichtszüge sind wohl alle mehr oder weniger am richtigen Platz, doch in puncto Charme lässt er sehr zu wünschen übrig, und sein Sinn für Humor tendiert gegen null. Denke ich jedenfalls«, fügte sie hinzu.

»Also haben die beiden das neue Mitglied des Familiengeschäfts nicht gerade mit offenen Armen willkommen geheißen?«

»Das kannst du laut sagen«, erwiderte Flora grimmig, »Sie haben schon versucht, mich rauszukaufen. Ich hatte Annabelle geschrieben, dass ich gern bleiben würde, aber sie hat Charles angelogen und behauptet, sie hätte keine Ahnung von dieser Idee gehabt.«

»Oh nein.«

»Und ich muss in einem Cottage mitten in der Wildnis leben. Es hört sich ein wenig unheimlich an.«

»Aber einer der Vorteile des diplomatischen Dienstes ist doch sicher der, dass du mit deinen Eltern schon an allen möglichen eigenartigen Orten gelebt hast, oder?«

»Ja, doch die Worte ›mit meinen Eltern‹ sind der entscheidende Teil des Satzes. Es ist nicht besonders schwierig, Kakerlaken zu ignorieren, wenn man Personal hat.« Sie seufzte. »Mit anderen Worten, ich bin ein armes reiches Mädchen, Em.«

»Unsinn! Du bist zäh wie Leder. Du wirst schon zurechtkommen.« Emma wusste, welche Art von Zuspruch Flora brauchte, und sie war nur allzu gern bereit, ihn zu liefern.

Flora reagierte sofort. »Natürlich komme ich zurecht, außerdem habe ich bereits einen entzückenden alten Mann kennengelernt, der ausgesprochen nett war und mich gefragt hat, ob ich seinem Chor beitreten möchte.«

»Ach ja?« Emma klang skeptisch.

»Nein, wirklich, er ist furchtbar nett. Älter als Dad, Em. Seine Frau wird vielleicht eins der Kätzchen nehmen.«

»Imelda hat also schon geworfen? Mein Gott! Das muss ja schrecklich gewesen sein! Deine Katze bekommt auf dem Fußboden des Konferenzzimmers ihre Jungen, während dein Vetter sie durch einen strengen Blick mumifiziert. Du sollst sehen, am Ende wirst du eine grässliche Installation mit den Kätzchen machen müssen, und dann wirst du vom Tierschutzbund durchs ganze Land verfolgt«

»Nein!«, rief Flora, als sie aufgehört hatte zu lachen. »Imelda hat noch nicht geworfen. Und du hast Recht, es wäre schrecklich gewesen. Was mich tröstet, ist die Hoffnung, dass Geoffreys Frau vielleicht eins der Kätzchen nehmen wird. Annabelle ist natürlich allergisch gegen Katzen.«

»Natürlich. Was selbstverständlich nicht ihre Schuld ist.«

»Nein. Ganz und gar nicht. Sie ist weggegangen, um irgendwelche Sachen für dieses Ferienhaus zu holen. Ich hoffe, sie denkt an einen Korkenzieher. Vielleicht fahre ich gleich noch einmal los, um einzukaufen. Du musst unbedingt irgendwann mal übers Wochenende herkommen. Und zwar bald, bitte!«

»Ich habe die nächsten Wochenenden schon ziemlich fest verplant, aber ich verspreche dir, dass ich dich besuchen werde, sobald ich kann.« Emma hielt inne. »Hör mal, du wirst bestimmt wunderbar zurechtkommen, doch du weißt, dass ihr, du und Imelda, jederzeit bei mir wohnen könnt, falls es schiefgehen sollte.«

Die Tatsache, dass ihr soeben ein Fluchtweg angeboten worden war, erhärtete Floras Entschluss, durchzuhalten und dem Landleben eine echte Chance zu geben. »Das ist wirklich lieb von dir, Em, doch was würde Dave dazu sagen? Ich, Imelda und wahrscheinlich sechs Kätzchen?«

»Er würde sich bestimmt darüber freuen, dich hierzuhaben.«

Etwas in der Stimme ihrer Freundin ließ Flora stutzen. »Ist alles in Ordnung zwischen euch beiden?«

»Oh ja, alles bestens«, seufzte Emma. »Tatsächlich müsste ich ihn unbedingt gleich anrufen.«

»Dann machen wir am besten Schluss. Oh, mein Gott! Ich kann Annabelle hören, und Imelda läuft frei herum!«

Flora war es gerade gelungen, Imelda wieder in ihre Box zu verfrachten, als Annabelle auch schon mit einem großen Plastikkorb auf den Armen eintrat.

»Ich habe Ihnen ein paar Sachen mitgebracht, die Sie sicher benötigen werden. Laken, Kissenbezüge, ein Federbett und einige Bettbezüge. Wie steht es mit Ihren Kochkünsten?«, fragte sie energisch. »Oder sind Sie eher der Typ, der sich sein Essen bringen lässt?«

»Ähm – habe ich denn viel Auswahl? Gibt es in Bishopsbridge viele Restaurants, die ins Haus liefern?«

»Einige Imbissstuben, einen Chinesen und einen Balti, der übrigens sehr gut ist.«

»Aber keine Sushi-Bars?«

Annabelle hob einen Moment lang den Blick gen Himmel, was Flora sagte, dass ihre Finte funktioniert hatte.

»Nein.«

»Dann koche ich selbst. Aber natürlich nichts Besonderes«, fügte sie hinzu, weil Annabelle ihr plötzlich leidtat. Es war nicht ihre Schuld, dass sie aussah wie ein Pferd, und wenn sie sich nur anders gekleidet hätte, wäre sie vielleicht sogar hübsch gewesen.

»Aber Sie werden wohl kaum einen Schmortopf von Le Creuset benötigen. Selbst wenn Sie kochen, werden Sie bei diesem Wetter sicher keine Eintöpfe zubereiten.« Annabelle, die nicht wusste, dass sie zum Gegenstand von Floras Mitgefühl geworden war, wandte sich wieder dem eigentlichen Thema zu. »Im Cottage werden Sie einige annehmbare Töpfe finden. Jedenfalls sind sie groß genug, um Kochbeutel hineinzulegen.«

Flora beschloss, sich einen geistigen Waffenstillstand mit Annabelle zu verordnen. Womöglich war sie in nächster Zeit für sie das Einzige, was weiblicher Gesellschaft halbwegs nahekam, und es war in jedem Falle besser, wenn sie sich anfreundeten. Außerdem brannte es Flora unter den Nägeln, sich Annabelles Kleiderschrank einmal vorzunehmen, und wenn sie auch nur in die Nähe dieses Schranks kommen wollte, musste sie sich mit der anderen Frau gutstellen.

»Ich komme sicher mit allem zurecht, was Sie haben. Obwohl eine antihaftbeschichtete Bratpfanne nicht schlecht wäre. Wenn ich müde bin, kriege ich immer furchtbaren Appetit auf ein Omelett. Das kennen Sie doch bestimmt auch?«

»Eine solche Pfanne haben Sie drüben, aber für Omelettes brauchen Sie eine richtige Pfanne.«

Flora schüttelte den Kopf. »Eine beschichtete Pfanne reicht mir vollkommen. Ich möchte Ihnen wirklich keine Umstände bereiten.«

Annabelle erwiderte ihr Lächeln, und Flora dachte, dass sie öfter lächeln sollte. Es ließ sie erheblich weicher erscheinen, und sie hatte sehr schöne Zähne. Vielleicht eine Spur zu groß, aber weiß und regelmäßig. »Das macht keine Mühe. Wir hätten das Feriencottage schon vor einer Ewigkeit auf Vordermann bringen sollen. Wenden Sie sich an mich, wenn etwas fehlt oder überhaupt nicht funktioniert.«

»Gern.«

»Es gehört auch ein hübscher kleiner Garten zum Haus. Sie mögen nicht zufällig Gartenarbeit? Es wäre uns wirklich eine Hilfe, wenn Sie die Zeit erübrigen könnten, die vorderen Beete zu jäten.«

»Das kann ich bestimmt einrichten. Natürlich nur, wenn ich die nötigen Geräte habe.«

»Oh ja, die Gartengeräte hatte ich ganz vergessen. Ich werde mal sehen, was ich da organisieren kann. Schließlich werden Sie hier nicht viel zu tun haben, nicht wahr?«

Flora lächelte. Charles hatte wahrscheinlich noch keine Gelegenheit gehabt, ihr zu erzählen, dass sie sich auf das Zeitungsinserat beworben und den Job bekommen hatte. »Zumindest im Augenblick noch nicht«, meinte sie. »Und das Wetter ist ja einfach himmlisch. Es wäre schön, ein wenig Zeit an der frischen Luft zu verbringen.«

»Hmhm.« Annabelle durchquerte den Raum und öffnete das Fenster, das Flora geschlossen hatte, damit Imelda es nicht zur Flucht benutzen konnte. »Da wir gerade davon reden – es riecht hier furchtbar nach Katze, finden Sie nicht auch?«

»Ah. Das könnte Imeldas Katzentoilette sein. Ich musste sie hereinholen.«

»Oh.« Annabelle blickte beunruhigt drein. »Sie wissen ja, dass ich damit nicht in Berührung kommen darf.«

»Oh«, murmelte Flora und vergaß prompt ihren Waffenstillstand. »Sind Sie schwanger?«

»Natürlich nicht! Wir sind noch nicht verheiratet. Ich dachte, das hätten wir erzählt.«

»Natürlich, aber Sie wissen ja, wie das auf dem Land so ist.« Flora konnte der Versuchung nicht widerstehen. »Viele Männer heiraten erst dann, wenn die Frau bewiesen hat, dass sie fruchtbar ist und einen Erben gebären kann.«

»Sie machen Witze, nicht wahr?«, fragte Annabelle nach einigen qualvollen Sekunden.

»Ja«, seufzte Flora. Aber diese Mühe werde ich mir nicht noch einmal machen, fügte sie im Stillen hinzu. »Wenn Sie jetzt so freundlich wären, mir den Weg zum nächsten Supermarkt zu beschreiben, könnte ich schnell noch einkaufen gehen. Geoffrey wird so lange ein Auge auf Imelda haben.«

»Geoffrey? Whiteread? Sie haben ihn kennengelernt?«

»Ja. Wir haben uns vorhin kurz unterhalten.«

»Ein grässlicher Mensch«, murmelte Annabelle. Dann fügte sie lauter hinzu: »Aber er wird sich um Ihre Katze kümmern?«

»Ich glaube, ja. Wenn Sie mir zeigen, wo ich ihn finden kann, werde ich ihn darum bitten.«

Dank Annabelles bemerkenswert präziser Wegbeschreibung hatte Flora den Supermarkt schon bald gefunden. Er war klein, führte aber alles, was man sich wünschen konnte. Sie ließ gerade, auf der Suche nach einer Streuwürze, den Blick über die Dosen mit Soßenpulver gleiten, als ihr ein Einkaufswagen über die Zehen fuhr.

»Au!«

»Oh, mein Gott, das tut mir leid!«

Flora sah zu dem Besitzer einer ausgesprochen wohlklingenden Stimme empor. Er hatte von der Sonne gesträhntes Haar und ein markantes, ausdrucksvolles Gesicht. Die Bräune seiner Haut ließ seine Augen umso blauer erscheinen. Sein Hemd stand am Hals offen und war unzweifelhaft einmal ziemlich teuer gewesen. Jetzt jedoch war es verblichen und gerade auf die richtige Weise abgetragen, um ausgesprochen anziehend zu wirken. Seine Hose befand sich in einem ähnlichen Zustand. Jetzt blickte er mit einem entschuldigenden Lächeln auf sie herab.

»Das tut mir sehr leid«, wiederholte er. »Ich habe einen Wagen erwischt, der sich nicht lenken lässt. Sind Sie verletzt?«

Flora lächelte zurück. »Nein, nein, alles bestens. Ich habe mich nur ein wenig erschreckt, das ist alles.«

»Und Ihre Zehen sind nicht gebrochen?«

Sie sahen beide auf ihre Zehen hinunter, deren Nägel passend zu der Pfingstrose auf ihren Schuhen in einem leuchtenden Pinkton lackiert waren. »Scheint nichts passiert zu sein«, antwortete sie.

»Ich hätte mir nie verziehen, wenn einem so hübschen Fuß etwas zugestoßen wäre«, sagte er mit einem unübersehbaren Zwinkern.

»Das hätte ich Ihnen auch nicht verziehen.« Flora zwinkerte zurück.

Er lachte. »Sind Sie neu in der Gegend? Oder sind wir uns einfach nur noch nicht begegnet?«

»Ich bin neu hier, aber ich freue mich zu hören, dass Sie nicht ständig irgendwelche Leute mit Ihrem Einkaufswagen überrollen.«

»Ich überrolle nur dann jemanden, wenn mein Wagen ein schief stehendes Rad hat. Das verspreche ich Ihnen.«

»Ich nehme Sie beim Wort«, meinte Flora und ging weiter. So sehr sie einen Flirt zu schätzen wusste, würde Charles sie gewiss bald zu dem Cottage führen wollen, und sie wollte ihn nicht warten lassen. Seine Laune war schon schlecht genug.

»Vielleicht stoßen wir ja irgendwann noch einmal zusammen«, sagte der Mann und schnitt eine Grimasse, als ihm die unbeabsichtigte Doppeldeutigkeit seiner Worte bewusst wurde.

»Vielleicht«, rief Flora grinsend über die Schulter.

Zu ihrer Überraschung war Charles keineswegs schlecht gelaunt, als sie mit fünf Minuten Verspätung ins Haus zurückkehrte. Stattdessen wirkte er eher zerknirscht.

»Es tut mir furchtbar leid, aber es ist etwas mit Ihrem Wagen passiert.«

»Was soll das heißen?«, fragte Flora verwirrt. »Was kann denn schon passiert sein? Ich war doch gar nicht damit unterwegs.«

»Nein, natürlich nicht. Ihr Wagen ist angefahren worden.«

»Aber wie ist das möglich? Und wer hat ihn angefahren?«

Die ganze Angelegenheit schien ihm äußerst peinlich zu sein. »Es war Annabelle. Es ist ihr furchtbar unangenehm.«

»So unangenehm, dass sie es mir nicht persönlich sagen kann?«, fuhr Flora auf.

»Ja«, erwiderte er energisch. »Und es tut ihr sehr leid. Jetzt lassen Sie uns Ihre Sachen in den Landrover packen, dann fahre ich Sie zu dem Cottage rüber. Ihr Wagen wird so schnell wie möglich in Ordnung gebracht werden. Wir haben hier eine sehr gute Werkstatt, die das übernehmen kann. Ihre Katze sitzt bereits im Auto und macht einen Höllenlärm.«

»Annabelle hat sich über die Sache mit Ihrem Wagen wirklich sehr aufgeregt«, wiederholte Charles einige Minuten später, als sie in dem Landrover saßen und Imelda in ihrer Box immer noch laut miaute.

»Ich weiß. Sie hat es mir erzählt. Es ist schon in Ordnung.«

Nachdem Charles Annabelle beteuert hatte, dass Flora ihr nicht den Kopf abreißen würde, war sie selbst aufgetaucht, um sich persönlich zu entschuldigen. Flora, die sich vergeblich bemühte, dieses schwierige Paar für sich zu gewinnen, hatte sehr freundlich reagiert.

»Wenn Sie nicht ganz so dicht an der Ecke geparkt hätten, dann …«, begann Charles jetzt.

Flora seufzte. Sie fand es ein wenig ermüdend, dass die beiden versuchten, ihr die Schuld an diesem kleinen Zwischenfall in die Schuhe zu schieben. Da sie zu der Zeit jedoch im Supermarkt gewesen war, würde es ihnen ganz gewiss nicht gelingen. »Das hat Annabelle auch gesagt.«

»Sie ist ganz außer sich deswegen. So etwas ist ihr noch nie zuvor passiert.«

»Oh, hm. Wahrscheinlich leidet sie am prämenstruellen Syndrom.«

»Was?« Charles war sichtlich entsetzt.

»Haben Sie noch nie davon gehört? Es betrifft Frauen …«

»Ich weiß genau, was das ist. Vielen Dank. Annabelle hat damit keine Probleme!«

»Nun, wahrscheinlich war sie abgelenkt. Von einer Katze oder etwas Ähnlichem. Völlig verständlich.«

»Wie dem auch sei, der Schaden ist nur sehr geringfügig. Sie werden Ihren Wagen in wenigen Tagen zurückhaben.«

»Ich weiß. Das haben wir alles bereits besprochen.«

»Ich muss schon sagen, Sie nehmen das alles sehr gelassen auf.« Er musterte sie verwirrt.

Flora dachte bei sich, dass ihre Gelassenheit relativ war – weil andere Leute heftiger reagiert hätten –, aber sie entgegnete: »Nun, der Wagen gehört nicht mir. Warum sollte ich mir also darüber den Kopf zerbrechen?«

»Der Wagen gehört Ihnen gar nicht!« Charles war sofort wieder auf hundertachtzig. »Wem gehört er dann?«

»Meinen Eltern. Aber es ist wirklich kein Problem«, versicherte sie zum zehnten Mal. »Die beiden sind auch nicht übermäßig empfindlich, was Autos betrifft.«

»Dasselbe gilt für mich, aber Reparaturen kosten Geld!«

»Ich hoffe, Sie haben Annabelle deswegen nicht angeschrien.«

»Ich schreie nie!«, sagte er sehr laut.

»Nein, natürlich nicht«, antwortete Flora und blickte aus dem Fenster.

»Vielleicht manchmal, wenn man mich sehr herausfordert.«

»Seien Sie versichert, ich werde Sie niemals herausfordern, Charles«, erklärte sie und fragte sich, wie um alles in der Welt sie miteinander auskommen sollten. »Es ist sehr freundlich von Ihnen, mich zu fahren«, fügte sie rasch hinzu, um das Gespräch wieder auf das Niveau langweiliger Höflichkeit zu lenken. »Und vor allem ist es wirklich freundlich, dass Sie mir das Ferienhaus leihen.«

»Es ist Annabelles Cottage. Ich springe nur ein, wenn man Leitern benötigt oder schwer tragen muss.«

Flora fragte sich, in welche dieser Kategorien sie selbst fallen mochte. Alles in allem bevorzugte sie es, eine Leiter zu sein.

»Sie hätte Sie selbst hingebracht«, fuhr er fort, »aber sie hasst den Landrover. Sie ist auf eine Tasse Tee nach Hause gefahren.«

»Gute Idee«, murmelte Flora und verspürte plötzlich ihrerseits ein heftiges Verlangen nach einer solchen Stärkung.

»Das Cottage ist sehr einfach eingerichtet, aber wenn Sie wirklich bleiben wollen, wären Sie unterm Strich besser bedient mit einem Fahrzeug mit Vierradantrieb.«

»Ich werde schon klarkommen. Ich möchte nicht noch einen Wagen kaufen.«

»Die Firma könnte Ihnen womöglich einen passenden Wagen zur Verfügung stellen. Tatsächlich werden wir genau das tun, falls die Reparaturen an Ihrem Auto zu lange dauern sollten. Den Landrover würden Sie nicht fahren wollen.«

»Ach nein?«

»Er ist sehr schwer.«

Flora seufzte. Würde sie jemanden aus einem brennenden Gebäude retten müssen, um Charles davon zu überzeugen, dass sie im Leben und mit Autos ganz gut zurechtkam?

Vielleicht aus reiner Solidarität begann Imelda wieder zu miauen.

»Sie ist aber ziemlich beharrlich«, meinte Charles mit einem

Blick über die Schulter zu dem Katzenkorb hinüber. »Das muss man ihr lassen.«

»Sie ist seit Stunden in diesem Ding eingepfercht, das arme kleine Schätzchen«, erinnerte Flora ihn. »Wenn es eine andere Möglichkeit gegeben hätte, hätte ich sie nicht mitgenommen, das versichere ich Ihnen.«

»Es wäre besser gewesen, wenn sie nicht trächtig wäre«, bemerkte Charles.

»Ja. Unglücklicherweise war sie aber schon trächtig, als ich sie bekam.«

»Und könnte derjenige, von dem Sie sie bekommen haben, sie nicht zurücknehmen? Unter den gegebenen Umständen …«

»Eigentlich nicht. Es war nämlich der Grand Union Canal. Ich habe sie aus dem Wasser gefischt; sie trieb in einer Einkaufstüte den Kanal hinunter.«

»Ah.« Er hielt inne. »Tut mir leid. Das wusste ich nicht. Sie machen auf mich nicht den Eindruck eines Menschen …« Er brach abermals ab, als wollte er es vermeiden, sie irgendwie zu kränken.

»Eines Menschen, der Katzen in Einkaufstüten rettet?«

»Oh nein.« Er runzelte die Stirn. »Sie sehen *genauso* aus wie jemand, der so etwas tun würde, sentimental und mit einem furchtbar weichen Herzen. Ich meinte, Sie wirken nicht wie ein Mensch, der dem Kanal freiwillig auch nur in die Nähe kommen würde.«

Trotz seines beleidigenden Benehmens erheitert, beeilte sie sich, ihn zu beruhigen. »Oh, es war kein richtiger Kanal, es war in Klein-Venedig. Die Gegend dort ist furchtbar elegant. Ich habe eine Freundin auf einem schmalen Boot besucht.«

»Verstehe.«

Einen Moment lang glaubte sie, einen schwachen Funken von Humor wahrzunehmen, aber er war sofort wieder erloschen.

»Ich denke, dass Sie mir gegenüber ein bisschen unfair waren«, bemerkte sie freundlich.

»Oh?«

»Hmhm. Sie ziehen wegen meines Aussehens voreilige Schlüsse über mich, statt herauszufinden, was ich unter meinen Kleidern wirklich für ein Mensch bin.« Eine Sekunde zu spät wurde ihr die Doppeldeutigkeit ihrer Worte bewusst. »Ich meine, obwohl ich nicht viel anhabe, weil heute so ein heißer Tag ist, bin ich ziemlich vernünftig und habe durchaus meine Talente.«

»Mir ist bewusst, dass Sie eine sehr attraktive Frau sind, Flora.« Sie musste wohl schon dafür dankbar sein, dass er nicht »Mädchen« gesagt hatte. »Aber Sie werden feststellen, dass Sie sich nicht ständig nur auf Ihren Charme und Ihr Aussehen verlassen können.«

»Nein.« Flora fühlte sich fast so mies, als hätte er ihr ins Gesicht geschlagen.

»Ich bin davon überzeugt, dass Sie wertvolle Fähigkeiten besitzen«, fügte er hinzu, obwohl er offensichtlich selbst kein Wort davon glaubte. »Ich bezweifle lediglich, dass sie für unser Geschäft von Belang sind. Schließlich haben Sie überhaupt keine Erfahrung.«

»Ich habe in einer Kunstgalerie gearbeitet«, begann sie. »Dort war ich zwei Jahre lang – bis vergangenen Monat. Und ich kann gut mit Menschen umgehen«, fuhr sie fort, wohl wissend, dass man so Leute beschrieb, die absolut keine anderen Begabungen hatten. »Und ich habe einmal bei einem Unternehmensberater gearbeitet.« Sie war dort Empfangsdame gewesen, und zwar eine sehr gute.

»Wie gesagt …« So wie er sich benahm, war Flora sich nicht sicher, ob sie die Fahrt überstehen würde, ohne ihn zu ermorden. »Ich bin davon überzeugt, dass Sie ein sehr tüchtiges Mädchen sind …«

»Eine Frau«, blaffte sie ihn an.

»Eine Frau«, korrigierte er sich nach einem schnellen Blick auf ihr Gesicht. »Aber ich glaube nicht, dass Ihre speziellen – sehr wertvollen – Fähigkeiten sich für ein alteingesessenes Familiengeschäft eignen.«

»Und inwiefern unterscheiden sich alteingesessene Familiengeschäfte von neuen? Brauchen sie keine neuen Kunden? Müssen sie keinen Profit machen? Oder haben sie nicht wie jedes andere Geschäft auf der Welt Rechnungen zu begleichen?«

Er seufzte. »Selbstverständlich haben wir unsere Ausgaben, obwohl uns das Gebäude natürlich gehört. Wir haben mehrere Angestellte, außerdem wären da die Waren, die in Schuss zu halten sind …«

»Mit anderen Worten«, unterbrach sie ihn, »es ist wie bei jedem anderen Geschäft: Sie müssen mit Gewinn arbeiten. Arbeiten Sie mit Gewinn? Es ist mein gutes Recht, diese Frage zu stellen«, fügte sie hinzu, als er nicht sofort antwortete.

»Nein. Aber Annabelle hat einige Ideen, wie sich das ändern ließe.«

»Und die wären?«

»Das geht Sie nichts …«

»Es geht mich sehr wohl etwas an, wie Sie wissen. Genau genommen geht es mich sogar ein klein wenig mehr an als Sie.«

Gewitterwolken sammelten sich in seinen dunklen, dichten Augenbrauen. »Ich glaube nicht, dass ich über diese Dinge reden kann, wenn Annabelle nicht dabei ist.«

»Oh? Ich hatte keine Ahnung, dass sie bereits Anteilseignerin ist«, bemerkte Flora arglos.

»Das ist sie auch nicht – sie arbeitet seit einiger Zeit im Geschäft mit, und es wäre nicht recht, wenn ich dergleichen Dinge hinter ihrem Rücken mit Ihnen besprechen würde«, erwiderte er angespannt.

»Na schön, meinetwegen. Dann etwas anderes«, fuhr sie fort, »arbeitet Geoffrey … wie war noch sein Nachname?«

»Whiteread.«

»Oh ja. Arbeitet er schon lange für Sie?«

»So lange nun auch wieder nicht. Aber sein Vater war zu Zeiten meines Großvaters einer der Partner.«

»Und jetzt ist er es nicht mehr? Ich meine, Geoffrey hat die Anteile seines Vaters nicht geerbt?«

»Nein. Geoffreys Vater hat seine Anteile beim Kartenspielen verloren, aber als Geoffrey hierher zurückkam, hat die Familie ihm aus Freundlichkeit einen Job gegeben.«

»Und Sie werden ihn behalten, bis er in Rente geht?«

»Falls er jemals in Rente gehen sollte, würde das an ein Wunder grenzen. So, da wären wir«, erklärte er, was keineswegs ihre Frage beantwortete. Er bog in einen schmalen Pfad ein. »Wenn das Wetter umschlägt, werden Sie feststellen, dass die Straße fast unbefahrbar ist. Sie werden es bereuen, dass Sie jemals hierhergekommen sind.«

Wenn diese Bemerkung lediglich eine nur schwach verschleierte Aufforderung war, nach Hause zurückzukehren, würde sie ihr gewiss nicht Folge leisten. »Wenn ich hier nicht glücklich bin, finden Sie bestimmt ein anderes Quartier für mich.«

»Das dürfte mit einer trächtigen Katze nicht ganz einfach sein.«

»Aber auch nicht unmöglich. Wie dem auch sei, mein kleiner Wagen ist sehr verlässlich, wenn ihn nicht gerade jemand zu Schrott fährt. Und so nahe an der Ecke stand er nun auch wieder nicht«, schlug sie zurück, um eine Wiederholung ihrer früheren Auseinandersetzung zu vermeiden.

»Ja, aber er liegt auch ziemlich tief. Möglich, dass er auf einigen Steinen auf der Straße aufsetzt.«

»Ist das einer der Gründe, warum Sie das Cottage in diesem Jahr nicht vermietet haben?«, fragte sie, nachdem sie ein paar Meter weitergeholpert waren.

»Genau. Man müsste zunächst etwas Geld hineinstecken.«

»Dann wären Sie vielleicht besser beraten, es zu verkaufen?«

»Es gehört nicht mir.«

»Das hatte ich vergessen.« Tatsächlich hatte sie es nicht vergessen, aber sie war sich einer Unterströmung in seinen Worten bewusst, die sie nicht verstand. Charles hatte offensichtlich eine Abneigung gegen sie gefasst, und nicht nur deshalb, weil sie sich in sein Familiengeschäft hineindrängte.

Er seufzte; möglicherweise spürte er selbst, dass seine Feindseligkeit deutlich zu Tage trat. »Es gibt eine Menge Dinge, die Sie werden erfahren müssen, wenn Sie hierbleiben. Aber für den Fall, dass Sie schon bald wieder fort sein werden, möchte ich nicht alles erklären müssen. Es ist ziemlich kompliziert.«

»Das ist es immer. Oh, ist das das Cottage? Es ist entzückend!«

Einsam gelegen, stand das Cottage zwischen dem Wald und den gewellten Hügeln. Die Nachmittagssonne überhauchte die Fenster mit einem goldenen Schimmer. Es hatte eine Eingangstür, ein Fenster zu beiden Seiten und drei Fenster in dem oberen Stockwerk. An einer Seite stand ein kleiner Schuppen, und eine Kletterrose rankte sich die Veranda hinauf bis zum Dach.

»Es ist sehr hübsch anzusehen, ja«, stimmte Charles zu und zog die Handbremse. »Allerdings wird es nicht ganz einfach sein, dort zu leben, wie Sie zweifellos selbst herausfinden werden. Es war früher das Cottage des Wildhüters. Sie werden hier sicher sehr einsam sein.«

Fest entschlossen, den Köder nicht zu schlucken, holte Flora tief Luft, stieg aus dem Wagen und ging auf ihr neues Heim zu.

Kapitel 3

Nachdem er die Tür aufgeschlossen hatte und zu dem Landrover zurückgekehrt war, um ihre Sachen auszuladen und ins Haus zu tragen, nahm Flora sich ein paar Minuten Zeit, um Imelda in der Küche unterzubringen und sich schnell umzusehen, bevor sie ihm half.

Die Eingangstür führte direkt in das schwach nach Holzrauch duftende Wohnzimmer mit einem Kamin und einer Treppe nach oben. Der Holzrauch konnte zweierlei bedeuten, dachte sie: Entweder raucht das Feuer unerträglich, und das ganze Haus ist von dem Geruch erfüllt, oder jemand hat erst vor sehr kurzer Zeit den Kamin angezündet.

Sie überzeugte sich davon, dass die Küche, ein Anbau an die Rückseite des ursprünglichen Cottages, keinerlei Gefahren für Imelda barg, ließ die Katze dort aus ihrer Box und kehrte zum Wagen zurück, um die Katzentoilette zu holen.

»Das Cottage ist wirklich allerliebst«, sagte sie zu Charles, der einen Karton mit Töpfen, einem Toaster, einem Wasserkocher und anderen Dingen trug, die Annabelle für notwendig hielt. »Lassen Sie Imelda nicht hinaus. Sie ist in der Küche.«

»Ich bin davon überzeugt, dass sie dort gut aufgehoben ist. Ich hoffe, dasselbe wird für Sie gelten.«

Da Flora sich nicht entscheiden konnte, ob diese Bemerkung freundlich, höhnisch oder drohend sein sollte, ignorierte sie sie und hievte einen Koffer aus dem Wagen. Er war unmöglich schwer, aber sie hatte nicht die Absicht, sich Charles gegenüber anmerken zu lassen, dass sie nicht damit fertig wurde.

»Also, jetzt bin ich hier«, erklärte sie, heftig schwitzend und kaum in der Lage, ein Wort herauszubringen, während sie den Koffer im Wohnzimmer abstellte. »Und Sie werden sich einfach an mich gewöhnen müssen.«

Er drehte sich um und sah auf sie hinab. Sein Blick war offenkundig darauf berechnet, ihr den Schweiß zwischen ihren Brüsten zu Bewusstsein zu bringen, ihr wild gelocktes Haar und die verschmierte Mascara unter ihren Wimpern. Sie erwiderte seinen Blick mit heiterer Gelassenheit. Es gehörte schon mehr dazu, sie in Verlegenheit zu bringen, als Schweiß und Flecken im Gesicht.

»Das wird uns sicher ein Vergnügen sein«, erwiderte er, und sein Tonfall verriet ihr, dass Weihnachten und Ostern auf einen Tag fallen würden, bevor er Vergnügen an ihrer Gesellschaft finden würde.

Flora seufzte. Was war nur los mit dem Mann? Warum konnte er nicht ein wenig menschlicher und freundlicher sein? »Ich bin kein hirnloser Hohlkopf, egal, wie ich aussehe«, beschied sie ihn. »Wenn Sie diese Tatsache erst einmal akzeptiert haben, werden wir uns viel besser verstehen.«

»Meine liebe Flora ...« Sein herablassender Tonfall hatte dieselbe Wirkung auf sie wie Nägel, die über eine Tafel kratzten. »Flora«, begann er von neuem, wahrscheinlich, weil er ihre Reaktion auf seine erste Bemühung bemerkt hatte. »Ich bin davon überzeugt, dass Sie nicht hirnlos sind, und ich weiß nicht, wie Sie auf den Gedanken kommen konnten, ich würde etwas Derartiges unterstellen.« Verlogener Mistkerl, dachte sie. »Aber ich glaube, es wird schwierig für Sie sein, als Teil von *Stanza und Stanza* einen sinnvollen Platz zu finden.«

Sie musterte ihn mit schräg gelegtem Kopf. »Wissen Sie, wenn Sie den Namen nicht gesagt hätten, meinen Namen, hätten Sie mich vielleicht überzeugt, aber Sie haben ihn gesagt. Stanza ist mein Name ebenso wie Ihrer, und aus diesem Grund – selbst wenn das der einzige Grund sein sollte – habe ich das Gefühl, dass ich für das Geschäft tun muss, was ich kann.«

Charles seufzte, und Flora konnte sehen, dass er sich nur mit Mühe beherrschte. »Ich kann Ihnen sagen, was das Beste wäre, das Sie für das Geschäft tun können: Kehren Sie nach London zurück und überlassen Sie die Leitung des Betriebs Annabelle und mir. Aber da Ihnen das Wohlergehen des Unternehmens offensichtlich nicht gar so sehr am Herzen liegt«, fuhr er scharf fort, »packen wir jetzt am besten den Rest Ihrer Sachen aus.«

Beladen mit mehreren Tragetaschen, ging Flora langsam die Wendeltreppe hinauf. Charles hatte anscheinend ein anderes Problem. Was ihm schwer zusetzte, war nicht nur eine übergeschnappte Cousine, die auf der Bildfläche aufgetaucht war, um sich an seinem Lieblingsspielzeug zu schaffen zu machen. Aber was das für ein Problem sein sollte, konnte sie beim besten Willen nicht sagen. Sie beschloss, die ganze Angelegenheit zu ignorieren, ließ ihre Plastiktüten auf das Bett fallen und sah sich im Schlafzimmer um. Es wurde fast zur Gänze von einem großen Himmelbett ausgefüllt. Es war ein ausnehmend hübsches Bett, aber seinetwegen hatten wohl die Kommode und der Kleiderschrank in den Flur verbannt werden müssen.

Das Bad hatte, wie Flora als Nächstes feststellte, eine vernünftige Größe, was offensichtlich daran lag, dass es früher einmal ein Schlafzimmer gewesen war. Es musste allerdings dringend ein wenig freundlicher gestaltet werden: einige Topfpflanzen, bunte Handtücher oder irgendetwas in der Art würden den Zweck erfüllen. In dem zweiten Schlafzimmer standen zwei Einzelbetten, was bedeutete, dass Flora ihr Bett würde zur Verfügung stellen müssen, falls Emma und Dave zu Besuch kamen.

Aber insgesamt war das Häuschen durchaus hübsch, auf eine malerische Art, wie man sie eben von einem Cottage auf dem Land erwarten konnte. Auf allen Möbeln lag eine feine Staubschicht, doch davon abgesehen war das Cottage sauber und ordentlich, und Flora glaubte, dass sie sich hier sehr wohlfühlen würde, sobald sie sich erst daran gewöhnt hatte, dass es weit und breit das einzige Haus in der Gegend war. Und im unteren Stockwerk lag ein Korkenzieher. Flora hatte nachgesehen, während Charles ihren Koffer die Treppe hinaufgeschleppt hatte.

Später, als alles ausgepackt war, meinte Charles: »Oh. Ich habe etwas vergessen.«

Steif vor Verärgerung stolzierte er noch einmal zu dem Landrover hinüber und kam kurz darauf mit einer Flasche in einer Kühlmanschette zurück. »Die hat Annabelle mir mitgegeben. Ich nehme an, sie hat ein schlechtes Gewissen wegen Ihres Wagens.«

»Das ist wirklich nett vor ihr!« Und so unerwartet, fügte sie im Stillen hinzu. »Wollen wir die Flasche öffnen?«

Er zuckte die Schultern. »Wenn Sie möchten. Aber ich darf nicht viel trinken.«

»Ich werde uns zwei Gläser suchen«, erwiderte Flora und dachte, dass dies vielleicht ihre letzte Chance war, Charles ein wenig aus der Reserve zu locken. Wenn sie dann später allein war, konnte sie noch ein Glas trinken und sich wirklich entspannen.

Die Gläser waren sehr staubig und passten nicht zusammen. Sie spülte sie hastig aus und trocknete sie mit einem von Annabelles sauberen Küchenhandtüchern ab.

»Soll ich die Flasche für Sie öffnen?«

»Nein, danke«, antwortete Flora. Sie spürte förmlich, dass es ihn in allen Fingern juckte, ihr den Sekt aus der Hand zu reißen und die Flasche selbst zu öffnen.

»Was werden Sie mit dem Rest der Flasche machen?« Selbst beobachten zu müssen, wie sie den Sekt einschenkte, schien eine Qual für ihn zu sein, und sie konzentrierte sich mit aller Macht darauf, die Gläser nicht zu voll zu machen.

»Ich werde ihr einen Löffel in den Hals hängen und den Sekt im

Laufe der nächsten paar Tage trinken.« Tatsächlich glaubte sie nicht, dass sie mehr als zwei Tage dafür brauchen würde, aber sie wollte Charles nicht den Eindruck vermitteln, sie habe zu all dem anderen, was mit ihr nicht stimmte, obendrein noch ein Alkoholproblem. »Also, auf uns und alle wie uns, es sind nicht viele, und wir sind alle tot«, sagte sie.

Charles runzelte die Stirn, griff nach seinem Glas und nippte an dem Sekt.

Flora, die verzweifelt nach einem Gesprächsthema Ausschau hielt, fuhr fort: »Sie und Justin haben also zusammen die Schule besucht?«

»Ja.«

»Und Sie haben über all die Jahre Kontakt gehalten?«

»Hm, nein. Er hat durch die Agentur Friends Reunited herausgefunden, wo ich lebe, und wir haben uns getroffen.«

»Oh.« Flora hätte um ein Haar gefragt: »Und worüber haben Sie geredet?«, nur um das Gespräch nicht abreißen zu lassen, aber das ging sie nun wirklich nichts an. »Na schön, dann will ich noch einen Trinkspruch ausbringen«, sagte sie stattdessen. »Auf Sie und Annabelle und darauf, dass Sie aus meinem Besuch das Bestmögliche machen.«

Charles sah sie stirnrunzelnd an. »Ich denke, ich habe deutlich klargestellt, dass wir ohne Sie bei weitem besser dran wären, Flora.«

»Und ich denke, ich habe deutlich klargestellt, dass ich mich nicht so einfach wieder nach London zurückjagen lasse.« Sie lächelte strahlend. »Sie müssen unbedingt mal zum Essen kommen, sobald ich mich hier häuslich eingerichtet habe. Oh.« Sie ließ ihr Glas sinken. »Hier ist kein Tisch.«

Sie betrachteten die vier Stühle, die rund um einen tischgroßen Platz aufgestellt waren.

»Verdammt!«, murmelte Charles. »Das hatte ich vergessen. Wir haben den Tisch verkauft.«

Flora lachte, und Charles sah sie verwirrt an. Das Fehlen eines Esstisches war etwas, das man in seinen Kreisen offensichtlich nicht auf die leichte Schulter nahm.

»Dann werden wir eben grillen, wenn Sie mit Annabelle zum Essen kommen«, entschied Flora, obwohl ihr der Gedanke gründlich missfiel. Grillabende waren sehr zwanglose Angelegenheiten und keineswegs geeignet für Leute wie Charles und Annabelle. Nach Paraffin schmeckende Würstchen und angebrannte Lammkoteletts waren nur mit Leuten witzig, in deren Nähe man sich wohlfühlte.

Auch Charles ging die Idee eines Grillabends anscheinend gegen den Strich. »Kein Problem, ich bringe Ihnen einen anderen Tisch. Also, gibt es sonst noch etwas, das Sie wahrscheinlich benötigen werden?«

Flora fühlte sich versucht, um Champagnerflöten zu bitten, einen Eiseimer und ein silbernes Tablett, wusste jedoch, dass Charles lediglich die Stirn runzeln und gar nicht bemerken würde, dass sie einen Witz gemacht hatte. »Es gibt hier wohl kein Telefon?«, erkundigte sie sich stattdessen.

»Das ist ein Ferienhäuschen«, erklärte er ungefähr zum fünfzehnten Mal. »Außerdem haben Sie ein Handy.«

»Ich sehe nur schnell nach, ob ich Empfang habe.« Ihre Gelassenheit, was die Vorstellung betraf, mutterseelenallein in einem weit abgelegenen Cottage zu leben, geriet plötzlich ins Wanken. Wenn man mitten in der Nacht ein Geräusch hörte und weder die Polizei noch einen Freund anrufen konnte, sah die Welt plötzlich deutlich weniger freundlich aus.

»Andererseits wäre es eine gute Idee, sich einen Anschluss legen zu lassen«, räumte Charles ein, während Flora in ihrer Tasche kramte. »Ich werde mich darum kümmern.«

»Das wäre nett.« Floras Worte waren aufrichtiger gemeint, als sie klangen, deshalb lächelte sie, um ihm zu bedeuten, dass sie es ernst meinte. Schließlich fand sie ihr Handy, schaltete es ein und blickte auf die Anzeige. »Das Signal ist nicht besonders stark. Draußen wird es wahrscheinlich besser sein.« Sie trat, den Blick immer noch auf ihr Telefon geheftet, durch die Haustür.

»Das wird Ihnen wenig nützen, wenn es regnet oder Sie im Bett liegen«, meinte Charles.

Außerhalb des Hauses war das Signal ein wenig besser, wenn auch nur sehr geringfügig. »Annabelle wird hier kein Telefon haben wollen. Zu viel Papierkram für eine so kurze Zeit.«

»Ich dachte, Sie wären entschlossen zu bleiben.«

Flora runzelte die Stirn. »Das bin ich auch. Ich habe die Sache lediglich von Annabelles Standpunkt betrachtet.«

»Sie wird sicher wollen, dass Sie es für die Dauer Ihres Aufenthalts hier so bequem wie möglich haben«, entgegnete er ruhig.

Flora grinste. »Puh, ich hätte nicht gedacht, dass es Menschen gibt, die im wirklichen Leben Ausdrücke wie ›für die Dauer Ihres Aufenthalts‹ benutzen.«

Er zog die Augenbrauen in die Höhe. »Und ich hätte nicht gedacht, dass es immer noch Menschen gibt, die ›puh‹ sagen.«

Flora biss sich auf die Lippen, um ihr Lächeln zu kaschieren. »Ich wette, Annabelle tut es.«

»Sie kommt auch nicht aus London.«

Flora wollte bemerken, dass sie ebenfalls nicht aus London käme, aber da sie nicht wusste, woher sie kam, entschied sie sich dagegen.

»Ich mache mich wohl besser wieder auf den Weg«, erklärte Charles. »Lassen Sie mich wissen, was noch fehlt – das wird sich wahrscheinlich im Laufe der nächsten Tage herausstellen.«

»Werden Sie mich morgen abholen?«

»Warum?«

»Um mich zur Arbeit zu bringen?«

»Oh, machen Sie sich darüber keine Gedanken. Sie brauchen

nicht vor Montag anzufangen, und bis dahin sollte Ihr Wagen repariert sein.«

Flora öffnete den Mund, um zu protestieren: Aber Sie können mich doch nicht einfach mitten im Nichts sitzen lassen, noch dazu völlig ohne Beschäftigung. Sie schluckte diese Bemerkung jedoch herunter, damit Charles ihr nicht denselben Vorschlag machte wie Annabelle, nämlich sich im Garten zu betätigen. »In Ordnung. Dann werde ich mir bis Montag anderweitig die Zeit vertreiben.«

Charles runzelte die Stirn, und Flora wurde bewusst, wie lästig er sie finden musste. Sein verwandtschaftliches Pflichtgefühl, eine sehr mächtige Regung, kämpfte mit seinem Ärger über ihre Anwesenheit hier. »Ich könnte morgen vorbeikommen und nach Ihnen sehen«, schlug er widerstrebend vor. »Bei der Gelegenheit könnte ich Ihnen auch gleich berichten, wie die Reparaturen an Ihrem Wagen vorangehen.«

»Das ist nicht nötig. Ich werde schon allein zurechtkommen.«

»Die Sache mit dem Wagen hat Annabelle sehr zugesetzt.«

»Ja, ich weiß. Das habe ich bemerkt. Und ich hätte es auch bemerkt, wenn Sie mich nicht ungefähr fünfzehn Mal darauf hingewiesen hätten.«

»Aber Sie hatten sich auch einen unmöglichen Parkplatz ausgesucht.«

Flora seufzte. »Wie sehr Sie sich auch anstrengen, es wird Ihnen nicht gelingen, mir die Schuld daran in die Schuhe zu schieben, dass Annabelle meinen Wagen angefahren hat. Doch ich bewundere Sie dafür, dass Sie es versuchen. Das ist sehr loyal von Ihnen.«

Er wirkte verwirrt. »Wie meinen Sie das?«

»Sie wissen genau, wie ich das meine. Es war nicht meine Schuld, sondern die Annabelles, trotzdem ist es nett von Ihnen, dass Sie so für Ihre Verlobte eintreten.«

»Oh.«

Flora unterdrückte einen weiteren Seufzer. »Könnten Sie bitte

Geoffrey für mich anrufen und ihm erklären, dass ich heute Abend nicht zu der Chorprobe kommen kann? Ich möchte ihr nicht einfach sang- und klanglos fernbleiben.«

»Chorprobe? Sie? Singen Sie?«

»Natürlich. Singt nicht jeder?«

»Ja, aber Geoffreys Chor ist sehr gut. Er genießt einen ausgezeichneten Ruf – oh, tut mir leid, das muss sehr unhöflich geklungen haben.«

»Sie brauchen sich nicht zu entschuldigen. Ich habe mich mittlerweile daran gewöhnt.«

»Ich weiß wirklich nicht, was Sie damit meinen.«

»Das erstaunt mich. Ich spreche nämlich meistens Englisch.«

Er schüttelte den Kopf. »Ich muss gehen. Denken Sie, dass Sie zurechtkommen werden?«

»Ja. Ganz sicher.« Sie öffnete die Tür. »Und noch einmal vielen Dank, dass Sie mich hergebracht haben.«

»Das war wirklich das Mindeste, was ich tun konnte.« Er betrachtete sie einige Sekunden lang, dann fügte er hinzu: »Auf Wiedersehen«, und stolzierte zur Haustür hinaus.

Flora blickte ihm durchs Fenster nach, als er davonfuhr. Emma hatte einmal behauptet, es gebe keinen Mann auf der Welt, den Flora nicht betören könne, wenn sie es sich in den Kopf gesetzt hatte. Emma kannte Charles nicht. Floras Gedanken wanderten zu dem Mann, der ihr im Supermarkt über den Fuß gefahren war. Wenn Charles nur ein ganz klein wenig mehr Ähnlichkeit mit ihm gehabt hätte, wäre das Leben so viel einfacher gewesen.

Als sie die Haustür abschloss und in die Küche ging, um Imelda hinauszulassen, war Flora mit einem Mal niedergeschlagen. Wenn Charles und sie – und vermutlich auch Annabelle – Geschäftspartner sein sollten, würde alles viel leichter sein, wenn die beiden sie mochten. Doch Charles würde sich offensichtlich eher in Granit verwandeln, als sie ins Herz zu schließen, also würde sie versuchen müssen, Annabelle auf ihre Seite zu ziehen. Wenn nicht, würde sie an Verzweiflung und Einsamkeit sterben.

Wenn Charles nur ansatzweise normal gewesen wäre, hätte sie ihn mit einem kleinen, wohlberechneten Flirt für sich gewinnen können. Flirts funktionierten bei fast jedem Mann, und Flora beherrschte diese Kunst beinahe so mühelos wie das Atmen. Als sie vor einem besonders grässlichen Bewerbungsformular für einen Job gesessen hatte, hatte sie das Flirten in der Sparte »Hobbys« vermerkt. Sie hatte den Job bekommen.

Nachdem Imelda versorgt war, kramte Flora ihr Radio aus ihrer Reisetasche und schaltete es ein. Als ihr Atem und ihre gemurmelte Unterhaltung mit Imelda nicht länger die einzigen Geräusche um sie herum waren, fühlte sie sich besser. Sie würde dieses kleine Cottage zu ihrem Zuhause machen. Und Charles um einen Fernseher bitten. Schließlich war es ganz normal, in einem Feriencottage einen Fernseher zu haben.

Schon bald langweilte sie das Auspacken ihrer Sachen, und sie fragte sich, ob es wirklich eine gute Idee war, Katzen die Pfoten mit Butter einzureiben, wie sie einmal gehört hatte, oder ob das lediglich eine Altweibergeschichte war, die ihr nicht mehr eintragen würde als Fettflecken auf dem Boden. Noch während sie über diese alles andere als spannende Frage nachsann, hörte sie einen Wagen.

Es war Geoffrey, und Flora kam ihm an der Haustür entgegen. Er hielt etwas in der Hand, das mit einem Tuch abgedeckt war.

»Edie lässt Ihnen eine Cottage-Pastete zum Abendessen bringen, und sobald Sie gegessen haben, nehme ich Sie zur Chorprobe mit.«

»Wie lieb von Ihnen!«, rief Flora, zog die Tür weiter auf und vergaß dabei für einen Moment Imelda. Die Katze erfasste mit einem Blick die sommerliche Landschaft in ihrer ganzen Pracht und schoss ins Freie.

»Oh nein!« Flora stieß einen spitzen Schrei aus. »Was mache ich, wenn sie nicht zurückkommt?«

»Sie wird schon wiederkommen.« Geoffrey trat ein und stellte die Schüssel auf einen kleinen Tisch. »Wohin könnte sie auch gehen? Sie wird die Nacht sicher nicht draußen verbringen, nicht, wenn sie es nicht gewohnt ist.« Geoffrey hatte eine äußerst beruhigende Wirkung. Flora glaubte ihm einfach, als müsste jedes Wort, das Geoffrey von sich gab, automatisch die Wahrheit sein. »Sie essen jetzt erst einmal zu Abend und lassen Ihrer Katze ein wenig Zeit, sich umzusehen, und danach werden wir sie dann rufen.«

Sie ließen die Tür offen, während Flora die noch warme Mischung aus wohlschmeckendem Hackfleisch und Kartoffelpüree aß – direkt aus der Plastikschale. Zwischendurch konnte sie Imelda sehen, die vorsichtig durch die hohen Gräser stapfte und gelegentlich daran schnupperte. Als Flora satt war, stellte sie die Schale auf den Fußboden und rief nach ihrer Katze.

Imelda hatte wahrscheinlich gehört, wie die Plastikschale auf dem Boden landete, denn sie blickte auf und kam zum Haus zurückgeschlendert, wobei ihr trächtiger Leib beinahe dreieckig aussah.

»Das muss Ihnen furchtbar unhöflich erscheinen, aber sie kommt immer angelaufen, wenn sie glaubt, ich hätte ihr etwas hingestellt.«

Geoffrey kicherte. »Kein Problem. Was übrig geblieben ist, kann sie gern haben. Immerhin erwartet sie Nachwuchs.«

»Meinen Sie wirklich, dass es in Ordnung ist, wenn ich sie allein lasse?«

»Sie wird bestimmt keine Probleme haben. Die meisten Katzen ziehen es ohnehin vor, ihre Jungen allein zur Welt zu bringen. Haben Sie ihr ein schönes Bett zurechtgemacht? Sie mögen zum Beispiel Schränke oder andere dunkle Orte. Was ist mit dem Platz unter der Treppe?«

Gemeinsam richteten sie Imelda ein Lager unter der Treppe. Dann holte Flora ein Kissen vom Gästebett, nachdem sie sich zuvor davon überzeugt hatte, dass es keine reinen Gänsedaunen enthielt und ein Ersatz daher nicht allzu teuer sein würde. Zu guter Letzt legte Flora eine Strickjacke, die ihr bisher keineswegs alt erschienen war, obenauf, um dem Ganzen einen vertrauten Geruch zu geben. Als sie schließlich zu der Überzeugung gekommen war, dass ihre Katze es bequem haben würde, rief sie sie.

Imelda kam gehorsam herbei, um ihre Entbindungssuite zu begutachten. Nachdem sie ihr neues Lager ausgiebig beschnuppert hatte, setzte sie vorsichtig eine Pfote auf die Strickjacke – trotz ihres geschwollenen Leibs war sie so wählerisch wie eh und je. Sie zog ihre Kreise, knetete die weiche Unterlage gründlich durch und probierte mehrere Positionen aus, während Flora die Tür nach und nach weiter zuzog, um festzustellen, ob Imelda es dunkel haben wollte oder nicht. Schließlich blickte die Katze zu Flora und Geoffrey auf, als wollte sie sagen: So ist es gut, jetzt verschwindet und geht spielen.

Solchermaßen entlassen, bemerkte Flora: »Wahrscheinlich geben die Stiefel ihr das Gefühl, daheim zu sein. Als ich sie das erste Mal mit zu mir nach Hause nahm, hat sie meinen Schuhschrank sofort ins Herz geschlossen, weshalb ich sie auch Imelda getauft habe.«

Geoffrey lachte väterlich, und Flora kam zu Bewusstsein, dass sie ihren eigenen Vater, den sie sehr liebte, schon seit geraumer Zeit nicht mehr gesehen hatte. Vielleicht war das der Grund, warum sie sich zu Geoffrey hingezogen fühlte.

»Jetzt ziehen Sie sich etwas Warmes an«, riet er. »Ob Sommer oder Winter, in der Kirche ist es immer ziemlich kalt.«

Flora biss sich auf die Unterlippe. In London war es so heiß gewesen, dass einem der Schweiß über den Rücken gelaufen war. Anscheinend war auf dem Land selbst das Wetter anders. »Der Chor fängt aber früh an«, meinte Flora. War es ein schrecklicher Fehler von ihr, das Cottage zu verlassen? Vielleicht sollte sie besser ein Feuer im Ofen anzünden, um die Wölfe fernzuhalten.

»Bis wir wieder in der Stadt sind und Sie Edie kurz Hallo gesagt haben, wird es Zeit für die Probe sein. Wir fangen um halb acht an.«

»In Ordnung«, antwortete Flora und fragte sich, worauf um alles in der Welt sie sich da eingelassen hatte.

Edie, Geoffreys Frau, hielt Floras göttlich hübsche Strickjacke nicht für einen ausreichenden Schutz gegen die Kälte von St. Stephen's und bestand darauf, ihr eine Fleeceweste zu leihen.

»Selbst im Hochsommer kann man sich in dieser Kirche zu Tode frieren. Machen Sie sich keine Gedanken darüber, wie Sie aussehen. Das wird da drin keine Rolle spielen.« Edie lächelte und tätschelte Flora auf eine Art und Weise, dass diese sich fragte, ob die beiden Enkelkinder hatten. Sie wären perfekte Großeltern gewesen: nachgiebig, klug, liebevoll. »Geht es Ihrer kleinen Katze gut?«

Flora nickte. »Wir haben ihr unter der Treppe ein Lager gerichtet. Es wird wahrscheinlich noch Tage dauern, bis sie ihre Jungen bekommt, aber sie ist jetzt schon einfach gewaltig, und man kann spüren, wie die Kleinen sich bewegen.«

»Nun, geben Sie mir Bescheid, sobald sie auf der Welt sind, dann werde ich Geoffrey bitten, mich zu Ihnen rüberzufahren, damit ich sie mir ansehen kann. Und jetzt solltet ihr beide besser zur Chorprobe gehen. Es wäre nett, wenn Flora ein oder zwei Leute kennenlernen würde, bevor ihr anfangt.«

Geoffrey ließ gutmütig einige weitere Anweisungen und Verbote über sich ergehen, dann führte er Flora zurück zum Wagen.

»Warum kommt Edie nicht mit?«, fragte Flora.

»Weil sie stocktaub ist. Außerdem geht sie an Chorabenden normalerweise mit ihrer Freundin in den Pub. Und jetzt schnallen Sie sich an.« Er blickte auf seine Armbanduhr. »Wir haben noch Zeit für eine kleine Ortsbesichtigung. Ich kann Ihnen zeigen, was was ist.«

Das Städtchen war eine Mischung aus prächtigen alten und grellen neuen Gebäuden. Sie kamen an einer Reihe von Stadthäusern vorbei, von denen eins *Stanza und Stanza* beherbergte. Gegenüber lag ein auf Säulen stehendes altes, steinernes Gebäude.

»Das ist der alte Buttermarkt. Er ist schon seit dem dreizehnten Jahrhundert in Gebrauch. Freitags gibt es hier eine sehr gute Fischbude.«

Auf der anderen Seite des Buttermarktes befand sich eine weitere Reihe von Geschäften: zwei Secondhandläden, eine Spirituosenhandlung, ein indischer Imbiss – wahrscheinlich der Balti, von dem Annabelle gesprochen hatte – und eine Haushaltswarenhandlung.

»Dieses Geschäft gehört Fred. Er ist einer unserer Bässe und sehr nützlich, wenn Sie irgendetwas fürs Haus brauchen. Er verkauft alles, lässt aber nicht zu, dass Sie das Falsche mitnehmen, wenn Sie verstehen, was ich meine. Und da hinten ist die Abtei.«

Flora spähte die Straße hinunter und entdeckte ein bleiches, steinernes Gebäude mit einem Paar Strebebögen. »Die würde ich mir gern einmal richtig ansehen.«

»Wir werden mit Ihnen hingehen. Wir sind alle sehr stolz auf unsere Abtei. Und es gibt dort auch eine hübsche Teestube.«

Am Ende der Straße befand sich eine deutlich kleinere Kirche. »Ist das die Kirche, in der wir proben?«

»Nein. Wir singen manchmal da, und mehrere Chormitglieder besuchen die Gottesdienste dort. Außerdem stehen einige unserer Sänger auf einer Liste von Freiwilligen, die die Kirche sauber halten, aber ich glaube, das ist nur ein Vorwand, um anschließend in den Pub zu gehen.

Damit hätten wir den sehenswerten Teil der Stadt hinter uns, aber Sie finden auch hier einige nützliche Läden.« Er deutete auf eine Nebenstraße. »Eine Apotheke, ein Zeitungskiosk, ein Optiker und dergleichen mehr. Sie haben hier alles, was Sie brauchen«, beendete er seine Erklärungen voller Stolz.

Flora hatte nirgendwo ein Geschäft entdeckt, in dem man Kleider kaufen konnte, abgesehen von den Secondhandläden, von denen es an jeder Straßenecke einen zu geben schien, aber sie sagte nichts. Schließlich brauchte sie eigentlich keine Kleider – sie kaufte sie nur gern. Insgesamt war es ein hübsches Städtchen, auch wenn es der in der Großstadt aufgewachsenen Flora ein wenig ruhig vorkam.

»Also, wenn Sie jetzt genug gesehen haben, fahren wir nach St. Stephen's. Es ist zwar nicht mehr weit, aber ich bin gern zeitig dort, um einen Parkplatz zu bekommen.«

Als Geoffrey sie den Gang hinauf zu einer Gruppe von Menschen führte, die am Klavier standen, konnte Flora ihre Nervosität nicht länger ignorieren. Sie hatte keine Probleme damit, allein auf Partys zu gehen oder in Pubs Leute kennenzulernen, doch diese kleine, ländliche Kirche hatte etwas Einschüchterndes.

Geoffrey begleitete sie zu einem hochgewachsenen Mann mit einer starken Ausstrahlung und einem überraschend schüchternen Lächeln. »Das ist Flora, James. Ich hoffe, Sie haben nichts dagegen, dass ich sie mitgebracht habe. Sie ist neu in der Gegend, und sie singt gern.«

Plötzlich stieg ein erschreckender Gedanke in Flora auf: Möglicherweise würde sie vorsingen müssen! Sie brachte es kaum fertig, James' Lächeln zu erwidern. Warum hatte sie sich bei Geoffrey nicht danach erkundigt, welche Gepflogenheiten der Chor in puncto Vorsingen hatte? Schließlich war es vollkommen normal, sich davon zu überzeugen, ob jemand singen konnte, bevor man ihn in einen Chor aufnahm, der obendrein einen sehr guten Ruf genoss. Plötzlich erinnerte sie sich an Charles' Bemerkung über das hohe Niveau des Chors, und ihre Angst verzehnfachte sich.

»Freut mich, Sie kennenzulernen.« James schüttelte ihre Hand. »Sopran?«

Flora nickte. »Wahrscheinlich brauchen Sie gar keine Soprane mehr. Ich muss dem Chor nicht unbedingt beitreten …«

James, der ihre Nervosität wahrscheinlich bemerkt hatte, ignorierte ihr Geplapper. »Setzen Sie sich einfach dort drüben hin. Moira wird sich um Sie kümmern.«

Moira, eine hochgewachsene Frau, die mehrere Pullover und Strickjacken übereinandertrug, lächelte und klopfte auf den Platz an ihrer Seite. »Setzen Sie sich hierher, neben mich. Das sind übrigens Freda und Jenny. Wir sind die Ersten Soprane. Die Zweiten Soprane stehen dort hinten, aber ich muss Sie warnen, das ist eine ziemlich freche Truppe.« Sie drehte sich um und deutete auf drei Frauen, die Flora als der Inbegriff der Wohlanständigkeit erschienen.

Eine der Frauen sagte: »Wir pflegen unsere Unarten.« Diese Bemerkung kam so trocken, dass Flora nicht entscheiden konnte, ob die Frau scherzte oder nicht.

Aber selbst ein Scherz, der vielleicht keiner war, war immerhin etwas, und Flora entspannte sich ein wenig. Andere Leute kamen hereingeschlendert und gingen zu ihren Stühlen, die in zwei Halbkreisen um das Klavier gruppiert waren. Sie alle lächelten sie freundlich an, was Flora den Mut gab, Moira zu fragen: »Werde ich vorsingen müssen?«

»Oh nein«, antwortete sie. »James wird schnell genug merken, wenn Sie nicht singen können.«

»Und was passiert dann?«

»Sie bekommen den Brief mit dem schwarzen Punkt«, meinte Moira. Dann stieß sie Flora energisch in die Rippen. »Ich weiß es nicht! Das ist noch nie vorgekommen! Singen Sie einfach zunächst einmal nicht allzu laut.«

Flora nickte. Sie war davon überzeugt, dass ohnehin kein Laut über ihre Lippen kommen würde, wie sehr sie sich auch bemühte.

»Also schön.« James rief den Chor zur Ordnung, und nachdem die Sänger ihre letzten Neuigkeiten ausgetauscht hatten, räusperte er sich vernehmlich. »Zunächst einmal ein herzliches Willkommen an Flora, die heute Abend bei uns ist, um unserem Chor eine

Chance zu geben. Jetzt wollen wir zum Aufwärmen einige Tonleitern singen. Auf A!«

Nach einigen Minuten stellte Flora fest, dass sie sich tatsächlich wohlfühlte. Zuerst hatte sie sich gefragt, warum um alles in der Welt sie sich an einem schönen Sommerabend freiwillig und mit der Fleeceweste einer anderen Frau bekleidet in eine eiskalte Kirche gesetzt hatte, aber während ihre Stimme sich daran erinnerte, was sie zu Schulzeiten so mühelos geleistet hatte, kehrte die Freude am gemeinschaftlichen Singen zurück.

Sie war dankbar für die Fleeceweste und hätte gewiss nicht Nein gesagt, wenn ihr jemand eine dazu passende, fleecegefütterte Jogginghose angeboten hätte. Ihre nackten Beine und die Pfingstrosen-Sandalen saugten die Kälte auf wie Wasser. Aber sie genoss es trotzdem. Sie blickte über Moiras Schulter und versuchte, die Noten zu lesen, und mit Moiras starker, selbstbewusster Stimme im Ohr war sie davon überzeugt, dass von ihr selbst nicht der geringste Laut zu hören war. Das bekümmerte sie jedoch keineswegs; sie wollte leise sein, wollte keine Fehler machen. Sie wünschte sich sehnlichst, in dem Chor bleiben zu dürfen.

Als James endlich mit ihnen fertig war, war Flora überraschend müde. Sie bemerkte etwas in der Art zu Moira, die antwortete: »Das liegt wahrscheinlich daran, dass Sie seit Jahren nicht mehr tief geatmet haben. Sie werden sich daran gewöhnen.«

»Wie hat es Ihnen gefallen?«, fragte James, als Flora zu ihm hinüberging, um sich zu bedanken und Auf Wiedersehen zu sagen.

»Gut. Ich habe es genossen. Nur das Notenlesen bereitet mir ein wenig Sorgen. Ich bin vollkommen eingerostet.«

»Das wird sich sehr schnell legen. Ich freue mich, dass Sie mitmachen wollen. Dann sehen wir uns also nächste Woche?«

»Unbedingt.« Flora hatte das Gefühl, tatsächlich etwas geleistet zu haben. Eigentlich war es nichts, worauf sie besonders stolz sein konnte – sie hatte sich lediglich durch eine Chorprobe gestolpert –, aber ihr kam es so vor, als hätte sie mit Erfolg die erste Zehe in das kalte Wasser des Landlebens gestreckt.

Als Geoffrey sie zu ihrem Cottage zurückfuhr, geriet Floras Optimismus ein wenig ins Wanken. Würde sie ohne die Annehmlichkeiten, die sie gewohnt war, wirklich zurechtkommen? Hier draußen würde die Stille der Nacht nur durch die Geräusche wilder Tiere durchbrochen werden. Selbst die Autobahn war zu weit entfernt, um sie zu hören, wenn man nicht wirklich lauschte. Es würde keinen beruhigenden Strom von Taxis geben, der Menschen von irgendwelchen Partys nach Hause brachte, ebenso wenig wie das Wissen, dass sich nur einige Straßen entfernt ein Geschäft befand, das rund um die Uhr geöffnet hatte und ihr mit Freuden alles verkaufen würde, was ihr Herz begehrte. Es gab kein Kino in der Nähe, und selbst der Bahnhof war eine halbstündige Autofahrt entfernt. (Charles hatte sie mit trockener Wonne über den Mangel derartiger Einrichtungen in Kenntnis gesetzt.)

Dann musste sie plötzlich an Annabelle denken, Annabelle mit ihren noch nicht enthüllten Plänen zur Kosteneindämmung, Annabelle, die Geoffrey entlassen und das Familiengeschäft, *ihr* Familiengeschäft, übernehmen wollte. Unwillkürlich richtete Flora sich ein wenig höher auf. Sie konnte es schaffen, sie würde es schaffen – und zwar mit Bravur. Und wenn sie nach London zurückkehrte – was ihr jetzt ungeheuer erstrebenswert erschien, wie Weihnachten für kleine Kinder –, würde sie eine stärkere und besser qualifizierte Frau sein.

Die Gegend war wunderschön, das musste sie zugeben, während sie die Bäume, die Hecken und die dahinterliegenden Hügel betrachtete. Vielleicht würde die Natur ihr den Halt geben, den ihr früher Taxis und Schuhgeschäfte gegeben hatten.

Geoffrey erbot sich, sie in das Cottage zu begleiten, um sich davon zu überzeugen, dass alles in Ordnung war. Sie nahm sein Angebot dankbar an.

Gemeinsam gingen sie den Weg hinauf. »Hm, das Licht funktioniert jedenfalls noch«, meinte Flora. »Das kann ich von hier aus sehen.«

»Es wird auch alles andere noch funktionieren. Es ist ein gutes kleines Haus. Als sie es im letzten Jahr vermietet haben, bin ich häufig hierhergekommen, um nach dem Rechten zu sehen. Ich weiß, dass alles in einem guten Zustand ist.«

Flora öffnete die Haustür. »Wo Imelda wohl sein mag?«

Sie gingen zu dem Nest, das sie ihr mit solcher Sorgfalt bereitet hatten. Sie war nicht dort.

»Oh, mein Gott!« Flora schlug die Hände vors Gesicht. »Wo kann sie nur sein?« Sofort stellte sie sich Imelda vor, die durch ein unbekanntes Loch geschlüpft und von Füchsen gejagt worden war.

»Keine Panik. Sie kann nicht aus dem Haus geschlüpft sein. Sehen wir uns erst einmal um.«

Irgendwie war es keine Überraschung für Flora, als sie Imelda und vier kleine, vielfarbige Fellknäuel zwischen den Schuhen entdeckten, die sie aus ihrer Tragetasche in ihren Schrank gekippt hatte. »Oh, Imelda! Wie konntest du? Das muss doch furchtbar unbequem gewesen sein!«

»Ich laufe nach unten und hole die Decken«, entschied Geoffrey, »während Sie Ihre Schuhe retten. Es wird Ihrer Katze vielleicht nicht gefallen, wenn wir uns einmischen, doch die Kleinen brauchen mehr als nur einen Haufen stacheliger Absätze zum Schlafen.«

Flora verzieh Geoffrey die geringschätzige Bemerkung über einige ihrer liebsten Besitztümer und streichelte Imeldas Kopf. »Du bist sehr klug, und ich bin sehr stolz auf dich, aber hast du eine Ahnung, wie viel diese Schuhe gekostet haben?« Um einige davon kaufen zu können, hatte Flora wochenlang nur von Suppe gelebt.

Imelda, die ebenfalls sehr stolz auf sich und ihre Kätzchen war, zeigte keinerlei Anzeichen von Bedauern, doch zu Floras und Geoffreys Erleichterung schien sie es nicht weiter übel zu nehmen, dass sie sie aus dem Gewirr von Manolo Blahniks und Jimmy Choos auf das Lager umbetteten, das Geoffrey heraufgeholt hatte.

Flora stellte ihr zwei Schälchen hin, eines mit Wasser und eines mit Katzenfutter, über das Imelda herfiel, als wäre sie dem Hungertod nahe.

»Was meinen Sie, soll ich ihr auch etwas Milch geben?«

»Das würde ich Ihnen nicht raten. Ausgewachsene Tiere trinken im Allgemeinen keine Milch.«

»Nein, außerdem bekommt sie ihr nicht gut. Oh, ich werde ihr noch die Katzentoilette heraufholen.«

Als Imelda und ihre kleine Familie schließlich versorgt waren, sagte Geoffrey: »Ich mache mich dann wohl besser auf den Weg.«

»Wollen Sie nicht vielleicht noch eine Tasse Tee oder irgendetwas?« Mit einem Mal erinnerte Flora sich wieder daran, was von einer guten Gastgeberin erwartet wurde. »Sie haben mir so sehr geholfen.«

»Ich denke, ich fahre besser nach Hause, aber Sie sollten noch eine heiße Schokolade trinken, bevor Sie ins Bett gehen. Dann können Sie besser einschlafen.«

Flora widerstand der Versuchung, Geoffrey zu umarmen. Er war es vielleicht nicht gewohnt, von jungen Frauen umarmt zu werden, die ihre Väter vermissten.

Erschöpft, aber nicht müde, ließ Flora sich ein Bad ein. Zumindest verfügte das Cottage über einen anständigen Durchlauferhitzer, was immerhin etwas war. In einer ihrer Plastiktüten fand sie einige Duftkerzen, die sie im Badezimmer verteilte. Dann schenkte sie sich ein Glas Sekt aus der Flasche ein, die Charles mitgebracht hatte, stellte ihr Radio an und zog sich aus. Das Landleben hatte doch seine Vorzüge.

Kapitel 4

Am nächsten Morgen schlief Flora länger als gewöhnlich. Sie war drei Mal von Tieren geweckt worden, von denen sie hoffte, dass es nur Füchse waren, obwohl ihre Schreie geradezu schaurig klangen. Die leisen Schmatzlaute und das gleichmäßige Atmen von Imelda und ihren Kindern waren dagegen sehr beruhigend gewesen. Imelda war eine ausgesprochen gute Mutter.

Nachdem Flora die Katze gefüttert und für ein paar Minuten in den Garten hinausgelassen hatte, ging sie ins Badezimmer. Nach einem heftigen und mehr oder weniger erfolgreichen Kampf mit der Dusche und dem Duschvorhang lief sie nach unten, um zu frühstücken.

Als auch das erledigt war, wusste sie nicht recht weiter. Natürlich brauchte Imelda eine Menge Streicheleinheiten und allgemeine Fürsorge, aber abgesehen davon hatte Flora nicht viel zu tun. Also beschloss sie, das Cottage zu putzen und es sich ein wenig gemütlicher zu machen. Falls Annabelle sich zu einer Hausbegehung entschließen sollte, konnte sie dem in aller Ruhe entgegensehen.

Als sie erst einmal angefangen hatte, ging ihr die Arbeit erstaunlich leicht von der Hand, und obwohl der Staubsauger schwer und träge war und obendrein asthmatisch seufzte, genoss Flora die häusliche Betätigung. Sie verschob sogar die Möbel, um den Boden darunter zu putzen. Schließlich rückte sie allem, was ihr unter die Finger kam, mit Politur zu Leibe, aber der Geruch nach Holzrauch ließ sich auch dadurch nicht vertreiben. Im Grunde hatte sie nichts dagegen; sie beschäftigte nur die Frage, warum der Geruch so beharrlich in der Luft hing. Als am Ende alles glänzte, was nur glänzen konnte, schob sie die

Möbel wieder an ihren Platz. Nachdem sie gegen Mittag ein Sandwich gegessen und einen kurzen Spaziergang unternommen hatte, stellte sie die Möbel abermals um, bis ihr bewusst wurde, dass sie jetzt alle wieder genauso standen wie bei ihrer Ankunft.

Statt in eine tiefe Depression zu versinken, was ohne weiteres hätte passieren können, ging sie in den Garten und schnitt einige ziemlich große Stängel von einer Kletterrose ab, die sie in einem steinernen Krug auf dem Kaminsims arrangierte.

»Du siehst, ich kann dem Cottage durchaus ein wenig Leben einhauchen«, erklärte sie später Imelda. »Selbst wenn die Veränderungen nur kosmetischer Natur sind, haben sie doch ihre Wirkung.«

Als sie zu Bett ging, fragte sie sich, ob sie Charles und Annabelle jemals davon würde überzeugen können, dass sie auch nur annähernd nützlich sein konnte. Jetzt, da die Kätzchen geboren waren, würde es noch schwieriger werden, nach London zurückzukehren. Sie würde zumindest bleiben müssen, bis sie ein wenig älter waren. Während sie wach im Licht des Mondes lag, kam ihr die unbehagliche Erkenntnis, dass sie in der Falle saß.

Am nächsten Morgen standen Geoffrey und Edie auf ihrer Türschwelle, noch bevor sie ihren Toast und die Packung *Marmite* weggeräumt hatte.

»Tut mir leid, aber ich konnte sie nicht fernhalten«, erklärte Geoffrey, als Edie eintrat und die Treppe hinaufging, nachdem sie sich kaum die Zeit genommen hatte, Flora zu begrüßen oder nach dem Weg zu fragen.

Flora war überglücklich, Gesellschaft zu haben, vor allem jetzt, da das Cottage so hübsch hergerichtet war.

»Ich werde Sie nicht stören«, versprach Edie, während sie vorsichtig die Tür zu Imeldas Schrank öffnete.

Laut schnurrend gestattete Imelda Edie, ihre Jungen zu inspizieren, die sich alle mit ihren winzigen Pfoten in den Körper ihrer Mutter krallten.

»Ich glaube, sie sind bereits gewachsen«, bemerkte Geoffrey.

»Ganz eindeutig«, stimmte Flora ihm zu. »Gestern waren sie noch länglich-röhrenförmig. Heute sind sie runder, eher wie Ballons.«

»Wir haben uns gefragt, ob Sie nicht vielleicht einkaufen gehen müssen«, meinte Edie. »Es ist bestimmt nicht einfach für Sie, ohne einen Wagen hier festzusitzen. Diese Annabelle sollte sich schämen.«

»Oh, das tut sie, sehr sogar«, versicherte Flora ihr. »Ich brauche zwar nicht viel einzukaufen – ich habe mich gestern mit Vorräten eingedeckt –, doch ein kleiner Ausflug wäre mir sehr willkommen. Imelda wird es langsam leid, dass ich sie ständig frage, wie es ihr geht.«

»Wir werden Ihnen etwas von der Stadt zeigen, und Sie können sich bei der Gelegenheit gleich auch die Abtei ansehen«, schlug Geoffrey vor.

»Das wäre wunderbar! Ich liebe alte Kirchen.«

»Wir sind in Bishopsbridge sehr stolz auf unsere Abtei«, meinte Edie, die Floras Begeisterung ansteckend fand.

»Oh, und könnte ich vielleicht irgendwo ein Buch kaufen? Mit dem, das ich gerade lese, bin ich fast fertig, und das Cottage verfügt nicht gerade über reichen Lesestoff.«

»In Bishopsbridge haben wir alles, was Sie brauchen«, antwortete Edie stolz. »Sogar eine Buchhandlung.«

Die Abtei war wunderschön, und wegen ihrer zentralen Lage wirkte sie fast wie der Kern des Städtchens und auf keinen Fall wie ein Fremdkörper. Edie und Geoffrey zeigten ihr die Gräber, die gewaltigen Säulen und die Holzschnitzereien. Schließlich verabredete sie mit den beiden ein Treffen in dem kleinen Laden der Abtei, schlenderte ein Weilchen allein umher und ließ sich von der geheimnisvollen Atmosphäre dieses Ortes mitreißen, an dem Menschen seit fast zweitausend Jahren ihre Gottesdienste feierten.

Sie hatte gerade den Laden gefunden und Edie bei den Ansichtskarten erspäht, als sie mit jemandem zusammenstieß. Mit einem gemurmelten »Tut mir leid« trat sie beiseite – und sah, dass es der Mann war, der ihr im Supermarkt über den Fuß gefahren war.

»Ach du meine Güte«, sagte er. »Das wird anscheinend langsam zur Gewohnheit. Ist alles in Ordnung mit Ihnen?«

»Natürlich.« Flora erwiderte sein Lächeln, erfreut darüber, ein vertrautes, anziehendes Gesicht zu sehen.

»Im Gegensatz zu den meisten Dingen in diesem Laden bin ich nicht zerbrechlich.«

»›Schön bin ich anzusehen, lieg dir gut in der Hand, doch zerbrichst du mich, sei der Preis dir bekannt‹«, zitierte er mit schräg gelegtem Kopf.

Flora spürte, dass sie errötete. »So bin ich nicht«, gab sie zurück.

»Oh, ich bin davon überzeugt, dass einiges davon durchaus auf Sie zutrifft, aber bevor wir so weit kommen, sollte ich mich vielleicht vorstellen. Henry Burnet.« Er griff nach ihrer Hand.

»Flora Stanza.«

»Oh – haben Sie zufällig eine Verbindung mit …?«

»Ja. Ich bin Teilhaberin des Auktionshauses. Obwohl ich erst ganz neu im Geschäft bin. Im Grunde genommen ein Lehrling.«

»Ah. Ich kenne Charles Stanza, wenn auch nur flüchtig.«

»Ich schätze, besser kennt ihn wohl kaum jemand«, erwiderte Flora und fragte sich gleichzeitig, ob sie damit einen Verrat beging.

Henry Burnet lachte. »Er ist ziemlich zurückhaltend. Also, wie lange werden Sie hier unten bleiben? Wollen Sie einen Kaffee trinken? Das Café bietet auch wunderbare Kuchen an, alle selbst gemacht.«

»Eigentlich bin ich mit dem Ehepaar dort drüben hier.« Sie deutete auf Geoffrey und Edie, die sie ein wenig ängstlich beobachteten. Es war wirklich eine Schande; es wäre zur Abwechslung recht angenehm gewesen, mit einem Mann zusammen zu sein, der weder ihr aufgeblasener Vetter war noch ein Ersatzgroßvater. Ein wenig attraktive männliche Gesellschaft hätte ihr gutgetan.

»Vielleicht wollen die beiden ja auch einen Kaffee trinken«, bemerkte Henry, was Flora ihm hoch anrechnete.

»Unter anderen Umständen gern, aber ich glaube, dies ist nicht der richtige Zeitpunkt.«

Edie und Geoffrey schlichen inzwischen um sie herum wie wachsame Eltern, die einen unpassenden Verehrer witterten. Zu guter Letzt postierten sie sich schützend neben Flora.

»Ein andermal vielleicht?«, fragte Henry.

»Vielleicht«, antwortete Flora. »Wenn Sie mich das nächste Mal anrempeln.«

Er lachte. »Es wird sich kaum vermeiden lassen. Ich bin schrecklich unbeholfen. Eigentlich bin ich nur hier, um eine Geburtstagskarte für meine Schwester zu kaufen.«

»Und ich bin als Touristin hier. Die Abtei ist wunderschön.«

»Wir sind alle sehr stolz darauf.«

»Sind Sie jetzt so weit, Flora? Können wir gehen?«, drängte Geoffrey mit einem vielsagenden Unterton.

Sie lächelte Henry an, um ihm wortlos zu erklären, warum sie sich trennen mussten. Er erwiderte ihr Lächeln, und Flora durchzuckte der Gedanke, wie viel Spaß es machte, sich so mühelos mit einem anderen Menschen verständigen zu können. Bei Charles war jedes einzelne Wort harte Arbeit.

»Das ist Henry Burnet«, erklärte Geoffrey. »Er hat einen ziemlich schlechten Ruf.«

»Oh. Weshalb?«

»Frauengeschichten«, fuhr Geoffrey düster fort. »Er ist ein Schürzenjäger.«

Flora seufzte. Das Wort »Schürzenjäger« klang sehr reizvoll.

»Aber er hat ein sehr hübsches Haus«, warf Edie ein. »Trotzdem dürfte er kein besonders angenehmer Zeitgenosse sein. Seine Frau hat ihn verlassen.«

Nun, zumindest war er Single, dachte Flora, als sie Geoffrey und Edie aus der Abtei ins Freie folgte und sie zum Mittagessen in den Pub hinüberschlenderten.

Nachdem die beiden sie zu Hause abgesetzt hatten und Edie noch einmal ausgiebig von den Katzen geschwärmt hatte, ließ Flora sich mit ihrem neuen Buch auf das Sofa fallen. Es wäre nett gewesen, wenn Henry und sie Zeit gehabt hätten, ihre Telefonnummern auszutauschen, aber Bishopsbridge war ein recht kleiner Ort. Sie mussten einander zwangsläufig wieder über den Weg laufen. Schließlich kannte er ihren Namen und konnte sie, wenn alles andere versagte, über das Büro erreichen.

Am Sonntag würde sie mit Geoffrey und Edie zu Mittag essen, und alles in allem war sie recht zufrieden, aber dennoch war sie sehr froh, als der Montagmorgen kam.

»Wir werden direkt in die Verkaufsräume gehen«, erklärte Charles, während Flora und er den Weg hinunterfuhren. »Wir haben übermorgen eine Auktion, und wir bekommen immer noch neue Ware herein.«

»Ja. Gut.« Es war schwer zu sagen, welche Antworten er von ihr erwartete.

»Es tut mir leid, dass ich Sie am Wochenende nicht besucht habe. Aber Geoffrey hat mir erzählt, dass Sie keine Probleme hatten.«

»Ich hatte alles, was ich brauchte, ja.« Flora beschloss, keine Bemerkung darüber zu machen, ob es richtig war, dass Charles alle Verantwortung für sie Geoffrey überlassen hatte, der schließlich nicht einmal ein Familienmitglied war.

»Wir mussten zu Annabelles Eltern fahren.«

»Über das ganze Wochenende?«

»Ja.« Charles' Kinn nahm die starre Haltung eines Menschen an, der weiß, dass er im Unrecht ist. »Es ließ sich nicht vermeiden. Die beiden sind nicht mehr so jung, wie sie einmal waren, und sie waren so gut zu mir, als meine eigenen Eltern gestorben sind.«

Wieder enthielt sie sich eines jeden Kommentars und versicherte nur: »Nun, ich bin gut zurechtgekommen. Geoffrey und Edie haben mich bestens versorgt.«

»Ich wusste, dass sie das tun würden.«

»Haben Sie Geoffrey gebeten, nach mir zu sehen?«

»Nein, aber er hat davon gesprochen, dass er das vorhatte.«

»Und das hat Ihr schlechtes Gewissen beruhigt?«

»Nein! Ich meine, ich hatte kein schlechtes Gewissen – warum sollte ich auch? Sie sind eine erwachsene Frau, und Sie sind nicht hilflos.«

»Ich wäre noch weniger hilflos gewesen, wenn ich einen Wagen gehabt hätte.«

Charles atmete tief durch. »Ich weiß. Und das tut mir auch wirklich leid.«

»Sie waren nicht derjenige, der mein Auto angefahren hat.«

»Nein, aber …«

»Das Cottage ist sehr weit vom nächsten Laden entfernt.«

»Nicht, wenn man die richtigen Schuhe trägt.«

Flora hatte nicht die Absicht, in diese Falle zu tappen. »Wann sind Sie das letzte Mal zu Fuß vom Cottage in den Ort gegangen?«

Charles knirschte mit den Zähnen. »Ich bin diese Strecke noch nie gegangen.«

Dank Geoffrey und Edie hatte sie die Strecke ebenfalls nicht zu Fuß bewältigen müssen, aber die Blasiertheit, mit der Charles die Tatsache herunterspielte, dass er sie meilenweit von jeder Zivilisation entfernt im Stich gelassen hatte, war einfach unerträglich.

»Erzählen Sie mir nicht, Sie hätten Katzenfutter kaufen müssen. Sie haben neulich ganze Berge von dem Zeug mitgenommen.«

»Imelda hat Junge bekommen.«

Charles runzelte die Stirn. »Oh. Wahrscheinlich frisst sie deshalb mehr.«

»Ja. Sie hat vier Junge zur Welt gebracht«, fuhr Flora fort, wütend über sein offenkundiges Desinteresse. »Ein rotes, ein geschecktes, ein sehr hübsches weißes mit roten und schwarzen Stellen und ein ganz schwarzes. Anscheinend können Katzen beim selben Wurf Junge von verschiedenen Vätern austragen.«

»Oh.«

»Ja. Ich fürchte, Imelda war diesbezüglich ein wenig freizügig, obwohl sie jetzt ihre Verantwortung sehr ernst nimmt.«

»Nun, das ist doch immerhin etwas«, erwiderte er geistesabwesend.

»Darf ich in der Tür des Cottages eine Katzenklappe anbringen?«

»Das wird sich wohl kaum lohnen, oder?«

»Wie meinen Sie das?«

»Vielleicht bleiben Sie gar nicht so lange, dass die Katzen die Klappe benutzen könnten.«

»Oh, so bald werde ich gewiss nicht von hier fortgehen. Die Kätzchen sind noch viel zu klein für einen Umzug. Ich werde zumindest bleiben müssen, bis sie etwas größer sind. Es wird wahrscheinlich acht Wochen dauern, bis sie so weit sind, dass sie ihre Mutter verlassen können. Aber wie dem auch sei, Imelda wird in jedem Fall eine Möglichkeit brauchen, ins Freie zu kommen.« Sie runzelte die Stirn, denn der Gedanke, sich irgendwann einmal von den Kätzchen trennen zu müssen, bekümmerte sie.

»Hm, wenn Sie darauf bestehen und wirklich glauben, dass es sich lohnt …«

»Ja. In beiden Fällen.«

»Also schön.« Er kniff die Augen zusammen. »Wie wird Imelda zurechtkommen, bis wir eine Katzenklappe haben einbauen lassen?«

»Sie hat eine Katzentoilette und …« Plötzlich wurde ihr bewusst, was zu gestehen sie im Begriff war.

»Was?«

»Ich habe die Hintertür offen stehen lassen. Nur einen winzigen Spalt breit, und ich bin sicher, dass es hier meilenweit keine Gelegenheitsdiebe gibt.«

Charles stieß einen schweren Seufzer aus – es gelang ihr offensichtlich, seine Erwartungen noch zu unterbieten. »Nun, es sind vor allem Ihre Sachen, die im Falle eines Einbruchs gestohlen werden, aber erzählen Sie Annabelle um Gottes willen nicht, dass Sie die Tür offen gelassen haben. Sie wird einen Anfall bekommen! Die Sicherheit des Cottages liegt ihr sehr am Herzen. Alle Ferienhäuser ihrer Eltern sind mit Alarmanlagen ausgestattet, und Annabelle war sehr wütend auf mich, als ich mich geweigert habe, auch in Ihrem Cottage eine Alarmanlage installieren zu lassen. Es schien mir wenig sinnvoll, etwas einbauen zu lassen, das wie eine Todesfee kreischt, wenn niemand da ist, der es hören kann.«

»Vielen Dank, mein lieber Vetter. Es ist schön zu hören, dass ich mit meinen Schreien niemanden stören werde, falls man mich überfällt.«

Er zuckte zusammen. »Ich werde mich sofort mit der Telefongesellschaft in Verbindung setzen. Und Sie können natürlich jederzeit eine Alarmanlage haben, wenn Sie sich dann sicherer fühlen.«

»Was mir wirklich ein Gefühl von Sicherheit gäbe, wäre ein Auto. Gibt es irgendwelche Neuigkeiten, was das betrifft?«

»Ich habe heute Morgen in der Werkstatt angerufen. Sie warten noch auf ein Ersatzteil, das sie sich kommen lassen müssen. Ich habe ihnen gesagt, dass sie sich beeilen sollten, weil das Ganze sonst keinen Sinn hätte.«

»Ich weiß, was Sie damit andeuten wollen, aber ich falle nicht darauf herein. Ich bleibe, zumindest für den Augenblick, also gewöhnen Sie sich besser an den Gedanken.«

»Ihnen ist doch klar, dass Sie im Büro praktisch als Lehrling anfangen werden, das heißt, ganz unten?«

»Ja. Ich habe nichts dagegen, das Geschäft von der Pike auf zu lernen. Das ist die beste Methode.«

»Und Sie werden eine Weile durchhalten, obwohl das Cottage sehr einsam liegt?«

»Ja!« Zu spät wurde ihr bewusst, dass sie ihm in die Falle gegangen war; sie hatte soeben zugegeben, dass sie das Cottage tatsächlich sehr einsam fand.

Charles antwortete nicht sofort. »Annabelle würde Ihnen sicher ihren Wagen leihen, wenn Sie wüsste, wie einsam Sie sich fühlen.«

»Ich möchte Annabelles Wagen aber nicht haben … obwohl ich das Angebot zu schätzen weiß«, fügte sie mit einigen Sekunden Verspätung hinzu.

Charles energischer Mund zuckte. »Nun, das erleichtert mich, denn ich bin mir nicht sicher, ob sie es Ihnen wirklich angeboten hätte. Und ich brauche den Kombi dringend, sonst hätte ich Ihnen meinen Wagen angeboten.«

»Was ist mit diesem Landrover? Wird der auch zu besonderen Zwecken benötigt?«

Er lachte. »Ich kann mir beim besten Willen nicht vorstellen, dass Sie dieses Ungetüm fahren.« Der Landrover erbebte hörbar, als wollte er seinen Ruf bekräftigen. »Selbst Annabelle kommt nur schwer mit ihm zurecht.«

Flora unterdrückte einen Seufzer und gab sich große Mühe, alle Ironie aus ihrer Stimme herauszuhalten. »Ich denke, Sie werden feststellen, dass ich deutlich besser fahre als Annabelle.«

»Das denken Sie, ja?« Charles fuhr an den Straßenrand. »Dann geben Sie jetzt Butter bei die Fische und beweisen Sie es.«

Flora biss sich auf die Unterlippe, um ein Grinsen zu verbergen, dann schob sie sich aus dem Wagen und ging auf die Fahrerseite hinüber. Dass sie nicht schlecht fuhr, wusste sie. Jetzt würde er ihr den Landrover leihen müssen.

Charles vollzog den Tausch mit merklich geringerer Begeisterung. »Auf den Landstraßen kommen Sie wahrscheinlich zurecht, aber in der Stadt werden Sie vielleicht mehr Probleme haben.«

Der Motor erzitterte, als Flora den Schlüssel umdrehte. Dann wandte sie sich zu Charles um und erklärte ernsthaft: »Ich glaube, dies ist der richtige Zeitpunkt, um zu gestehen, dass ich seit meinem zehnten Lebensjahr keine echte Blondine mehr bin. Ich denke, ich werde schon zurechtkommen.«

Charles gestattete sich ein Lächeln, das sich von seinen Augenwinkeln bis zu einer Seite seines Mundes hinunterarbeitete, eine Regung, die Flora ihm hoch anrechnete. Außerdem verwandelte sie einen auf konventionelle Weise gut aussehenden Mann in einen äußerst attraktiven. Interessant. Wenn sie an Annabelles Stelle gewesen wäre, hätte sie einen Scherz nach dem anderen gemacht, damit er häufiger lachte.

Henry dagegen lächelte ziemlich häufig, soweit sie es bisher hatte beobachten können. Sie hoffte tatsächlich, dass es ihm irgendwie gelingen würde, Kontakt zu ihr aufzunehmen.

Flora lenkte den Wagen durch die überfüllte Hauptstraße, fuhr durch eine sehr schmale, an beiden Seiten zugeparkte Gasse und stellte ihn schließlich, nachdem sie zwei Umzugswagen ausgewichen war, auf einem schwer zugänglichen Parkplatz im Hof hinter dem Auktionshaus ab. Nachdem sie sämtliche Manöver mit Bravur ausgeführt hatte, bemerkte Charles: »Ich würde zu gern einmal sehen, wie Sie das alles mit einem Anhänger bewältigen.«

»Das glaube ich Ihnen aufs Wort.« Flora lächelte süß. »Aber wenn Sie mir den Landrover nicht leihen, werden Sie keine Gelegenheit dazu bekommen.«

»Aus diesem Grund allein dürfen Sie den Wagen als den Ihren betrachten, bis Ihr eigenes Auto fertig ist.«

Flora stieg aus und dankte ihrem Vater im Geiste dafür, dass er ihr gestattet hatte, seinen Landrover mitsamt einem Anhänger und einem darauf befestigten Boot auf eine überfüllte Autofähre zu setzen. Sie war keineswegs übertrieben selbstbewusst, sie genoss es nur einfach, starke Männer mit offenem Mund dastehen zu sehen.

»Vielen Dank, Charles«, sagte sie lässig. Dann schickte sie sich an, ihm die Autoschlüssel zurückzugeben.

»Nein, die dürfen Sie behalten.«

Mit einem kaum unterdrückten Gefühl des Jubels ließ sie die Schlüssel in ihre Tasche gleiten. Sie waren der Garant für ihre Unabhängigkeit. Jetzt würde sie nicht länger meilenweit vom Rest der Menschheit entfernt auf sich allein gestellt dasitzen.

In den Verkaufsräumen, in denen sich dicht an dicht Möbelstücke drängten, wimmelte es von Menschen, und Flora folgte Charles zwischen den Kleiderschränken, Sofas, Tischen, Stühlen und Teppichen hindurch zu einigen niedrigen Tischen, die offensichtlich als Büro dienten. Zwei Frauen saßen an Computern, und zwischen ihnen stand Annabelle, einen Klemmblock in der Hand, und gab Anweisungen.

»Oh, hallo«, begrüßte sie Flora kühl, während sie Charles vollkommen ignorierte. »Hatten Sie ein schönes Wochenende? Das freut mich«, fuhr sie fort, ohne auf Floras Antwort zu warten. »Wie Sie sehen, habe ich leider viel zu viel zu tun, um mich mit Ihnen zu beschäftigen. Wollen Sie vielleicht den Portern Gesellschaft leisten? Vielleicht können Sie ihnen helfen, Möbel umzustellen, oder sonst etwas Nützliches tun.«

Charles runzelte die Stirn. »Könnte sie nicht einige der Kisten durchsehen? Oder haben wir Bilder da? – Sie könnte sie nach Drucken und Gemälden, Aquarellen und Ölbildern sortieren.«

»Ich habe einmal in einer Kunstgalerie gearbeitet«, warf Flora ein. »Einer solchen Aufgabe wäre ich ohne weiteres gewachsen.«

»Nein! Sie mögen ja in irgendeiner Kunstgalerie eine dekorative Angestellte abgegeben haben, aber für diesen Job ist das keine ausreichende Qualifikation. Am Ende müsste ich die ganze Arbeit noch einmal tun. Wenn Sie den Männern zur Hand gehen, stehen Sie uns wenigstens nicht im Weg.«

Flora unterdrückte einen Seufzer, aber dies war schließlich ihr erster Tag hier. Sobald sie eine Gelegenheit fand, ihre Fähigkeiten unter Beweis zu stellen, würde Annabelle ihr vielleicht ein wenig mehr zutrauen. »Den Jungs Gesellschaft zu leisten klingt doch ganz interessant«, meinte Flora, dankbar für Geoffreys Rat, alte Sachen anzuziehen und sich Handschuhe mitzunehmen. Er hatte sie gewarnt, dass Annabelle ihr nur die geringsten manuellen Arbeiten zuweisen würde.

»An Verkaufstagen führt Annabelle das Kommando über den Verkaufsraum«, erklärte Charles.

»In Ordnung. Ich möchte alles über das Familiengeschäft lernen, und wie ich schon sagte, es ist immer am besten, von unten anzufangen.« Flora schenkte Annabelle ein strahlendes Lächeln, das darauf abzielte, die andere Frau aus dem Gleichgewicht zu bringen. »Dann mache ich mich jetzt auf die Suche nach Geoffrey, ja?«

Annabelle runzelte die Stirn. »Er ist eigentlich nicht der beste Mann dafür. Er glaubt, er wisse alles.«

»Er war am Wochenende sehr freundlich zu mir«, entgegnete Flora.

»Oh. Ja, tut mir leid, dass wir nicht rüberkommen konnten.« Annabelle sah nicht so aus, als hätte sie dieses Versäumnis allzu sehr bekümmert. »Familiäre Verpflichtungen, Sie verstehen.«

Floras Lächeln war ebenso unaufrichtig wie Annabelles. »Das ist schon in Ordnung. Schließlich gehöre ich nicht zur *engsten* Familie, nicht wahr?«

Auf Annabelles ansonsten so glatter Stirn erschienen einige Falten. »Hm, dann fragen Sie eben Geoffrey, ob Sie ihm helfen können. Ich habe jedenfalls zu viel zu tun, um Sie zu beaufsichtigen.«

»Ich bringe Sie zu ihm«, erbot sich Charles.

»Nein, nein, Sie haben sicher eine Unmenge zu tun. Ich werde ihn schon selbst finden.« Flora lächelte und drohte Charles spielerisch mit dem Finger, eine Geste, die in Annabelle unter Garantie den Wunsch weckte, sie zu erschießen. Da ihr diese Möglichkeit jedoch verwehrt war, richtete Annabelle ihren Ärger auf eine der beiden Frauen neben ihr, die das geforderte Stück Papier mit bewundernswerter Gelassenheit zu Tage förderte.

Als sie abermals zwischen den Möbelstücken hindurchging, fragte sie sich, ob sich der Versuch, sich mit Annabelle gutzustellen, überhaupt lohnte. Würde sie jemals mit ihr an einem Küchentisch eine Tasse Instantkaffee trinken oder in einem überwucherten Garten eine Flasche Wein teilen und reden können, bis es zu kalt wurde, um noch länger draußen zu bleiben? Es kam ihr schrecklich unwahrscheinlich vor, aber sie verspürte ein starkes Verlangen, Annabelles Garderobe in die Finger zu bekommen. Heute trug sie ein Hemdblusenkleid, das einfach die falsche Länge hatte, in der Taille nicht richtig saß und zu allem Übel noch einen sehr sittenstrengen Kragen ohne Ausschnitt hatte. Und trotz der Hitze trug sie ziemlich dicke, dunkelblaue Strumpfhosen. Und was den dunkelblauen Samt ihres mädchenhaften Haarbands betraf, steckte die Frau in einer Art Zeitschleife fest. Vielleicht war es das: Bishopsbridge befand sich in einer Zeitschleife, in der man noch eine »gute Ehe« mit jemandem schloss, den die Eltern für einen ausgewählt hatten.

Flora spürte Geoffrey schließlich in einer Küche auf, die am Ende eines Nebenflurs lag. Er brühte für etwa zwanzig Personen Tee auf, so sah es zumindest aus. Bei ihm waren einige Leute, die ihr vage bekannt erschienen.

»Hallo Flora«, grüßte eine Frau herzlich. »Nehmen Sie Zucker?«

»Hallo. Tut mir leid, ich glaube nicht, dass ich Ihren Namen kenne.«

»Wir sind im Chor«, erklärte die Frau. »Und einige von uns haben Teilzeitjobs als Porter. Im Gegensatz zu Geoffrey, der Vollzeit arbeitet.«

»Ich dachte, Porter wären in der Regel Männer, weil sie schwere Dinge tragen müssen.« Flora errötete, denn sie befürchtete, etwas gesagt zu haben, das politisch furchtbar unkorrekt war.

»Zu der Arbeit eines Porters gehört mehr als nur Möbelrücken«, erklärte eine weitere Frau, die ihr bekannt vorkam. »Wir verbringen viele Stunden damit, die Kisten durchzusehen, Etiketten aufzukleben und Listen aufzustellen. Dafür braucht man keine rohe Kraft.«

»Da wir gerade beim Thema sind«, warf eine Frau ein, die ein Namensschild mit der Aufschrift *Jenny* trug, »vergesst nicht, dass Dennis es gern hat, wenn man den Beutel in seinem Tee lässt.«

»Sie können uns auf der Bühne helfen«, meinte die Frau aus dem Chor, von der Flora ziemlich sicher war, dass sie zu den subversiven Zweiten Sopranen gehörte. »Da befinden sich nämlich die kleineren Dinge: Wertgegenstände, Sammlerstücke und Ähnliches. Wir haben noch einen ganzen Berg von Auktionsstücken, die etikettiert werden müssen. Falls Sie durcheinanderbringen, welcher Händler was geschickt hat, kommen Sie ernsthaft in Schwierigkeiten.«

»Annabelle hat gesagt, ich solle mit Geoffrey zusammenarbeiten …«

»Kümmern Sie sich nicht um ihr Gerede. Sie hat keine Ahnung, wovon sie redet.« Jenny beugte sich vertraulich zu ihr vor. »Sie ist nämlich nicht qualifiziert, und sie arbeitet nicht einmal für ihre Prüfungen.«

»Oh?«

»Sie glaubt bloß, alles zu wissen, weil sie einmal einen Kurs besucht und gelernt hat, Porzellan zu flicken. Und damals war sie noch ein junges Mädchen.«

»Sie ist immer noch ziemlich jung«, wandte Flora ein. Annabelle mochte mit an Sicherheit grenzender Wahrscheinlichkeit ein Miststück sein, aber sie war wahrscheinlich erst Ende zwanzig, vielleicht Anfang dreißig.

»Und weil sie Charles um den kleinen Finger wickeln kann. Ich heiße übrigens Virginia«, fügte die Frau aus dem Chor hinzu. »Ich habe bei der Probe hinter Ihnen gestanden. Ich weiß nicht, was Charles an dieser Frau findet.« Sie seufzte.

»Oh, das kann ich dir sagen. Es liegt daran, dass die Eltern der beiden eng befreundet waren«, erklärte Jenny hilfsbereit, »und als Charles' Eltern starben … waren sie übrigens mit Ihnen verwandt, Flora?«

»O ja. Ich kann mich nur nicht genau daran erinnern, wie«, antwortete Flora. »Es war schrecklich, als sie starben. Ich war noch sehr klein, doch meine Mutter hat es damals sehr schwer genommen.«

»Also kennen Charles und Annabelle einander schon ihr Leben lang.«

»Ah«, murmelte Flora und versuchte, mit ihrem Tonfall anzudeuten, wie nett sie das fand, obwohl sie in Wirklichkeit ganz anders dachte. Es war eine Schande, sich den Spaß der Jagd entgehen zu lassen. Natürlich verschlug es einen bei dieser Jagd häufig in Sackgassen, aber es machte trotzdem Spaß.

»Wir nehmen unseren Tee gleich mit, Geoffrey, dann brauchst du die Tassen nicht nach oben zu tragen«, bemerkte Virginia. »Flora, Sie schnappen sich diese Schachtel mit Keksen, ja?«

Flora tauschte einen Blick mit Geoffrey, um sich davon zu überzeugen, dass er diesem Plan zustimmte, und er nickte. »Die Mädchen werden sich um Sie kümmern«, bemerkte er.

»Geoffrey!«, riefen sie im Chor. »Der richtige Ausdruck wäre ›angehende Frauen‹!«

»Fort mit euch«, entgegnete Geoffrey, der keineswegs zerknirscht wirkte. »Oder ich koche euch in Zukunft keinen Tee mehr.«

Virginia wedelte mit der Hand; offensichtlich nahm sie es mit der politischen Korrektheit nicht allzu genau, was Geoffrey betraf. »Der Ausdruck ›Mädchen‹ ist unter Freunden ganz in Ordnung.«

»Habt ihr vor, heute noch zu arbeiten?«, verlangte Geoffrey zu wissen.

Auf der Bühne befanden sich neben Stapeln von Kartons und zerknülltem Zeitungspapier mehr ungewöhnliche Gegenstände, als Flora es sich jemals hätte vorstellen können. Eine der Frauen drückte ihr einen Bogen mit Etiketten in die Hand. Virginia, die irgendwie das Kommando über die anderen führte, sagte: »Auf das alles kommen Etiketten mit der Aufschrift *KGC*. Gib Acht, dass wirklich alle Stücke gekennzeichnet werden. Charles wird später vorbeikommen und alles in einzelne Lose einteilen. Wir können die Dinge schon mal in Kartons zusammenlegen. Aber bis wir wissen, was von diesem Müll wertvoll ist und was nicht, müssen wir alle Stücke kennzeichnen.«

»Sehen Sie denn nicht, was sich zu verkaufen lohnt?« Flora betrachtete einen Karton mit einem ausgestopften Schafskopf darin. Die Hörner waren abgefallen und lagen neben dem Gesicht mit den glasigen Augen.

»Wir haben eine ungefähre Vorstellung, aber oft sieht etwas für uns auch nur wie Müll aus, ist jedoch tatsächlich ein Juwel. Deshalb dürfen wir keine Risiken eingehen. Stellen Sie sich vor, Sie wären der Verkäufer, dem es um jeden Penny geht. Es wäre schrecklich, wenn wir etwas wirklich Wertvolles übersehen und es mit anderem Plunder bündeln würden.«

»Ich verstehe.«

»Und natürlich müssen wir dafür sorgen, dass in jedem Karton nicht nur ganz unnützer Kram liegt, sondern auch irgendein Leckerbissen, sonst findet sich kein Käufer dafür.«

»Ich verstehe.«

»Und Sie dürfen die Stücke verschiedener Verkäufer nicht zusammenstellen, selbst wenn einer genau die Teekanne anbietet, die bei einem anderen Teeservice fehlt. In diesem Falle muss der Käufer einfach beide Lose kaufen, damit er das Service komplett hat.«

»Haben Sie jemals selbst irgendetwas gekauft?«, fragte Flora, während sie ein Etikett auf eine Kuckucksuhr aus Plastik klebte.

»Oh ja. Mein Mann meint, ich ließe mir meinen Lohn in Antiquitäten auszahlen. Man entwickelt einen Blick dafür, und wenn man nur lange genug wartet, kann man durchaus ein Schnäppchen machen. Und wenn man das Teil nicht behalten will, kann man es eventuell aufarbeiten und weiterverkaufen.«

»Ich verstehe den Reiz«, antwortete Flora, die soeben ein sehr hübsches kleines Teeservice mit nur fünf Tassen erspäht hatte. »Dürfen wir bei der Auktion mitbieten?«

»Sie können Charles Bescheid geben, wenn Sie sich für ein Los interessieren, dann blickt er in unsere Richtung, wenn es zur Versteigerung kommt. Annabelle tut das allerdings nicht. Sie stellt sich furchtbar an.«

»Niemand scheint sie zu mögen, die arme Frau«, bemerkte Flora.

»Arme Frau? Dass ich nicht lache! Sie kommt aus einer sehr wohlhabenden Familie und treibt Charles in den Ruin.«

»Dann ist Charles ein Dummkopf, dass er sich das gefallen lässt!«

Virginia schüttelte wissend den Kopf. »Sie ist hinter ihm her, seit sie neun Jahre alt war. Der arme Mann hatte keine Chance.«

»Das ist unmöglich«, widersprach Flora energisch. »Er ist frei, in keiner Zwangslage und über einundzwanzig!«

Virginia zuckte die Schultern.

Als Flora eine kleine Lederschatulle in die Hände bekam, vergaß sie Charles und seine Hochzeitspläne. »Oh! Darf ich den Schmuck herausnehmen? Das Kästchen sieht wie eine Schatztruhe aus, mit all den herausquellenden Ketten und Armbändern.«

»Sie dürfen einfach ein Etikett daraufkleben. Annabelle hat es bereits durchgesehen. Es ist alles billiger Kram – ›Modeschmuck‹ nennt man das im Gewerbe.«

»Oh, ich möchte die Sachen nur ganz kurz herausnehmen«,

flehte Flora. »Mich interessiert besonders diese Brosche mit der Katze. Meine Katze hat am Wochenende Junge bekommen.«

Virginia ließ sich einen Moment lang von dieser Neuigkeit ablenken. Während Flora ihr die kleinen Tierchen mit ihren flachen Ohren und den Augenschlitzen ausgiebig beschrieb, kippte sie den Inhalt der Schmuckschatulle auf einen Tisch und sortierte ihn.

»Natürlich dürfen Sie mich besuchen und sich die Kätzchen ansehen, wenn sie ein wenig größer sind«, sagte sie. »Geoffreys Frau, Edie, nimmt eins, und ich werde vielleicht auch eins behalten wollen, aber dann wären immer noch zwei übrig.«

»Und die Kleinen sind wirklich auf Ihren Schuhen zur Welt gekommen?«

»Ja! Dabei hatten wir Imelda ein so schönes Bett zurechtgemacht. Inzwischen benutzt sie es natürlich, und sie scheint vollauf zufrieden damit zu sein. Allerdings habe ich sämtliche Handtücher benutzt und muss sie ständig von Hand durchwaschen. Nur gut, dass das Wetter so schön ist. Meine Schuhe musste ich natürlich auch sauber machen.«

»Sie sollten sich eine Waschmaschine anschaffen. Hier bekommen Sie Waschmaschinen für 'nen Appel und 'n Ei.«

»Ich werde mit Charles darüber sprechen. Oh, sehen Sie nur, diese Perlen sind echt!«

»Das ist unmöglich. So etwas wäre Annabelle aufgefallen.«

»Sie sind aber echt.« Flora zog die lange Kette kleiner, ungleichmäßig geformter Perlen hervor. »Wenn man draufbeißt, stellt man fest, dass die Oberfläche körnig ist. Das ist das Einzige, was ich über Perlen weiß.«

»Erzählen Sie es Annabelle, wenn sie herkommt. Es wird ihr gar nicht schmecken, dass sie das übersehen hat.«

Tatsächlich war es nicht einfach, Annabelle zu überzeugen. »Sie können unmöglich echt sein. Dafür ist die Kette viel zu lang.«

»Ich denke wirklich, dass die Perlen echt sind«, beteuerte Flora, der die Möglichkeit, dass man ihr nicht glauben könnte, sehr zusetzte.

»Es ist schrecklich unwahrscheinlich. Wenn jemand eine so lange echte Perlenkette besäße, würde er sie nicht zusammen mit dem übrigen wertlosen Kram aufbewahren.«

»Hm, dann prüfen Sie die Perlen«, drängte Flora. Langsam begann sie, an sich selbst zu zweifeln.

Annabelle schüttelte den Kopf. »Sie meinen, ich soll draufbeißen? Das kann ich nicht. Zu unhygienisch.«

»Fragen wir doch einfach Charles«, schlug Virginia vor, als er auf der Bühne erschien. Sie winkte ihn herbei. »Sind diese Perlen echt oder nicht?«, wollte sie wissen.

Charles hob sie an die Lippen. »Jawohl. Süßwasserperlen. Gut gesehen, Annie-bee. Sie sollten unbedingt getrennt versteigert werden.«

Virginia öffnete den Mund, um zu erklären, dass es nicht »Anniebee« gewesen war, die diese Entdeckung gemacht hatte, sondern Flora. Doch Flora runzelte die Stirn und schüttelte den Kopf. Annabelle hatte schon genug Probleme, auch ohne dass sie von einer blutigen Anfängerin vorgeführt wurde.

»Sie hätten etwas sagen sollen«, meinte Virginia, als Charles und Annabelle gegangen waren.

»Es hat keinen Sinn, wenn ich sie noch mehr gegen mich aufbringe. Sie hasst mich jetzt schon.«

»Sie hasst jeden, von dem sie glaubt, er stehe ihrem großen Plan im Wege.«

»Oh? Wie sieht er denn aus, dieser große Plan?« Flora klebte vorsichtig ein Etikett auf jedes der drei abgebrochenen Teile, die früher einmal zusammen ein Bierseidel geformt hatten.

Virginia betrachtete die Tonscherben und runzelte die Stirn. »Sie will das Auktionshaus schließen.«

»Aber warum sollte sie das vorhaben? Die Firma läuft doch gut, oder nicht?«

»Es könnte besser sein, und allein dieses Gebäude ist von astronomischem Wert. Auf der Rückseite befindet sich ein Kindergarten, der zu einer ziemlich hohen Summe vermietet wird, und die großen Räume hier werden zwischen den Auktionen anderweitig genutzt – von Schauspielgruppen, der Frauenvereinigung, den Pfadfindern und so weiter. Für die Gemeinde wäre es ein echter Verlust, wenn das Gebäude verkauft würde.«

»Was hat Annabelle denn damit vor?«

»Sie will Eigentumswohnungen daraus machen und sie dann einzeln für ein Vermögen verkaufen.«

»Meine Güte!«

»Und dann wäre da noch das Haus nebenan. Im Moment befinden sich dort eine Wohnung, die Charles manchmal benutzt, und die Büros. Aber wenn man es aufteilt und verkauft, würde man eine Menge Geld damit verdienen.«

»Mir ist klar, dass es ziemlich verschwenderisch wäre, das Haus zu behalten, wenn es nicht benutzt wird. Doch bei diesem Gebäude liegen die Dinge anders. Es ist quasi ein öffentliches Bauwerk.«

»Genau!« Virginia runzelte plötzlich die Stirn und wollte dann wissen: »Wer sind Sie noch mal? Abgesehen von Charles' Cousine, meine ich?«

Flora fragte sich, ob sie ihre genaue Identität geheim halten sollte, kam aber dann zu dem Schluss, dass Geheimnisse ein Luxus waren, den hier niemand genoss. »Ich habe einen Teil der Firma geerbt. Annabelle möchte mir einige Anteile abkaufen.« Es war nicht die ganze Wahrheit, doch es dürfte genügen, um Virginia zufriedenzustellen. Es wäre Charles gegenüber nicht fair gewesen, die ganze Stadt über seine finanziellen Angelegenheiten ins Bild zu setzen, auch wenn die Leute das meiste wohl ohnehin schon wussten.

»Tun Sie das nicht, wenn Sie es irgendwie vermeiden können. Also sind Sie hier, um etwas über das Geschäft zu lernen?«

»Das ist der Plan. Annabelle und Charles denken zwar, dass ich nur eine Belastung sein werde, aber ich würde den beiden gern das Gegenteil beweisen.«

»Sie haben selbst keine besonders gute Hand in geschäftlichen Dingen. Oh, Charles ist durchaus tüchtig, er weiß genau Bescheid über alles, was ins Haus kommt und es wieder verlässt, doch er ist in vieler Hinsicht zu altmodisch. Marketing ist nicht sein Ding.« In diesem Moment entdeckte Virginia Geoffrey, der mit einem Karton die Treppe heraufkam. »Hier sind wir, Geoffrey. Ist das alles vom selben Verkäufer?«

Während sie darüber sprachen, wem was gehörte und auf welcher Liste es erscheinen sollte, widerstand Flora der Versuchung, sich über die anderen Kartons mit Modeschmuck herzumachen. Außerdem hoffte sie inbrünstig, dass Virginia in der Zwischenzeit nicht vergessen würde, was sie ihr hatte erzählen wollen.

»Nein«, sagte Virginia, als Geoffrey wieder gegangen war. »Meine Tochter hat den beiden angeboten, ihnen unentgeltlich eine Website zu erstellen, um sich ein wenig Übung zu verschaffen, doch Annabelle wollte nichts davon wissen. Sie meinte, das sei vollkommen überflüssig. Sie stellen die besseren Auktionsstücke zwar ins Internet, was viele Interessenten hierherführt, aber eine eigene Website hat das Auktionshaus nicht.«

»Auf welchem Wege machen sie denn dann Werbung?«

»Sie annoncieren in den *Gelben Seiten*, und natürlich werden die Verkäufe in den Lokalzeitungen angekündigt, doch das bringt nicht allzu viele neue Kunden. Heutzutage haben alle Auktionshäuser Websites. Es ist einfach unerlässlich. Meine Tochter könnte eine recht ordentliche Website erstellen.«

»Hm. Ich werde der Sache nachgehen«, versprach Flora. »Wollen Sie diesen Karton durchsehen, oder soll ich das übernehmen?«

»Da ist noch mehr Schmuck, und ich spüre, dass Ihnen die Sache Spaß macht. Also, legen Sie los!«

Kapitel 5

Flora war zwar vollauf in der Lage, den Landrover zu fahren, aber ihr Orientierungssinn ließ ein wenig zu wünschen übrig. Nachdem sie jedoch in einem Dorf gelandet war, das definitiv das mit dem Dorfladen und dem Pub aus dem ihr bekannten, nächstgelegenen Ort war, gelang es ihr, zu dem Cottage zurückzufinden, das sie inzwischen als das ihre betrachtete.

Es war ein himmlischer Sommerabend, und Flora hätte einiges darum gegeben, ihn nicht nur mit Imelda und ihren vier kleinen Kätzchen verbringen zu müssen. Sie stellte den Landrover ab, stieg aus und genoss die plötzliche Stille nach dem Lärmen des Motors.

»Im Winter wäre es etwas ganz anderes«, sagte sie sich. »Dann würdest du nicht hier leben wollen.«

Als sie die Haustür aufschloss, wurde ihr bewusst, wie müde sie war. Sie war den ganzen Tag auf den Beinen gewesen und hatte mehr körperliche Arbeit geleistet als je zuvor in ihrem Leben. Doch es hatte ihr ungeheuren Spaß gemacht. Die Menschen waren es, die zählten, befand sie. Abgesehen von Annabelle, die pausenlos unfreundlich und abschätzig gewesen war, und Charles, den sie kaum zu Gesicht bekommen hatte, waren alle nett und hilfsbereit gewesen. Und mehr als das, sie hatten ihr das Gefühl gegeben, dazuzugehören, statt sie als lästige Außenseiterin zu betrachten.

Nachdem sie ihre Tasche auf den Tisch geworfen hatte, ging sie nach oben, um nach Imelda und den Kätzchen zu sehen, die seit dem Morgen noch einmal gewachsen zu sein schienen.

Imelda freute sich offenkundig, sie zu sehen, als sehnte auch sie sich nach einem langen Tag allein mit ihren Jungen nach der Gesellschaft eines Erwachsenen. Laut schnurrend ließ sie sich von Flora streicheln, bevor sie hungrig zu ihrem leeren Fressnapf ging.

»Schon gut, Schätzchen, ich bin gleich mit einem Beutel Katzenfutter zurück. Ich habe heute ein paar neue Geschmacksrichtungen gekauft!«

Flora lief die Treppe hinunter; vor Freude über ihre Katze und die Jungen war alle Müdigkeit verflogen. Vielleicht sollte sie Keuschheit schwören und in Zukunft nur noch mit Tieren zusammenleben. Tiere ließen sich nicht zu solchen Dummheiten hinreißen wie Menschen; zum Beispiel heirateten sie nicht jemanden, nur weil das von ihnen erwartet wurde. Andererseits, überlegte sie, während sie Imeldas Fressnapf unter den Wasserhahn hielt, neigten vor allem Katzen dazu, sich Besitzer auszusuchen, die sie verwöhnten. Vielleicht unterschieden sich Männer also doch nicht allzu sehr von Katzen.

Noch immer in Gedanken bei ihrem Vetter, drückte sie das Futter aus dem Beutel. Charles war ein in der Wolle gefärbter Spießer, ein Stoffel, und sie mochte ihn nicht, aber wenn Annabelle nicht aufhörte, ihn in geschäftlichen Angelegenheiten zu bevormunden, sollte er sie lieber nicht heiraten, befand Flora. Was Virginia ihr von Annabelles Plänen für *Stanza und Stanza* erzählt hatte, war ihr unter die Haut gegangen. Sie kannte Charles nicht gut genug, um zu wissen, ob er sich von Annabelle die Wurst vom Brot nehmen lassen würde, daher würde sie keine Risiken eingehen. Sie würde bleiben, zumindest bis das alte Familiengeschäft – wenn nicht sogar ganz Bishopsbridge – im einundzwanzigsten Jahrhundert angekommen waren.

Imelda gesellte sich zu ihr und strich ihr um die Beine, um die Fütterung zu beschleunigen. Flora seufzte bei der Erinnerung an Annabelles herrische Art im Verkaufsraum. Mit oder ohne Macht, es würde schon eines umwälzenden Ereignisses bedürfen, um Annabelle in einen netten Menschen zu verwandeln. Und sie war sich nicht ganz sicher, ob Charles eine solche Mühe verdient hatte – auch wenn alle anderen um sie herum das zu glauben schienen.

Flora öffnete eine Weinflasche und ein Päckchen Nüsse, dann ging sie nach oben, um sich ein Bad einlaufen zu lassen. Wohlwissend, dass es wahrscheinlich eine ungeheure Verschwendung war, hatte sie den Warmwasserspeicher den ganzen Tag über angelassen, um bei ihrer Rückkehr nach Hause auf jeden Fall heißes Wasser zu haben. Man hatte sie gewarnt, dass sie sich bei der Arbeit schmutzig machen würde.

Nach einer Weile döste sie in der Wanne ein und beschloss, das Abendessen ausfallen zu lassen. Sie putzte sich oberflächlich die Zähne und ließ sich, das feuchte Handtuch noch um sich gewickelt, ins Bett fallen. Nach kurzer Zeit war sie auch schon eingeschlafen.

Tatsächlich verschlief sie sogar am nächsten Morgen. Als sie aufwachte, immer noch eingewickelt in das Handtuch, stellte sie fest, dass es nach acht Uhr war; Charles erwartete sie um halb neun im Verkaufsraum.

Sie sprang hastig aus dem Bett und riss wahllos irgendwelche Sachen aus dem Kleiderschrank. Den Slip zog sie an und nahm ihren BH und ihr Kleid mit nach unten, um zuerst den Kessel aufzusetzen. Auf halber Höhe der Treppe angekommen, stieß sie plötzlich einen schrillen Schrei aus. Im Wohnzimmer stand ein Mann, der sie ansah.

»Bitte, haben Sie keine Angst«, sagte er mit erschrockenem Gesichtsausdruck. Der Fremde war ungewöhnlich groß und schlank, und seine Kleider waren so verblichen, dass es sich kaum ermitteln ließ, in welcher Farbe sie ihre Existenz begonnen hatten. Außerdem hatte er langes, gewelltes Haar und die blauesten Augen, die Flora in den letzten Jahren untergekommen waren. Er hatte eine Adlernase und einen wunderschön geschwungenen Mund. Und seine tiefe, melodische Stimme wies keinerlei erkennbaren regionalen Akzent auf.

Flora stieß einen zweiten Schrei aus und flüchtete in ihr Schlafzimmer zurück, um ihr Kleid anzuziehen. Auf den BH verzichtete sie, da sie auch ohne ihn zum Landrover hinüberlaufen konnte. Dann ging sie zur Treppe zurück.

»Ich tue Ihnen nichts, das verspreche ich. Ich bin schon die ganze Nacht hier«, bekannte der Fremde nervös.

Flora fühlte sich versucht, noch rückwirkend zu schreien. Die ganze Nacht über hatte sie nackt und mit halb geöffneter Tür in ihrem Bett gelegen, während dieser wildfremde Mann auf ihrem Sofa geschlafen hatte. Er machte zwar keinen besonders bedrohlichen Eindruck, doch es war trotzdem eine Ungeheuerlichkeit.

Imelda kam herbei, um ihr um die Beine zu streichen; wahrscheinlich fragte sie sich, warum das Frühstück so lange auf sich warten ließ.

»Hallo, Pussy«, rief der Mann, und Imelda, die Verräterin, trippelte die Stufen hinunter auf ihn zu. Sie erlaubte ihm, sie kurz hinter den Ohren zu kraulen, dann blickte sie auf, als wollte sie sagen: Vielleicht gibst du mir ja mein Frühstück?

»Hören Sie«, meinte Flora, »Sie können hier nicht schlafen. Ich wohne hier. Dies ist mein Zuhause. Sie müssen gehen! Auf der Stelle!«

»Ich habe das ganze Jahr über ab und an hier geschlafen«, erwiderte er entschuldigend. »Das Fenster in der Küche lässt sich sehr leicht öffnen, und ich habe den größten Teil des Winters hier verbracht.«

»Oh Gott!«

»Und ich habe den Kessel aufgesetzt. Wollen Sie vielleicht eine Tasse Tee?«

»Nein! Ich meine, Sie können mir in meinem eigenen Haus keinen Tee anbieten!«

»Mir ist bewusst, dass es ein wenig ungewöhnlich ist, vor allem, da wir einander offiziell noch nicht vorgestellt worden sind, aber es scheint mir das Mindeste zu sein, was ich unter den gegebenen Umständen tun kann.«

Flora ging die Treppe hinunter. Ihr Verlangen nach einer Tasse Tee war überwältigend. Außerdem wollte sie unbedingt Imelda füttern, damit sie zur Arbeit fahren konnte, doch zuerst musste sie mit diesem Mann fertig werden. »Das Mindeste – genau genommen sogar das Einzige –, was Sie unter den gegebenen Umständen tun können, ist, sich zu verabschieden. Sofort. Damit ich mich fertig machen kann, um zur Arbeit zu fahren. Und meine Katze zu füttern.«

»Das könnte ich für Sie erledigen.«

»Aber das will ich nicht! Ich will, dass Sie gehen!« Die ganze Situation war absurd, und Flora wollte sie nur so schnell wie möglich hinter sich bringen.

»Ich werde gehen, wenn Sie das unbedingt wollen, doch möchten Sie nicht zuerst einen Tee?«

Flora trat weiter in den Raum hinein und konnte durch die Küchentür zwei dampfende Becher sehen. Sie erinnerte sich daran, dass sie am Abend zuvor kein Wasser getrunken hatte, sondern nur zwei Gläser Wein. Kein Wunder, dass ihr die Zunge am Gaumen klebte.

Der Mann spürte, dass Flora in Versuchung geraten war, und reichte ihr einen der beiden Becher. »Wollen Sie ein Frühstück? Ich könnte Ihnen im Handumdrehen ein paar Rühreier in die Pfanne hauen.«

»Nein!« Sie nippte an ihrem Tee. Er schmeckte himmlisch, doch die Situation war trotzdem unmöglich. Und sie musste tatsächlich zur Arbeit fahren, oder Charles würde denken, er hätte die ganze Zeit über Recht gehabt, was sie betraf. Sie hatte einfach keine Zeit für diese Verwicklung.

Imelda, die offensichtlich die Hoffnung aufgegeben hatte, dass Flora sich jemals wieder bewegen würde, miaute den Mann an, um ihre Bedürfnisse auszudrücken.

»Hallo, du. Oh, du hast geworfen«, stellte er fest. »Du bist sicher hungrig.«

»Das ist sie. Normalerweise gebe ich ihr spätabends noch einmal etwas zu fressen, aber ich bin gestern einfach eingeschlafen.«

»Sind die Kätzchen hier?«

Flora nickte. »Oben. Nicht dass Sie das etwas anginge.«

Er lächelte. »Ich heiße William.«

»Flora. Hören Sie, William«, sagte sie energisch, »Ihnen muss doch klar sein, wie unmöglich das ist.«

»Ich sehe ein, dass es schwierig ist, aber nicht unmöglich. Schließlich habe ich Sie nicht ermordet, oder? Soll ich der jungen Mutter zu fressen geben? Und wie heißt sie eigentlich?«

»Imelda. Ja, bitte, geben Sie ihr etwas. Aber ...« Sie zögerte. Die Zeit lief ihr davon. »William? Ich muss jetzt dringend los, doch könnten Sie bitte verschwinden, bevor ich wieder nach Hause komme? So gegen halb sieben, sieben Uhr? Das Haus gehört mir nicht, und wenn die Besitzer herausfinden, dass Sie es benutzt haben, werden sie vor Schreck sterben und Sie für den Rest Ihres Lebens ins Gefängnis bringen.« Sie nahm noch einen Schluck Tee.

»Sie sollten etwas essen. Offenkundig haben Sie gestern Abend nichts gegessen.«

»Offenkundig?«

»Kein Geschirr, keine Spuren, die darauf hinweisen, dass Sie gekocht haben.«

»Ich habe jetzt keine Zeit dafür«, fuhr sie ihn an und fühlte sich auf grässliche Weise daran erinnert, wie sie sich manchmal ihrer Mutter gegenüber benommen hatte, wenn diese versucht hatte, ihr vor der Schule ein Frühstück aufzudrängen. Sie seufzte. »Ich muss mir ein Paar Schuhe holen. Und dann muss ich los. Und Sie müssen gehen. Aber füttern Sie bitte vorher noch Imelda.«

Sie lief wieder nach oben und kramte ihre Sandalen hervor. Schließlich holte sie tief Luft und rief sich ins Gedächtnis, dass er die ganze Nacht über Zeit gehabt hätte, sie zu ermorden, falls das seine Absicht war. Als sie wieder nach unten kam, waren Imelda und William in der Küche. Er löffelte Katzenfutter in ihren Napf, und sie fiel darüber her, noch bevor er fertig war.

»Ich gebe auch Menschen gern zu essen«, bemerkte er.

Flora ertappte sich dabei, dass sie lächelte, und versuchte, damit aufzuhören. Sie schnappte sich ihre Schlüssel und stand bereits in der Tür, als sie sich noch einmal umdrehte. »Gehen Sie«, rief sie.

Erst als sie im Landrover saß und den Motor angelassen hatte, fiel ihr ein, dass sie keinen BH trug. Sie würde sich eine Strickjacke oder ein T-Shirt kaufen müssen, dachte sie. Charles würde der Schlag treffen, wenn er die Umrisse einer Brustwarze durch ihr Kleid sehen würde.

Auf der Fahrt in die Stadt dachte sie über William und seine lautlose Invasion nach. Es war natürlich schrecklich, aber nicht annähernd so beängstigend, wie es hätte sein können, wäre ihr das Ganze in London passiert. Die Vorstellung, beim Aufwachen einen fremden Mann in ihrem Wohnzimmer in der Stadt vorzufinden, war so schockierend, dass sie unwillkürlich schauderte. Hier auf dem Land war die Situation weit weniger albtraumhaft.

Als sie ihr Ziel erreichte, war sie jedoch hochzufrieden. Jetzt, da die Leute sich an sie gewöhnt hatten und ihr ein wenig vertrauten, schickten sie sie zu Botengängen in alle Abteilungen des Hauses. Hier waren Etiketten aufzukleben, dort musste ein Schmuckstück, das verlegt worden war, gesucht werden, zwischendurch galt es, ungezählte Tassen Tee zu kochen und zu verteilen, und die ganze Zeit über lernte sie irgendetwas dazu.

Flora genoss die Arbeit ungemein. Es gab kein anderes Wort dafür. Sie fand ihren Job interessant, aufregend und ungemein gesellig. Charles und Annabelle mochten zwar nicht das modernste Auktionshaus im Land leiten, aber es hatte in jedem Falle eine angenehme, freundschaftliche Atmosphäre.

Als es gegen halb eins ein wenig ruhiger wurde, nahm Virginia sie mit, um Sandwiches zu kaufen. Sie suchten sich eine Bank in dem Park gegenüber, und während sie aßen, sprach Flora die familiäre Atmosphäre im Auktionshaus an.

»Wir tun es für Charles«, sagte Virginia kauend. »Die meisten von uns haben schon seinen Vater gekannt. Der war es, der dem Geschäft seinen Stempel aufgedrückt hat. Bevor die beiden sich verlobt haben und Annabelle auftauchte, hatte Charles einen ganz ähnlichen Führungsstil – bis es Miss Etepetete in den Sinn kam, für frischen Wind zu sorgen. Sie wollte uns doch tatsächlich in Nylonuniformen stecken! Schürzen sind vernünftig, weil sie verhindern, dass man sich die Kleider schmutzig macht. Aber Uniformen! Wir haben uns natürlich geweigert.«

»Natürlich! Nylon! Igitt!«

»Die Firma muss tatsächlich dringend modernisiert werden, doch Annabelles Vorstellungen diesbezüglich laufen im Wesentlichen darauf hinaus, die Gebäude mit maximalem Profit zu nutzen, indem sie Eigentumswohnungen daraus macht.«

»Ich werde mit Charles über die Website reden. Wir sollten uns wirklich eine zulegen. Könnte uns Ihre Tochter immer noch dabei helfen?«

»Oh ja, aber jetzt wird sie dafür bezahlt werden wollen. Schließlich ist das nun ihr Beruf.«

»Natürlich wird sie dafür bezahlt. Ich werde Charles sofort darauf ansprechen. Es gibt noch einige andere Dinge, die ich mit ihm bereden muss. Wo hat er eigentlich den ganzen Vormittag gesteckt?«

»Wahrscheinlich hat er irgendwo eine Schätzung gemacht.« Virginia beugte sich vertraulich zu ihr hinüber. »Eine Zeit lang war Annabelle für diese Schätzungen zuständig, was jedoch kein großer Erfolg war, wie es heißt. Abgesehen davon, dass sie nicht allzu viel über den Wert der Dinge wusste, hat sie die Kunden vor den Kopf gestoßen. Diese Menschen haben oft erst kürzlich ein

Familienmitglied verloren. Deshalb ist ein gewisses Taktgefühl vonnöten.«

»Und das hat Charles?«

»Oh ja. Er kann wunderbar mit Menschen umgehen.«

»Reden wir von demselben Charles? Von meinem Vetter?«

Virginia lachte. »Er mag recht reserviert erscheinen, doch er versteht sein Geschäft.«

»Das muss ich Ihnen einfach glauben.«

»Es ist Annabelle, die Sie im Auge behalten sollten.«

»Wenn Sie mir die Frage gestatten, woher wissen Sie so viel über diese Dinge?«

Virginia lachte. »Weil ich Augen und Ohren offen halte – aus reinem Selbstschutz, um ehrlich zu sein. Das tun wir alle. Und Annabelle macht aus ihren Plänen nicht gerade ein Geheimnis.« Virginia nahm noch einen Bissen von ihrem Sandwich und kaute nachdenklich. Flora hätte sie gern zum Weitersprechen gedrängt, wusste aber, dass sie das nicht durfte. »Ich nehme an, dass das Geschäft nicht viel Geld abwirft«, sagte sie schließlich, »obwohl wir von Käufern wie Verkäufern bezahlt werden. Trotzdem wäre es schade, wenn es einfach aufhören würde zu existieren.«

»Ja, das stimmt. Ich werde tun, was ich kann. Immerhin bin ich diejenige, die Anteile an dem Geschäft hält, nicht Annabelle.« Inzwischen war ihr klar, warum Geoffrey nicht wollte, dass Annabelle auch nur die geringste finanzielle Kontrolle über das Auktionshaus bekam.

Während sie am Ende eines langen Tages sehr müde und sehr schmutzig nach Hause fuhr, hatte Flora Zeit, darüber nachzudenken, wie viel sie selbst verdienen würde, wenn man die Gebäude allesamt zu Wohnhäusern umbaute und verkaufte. Sie war zu erschöpft, um genau nachzudenken, doch es war mit Sicherheit eine große Summe. Was würde sie mit mehr als einer Million Pfund anfangen? Vielleicht war es nur die Müdigkeit, aber in diesem Augenblick fiel ihr nichts ein, was sie sich mehr wünschte als ein heißes Bad, eine Tüte Chips und ein Glas Wein.

Sie hatte bereits den Schlüssel im Schloss umgedreht und die Tür geöffnet, als ihr William wieder einfiel. Aus der Küche wehte ihr ein herrlicher Duft entgegen, und das Cottage wirkte ausgesprochen gemütlich. Auf dem Kaminsims stand ein frischer Strauß wilder Rosen, den sie nicht dorthingestellt hatte, und im Kamin selbst brannte ein Feuer. Nicht dass man bei diesem Wetter eins benötigt hätte, aber es sah trotzdem hübsch aus.

Von William war jedoch keine Spur zu entdecken – er hatte ihren Befehl, das Cottage zu verlassen, offensichtlich befolgt. Also ließ sie ihre Tasche auf den Boden fallen und lief nach oben, um nach Imelda und den Kätzchen zu sehen. Sie waren wohlauf, und die Katzentoilette war gereinigt worden. Flora musste unwillkürlich an einen Witz über schwule Einbrecher denken, die das Haus aufräumten und eine Quiche im Ofen zurückließen, und sie lächelte. Es musste William gewesen sein – wer sonst? Aber war er schwul? Sie hatte keine Ahnung.

Schließlich riss sie sich von den kleinen, pelzigen Wesen los und ging wieder nach unten. Erst jetzt wurde ihr bewusst, wie hungrig sie war, und sie stellte zu ihrer Begeisterung fest, dass etwas im Ofen stand.

Sie hatte die Schale gerade herausgenommen, als es an der Tür klopfte. »William«, sagte sie und lächelte, obwohl sie sich fest vorgenommen hatte, nicht zu freundlich zu sein. »Sie kommen am besten herein.«

»Ich wollte mich nur davon überzeugen, dass Sie zu Hause sind und dass Ihr Abendessen nicht anbrennt.«

»Es war sehr nett von Ihnen, etwas für mich zu kochen.«

»Es war sehr nett von Ihnen, nicht die Polizei zu rufen und ein furchtbares Theater zu machen.«

»Möchten Sie ein Glas Wein?« Sie wollte selbst gern ein Glas trinken, und ihr wurde bewusst, dass es ihr in Gesellschaft erheblich besser schmecken würde. Und schließlich hatte er für sie gekocht.

»Das wäre schön. Soll ich nach der Pastete sehen?«

»Wenn Sie wollen. Außerdem können Sie gleich mitessen. Was gibt es denn?«

»Eine Pastete mit Käse, Zwiebeln und Tomaten. Ich bin kein Vegetarier, aber Sie hatten kein Fleisch im Haus. Eine Scheibe Schinken hätte gut dazu gepasst.«

»Ich werde morgen welchen kaufen, wenn ich die Zeit für eine kleine Einkaufstour abzweigen kann.«

»Ich hole Messer und Gabeln.«

»William«, erwiderte sie, nachdem sie sich mit dampfenden Tellern auf dem Schoß hingesetzt hatten, »wie viel Zeit verbringen Sie im Allgemeinen hier?«

»Das ist unterschiedlich, aber den größten Teil des Winters habe ich hier gewohnt.«

»Ist das der Grund, warum es überall nach Holzrauch riecht?«

»Wahrscheinlich. Das Feuer hat tatsächlich ein wenig gequalmt, wenn der Schornstein kalt war.«

Flora nahm einen Bissen von der Pastete. Sie war köstlich und wahrscheinlich obendrein sehr preiswert. »Wissen Charles und Annabelle von Ihrer Existenz?« Dann wurde ihr klar, dass die beiden natürlich keine Ahnung hatten; sie hätten schon bei dem bloßen Gedanken, ein Fremder könnte hier eindringen, einen Schlaganfall bekommen.

»Wer sind Charles und Annabelle?«

»Ihnen gehört dieses Cottage. Das heißt, genau genommen gehört es Annabelle. Charles ist mein Vetter.«

Er zuckte die Schultern. »Dergleichen Dinge interessieren mich nicht besonders. Wenn ein Haus leer steht, sehe ich keinen Grund, warum ich es nicht benutzen sollte. Schließlich habe ich keinen Schaden angerichtet.«

»Darauf habe ich nur Ihr Wort!«, erklärte Flora lachend. »Es hätte ein Palast gewesen sein können, bevor ich eingezogen bin.«

William musterte sie ernst. »Es war ein Cottage, es ist immer noch ein Cottage, und es wird ein Cottage sein, bis irgendein Banause einen Anbau dransetzt.«

»Ausgerechnet Sie reden von Banausen! Einfach ein Haus zu besetzen! Was machen Sie überhaupt hier in der Gegend? Sind Sie ein Wilderer oder so etwas?«

»Ich bin ein Dichter und Porträtmaler, aber wenn es sein muss, schieße ich mir auch gelegentlich ein Kaninchen oder einen Fasan.«

»Und Sie campieren in leeren Gebäuden?«

»Eine meiner kleineren Schwächen.« William nahm einen Schluck von seinem Wein.

Flora lachte. »Darf ich Ihnen erzählen, an welchen Witz ich denken musste, als ich nach oben gegangen bin und festgestellt habe, dass Sie die Katzenstreu ausgewechselt hatten?«

»Das habe ich nur getan, um mich bei Ihnen einzuschmeicheln.«

»Davon bin ich überzeugt, aber es hat mich an den Witz über die schwulen Einbrecher erinnert, die das Haus aufräumen und eine Quiche im Ofen zurücklassen.«

Er lachte und schüttelte den Kopf. »Ich fürchte, ich bin nicht schwul, aber ich bin absolut vertrauenswürdig, und wenn es Sie beruhigt: Ich finde Sie zwar sehr hübsch, doch Sie sind nicht mein Typ.«

»Dann ist es ja gut.« Seltsamerweise beruhigte es sie tatsächlich. »Ist noch mehr von dieser Pastete da?«

Am nächsten Morgen um halb neun war sie wieder im Verkaufsraum, genau wie fast alle anderen Mitarbeiter. Die Auktion begann um zehn. Ab neun Uhr hatten potenzielle Käufer noch einmal Gelegenheit, sich umzusehen, und Virginia hatte ihr gesagt, dass die Leute bis halb zehn auf die Bühne kommen durften, wo sich die kleineren, diebstahlgefährdeteren Stücke befanden.

Wie immer standen einige Leute in der Küche und tunkten Teebeutel in ihre Tassen. »Hallo, Flora«, sagte Geoffrey. »Sind Sie bereit für Ihre erste Auktion?«

»Ich hoffe es. Eigentlich freue ich mich sogar darauf. Wenn man sich tagelang mit den Dingen beschäftigt hat, kommt es einem fast so vor, als wäre man selbst der Besitzer.«

Er kicherte. »Nun, wenn Sie auf irgendetwas bieten wollen, geben Sie Charles Bescheid und holen Sie sich eine Karte aus dem Büro. Das ist eine gute Methode, wenn man billig ein Haus möblieren will.«

Flora dachte einen Moment lang darüber nach, wie viel Spaß es machen würde, Möbel für das Cottage zu kaufen. Dann fiel ihr wieder ein, dass das Cottage nicht ihr gehörte und dass sie für die Londoner Wohnung nichts mehr brauchte – sie war ohnehin überfüllt. »Im Augenblick nicht, Geoffrey.«

»Auf diese Weise haben Edie und ich die meisten Sachen für unsere Töchter gekauft. Wenn man lange genug hier arbeitet, sieht man irgendwann zwangsläufig alles, was man sich jemals wünschen könnte. In meiner Zeit als Händler habe ich die meisten unserer Möbel gekauft.«

»Deshalb bist du damals also nie auf einen grünen Zweig gekommen, Geoff«, meinte ein anderer Porter. »Du konntest der Versuchung nicht widerstehen, die besten Sachen für dich zu behalten.«

Flora wusste, dass in Geoffreys und Edies Haus einige ausgesprochen schöne Stücke standen. Geoffrey lachte. »Da könntest du durchaus Recht haben.« Er räusperte sich. »Also, wollen wir jetzt arbeiten, oder sind wir nur zur Dekoration hier?«

Flora half Geoffrey auf dem Hof, eine Sammlung von Gartenzwergen ansprechend zu arrangieren, als er plötzlich auf seine Armbanduhr sah. »In fünf Minuten geht's los. Wahrscheinlich wird Charles anfangen, aber Annabelle sollte wirklich herkommen, um uns diese kleinen Lose vom Hals zu schaffen.«

»Warum tut sie es dann nicht?« Flora fand, dass es durchaus Spaß machen könnte, den Leuten Geld für diese niedlichen kleinen Herren aus der Tasche zu ziehen, die, nach dem Zustand ihrer Zipfelmützen zu urteilen, schwere Zeiten hinter sich hatten.

»Weil das unter ihrer Würde ist. Sie kümmert sich lieber um die eleganteren Sachen. Wobei ich damit nicht gesagt haben will, dass sie ihren Job beherrscht.«

»Arme Annabelle! Niemand hat ein gutes Wort für sie.«

Geoffrey schnaubte. »Sie ist eine miserable Auktionatorin. Sie kann das Publikum für nichts begeistern. Sie werden lernen müssen, eine Auktion zu leiten. Sie hätten solche Schwierigkeiten bestimmt nicht.«

Flora seufzte. Sie mochte durchaus in der Lage sein, die Leute für sich zu gewinnen, aber schon während ihrer kurzen Zeit bei *Stanza und Stanza* hatte sie gelernt, dass zum Auktionsgeschäft doch noch ein wenig mehr gehörte. Außerdem ging es um Summen. »Ich glaube nicht, dass das mein Ding wäre. Wenn man im Fernsehen Auktionen verfolgt, sieht das alles immer furchtbar kompliziert aus.«

»Sobald Sie gelernt haben, in welchen Schritten Sie höher gehen müssen – Sie wissen schon, fünf, acht, zehn oder drei, fünf, acht, zehn, was in dem jeweiligen Fall gerade angemessen ist –, werden Sie wunderbar zurechtkommen.«

»Geoffrey, ich komme schon mit dem kleinen Einmaleins – genauer gesagt, mit der Zweierreihe – nicht zurecht. Ich sehe mich einfach nicht mit einem Hämmerchen in der Hand. Arbeiten Sie selbst manchmal als Auktionator?«

Er schüttelte den Kopf. »Sehr selten. Nur wenn Annabelle selbst gerade keine Lust dazu hat. Sie sieht es nicht gern, wenn ich das übernehme, weil sie denkt, ich sei nur ein Porter, obwohl ich schätze, dass ich für dieses Los mehr erzielen würde als sie. Nicht dass sie es überhaupt versuchen würde.« Er hielt inne. »Wollen Sie sie so stehen lassen?« Er sprach von den Gartenzwergen.

»Ich dachte, sie sehen niedlich aus, wie sie da im Kreis stehen«, meinte Flora. »Ah, da kommt der Boss.«

Danach ging alles plötzlich sehr schnell. Der spießige Charles, den Flora kennengelernt hatte, verschwand und verwandelte sich in den Star der Show.

»Guten Morgen, meine Damen und Herren«, begann er mit einem Lächeln, »und wir haben ja wirklich Glück mit diesem geradezu herrlichen Morgen. Also, nun zu Los eins, einer sehr reizvollen Sammlung von Gartenzwergen, die anscheinend in einen Teich pinkeln. Von wem höre ich das erste Gebot, zwanzig Pfund? Nein? Zehn? Fünf? Überlegen Sie nur, wie entzückend die Zwerge sich auf Ihrer Terrasse ausnehmen würden. Fünf, vielen Dank, acht? Zehn, zwölf, fünfzehn … vielen Dank. Verkauft! Und jetzt zum nächsten Stück …«

Flora beobachtete ihn voller Ehrfurcht, obwohl sie eigentlich die kleineren Auktionsstücke auf dem Podium hätte im Auge behalten sollen. Aber sie war außer Stande, sich von der Prozedur loszureißen. Es ging unglaublich schnell. Los um Los wurde verkauft, und doch erweckte Charles nie den Eindruck, in Eile zu sein. Er hatte das Publikum in seinen Bann geschlagen, und die Leute wedelten mit ihren Karten, voller Eifer zu kaufen, was Charles verkaufte. Er wirkte noch größer als sonst und viel, viel charmanter. Langsam bekam sie eine Ahnung, warum die Porter ihn allesamt so sehr mochten: Abgesehen von der geschäftlichen Seite des Unternehmens machte er seinen Job wirklich gut.

Aber Flora hatte keine Zeit, dazustehen und ihren Vetter anzustarren. Nach einer Weile wandte sie sich von der Auktion ab und lief durch die Menge und die Möbelstücke auf dem Podium, wo sie neben einem Tisch voller Teeservice trat – einige wunderschön, einige bunt zusammengewürfelt, andere schlicht und einfach bizarr –, und entschuldigte sich bei Virginia für ihre Verspätung.

»Wir sind schon zurechtgekommen. Annabelle wollte einen von unserer Stammbesetzung nach Hause schicken, weil Sie heute hier sind, aber Charles hat es nicht zugelassen.«

»Virginia! All das können Sie unmöglich wissen. Sie erfinden diese Dinge nur, weil Sie Annabelle hassen.«

»Unsinn! Sie hat mich gefragt, welchen Porter wir heimschicken sollten, und Charles hat es gehört. Ehrlich.«

Flora grinste. Sie mochte Virginia wirklich, fand jedoch, dass die andere Frau als Porter und subversiver Zweiter Sopran schlicht verschwendet war. Sie hätte im Spionagedienst arbeiten sollen.

Als alle Lose, die vor der Bühne gestanden hatten, verkauft waren und die unaufdringlich arbeitenden Porter die meisten der Stücke mit Rollwagen weggebracht hatten, richtete sich die Aufmerksamkeit des Publikums auf die Bühne.

»Wir haben heute einige ziemlich wertvolle Lose hier oben«, erklärte Virginia. »Ich nehme an, Annabelle wird sie verkaufen. Charles erlaubt es ihr, weil er hofft, dass sie auf diese Weise Gefallen daran finden könnte – oder dass sie zumindest ein wenig Übung bekommt.«

Virginias Worte erwiesen sich als richtig: Annabelle löste Charles als Auktionator ab. Sie nahm an dem Schreibtisch Platz, räusperte sich und trank dann einen Schluck Wasser. Alle warteten darauf, dass sie anfing. Virginia schnalzte wegen der vergeudeten Zeit bereits missbilligend mit der Zunge. Selbst Flora als absolute Anfängerin spürte, dass Annabelle ihre Sache nicht gut machte. Ihre Stimme war hoch und schrill, und sie benahm sich weniger wie jemand, der Menschen zum Kaufen ermutigen wollte, sondern eher wie eine reizbare Schuldirektorin, die Antworten auf ihre Fragen einforderte. Es war kein Wunder, dass nur wenige Kaufinteressenten die Hand hoben.

Zuerst war es Flora ein wenig peinlich, auf der Bühne zu stehen und seltsame Dinge hochzuhalten, doch nach einer Weile verlor sie ihre Hemmungen, und während Annabelle mühsam ein Stück nach dem anderen unter den Hammer brachte, beobachtete Flora das Publikum.

Die Auktion war ziemlich gut besucht. Virginia, die im Wechsel mit ihr die Auktionsstücke hochhielt, wies sie auf einige Käufer hin, die sie kannte.

»Der Mann mit dem Hut ist ein Händler«, flüsterte sie Flora zu. »Er kauft Unmengen Gläser und verkauft sie losweise weiter. Nach einer Weile sehen wir dieselben Sachen dann wieder. Er gibt oft einen sehr hohen Einstandspreis vor, sodass wir öfter etwas gar nicht verkaufen können. Aber er scheint dabei gut zu verdienen, also muss es sich wohl lohnen.«

Schon bald löste Charles Annabelle wieder ab. Flora hatte ihn mit einigen Kunden am Empfangstisch gesehen und hoffte, dass er zwischendurch zumindest Zeit für ein Sandwich gehabt hatte.

»Sie brauchen noch einen weiteren Auktionator«, sagte Virginia zu Flora, die sich gerade alle Mühe gab, eine sehr wertvolle Karaffe aus Bleikristall nicht fallen zu lassen. »Sie sollten sich ausbilden lassen.«

»Nur über meine Leiche«, antwortete Flora beharrlich lächelnd.

Nachdem Charles das Kommando wieder übernommen hatte, wurde in schneller Folge ein Los nach dem anderen losgeschlagen, und lange, bevor Flora es erwartet hatte, war die Auktion zu Ende, und die Käufer standen Schlange, um ihre Schätze abzuholen. Jetzt, da die Verkäufe vorüber waren, kümmerten sich alle Angestellten um die Kunden, halfen ihnen beim Einpacken und suchten nach Zeitungspapier, um zerbrechliche Gegenstände darin einzuwickeln.

Dieser Teil des Ganzen gefiel Flora besonders gut. Jetzt konnten sogar die hartgesottenen Händler Freude über ihre Käufe zeigen, obwohl sie natürlich immer murrten, sie hätten zu viel dafür bezahlt.

Virginia und die anderen kannten viele der Leute und lachten und scherzten mit ihnen. Flora als neues Gesicht zog einige neugierige Blicke auf sich. Nach einer hastigen Beratung stellte Virginia sie als neuen Porter vor. Einstweilen, fand Flora, sollte nicht jeder wissen, dass sie zur Familie gehörte – so lange, bis es entweder unmöglich wurde, diese Tatsache geheim zu halten, oder eine entsprechende Ankündigung geraten erschien.

Sie hätte nach Hause fahren können; die anderen redeten ihr zu, das zu tun, da dies ihre erste Auktion gewesen war. Aber Flora wollte nicht vor Charles und Annabelle gehen, und sie war sich ziemlich sicher, dass Charles sich erst verabschieden würde, wenn der Fußboden gefegt und auch die letzte Tasse gespült war. Sie wollte sich nicht nachsagen lassen, dass sie ihre Arbeit nicht ernst nehme.

»Kann ich noch irgendetwas tun?«, fragte sie Charles, als nur noch er, Annabelle und Louisa, die Sekretärin, übrig waren. Es war die erste Gelegenheit für sie, mit ihm zu sprechen, und sie wollte ihm zu seinem Erfolg gratulieren.

»Ich glaube nicht.« Charles betrachtete sie mit seiner gewohnten, kaum verhohlenen Ablehnung; der charmante Auktionator war restlos verschwunden. »Wie hat Ihnen Ihre erste Auktion gefallen? Es ist nicht ganz so wie im Fernsehen, nicht wahr?«

Flora fand es kränkend, dass er sich ihr gegenüber noch immer so reserviert gab, obwohl sie inzwischen gesehen hatte, dass er auch ganz anders sein konnte. »Das stimmt«, sagte sie. »In Wirklichkeit ist es viel besser als im Fernsehen.«

»Oh!«

Zu ihrer Befriedigung stellte sie fest, dass sie ihn überrascht hatte.

»Im Fernsehen sind Auktionen nicht so verdammt ermüdend«, erklärte Annabelle. »Und so schmutzig. Ich habe keinen sauberen Faden mehr am Leib, deshalb fahre ich direkt nach Hause, um ein Bad zu nehmen, Charles. Du brauchst mich nicht mehr?«

»Ich will mit Louisa nur noch schnell die nächsten Termine

durchgehen. Morgen steht in einem Haus in Churchfields eine Schätzung auf dem Programm, Lou.«

»Oh, Charles!«, unterbrach Annabelle ihn. »Muss ich da wirklich mitkommen? Kannst du das nicht allein übernehmen?«

»Das könnte ich, aber es würde eine Ewigkeit dauern. Der Kassettenrekorder ist kaputt. Ich brauche jemanden, der Notizen macht.«

»Dann nimm Flora mit.«

Charles musterte seine Cousine und fragte sich offensichtlich, was das kleinere Übel wäre, eine widerstrebende Annabelle oder eine vollkommen unerfahrene Flora. Er schürzte die Lippen.

»Wirklich, Darling, ich kann nicht.« Annabelle beschloss, ihm bei seiner Entscheidung zu helfen. »Ich muss dringend ins Cottage fahren und dort einmal richtig Inventur machen. Sie haben doch nichts dagegen, Flora, oder?«

Flora hatte durchaus etwas dagegen, aus vielen Gründen, vor allem aber wegen William. »Annabelle, Sie haben Imelda und die Kätzchen vergessen! Sie sind doch allergisch gegen Katzen.«

»Oh, für kurze Zeit wird es wohl gehen. Jedenfalls, solange ich die Tiere nicht anfassen muss.«

»Aber brauchen Sie wirklich eine Inventurliste? Ich werde wohl kaum die Möbel stehlen. Und falls ich eins von den Wassergläsern zerbrechen sollte, kann man im Supermarkt neue kaufen.«

»Ja«, entgegnete Annabelle, »ich hätte trotzdem gern eine Liste von den Dingen, die ich Ihnen geliehen habe. Wenn Sie in ein paar Monaten wieder abreisen, habe ich bis dahin vielleicht vergessen, was wir aus dem Haus geholt haben, als wir beschlossen haben, das Cottage in diesem Jahr nicht zu vermieten.« Sie lächelte. »Es wäre doch schrecklich, wenn ich Ihnen die Schuld daran gäbe, etwas verloren zu haben, das überhaupt nicht da gewesen ist, nicht wahr?«

Nicht ganz so schrecklich wie die Möglichkeit, Annabelle könnte William im Cottage entdecken, dachte Flora, aber natürlich konnte sie das nicht laut aussprechen.

»Wissen Sie, um wie viel Uhr Sie kommen werden?«

»Nein, doch Sie werden ohnehin mit Charles unterwegs sein, also spielt das keine Rolle.«

»Annabelle! Ich möchte Flora wirklich nicht mitnehmen. Sie hat gerade erst hier angefangen. Sie weiß überhaupt nichts.«

»Ich habe heute eine Menge gelernt, Charles«, versetzte Flora und hoffte, einen Tonfall getroffen zu haben, der ihn gleichzeitig überzeugen und ihm klarmachen würde, dass er sie nicht bis in alle Ewigkeit wie eine ignorante Städterin behandeln konnte.

»Flora! Ich wollte Sie nicht kränken …«

»Dann tun Sie's auch nicht.«

»Aber Sie würden mir genauso viel nutzen wie eine Teekanne aus Schokolade. Oder wie diese neumodischen, die Sie sammeln.«

»Diese Kannen haben sehr wohl einen Nutzen. Man kann darin Tee zubereiten. Und ich kann Notizen machen oder die Aufgaben erledigen, die sonst anfallen. Sie sollten all diese Blondinenwitze nicht unbesehen glauben. Blondinen sind nicht dümmer als jeder andere auch.«

»Also gut! Kommen Sie mit. Aber ziehen Sie um Gottes willen mehr an!«

Erst in diesem Moment fiel Flora wieder ein, dass sie keinen BH trug.

»Morgen werden Sie nämlich keine Schürze anhaben«, rief Charles ihr ins Gedächtnis.

Überraschend niedergeschlagen von diesem Tadel, stahl Flora sich davon. Außerdem würde sie William warnen müssen, dass er sich während des ganzen nächsten Tages vom Cottage fernhalten müsse. Die arme Imelda würde sich mit abgestandenem Dosenfutter und ihrer Katzentoilette über Wasser halten müssen. Das Leben war niemals einfach.

Kapitel 6

Der Umstand, dass sie am nächsten Tag erst um halb zehn zur Arbeit erwartet wurde, erschien Flora wie der reinste Luxus – den sie allerdings mehr genossen hätte, wäre sie nicht in Sorge gewesen, dass William morgen im Cottage auftauchen und Annabelle in die Arme laufen konnte.

Als sie nach Hause gekommen war, hatte sie einen Brief von ihm vorgefunden, in dem er ihr mitteilte, dass er Imelda versorgt und einen Salat vorbereitet habe. Anscheinend hatte er etwas von dem frischen Salat und den Tomaten benutzt, die sie im Kühlschrank gehabt hatte, und eine Menge sehr eigenartiger Teile von Pflanzen, die er aus weniger orthodoxen Quellen bezogen haben musste. Sie erkannte die Spitzen von Weißdorn und etwas, bei dem es sich vielleicht um eine Art wilden Sauerampfer handeln konnte, aber nichts anderes. Nachdem sie eine halbe Stunde mit Imelda und den Kätzchen verbracht hatte, hatte sie den Salat gegessen. Entweder waren die Pflanzenteile wirklich köstlich, oder die Vinaigrette, die William ebenfalls zubereitet hatte, überdeckte jeden unangenehmen Geschmack.

So dankbar sie dafür war, beim Nachhausekommen ein köstliches Essen vorzufinden, hätte sie William doch gern gesprochen, um ihn wegen Annabelle zu warnen. Sie konnte ihm kaum einen entsprechenden Brief hinterlassen – die Wahrscheinlichkeit, dass Annabelle ihre Zeilen fand, war zu groß.

Trotzdem hatte sie jetzt zumindest einen Fernseher. Charles hatte bei der Auktion einen Apparat für sie erstanden, in den Kofferraum des Landrovers gepackt und gesagt: »Den können Sie ruhig mitnehmen. Es schien ihn sonst niemand haben zu wollen.«

Sie hatte sich bei ihm bedankt, wie man sich eben für ein Geschenk bedankte, das nicht von Herzen kam. Trotzdem hatte sie sich leise gefragt, ob Charles in Wirklichkeit nicht doch recht nett war – obwohl sie die Antwort auf diese Frage gar nicht wissen wollte. Die Damenriege der Porter schien ihn zu mögen, aber das war schließlich kein Wunder. Wenn die Mädels schon seinen Vater gekannt und geschätzt hatten, war es nur normal, dass sie mütterliche Gefühle für Charles entwickelt hatten. Und *sie* versuchte er ja auch nicht zum Gehen zu bewegen.

Nachdem sie den Fernseher angeschlossen hatte, ließ sie sich davor nieder. Aber statt sich auf sechs junge Frauen aus sehr behüteten Elternhäusern zu konzentrieren, die sich mit Kalaschnikows und Rucksäcken von der Größe kleiner Autos durch die Wüste kämpften – was die neueste Mode im Reality TV zu sein schien –, schweiften Floras Gedanken immer wieder zu *Stanza und Stanza* und zu Charles ab.

Ihr war aufgefallen, dass er Annabelle auf Schritt und Tritt folgte. Wollte er sie beschwichtigen oder sich davon überzeugen, dass ihr kein Fehler unterlief? Wenn sie an Annabelles Stelle gewesen wäre und Charles sich so benommen hätte, hätte sie ihn umgebracht. Annabelle dagegen schien nichts davon zu bemerken. Oder war es ihr gleichgültig? Es war schwer zu glauben, dass Annabelle wirklich so schlecht in ihrem Job war, wie es den Anschein hatte, doch nach den Erzählungen der Porter zu urteilen, war sie nicht nur stümperhaft, sondern obendrein noch arrogant.

Flora gähnte. Wenn sie nicht bald ins Bett ging, das wusste sie, würde sie mitten in der Nacht auf dem Sofa aufwachen, durchgefroren und mit steifen Gliedern. Während sie schläfrig Fenster und Türen verschloss, Imelda Futter und frisches Wasser hinstellte und den nicht mehr ganz heilen Wasserkocher ausstöpselte, kam sie zu dem Schluss, dass Charles und Annabelle sie nichts angingen. Die beiden hatten das Turteltaubenstadium ihrer Beziehung jedenfalls schon lange hinter sich.

Waren sie also aus rein praktischen Gründen zusammen? Natürlich war das alles nicht Floras Angelegenheit, wie sie sich energisch ins Gedächtnis rief, aber sie hatte nun mal die beinahe zwanghafte Neigung, Menschen zu beobachten, und dieses eigenartig distanzierte Paar faszinierte sie einfach. Warum um alles in der Welt waren die beiden zusammen? Wenn Annabelle Macht über ein Geschäft wollte, warum benutzte sie ihr Geld dann nicht, um eine Firma zu gründen, die ihr gefiel, statt sich mit Möbeln und irgendwelchen Kinkerlitzchen abzugeben, an denen sie keinerlei Freude hatte?

Es sei denn natürlich, es verhielt sich gerade andersherum. Vielleicht wollte sie deshalb finanzielle Kontrolle über *Stanza und Stanza*, damit sie Charles überreden, überzeugen oder zwingen konnte, die Gebäude zu verkaufen, um auf diese Weise daraus Profit zu schlagen. Oder aber sie wollte Charles nur deshalb heiraten, um aus seinem Anteil Gewinn zu ziehen.

Charles hoffte wahrscheinlich, dass Annabelle ein wenig von ihrem Geld in das Geschäft investieren würde, damit er die notwendigen Modernisierungen vornehmen konnte. Andererseits erschien ihr diese Möglichkeit furchtbar berechnend. Vielleicht lag Flora ja auch mit all diesen Vermutungen falsch. In jedem Fall waren die beiden so zugeknöpft, dass der Rest der Welt wohl niemals erfahren würde, ob sie nicht ungeahnte Leidenschaft miteinander teilten, wenn sie allein waren. Allerdings kannten Annabelle und Charles einander von Kindesbeinen an und hatten vielleicht nie die Glut einer frischen Liebe erlebt.

Bei dem Thema »frische Liebe« musste Flora unwillkürlich an Henry denken. Sie mochte ihn; er sah so aus, als wäre es amüsant, mit ihm zusammen zu sein. Das Zwinkern in seinen Augen war nach Charles' Missbilligung eine echte Wohltat gewesen, und in einer so kleinen Stadt wie Bishopsbridge würde sie ihm gewiss wieder über den Weg laufen, etwas, worauf sie sich schon sehr freute.

»Ich sollte mir wohl einen von den Aufklebern besorgen, auf

denen steht: ›Ich liebe meinen Landy‹«, erklärte Flora, als sie und Charles fast zur gleichen Zeit aus ihren Wagen stiegen. »Es gefällt mir, in die Gärten schauen zu können. Außerdem verleiht mir die hohe Position ein Gefühl von Macht. Das Gefühl, stark zu sein«, fügte sie hinzu, für den Fall, dass ihm das Wort »Macht« aus ihrem Munde zu feministisch vorkommen sollte.

Charles zog eine Augenbraue in die Höhe. Wahrscheinlich überraschte ihre unbefangene Begrüßung ihn ein wenig. »Hm, es gibt keinen Grund, warum Sie den Landrover nicht weiter fahren sollten. Er ist ein Firmenwagen – die Werkstatt wartet übrigens immer noch auf das Ersatzteil für Ihren Wagen.« Er runzelte die Stirn, dann fuhr er fort: »Solange es Ihnen nichts ausmacht, ab und zu mal ein Möbelstück damit abzuholen.«

»Wäre ein großer, alter Volvo für solche Zwecke nicht besser geeignet?«

Charles hielt ihr die Tür auf. »Das wäre er allerdings, aber Annabelle hat ihr Herz nun mal an einen Landrover gehängt.«

Flora sagte sich, dass sie so oft wie nur möglich Annabelles positive Seiten sehen sollte. »Wahrscheinlich gefällt es ihr ebenfalls, in die Gärten schauen zu können.«

»Nein. Sie meint, der Wagen gäbe ihr ein Gefühl der Sicherheit.«

»Das kann ich nachvollziehen. Die Straßen hier sind im Winter sicher ziemlich vereist.«

Charles blickte hochmütig auf sie hinab – was wahrscheinlich gar nicht beabsichtigt war, sondern nur daran lag, dass er viel größer war als sie. »Eigentlich nicht. Die Winter sind hier sehr mild.«

Flora verspürte das dringende Bedürfnis, die Damentoilette aufzusuchen, fand aber, dass sie zuerst dieses Gespräch beenden sollten, daher folgte sie Charles ins Büro. »Hatten Sie nicht erwähnt, dass sie Schwierigkeiten mit dem Landrover hat? Und wo ist sie eigentlich?«

»Sie will später in das Cottage rüberfahren. Und sie hat tatsächlich Probleme, den Landrover zu parken.«

»Warum behalten Sie ihn dann? Er ist doch noch ziemlich neu.«

»Ich denke, wir müssen dieses Gespräch irgendwann einmal fortsetzen, aber nicht jetzt«, erwiderte Charles. »Könnten Sie sich einen Notizblock und einen funktionsfähigen Kugelschreiber einstecken, damit wir dann aufbrechen können? Ich möchte die Kundschaft nicht warten lassen. Diese Leute haben eine weite Reise auf sich genommen, um den Nachlass ihres Onkels zu regeln.«

Es war äußerst frustrierend. Flora konnte ihm nicht direkt Heimlichtuerei vorwerfen, er erzählte ihr einfach nur nichts.

Schweigend stiegen sie in seinen alten, aber geräumigen Citroën. Flora fragte sich, warum die Firma einen Landrover gekauft hatte, der nicht wirklich benötigt wurde, während Charles selbst einen so alten Wagen fuhr. Es musste doch eine bessere Erklärung dafür geben als Annabelles Launen?

Nach einer Weile bemerkte Charles: »Heutzutage benutzen wir bei Schätzungen normalerweise Kassettenrekorder, doch unser Apparat funktioniert nicht mehr, und für Sie wird es eine hilfreiche Erfahrung sein. In den guten alten Zeiten wurden die Schätzungen stets von Hand notiert und später abgetippt. Man musste also immer zu zweit arbeiten.«

»Und das ist nichts für Ihre Verlobte?« Annabelle selbst hatte etwas Derartiges gesagt, doch Flora wollte den Dingen ein wenig tiefer auf den Grund gehen.

»Eigentlich nicht. Wir haben es nicht mehr oft mit kostbaren Möbeln zu tun, und der alltägliche Kram, der das Brot und die Butter unseres Geschäfts ist, interessiert sie nicht besonders.«

Flora registrierte die Information bezüglich der kostbaren Möbel und setzte ihre Fragen Annabelle betreffend fort. »Sagen Sie es mir, wenn es mich nichts angeht, aber arbeitet Annabelle wirklich gern in einem Auktionshaus?«

Er schwieg, als müsste er über seine Antwort nachdenken.

»Wenn das nicht der Fall ist«, fuhr Flora fort und versuchte, sich ihre Ungeduld nicht anmerken zu lassen, »warum will sie dann die Aktien kaufen, die Ihnen die Mehrheit sichern würden?«

»Sie hat gern Kontrolle über die Dinge«, erwiderte er langsam. »Sie ist sehr organisiert.«

»Aber nicht Annabelle wäre es, die die Kontrolle über die Firma hätte«, wandte Flora ein, »sondern Sie.«

»Annabelle und ich werden heiraten. Das ist mehr oder weniger dasselbe.«

»Charles! Es ist nicht dasselbe! Die Ehe macht Sie nicht zu siamesischen Zwillingen!« Sie musste unweigerlich daran denken, wie ihre Mutter reagieren würde, wenn jemand in ihrer Gegenwart behaupten würde, dass die Ehe einem der Partner »Kontrolle« über den anderen gäbe. Dann erinnerte sie sich mit einigem Unbehagen an Virginias Bemerkungen über Annabelles Pläne.

»Ich habe wirklich nicht die Absicht, mein Privatleben mit Ihnen zu diskutieren, Flora«, erklärte Charles in seinem kühlsten, herablassendsten Tonfall.

»Sie haben das Thema selbst zur Sprache gebracht! Ich wollte lediglich wissen, warum Annabelle so erpicht darauf ist, in ein Geschäft einzusteigen, das sie gar nicht mag. Schließlich könnte sie ohne weiteres eine eigene Firma leiten.«

»Das könnte sie, aber sie hat das Gefühl …« Er hielt inne und trommelte mit den Fingern auf das Lenkrad, wahrscheinlich um ein geistiges Wörterbuch nach den richtigen Ausdrücken zu durchforschen.

Flora versuchte nicht länger, ihre Verärgerung über seine Zurückhaltung zu verbergen. »Sie hat das Gefühl, dass es mit dem Auktionshaus bergab geht und Sie es besser verkaufen sollten?« Vermutlich preschte sie viel zu schnell viel zu weit vor, doch sie hatte genug von Gerüchten und wollte endlich Tatsachen hören, und zwar direkt aus Charles' Mund.

»Wer hat Ihnen das erzählt?«, fragte er.

»Alle Porter wissen es, Charles, und sie sind keineswegs alle glücklich darüber. Ich habe keine Ahnung, ob Sie die Sache geheim halten wollten, doch falls es so ist, sind Sie gescheitert.«

Charles stieß einen tiefen Seufzer aus. »Es lässt sich wohl nicht vermeiden, dass so etwas herauskommt. Die Sache ist die, wir werden uns vielleicht nicht im Geschäft halten können, selbst wenn Annabelle es wollte. Wir haben seit zwei Jahren keinen Gewinn mehr erzielt.« Flora biss sich auf die Unterlippe, wohl wissend, was er als Nächstes sagen würde. »Wenn wir unseren Besitz veräußern würden, könnten wir – Sie eingeschlossen – ein Vermögen damit machen.«

Flora dachte an das riesige Haus, das nur zum Teil benutzt wurde, und an die große Halle nebenan, in der sie am Tag zuvor ihre erste Auktion erlebt hatte. Dort veranstaltete die Gemeinde auch Theateraufführungen und Blumenschauen. Außerdem fanden dort Discoabende statt, und ganz nebenbei waren in dem Gebäude ein Kindergarten und eine Spielgruppe untergebracht. Wenn man berücksichtigte, in wie viele Eigentumswohnungen man dieses Gebäude verwandeln konnte, belief sich das Vermögen, von dem Charles sprach, wahrscheinlich auf mehrere Millionen.

»Ich kann verstehen, dass das eine Versuchung für Sie darstellt«, räumte sie ein.

»Es stellt keine Versuchung für mich dar!« Charles klang jetzt wirklich wütend. »Ich liebe das Geschäft. Aber wenn es kein Geld abwirft, können wir es nicht wie ein Familienfaktotum oder ein in die Jahre gekommenes Haustier einfach behalten!«

»Wenn Sie das so empfinden«, erwiderte Flora leise, »dann sollten Sie nicht verkaufen.«

»Stellt das Geld denn für Sie selbst keine Versuchung dar?« Er blickte mit ehrlicher Neugier zu ihr hinüber.

Sie hatte bereits über diese Frage nachgedacht, nahm sich jetzt jedoch noch einmal die Zeit, ihre Gefühle gründlich abzuklopfen.

»Eigentlich nicht«, bekannte sie nach einer Weile. »Ich habe keine Träume, die ich mir aus finanziellen Gründen nicht erfüllen könnte. Außerdem …« Sie hielt inne. Was sie sagen wollte, klang furchtbar sentimental, doch schließlich sprach sie es dennoch aus. »Mir wäre es lieber, wenn die Firma *Stanza und Stanza* Erfolg hätte. Ich bin noch nicht lange hier, aber ich verstehe, warum Sie das Geschäft lieben. Ich denke, wenn Sie mir eine Chance gäben, könnte ich es ebenfalls zu lieben lernen. Also müssen wir Folgendes versuchen«, fuhr sie hastig fort, bevor Charles sie unterbrechen konnte, »wir müssen dafür sorgen, dass das Geschäft wieder Gewinn abwirft, dann wird Annabelle Sie nicht länger unter Druck setzen, es zu verkaufen.«

Charles seufzte. »Wir könnten niemals so viel Geld verdienen, wie sich mit dem Verkauf des Grundstücks erzielen ließe.«

»Ich weiß, doch wenn das Geschäft einträglicher wäre, vielleicht sogar sehr einträglich, wäre das für Annabelle deutlich akzeptabler. Und wie ich vorhin schon andeutete – sie braucht nicht dort zu arbeiten, wenn sie es nicht will. Sie haben jetzt ja mich.«

Er runzelte die Stirn. »Sie wollen nur den Sommer hier verbringen. Sobald die Straßen schlammig werden und es ein wenig kühl wird, werden Sie wieder in London sein, bevor Sie Piep sagen können …«

»Ich sage niemals Piep«, unterbrach Flora ihn. »Grundsätzlich nicht. Und wenn ich recht darüber nachdenke, habe ich das auch noch nie aus dem Mund eines anderen gehört.«

Er schürzte die Lippen, vielleicht um ein Lächeln zu unterdrücken – aber, dachte Flora, vermutlich eher, um seinen Ärger zu kaschieren.

»Ich sage Ihnen was«, erklärte sie, »als Ihre weit entfernte Cousine und Geschäftspartnerin werde ich mir alle Mühe geben, diese Firma auf eine solidere Basis zu stellen. Natürlich kann ich Ihnen nicht versprechen, dass wir in die Gewinnzone vordringen werden, aber bevor die Straßen schlammig werden und mich der Gedanke an helle Lichter und Sushi-Bars auch nur in Versuchung führen kann, werden wir besser dastehen. Ich gebe Ihnen mein Wort darauf.«

»Das ist sehr nett von Ihnen, Flora«, antwortete er leise, »doch wie um alles in der Welt wollen Sie das anfangen, obwohl Sie kaum mehr darüber wissen, als Sie in der *Antiques Roadshow* aufgeschnappt haben können?«

»Ich weiß jetzt schon eine Menge mehr darüber«, protestierte sie zuversichtlich. »Vergessen Sie nicht, ich habe soeben meine erste Auktion erlebt.« Plötzlich wurde sie nachdenklich. »Die *Antiques Roadshow*«, murmelte sie. »Hmm.«

Das Haus, in dem sich der Nachlass befand, gehörte zu einer ehemaligen Sozialsiedlung. Es war eine sehr ordentliche, saubere Siedlung, und die meisten Häuser waren inzwischen in Privatbesitz übergegangen, aber es war kein Villenviertel mit von Gärtnern gemähten Rasenflächen und großen, überdachten Swimmingpools. Flora glaubte zu wissen, warum Annabelle nicht hatte mitkommen wollen.

»Es ist unwahrscheinlich, dass wir hier auf irgendetwas von großem Wert stoßen«, meinte Charles, »doch Sie dürfen auf keinen Fall vergessen, dass es sich um den Nachlass eines geliebten Verwandten handelt. Sie müssen taktvoll sein. Tatsächlich wäre es besser, wenn Sie überhaupt nicht viel sagen würden.«

Da Charles keinen Grund zu der Annahme hatte, sie könne irgendetwas anderes als der Inbegriff des Takts sein, vermutete Flora, dass seine Worte wahrscheinlich von der Zusammenarbeit mit der nicht gerade sensiblen Annabelle inspiriert waren. »Natürlich«, antwortete sie. »Und vielleicht ist ja auch ein Steiff-Teddy dabei, der schon für den Müll bestimmt ist.«

Charles sah sie stirnrunzelnd an. »Das ist höchst unwahrscheinlich.«

Eine gut gekleidete Frau von etwa fünfzig Jahren öffnete ihnen die Tür. »Oh, hallo. War es sehr schwer, das Haus zu finden?«

»Nein, ganz und gar nicht«, versicherte Charles und lächelte die Frau mit einer Mischung aus Freundlichkeit und Charme an, die Flora selbst noch nie zuteilgeworden war. Er musste also nicht unbedingt so steif sein, stellte Flora fest. Wenn er wollte, konnte er sich ganz anders geben.

»Es ist das Haus meines Onkels«, fuhr die Frau fort. Sie hielt ihnen immer noch die Tür auf, ließ sie aber nicht hereinkommen. »Ich fürchte, es ist nicht sehr ordentlich. Er mochte einfach nichts wegwerfen.«

»Machen Sie sich darüber keine Gedanken, Mrs. Jenkins. Ich bin Charles Stanza, und das ist meine Kollegin, Flora … Stanza.«

»Oh, sind Sie verheiratet?«, fragte Mrs. Jenkins.

»Gott behüte!«, widersprach Flora lachend. »Wir sind verwandt. Um mehrere Ecken. Ich helfe Charles heute nur aus.«

»Oh, entschuldigen Sie bitte«, bat Mrs. Jenkins, der es ein wenig peinlich war, dass sie voreilige Schlüsse gezogen hatte.

Charles und Flora standen noch immer auf der Türschwelle und warteten darauf, eingelassen zu werden.

»Ich hatte eigentlich einen spanischen oder italienischen Herrn erwartet«, meinte Mrs. Jenkins nun. Sie bat sie auch jetzt nicht herein, wofür es wahrscheinlich einen guten Grund gab.

»Der Name ist italienischer Herkunft, aber unser Zweig der Familie lebt schon seit Generationen in England.«

Mittlerweile hatte Mrs. Jenkins sich immerhin so weit zurückgezogen, dass sie in den kleinen Flur treten konnten. Charles und Flora warteten dort geduldig ab.

»Ich fürchte, hier herrscht ein schreckliches Durcheinander. Ich habe getan, was ich konnte, doch …« Sie streckte die Hand aus und öffnete die Tür zum Wohnzimmer, wobei sie mit Bedacht nicht hineinschaute. »Ich zeige Ihnen wohl am besten gleich das Schlimmste.«

Der Geruch war grauenhaft, und zuerst konnte Flora nicht feststellen, woher er kam, da es so dunkel war. Dicke Vorhänge bedeckten die Fenster, die zusätzlich von Möbeln verstellt waren. Dann sah sie die Berge von Imbissschachteln, die den Boden bedeckten, und eine Reihe halb leerer Milchflaschen.

»Wir mussten gestern in einer Frühstückspension absteigen«, erklärte Mrs. Jenkins, der die ganze Situation offensichtlich sehr zusetzte. »Ich wollte heute Morgen eigentlich versuchen, mit dem Aufräumen anzufangen, aber mein Mann meinte, ich solle es lieber lassen. Wir haben ja nicht die richtige Ausrüstung.«

»Ganz recht«, erwiderte Charles. »Das ist eine Arbeit für Profis.«

»Mein Onkel ist zum Ende hin ein wenig exzentrisch geworden. Er neigte schon immer dazu, alles zu horten, und in der letzten Zeit wollte er nicht einmal den Müll fortwerfen.«

»Ich kann Ihnen eine sehr gute Firma empfehlen, die das alles für Sie regeln wird, Mrs. Jenkins.« Er lächelte noch einmal. »Aber kein Grund zur Sorge, ich habe schon weit Schlimmeres gesehen.«

»Ich auch«, meldete Flora sich zu Wort, »als ich im Studentenheim gewohnt habe.« Das war nicht die Wahrheit, und sie vermutete, dass auch Charles log, aber waren es nicht Lügen für eine gute Sache?

»Gummihandschuhe wären vielleicht nicht schlecht«, bemerkte Charles.

»Ich werde uns welche besorgen«, erbot sich Flora. »Ich habe einen Laden an der Ecke gesehen. Brauchen Sie sonst noch irgendetwas, Mrs. Jenkins? Ein Raumdeo? Milch? Schokoladenkekse?«

Mrs. Jenkins lachte. »Mit ein paar Schokoladenkeksen käme mir das Ganze vielleicht nicht mehr gar so schrecklich vor. Ich hole nur schnell mein Portmonee …«

»Nicht nötig«, sagte Flora. »Das gehört alles zum Service. Und machen Sie sich keine Sorgen mehr, wir sind ja jetzt hier.« Flora schenkte Mrs. Jenkins ein aufmunterndes Lächeln und ging.

Wohl wissend, dass Charles ohne sie nicht viel ausrichten konnte, beeilte sie sich mit dem Einkauf. Als sie zurückkam, saßen Charles, Mrs. Jenkins und ein Mann, der vermutlich Mr. Jenkins war, in der Küche. Sie hatte beinahe ebenso große Ähnlichkeit mit einer Müllkippe wie das Wohnzimmer. Trotzdem hatte Mrs. Jenkins inzwischen eine Kanne Tee gekocht.

»Er hat nie in der Küche gegessen«, erklärte sie, »und es gibt hier heißes Wasser, also konnte ich ein paar Tassen spülen. Aber es ist alles so schrecklich schmutzig.«

»Du wolltest ja unbedingt hierherkommen«, bemerkte Mr. Jenkins. »Ich war von Anfang an dafür, jemanden zu beauftragen, das Haus auszuräumen.«

»Aber vielleicht finden sich ja in all dem Dreck wertvolle Antiquitäten!« Das war offensichtlich eine Auseinandersetzung, die sie schon häufig geführt hatten. »Wir können es uns nicht leisten, jemanden dafür zu bezahlen, die Sachen wegzubringen.«

»Ich bin davon überzeugt, dass sich allein in diesem Raum genug finden wird, um dafür zu bezahlen«, meinte Charles.

»Wirklich?« Ein Hoffnungsfunke hellte Mrs. Jenkins ängstliche Miene auf.

»Das sehe ich auf den ersten Blick«, versicherte Charles ihr. »Nehmen Sie zum Beispiel das Emaille-Geschirr. Das hat durchaus Sammlerwert.«

»Es wäre mir grässlich, wenn Sie Ihre Zeit verschwendet hätten.«

»Diese Gefahr besteht nicht«, gab Charles zurück. »Haben Sie Ihren Notizblock griffbereit, Flora?«

»Lassen Sie das arme Mädchen doch zuerst seinen Tee trinken.« Mrs. Jenkins lächelte Flora an und hielt ihr einen Keks hin. Offensichtlich war sie bereits ein wenig ruhiger geworden.

»Das Dorf ist sehr hübsch«, bemerkte Flora, während sie sich einige Krümel vom Ärmel klopfte.

»Das stimmt«, pflichtete Mrs. Jenkins ihr bei. »Ich würde gern einen kleinen Spaziergang machen, aber dafür wird wohl keine Zeit bleiben.«

»Es gibt nicht den geringsten Grund, warum Sie uns nicht allein lassen sollten«, erwiderte Charles. »Zumindest am Anfang. Warum gehen Sie beide nicht für ein Weilchen hinaus und genießen den Sommer?«

»Das ist eine gute Idee«, befand Mr. Jenkins. »Dieses Haus ist mir schlicht unheimlich.«

Als ihre Kunden aus dem Weg waren, sah Flora Charles an.

»Tut mir leid«, raunte er. »Ich hatte keine Ahnung, dass es so schlimm sein würde … aber andererseits«, fuhr er nach einer kurzen Pause fort, »ist es nicht schlecht, wenn Sie von Anfang an mitbekommen, wie übel dieser Job sein kann.«

»Ja«, stimmte Flora ihm zu. Sie spürte, dass er sie mit seiner Bemerkung testen wollte. Ein kleines Naserümpfen, und er würde sie als zimperlich abtun.

»Ich bin froh, dass Annabelle nicht mitgekommen ist. Sie hätte einen Anfall bekommen und wäre wahrscheinlich schon lange zur Toilette gelaufen, um sich zu übergeben.«

»Ein bisschen übel kann einem schon werden«, meinte Flora, die durch den Mund atmete, um den Gestank nicht ertragen zu müssen. »Haben Sie wirklich schon Schlimmeres als dieses Haus gesehen?«

Charles schüttelte den Kopf. »Ich glaube nicht, obwohl man sich durchaus daran gewöhnt, ziemlich unangenehme Situationen vorzufinden.« Er seufzte. »Es war nett von Ihnen, die Kekse zu kaufen.«

»Es war nett von Ihnen, die beiden auf einen Spaziergang zu schicken.«

»Ohne sie werden wir viel schneller vorankommen.« Er schüttelte ihr Kompliment ab wie Spinnweben.

»Wollen wir dann anfangen?«, fragte Flora. Sie war ein wenig gekränkt, aber fest entschlossen, es sich nicht anmerken zu lassen.

Sie hatte gerade erst angefangen, ihn ein wenig positiver zu sehen, weil er so nett zu den Jenkins' gewesen war, und jetzt benahm er sich ihr gegenüber schon wieder so kalt wie eh und je. »Hier sind Ihre Gummihandschuhe.«

»Also schön«, murmelte Charles, während er sie überstreifte. »Ein Emaille-Service. Zwanzig bis fünfzig Pfund. Ein Küchenschrank aus den Dreißigern, der unter dem Schmutz in recht gutem Zustand ist. Wahrscheinlich fünfzig bis siebzig.«

Flora begann zu schreiben und hoffte nur, dass sie ihre Notizen später würde entziffern können.

Charles lud Mr. und Mrs. Jenkins zum Mittagessen in den Pub ein, eine Ausgabe, von der Flora ziemlich sicher war, dass er sie den beiden niemals in Rechnung stellen würde.

»Wir müssen heute Nachmittag noch einmal in das Haus«, erklärte er, »aber Ihnen würde ich vorschlagen, sich fernzuhalten. Wenn wir mit unserer Schätzung fertig sind und Sie beschlossen haben, was Sie behalten wollen, setze ich mich mit einer Umzugsfirma, einem Spezialisten für Räumungen und einem Reinigungsdienst in Verbindung.«

»Wir wollen bestimmt nichts aus diesem Haus behalten.« Mr. Jenkins stellte schaudernd sein Glas auf den Tisch. »Es würde mir immer schmutzig vorkommen.«

»Es befinden sich einige recht wertvolle Stücke in dem Nachlass«, meinte Charles, und Flora erinnerte sich daran, wie sie ein halbes Dutzend Flaschen mit saurer Milch beiseitegeräumt hatte, damit er einen Sofatisch hatte inspizieren können. Sie hatte gewürgt, aber Charles war mit der Arbeit fortgefahren.

»Es wäre wunderbar, wenn Sie das alles veranlassen könnten«, stimmte Mrs. Jenkins zu. »Mein Mann hat Recht. Wir wollen bestimmt nichts behalten, und ich werde mit diesem Durcheinander einfach nicht fertig. Es ist so dreckig, dass ich mich schäme.«

»Wir alle haben exzentrische Verwandte«, erwiderte Charles und warf einen schnellen Blick in Floras Richtung, sodass sie keinen Zweifel haben konnte, von wem er sprach. »Und diese Verwandten hinterlassen häufig auch exzentrische Testamente.«

»Das ist uns zumindest erspart geblieben«, seufzte Mrs. Jenkins. »Ich bin seine einzige lebende Verwandte. Wirklich, Mr. Stanza, Sie waren sehr freundlich. Ich weiß nicht, wie wir Ihnen das wiedergutmachen sollen.«

»Nun, dafür sind eine Verkaufsprovision und eine kleine Auktionsgebühr vorgesehen«, entgegnete Charles und lächelte dabei noch einmal sein charmantes Lächeln. »Also werde ich eine Unmenge Geld an Ihnen verdienen.«

Flora fand die Art, wie er mit dieser aufgeregten, verlegenen Frau umging, sehr sympathisch. Er mochte sich meist spießig und konventionell geben, aber dicht unter der Oberfläche lag ein Mann, der sehr nett und sehr taktvoll sein konnte. Nur ihr gegenüber würde er sich niemals so verhalten.

Sie waren auf dem Heimweg, und sie waren beide erschöpft und brauchten dringend sowohl eine Dampfreinigung als auch eine Desinfektion (zumindest empfand Flora es so), als ihr Handy klingelte.

»Sind Sie das, Flora?«

»Annabelle? Wollen Sie mit Charles sprechen? Ich werde nur warten, bis er an den Straßenrand gefahren ist, und ihm das Telefon dann weiterreichen.«

»Nein! Nicht er ist es, mit dem ich sprechen will, sondern Sie! Aber nicht, wenn Charles dabei ist. Ich möchte allein mit Ihnen reden.« Sie klang ziemlich eigenartig, und Floras Magen krampfte sich zusammen. Was konnte Annabelle von ihr wollen? Hatte Imelda einen Anfall gehabt und das Cottage ruiniert? Oder, was schlimmer und weitaus wahrscheinlicher war, hatte Annabelle William entdeckt? Doch wenn es so war, warum wollte sie dann allein mit ihr darüber reden? Das war ein Thema, über das sich Annabelle gewiss auch in Charles' Hörweite laut und deutlich ergehen könnte.

»Natürlich, Annabelle«, meinte Flora nachgiebig. »Wann würde es Ihnen denn passen?«

»Was will Annabelle?«, fragte Charles. »Einen Moment, ich fahre an den Straßenrand.«

»Nein, sie möchte mit mir sprechen.«

Aber es war zu spät. Inzwischen war eine günstige Parkbucht aufgetaucht, und Charles war abgebogen, bevor Flora ausgesprochen hatte. Er nahm ihr das Telefon ab. »Liebling? Was gibt es denn? Die Schätzung war einfach grauenhaft. Ich bin nur froh, dass du nicht dabei warst.«

Flora schmollte. Er wollte nicht, dass Annabelle sich mit saurer Milch und Schmutz, mit Rattenkot und Küchenschaben abgab, aber für sie, Flora, betrachtete er dergleichen als gute Übung.

Charles gab ihr das Telefon zurück. »Sie möchte das Inventar mit Ihnen durchgehen. Sie wird sie im Pub ›Kutsche und Rösser‹ treffen. Er öffnet um sechs. Ich werde Sie dort absetzen, und Annabelle kann Sie dann später zum Büro fahren, damit Sie den Landrover holen können.«

»Einen Moment! Hallo?« Aber Annabelle hatte bereits aufgelegt. »Ich bin vollkommen schmutzig, Charles! Außerdem ist heute Abend Chorprobe.«

Er runzelte die Stirn. »Ist das so wichtig für Sie? Sie sind doch erst seit kurzem dabei. Bisher können Sie keinen allzu großen Beitrag zum Geschehen geleistet haben.«

Diese Bemerkung tat weh, doch Flora ignorierte sie. »Mag sein, aber die anderen haben mich sehr freundlich aufgenommen. Ich kann der Probe nicht einfach fernbleiben.«

»Und Sie können Annabelle nicht im Pub sitzen lassen. Ich finde wirklich, Sie sollten sich ein wenig Mühe geben, mit ihr warm zu werden, Flora.«

»Aber ich bin schmutzig! Wahrscheinlich stinke ich sogar! Würde Annabelle es nicht verstehen, wenn ich ihr erklären würde, dass ich zuerst nach Hause fahren und mich umziehen musste?«

»Ich bin mir sicher, dass sie es verstehen würde, aber ich bin mir nicht sicher, ob sie damit einverstanden wäre. Rufen Sie sie an und sagen Sie ihr, dass Sie nicht kommen können. Soll ich die Nummer für Sie heraussuchen?« Er machte Anstalten, ihr das Telefon abzunehmen.

»Nein, es ist schon gut«, fuhr sie ihn an, »ich habe die Nummer. Annabelle? Ich werde nicht lange bleiben können, weil ich völlig verdreckt bin und nach meiner Katze sehen muss. Außerdem probt heute Abend der Chor. Ich könnte all diese Dinge zuerst erledigen, und mich dann später mit Ihnen treffen.«

»Meiner Erfahrung nach macht man sich bei Schätzungen immer schmutzig«, erwiderte Annabelle herablassend. »Das ist einer der Gründe, warum ich sie hasse. In Ordnung. Wir werden uns ins Hinterzimmer setzen. Dort wird niemand sein, den wir kennen.«

Wenn Flora kein so schlechtes Gewissen gehabt hätte, weil sie William erlaubt hatte zu bleiben, hätte sie sich niemals zu diesem Treffen mit Annabelle bereit erklärt.

»Sieht so aus, als wäre ich heute Abend wieder einmal mit dem Kochen an der Reihe«, bemerkte Charles einige Sekunden später in dem Bemühen, ein höfliches Gespräch in Gang zu bringen.

»Oh.« Flora war überrascht. »Kochen Sie oft?«

»Oh ja. Wenn wir Gäste haben, kocht grundsätzlich Annabelle, aber der alltägliche Kram bleibt meistens an mir hängen.«

Ein unerwarteter Stich des Mitgefühls durchzuckte Flora. Es war ein sehr langer Tag für ihn gewesen, und er hatte wahrscheinlich keine Lust, sich gleich nach seiner Heimkehr in die Küche zu stürzen. »Wenn ich an Ihrer Stelle wäre, würde ich mir etwas bringen lassen oder zum Essen ausgehen.«

Charles seufzte. »Das werde ich wahrscheinlich auch tun. Ich muss noch eine Menge Telefonate erledigen und werde deshalb wohl kaum viel Zeit zum Kochen haben.«

»Sie haben den Jenkins' heute einen Gefallen getan, nicht wahr? Sie hätten ihnen auch einfach die Namen der Firmen geben können. Sie hätten das nicht selbst übernehmen müssen.«

Er zuckte die Schultern. »Die beiden taten mir leid, das ist alles.« Seine Miene hellte sich auf. »Obwohl sich tatsächlich unter all dem Dreck ein ziemlich wertvoller Nachlass befindet.«

Flora gab auf der Damentoilette des Pubs ihr Bestes, um sich einigermaßen wieder herzurichten, aber sie konnte nicht mehr ausrichten, als sich die Staubstreifen vom Gesicht zu wischen.

Annabelle hatte bereits zwei Gläser Mineralwasser bestellt und sah ebenfalls ziemlich unordentlich aus. Sie nestelte an ihrem Haarband und versuchte, es wieder an Ort und Stelle zu rücken, was ihr aus irgendeinem Grund nicht besonders gut gelang.

»Lassen Sie mich helfen«, schlug Flora vor, nahm ihr das Band ab und legte es auf den Tisch. »Schon viel besser.«

»Oh, aber …«, begann Annabelle, dann fügte sie nach einer kurzen Pause hinzu: »Vielleicht haben Sie Recht.«

»Weshalb wollten Sie mich sprechen?«, fragte Flora.

Annabelle beugte sich auf ihrem Stuhl vor. »Also, als ich in dem Cottage war und das Inventar aufgenommen habe, habe ich einen Mann gesehen.«

»O nein«, antwortete Flora nervös, außer Stande zu entscheiden, ob sie zugeben sollte, dass sie William kannte, oder lieber nicht.

»Er war im Garten und hat irgendwelche Übungen gemacht. Und er war splitternackt.«

»Oh, mein Gott!« Diesmal war Flora ehrlich schockiert. »Haben Sie die Polizei gerufen?« William trieb es wahrhaftig zu bunt! Er hatte den ganzen verdammten Wald zur Verfügung, um nackt herumzustolzieren, warum musste er sich ausgerechnet ihren Garten dafür aussuchen?

»Nein!«, sagte Annabelle und rückte noch näher heran. »Er sah … ich meine, er sah nicht aus wie ein Verbrecher oder etwas in der Art. Und er hat keinen Schaden angerichtet. Es war einfach nur sehr eigenartig.«

»Oh«, murmelte Flora noch einmal und klang ziemlich überrascht. Sie hatte nicht erwartet, dass Annabelle diesbezüglich feinere Unterschiede machen würde – jeder nackte Mann im Garten musste doch in ihren Augen ein Eindringling sein?

»Flora …« Annabelle sah sie durchdringend an. »Kennen Sie ihn?«

Flora nahm einen langen Schluck von ihrem Mineralwasser und wünschte einen Moment lang, es wäre etwas Stärkeres, vielleicht ein Zaubertrank, der sie einfach verschwinden ließ. »Möglicherweise«, gab sie vorsichtig zu. »Mit Sicherheit kann ich das natürlich nicht sagen.«

»Flora! Wie konnten Sie?« Annabelle musterte sie wütend. »Ich leihe Ihnen mein Cottage, und binnen einer Woche gehen fremde Männer bei Ihnen ein und aus!«

Flora errötete vor Ärger. »Nun, das ist nicht direkt das, was …«

»Ich bin ehrlich schockiert, Flora, wirklich.« Annabelle war offenkundig entschlossen, sie nicht zu Wort kommen zu lassen. »Und ich kann mir nicht vorstellen, was Charles dazu sagen wird!«

»Oh, um Himmels willen, Annabelle. Hören Sie auf damit!«, fuhr Flora die andere Frau an und holte dann tief Luft, um ihre Fassung wiederzugewinnen. Auch sie konnte sich nicht recht vorstellen, wie Charles reagieren würde – und sie hatte keine große Lust, es herauszufinden. »Ich denke«, fügte sie schließlich in ruhigerem Ton hinzu, »dass er vielleicht … ähm … ein Freund eines Freundes ist«, improvisierte sie. »Die ganze Angelegenheit ist vollkommen harmlos«, fügte sie dann noch hinzu und hoffte, einigermaßen beruhigend zu klingen.

»Hm, ich weiß nicht, Flora.« Annabelle wirkte keineswegs beruhigt. »Wird er wiederkommen?«

»Das ist möglich«, gestand Flora. »Aber ich bin mir keineswegs sicher, dass Charles mit etwas Derartigem behelligt werden muss. Ich weiß, dass er schrecklich viel zu tun hat, und …« Ihre Stimme verlor sich, während Annabelle ihr einen Blick zuwarf, der Bände sprach. Sie wusste genau, dass es Flora in diesem Fall nicht darum ging, Charles zu schonen.

»Also gut«, meinte Annabelle, nachdem sie kurz nachgedacht hatte. »Aber wenn Sie einem fremden nackten Mann erlauben, um mein Cottage herumzustreichen, dann muss ich ihn kennenlernen. Ich werde ihn überprüfen müssen.«

Flora runzelte die Stirn. »Wie genau soll denn diese Überprüfung aussehen?«

Annabelle, die Floras Verwirrung spürte, brach in nervöses Gelächter aus. »Oh, reden Sie keinen Unsinn! An *diese* Art von Überprüfung hatte ich nicht gedacht! Ich muss mich einfach nur davon überzeugen, dass er kein Einbrecher ist.«

Flora war sehr müde. Sie wollte nach Hause fahren, nach ihrer Katze sehen, sich einen richtigen Drink genehmigen und etwas essen, bevor sie anschließend in aller Eile zur Chorprobe aufbrach. »Ich werde sehen, was sich machen lässt, Annabelle, solange Sie mir versprechen, nie wieder dieses Haarband à la *Alice im Wunderland* zu tragen.«

»Finden Sie, dass es mir nicht steht?«

»Ich finde, dass Sie damit aussehen wie ein Pferd.«

Kapitel 7

»Sie finden doch nicht wirklich, dass ich aussehe wie ein Pferd, oder?«

Annabelles entsetzte Miene erfüllte Flora mit Mitgefühl und Gewissensbissen. Sie hätte nicht so vorlaut sein dürfen, und wenn Annabelle sich nicht so angestellt hätte wegen William, hätte sie ihrer Zunge auch nicht derart die Zügel schießen lassen. Aber jetzt war die Wahrheit heraus, und Flora konnte ihre Worte nicht wieder zurücknehmen. Also musste sie sich, so gut es eben ging, aus der Affäre ziehen.

»Hm. Nicht wirklich. Nein, natürlich nicht, Annabelle, ich bin einfach nur schrecklich müde. Ich habe geredet, ohne nachzudenken.«

»Oh.« Annabelle klang immer noch mutlos, was auf seltsame Weise mitleiderregend war.

»Und ich war ein wenig – überrascht, nachdem Sie mir erzählt hatten, dass ein Mann in meinem Garten war«, fügte sie hinzu.

»Ein nackter Mann«, verbesserte Annabelle sie.

»Genau. Ein nackter Mann. Sehr schockierend. Ich werde mein Bestes tun, um …«

»Obwohl er wirklich schön war, auf eine ästhetische Art und Weise.«

»Ach ja?«, stieß Flora mit kicksender Stimme hervor. Sie hätte Annabelle nicht für eine Frau gehalten, die Männerkörper als etwas Ästhetisches betrachtete.

»Hm. Die Sache ist die, was soll ich Charles erzählen?«

»Nun ja, die Tatsache, dass Sie ihn für schön gehalten haben, würde ich definitiv nicht erwähnen«, entgegnete Flora, obwohl sie wusste, dass dies nicht die richtige Antwort war.

»Sie wissen, was ich meine, Flora. Charles ist ohnehin schon sehr unglücklich darüber, dass Sie hier aufgetaucht sind. Wenn ich ihm erzähle, ich hätte einen nackten Mann in Ihrem Garten gesehen, verfrachtet er Sie zurück nach London, bevor Sie auch nur Zeit hatten, Ihren Lipgloss aufzulegen.«

Flora holte tief Luft, dann nahm sie einen Schluck von ihrem Mineralwasser. Sie brauchte Zeit zum Nachdenken. »Charles könnte wohl kaum mir die Schuld geben, wenn … der Mann … nichts mit mir zu tun hat. Einfach ein Freund eines Freundes.«

»Charles könnte Ihnen die Schuld in die Schuhe schieben, wenn ein Zyklon die Ernten ruinierte.«

Dies war die schnöde Wahrheit, da half kein Leugnen. »Es sei denn, Sie erzählen ihm gar nichts«, schlug Flora vor, obwohl es ihr ganz und gar nicht gefiel, sich Annabelles Gnade auszuliefern.

»Genau.«

Flora runzelte die Stirn. »Aber warum sollten Sie es ihm nicht erzählen? Sie wollen mich doch auch nicht hier haben, oder?«

Annabelle machte eine ungeduldige Handbewegung. »Hören Sie, wollen wir jetzt zu den richtigen Drinks übergehen?«

»Ich sollte lieber keinen Alkohol trinken.« Flora erhob sich. Wenn sie sich sehr beeilte, sollte ihr genug Zeit bleiben, um nach Hause zu fahren, Imelda zu füttern und sich eine Schicht frischer Kleider über die schmutzigen zu ziehen. »Heute Abend ist Chorprobe.«

»Setzen Sie sich.«

Flora setzte sich.

»Ich werde Charles gegenüber deshalb nichts davon erwähnen, weil die Beziehung zwischen Ihnen beiden schon schlecht genug ist, aber Sie müssen für mich ein Treffen mit diesem Mann arrangieren, damit ich ihn überprüfen kann. Wenn er ein Tunichtgut ist, werde ich ihn bei der Polizei anzeigen müssen.«

»Aber angenommen, ich komme zurück und finde heraus, dass er nicht dieser Freund eines Freundes ist. Angenommen, er hat überhaupt nichts mit mir zu tun?«

Annabelle sah ihr fest in die Augen. »Ich denke, es wäre eine gute Idee, wenn Sie eine kleine Dinnerparty geben würden, sodass Charles und ich diesen Mann unter zivilisierten Bedingungen kennenlernen können.« Sie hielt inne, um sicherzugehen, dass Flora sie auch richtig verstanden hatte: Falls sie sich irgendwelche Geschichten ausdenken sollte, dass sie bei ihrer Heimkehr keine Spur von irgendjemandem habe entdecken können, dann würde Annabelle das nicht so ohne weiteres schlucken. Schließlich stand sie auf und verkündete: »Ich werde uns beiden jetzt erst einmal ein Glas Wein holen.«

Sie brachte die Dinge jedenfalls direkt auf den Punkt, dachte Flora, während sie wartete. Das musste man ihr lassen.

Als Annabelle mit dem Wein zurückkam und sich wieder hinsetzte, erklärte sie: »Also, da wäre noch etwas, bei dem ich Sie gern um Hilfe bitten würde.«

Obwohl Annabelle sich bestens auf die Kunst verstand, eine Bitte als Befehl zu formulieren, wirkte sie doch jetzt ein wenig zaghafter und unsicherer als gewöhnlich. Flora nippte an ihrem Wein.

Annabelle trank ebenfalls einen Schluck. »Normalerweise würde ich Sie nicht nach solchen Dingen fragen, da Sie ja offenkundig viel jünger sind als ich und absolut … ich meine, hm … wie dem auch sei, Sie sind ziemlich hübsch.«

»Ja?« Flora hatte nicht die Absicht, ihre Zeit damit zu verschwenden, über ihr Äußeres zu diskutieren.

»Ich bin zu einem Klassentreffen eingeladen worden.«

»Oh.«

»Und …« – Annabelle wirkte einen Moment lang verlegen – »… und ich möchte wirklich so gut wie nur möglich aussehen. Ob Sie mir nicht vielleicht ein paar Tipps geben könnten, wie ich mein Aussehen verbessern kann?«

Flora übersetzte dies mit: Du bist zwar ein absoluter Hohlkopf, aber den Männern scheinst du zu gefallen – verrate mir deine Geheimnisse. Sie seufzte. Sie wurde häufig als »hübsch und blond« abgetan, als qualifizierten diese beiden Attribute, wenn sie gemeinsam auftraten, eine Frau nur zum Einkaufen.

»Hm ...«

»Ich habe mich nur gerade gefragt, ob es vielleicht nicht gut ist, dass ich immer mit Mummy einkaufen gehe?«

Flora dachte darüber nach, wie sie ihre Antwort am besten formulieren konnte. »Ich glaube nicht, dass das prinzipiell eine schlechte Idee ist. Ich gehe ziemlich häufig mit meiner Mutter einkaufen, wenn wir uns gerade im selben Land aufhalten, aber der Unterschied ist vielleicht der, dass sie in Sachen Mode stets auf mich hört statt andersherum.«

Annabelle seufzte. »Ich habe mich nie besonders für Mode interessiert. Ich möchte nur ordentlich und einigermaßen präsentabel aussehen. Doch ...« Es folgte eine äußerst unangenehme Pause, während Flora gespannt wartete, was Annabelle als Nächstes sagen würde.

»Ich denke, Männern ist es vielleicht lieber, wenn Frauen hübsch aussehen, meinen Sie nicht auch?«

»Bei Ihrem Klassentreffen wird es doch keine Männer geben, oder?« Flora wollte ihr schmutziges Kleid fressen, wenn Annabelle kein strenges Mädchenpensionat besucht hatte.

»Hm, nein, aber Frauen sind da noch kritischer, nicht wahr?«

»Nun ja, das ist richtig, doch Charles mag Sie offensichtlich so, wie Sie sind. Für ihn brauchen Sie nichts zu ändern.«

»Das weiß ich!« Beruhigenderweise verfiel Annabelle wieder in ihren gewohnten Tonfall zurück. »Ich möchte nur nicht zu dem Klassentreffen gehen und aussehen wie ... wie ein Pferd.«

Flora fand sich damit ab, dass sie die Chorprobe verpassen würde. In einer Minute würde sie aufstehen und Geoffrey anrufen. »Ich habe nur gesagt, dass ...«

»Ich weiß, doch in jedem Scherz steckt ein Körnchen Wahrheit, oder wie immer dieses Sprichwort heißt. Seit Sie hier sind, ist mir bewusst geworden, dass meine Kleidung vielleicht ein wenig …« Wieder hielt sie inne. Flora wartete ab, da sie es nicht wagte, den Satz für Annabelle zu Ende zu sprechen. »Meine Kleidung ist wohl ziemlich altmodisch, und wenn Sie eine Möglichkeit sehen, mir zu helfen, wäre ich Ihnen sehr dankbar.«

»Natürlich helfe ich Ihnen gern.« Vor allem, fügte Flora bei sich hinzu, wenn sie das daran hindert, Charles von meinem Hausgast zu erzählen.

»Würden Sie das tun?«

Flora lächelte schelmisch, denn sie sah plötzlich Charles' Gesicht vor sich, wenn er Annabelle in einem hautengen Riemchenkleid und Stöckelschuhen erblickte. »Aber meinen Sie nicht, dass Charles etwas dagegen hätte, wenn Sie auf einmal ganz anders aussähen?«

»Nun ja, ich werde nicht ganz anders aussehen, und selbst wenn es so wäre, unsere Beziehung ist sehr stabil. Es ist unwahrscheinlich, dass eine solche Kleinigkeit wie Kleider etwas daran ändern könnte.«

Damit war das Thema Kleider gründlich an seinen Platz verwiesen worden! »Oh?«

»Unsere Beziehung basiert auf all den Dingen, die wir gemeinsam haben: Kameradschaft, ein Geschäft, das wir teilen. Nun ja, das wir beinahe teilen«, fügte Annabelle hinzu.

»Was ist mit Liebe?«, fragte Flora impulsiv. Aber wahrscheinlich war Liebe ein zu frivoles Gefühl für Menschen wie Charles und Annabelle.

»Natürlich liebe ich Charles«, erklärte Annabelle. »Und ich weiß, dass er mich liebt, sehr sogar.« Sie hielt einen Moment lang inne. »Hören Sie, Flora. Mir ist klar, dass Sie Charles für spießig und altmodisch halten und mich für steif und unnahbar.«

Flora wollte protestieren, aber Annabelle ließ sie nicht zu Wort kommen.

»Ich kann es in Ihren Augen sehen, wann immer wir miteinander reden, und es ist in Ordnung. Wirklich. Ich kann mir nicht vorstellen, in Ihrer Haut zu stecken, und Sie können sich nicht vorstellen, in meiner zu stecken. Sie können nicht abschätzen, was Charles in mir sieht oder umgekehrt. Aber Charles und mich verbindet eine tiefe Beziehung. Wir sind schon seit einer Ewigkeit Freunde – ich kann mich nicht an eine Zeit erinnern, in der ich nicht vorgehabt hätte, ihn zu heiraten –, und das Wissen, dass wir den Rest unseres Lebens miteinander verbringen werden, macht uns beide sehr glücklich.«

Flora fand nicht, dass Charles und Annabelle sehr glücklich wirkten, doch Annabelles kleine Ansprache war die leidenschaftlichste Regung, die Flora je bei ihr erlebt hatte. Plötzlich schämte sie sich dafür, dass sie sich immer wieder gefragt hatte, ob die Verlobung der beiden nicht mehr oder weniger ein geschäftliches Arrangement war.

»Also glaube ich nicht, dass ein paar Kleider und ein Haarschnitt daran etwas ändern werden. Charles liebt mich schon sein Leben lang.«

Flora leerte ihr Weinglas. Sie brachte es einfach nicht fertig, jetzt zu der Chorprobe aufzubrechen, selbst wenn sie es gerade eben noch hätte schaffen können.

»Wollen wir dann also irgendwann einmal zusammen einkaufen gehen?«, fuhr Annabelle fort, die Floras Mutlosigkeit nicht bemerkt hatte.

»Wenn Sie sich das wirklich wünschen, bin ich natürlich dabei.« Sie konnte der anderen Frau ein paar Modetipps kaum verwehren. Außerdem würde Charles eine Annabelle, die weniger Ähnlichkeit mit einem Pferd hatte, vielleicht sogar zu schätzen wissen. Diese Spitzenkragen mussten jeden vernünftigen Mann auf die Palme bringen.

»Dann mache ich mich wohl besser auf den Weg. Vielleicht

werde ich Charles etwas Leckeres zum Abendessen kochen. Oh, und Sie werden das Dinner nicht vergessen, nicht wahr?«

Als Flora nach Hause kam, stand William in der Küche und brutzelte irgendetwas in der Pfanne. Sie wusste nicht, ob sie sich freuen sollte, ihn zu sehen, weil er gekocht und sich um Imelda gekümmert hatte und ein Freund war, oder ob sie wütend auf ihn sein sollte, weil er sich von Annabelle hatte erwischen lassen.

»Ich habe vielleicht einen Tag hinter mir!«, seufzte sie und nahm dankbar das kühle Glas entgegen, das er ihr reichte.

»Sie sind spät dran«, erwiderte er freundlich und blickte dabei nachdenklich in sein Glas.

»Ich musste nach der Arbeit noch mit jemandem etwas trinken gehen und habe meine Chorprobe versäumt.« Sie sah ihn stirnrunzelnd an. »Und das ist alles Ihre Schuld.«

»Meine Schuld? Warum?«

Flora ließ sich auf das Sofa sinken und schob sich ein Kissen ins Kreuz. Wenn man bedachte, wie viele Sofas durch Charles' und Annabelles Hände gegangen sein mussten, hätte man meinen sollen, die beiden hätten ein bequemeres Sitzmöbel für ihr Feriencottage finden können. »Weil Annabelle, die quasi mein Boss und außerdem mit meinem Vetter verlobt ist, Sie heute hier gesehen hat.«

»Aber ich war überhaupt nicht im Haus. Ich habe einen Wagen gehört und mich von hier ferngehalten.«

»Sie haben im Garten Sport getrieben. Nackt.«

»Tai-Chi. Und ich war nicht im Garten. Ich war am Waldrand. Und ich hatte wirklich keine Ahnung, dass man mich vom Haus aus sehen konnte. Es tut mir ehrlich leid.«

Flora seufzte. Sie wusste, dass sie eigentlich wütend sein sollte, brachte aber einfach nicht die Energie dafür auf. »Ich denke, Sie haben sich womöglich ins eigene Fleisch geschnitten. Annabelle möchte Sie kennenlernen. Nur um sicherzugehen, dass Sie kein finsterer Bursche sind, den sie der Polizei melden sollte. Und ich muss Sie warnen, die Frau ist absolut beängstigend.« Eine Annabelle auf der Pirsch würde jeden das Fürchten lehren, selbst den lässigen William.

»Ist sie wirklich so? Warum?«

»Sie ist einfach so. Sie ist sehr geschäftsmäßig und tüchtig.«

»Ist sie hübsch?«

Flora war furchtbar müde. »Noch nicht.«

»Was soll das heißen?«

»Sie möchte ein paar Tipps von mir, was Mode und dergleichen betrifft. Sie hat mich gebeten, ihr zu helfen, denn sie hat demnächst ein Klassentreffen und möchte so gut wie möglich aussehen.«

»Hm, dann sind Sie sicher genau die Richtige.« Er musterte sie kurz, und sie bemerkte, dass in seinem Blick eine gewisse Anerkennung lag, aber kein echtes Verlangen.

Es war seltsam, dachte Flora, doch er war ebenso wenig ihr Typ wie sie seiner. Das war auch wahrscheinlich der Grund, warum sie so schnell so unbefangen miteinander hatten umgehen können – das Thema Sex hatte zu keiner Zeit seinen hässlichen Kopf zwischen ihnen erhoben.

»Das bin ich bestimmt. Als Erstes werde ich mich um ihre Unterwäsche kümmern, dann werden wir weitersehen.«

»Unterwäsche ist wichtig, ja?«

Flora nickte. »Wenn man einen nennenswerten Busen hat, ganz eindeutig. Annabelle trägt, was die Eingeweihten ›Schäferhunde‹ nennen. Die Dinger umkreisen die Brüste und bringen sie in die richtige Richtung, aber sie tun nichts für die Form.«

William hörte mit wachsendem Interesse zu, und Flora fragte sich beiläufig, ob sie Annabelles Brüste vielleicht besser nicht ins Spiel gebracht hätte. Teilweise, um das Thema zu wechseln, sagte sie: »Und jetzt muss ich mir ausdenken, wer Sie sein könnten.«

»Wovon um alles in der Welt reden Sie?«

»Nun, ich habe den Auftrag, mehr über Sie in Erfahrung zu bringen und Sie zum Essen einzuladen, damit Annabelle Sie unter die Lupe nehmen kann.«

»Könnten Sie ihr nicht einfach erzählen, ich sei spurlos verschwunden?«

Flora schüttelte den Kopf. »Sie hat zwar nicht so viele Worte darüber verloren, aber sie hat doch ziemlich klargemacht, dass sie Charles von Ihnen erzählen würde, wenn ich ihr nicht die Gelegenheit gebe, sich davon zu überzeugen, dass Sie kein Psychopath sind.« Sie biss sich auf die Unterlippe. »Ich könnte wohl behaupten, Sie hätten mir einen Brief dagelassen und mir mitgeteilt, Sie seien der Freund eines Freundes, der mich besuchen wollte. Und nichts hätte nähergelegen, als dass Sie die Gelegenheit genutzt hätten, um ein bisschen Tai-Chi zu machen.« Sie hielt inne. »Es überrascht mich übrigens wirklich, dass Annabelle nicht die Polizei gerufen hat.«

»Warum sollte sie? Ich habe nichts Böses getan.«

»Sie haben sich unbefugt auf dem Grundstück aufgehalten, das dürfte für Annabelle schon reichen. Außerdem hätte ich gedacht, dass in ihren Augen auch Nacktheit eine Angelegenheit für die Polizei wäre.«

»Aber sie hat mich nicht angezeigt.«

»Nein, trotzdem werden wir Ihre Anwesenheit hier irgendwie erklären müssen, ohne preiszugeben, dass Sie den ganzen Winter im Cottage gelebt haben. Ich werde behaupten, Sie seien ein Freund eines Freundes, der in der Nähe wohnt und mich besuchen wollte. Sind Sie damit einverstanden?«

»Glauben Sie wirklich, dass jemand, der die Freundin eines Freundes besucht, sich nackt ausziehen und Tai-Chi machen würde, während er wartet?«

»Hm … ja, wenn es ihm Freude bereitet. Es kann schließlich nicht allzu viele Gelegenheiten geben, um so etwas zu tun.«

William nickte; dieses Argument schien ihm einzuleuchten.

»Und jetzt lassen Sie uns essen, William. Ich bin halb verhungert.«

Nachdem die Teller gespült, die Kätzchen gebührend bestaunt worden waren und William beschlossen hatte, zu seiner Hütte im Wald zu gehen, suchte Flora sich eine Stelle im Garten, an der sie einen halbwegs vernünftigen Empfang hatte, und rief Emma an.

»Habe ich einen günstigen Augenblick erwischt?«, fragte sie flehentlich, als Emma an den Apparat ging.

»Ja. Dave ist nicht da. Ich sehe mir nur einen Film an, der nicht besonders gut ist. Du rufst genau zur richtigen Zeit an.«

»Gott sei Dank. Ich brauche deinen Rat, Ems!«

»Wirklich? Hm, im Großen und Ganzen gilt Grün als die beste Farbe für Gummistiefel, aber mit Blau könntest du gerade eben noch davonkommen.«

»Wovon redest du? Hör mir zu. Annabelle, die mit meinem Vetter, Charles, verlobt ist und mich aus dem Geschäft herauskaufen will, nun ja, nicht ganz, aber doch ein bisschen …«

»Sprich weiter.« Leise Geräusche im Hintergrund verrieten Flora, dass Emma in der Wohnung umherlief. »Ich gehe nur schnell in die Küche, um mir eine Tasse Tee aufzubrühen.«

»Wie dem auch sei, sie hat diesen Mann gesehen, William, der den ganzen Winter über hier in dem Feriencottage gelebt hat und der immer noch da ist.«

»Nett?«

»Sehr.«

»Fit?«

»Hm, ich nehme es an, aber er ist definitiv nicht mein Typ. Obwohl Annabelle meint, wenn er auf dem Kopf stünde und nackt sei, dann wäre er – wie hat sie es noch gleich ausgedrückt? – ein ästhetischer Anblick.«

»Klingt außergewöhnlich. Wenn du ihn willst, dann nimm ihn.« Emma stieß einen wehmütigen kleinen Seufzer aus.

»Ich will ihn nicht. Ich will, dass du mir zuhörst. Die Sache ist nämlich die, Emma, Annabelle hat mir mehr oder weniger befohlen, eine Dinnerparty zu veranstalten, damit sie ihn kennenlernen kann.«

»Und?«

»Nun ja, soll ich Annabelle nun mit William bekannt machen, oder nicht?«

Emma dachte einen Moment lang nach. »Tut mir leid, Flora, ich sehe das Problem nicht. Ich verstehe nicht, warum du keine Dinnerparty geben und diese Annabelle dem nackten Mann vorstellen solltest.«

Flora seufzte. »In der Theorie klingt es so einfach, doch du kennst Charles nicht! Es wäre die reinste Folter, ihn, Annabelle und William zum Essen dazuhaben. Wir hätten keinerlei Gemeinsamkeiten miteinander, und es wäre einfach grässlich!«

»Dann lade doch einfach noch andere Leute ein! Dann wird dir Charles nicht so sehr auffallen.«

Ganz gleich, wie viele Leute sie einlud, dachte Flora, Charles würde ihr ganz bestimmt auffallen. Er nahm eine Menge Raum ein. Aber eine größere Zahl von Gästen würde seine Wirkung gewiss abschwächen. »Das ist eine gute Idee. Ich könnte Henry einladen.«

»Wer ist Henry?«

»Oh, jemand, den ich gleich nach meiner Ankunft hier im Supermarkt kennengelernt habe. Wir sind eigentlich noch nicht miteinander ausgegangen, aber er ist sehr nett.«

»Du hast ihn im Supermarkt kennengelernt? Du Glückspilz! Die einzigen Leute, die ich im Supermarkt kennenlerne, sind andere wild dreinblickende ledige Mädels, die nach fettarmem Chardonnay Ausschau halten.«

»Vielleicht bin ich ja doch kein Glückspilz, und es stellt sich heraus, dass der Mann doch nichts taugt, aber es ist schön, jemanden zu haben, an den man denken kann. Das Problem ist nur, dass ich seine Telefonnummer nicht habe. Aber mit ein wenig Glück laufe ich ihm bald wieder über den Weg. Schließlich hat Annabelle mir kein Datum für diese Dinnerparty gegeben.«

»Ich sollte ihn für dich unter die Lupe nehmen«, meinte Emma. »Um sicherzugehen, dass er kein zweiter Justin ist.«

»Allein vom Hinschauen kann man das nicht beurteilen. Und weißt du was? Justin war mit Charles auf der Schule! Aber ich habe gerade eine geniale Idee gehabt! Wenn du mal für ein Wochenende runterkommen könntest, könntest du an der Dinnerparty teilnehmen. Das würde viel mehr Spaß machen.«

Emma lachte. »Ein Dinner mit deinem spießigen Vetter und seiner schauerlichen Verlobten? Das klingt wirklich verführerisch, aber andererseits könnten wir auch warten, bis du nach London zurückkommst, und uns dann ein paar richtig gute Tage machen.«

»Ich werde nicht so bald zurückkommen! Schließlich bin ich gerade erst hier angekommen, und es gefällt mir immer besser. Diese ganze Auktionsgeschichte ist wirklich aufregend, obwohl ich den ganzen Tag in einem verdreckten Haus zugebracht und mir Möbel angesehen habe. Es ist furchtbar harte Arbeit, aber absolut faszinierend.«

Emma schlug den Tonfall an, den sie normalerweise benutzte, wenn sie in der U-Bahn einem Psychopathen begegnete. »Also, Schätzchen, wenn du das so siehst, kann ich dir sicher nicht helfen. Du brauchst einen Profi.«

Flora ignorierte diesen Seitenhieb ihren Geisteszustand betreffend. »Mir ist gerade noch ein Gedanke gekommen.«

»Nur zu.«

»Wenn du übers Wochenende herkämst, könnte ich behaupten, William sei ein Freund von dir.«

»Ich glaube nicht, dass ich einen Freund hätte, der sich in anderer Leute Gärten nackt auszieht.«

»Hm, nein, aber du müsstest ja nicht unbedingt von seiner Leidenschaft für Nacktjoga – oder was immer es ist – gewusst haben.

Ich finde, das ist eine ausgezeichnete Idee. Also, wann kannst du kommen?«

Emma seufzte. »Ich hätte wirklich Lust, dich zu besuchen. Doch ich glaube nicht, dass Dave es einrichten könnte, mich zu begleiten.«

»Das ist perfekt! Ich meine, es ist natürlich sehr schade, aber von meinem Gesichtspunkt aus wäre es perfekt. Du und William, ihr könntet ein Paar sein.«

»Mir ist nicht ganz klar, was du dir bei dieser Geschichte denkst, Flo.«

»Mir auch nicht, doch komm einfach mal übers Wochenende runter, und alles Weitere überlegen wir uns, wenn du hier bist.«

»Ich werde sehen, was sich da machen lässt. Es ist im Moment nicht einfach.«

»Oh, Liebes!«

»Aber keine Sorge, ich werde versuchen, eine Möglichkeit zu finden.«

»Annabelle hat mir erzählt, sie hätte gestern einen Mann vor Ihrem Haus gesehen.«

Dieses Luder! Annabelle hatte eindeutig versprochen, Charles nichts davon zu sagen, wenn Flora sich bereitfand, eine Dinnerparty zu geben! Fest entschlossen, so lange wie möglich ihre Gelassenheit zu bewahren, antwortete sie: »Hi, Charles, mir geht es gut. Ja, es ist ein wunderschöner Tag, aber es sieht so aus, als würde es später regnen. Obwohl wir den Regen wirklich gebrauchen können.« Verdammte Annabelle! Und verdammter Charles! Er hätte durchaus Hallo sagen können, bevor er sie wegen William zur Rede stellte.

»Wer ist er?«

»Nun ja, als Annabelle mir das erste Mal von ihm erzählte, wusste ich es auch nicht, doch als ich nach Hause zurückkam, habe ich einen Brief vorgefunden. Er ist der Freund einer Freundin aus London. Er wohnt ganz in der Nähe. Ich bin mir allerdings nicht sicher, wo«, fügte sie hastig hinzu, bevor Charles ihr peinliche Fragen stellen konnte. »Meine Londoner Freundin dachte, ich wäre vielleicht einsam, deshalb hat sie ihn gebeten, mich zu besuchen.«

Diese Erklärung klang durchaus glaubwürdig, solange Annabelle nicht von dem nackt praktizierten Tai-Chi erzählt hatte.

»Oh. Verstehe. Also haben Sie ihn selbst gar nicht angetroffen?«

Lügen oder nicht lügen? »Nein. Er kommt heute Abend vielleicht noch mal vorbei. In jedem Falle wird er mich auf meinem Handy anrufen. Da wir gerade beim Thema sind, besteht irgendeine Chance, dass ich einen Festnetzanschluss bekomme? Der Empfang im Cottage ist wirklich nicht besonders gut.«

Er runzelte die Stirn. »Tut mir leid, ja. Ich werde mich darum kümmern. Und würde es Ihnen etwas ausmachen, die Notizen über unsere gestrige Schätzung abzutippen? Louisa ist nicht im Haus, und ich hätte die Unterlagen gern so schnell wie möglich. Mir ist klar, dass das eigentlich nicht zu Ihren Aufgaben zählt, aber ich wäre Ihnen sehr dankbar dafür. Louisa könnte es wahrscheinlich nächste Woche erledigen, doch wenn Sie das übernehmen, würde es ihr ein wenig Zeit sparen.«

»Kein Problem, Charles«, meinte Flora, die immer noch versessen darauf war, sich nützlich zu machen. »Ich fange an, sobald ich meine Jacke aufgehängt habe. Ist der Computer eingeschaltet? Es gibt hier doch einen Computer, oder? Nicht nur eine uralte Underwood-Schreibmaschine, die bei irgendeiner Auktion nicht verkauft worden ist?«

Charles lächelte beinahe. »Nein, wir haben einen Computer. Schreiben Sie einfach so viel, wie Sie schaffen. Annabelle hat davon gesprochen, dass Sie einkaufen gehen wollten.«

Typisch Annabelle, die Dinge so hinzustellen, als wäre Flora diejenige, die eine Einkaufstherapie brauchte. »Ich möchte ja nicht herablassend klingen, doch einkaufen bedeutet für mich London,

Paris, New York oder Mailand, wenn man sich gerade in Italien aufhält, und keine x-beliebige kleine Marktstadt. Es ist Annabelle, die einkaufen gehen möchte, und zwar für ihr Klassentreffen, aber wenn ich zu arbeiten habe, kann sie ja allein shoppen gehen. Oder mit ihrer Mutter.«

»Stellen Sie nicht gleich die Stacheln auf. Sie haben jedes Recht, sich freizunehmen, wann immer Sie wollen, Sie arbeiten nicht für uns.«

»Oh doch, genau das tue ich, Charles«, erwiderte sie, ein wenig beunruhigt darüber, dass er das vergessen zu haben schien. »Jetzt zeigen Sie mir, wo der Computer steht, damit ich anfangen kann.«

Als Annabelle gegen zwei Uhr kam, um sie zum Einkaufen abzuholen, hatte Flora nicht nur die Notizen vom vergangenen Tag abgetippt, sondern auch die Gelegenheit genutzt, sich gründlich umzusehen. Schließlich war sie einmal ganz allein im Gebäude gewesen.

Annabelle sah jetzt schon etwas besser aus, was zum Teil daran lag, dass sie ihr Haar gewaschen hatte und es offen trug. Trotzdem brauchte es einen guten Schnitt. »Charles hat mir erzählt, dass ich Sie am Computer finden würde. Aber Sie können jetzt aufhören. Louisa wird das später erledigen. Schließlich hat die Sache keine große Eile.«

Flora griff nach ihrer Jacke. »Wo wollen wir denn einkaufen? In Bristol?«

Annabelle sah sie erschrocken an. »Müssen wir so weit fahren?«

»Ich denke, ja. Also, sollen wir abschließen?«

»Ich kümmere mich darum.«

»Noch etwas, Annabelle«, warf Flora ein, während sie beobachtete, wie Annabelle die Alarmanlage einstellte; sie prägte sich die Zahlenfolge ein, nur für den Fall des Falles. »Sie haben gesagt, Sie würden Charles nichts von … dem Mann erzählen, und Sie haben es doch getan.«

»Ich weiß«, antwortete Annabelle unbeschwert und löste im nächsten Moment den Alarm aus, unter dem das Gebäude erbebte. »Ich habe meine Meinung geändert. Er hat die Sache übrigens überraschend gelassen aufgenommen«, fuhr sie fort, als sie auf die Straße hinaustraten und hinter ihnen wieder Stille eingekehrt war. »Ich glaube, er gewöhnt sich langsam daran, dass Sie hier sind.«

Kapitel 8

»Ja, Sie müssen sie anprobieren. Es ist das Wichtigste überhaupt. Das hat meine Mutter mir beigebracht.« Bei diesen letzten Worten gab Flora Annabelle einen Stoß in den Rücken, um sie endgültig in die Umkleidekabine zu bugsieren.

Die freundliche Verkäuferin warf ein: »Ich stelle nur schnell fest, welche Größe Sie haben, dann hole ich Ihnen einige BHs, die Ihnen vielleicht gefallen werden.«

»Und ich komme zurück, wenn Sie einen davon anhaben«, versicherte Flora. »Jetzt werde ich Schlüpfer kaufen gehen.«

Tatsächlich waren Flora einige BHs im Sonderangebot aufgefallen. Sie selbst verschwendete allerdings keinen Gedanken daran, die BHs anzuprobieren. Ihre Größe siebzig B benötigte eben nicht die gleiche Aufmerksamkeit wie Annabelles Doppel-D-Körbchen.

Sie stand gerade in der Schlange vor der Kasse, um ihre Wäsche zu bezahlen, als sie spürte, dass ein Mann hinter sie getreten war. Es war Henry. Sie lachte.

»Ich weiß, ich weiß, was tut ein Mann in der Wäscheabteilung?«, meinte er.

»Er geht offensichtlich einkaufen.« Flora deutete auf die Baumwollwaren in seiner Hand. »Für Sie?«

»Nein! Für meine Schwester. Sie hat morgen Geburtstag. Ich war neulich auf der Suche nach einer Postkarte für sie, doch in dem Souvenirladen der Abtei war nichts zu finden, was meine Schwester in ihrem Postkasten würde haben wollen.«

»Also, was haben Sie ihr dann gekauft?«

»Ein Nachthemd – das hat sie sich gewünscht. Meinen Sie, es

wird ihr gefallen?« Er hielt ein ziemlich omahaftes weißes Nachthemd in die Höhe, dem man wahrhaftig nicht nachsagen konnte, es sei zu gewagt.

»Es ist … ähm … hübsch. Ihre Schwester wird sich bestimmt sehr darüber freuen.«

»Oh, schön. Ich bin mir nur nicht sicher, welche Größe sie hat.«

»Ach, du lieber Himmel! Erzählen Sie mir nicht, dass Sie ihr Kleider kaufen, ohne ihre Größe zu kennen!«

»Ist das sehr schlimm?«

»Es ist eine Katastrophe! Haben Sie denn überhaupt keine Vorstellung?«

»Hm.« Er sah Flora ziemlich lange an. »Sie hat wahrscheinlich ungefähr die gleiche Figur wie Sie.«

Flora griff nach dem Nachthemd und warf einen Blick auf das Etikett. »Das ist Größe zweiundvierzig. Wenn sie meine Figur hat, wird das viel zu groß für sie sein.«

»Dann gehe ich noch einmal zurück und suche mir eins, das zwei Nummern kleiner ist.«

»Entschuldigen Sie, Henry, aber stellen Sie sich nur vor, wie schrecklich Ihre Schwester sich fühlen würde, wenn sie annehmen müsste, Sie glaubten, sie sei so viel dicker, als sie in Wirklichkeit ist.«

Er zuckte die Schultern. »Es kam mir auch irgendwie etwas geräumig vor, aber ich dachte, das wäre in Ordnung.«

»Nein. In Ordnung reicht nicht. Und jetzt gehen Sie.«

»Das werde ich, wenn Sie mir Ihre Telefonnummer geben«, sagte er mit einem Zwinkern, das sie von ihrer Begegnung in dem Andenkenladen in der Abtei noch gut in Erinnerung hatte.

Flora lächelte und ließ den Damen, die hinter Henry standen und ihren Wortwechsel sichtlich genossen hatten, den Vortritt. »Nur, wenn Sie mir Ihre geben.«

»Abgemacht.«

»Ich sehe immer noch keinen Sinn darin, so viel Geld für etwas auszugeben, das später niemand sieht!«, protestierte Annabelle ein wenig später.

»Charles wird die BHs sehen, und der Rest der Welt wird die Wirkung sehen«, beharrte Flora. »Wenn man sich in seiner Kleidung richtig gut fühlt, sieht man nach außen hin auch gut aus. Schauen Sie mal, ich habe Ihnen die passenden Schlüpfer zu dem schwarzen und dem roten BH gekauft.«

»Oh! Wie nett von Ihnen. Sie waren grässlich teuer.«

»Ich weiß. Und jetzt gehen wir rüber in die Abteilung für Damenmode. Eigentlich ist es viel besser, in kleinen Läden zu kaufen, doch ich kenne mich hier nicht aus.«

Es überstieg beinahe Floras Überzeugungskraft, Annabelle dazu zu bewegen, ein Top mit V-Ausschnitt anzuprobieren, obwohl sie inzwischen sogar einen ihrer neuen BHs trug. Flora musste zuerst eine Verkäuferin auf ihre Seite ziehen, und mit vereinten Kräften gelang es ihnen schließlich, Annabelle davon zu überzeugen, dass es nicht »nuttig« sei, ein wenig Busen zu zeigen, sondern, im Gegenteil, sehr attraktiv.

»Oh, Annabelle! Sie sehen fantastisch aus! Jetzt, da man sehen kann, dass Sie nicht vier Brüste haben, sondern nur zwei, ist Ihr Busen wunderschön. Lassen Sie uns noch nach einem Rock suchen, der zu diesem Top passt. Gibt es den auch in anderen Farben?«

»Ja. In Weiß, Schwarz und Scharlachrot.«

»Zeigen Sie uns mal den scharlachroten. Das ist zwar vielleicht nicht Ihre Farbe, aber der schwarze oder der weiße Rock würden Ihnen bestimmt gefallen.« Flora runzelte die Stirn. »Wahrscheinlich sollten wir uns Ihre Farben überhaupt einmal vornehmen, nur dass Sie dazu vielleicht keine Lust haben werden.«

»Meine Farben? Wovon reden Sie?« Annabelle, die langsam Gefallen daran fand, sich mit einem Dekolletee zu sehen, wandte sich jetzt mit erschrockener Miene zu Flora um.

»Das macht großen Spaß«, versicherte die Verkäuferin. »Sie werden herausfinden, welche Farben Ihnen stehen und welche nicht.«

Annabelle wurde nachdenklich. »Ich halte mich meistens an Dunkelblau.«

»Möglicherweise werden Sie in Zukunft ein wenig abenteuerlustiger werden«, meinte die Verkäuferin taktvoll. »Jetzt hole ich Ihnen ein paar Röcke. Ich habe einen sehr schönen Leinenrock in Fuchsienrot.«

»Ich trage kein Fuchsienrot.«

»Warum nicht?«

»Ich trage es einfach nicht.«

Flora zischte verärgert: »Gehen Sie zurück in die Umkleidekabine«, befahl sie, »und tun Sie ausnahmsweise einmal, was man Ihnen sagt.«

Dann fragte sie sich, ob ihre Macht ihr vielleicht zu Kopf gestiegen war.

Später löste sich jedes Bedauern darüber, Annabelle derart zugesetzt zu haben, in Luft auf. In puncto Kleidung hatte Annabelle sich entschieden verbessert.

»Charles wird absolut begeistert sein«, bemerkte Flora und fragte sich, ob sie vielleicht verrückt war, dass sie sich so viel Mühe gab, einer Frau, die sie nicht einmal wirklich mochte, zu einem so großartigen Aussehen zu verhelfen. »Jetzt möchte ich mir Ihren Kleiderschrank vornehmen und alles aussortieren, was Sie nicht anziehen sollten.«

»Sie können doch keine Kleider aussortieren, die noch völlig in Ordnung sind! Ich kaufe immer nur die beste Qualität.« Annabelle klammerte sich mannhaft an die Überreste ihres schlechten Geschmacks.

»Aber wenn Sie in diesen Kleidern aussehen wie ein Hund, sollten Sie sie nicht tragen. Es ist schlecht für Sie, wenn Sie sich unattraktiv fühlen, und jetzt, da Sie wissen, wie fantastisch Sie aussehen *können*, wird es Ihnen gar nicht mehr gefallen, unfantastisch auszusehen.«

»Ich glaube nicht, dass es dieses Wort gibt«, erwiderte Annabelle mürrisch, aber fügsam.

Floras Miene wurde weicher. Annabelle war wirklich sehr brav. »Wenn Sie es für eine Verschwendung halten, die Sachen wegzuwerfen, könnten wir eine von diesen Partys geben, bei denen jeder einen Preis für seine alten Kleider festlegt und man sich die Sachen gegenseitig abkauft. Der größte Teil des Geldes geht an wohltätige Organisationen, doch wenn Sie wollen, können Sie einen gewissen Prozentsatz für sich abzweigen. Man serviert dazu Wein und Knabbersachen. Im Allgemeinen ist so etwas sehr lustig. Der teure Fehlgriff einer Frau kann sich durchaus als Lieblingsstück einer anderen Frau erweisen. Irgendjemand hat bestimmt eine Mutter, die Häkelkragen und Dunkelblau mag.« Flora runzelte die Stirn. »Das Problem ist, dass ich hier niemanden kenne, und ich nehme nicht an, dass Ihre Freundinnen …?«

»Nein.« Annabelle war sehr energisch. »Meine Freundinnen hätten keine Lust, gebrauchte Kleider zu kaufen.«

»Nicht einmal voneinander? Und für wohltätige Zwecke?«

»Ich glaube nicht, dass es mit der Konservativen Partei schon so schlecht steht, dass man so etwas von uns verlangen würde.«

Flora lachte. »In Ordnung, Sie brauchen sich deshalb nicht wie eine Schuldirektorin aufzuführen. Es war ja nur eine Idee. Aber trotzdem möchte ich, dass Sie diese Miezekatzenschleifen aus Ihrem Kleiderschrank verbannen. Sie können Sie ja einer Wohltätigkeitsorganisation spenden.«

Flora wäre viel lieber nach Hause gefahren, doch sie musste bei Annabelle bleiben, nicht nur um den Verschönerungsprozess fortzusetzen, sondern auch, weil sie herausfinden wollte, was Annabelle wirklich begeisterte, etwas, das all ihre Zeit und Aufmerksamkeit in

Anspruch nehmen würde. Annabelle brauchte ein eigenes Hobby, etwas, das an die Stelle des Auktionshauses treten konnte, etwas, das ihr Spaß machte und ihren Fähigkeiten entsprach. Auf diese Weise hätte Flora freie Bahn, um *Stanza und Stanza* in die reale Welt zu bringen und von dort aus, mit ein wenig Glück, in die Gewinnzone. Außerdem wollte sie den Ausdruck auf Charles' Gesicht sehen, wenn seine neue Verlobte vor ihn hintrat.

Es war Floras erster Besuch in Charles' und Annabelles Haus. Nachdem sie den Landrover in einer Nebenstraße abgestellt hatte, folgte sie Annabelle mit seltsam gemischten Gefühlen die Treppe hinauf.

Was sie sah, war teils eine Erleichterung und teils eine Enttäuschung, weil es so berechenbar war. Sie hätte die blassen, sicheren Farben voraussagen können, die polierten Holzböden, den Bilderbuchgeschmack, der ohne jede Individualität war. Alles war glatt und makellos – zwar waren einige Dinge offenkundig alt, aber dann unweigerlich geradezu unerträglich perfekt restauriert. Flora suchte die Wände nach irgendetwas ab, einem Foto, einem Bild, das auf die Persönlichkeit der Bewohner hätte schließen lassen, konnte jedoch nichts entdecken. Einige alte Landkarten der Grafschaft, ein ungeheuerlich dickes Schwein, das sich bei näherem Hinsehen als eine moderne Reproduktion erwies, und ein Porträt von einer Dame mit Perlenkette waren alles. Floras Mut sank merklich, und sie glaubte, die Antwort auf ihre erste Frage bereits zu kennen. »Gehört das Haus Ihnen und Charles gemeinsam? Es ist sehr schön.«

»Nein, es gehört mir.« Annabelle kickte ihre Slipper mit den flachen Absätzen von den Füßen. »Freut mich, dass es Ihnen gefällt. Möchten Sie etwas zu trinken, bevor wir nach oben gehen? Kommen Sie, lassen Sie uns eine Flasche Wein öffnen. Charles wird Sie später nach Hause bringen.«

»Ich könnte mir auch ein Taxi nehmen. Charles könnte mich dann morgen zur Arbeit abholen.«

»Nein! Reden Sie keinen Unsinn. Charles wird es nichts ausmachen.«

»Vielleicht möchte er selbst gern etwas trinken, wenn er nach Hause kommt.«

»Nun, er kann warten.«

Flora wünschte, sie hätte die Charakterstärke besessen, sich auf Mineralwasser zu beschränken, damit sie später selbst nach Hause fahren konnte, aber der Gedanke an ein Glas Wein war einfach zu verführerisch. Nach dem anstrengenden Tag hatte sie das Gefühl, es verdient zu haben. Annabelle zu verschönern, bedeutete sehr harte Arbeit, und es würde vielleicht ein wenig einfacher werden, wenn ihre Sinne von einem schönen, kalten Chardonnay ein wenig betäubt waren. Als Annabelle mit unerwarteter Großzügigkeit zwei riesige Gläser bis an den Rand mit Wein gefüllt hatte, sagte sie: »Kommen Sie. Lassen Sie uns nach oben gehen und anfangen.«

Flora folgte ihr. Dabei ging ihr durch den Kopf, dass sie auf keinen Fall selbst fahren konnte, wenn sie auch nur die Hälfte von diesem Wein trank. Sie brauchte nicht lange, um zu erkennen, dass es nur eine Lösung gab: Sie musste den Landrover stehen lassen.

Annabelle führte sie in ein mit einem dicken Teppich ausgelegtes Schlafzimmer, das genauso nichtssagend war wie das Wohnzimmer. Dann öffnete sie die Tür einer Reihe verspiegelter Schränke.

»Oh, Annabelle! Was für ein fantastischer Kleiderschrank!« Flora, die auf dem Weg nach oben einen kräftigen Schluck von dem Wein genommen hatte, ließ sich auf das Bett sinken und betrachtete das Meisterwerk raumsparender, nach Farben und Formen sortierter Unterbringung vor ihr.

»Ich dachte, Sie wären hier, um meinen Kleiderschrank in Fetzen zu reißen«, bemerkte Annabelle, die nun ebenfalls ausgiebig von ihrem Wein trank.

»Den Inhalt, nicht den Schrank selbst. Der ist absolut fabelhaft. So einen will ich auch.«

»Bestimmt nicht in dem Feriencottage.«

»Nein, aber dort, wo ich irgendwann einmal enden werde.«

»Ich habe eine Firma damit beauftragt, ihn für mich anzufertigen. Charles war dafür, einen kleinen Betrieb aus dem Ort zu nehmen, doch ich wollte lieber einen Profi. Im Grunde ist es eine Investition. Der Schrank wird den Wert des Hauses erhöhen.«

»Ganz recht«, sagte Flora, die sich nicht sicher war, ob sie mit ihrer eigenen Meinung übereinstimmte. »Also, dann lassen Sie uns anfangen.« Wenn sie zu lange zögerten, würden sie beide einschlafen, und Charles würde sie in trauter Eintracht auf dem Bett vorfinden – vermutlich sanft schnarchend, was ihn in vielfacher Hinsicht beunruhigen würde. Außerdem vermisste Flora langsam ihre Kätzchen. »Alle Pullover mit rundem Ausschnitt kommen weg.«

»Aber …«

»In diesen Dingern sehen Ihre Brüste wie Polster aus, selbst mit den neuen BHs. Sie können ja einen anprobieren, wenn Sie mir nicht glauben. Oh, und dasselbe gilt für die Polohemden.«

»Aber im Winter wird es so kalt hier!«

»Na schön, behalten Sie die Polohemden, doch vergessen Sie nicht, dass sie Ihnen nicht stehen.«

Das superluxuriöse Kleiderschranksystem bedeutete, dass sie schon bald einen säuberlich gefalteten Stapel mit unpassenden Pullovern auf dem Boden liegen hatten.

Jetzt stand Flora vom Bett auf und ging die Stange durch, die für Shirts und Blusen gedacht war. Sie nahm einige Blusen heraus und legte sie sich über den Arm. »Die müssen auf jeden Fall weg. Diese Blumen sind zu unruhig.«

»Die trage ich immer nur unter einem Pullover, sodass man nur den Kragen sieht.«

»Und wäre das zufällig ein Pullover mit einem runden Ausschnitt?«

Annabelle nickte kläglich.

»Dann werden Sie die Blusen ohnehin nicht mehr benötigen, nicht wahr?«

»Aber diese da ist hübsch und bequem. Sie gefällt mir.«

»Sie sieht aus wie eine Schuluniform, nur nicht so sexy.« Flora bedachte Annabelle mit einem stählernen Blick, bevor sie die fragliche Bluse auf den Stapel der Dinge legte, die aussortiert werden sollten. »Ich bin mir nicht sicher, ob die Blumen sich mit Ihrem Hautton vertragen. Sie sollten wirklich an einer Farbberatung teilnehmen.«

»Nein, nicht nötig«, entgegnete Annabelle, der es offensichtlich widerstrebte, sich weiterer Tyrannei zu beugen. »Ich vertraue Ihnen, Flora.«

»Gut! Jetzt zu den Röcken. Oh, das ist ja einfach wunderbar! Sie hängen alle zusammen. Das erleichtert die Sache. Knielange Faltenröcke sind noch nicht wieder in Mode gekommen, Annabelle, und so wie die Dinge liegen, wird das wohl so bald auch nicht passieren. Weg damit! Ein Kilt?« Sie sah zu Annabelle hinüber, die ein wenig kläglich dreinblickte, während all ihre Lieblingsoutfits beiseite geräumt wurden. »In Ordnung, den Kilt dürfen Sie behalten, doch versprechen Sie mir, dass Sie ihn nur in Schottland tragen werden. An jedem anderen Ort der Welt würden Ihre Hüften darin gewaltig aussehen.«

»Aber in Schottland sind sie nicht gewaltig?«

Flora kicherte. Vielleicht hatte Annabelle ja doch irgendwo einen verschütteten Sinn für Humor. »In Schottland sind sie erlaubt.«

Zur Feier dieser Ausnahmebewilligung ging Annabelle nach unten, um den Rest der Flasche zu holen.

»Soll ich uns vielleicht etwas Pasta und Salat zubereiten? Ich habe eine frische Soße da, die wir dazu essen könnten.« Annabelle riss mit den Zähnen ein Päckchen Nüsse auf.

»Das ist sehr lieb von Ihnen, Annabelle, aber ich würde jetzt gern nach Hause fahren. Meine Katze und die Kätzchen, Sie wissen ja …

Doch die Nüsse sind köstlich. Oh, sehen Sie nur, eine ganze Abteilung für Ballkleider! Sie sind ein echtes Partygirl.«

»Meistens handelt es sich um Jagdbälle. Solche Dinge eben. Oh, darf ich das nicht behalten?«

»Königsblau ist eine ziemlich schwierige Farbe, Annabelle, und sehen Sie, wie hochgeschlossen es ist? Es wird Ihren Busen nicht würdig zur Geltung bringen und sich über Ihren Bauch schmiegen. Sie brauchen etwas tief Ausgeschnittenes mit Ärmeln. Aber keine Rüschen«, sagte sie und nahm etwas aus dem Schrank, das an Prinzessin Dianas Hochzeitskleid erinnerte. »Wenn man über dreißig ist, hält man sich besser an etwas, das schlicht und sexy ist.«

»In Ordnung.« Niedergeschlagen, aber gehorsam, schob Annabelle sich eine Hand voll Erdnüsse in den Mund.

»Und jetzt die Schuhe.«

»Ich brauche bequeme Schuhe, Flora. Sie können sich den Versuch sparen, mich dazu zu bringen, auf hohen Absätzen umherzuwanken. Ich kann das einfach nicht.«

Flora war barmherzig in der Niederlage. »Hm, versprechen Sie mir nur, dass Sie ein Paar schwarze Slipper kaufen werden ...«

»Ich habe drei Paar davon.«

»Mit Absätzen. Auch wenn es nur kleine Absätze sind. Aber etwas mehr als *gar* keine Absätze. Und denken Sie daran, je mehr Sie für Schuhe ausgeben, desto bequemer sind sie.«

»Auch ein Rat von Ihrer Mutter?«

Flora versuchte, sich zu erinnern. »Ich glaube, sie hat einmal etwas Derartiges zu meinem Vater gesagt, nachdem sie eine Menge Geld für Schuhe ausgegeben hatte. Aber es stimmt.«

Sie ließen sich wieder auf das Bett sinken und stürzten sich beide gleichzeitig auf die Nüsse.

»Das hat wirklich Spaß gemacht«, bemerkte Annabelle. »Ich hätte nicht gedacht, dass es so wäre, doch es ist die Wahrheit.«

»Ich denke, Sie werden mit Ihrem neuen Ich sehr zufrieden sein.

Eigentlich sollte ich Sie jetzt noch nach London bringen, damit Sie sich die Haare schneiden lassen können, aber ich nehme an, es wird hier unten auch einen Salon geben, der recht gut ist.«

»Sind Sie wirklich davon überzeugt, dass ich die Haare ein wenig kürzer tragen müsste?«

Flora nickte. »Und Sie sollten noch einige Stufen hineinschneiden lassen. Jetzt zum Beispiel sieht Ihr Haar sehr hübsch aus, weil es vom Anprobieren der Pullover ganz zerrauft ist. Und ich hatte Recht, was das Polster betraf, nicht wahr?«

»Wahrscheinlich. Jetzt möchte ich gern ausgehen und mit meinem neuen Look angeben. Wenn Sie nun bald diese kleine Dinnerparty arrangieren könnten? Die Party, die Sie geben, damit ich den nackten Mann in Ihrem Garten überprüfen kann.«

Flora kicherte. »So wie Sie das ausdrücken, klingt es gerade so, als wäre da ständig ein nackter Mann in meinem Garten.«

»Wahrscheinlich kommen die nackten Männer sonst meistenteils in Bronze daher.« Sie seufzte, und Flora überlegte, dass sie vermutlich sehr müde war.

»Ich dachte, ich lade Sie alle für das Wochenende ein, an dem Emma, meine Freundin aus London, zu Besuch kommt. Sie war mit William auf der Universität.« Der Wein war Flora ein wenig zu Kopf gestiegen, und sie konnte sich nicht mehr daran erinnern, ob Annabelle Williams Namen überhaupt kannte oder nicht. Sie plapperte weiter. »Es macht mehr Spaß, wenn mehrere Leute da sind, finden Sie nicht auch?«

»Ja …« Wie Katzen wurden sie beide sofort wachsam, als sie einen Schlüssel in der Tür hörten. »Da ist Charles.«

Flora rutschte an die Bettkante und stand auf. »Ich laufe schnell hinunter, um ihm zu sagen, dass er erst etwas trinken darf, wenn er mich nach Hause gebracht hat. Sie nutzen die Zeit, um dafür zu sorgen, dass Sie gleich absolut fabelhaft aussehen.«

Annabelle stand von dem Bett auf und strich sich das Top über den Rock. »In Ordnung, aber Sie brauchen nicht in aller Eile nach unten zu stürzen. Wir sind hier oben, Liebling«, rief sie und zog ihre Brüste hoch. »Im Schlafzimmer. Kannst du Flora später nach Hause fahren?«

Charles kam die Treppe hoch und blieb in der Tür stehen, halb verlegen, wie ein Vater, bei dessen Tochter eine Freundin übernachtet hatte. Er wusste nicht recht, wohin er blicken sollte. »Oh, mein Gott!«

Flora fühlte sich ein wenig wie eine Kreuzung zwischen einer Feenpatentante und einem Anstandswauwau. Annabelle sah überraschend sexy aus, und jeder normale Mann würde irgendwie darauf reagieren. Aber anscheinend nicht Charles, der einfach nur dastand und sie anstarrte.

»Hm, sieht Ihre Verlobte nicht einfach umwerfend aus in ihren neuen Kleidern?«

»Sie sieht jedenfalls anders aus.«

»Auf eine positive Weise anders«, erklärte Flora, fest entschlossen, ihn zu der richtigen Reaktion zu zwingen. »Drehen Sie sich einmal, Annabelle.«

Annabelle gehorchte, und Flora fand, dass ihre harte Arbeit sich ausgezahlt hatte.

»Die Mädchen auf dem Klassenfest werden sehr beeindruckt sein«, versicherte Flora. »Man stelle sich nur vor, die altmodische Annabelle ist plötzlich so sexy.«

»Das Klassentreffen?«, fragte Annabelle. »Oh, das hatte ich für einen Moment ganz vergessen.«

Charles runzelte die Stirn. »Ich denke, mir hast du besser gefallen, wie du vorher warst, Kürbis.«

»Oh, um Himmels willen!«, rief Flora verärgert. »Sie hat nicht ihre ganze Persönlichkeit geändert! Lediglich ihre Kleider! Und sie sieht himmlisch aus! Geben Sie's zu.«

»Hm, ja. Das stimmt wohl.« Charles trat weiter in den Raum

herein und küsste Annabelle zuerst auf die Wange, dann auf die Lippen. »Aber Schönheit reicht nur bis zur Haut. Es zählt das, was dahinter ist.«

Flora verdrehte die Augen. »Das wissen wir alle, wir haben es zu hören bekommen, seit wir aus dem Ei geschlüpft sind, aber der Punkt ist der: Das Innere ist nach wie vor dasselbe! Annabelle ist immer noch Annabelle, sie sieht nur jünger und hübscher und ein bisschen sexy aus.« Es war gewiss eine Kräfte zehrende Arbeit, Charles beizubringen, dass er Menschen nicht nach ihrem äußeren Erscheinungsbild beurteilen durfte.

»Flora hat Recht«, sagte Annabelle. »Verändert haben sich nur meine Kleider und die Art, wie ich sie trage. Im Innern bin ich immer noch dein kleiner Kürbis.« Flora schauderte. »Ach, übrigens«, fuhr Annabelle fort und schlüpfte in die Rolle, die zu ihrem neuen Look dazugehörte. »Flora muss nach Hause gebracht werden, Sweetheart.«

»Oh.«

Flora gab sich nicht die Mühe, Charles' Gesichtsausdruck einer Musterung zu unterziehen. Er sah mit Sicherheit so aus, als hätte ihn ein Blitz getroffen. »Nein, nicht nötig. Ich bestelle mir ein Taxi. Ich möchte euch Turteltäubchen keine Minute länger voneinander fernhalten, und man braucht eine gute halbe Stunde bis zu dem Cottage und dann noch einmal eine halbe Stunde für den Rückweg. Annabelle, kochen Sie Charles etwas Leckeres, und Charles, bestellen Sie mir ein Taxi. Bitte?«

Charles rückte von Annabelle weg und wandte sich mit strenger Miene an Flora. »Es macht mir nicht das Geringste aus, Sie zu fahren. Im Gegenteil.«

Das war ein wenig überraschend. »Nein, ehrlich, ich würde viel lieber ein Taxi nehmen.«

»Sind Sie sich sicher?«

»Natürlich ist sie sich sicher«, erklärte Annabelle. »Sie ist kein

Kind mehr, auch wenn sie tatsächlich noch ziemlich jung aussieht. Und weißt du was, Süßer? Flora will uns zum Essen einladen, wenn ihre Freundin sie besucht. Das wird bestimmt ein schöner Abend.«

Oh Gott! Jetzt, da Charles davon wusste, gab es kein Zurück mehr. Warum hatte sie nur so viel Wein getrunken? Der Alkohol brachte einem nichts als Scherereien ein. Vielleicht hatte Emma ja Recht, und das Leben auf dem Land hatte sie bereits in seinen Sog gezogen, und zwar nicht auf positive Art und Weise.

»Allerdings muss ich vorher einen Esstisch besorgen. Ich kann Sie alle schlecht auf dem Schoß essen lassen.«

»Das kann ich gewiss veranlassen«, meinte Charles. »Kommen Sie runter, dann rufen wir Ihnen ein Taxi. Kommst du auch, Liebling?«

»Ich will mich nur schnell noch ein wenig herrichten«, antwortete Annabelle. »Mein Haar ist in einem schrecklichen Zustand.«

»Annabelle«, mahnte Flora. »Nicht dass Sie dieses Haarband wieder überstreifen! Sehen Sie, Charles?«, bemerkte sie zu ihm, während sie die Treppe hinuntergingen. »Sie mag sich äußerlich verändert haben, aber darunter ist sie immer noch die ordentliche Annabelle.«

»Ich bin sehr erleichtert, das zu hören. Es wäre mir gar nicht recht, wenn auch dieser Aspekt meines Lebens auf den Kopf gestellt würde.«

»Wie meinen Sie das?« Sie hatten inzwischen die Diele erreicht, und Flora drehte sich zu ihm um.

»Sie haben schon genug Aufruhr in meinem Leben verursacht, ohne dass Sie nun auch noch an meiner vollkommen zufriedenstellenden Verlobten herumpfuschen.«

Flora holte tief Luft, dann sah sie, dass Charles beinahe lächelte. »Oh. Sie machen sich über mich lustig. Ich wünschte, Sie würden mich vorwarnen, wenn Sie mich hochnehmen wollen. Aus Ihrem Mund kommen diese Dinge immer so unerwartet.«

»Sie könnten mir ja ein kleines Schild malen, das ich dann jedes

Mal in die Höhe halte, wenn ich etwas Derartiges vorhabe – wie die Bieter es tun.«

Flora kicherte. »Das ist prinzipiell eine gute Idee, aber es wird wahrscheinlich nicht oft genug vorkommen, um die Arbeit zu lohnen.«

»Oh, da wäre ich mir nicht so sicher. Also, ihr beiden Hübschen wart einkaufen?« Er blätterte in den *Gelben Seiten*.

»Ja. Außerdem haben wir eine Menge Kleider aussortiert. Doch geben Sie mir unbedingt Bescheid, falls Annabelle diesen Ausflug zum Secondhandladen nicht in kürzester Zeit in Angriff nimmt.«

»Sie wollen mir doch nicht erzählen, dass Sie in Secondhandläden eingekauft haben?«

Flora konnte nicht erkennen, ob Charles' Grauen seine eigenen Ansichten widerspiegelte oder eher die seiner Verlobten. »Nein«, gab sie kühl zurück. »Haben wir nicht. Aber vieles von dem, was Annabelle gegenwärtig trägt, passt überhaupt nicht zu ihr, und sie sollte sich diese Dinge vom Hals schaffen. Wir haben alles säuberlich aufgestapelt. Nun ja, im Grunde ist es weniger ein Stapel als ein Berg.«

»Oh.« Charles hatte eine Nummer entdeckt und tippte die ersten Zahlen in sein Telefon.

»Inserieren wir übrigens auch in den *Gelben Seiten?*«, fragte sie ihn, während er auf eine Verbindung wartete.

»Es ist nur ein kleiner Eintrag. Große Anzeigen sind sehr teuer.«

»Ich finde wirklich, Sie sollten eine vernünftige Anzeige schalten.«

»Die meisten Geschäfte machen wir mit Leuten aus dem Ort, die uns ohnehin kennen.«

»Aber denken Sie doch nur an diese Schätzung gestern. Die Leute kamen nicht aus dieser Gegend – nur ihr Onkel hat hier gewohnt. Woher wussten sie, dass sie Sie anrufen können?«

»Ein Freund des Onkels hat uns empfohlen.«

»Aber wenn es diesen Freund nicht gegeben hätte und die beiden hierhergekommen wären und nach einem Auktionator gesucht hätten, an wen hätten sie sich dann gewandt?« Da Charles nicht sofort antwortete, ergriff sie wieder das Wort. »Sie hätten in den *Gelben Seiten* nachgeschlagen.«

»Ah, ja. Könnten Sie bitte jemanden zum Fiddler's Wood bringen?«

Als er den Hörer wieder auflegte, fuhr Flora fort: »Ich möchte mit Ihnen über das Geschäft reden, Charles. Ich hätte da einige Ideen.«

»Ach ja?«

Er war offensichtlich sehr müde. Sein für gewöhnlich tadelloses Hemd sah ein wenig zerknittert aus, und eine Haarsträhne hing ihm ins Gesicht. Flora verspürte den plötzlichen, beinahe unbezähmbaren Drang, sie ihm aus der Stirn zu streichen. Einzig die Tatsache, dass sie das nur hätte tun können, wenn er sich ein wenig zu ihr heruntergebeugt hätte, hielt sie davon ab.

»Ja, ich habe tatsächlich einige Ideen. Aber wir werden jetzt nicht darüber sprechen, Sie sehen müde aus.«

»Oh, mir geht es gut. Es war nur ein langer Tag. Morgen ist Samstag, daher werden Sie sicher nicht ins Büro fahren wollen, aber ich würde Ihnen trotzdem den Landrover vorbeibringen. Annabelle kann mir in ihrem Wagen folgen und mich dann wieder mit nach Hause nehmen.«

»Arbeiten Sie denn morgen?«

»Ich habe noch ein paar Kleinigkeiten zu erledigen, ja.«

»Dann werde ich ebenfalls in der Firma sein, zumindest am Morgen. Abgesehen von allem anderen, würde das Annabelle auch die Fahrt zum Cottage ersparen.« Plötzlich runzelte sie die Stirn. Was Annabelle betraf, hatte sie nur die Hälfte ihrer Ziele erreicht – sie wusste noch immer nicht, welche Art von Geschäft ihr wirklich Spaß machen würde. Allerdings kam wohl nichts infrage, was mit Mode zu tun hatte.

»Sind Sie sicher?«

Etwas in Charles' Tonfall ging Flora sehr gegen den Strich. »Ja!«, antwortete sie mit Nachdruck. »Es ist auch mein Geschäft! Außerdem habe ich sonst nicht viel vor.«

»Hätten Sie nicht gern einen Tag Zeit, um sich zu entspannen?«

»Dafür habe ich den Sonntag.«

»Sie beweisen großes Pflichtgefühl, Flora.«

»Haben Sie etwas Geringeres erwartet?« Sie konnte der Versuchung nicht widerstehen, ihn ein wenig aufzuziehen.

»Zu Anfang ja, aber jetzt würde ich das natürlich nicht mehr wagen. Oh, Ihr Auto ist übrigens fertig. Ich würde Sie morgen damit abholen, nur dass ich etwas für das Cottage mitbringen möchte, das Sie vielleicht nützlich finden werden.«

»Das klingt aufregend. Es ist nicht zufällig ein Esstisch?«

»Leider nicht.«

»Ich freue mich, dass mein Wagen wieder in Ordnung ist. Ich hoffe nur, die Reparatur war nicht schrecklich teuer.«

»Zerbrechen Sie sich deswegen nicht den Kopf. Und wenn Sie wollen, können Sie den Landrover weiter benutzen.«

»Das wäre schön.«

Endlich hörten sie jemanden zum Haus kommen. Kurz darauf klingelte es.

»Dann verabschiede ich mich jetzt«, sagte Flora.

»Gute Nacht, Flora.«

Am nächsten Morgen sah sie, wie Charles' Wagen langsam den Weg heruntergefahren kam, und sie ging hinaus, um ihn zu begrüßen. Ihr war ein wenig mulmig zumute, obwohl sie nicht wusste, warum. Charles stieg aus dem Wagen und blieb stehen, während Flora ihm entgegenkam.

»Hey, Charles, wie geht es Ihnen?«

»Gut.«

»Hat Annabelle Ihnen schon die neuen Kleider vorgeführt? Sie hat einige sehr schöne Dinge gekauft.«

»Ich denke, Sie haben mir endgültig bewiesen, dass es keine gute Idee ist, ein Buch nach seinem Einband beurteilen zu wollen, ja«, erwiderte er mit einem Zwinkern, das Flora auf seltsame Weise an Henry erinnerte.

Sie lächelte und biss sich auf die Unterlippe. »Gut!«

»Dann sehen Sie sich jetzt an, was ich Ihnen mitgebracht habe. Es ist zwar kein Esstisch, aber es geht in die Richtung.«

Es waren ein weiß gestrichener Metalltisch und zwei Stühle für den Garten.

»Oh, das ist wunderbar! Der Tisch passt genau in die Ecke bei den Rosen. Ich kann mich förmlich mit einem Glas Wein dort sitzen sehen.« Dann runzelte sie die Stirn. »Ist bei der letzten Auktion nicht ein ganz ähnlicher Tisch verkauft worden? Ich meine mich daran zu erinnern, dass er für eine vernünftige Summe weggegangen ist.«

»Das ist richtig. Ich habe ihn gekauft. Geoffrey hat für mich geboten. Ich dachte, es sei genau das, was Sie hier brauchen.«

»Ist das legal? Dinge zu kaufen, wenn man selbst der Auktionator ist?«

»Solange das eigene Gebot das höchste ist, ja.«

»Das ist wirklich nett von Ihnen, Charles, vielen Dank.«

»Ich werde dafür sorgen, dass Sie auch einen Esstisch bekommen, bevor … Wann soll die Dinnerparty denn steigen?« Jetzt war es an ihm, nachdenklich dreinzublicken. »Ich hoffe, Annabelle hat Sie nicht zu dieser Einladung gedrängt. Sie scheint aus irgendeinem Grund ganz versessen darauf zu sein. Obwohl ich mich natürlich sehr darüber gefreut habe«, setzte er hinzu, »denn ich würde es wirklich gern sehen, wenn Sie und Annabelle Freundinnen würden. Sie hat nicht viele enge Freundinnen.«

»Nein?«

»Es würde ihr gut tun, ein wenig junge Gesellschaft zu haben.«

»So viel jünger als sie bin ich gar nicht, Charles.«

»Stimmt. Zurzeit ist ihre beste Freundin aber ihre Mutter, was ja schön und gut ist, doch ich finde, man braucht auch Freunde im eigenen Alter, meinen Sie nicht auch?«

»Unbedingt!«

»Also, dürfen wir mal zum Essen kommen?«

Flora nickte. »Natürlich! Es wird bestimmt lustig werden.«

»Ich stelle diese Sachen nur noch schnell dorthin, wo Sie sie haben wollen, dann muss ich wieder los. Wie geht es Imelda?« Er trug den Tisch in die Ecke des Gartens, in der einige Kletterrosen eine natürliche Nische formten.

Flora griff nach einem Stuhl. Er war unerwartet schwer. »Ich dachte, Sie interessierten sich nicht für Imelda oder ihre Kätzchen.«

Charles blickte überrascht auf. »Doch, durchaus, aber ich wollte Sie nicht fragen, ob ich sie mir ansehen darf, nur für den Fall, dass die Mutter ihre Kleinen aufgefressen hätte oder etwas in der Art.«

»Oh. Hm, Sie können sie sich jetzt ansehen, wenn Sie wollen.« Vielleicht hatte sie ihn ein wenig falsch eingeschätzt.

Er blickte auf seine Armbanduhr. »Ich habe um elf Uhr einen Termin. Eigentlich bleibt dafür jetzt keine Zeit mehr.«

Flora war enttäuscht. »Vielleicht können Sie sich die Kätzchen ja ein andermal ansehen.«

»Das würde mich sehr freuen.« Er stellte den zweiten Stuhl neben den Tisch.

»Das sieht wunderbar aus«, sagte Flora. »Wie etwas aus einer Zeitschrift. Jetzt fehlen nur noch eine Flasche Wein, ein Laib Brot, einige Oliven und ein Buch.«

»Ein Band mit Versen unter einem Ast, ein Krug voll Wein, vom Brot ein Laib – und du«, zitierte er leise.

»Was ist das?«

»Oh, das sind nur ein paar Verse aus einem Gedicht. Also, haben Sie jetzt alles? Wir sollten langsam aufbrechen.«

Als sie im Büro ankamen, fragte Charles: »Was wollen Sie jetzt tun?«

»Ich würde mir gern mal die alten Aktenschränke vornehmen und etwas Ordnung schaffen. Da sind Unterlagen drin, die sich seit Jahren niemand mehr angesehen hat. Ich werde natürlich nichts davon vernichten, sondern die Sachen in Dokumentenkartons legen und etikettieren, sodass Sie sie später wegwerfen können.« Sie freute sich darauf, mit Charles zusammenzuarbeiten. Und da sie allein sein würden, ergab sich vielleicht sogar die Gelegenheit zu einem vernünftigen Gespräch über das Geschäft.

Charles lächelte. »Das scheint mir keine angenehme Beschäftigung für einen sonnigen Samstag zu sein.«

»Nun, wir wollen beide arbeiten. Und sobald die Aktenschränke leer sind, können wir sie in einen anderen Raum stellen, sodass im Büro mehr Platz wäre.«

»Ähm, ich arbeite nur bis elf. Die Leute, mit denen ich mich dann zusammen mit Annabelle treffen will, sind Freunde.«

»Oh.« Flora fühlte sich plötzlich niedergeschlagen. »Nun ja, dann werde ich bis zwölf arbeiten.« Sie sprach hastig weiter, da sie nicht so klingen wollte, als wollte sie sich an ihn hängen: »Ich habe einen Freund hier, mit dem ich mich schon seit einer Ewigkeit einmal zum Mittagessen verabreden wollte.«

»Oh?«

Das war offensichtlich eine Aufforderung, ihm zu erzählen, wer dieser Freund war. Flora beschloss, nicht darauf einzugehen. Schließlich ging es ihn nichts an. »Wenn wir nur ein paar Stunden arbeiten wollen, sollten wir besser loslegen.«

Als Charles den Raum verlassen hatte, beschloss Flora, Henry anzurufen. Normalerweise rief sie Männer erst dann an, wenn ihre Beziehung einigermaßen etabliert war, aber dies war ein Notfall.

Wenn Charles und Annabelle unbedingt auf Ehepaar machen und sich mit Freunden zum Mittagessen treffen wollten, wollte sie nicht als »Flora ohne Partner« dastehen.

»Henry? Ich bin's, Flora Stanza.« Trotz ihres Selbstbewusstseins war Flora immer ein wenig verlegen, wenn sie Menschen anrief, die sie eigentlich gar nicht kannte.

»Flora! Wie schön, von Ihnen zu hören!«

Seine Begeisterung erleichterte sie. »Ich muss heute Morgen arbeiten, aber da ich in der Stadt bin, habe ich mich gefragt, ob wir uns vielleicht zum Mittagessen oder auf einen Drink treffen könnten.«

»Das wäre wunderbar. Soll ich Sie vom Büro abholen? Ich kenne einen sehr hübschen kleinen Pub, in den wir gehen könnten.«

»Abgemacht. Gegen zwölf Uhr?«

»Großartig. Dann bis später!«

Als sie den Hörer auflegte, stand Charles in der Tür. »Dann gehen Sie also auch zum Mittagessen aus?«

»Ja. Etwas, worauf ich mich freuen kann, wenn ich all diese Akten sortiert habe.« Sie lächelte ihn an und spürte, dass er aus irgendeinem Grund darauf brannte, zu erfahren, mit wem sie ausging.

»Ich habe Sie den Namen Henry sagen hören. Ist das zufällig Henry Burnet?«

Flora musste einen Moment lang nachdenken. »Ja, ich glaube, der ist es.«

Charles runzelte die Stirn. »Ich sollte Sie warnen, Flora. Henry Burnet ist kein Mann, den ich mir als Begleiter für eine Verwandte wünschen würde.«

»Ach nein? Nun, machen Sie sich nichts draus, so eng sind wir ja nun auch wieder nicht verwandt.«

Charles schürzte die Lippen und stolzierte davon.

Kapitel 9

Sie ließen Floras Landrover in der Stadt stehen und fuhren in einen entzückenden Pub mit einem leicht abschüssigen Garten voller Paare mit ihren Kindern und Hunden.

»Ich habe mich sehr darüber gefreut, dass Sie angerufen haben«, meinte Henry, als er ihr ein Glas Pimm's reichte. »Ich hätte Sie später auch noch angerufen, aber ich hätte nie gedacht, dass Sie heute Zeit hätten, mit mir zu Mittag zu essen.«

Flora hatte Gewissensbisse, denn sie hatte sich ebenso sehr um Charles wie um Henrys willen mit ihm verabredet. »Ich hatte wirklich Glück, dass Sie es einrichten konnten, doch ich war ohnehin in der Stadt, und es ist ein so schöner Nachmittag, dass ich das Risiko einfach eingegangen bin.«

»Nun, auf Sie!«, sagte Henry, griff nach seinem Glas und sah ihr in die Augen. Flora hielt seinem Blick nur für eine Sekunde stand, dann musterte sie den Obstsalat, der in ihrem Drink trieb. Sie wollte Henrys Interesse nicht allzu sehr schüren, bevor sie herausgefunden hatte, wie sehr sie ihn mochte. Wenn er sich allzu erpicht auf ihre Gesellschaft zeigte, würde sie das sofort in die Flucht treiben. Tatsächlich hoffte sie sogar ein wenig, dass Geoffrey Recht hatte und Henry ein Schürzenjäger war – das Letzte, was sie im Moment brauchte, war eine komplizierte Beziehung.

Glücklicherweise schien er den Wink zu verstehen. »Also, was möchten Sie essen? Es gibt hier einen hervorragenden Schinken und eine besonders gute Salatsoße.«

Flora kicherte. »Und ich dachte, ich hätte mit London jede kulinarische Raffinesse hinter mir gelassen.«

»Im Ernst, der Schinken ist wirklich hervorragend.« Auch Henry lachte jetzt. »Sie sollten ihn unbedingt probieren.«

»Also schön. Und natürlich auch die besonders gute Salatsoße.«

Während Henry fort war, um ihre Bestellung aufzugeben, dachte Flora über ihn nach. Er sah gut aus, und er lachte über ihre Scherze, was definitiv ein Pluspunkt war – sie hatte genug von Leuten, die ihre Scherze nicht verstanden. Henry würde für den Augenblick gewiss genügen.

Später spazierten sie auf dem Treidelpfad am Kanal entlang, und Flora fragte Henry immer wieder nach den verschiedenen Wildblumen, die am Weg wuchsen.

»Ich fürchte, ich habe keine Ahnung davon. Blumen haben mich nie allzu sehr interessiert.«

Flora war enttäuscht. »Ich denke, ich sollte schon wegen meines Namens mehr darüber wissen. Ich werde mir ein Buch besorgen.«

»Glauben Sie denn, dass Sie eine Weile hierbleiben werden?«

Es war die erste auch nur annähernd ernsthafte Frage, die er ihr gestellt hatte, und Flora überlegte, wie sie am besten darauf antworten sollte. Aus irgendeinem Grund wollte sie ihre Leidenschaft für ihr Familiengeschäft nicht in einem allzu frühen Stadium ihrer Freundschaft enthüllen.

»Oh ja, zumindest für eine Weile. Wenn das Wetter mies wird, werde ich wahrscheinlich nach London zurückkehren, doch den Sommer werde ich definitiv hier verbringen.«

»Ah, schön«, gab Henry zurück, »dann werde ich auch bleiben.«

Als Henry Flora wieder bei ihrem Wagen absetzte, küsste er sie auf die Wange. Es war sehr angenehm. Sie mochte Henry, und sie konnte spüren, dass er sie ebenfalls mochte, aber nicht auf eine erdrückende Art und Weise. Er wirkte sehr entspannt und schien die Dinge ruhig anzugehen, und das war genau das, was sie brauchte.

Flora war im Garten und riss das klebrige Labkraut aus, das alle Pflanzen mit einer Art grünem Nebel bedeckte. Sie hatte draußen an dem kleinen Tisch gefrühstückt und dann plötzlich das Verlangen verspürt, alles in ihren Kräften Stehende zu tun, um den Garten zu verschönern. Ihre Begeisterung überraschte sie, aber noch erstaunter war sie, als sie einen Wagen hörte, aufblickte und Charles erblickte.

»Guten Morgen«, rief sie. »Ich hatte nicht erwartet, Sie schon so bald wiederzusehen.«

»Annabelle wollte, dass ich Ihnen einige Gartenwerkzeuge bringe«, erklärte er durch das Fenster. »Aber ich sehe, Sie haben auch ohne Werkzeug bereits angefangen.«

»Ich habe mir nur dieses grüne Zeug vorgenommen. Es lässt sich mühelos ausreißen, obwohl ich einen leichten Ausschlag davon bekommen habe.«

Charles stieg aus dem Wagen. »Sie brauchen Gartenhandschuhe.« Er öffnete den Kofferraum. »Ich habe eine Harke mitgebracht, einen Spaten, ein Paar alte Gartenhandschuhe und einen löcherigen Eimer. Für das Unkraut.«

Inzwischen war Flora neben Charles getreten. »Woher kommen die Sachen? Auch von einer Auktion?«

»Nein, ich glaube, es sind Dinge, die Annabelles Eltern aussortiert haben. Sie sind beide große Gärtner. Annabelle teilt diese Leidenschaft mit ihnen, obwohl zu ihrem Haus in der Stadt natürlich kein großer Garten gehört.«

»Sie wollte anscheinend nicht, dass ich mir einen faulen Sonntag gönne«, bemerkte Flora trocken.

»Eigentlich hatte ich angeboten, Ihnen die Sachen zu bringen. Nicht, weil ich Sie dazu verurteilen wollte, die Ackerwinde auszureißen …«

»Sondern?«

»Ich könnte nicht vielleicht kurz einen Blick auf die Kätzchen werfen, oder? Ich brenne schon darauf, sie zu sehen, seit sie da sind.« Seine Bitte schien ihm ein wenig peinlich zu sein. »Wie gesagt, ich wollte Sie nicht früher danach fragen, um Imelda nicht unnötig in Aufregung zu versetzen.«

Flora war seltsam gerührt. Und da William ihr einen Brief dagelassen und geschrieben hatte, dass er den ganzen Tag über fort sein und nicht vor dem Abendessen zurückkehren würde, brauchte sie sich nicht zu sorgen, dass er plötzlich auftauchen könnte.

»Dann kommen Sie mit.«

Während Flora Charles durch das Haus führte, beschäftigte sie einen Moment lang der beunruhigende Gedanke, dass William irgendeine Spur seiner Anwesenheit hinterlassen haben könnte, aber wenn dem so war, bemerkte Charles es nicht. Und sie hatte zumindest ihr Bett gemacht, sodass ihr Zimmer zwar ein wenig unordentlich, doch zumindest nicht schlampig wirkte.

Charles kniete sich vor das Lager der Katzen, auf dem Imelda gerade unter lautem Schnurren ihre Jungen säugte. Der Anblick seiner hochgewachsenen Gestalt vor den winzigen Tieren, die aus Leibeskräften an ihrer Mutter saugten, war überraschend rührend.

»Darf ich eins auf den Arm nehmen?«

»Nehmen Sie das Kätzchen, das kurz mit dem Trinken aufgehört hat. Sind sie nicht himmlisch?«

Er legte sich das Kätzchen an den Hals und streichelte es. »Hmhm. Ich wünschte, wir könnten eins nehmen, aber …«

»Schon gut. Ich weiß. Annabelle ist allergisch gegen Katzen.«

»Und sie mag sie auch nicht.«

»Ich nehme an, wenn Sie von den Tieren dauernd niesen müssten oder Juckreiz bekämen, würde das Ihre Begeisterung auch ein wenig abkühlen.« Flora versuchte, großmütig zu sein. Wie konnte irgendein Mensch Katzen nicht mögen?

Er schüttelte den Kopf. »Ihre Mutter ist genauso. Sie ist nicht allergisch gegen Katzen, sie mag sie nur nicht.«

»Ähnelt Annabelle in vielen Dingen ihrer Mutter? Sie kennen doch das Sprichwort«, fuhr sie spielerisch fort und wünschte gleichzeitig, sie könnte den Mund halten, »man sollte sich immer zuerst die Mutter eines Mädchens ansehen, bevor man eine feste Bindung eingeht, denn genau das wird man später selbst einmal bekommen.«

»Sie ist eine sehr sympathische Frau.« Er runzelte leicht die Stirn. »Wenn ich mich richtig entsinne, habe ich Ihre Mutter auch einmal kennengelernt.«

»Oh?«

»Ja. Sie sah Ihnen sehr ähnlich, Flora. Sehr hübsch.«

Normalerweise hätte Flora dieses Kompliment mit Würde und echter Freude aufgenommen. Jetzt war es ihr eher peinlich, was wahrscheinlich daran lag, dass Charles für gewöhnlich keine derartigen Bemerkungen machte. »Hm, es ist eine Schande, dass keine der beiden Frauen etwas für Katzen übrig hat. Aber manche Leute mögen Hunde lieber.«

»Was ist mit Ihnen, Flora?«

»Oh, ich mag beides. Katzen und Hunde sind wie Männer und Frauen – obwohl der Vergleich natürlich hinkt. Ich meine nicht, dass Hunde genauso sind wie Männer und Katzen wie Frauen oder etwas in der Art. Ich denke nur, sie bieten einem verschiedene Dinge.«

»Ja?« Charles hatte sich noch ein Kätzchen genommen und es an die gleiche Stelle gelegt wie das erste.

»Hunde bauen einen Menschen auf, sie geben einem ein gutes Gefühl. Katzen verweisen einen Menschen auf seinen Platz. Sie lieben ihn, aber sie brauchen ihn nicht. Hunde dagegen brauchen Zuwendung.«

»Wenn wir heiraten, würden wir uns vielleicht einen Hund anschaffen. Einen schönen, schwarzen Labrador.«

»Hmhm. Ich kann mir Annabelle mit einem Labrador gut vorstellen.«

»Das sind sehr vernünftige Hunde.«

Flora enthielt sich eines Kommentars. Für sie waren Labradore vergleichbar mit flachen Schuhen, knielangen Röcken und Kopftüchern von Hermès: durchaus nett, wo sie hingehörten, aber nicht besonders aufregend.

Charles sprach weiter. »Und *Sie* kann ich mir gut mit etwas Frivolerem, Dekorativerem vorstellen wie einem Pudel oder einem Cavalier-King-Charles-Spaniel.«

Flora, die mit seiner Wahl zu ihr passender Hunderassen durchaus zufrieden war, antwortete: »Sie dagegen sollten etwas Prächtiges und Raumgreifendes haben wie einen Irischen Wolfshund.«

Er wandte sich einen Moment lang von den Kätzchen ab. »So sehen Sie mich also? Prächtig und raumgreifend?«

Flora nickte. »Und nett. Sie können ziemlich nett sein, wenn Sie nicht gerade herrisch sind. Wolfshunde sind sehr sanft. Ich kannte mal einen, als ich noch klein war.«

Charles legte die Kätzchen wieder zurück und seufzte. »Ich kann mir nicht vorstellen, dass Annabelle mit einem so großen Hund einverstanden wäre.«

»Nun ja, wenn Sie beide arbeiten, wäre es wohl auch ein wenig schwierig. Was allerdings für jeden Hund gilt.« Aus irgendeinem Grund fand sie Charles' Anwesenheit in ihrem Schlafzimmer und seine unmittelbare Nähe zu intim.

»Haben Sie Bedenken, Imelda tagsüber allein zu lassen?«

Sie wollte gerade sagen, dass William gegen Mittag herkam, um nach den Tieren zu sehen, als ihr wieder einfiel, dass Charles nichts von William wusste. »Ich gebe Imelda reichlich Futter und lasse das Küchenfenster auf. Sie kommt anscheinend ganz gut zurecht.«

Charles erhob sich und stellte damit den Sicherheitsabstand zwischen ihnen wieder her. »Ich muss unbedingt diese Katzenklappe anbringen lassen. Annabelle wäre gar nicht glücklich, wenn sie wüsste, dass Sie das Fenster offen lassen.«

Flora betrachtete sich in dem Spiegel ihres Schminktischs, widerstand jedoch der Versuchung, nach ihrem Lipgloss zu greifen. Zum

Lohn für diese Zurückhaltung gestattete sie sich, ein wenig nachzubohren, was Annabelle betraf. »Sie scheint auch nicht allzu glücklich darüber zu sein, in einem Auktionshaus zu arbeiten«, bemerkte sie.

»Nein«, gab Charles zu, während er ihr die Treppe hinunter folgte, sodass Flora sich fühlte wie eine Mücke, der ein Riese nachstellte. »Sie zieht richtige Antiquitäten den Dingen vor, die wir aus Haushaltsauflösungen bekommen, und das ist nun mal der größte Teil unseres Geschäfts. Armes Mädchen. Ich glaube nicht, dass ihr klar war, wie viele Gebrauchsgegenstände durch unsere Hände gehen.«

»Möchten Sie eine Tasse Kaffee?«

»Eigentlich sollte ich mich wieder auf den Weg machen. Mittagessen mit den Schwiegereltern.«

»Kommen Ihre Schwiegereltern zu Ihnen, oder fahren Sie rüber?«

»Wir fahren hin.« Da er sich nicht anschickte aufzubrechen, ging sie in die Küche. Er folgte ihr und sah zu, wie sie den Kessel aufsetzte.

»Ähm.« Er räusperte sich. »Wie war übrigens gestern Ihr Mittagessen mit … Henry Burnet?«

»Oh, sehr schön! Wir waren in einem ausgesprochen hübschen Pub und haben Schinken und Salat gegessen. Es macht Spaß, mit ihm zusammen zu sein.« Flora legte ein wenig mehr Begeisterung an den Tag, als sie empfand, obwohl sie die Stunden in Henrys Gesellschaft durchaus genossen hatte. Etwas an Charles' gemütlichem Mittagessen mit seinen Schwiegereltern weckte in ihr den Wunsch, ihre Beziehung zu Henry ein wenig zu übertreiben.

»Freut mich. Aber als Ihr Vetter denke ich trotzdem, dass ich Sie warnen sollte. Henry genießt keinen besonders guten Ruf in Bezug auf Frauen.«

»Ach nein?«

»Nein.«

»Dann werde ich auf mich aufpassen«, erklärte Flora.

»Ich hoffe, Sie haben nichts dagegen, dass ich das erwähnt habe.«

»Ganz und gar nicht!« Sie lächelte. »Also, nehmen Sie einen Kaffee?«

»Oh, meinetwegen.«

»Sie brauchen nicht so großmütig zu tun, Charles. Ich hatte übrigens eine Idee.« Sie öffnete eine Kaffeedose und suchte nach einem Teelöffel.

»Worauf bezieht sich diese Idee?«

»Auf das Geschäft. Wie man die Qualität der einzelnen Lose verbessern könnte.«

»Ja?«

»Der Gedanke ist mir gekommen, als Sie neulich von der *Antiques Roadshow* gesprochen haben. Warum machen Sie das nicht ebenso?«

»Wovon um alles in der Welt reden Sie?«

»Gehen Sie auf Tour. Sie müssten natürlich annoncieren und die Leute ermutigen, Ihnen ihre Antiquitäten zu bringen, Dinge, die bei ihnen nur herumliegen und die sie nicht wirklich brauchen oder wollen. Falls es sich dann um wertvolle Stücke handeln sollte, werden die Leute sie vielleicht verkaufen wollen.«

»Nun …«

»Sie könnten so alle kleinen Städte in der Nähe abarbeiten. Ich bin davon überzeugt, dass die Leute begeistert wären. Außerdem wäre es für Sie eine gute Reklame.«

»So etwas wäre schrecklich teuer. Und wenn die Leute ihre Sachen nicht verkaufen wollen, hätten wir den ganzen Aufwand für nichts und wieder nichts getrieben. In diesem Geschäft gibt es keinen Spielraum für Fehler, Flora.«

»Sie brauchen etwas Kapital.«

»Das weiß ich.«

Sie verkniff sich eine Frage nach Annabelles Kapital. Annabelle hätte ihr Geld mit Freuden eingesetzt, um Flora aus der Firma zu kaufen, warum also sollte sie es nicht mit der gleichen Freude benutzen, um es auf andere Weise in das Geschäft zu investieren? Bei ihrem gemeinsamen Einkaufstrip war Annabelle ihr durchaus sympathisch erschienen, aber soweit es *Stanza und Stanza* betraf, war sie eine Katastrophe.

Stattdessen sagte Flora: »Sie haben ein riesiges Haus, von dem Sie nur einen sehr kleinen Teil für das Geschäft nutzen. Wenn Sie das Gebäude verkaufen würden, hätten Sie jede Menge Kapital. Die große Halle müssten Sie ja nicht mitverkaufen.«

»Sie meinen, ich könnte Sie herauskaufen?«

Flora lächelte schwach. »Das könnten Sie, vorausgesetzt natürlich, ich wäre bereit zu verkaufen, aber darum geht es jetzt nicht. Ich wollte Folgendes sagen: Wenn Sie dieses Gebäude verkaufen und es, wenn Sie wollen, vorher in Wohnungen aufteilen, könnten Sie es sich leisten, eine Menge Geld darauf zu verwenden, *Stanza und Stanza* auf die Sprünge zu helfen.«

»Ich weiß nicht, was Annabelle davon halten würde.«

Flora gewann den Eindruck, dass dies lediglich eine Ausrede war. »Annabelle ist nicht Ihre Geschäftspartnerin! Aber ich bin es! Und wenn sie sich nicht wirklich für das Geschäft interessiert, warum sollte sie sich Gedanken darüber machen, was Sie mit dem Haus anfangen?«

»Sie macht sich ja gar keine Gedanken darüber. Tatsächlich glaube ich, dass sie die gleiche Idee hatte. Was Annabelle interessieren würde, wäre eher die Frage, was wir mit dem Geld anstellen. Und vergessen Sie nicht, Flora, sie arbeitet schon seit einer ganzen Weile für das Auktionshaus. Sie hat ein Recht darauf, ihre eigenen Meinungen zu vertreten.«

»Oh.« Flora goss ungehalten kochendes Wasser auf den Kaffee. »Wenn ich eine Dinnerparty geben soll, könnte ich eine Kaffeemühle gebrauchen. Oder einen Kaffeeautomaten oder etwas in der Art.«

»Ich werde sehen, was ich tun kann. Annabelle kann Ihnen sicher etwas leihen.«

Keiner von ihnen dachte wirklich über Kaffee oder seine Zubereitung nach. »Wollen wir den neuen Tisch einweihen und den Kaffee im Garten trinken?«, schlug Flora vor.

»Ich kann wirklich nicht lange bleiben. Annabelle erwartet mich.«

»Dann bleiben wir eben in der Küche.« Flora setzte sich und griff nach ihrer Tasse. Es war gewiss nicht leicht für Annabelle, mit einem Mann verlobt zu sein, in dessen Leben ein Geschäft eine so große Rolle spielte – noch dazu ein Geschäft, an dem sie zwar Anteil hatte, das ihr jedoch keinen Spaß machte.

»Dieses Haus ist schon sehr lange in der Familie«, bemerkte Charles.

»Ich weiß«, antwortete Flora, obwohl sie es im Grunde nicht gewusst, sondern nur vermutet hatte.

»Aber wir können es uns nicht leisten, sentimental zu sein. Wenn Annabelle …«

»Ja?«

»Wenn sie nicht bereit ist, Kapital in das Geschäft zu investieren …«

»Sie war durchaus bereit dazu, als sie mir einen Teil meiner Aktien abkaufen wollte.« Flora konnte ihren Ärger kaum unterdrücken.

»Das war etwas anderes.«

»Warum?«

»Weil Annabelle dann einen greifbaren Gegenwert für ihr Geld bekommen hätte. Sie hat in der Vergangenheit hie und da ein wenig ausgeholfen, aber es wäre keineswegs dasselbe, grundsätzlich Geld in das Geschäft zu investieren.«

Flora seufzte und nippte an ihrem Kaffee, der nicht besonders gut war. Im Grunde wollte sie gar nicht, dass Annabelle Geld in das

Familiengeschäft steckte – in diesem Fall hätte man ihr vielleicht einen leitenden Posten überlassen müssen. Doch wenn Annabelle genug investieren konnte, um *Stanza und Stanza* in die Gewinnzone zu bringen, ohne das Haus zu verkaufen, dann sollte man sie unbedingt dazu ermutigen.

»Warum erzählen Sie ihr nicht von meiner Idee, das Konzept der *Antiques Roadshow* nachzuahmen? Vielleicht wäre sie eher interessiert, wenn ihr klar wäre, dass man mit ein wenig mehr Kapital und etwas größerem Werbeaufwand auch interessantere Ware hereinbekäme.«

»Aber wenn wir das Gebäude verkaufen oder Geld darauf aufnehmen würden, könnten wir zwei Auktionshäuser kaufen. Sie gehören Leuten, die sich aus dem Geschäftsleben zurückziehen wollen. Erst neulich hat mich einer der beiden gefragt, ob ich Interesse daran hätte, seine Firma aufzukaufen. Ich musste ablehnen, doch das wäre natürlich eine gute Methode, um das Geschäft auszudehnen.«

»Reden Sie mit Annabelle darüber. Und wenn Sie schon beim Thema sind – wir sollten uns auch eine vernünftige Website zulegen. Im einundzwanzigsten Jahrhundert ist es einfach lächerlich, keine zu haben. Und vergessen Sie nicht die Anzeige in den *Gelben Seiten.*«

Charles sah Flora erschöpft an. »Wir werden uns bald einmal zusammensetzen. Sie, ich und Annabelle.«

»In Ordnung.« Es war eigentlich nicht in Ordnung. Annabelle war keine Partnerin und hatte keinen echten Anspruch, an dieser Zusammenkunft teilzunehmen. Aber wenn Charles seine Verlobte dabeihaben wollte, konnte sie ihm das kaum verwehren.

»Um einmal das Thema zu wechseln …«

»Ja? Dieser Kaffee ist grässlich, nicht wahr?«

»Ja, doch das wollte ich eigentlich nicht sagen. Ich wollte Sie fragen, ob ich einen alten Freund zu Ihrer Dinnerparty mitbringen dürfte. Ich muss dazusagen, dass es nicht meine Idee war.«

»Sondern Annabelles?«

»Ja. Sie dachte, es wäre schön für Sie, wenn Sie jemanden hätten, der Ihnen die Gegend zeigt.«

»Das ist sehr aufmerksam von ihr. Und natürlich darf er gern kommen, aber ich habe schon Henry, der mich ein wenig herumführt.«

Charles versteifte sich. »Oh ja. Natürlich. Doch Jeremy wäre weitaus besser geeignet als Henry.«

»Wirklich?« Sie hatte das dringende Bedürfnis, ihrer Mutter von dieser Geschichte zu erzählen. Ihre Mutter wusste, dass dergleichen Bemerkungen Flora unweigerlich in Henrys Arme treiben mussten.

»Ja. Er ist ein netter, verlässlicher Bursche.« Charles runzelte die Stirn, als wollte er noch etwas hinzufügen, besann sich dann jedoch eines Besseren.

»Ja?«

»Nichts.« Er stand auf. »Ich mache mich dann mal auf den Weg. Annabelle wartet sicher schon.«

Flora lächelte. »Danke, dass Sie mir die Gartenwerkzeuge gebracht haben.«

»Keine Ursache. Also dann, einen schönen Sonntag, Flora.«

Später rief sie Emma an und erzählte ihrer Freundin mit einiger Befriedigung, dass sich ihre Beziehung zu Charles deutlich gebessert habe.

Noch ein wenig steif von der Gartenarbeit, wachte Flora am Montagmorgen zeitig und voller Energie auf. William war am Abend zuvor nicht erschienen, daher hatte sie ein Bad genommen und war mit ihrem Buch früh zu Bett gegangen.

»Das muss ich öfter tun«, erklärte sie Imelda, während sie die Katze noch ein letztes Mal knuddelte, bevor sie zur Arbeit aufbrechen musste. »Ich fühle mich großartig!«

Erst als sie in die Stadt kam und ihr der geringe Verkehr auffiel, blickte sie auf ihre Armbanduhr. »Es ist erst sieben Uhr!«, stieß sie entsetzt hervor. »Ich muss gegen halb sechs aufgestanden sein! Wie kann man nur so dämlich sein? Trotzdem …« Sie drehte schwungvoll das Lenkrad. »Auf diese Weise habe ich den ganzen Hof für mich allein, um einzuparken!« Glücklicherweise hatte sie einen Schlüssel und brauchte nicht auf der Treppe zu sitzen und darauf zu warten, dass jemand sie hineinließ.

Als sie kurz darauf im Gebäude war, die Alarmanlage ausgestellt und den Kessel aufgesetzt hatte, befand sie, dass es an der Zeit sei, mit den Selbstgesprächen aufzuhören und sich stattdessen an die Arbeit zu machen. Es hatte keinen Sinn, Stunden vor Arbeitsbeginn im Büro zu erscheinen, wenn man anschließend nichts Dramatisches vorzuweisen hatte, um es zu beweisen.

Sie nippte an ihrem Tee und kehrte dann zu den Akten zurück, die darauf warteten, sortiert zu werden. Aber nachdem sie Reparaturrechnungen von mehreren Jahren in einem Ordner abgeheftet hatte, kam sie zu dem Schluss, dass der Tag zu schön war, um ihn inmitten von uraltem Staub zuzubringen. Sie ging in das Hauptbüro und sah sich um.

An ihrem ersten Tag hier war ihr der Raum schäbig erschienen. Und wenn sie schon kein Geld für eine größere Renovierung hatten, war doch eine kleine Verschönerung gewiss nicht undenkbar? An der Decke schälte sich die Tapete ab, etwas, das sie seit ihrer Ankunft hier schier in den Wahnsinn trieb.

Fest entschlossen, sicherheitsbewusst vorzugehen, räumte sie vorsichtig den Computer von einem der Schreibtische und stellte einen Stuhl auf den Tisch, sodass sie mühelos an die Tapete herankommen konnte. Sie war dankbar dafür, am Morgen eine weite Leinenhose angezogen zu haben.

Das erste Stück Tapete ließ sich wunderbar lösen, und Flora begann, über Farben nachzudenken. Ein weicher Gelbton, um Sonnenschein in den Raum zu bringen? Ein blasses Strohgelb, modisch und hell? Oder eher ein frisches Grün? Flora bohrte den Fingernagel unter den nächsten Streifen und stellte fest, dass auch dieser sich mühelos abziehen ließ.

Sie kam gut voran und zupfte gerade fröhlich vor sich hin, als sie plötzlich ein lautes Krachen hörte, gefolgt von etwas, das sich wie ein mittlerer Erdrutsch anfühlte. Staub, Gips, Tapete und ziemlich große Steinbrocken rieselten herab. Flora hatte das Gefühl, als hätte jemand einen Sack mit ziemlich klumpigem Mehl über ihrem Kopf ausgegossen. Nachdem sie kräftig gehustet hatte, verharrte sie reglos, bis der Schauer von Staub und Steinen aufhörte. »Oh, mein Gott«, entfuhr es ihr laut. »Die Tapete hat anscheinend die ganze Decke zusammengehalten.« Während sich der Staub legte, sah Flora sich um und nahm das Chaos in sich auf. Was um alles in der Welt hatte sie angerichtet? Ein großer Brocken der Decke war heruntergekommen, und ein beträchtlicher Teil der Wand war jetzt nackt. Außerdem lag eine dicke Staubschicht über allem – einschließlich der Computer. Oh nein, die Computer! Bitte, lieber Gott, mach, dass sie heil geblieben sind.

Sie sah auf ihre Armbanduhr. Halb neun. Mutlos ließ sie die Schultern sinken. Charles konnte jetzt jederzeit erscheinen. Sie musste etwas unternehmen. Panik stieg in ihr auf, und sie versuchte, sie hinunterzuschlucken.

Zuerst kletterte sie vom Tisch und holte ein Kehrblech und einen Besen, dann räumte sie so viel von dem Schutt weg, wie sie konnte. Wenn die anderen kamen, durfte es hier auf keinen Fall mehr so aussehen wie nach einem Erdbeben. Sie kippte die Trümmer in den Mülleimer, dann betrachtete sie die Tapete, die von der Decke herabbaumelte. Es war unmöglich, sie zu übersehen – oder ihr auszuweichen. Wie sehr sie auch fegte und putzte, diese Tapete würde sie verraten. Was für eine Katastrophe!

Reißzwecke? Konnte sie die Tapete damit bändigen? Nein, Reißzwecke würden all den zerbröselnden Putz niemals halten können.

Dann fiel ihr ein, dass sie in einer Schublade eine Tube Pattex gesehen hatte. Das war die Lösung! Sie konnte die Tapete wieder ankleben, die Bahnen, die sie bereits abgerissen hatte, in den Mülleimer stopfen und dann alle Spuren ihres missglückten Versuchs in Sachen Raumverschönerung vertuschen. Sie drückte fest die Daumen, dass Charles nicht allzu früh ins Büro kommen würde.

Sie stand gerade, den Kleber in der einen Hand, die Bürste in der anderen, auf dem Stuhl, der ein wenig hin und her schwankte, als die Tür hinter ihr geöffnet wurde.

»Was zum Teufel machen Sie da?«, fragte Charles laut, so laut, dass Flora zusammenzuckte und der Stuhl endgültig den Halt verlor.

Charles fing sie auf, bevor sie stürzte, aber sie hatte keine Zeit, ihm zu danken, denn er hatte bereits tief Luft geholt und angefangen zu schimpfen. »Verdammt noch mal, was haben Sie sich dabei gedacht? Wenn Sie gestürzt wären, hätten Sie sich alle Knochen brechen können!« Flora glaubte, er mache sich um sie Sorgen, und wollte ihn beruhigen, doch er donnerte weiter. »Das ganze Büro ist ein Trümmerhaufen!«

»Charles! Beruhigen Sie sich! Ich …«

»Um Gottes willen, Flora. Diese Computer sind noch nicht einmal bezahlt! Wenn irgendetwas damit passiert, sitzen wir in der Klemme, denn neue können wir uns nicht leisten.«

»Ich habe nur versucht zu helfen!«

»Versucht zu helfen? Sie haben wohl eher versucht, das ganze Unternehmen zu sabotieren! Ehrlich, Flora, ich habe genug. Je früher Sie nach London zurückkehren und uns in Ruhe unsere Arbeit machen lassen, desto besser!«

Während sie durch Charles' Arme auf den Fußboden geschlittert war, hatte Flora ein schlechtes Gewissen gehabt. Sie war töricht gewesen; sie hätte die Computer beschädigen können, und sie war bereit gewesen, sich zu entschuldigen. Aber jetzt nicht mehr.

»Wohl eher, Sie in Ihrem eigenen Misserfolg verrotten lassen! Mit diesem Geschäft geht es immer weiter bergab, weil Sie weniger Geschäftssinn haben als meine Katze!«

»Weniger Geschäftssinn als Ihre Katze! Werden Sie erwachsen, Flora. Sie benehmen sich kindisch. Sie …«

»Kindisch!« Jetzt war Flora wirklich wütend. »Wie können Sie es wagen? Von dem Augenblick an, in dem ich hier aufgetaucht bin, haben Sie sich abscheulich benommen! Sie haben nur einen einzigen Blick auf mich geworfen und befunden, ich sei einfach nur jung und dumm und nutzlos.«

»Nun, wenn der Schuh passt …«

»Und Sie waren fest entschlossen, keinen Deut auf irgendetwas zu geben, das ich sage. Sie sind so verbohrt, dass Sie sich nicht einmal vorstellen können, ein frisches Paar Augen könnte etwas sehen, das Sie nicht sehen. Ja, ich bin jünger als Sie, aber ich bin kein Kind mehr! Und ich kann tatsächlich meinen Beitrag leisten.«

»Machen Sie sich nicht lächerlich. Für Sie ist das Leben auf dem Land doch nur ein Spiel. Sie sind nichts als eine verwöhnte kleine Prinzessin, die es gewohnt ist, ihren Kopf durchzusetzen, und sobald Sie anfangen, sich zu langweilen, werden Sie Hals über Kopf nach London zurückkehren.«

Verwöhnte kleine Prinzessin? Flora konnte es nicht fassen. »Was um alles in der Welt bringt Sie auf die Idee, dass Sie mich so gut kennen? Sie wissen nichts über mich – weil Sie und Ihre verdammte Verlobte nur einen einzigen Gedanken haben: mich loszuwerden. Aber damit zerstören Sie *Stanza und Stanza* endgültig!«

»Sie haben nicht das geringste Recht, das zu sagen!«

»Oh doch, das habe ich, denn falls Sie es vergessen haben sollten, ich bin hier die Seniorpartnerin!«

Charles blinzelte erschrocken, und Flora war entsetzt über ihre Schroffheit. Das hatte sie nicht sagen wollen. »Sie sind nichts dergleichen!«, rief er. »Ihnen gehören nur zufällig mehr Aktien als mir, dank des Schnitzers eines armen alten Mannes, der unter Altersdemenz gelitten haben muss. Sonst hätte er Ihnen nämlich keinen Penny hinterlassen, geschweige denn die Hälfte eines Geschäftes!«

»Er hatte keine Altersdemenz, er war vollkommen klar im Kopf, und vielleicht hat er mir die Aktien hinterlassen, weil er wusste, was für einen beschissenen Job Sie hier machen!«

»Das bezweifle ich! Ich nehme an, er hat sich lediglich von Ihren großen braunen Augen und Ihrem hübschen Gesicht becircen lassen. Sie haben ihn manipuliert, geradeso, wie Sie jeden anderen Dummkopf manipulieren, den Sie in Ihre Krallen bekommen!«

»Wovon zum Teufel reden Sie?«

»Sie wissen ganz genau, wovon ich rede. Versuchen Sie nicht, mir das Unschuldslamm vorzuspielen, denn im Gegensatz zu den meisten anderen Leuten hier lasse ich mir keinen Sand in die Augen streuen!«

»Und ich auch nicht! Nur weil Sie der Sohn Ihres Vaters sind, halten die Frauen hier in der Gegend Sie für den lieben Gott persönlich. Nun, ich tue das nicht! Ich weiß, was für ein hoffnungsloser Geschäftsmann Sie sind.«

Schwer atmend standen sie einander gegenüber. Flora war ein wenig schwindelig, wahrscheinlich weil sie so viel Luft verbraucht hatte, um Charles anzuschreien. Sein Gesicht war gerötet, und sein für gewöhnlich wohl geordnetes Haar fiel ihm in die Stirn.

»Ich mag kein Richard Branson sein, aber zumindest bin ich nicht schuld daran, dass uns das Gebäude um die Ohren geflogen ist! Und jetzt könnten Sie bitte versuchen, diesen Schlamassel wegzuräumen, bevor Annabelle herkommt.« Und mit diesen Worten stürmte er an ihr vorbei und durch die Tür.

Flora schüttelte sich, um einen klaren Kopf zu bekommen. Die Wut verlieh ihr Flügel, und schon bald hatte sie das Büro mehr oder weniger in seinen ursprünglichen Zustand zurückversetzt. Sie schaltete beide Computer ein, und zu ihrer großen Erleichterung funktionierten sie. Aber sobald der Adrenalinzustrom verebbte, fühlte sie sich erschöpft und den Tränen gefährlich nahe. Sie ging in die Damentoilette, um sich zu waschen, dann stahl sie sich in den Laden davon und kaufte sich einen Schokoladenriegel. Schokolade enthielt irgendetwas, das einem guttat, sagte sie sich.

Im Flur begegnete sie Charles. Er blickte frostig auf sie herab. »Ich entschuldige mich, falls ich etwas Ungehöriges gesagt haben sollte«, erklärte er steif.

»Falls? Ich nehme Ihre Entschuldigung an, falls es tatsächlich eine ist«, erwiderte sie. Ihrer Meinung nach sagte man nur dann »Ich entschuldige mich«, wenn einem irgendetwas nicht im Mindesten leidtat. »Ich habe wahrscheinlich ebenfalls Dinge von mir gegeben, die ich besser für mich behalten hätte.«

Er nickte, dann stolzierte er durch den Hintereingang hinaus zu seinem Wagen. Flora verspürte plötzlich das starke Verlangen, nach Hause zu fahren und sich in ihrem Bett zu verkriechen.

Kapitel 10

Flora verbrachte den größeren Teil des Tages in einem leichten Schockzustand und beschäftigte sich mit den Akten. Dabei konnte sie zumindest keinen Schaden anrichten. Noch während Charles außer Haus war, beendete sie ihre Arbeit und verabschiedete sich flüchtig von den Angestellten. Sie war sich ziemlich sicher, dass sie alle Spuren des Vorgefallenen verborgen hatte, aber als sie nach Hause kam, sah sie, dass in ihren Haaren noch immer etliche Gipsbröckchen klebten. »Bei diesem Job kann man über Nacht weiß werden«, sagte sie zu ihrem Spiegelbild, um sich ein wenig aufzumuntern. Es funktionierte nicht; sie fühlte sich immer noch hundeelend.

Am nächsten Tag stahl sie sich ins Büro, stellte aber zu ihrer Freude fest, dass Louisa dort war, die montags frei hatte. Zumindest ihr gegenüber konnte sie sich benehmen wie immer.

»Hallo, Louisa. Hatten Sie ein schönes Wochenende?«

»Ja, danke. Mein Mann fährt samstagmorgens immer mit den Kindern schwimmen und geht mit ihnen in die Bibliothek, sodass ich eine Menge im Garten geschafft bekomme. Sie waren am Samstag hier?«

»Nur am Vormittag. Am Nachmittag bin ich mit einem Freund essen gegangen.«

»Sie haben die Schätzung übrigens hervorragend hinbekommen. Sie können also auch tippen? Das wusste ich gar nicht.«

Flora überzeugte sich davon, dass niemand sonst in Hörweite war. »Nun ja, ich kann tippen. Es ist nützlich, aber ich würde mir damit nicht meinen Lebensunterhalt verdienen wollen. Ab und an arbeite ich aushilfsweise als Schreibkraft, wenn ich nichts Interessanteres bekommen kann.«

»Was haben Sie eigentlich beruflich gemacht?« Louisa ließ sich vor ihrem Schreibtisch nieder. »Ich meine, bevor Sie hierhergekommen sind.«

Flora zuckte die Schultern. »Nichts Spezielles. Ich hatte einfach nur Jobs, keinen richtigen Beruf. Die längste Zeit, die ich in ein und demselben Job verbracht habe, waren zwei Jahre in einer Kunstgalerie. Dies hier ist bisher das Einzige, was mir wirklich Freude bereitet. Die Arbeit ist hart, aber gleichzeitig so vielfältig. An einem Tag steht eine Schätzung auf dem Programm, am nächsten ist man Porter, und am Tag danach tippt man irgendwelche Listen ab.«

Louisa schenkte ihr ein begeistertes Lächeln. »Sie können mir helfen, den nächsten Katalog abzutippen. Eigentlich sollte ich ja eine Assistentin bekommen, doch auf sie warte ich bis heute.«

Flora biss sich schuldbewusst auf die Unterlippe. »Oh, ich denke, für den Job war ursprünglich ich vorgesehen. Als ich hierherkam, wollte Charles mich überhaupt nicht im Geschäft haben, also habe ich mich um die Assistentenstelle beworben, damit er mich nicht nach London zurückschicken konnte. Und bisher habe ich Sie überhaupt noch nicht entlastet.«

»Nun ja, helfen Sie mir bei dem nächsten Katalog, dann werde ich Ihnen verzeihen. Und Sie haben die Schätzung ins Reine geschrieben.« Louisa stand von ihrem Stuhl auf und spähte aus dem Fenster. »Da kommt Annabelle. Meine Güte, sie sieht so … anders aus.«

Flora trat hastig neben sie, um zu sehen, was Annabelle angezogen hatte. Es waren der lange, hautenge fuchsienfarbene Rock und das schwarze Top mit dem V-Ausschnitt. Zwar trug sie ein schwarzes Samtband im Haar, was gegen die Regeln verstieß, aber im Großen und Ganzen sah sie gar nicht schlecht aus. »Wir waren neulich zusammen einkaufen«, erzählte Flora. »Ich habe ihr eine Runderneuerung verpasst.«

»Mein Gott! Das war aber mutig von Ihnen! Hat sie furchtbar viel Theater gemacht? Und warum um alles in der Welt hat sie Ihnen das erlaubt?« In diesem Moment verschwand Annabelle in der Eingangstür, und sie wussten, dass sie binnen Sekunden bei ihnen auftauchen würde. »Oh, da ist sie ja.«

»Annabelle, was ist das für ein Ding auf Ihrem Kopf?«, ging Flora sofort in die Offensive.

»Ich hatte ständig die Haare im Gesicht, das hat mich abgelenkt.«

»Was ist an ihrem Haar auszusetzen?«, erkundigte sich Charles, der kurz nach Annabelle eingetreten war und mit den Augen Blitze in Floras Richtung schleuderte. Er hatte ihr offensichtlich nicht verziehen.

»Das Haar ist ausgesprochen schön«, antwortete Flora, obwohl sie wusste, dass sie diesen Kampf nicht gewinnen konnte. »Aber diese Alice-Bänder sollte wirklich niemand tragen, der das Alter von *Alice im Wunderland* schon deutlich hinter sich hat.«

»Tut mir leid, Flora«, sagte Annabelle energisch. »Ich muss etwas sehen können.«

Flora seufzte. »In Ordnung. Es sieht wahrscheinlich auch ganz niedlich aus.« Sie ließ sich nur widerstrebend aus ihrer Machtposition als Modezarin verdrängen.

»Charles meinte, Sie wollen eine Besprechung?«

Was mochte Charles sonst noch gesagt haben?, fragte Flora sich. Und wie viel davon war von der Art, dass man es wiederholen konnte? »Nun ja, ich habe ein paar Ideen, die ich gern diskutieren würde.«

»O Gott«, erwiderte Annabelle mit einem resignierten Seufzer. »Ihre Ideen sind so teuer. Ich habe letzte Woche ein Vermögen ausgegeben.«

Flora rang sich ein angespanntes kleines Lächeln ab. Annabelle hatte sie gebeten, ihr Outfit auf Vordermann zu bringen, und sie selbst hatte zwei sehr teure Schlüpfer für die gute Sache gespendet.

»Man muss spekulieren, wenn man akkumulieren will«, erklärte sie mit mehr Unbefangenheit, als sie tatsächlich empfand. »Also, wann können wir unser Gespräch führen?«

Charles blickte auf seine Armbanduhr. »Ich muss nachher noch zu einem Bauernhof fahren. Wenn wir uns beeilen, können wir gleich jetzt darüber reden.« Sein Gesichtsausdruck ließ für Flora keine Zweifel offen: Wenn sie irgendetwas vorschlug, das ihm nicht gefiel, würde ihr der Einsturz der Decke vom Vortag daneben wie ein Spaziergang vorkommen.

Annabelle strich ihr neues Top glatt und enthüllte damit eine wohlkonturierte Taille. »Ich wünschte, du würdest diese Besuche bei den Bauern sein lassen! Sie sind so trostlos. Und es findet sich niemals irgendetwas dort, das auch nur annähernd von Wert wäre.«

»Annabelle, Sie werden begeistert sein von meiner Idee.« Flora hakte Annabelle unter, vollauf bereit, sie noch gründlicher zu schikanieren als während ihrer Einkaufstour in der vergangenen Woche. Wenn Charles' Voreingenommenheit gegen sie sich noch verstärkt hatte, war Annabelle ihre letzte Hoffnung.

»Wir reden im Vorstandszimmer«, entschied Charles ungeduldig und ging dann voran in den Raum, in dem Flora die beiden seinerzeit kennengelernt hatte. Flora beschloss, gleich zur Sache zu kommen, und fragte sich, ob Charles Annabelle erzählt hatte, dass er bereits in ihre Pläne eingeweiht war. »Ich dachte«, begann sie hastig, »dass wir unsere eigene *Antiques Roadshow* veranstalten könnten. Auf diese Weise ließen sich die Leute vielleicht dazu bewegen, uns ihre vergessenen Kostbarkeiten zu einer Schätzung zu bringen und sie zu verkaufen. Dadurch kämen wir an Auktionsstücke von besserer Qualität heran.«

»Flora, was für eine romantische Idee!« Mit »romantisch« meinte Annabelle in Wirklichkeit »lächerlich«. »Was Sie sich einhandeln würden, wären hunderte von Leuten mit zweifelhaften Flohmarktschnäppchen und Barbiepuppen ohne Karton. Und all diese Leute würden fragen, ob ihre so genannten Schätze bereits Sammlerwert hätten.«

Flora hatte sich genug Nachmittagsshows im Fernsehen angesehen, um zu wissen, dass das die Wahrheit war. »Nun ja, natürlich gäbe es auch solche Fälle, aber im Großen und Ganzen würde es unser Profil verbessern.«

»Wenn tatsächlich so viele Leute kämen, müssten sie stundenlang Schlange stehen«, fuhr Annabelle fort. »Charles ist der Einzige, der Schätzungen vornehmen kann. Ich bin dafür nicht qualifiziert.« Sie brachte es fertig, dies mit dem ganzen Gehabe eines Menschen vorzubringen, der erklärt, dass er weder rauche noch trinke oder irgendein anderes Laster habe.

»Andererseits ...«, bemerkte Charles und sprach bewusst Annabelle an statt Flora. »Andererseits könnte ich vermutlich Bob Butler fragen – er hat jahrelang als Auktionator gearbeitet –, ob er mir helfen würde.«

»Warum sollte er sich dazu bereit erklären?«, verlangte Annabelle zu wissen. »Er ist doch noch nicht in Rente gegangen, oder? Obwohl er etwa hundert Jahre alt sein muss. Wir stehen in direkter Konkurrenz zueinander.«

Charles zögerte kurz, bevor er antwortete. »Das ist noch etwas, worüber wir reden müssen, Liebling. Flora und ich haben das schon diskutiert.«

Wenn er es so ausdrückte, konnte er unmöglich von ihrem Streit sprechen, dachte Flora mit einiger Erleichterung.

»Wie ich schon sagte, wenn Flora ihre Finger im Spiel hat, kommt die Sache teuer«, wiederholte Annabelle, als wollte sie auf diese Weise sichergehen, dass Charles Flora als extravagante Dilettantin betrachtete, die die Firma nur Geld kostete.

»Ich hätte auch eine viel billigere Idee. Wir könnten Geoffrey bitten, bei den Schätzungen zu helfen«, schlug Flora vor und biss sich dann auf die Unterlippe.

»Aber er ist nur ein Porter!«, protestierte Annabelle.

»Nicht ›nur ein Porter‹«, widersprach Flora ihr. »Er hat früher als Händler gearbeitet und ist äußerst erfahren.«

Charles schürzte die Lippen. Offensichtlich widerstrebte es ihm, Flora in irgendeinem Punkt Recht zu geben. »Wenn wir Geoffrey einsetzen würden, könnten wir mit den Touren sofort anfangen«, räumte er unwillig ein.

»Nun ja, wenn du darauf bestehst, ihm einen Vollzeitvertrag zu geben, könnte er genauso gut etwas für sein Geld tun«, meinte Annabelle.

»Dann denken Sie also, solche Tourneen wären eine gute Idee?« Wenn sie nicht noch immer unter dem Schock ihres Streits mit Charles gestanden hätte, hätte Flora vielleicht vor Freude in die Hände geklatscht.

»Wie genau funktionieren diese Shows eigentlich?«, fragte Annabelle, die aus allen Poren Skepsis verströmte.

»Also«, erklärte Flora, »wir mieten irgendwo einen Raum an, sofern wir nicht gerade in Bishopsbridge sind, und wir rühren die Werbetrommel. Die Leute werden in Scharen herbeiströmen, um uns ihre Wertgegenstände zu zeigen, die wir anschließend verkaufen.«

»Ich denke, ›in Scharen‹ werden sie vielleicht nun doch nicht kommen, Flora«, warf Charles ein.

»Oh. Na schön. Wahrscheinlich ist es das Fernsehen, das so viele Leute anzieht.« Sie verfiel in Schweigen, doch das Wort »Fernsehen« hatte sich tief in ihrem Gehirn verwurzelt. Bisher war ihr diesbezüglich noch nichts Konkretes eingefallen, aber sie war bereit, Geduld zu haben.

»Ich nehme an, es ist keine schlechte Idee«, bemerkte Annabelle.

»Flora hat auch angeregt, die Verwendung der Gebäude noch einmal neu zu überdenken«, warf Charles ein. Offensichtlich reagierte er deshalb so schnell, weil er verhindern wollte, dass Annabelle eine von Floras Ideen billigen könnte.

»Was soll das heißen?« Annabelle saß plötzlich sehr aufrecht auf ihrem Stuhl.

»Flora denkt, wir sollten das Haus verkaufen und das Geld dazu benutzen, etwas Kapital in das Geschäft fließen zu lassen.«

Annabelle schwieg einige Sekunden lang. »Ich sehe natürlich ein, dass es ein wenig verschwenderisch wirkt, im ganzen Haus nur die wenigen Büroräume zu nutzen – aber da wäre auch noch Charles' Wohnung im obersten Stockwerk.«

»Wir könnten das Gebäude auch in Wohnungen aufteilen, dann könnte Charles seine Wohnung behalten. Außerdem, warum braucht er eigentlich eine Wohnung? Sie leben doch zusammen.«

»Das Haus gehört Annabelle«, erklärte Charles mit Nachdruck. »Ich hätte gern irgendwo etwas, das mir gehört.«

»Wenn wir das täten«, überlegte Annabelle laut, ohne auf Charles' Bemerkung einzugehen, »könnten wir ein anderes Haus kaufen und damit dann dasselbe tun. Bishopsbridge ist eine aufstrebende Stadt – inzwischen praktisch im Pendlergürtel von London, hat das Musikfestival …«

»Ich dachte, wir sollten das Geld in das Geschäft investieren, in das Auktionshaus«, fuhr Flora auf. Annabelle sog scharf den Atem ein. »Womit wir lediglich gutes Geld schlechtem hinterherwerfen würden. Es wird langsam Zeit, dass Sie das begreifen. Mit dem Auktionsgeschäft kann man kein Geld verdienen.«

»Nicht viel, das gebe ich zu«, sagte Charles, der sich nun gezwungen sah, auf Floras Seite überzuwechseln. »Aber wir geben einer Menge Leute Arbeit, und die Halle wird praktisch von der ganzen Gemeinde genutzt.«

»Ach, wach doch endlich auf, Charles! Du kannst ein Geschäft, mit dem es stetig bergab geht, nicht nur deshalb weiterführen, weil Rentner und Kinder die Halle nutzen! Dieses Gebäude wäre ein absolutes Vermögen wert, wenn man es aufteilen und verkaufen würde! Es würde noch mehr Geld bringen als das Haus hier.«

Flora öffnete den Mund, um zu fragen, wie viele Wohnungen in großen Häusern eine Stadt wie Bishopsbridge wirklich benötigte, aber dann besann sie sich eines Besseren. Dies war eine Angelegenheit, die Charles und Annabelle unter sich entscheiden mussten.

»*Stanza und Stanza* ist ein sehr altes, etabliertes Geschäft, und obwohl ich bereit bin, den Verkauf dieses Hauses in Erwägung zu ziehen oder es in Wohnungen aufzuteilen, um Kapital in die Hände zu bekommen, werde ich nicht einmal daran denken, die Halle zu verkaufen.« Charles wirkte sehr entschlossen.

»Ich finde, du bist verrückt. Du lässt dich von Sentimentalitäten beherrschen«, schimpfte Annabelle.

»Es tut mir leid, dass du so denkst, aber ich werde, was das betrifft, keinen Millimeter nachgeben.«

Die beiden sahen einander an. Flora hatte das Gefühl, sie hätte den Raum schon vor einigen Minuten verlassen sollen, aber dafür war sie natürlich viel zu neugierig. Jetzt gab sie den beiden Zeit, sich einige Sekunden lang anzustarren, bevor sie sich räusperte.

»Also«, meinte sie. »Wir könnten die erste Show veranstalten, ohne irgendetwas verkaufen zu müssen. Eine Annonce in der Zeitung wird uns nicht in den Ruin treiben, oder?«

»Wahrscheinlich nicht«, erwiderte Annabelle.

»Und dasselbe gilt für eine Website«, fügte Flora hinzu, um die Gunst der Stunde zu nutzen.

Annabelle drehte sich zu Flora um. »Haben Sie kein Geld, das Sie in das Geschäft investieren könnten? Schließlich gehört es zur Hälfte Ihnen.«

»Leider nicht.« Sie glaubte nicht, dass dies der richtige Zeitpunkt war, um Annabelle daran zu erinnern, dass ihr eine Spur mehr als die Hälfte gehörte.

»Was ist mit Ihrem Vater? Könnten Sie ihn nicht um etwas Geld bitten?«

Flora war entrüstet. »Nein, das könnte ich nicht! Ich habe gerade erst ein Erbe angetreten, um Himmels willen! Ich werde Dad nicht fragen, ob er Geld in ein Geschäft stecken will, das verdammt noch mal in der Lage sein müsste, mit Gewinn zu arbeiten!«

»Oh«, murmelte Annabelle. »Ich weiß mit Sicherheit, dass mein Vater mir nur allzu gern ein wenig Kapital zur Verfügung stellen würde, wenn ich ihn darum bäte.«

»Nun, das freut mich für Sie, Annabelle«, versetzte Flora, immer noch wütend. »Aber ich werde ihn trotzdem nicht fragen.«

»Also werden wir es mit der Roadshow versuchen«, warf Charles ein, um die Wogen ein wenig zu glätten. »Flora, Sie verfassen die Annonce, und ich werde Geoffrey fragen, ob er mir bei den Schätzungen helfen würde.«

»Und Bob Butler?«, warf Flora ein. »Vielleicht ist er ja ebenfalls bereit zu helfen?«

»Ich glaube kaum, dass das notwendig sein wird, Flora«, erklärte Annabelle gehässig. »Das Einzige, was uns diese Aktion eintragen wird, sind zwei beschädigte Staffordshire-Figürchen und ein falscher Steiff-Bär.«

Flora lächelte fein. Sie würde hunderte von Leuten zusammentrommeln, und wenn sie dafür ihren Körper verkaufen musste!

»Nun gut«, murmelte Charles angespannt und blickte auf seine Armbanduhr. »Ich muss los.«

Als die beiden Frauen allein waren, sagte Annabelle: »Ich freue mich übrigens wirklich auf Ihre Dinnerparty. Haben Sie schon ein Datum festgelegt?«

Flora konnte nicht fassen, dass Annabelle so schnell das Thema wechselte. »Ich muss zuerst noch klären, wann Emma kommen kann«, antwortete sie vorsichtig.

»Und haben Sie noch irgendetwas über diesen Mann herausgefunden? Warum er in Ihrem Garten war?«

»Das habe ich allerdings! Ich hatte Recht – er ist ein Freund von Emma; die beiden kennen sich von der Universität. Sie hat ihm erzählt, wo ich bin, und er wollte mich besuchen, nur dass ich natürlich nicht zu Hause war.«

»Aha«, murmelte Annabelle. »Haben Sie ihn inzwischen noch einmal wiedergesehen?«

»Er ist weggefahren, aber bis zur Dinnerparty müsste er eigentlich wieder zu Hause sein.«

»Oh, schön.«

»Allerdings müsste ich vorher einen Esstisch haben.«

»Ich werde mich darum kümmern«, versprach Annabelle. »Und hat Charles gefragt, ob er Jeremy einladen darf?«

»Ja, aber ich bin mir nicht sicher ...«

»Gut.« Sie lächelte und wirkte plötzlich erfrischend mädchenhaft. »Ich muss mir überlegen, was ich anziehen werde.«

»Wofür? Für das Klassentreffen?«

Annabelle legte die Stirn in Falten. »O ja! Dafür muss ich mir auch etwas überlegen. Aber zuerst einmal für die Dinnerparty.«

Flora nickte vage. Eine von ihnen schien irgendwie den Faden zu verlieren, und sie hatte den unangenehmen Verdacht, dass sie selbst es war.

Die nächsten beiden Wochen vergingen wie im Flug. Die Kätzchen schienen täglich zu wachsen, und es konnte jetzt jeden Tag so weit sein, dass sie ihre eigene Beute erlegten und in ihre Höhle schleiften. Flora war zwei Mal nach der Arbeit mit Henry auf einen Drink ausgegangen. Je häufiger sie ihn sah, desto mehr mochte sie ihn, obwohl sie trotz seiner offenkundigen Reize – und er war ein ausnehmend attraktiver Mann – nicht davon überzeugt war, dass es zwischen ihnen hinreichend knisterte, um mehr miteinander zu teilen als ein wenig Spaß. Und Flora war sich ziemlich sicher, dass er genauso empfand. Er neigte prinzipiell dazu, heftig zu flirten, und er war gewiss ziemlich beharrlich – schmeichelhaft beharrlich, um genau zu sein –, doch sie hielt es für höchst wahrscheinlich, dass er sich vielen Frauen gegenüber so benahm, was sie in gewisser Weise erleichterte. Trotzdem ging sie auf Nummer sicher und schob den Dingen von vornherein einen Riegel vor: Sie hatte all seine Einladungen zum Essen abgelehnt und hielt sich an zwanglose Drinks und einfache Mahlzeiten im Pub, wo sie selbst bezahlen konnte und das Treffen nicht allzu sehr den Charakter eines Rendezvous annahm. Sie wollte auf keinen Fall, dass er ihre Signale falsch deutete. Und wenn sie wirklich ehrlich war, machte ein Umstand, der mit Henry herzlich wenig zu tun hatte, durchaus einen Teil des Reizes dieser Verabredungen aus: Je häufiger sie mit Henry ausging, desto mehr ärgerte sich Charles darüber.

Er hatte Flora unglücklicherweise noch immer nicht verziehen. Wenn er ihr früher gelegentlich einmal einen kurzen Blick auf einen netteren, menschlicheren Charles gegönnt hatte, so war diese Seite seines Wesens jetzt vollkommen verschwunden. Oder zumindest verschwand sie, sobald Flora den Raum betrat. Er sprach nur dann mit ihr, wenn entweder äußerste Notwendigkeit oder Höflichkeit ihn dazu zwangen, und höflich war er immer, auf eine eisige, penible Art. So unerfahren Flora war, blieb ihr daher nichts anderes übrig, als die Roadshow mehr oder weniger allein zu organisieren. Wenn sie noch miteinander gesprochen hätten, hätte sie sich vielleicht einreden können, dies sei ein Zeichen von Vertrauen seinerseits, doch wie die Dinge lagen, war offensichtlich, was er von ihr wollte – und erwartete: Sie sollte scheitern.

Schlimmer als alles andere waren jedoch die schrecklichen Gewissensbisse wegen all der Dinge, die sie während ihres Streits gesagt hatte. Wie hatte sie ihm nur die Tatsache unter die Nase reiben können, dass sie mehr Anteile besaß als er? Sie hatte sich abscheulich und kindisch benommen, und sie schämte sich furchtbar deswegen.

Und jetzt hing die Dinnerparty wie ein Damoklesschwert über ihr. Das Datum war bereits festgelegt, obwohl Emma noch immer nicht genau sagen konnte, wann sie kommen würde.

Flora schrieb gerade am Computer des Büros eine weitere flehentliche E-Mail an Emma, als Annabelle eintrat, die, egozentrisch wie sie war, von den Spannungen zwischen ihrem Verlobten und seiner Cousine nichts bemerkt hatte.

»Sie tippen aber unheimlich schnell! Niemand hat mir erzählt, dass Sie das können.«

»Nein, ich tippe ja gar nicht wirklich! Ich trainiere lediglich meine Finger. Das ist gut für die Nägel.« Flora überprüfte ihre Nägel, um festzustellen, ob sie ihren Geschwindigkeitsrausch auf der Tastatur wirklich überlebt hatten.

»Oh, Flora! Wie kann man nur so eitel sein!«, meinte Annabelle mit erfreulicher Leichtgläubigkeit. »Ich bin nur reingekommen, um Sie daran zu erinnern, dass Sie noch die Zeitungsannonce wegen der Roadshow aufgeben müssen. Die Annonce muss noch heute rausgehen, sonst kann sie diese Woche nicht mehr erscheinen. Charles und ich sind übereingekommen, dass übernächste Woche Mittwoch ein guter Termin wäre. Fast zwei Wochen Vorlaufzeit müssten eigentlich genügen, meinen Sie nicht auch? Denken Sie, dass wir die große Halle benötigen werden? Oder würde auch die kleine Halle im hinteren Teil des Gebäudes reichen, in der sich die Spielgruppe trifft? Wenn ja, müssen wir ihnen rechtzeitig Bescheid geben.«

»Dann sind mittwochs also keine Gruppenstunden?«

»O doch, die Gruppe trifft sich jeden Tag, es sei denn, es findet eine Auktion statt. Die Roadshow würde als Auktion durchgehen. Es steht in ihrem Mietvertrag, dass sie diesen Raum nicht benutzen können, wenn wir ihn benötigen.«

Flora dachte an all die Mütter und Kinder, denen es Unannehmlichkeiten bereiten würde, wenn sie nicht zu der Spielgruppe gehen könnten. Daher sagte sie mit mehr Überzeugung, als sie empfand: »Oh, wir werden eindeutig die große Halle brauchen. Die benutzt mittwochs doch niemand, oder?«

»Tagsüber nicht, nein. Aber das sollte auf unsere Entscheidung keinen Einfluss haben. Die Halle gehört uns. Wir sollten den Raum benutzen, den wir benötigen.«

»Sie scheinen jedenfalls ganz scharf auf die Idee zu sein«, bemerkte Flora, die sich darüber freute, dass ihre Idee sich solcher Beliebtheit erfreute, auch wenn sie nicht als die ihre anerkannt wurde.

Der Ausdruck »ganz scharf« gehörte im Zusammenhang mit dem Auktionshaus zwar nicht zu Annabelles Vokabular, aber sie zuckte nur die Schultern. »Nun ja, man kann nie wissen. Es schadet nichts, der Sache eine Chance zu geben. Allerdings glaube ich nicht, dass viele Leute kommen werden.«

»Ich kümmere mich dann jetzt besser mal um die Anzeige«, erklärte Flora. Sie wandte sich von Annabelle ab und öffnete emsig ein neues Dokument. Als sie wieder allein war, dachte sie schuldbewusst an die Annonce, die sie bereits verfasst und an sämtliche Lokalzeitungen in der Grafschaft verschickt hatte. Außerdem hatte sie Poster entworfen und war damit durch die ganze Stadt gelaufen, um in den Geschäften darum zu bitten, sie aufhängen zu dürfen. Sie war fest entschlossen, diese Halle mit Menschen zu füllen, die sich nichts sehnlicher wünschten, als ihre Familienerbstücke zu verkaufen.

Auf dem Heimweg klingelte ihr Handy. Ohne hinzusehen, wusste sie, dass es Emma war, und sie bog in eine Parkbucht ein, um den Anruf entgegenzunehmen. Der Empfang war dort jedenfalls besser als in ihrem Cottage. Emma brachte zuerst einen ganzen Haufen Gründe vor, warum sie am übernächsten Wochenende unmöglich nach Bishopsbridge fahren könne, aber schließlich sagte sie: »Na ja, es hört sich so an, als würden wir eine Menge Spaß haben. Dave wird es allerdings nicht gefallen, wenn ich ihm erzähle, dass er nicht eingeladen ist.«

»Es wird ihm guttun, wenn du zur Abwechslung mal etwas ohne ihn unternimmst«, meinte Flora hoffnungsvoll.

»Hm«, murmelte Emma. »Ich frage mich nur, was ich anziehen soll.«

»Ich frage mich, was ich kochen soll!«

»Oh, zerbrich dir deswegen heute nicht den Kopf. Es sind ja noch zwei Wochen bis dahin. Aber Kleider – darüber muss man länger nachdenken.«

Während Flora ihre Heimfahrt fortsetzte, kam ihr der Gedanke, dass das Landleben sie bereits verändert hatte. Vor nicht allzu langer Zeit hätte sie Emmas Prioritäten durchaus geteilt. Aber vor nicht allzu langer Zeit hatte sie auch wie Emma Zugang zu wunderbaren kleinen Läden gehabt, in denen man Mahlzeiten kaufen konnte, die sich ohne weiteres als selbst zubereitet ausgeben ließen. Hier unten war »Bewirtung light« keine Option. Hier bedeutete es schlicht und einfach harte Arbeit, Gäste zu haben.

Als sie wieder zu Hause war, rief sie Henry an. Er hatte zwei Nachrichten auf ihrem Anrufbeantworter hinterlassen, und sie wollte ihn zu der Dinnerparty einladen. Er würde unterhaltsam sein, die Weinflaschen öffnen und dafür sorgen, dass alle glücklich waren, und wenn es Charles nicht gefiel, nun, das war dann sein Problem.

»Hallo, du«, sagte er, als er ihre Stimme hörte.

»Selber hallo«, antwortete sie lächelnd. Er hatte eine schöne Stimme und war wohltuend friedfertig.

»Hast du Lust, auf einen Drink rüberzukommen?«

»Ein Drink wäre wunderbar. Außerdem kann ich ein wenig fröhliche Gesellschaft gut gebrauchen. Im Büro ist es in letzter Zeit so hektisch.«

»Hm, wie wäre es dann gleich mit einem Abendessen?«

»Oh, gut, dass du von Abendessen sprichst!«, wich Flora seiner Einladung wohlgemut aus. »Ich wollte dich fragen, ob du Lust hast, zu meiner Dinnerparty am übernächsten Wochenende zu kommen.« Sie drückte sich die Daumen.

»Oh. Gerade dann werde ich nicht da sein.«

Flora ließ entmutigt die Schultern sinken. »Wie kannst du einfach nicht da sein? Lässt sich das nicht ändern?«

Henry kicherte. »Ich fürchte, nein, aber ich könnte dich stattdessen heute Abend zum Essen ausführen.«

»Das ist nicht dasselbe!«, antwortete Flora mürrisch, obwohl sie wusste, dass ihre Reaktion unvernünftig war.

»Nein. Von meinem Standpunkt aus ist es weit besser.«

Flora war plötzlich sehr müde. »Bist du dir sicher, dass du zu meiner Dinnerparty nicht kommen kannst?«

»Ganz sicher. Ich fahre zu einer großen Konferenz in der Schweiz; die kann ich unmöglich sausen lassen, und ändern kann ich den Termin auch nicht. Tut mir leid.« Er hielt inne. »Aber ich könnte dich zu einem sehr schönen Steak und frisch zubereiteten Pommes frites einladen.«

»Das klingt sehr verführerisch, doch heute Abend bin ich einfach zu müde.«

»Vor ein paar Sekunden warst du noch nicht müde.«

»Ich weiß, aber jetzt bin ich es. Können wir das morgen nachholen?«

»Was, Steak und frisch zubereitete Pommes frites? Aber sicher.«

»Ich meinte den Drink. Ich gehe lieber aus, wenn ich vorher nicht zu Hause war. Das ist wie mit dem Fitnessstudio.«

»Was?«

»Oh, egal. Wollen wir uns morgen um sechs im ›Fuchs mit den Trauben‹ treffen?«

»Wunderbar. Und ich werde versuchen, dich auch zum Dinner zu überreden.«

»Wir werden sehen, ja?«

Als Flora den Hörer auflegte, fragte sie sich, ob sie Henry mit ihrer Ablehnung seiner Einladung vielleicht unterbewusst dafür bestrafen wollte, dass er nicht zu ihrer Dinnerparty kam. Aber dann entschied sie, dass sie im Augenblick einfach nicht genug emotionale Energie für eine tiefer gehende Beziehung aufbrachte. Trotzdem machte es Spaß, mit ihm zusammen zu sein, und es tat ungeheuer gut, ein wenig Zeit mit jemandem zu verbringen, der ihr nicht pausenlos mit Missbilligung begegnete.

Flora hatte sich das Leben auf dem Land nicht ganz so betriebsam vorgestellt, doch jetzt fragte sie sich, wie sie alles zusammen schaffen sollte, ihre Chorproben, Henry und ihre Arbeit im Auktionshaus – zu der auch ein ganz klein wenig Renovierung gehörte. Darum kümmerte sie sich eines Abends nach der Arbeit, wobei sie diesmal sehr vorsichtig zu Werke ging.

Am Morgen danach ertappte Charles sie bei einem Gähnen und fragte säuerlich: »Es ist gestern Abend wohl spät geworden mit Henry, ja?«

Flora schenkte ihm ein sehr ironisches Lächeln, antwortete jedoch nicht; es bereitete ihr ein diebisches Vergnügen, dass Charles weder die frisch instand gesetzte Decke noch die Farbe auf ihren Fingernägeln bemerkt hatte.

Außerdem war der Chor plötzlich auf die Idee gekommen, alle Mitglieder einer Stimmprobe zu unterziehen. Geoffrey musste Flora praktisch mit Gewalt zu der Probe schleifen.

»Das wird in jedem Chor von Zeit zu Zeit gemacht«, beharrte er. »Das ist nur vernünftig. Aber keine Bange, die Proben sind keine große Sache. James wird nichts Furchtbares von Ihnen verlangen, ehrlich.«

Obwohl man sie wider Erwarten nicht aufforderte, den Chor sofort zu verlassen (tatsächlich machte James ihr sogar ein ernsthaftes Kompliment für ihre zwar nicht besonders volle, aber melodische Stimme), bekam Flora noch Tage danach schweißnasse Hände, wenn sie nur daran dachte.

Wäre William nicht gewesen, der an seinen Platz auf dem Sofa zurückgekehrt war, wären Imelda und die Kätzchen beinahe vernachlässigt worden. Als Flora am folgenden Freitag nach Hause fuhr, plante sie ein sehr ruhiges Wochenende – die Alleinverantwortung für die Organisation der Roadshow zusätzlich zu allem anderen hatte sie erschöpft – und lehnte sogar Henrys Einladung ab, am Sonntag gegen Mittag zusammen etwas zu trinken. Wenn das Wetter hielt, würde sie ein wenig im Garten arbeiten, viel lesen und sich reichlich Zeit für ein Schläfchen zwischendurch gönnen.

Geoffrey hatte andere Ideen. Er rief sie am späten Samstagabend an. »Morgen findet ein guter Flohmarkt statt.«

»Ach ja?«, gab Flora ohne große Begeisterung zurück.

»Edie und ich gehen hin, und wir haben die Absicht, Sie mitzunehmen.«

»Ach ja?« Flora war noch immer ein Neuling, was das Landleben betraf, doch selbst sie wusste, dass Flohmärkte sehr früh anfingen und dass Geoffrey wahrscheinlich als einer der Ersten dort sein wollte.

»Können Sie um sieben Uhr hier sein? Wir fahren dann mit meinem Wagen.«

Allein bei dem Gedanken daran musste sie gähnen. »Geoffrey, ich bin schrecklich müde. Ich hatte gehofft, den Sonntagvormittag im Bett verbringen zu können.«

»Das ist ein wertvoller Teil Ihrer Ausbildung, junge Frau. Wenn wir gerade eine Auktion haben, werde ich niemals die Zeit finden, Ihnen viel beizubringen. Ein Flohmarkt dagegen, noch dazu ein guter, ist eine hervorragende Möglichkeit, Ihr Auge zu schulen. Wer weiß, vielleicht kaufen wir ja sogar einige Dinge für die nächste Auktion. Und verdienen ein bisschen Geld.«

Flora seufzte tief. »Okay. Um sieben Uhr bei Ihnen zu Hause. Morgen. Sonntagmorgen. Wenn jeder vernünftige Mensch noch schläft.«

Flora ging extrem früh zu Bett und überließ es William, unten den Abwasch zu erledigen – da das Wetter immer noch schön war, wollte er später im Wald schlafen. Flora kümmerte es nicht mehr, was er tat. Obwohl sie sich meistens über seine Gesellschaft freute – und noch mehr über seine Kochkunst –, fand ein kleiner Teil von ihr, dass er ihr unwissentlich eine Menge Arbeit bescherte. Wenn Annabelle ihn nicht bei seinen nackten Mätzchen entdeckt hätte, müsste Flora jetzt nicht über ein Essen mit etlichen Leuten nachdenken, die sie gar nicht kannte und die sie wohl obendrein ohne einen Esstisch würde bewirten müssen.

Kapitel 11

Am Sonntagmorgen quälte Flora sich um sechs Uhr aus dem Bett und sah, dass das Wetter sich geändert hatte. Statt des nebligen Sonnenaufgangs, der ihren kleinen Garten und die Felder und Wälder dahinter so oft in vielversprechendes goldenes Licht getaucht hatte, begrüßte sie dichte Bewölkung, und es sah nach Regen aus. Sie beschloss, Jeans und Slippers anzuziehen. Ein Flohmarktbesuch bedeutete immer eine Menge Lauferei.

»Wie geht es den Kätzchen?«, erkundigte sich Edie, sobald sie Flora sah. »Haben sie schon die Augen geöffnet?«

»Ja. Sie stehen jetzt weit offen, aber am Anfang waren sie nur kleine, schwarze Schlitze. In meinem Buch stand, dass Katzenkinder die Augen mit etwa zwölf Tagen öffnen, und ich habe mir furchtbare Sorgen gemacht, dass meine Kätzchen es vielleicht nicht rechtzeitig schaffen würden.« Als Flora sich so reden hörte, hatte sie eine plötzliche Ahnung, wie sich neurotische Mütter fühlten. »Aber eines Morgens bin ich aufgewacht, und da lagen die Kätzchen und spähten zu mir herüber. Sie sind wirklich süß. Sie müssen sie sich unbedingt ansehen.«

»Es bereitet Ihnen sicher Sorgen, dass Sie sie den ganzen Tag über allein lassen müssen.«

»Hm. Ein bisschen beunruhigend ist das schon. Aber Imelda ist eine sehr gute Mutter. Sobald eins der Kätzchen maunzt, kümmert sie sich sofort um ihr Junges.« Obwohl sie Edie nicht direkt anlog, kam sie sich doch unehrlich vor. Wenn die Dinnerparty erst vorüber war, so hoffte sie, würde sie aufrichtiger mit Williams Anwesenheit im Haus und seiner Rolle als Tagespfleger für Imelda umgehen können.

»Hört auf zu tratschen, ihr zwei, und steigt in den Wagen«, drängte Geoffrey.

»Flora hat mir von den Kätzchen erzählt«, verteidigte sich Edie.

»Für den Fall, dass Sie echten Tratsch hören wollen: Haben Sie schon von der Roadshow erfahren?« Flora setzte sich auf die Rückbank des Wagens.

»Nein. Was ist eine Roadshow?«, fragte Geoffrey.

»Ich kann nicht fassen, dass Charles Ihnen nicht davon erzählt hat!«, rief sie, nachdem sie es erklärt hatte. »Sie werden einer der Schätzer sein! Das hat Charles gesagt.«

»Wirklich! Ich wette, das hat Ihrer Ladyschaft gar nicht gefallen«, meinte Edie.

»Hm, nein«, gab Flora zu. »Aber sie findet, dass Geoffreys Gehalt sich auf diese Weise besser bezahlt macht und dass wir wahrscheinlich ohnehin nicht allzu viel Zulauf haben werden. Ich glaube das allerdings nicht. Ich habe bereits Virginias Tochter gebeten, irgendwie eine Annonce ins Web zu setzen und uns eine eigene Website zu erstellen.«

»Hm. Das ist wahrscheinlich eine gute Idee«, entgegnete Geoffrey zweifelnd.

»O ja, das ist es. Glauben Sie mir. Und können Sie unterwegs vielleicht an einem Geldautomaten anhalten? Wenn ich irgendetwas kaufen will, werde ich Geld brauchen.«

Flora tippte ihre Pin-Nummer ein und wartete auf die Anzeige ihres Kontostands. Währenddessen versuchte sie, sich daran zu erinnern, an welchem Tag des Monats die Mieter ihre Miete bezahlten. Sie hatte es bewusst so eingerichtet, dass die Überweisung einige Tage vor ihrem Dauerauftrag an ihre Eltern erfolgte. Als ihr Kontostand auf dem Bildschirm angezeigt wurde, runzelte sie die Stirn und kam zu dem Schluss, dass sie einen Ausdruck benötigte. Anscheinend war sie nur um Haaresbreite davon entfernt, ihren Dispokredit zu überschreiten. Wie war das möglich, nachdem sie in der letzten Zeit kaum einen Moment zum Atmen gehabt hatte, geschweige denn zum Geldausgeben?

Da Geoffrey und Edie im Wagen auf sie warteten, konnte sie nicht sofort irgendwelche größeren finanziellen Entscheidungen treffen und hob nur die dreißig Pfund ab, die sie noch von ihrem Limit trennten. Als der Geldautomat ihr gehorsam ihre Karte zurückgab, murmelte sie ein von Herzen kommendes »Danke«. Erst als sie die Neuigkeiten schwarz auf weiß gedruckt sah, fiel ihr wieder ein, wie nahe sie bei ihrer Ankunft in Bishopsbridge bereits an ihrem Dispolimit gewesen war. Die kleine Einkaufsorgie mit Annabelle hatte sie gefährlich nahe an den Rand der Armut gebracht.

Mit einem sonnigen Lächeln, mit dem sie ihr Entsetzen zu verbergen hoffte, stieg sie wieder in den Wagen. Dann schmiedete sie im Geiste hektisch Pläne, die sie genauso hektisch wieder verwarf. Zunächst einmal nahm sie sich vor, irgendetwas Wundervolles auf dem Flohmarkt zu entdecken, das praktisch nichts kostete, und es bei der nächsten Auktion weiterzuverkaufen. Die Idee an sich war in Ordnung, nur dass in nächster Zeit keine Auktion anstand. Es war also ein Langzeitplan. Eine Erhöhung der Miete für ihre Wohnung schien auch nicht infrage zu kommen. Sie erwog sogar die Möglichkeit, das Cottage leer zu räumen und die Sachen zum Flohmarkt zu schaffen, um festzustellen, wie viel sie dafür bekommen konnte.

Aber auch dieser Einfall half ihr nicht weiter, denn zum einen hätten die Sachen unmöglich alle in den Landrover gepasst, und zum anderen gehörten sie zum großen Teil ohnehin Annabelle. Als letzte Möglichkeit blieb ihr – obwohl schon der Gedanke daran schwer erträglich war –, Charles um den Lohn zu bitten, den sie verdient hätte, wäre sie eine reguläre Büroassistentin. Er hatte selbst gesagt, dass die Bezahlung mies sei, aber sie würde genügen müssen.

Wäre die Dinerparty nicht gewesen, hätte sie sich nicht gar so große Sorgen gemacht. Flora biss sich auf die Unterlippe. »Ob

Mum wohl ein Rezept für Kaninchenbraten hat, das sie mir geben könnte?«, überlegte sie laut.

»Wie bitte?«, wollte Edie vom Beifahrersitz wissen. »Haben Sie etwas gesagt?«

»Nein, eigentlich nicht. Ich habe mich nur gefragt, wie weit es noch ist.«

»Es dauert jetzt nicht mehr lange. Ihnen ist doch nicht übel, oder?«

Flora war tatsächlich ein wenig übel, aber sie glaubte nicht, dass es etwas mit den Schaukelbewegungen des Wagens zu tun hatte. »Mir geht es gut«, erklärte sie unbefangen, auch wenn das ganz und gar nicht der Wahrheit entsprach.

»Es handelt sich offensichtlich um einen sehr beliebten Flohmarkt«, sagte Geoffrey, als sie sich zum Parken hinter eine lange Reihe anderer Fahrzeuge einordneten. »Der Wetterwechsel hat die Leute nicht abgeschreckt.«

»Es regnet ja auch gar nicht«, meinte Edie. »Regen ist das Einzige, was bei einem Flohmarkt wirklich stört.«

»Hm, ich hoffe, es sind nicht nur Hausfrauen hier, die ihren Ballast loswerden wollen«, murmelte Geoffrey.

»Was ist daran so schlecht?«, wollte Flora wissen.

»Im Prinzip nichts«, räumte Geoffrey ein, da er spürte, dass Flora einiges Verständnis für Leute aufbrachte, die ihren Haushalt entrümpeln wollten. »Aber sie bieten meistens modernen Kram an, nichts, das auch nur den geringsten Wert hätte. Dafür braucht man die kleinen Händler, Leute, die irgendwelche Dinge für ein paar Pennys auf Flohmärkten erstehen und sie nur allzu gern für zwei oder drei Pfund weiterverkaufen.«

Edie seufzte. »Geoffrey ist der Meinung, dass all die Fernsehsendungen über Antiquitäten den Profis den Markt ruinieren. Die Leute wissen inzwischen alle, dass sie auf die Unterseite ihrer Besitztümer sehen müssen, um nach Stempeln und Herstellernamen Ausschau zu halten.«

Da eben diese Fernsehsendungen die Quelle des geringen Wissens waren, das Flora besaß, antwortete sie nicht.

Als sie den Wagen endlich abgestellt und den langen Weg bis zum Flugfeld, wo der Markt stattfand, hinter sich gebracht hatten, herrschte dort bereits geschäftiges Treiben. »Wir müssen methodisch vorgehen«, erklärte Geoffrey. »Um sicherzustellen, dass wir auch wirklich jeden Stand besuchen.«

»Ein Glück, dass ich bequeme Schuhe angezogen habe«, murmelte Flora, die plötzlich den starken Wunsch verspürte, wieder ins Bett zu gehen.

Der erste Stand war ein Hamburger-Wagen, an dem man neben warmen Speisen auch Kaffee und Tee bekommen konnte.

»Lasst uns eine Tasse Tee mitnehmen«, schlug Edie vor. »Die können wir dann unterwegs trinken.«

Geoffrey schüttelte den Kopf. »Mit einer Tasse Tee in der Hand kann man unmöglich einen Karton richtig durchstöbern.«

»Hm, Flora und ich nehmen eine Tasse, und du tust, was du für das Beste hältst. Ich brauche jedenfalls einen Tee.«

Geoffrey stieß ein unverständliches Murren aus, aber als Edie sich durch die Schlange nach vorn gearbeitet hatte und ihn fragend ansah, nickte er. Flora war sehr dankbar für ihren Becher Tee. Ihre Geldsorgen trübten ihre Freude an diesem Ausflug, und sie hoffte, dass der Tee ihr vielleicht ein wenig auf die Sprünge helfen würde.

»Jetzt kommen Sie mit, Flora«, drängte Geoffrey, nachdem er seinen Becher zur Hälfte geleert hatte. »Sie sind zu Ausbildungszwecken hier.«

Flora schlenderte zu einer fröhlich wirkenden Frau hinüber, die hinter einem Tisch stand und unter anderem ein Rankgitter und ein Skateboard verkaufte. Widerstrebend folgte Geoffrey ihr.

»Diese kleinen Auflaufformen sehen nützlich aus«, sagte sie zu ihm.

»Zehn Pence das Stück«, warf die Frau hastig ein. »Es sind insgesamt sechs.«

»Sechzig Pence für sechs Auflaufformen!«, rief Flora und angelte ihr Portmonee hervor. »Das ist ein Schnäppchen!«

»Wozu brauchen Sie die?«, wandte Geoffrey ein. »Die können Sie bei keiner Auktion verkaufen.«

»Ich weiß, aber ich erwarte einige Leute zum Essen. In einer kleinen Schale sieht fast alles ein wenig besser aus, nicht wahr, Edie?«

Edie inspizierte gerade einen Elektrogrill und antwortete nicht.

»Also, ich habe mein Essen lieber auf richtigen Tellern«, brummte Geoffrey und ging weiter. Flora bezahlte die Schalen, verstaute sie in ihrer Tasche und eilte Geoffrey hinterher. Nach diesem ersten kleinen Glückstreffer fühlte sie sich bereits besser.

Dann entdeckte sie eine entzückende Teekanne. Sie hatte ihre Teekannensammlung, die sie mit zwölf Jahren begonnen hatte, beinahe vergessen. In letzter Zeit war ihre Sammlung kaum noch gewachsen, aber diese Kanne war einfach perfekt! Sie hatte die Form eines Wollknäuels und war mit Kätzchen bemalt, die sich auf eine so ungezwungene Art über das Knäuel bewegten, dass Flora einfach nicht widerstehen konnte. Geldmangel hin, Geldmangel her, sie musste diese Kanne einfach haben.

»Sehen Sie nur!«, rief sie Geoffrey zu, da Edie, die die Kanne besser zu schätzen gewusst hätte, sich auf die Suche nach Topfpflanzen gemacht hatte.

Widerstrebend kam er zurück und besah sich, was Flora in solche Begeisterung versetzt hatte. »Hm, nicht schlecht. Es gibt durchaus einen Markt für Kitsch. Wie viel?«, fragte er die Verkäuferin, eine geschäftsmäßige junge Frau, die größtenteils Kinderspielzeug verkaufte.

»Die kostet zehn Pfund. Es ist eine echte Carter-Kanne.«

Geoffrey spitzte die Lippen. »Ooh, das bezweifle ich. Dafür hat sie nicht die Qualität. Ich gebe Ihnen drei Pfund dafür.«

»Tut mir leid. Darauf kann ich nicht eingehen.«

»Vier Pfund?«

Wieder schüttelte sie den Kopf. Geoffrey seufzte und nahm einen Fünfpfundschein aus der Tasche. »Also gut. Mein letztes Wort.« Er reichte der Frau den Geldschein mit solch einem Selbstbewusstsein, dass sie ihn einfach annehmen musste.

Sie seufzte, griff nach der Teekanne und wickelte sie in Zeitungspapier ein. »Sie haben mich über den Tisch gezogen, aber die Kanne ist wahrscheinlich nicht jedermanns Geschmack.«

Geoffrey reichte Flora die Teekanne, und sie gingen weiter. »Bitte schön.«

»Moment mal, ich habe hier einen Fünfpfundschein«, begann sie.

»Unsinn. Das ist ein Geschenk. An einem guten Tag können Sie bei einer Auktion fünfzehn Pfund dafür bekommen.«

»Oh, ich will sie behalten! Ich sammle Teekannen.« Und der Gedanke daran, wie sehr Charles die Kanne missfallen würde, erfüllte sie überdies mit kindlicher Freude.

»Es ist mir ein Vergnügen. Doch Sie sollten es wirklich in Erwägung ziehen, sie bei der nächsten Auktion zu verkaufen.«

Flora trat neben Geoffrey, während dieser in einigen Kartons mit alten Werkzeugen kramte. Sie beobachtete die Leute um sich herum dabei, wie sie unter jede Tasse sahen, zweifellos immer in der Hoffnung, auf ein unentdeckt gebliebenes wertvolles Stück zu stoßen. An verschiedenen Ständen flatterten Kleidungstücke, und Flora überlegte, ob ihre eigenen Kleider genug bringen würden, um ihre finanzielle Lage zu verbessern. Während Geoffrey sich andere Dinge ansah, nutzte sie die Gelegenheit, um den erstbesten Ständer zu inspizieren. Sie fand einen dunkelbraunen Wildlederrock.

»Wie viel soll der kosten?«, fragte sie die Besitzerin des Standes, eine junge Frau, die zwei kleine Kinder bei sich hatte und die offenkundig nicht ganz bei der Sache war.

»Oh, keine Ahnung. Machen Sie mir ein Angebot.« Sie beäugte sehnsüchtig den Rock in Floras Hand. »Diesen Rock habe ich immer geliebt. Ich glaube nur nicht, dass ich jemals wieder hineinpassen werde.«

»Natürlich werden Sie das!«, erwiderte Flora, der es instinktiv gegen den Strich ging, den Rock jetzt noch zu kaufen, nachdem sie wusste, dass er seiner Besitzerin so teuer gewesen war.

»Ich gebe Ihnen zwei Pfund dafür«, sagte eine andere Frau, der es offensichtlich nicht nur an Floras Sensibilität mangelte, sondern auch an deren Figur.

Die junge Frau machte Anstalten, den Rock vom Ständer zu nehmen. »Nein!«, warf Flora hastig ein. »Ich gebe Ihnen einen Fünfer dafür.«

Die junge Frau blickte hoffnungsvoll zu der Kundin hinüber, die zwei Pfund angeboten hatte.

»Auf keinen Fall«, meinte diese angewidert und ging weiter.

»Sie hätte ohnehin nicht hineingepasst«, murmelte Flora, während sie der Frau nachsah.

»Sie könnte ihn weiterverkaufen«, schlug die Besitzerin des Rocks vor. »Wollen Sie ihn wirklich für einen Fünfer nehmen? Ich würde mich freuen, wenn Sie ihn bekämen. Es täte mir nicht mehr gar so leid, ihn zu verkaufen, wenn ich wüsste, dass er in gute Hände käme.«

Flora kramte abermals ihr Portmonee heraus und verfluchte insgeheim ihre sentimentale Ader. Die kleinen Auflaufformen konnte sie rechtfertigen, aber es war schlicht und einfach töricht, einen Rock zu kaufen, den sie nicht wirklich brauchte, obwohl sie pleite war. Vielleicht würde sie ihre Teekanne bei der nächsten Auktion doch verkaufen müssen.

»Ich glaube nicht, dass ich mir die Mühe machen werde, meine Kleider zu verkaufen«, bemerkte Flora, als sie Geoffrey wieder eingeholt hatte. Einen Moment lang vergaß sie, dass er nichts von ihren finanziellen Nöten wusste. »Ich würde ohnehin nicht viel damit verdienen.«

»Warum sollten Sie das auch wollen?«, fragte er.

»Oh, ich habe mir mal überlegt, was ich für die Sachen vielleicht bekommen würde.«

»Ich denke, unterm Strich wären Sie besser beraten zu kaufen, statt zu verkaufen, wenn es tatsächlich Kleider sind, für die Sie sich interessieren. Was haben Sie denn da?« Er zeigte auf die Plastiktüte mit dem Rock.

»Oh, einen ganz entzückenden kleinen Rock. Er hat nur einen Fünfer gekostet.«

»Einen Fünfer! Dann hat man Sie über den Tisch gezogen, meine Liebe. Haben Sie gefeilscht?«

»Ähm … eigentlich nicht«, gestand Flora. »Ich fand den Preis in Ordnung.«

»Sie sollten immer feilschen. Ich hätte den Rock für höchstens zwei Pfund ergattert.«

»Oh.« Flora lächelte und kam sich ziemlich dumm vor. Es ging nicht darum, dass der Rock seinen Preis nicht wert gewesen wäre; was sie viel mehr bekümmerte, war, dass sie ihn wohl kaum vor dem Herbst anziehen würde, und er hatte sie ein Sechstel des gesamten Geldes gekostet, das sie im Augenblick besaß. »Die Frau hat mir leid getan«, bekannte sie leise.

»Sie sind wirklich ein Dummkopf«, erwiderte Geoffrey. »Jetzt kommen Sie mit, dann zeige ich Ihnen, wie man so etwas macht. Da hinten ist ein Werkzeugstand. Einige dieser Sachen verkaufen sich bei der Auktion sehr gut, und die Verkäufer wissen nicht immer, was wertvoll ist und was nicht. Bei Keramik und Sammlergegenständen kennen sich die Verkäufer zum Teil ein wenig besser aus. Bei diesen Dingen ist die Gewinnspanne praktisch gleich null.«

Geoffrey und Flora schlenderten gemächlich an den Tischen entlang. Obwohl Geoffrey eigentlich nach Werkzeug Ausschau hielt, gab er Flora Zeit, Dinge in die Hand zu nehmen und zu betrachten. Einige dieser Gegenstände schienen Flora gewaltig überteuert zu sein, aber sie hatte ihre Lektion gelernt und ließ sich auf kein Gespräch mit den Verkäufern mehr ein. »Wer will schon eine alte Tressy-Puppe ohne Haare?«, fragte sie Geoffrey, als sie außer Hörweite der Besitzerin waren.

»Irgendein kleines Mädchen, das ein paar Pennys Taschengeld dabeihat. Aber wenn die Puppe in gutem Zustand und komplett mit Karton wäre, würde es sich vielleicht lohnen, sie zu kaufen.«

»Und was ist mit diesen scheußlichen Porzellanzierstücken?«

»Die kleinen sind wahrscheinlich nicht viel wert, aber einige dieser großen, schweren Pferde würden durchaus etwas einbringen. Sie dürften natürlich nicht beschädigt sein. Ah, da sind wir.«

Da Flora beim besten Willen kein Interesse an Zimmermannswerkzeugen, Feilen, Meißeln und Sägen aufbringen konnte, ging sie allein weiter. In Gedanken war sie jedoch nicht bei der Sache. Eigentlich sollte sie hier ihr Handwerk erlernen, aber im Moment bereitete ihre finanzielle Situation ihr zu viele Sorgen. Ihre Eltern würden weder sie noch Imelda verhungern lassen, doch seit Flora von zu Hause fortgegangen war, hatte sie stets einen starken Unabhängigkeitsdrang verspürt und keine Unterstützung von ihnen angenommen, bis auf das Fahrgeld in das Land, in dem ihre Eltern gerade lebten, und natürlich Kost und Logis, solange sie dort war.

Fest entschlossen, sich aus ihrer mutlosen und wenig hilfreichen Stimmung herauszureißen, ging sie zu dem Stand einer jungen Frau hinüber, die ihr vage bekannt erschien und die ebenfalls recht bekümmert wirkte. Sie bot Kinderspielzeug und Kleider feil sowie einige Handtaschen und ein paar Beutel mit Keksen. Sie hockte auf dem Heck ihres Wagens und richtete sich ein wenig auf, als Flora näher kam.

»Sie sind Flora, nicht wahr? Ich bin Amy, aus dem Chor. Ich gehöre zum Alt.«

»Hallo! Sie kamen mir auch irgendwie bekannt vor«, antwortete Flora. »Verkaufen Sie häufig auf Flohmärkten?«

»Es ist das erste Mal. Ich bin ein hoffnungsloser Fall, außerdem habe ich vergessen, mir etwas zu essen oder zu trinken mitzubringen.«

»Ich könnte Ihnen etwas besorgen, wenn Sie wollen.«

»Nein, schon gut. Ich komme allein zurecht. Eigentlich tut es mir vor allem darum leid, dass ich auf diese Weise keine Gelegenheit habe, mich selbst ein wenig umzusehen.«

Flora blickte an der Reihe von Tischen hinunter und entdeckte Geoffrey, der tief in ein Gespräch mit irgendjemandem verwickelt war. Edie, die meilenweit zurückgefallen war, schien einen Baum gekauft zu haben. »Hm, wenn Sie wollen, könnte ich Ihren Stand für eine Weile übernehmen. Meine Freunde – oh, es sind übrigens Geoffrey und Edie – sind anderweitig beschäftigt und hätten sicher nichts dagegen, wenn ich ein Weilchen hierbleibe. Natürlich kennen Sie mich eigentlich gar nicht. Vielleicht vertrauen Sie mir nicht.«

»Natürlich vertraue ich Ihnen!« Die Miene der jungen Frau hellte sich sichtlich auf. »Würde es Ihnen wirklich nichts ausmachen? Ich finde das Verkaufen schrecklich schwierig. Ich bin nur hier, weil wir zu Hause dringend Platz brauchen, und wenn meine Freundin mitgekommen wäre, hätten wir vielleicht ein wenig Geld verdient. Zumindest genug, um ein paar andere Sachen zu kaufen.«

»Ich dachte, Sie wollten Platz schaffen, nicht ihn ausfüllen.«

»Das stimmt auch. Es ist einfach eine andere Art von Platz. Wollen Sie meinen Stand wirklich für eine Weile übernehmen?«

»Mit Freuden.« Die Verkäuferin in Flora erwachte. So wie die Dinge lagen, würde Amy niemals etwas verkaufen; ihr fehlte einfach die Begeisterung für diese Aufgabe. »Haben Sie etwas dagegen, wenn ich mich hier ein wenig betätige? Ich würde gern mein Verkaufstalent testen. Ich möchte wissen, ob ich jemals selbst einen Stand bei einem Flohmarkt betreiben könnte.«

Amy zuckte die Schultern. »Bedienen Sie sich. Ich habe bisher kaum etwas verkauft.«

»Dann schwirren Sie ab, und ich schaue mal, ob ich etwas für Sie verkaufen kann. Was ist mit den Preisen?«

»Oh, nehmen Sie einfach, was Sie dafür bekommen können. Ich habe nicht den blassesten Schimmer von Preisen.« Amy, die jetzt erheblich glücklicher wirkte, hängte sich ihre Tasche über die Schulter und stürzte sich ins Gedränge.

Flora machte sich an die Arbeit und nutzte die Fähigkeiten, die sie bei einem Ferienjob in der Bond Street erworben hatte, wo sie für eine Freundin ihrer Mutter gearbeitet hatte.

Sie nahm die Spielsachen aus den Plastiktüten und arrangierte sie so, als wäre bereits mit ihnen gespielt worden. Anschließend richtete sie ihre Aufmerksamkeit auf die Handtaschen. Nachdem sie den Staub weggewischt hatte, stellte sie fest, dass zwei davon von sehr guter Qualität waren. Sie kramte die Serviette heraus, die sie zusammen mit ihrem Tee bekommen hatte, und wischte die Taschen ab. Dann schüttelte sie sie ein wenig auf und gestaltete sich damit eine kleine Auslage. Alles, was zum Verkaufsstand gehörte, wurde neu geordnet und drapiert, sodass alles erheblich reizvoller wirkte.

Ihr erster Kunde war Geoffrey. »Was tun Sie denn hier? Ich habe Sie doch nur für eine Minute sich selbst überlassen.«

»Das ist Amys Stand. Amy, aus dem Chor. Sie hat mich gebeten, mich darum zu kümmern, damit sie eine Tasse Kaffee trinken und sich ein wenig umsehen kann. Ich dachte, es wäre eine gute Übung für mich.«

»Ich habe keinen Zweifel an Ihrem Verkaufstalent, meine Liebe. Was mir Sorgen bereitet, ist die Frage, ob Sie Ramsch von Qualität unterscheiden können.«

»Oh, zerbrechen Sie sich darüber jetzt nicht den Kopf. Ich habe reichlich Zeit, all diese Dinge zu lernen. Schauen Sie lieber, ob Sie ein paar Schnäppchen machen können, während ich mich um den Stand kümmere.«

Sie wollte keine Zeugen bei ihren Verkaufsgesprächen.

Flora beschloss, die Käufer direkt anzugehen, statt sich darauf zu verlassen, dass ihre Waren sie anzogen. Sie entdeckte einen Vater mit zwei kleinen Mädchen. Er sollte sie offenkundig bei Laune halten, während seine Frau sich daheim um den Haushalt kümmerte.

Flora kam hinter ihrem Stand hervor und begrüßte die beiden Mädchen. »Mögt ihr Barbies?«

»Wir haben eine Million Barbiepuppen zu Hause«, sagte der Vater wachsam.

»Aber habt ihr auch diese Barbies schon?« Flora kam zu dem Schluss, dass Flirten zulässig sei, wenn sie flirtete, um jemandem zu helfen. Also lächelte sie. »Sie sind ein Supersonderangebot und absolutes Schnäppchen. Schaut mal, die beiden veranstalten ein Picknick«, wandte sie sich nun wieder an die Mädchen. »Fünfzig Pence das Stück. Das Essen kommt extra«, fügte sie hinzu und blickte mit einem leichten Grinsen zu dem Vater auf.

»Oh, Daddy! Dürfen wir?«

»Das ist eure Entscheidung. Ihr gebt ja schließlich euer eigenes Geld aus.«

Flora händigte drei Barbiepuppen für ein Pfund und fünfzig Pence aus und hoffte, dass sie sie nicht viel zu billig verkauft hatte. »Braucht ihr auch das Essen? Seht mal, ihr bekommt das alles noch dazu.« Sie schüttelte den Plastikbeutel aus, der die weniger präsentablen Kaufladenutensilien enthielt. »Zwanzig Pence. Also, wie wäre es mit dem Picknickset? Dann könntet ihr eine große Party mit all euren Puppen feiern.«

Nachdem sie jeden Penny aus den beiden kleinen Mädchen herausgekitzelt, ihnen aber ihrer Meinung nach einen sehr guten Gegenwert für ihr Geld gegeben hatte, richtete Flora ihre Aufmerksamkeit wieder auf den Dad der beiden.

»Wie wäre es mit einer schönen Tasche für Ihre Frau? Diese hier ist eine sehr gute Marke. Nicht ganz Prada, aber doch beinahe. Sie haben doch gewiss schon von Prada gehört, oder? Nein? Ihre Frau, die offenkundig ein ernsthafter Mensch ist, hat bestimmt schon von Prada gehört, und eine Tasche wie diese … es ist natürlich keine Prada, sonst wäre sie ungefähr eine Million Pfund wert …«

Die Worte sprudelten nur so aus ihr heraus. Sie lächelte, sie flirtete, sie brachte ihn zum Lachen, und als er sich verabschiedete, war er beladen mit Plastiktüten voller Spielsachen, einer Handtasche und mehreren *Mr.-Men*-Büchern. Obwohl Flora alles in allem recht zufrieden war, war sie doch enttäuscht, dass sie es nicht geschafft hatte, ihm einzureden, dass ein Kaninchenkäfig ein hübscher Gartenschmuck sei, selbst wenn man kein Kaninchen hatte und auch keins wollte.

Sie zählte gerade das Geld, das sie eingenommen hatte, als ein Mann an den Stand trat und sich nach dem Kaninchenkäfig erkundigte. »Was soll der Käfig kosten, meine Liebe?«

»Zwanzig Pfund.«

»Ich gebe Ihnen fünf.«

»Fünf Pfund! Versuchen Sie, mich über den Tisch zu ziehen? Wissen Sie, wie viel diese Dinger neu kosten?« Da Flora es selbst nicht wusste, hoffte sie, dass er es ihr erzählen würde.

»Ich will keinen neuen Kaninchenkäfig. Er ist nur für meine Frettchen gedacht. Fünf Pfund. Mehr ist der Käfig mir nicht wert.«

»Na schön, dann fünfzehn. Das ist praktisch geschenkt.«

»Sechs Pfund, das ist mein absolutes Höchstgebot.«

»Zwölf. Und selbst für den doppelten Preis wäre der Käfig immer noch billig.«

»Zehn. Und damit haben Sie mich über den Tisch gezogen. Ich könnte meine Frettchen in einer alten Kiste hausen lassen und müsste keinen Penny dafür bezahlen.«

»Aber dann würden die Frettchen weglaufen. Zehn Pfund sind in Ordnung. Vielen Dank.«

»Ich habe mich großartig amüsiert«, erzählte Flora, als Amy zurückkam. »Doch ich vermute, dass ich alles viel zu billig verkauft habe.«

»Sie haben es verkauft, und das ist die Hauptsache. Außerdem sieht es so aus, als hätten Sie eine Unmenge Geld eingenommen.«

»Ich fürchte, ein Fünfer davon gehört noch mir. Ich habe einen sehr schönen Wildlederrock verkauft, den ich vorhin dummerweise selbst erstanden hatte.« Sie runzelte die Stirn. »Ich hoffe nur, dass der Mann Recht hatte und seine Frau tatsächlich Größe sechsunddreißig trägt.«

Als Flora wieder im Cottage war, kümmerte sie sich um ihre Katzen und zeigte ihnen die Teekanne, die jetzt einen Ehrenplatz auf dem Kamin bekleidete. Nachdem alles so weit erledigt war, legte sie sich aufs Sofa und dachte darüber nach, dass sie ohne einen Pfennig Geld in der Tasche eine Dinnerparty geben musste. Es war schlimm genug, zu wenig Geld zu haben, um teure Fertigmahlzeiten zu kaufen, aber noch weitaus übler war es, wenn man nicht genug hatte, um auch nur die grundlegenden Zutaten zu kaufen. Draußen regnete es in Strömen, und ein weniger lebensfroher Mensch, als sie es war, könnte sich unter solchen Umständen ziemlich elend fühlen, ging es Flora durch den Kopf.

Kurze Zeit später kam William durch die Hintertür herein und schüttelte sich die Haare aus, dass die Wassertropfen nur so flogen. »Ich werde heute Nacht hier schlafen, wenn du nichts dagegen hast, Flora.« Längst waren sie zu dieser vertrauten Anrede übergegangen.

»Das kann ich dir nicht verdenken. Die Kätzchen sind einfach zum Anbeißen! Ich könnte es kaum ertragen, sie allein zu lassen. Geh nach oben und sieh sie dir an.«

»Das werde ich gleich tun. Tee?«

»Ich fürchte, ich bin schon bei Wein. Was soll ich diesen Leuten zu essen geben, William? Ich habe praktisch kein Geld mehr.«

»Dann muss es etwas Vegetarisches sein. Das ist erheblich billiger.«

»Aber ich kann keine vegetarischen Gerichte kochen. Nimmt man dazu nicht Ziegenkäse und Auberginen und dieses Bohnenquarkzeug?«

»Tofu? Nicht unbedingt, doch Auberginen sind eine gute Idee.«

Flora zuckte allein bei dem Gedanken zusammen. Sie war zu müde, um über dieses große, glänzende Gemüse nachzudenken, von dem sie nie wusste, was sie damit anfangen sollte. Musste man da nicht vorher irgendwelche komplizierten Operationen mit Salz vornehmen? »Ich werde mal sehen, ob ich ein paar Rezepte aus dem Internet ziehen kann.«

»Ich könnte für dich kochen«, erbot sich William freundschaftlich.

Flora öffnete die Augen. »Das könntest du?«

»Ich habe als Koch gearbeitet, und ich habe in dem buddhistischen Zentrum gekocht, in dem ich eine Weile gelebt habe. Vegetarische Gerichte sind meine Spezialität.«

»Das wäre fantastisch! Aber würde es nicht ein wenig eigenartig aussehen, wenn du die Kocherei übernimmst? Habe ich dir erzählt, dass du so tun musst, als wärst du mit Emma liiert?«

»Nein! Warum muss ich das? Warum kann ich nicht einfach ein Freund sein?«

»Weil das die Frage aufwerfen würde, wo du schlafen sollst.«

»Auf dem Sofa, wo ich immer schlafe.«

»Ja, doch das darf niemand wissen! Ich könnte wohl einen Gast hier unterbringen, aber du bist ja angeblich Emmas Partner, der mich hier besucht hat!«

William runzelte die Stirn. »Das ist alles viel zu kompliziert.«

»Ich muss deine Anwesenheit irgendwie erklären, schon um deinetwillen.«

»Es wäre viel besser, wenn ich einfach ein Freund von Emma wäre. Wie gesagt, deine Erklärung klingt mir zu kompliziert.«

Flora dachte darüber nach. Wenn sie zugab, dass ein gut aussehender, heterosexueller Mann bei ihr ein und aus ging, würde das ihr Ansehen bei Charles und Annabelle nicht gerade verbessern. »Du könntest nicht so tun, als wärest du schwul?«

»Nein.«

»Das ist kein Stigma …«

»Nein, Flora. Ich werde so tun, als wäre ich Emmas – sie heißt doch Emma? – Emmas alter Freund von der Universität, zu dem sie wieder Kontakt aufgenommen hat, um ihm zu erzählen, dass du jetzt hier unten wohnst und niemanden kennst.«

Flora nickte langsam. »Das könnte funktionieren. Das könnte erklären, warum du nackt im Garten gestanden und Tai-Chi gemacht hast. Emma kennt dich nicht allzu gut, und du hast dich im Laufe der Jahre verändert.«

»Dieser Teil der Geschichte entspricht zumindest der Wahrheit«, bemerkte er mit einem Grinsen. »Ich werde darüber nachdenken, was ich koche, und dir eine Einkaufsliste geben.«

»Und ich werde zum Nachtisch Schokoladenmousse zubereiten. Dann kann ich auch gleich meine neuen Auflaufschälchen einweihen. Oh, und ich muss Henry anrufen. Ich hoffe immer noch, dass er seine Konferenz in der Schweiz absagen und ebenfalls kommen kann.«

Aber Henry widerstand allen Schmeicheleien.

Kapitel 12

Ich kann es nicht fassen, dass du einem Chor beigetreten bist!«, sagte Emma, als Flora sie am Freitagabend vom Bahnhof abholte. »Es ist einfach etwas – nun ja – du weißt schon …«

»Was?«, fragte Flora scharf.

»Etwas, womit sich normalerweise alte Leute die Zeit vertreiben.«

»Unsinn! Ich finde es großartig! Das Singen ist sehr beruhigend. Man muss sich die ganze Zeit über richtig konzentrieren – oder ich muss es jedenfalls, weil ich nicht sehr gut bin –, und das bedeutet, dass man nicht an die Arbeit denken kann. Wir werden ein Konzert geben. Du musst unbedingt noch einmal herkommen, wenn es so weit ist. Und jetzt erzähl du, wie es dir geht.«

Emma wusste, dass sich dahinter in Wirklichkeit die Frage verbarg: Wie geht es dir und Dave? »Hm, ganz gut. Ich glaube, er hat einfach das Interesse an mir verloren. All meine kleinen Angewohnheiten, die er früher so nett fand, ärgern ihn nur noch.«

»Oh, das verstehe ich gut! Das passiert mir ständig!«

»Was?«

Sie hatte eigentlich sagen wollen, dass es ihr mit den Angewohnheiten anderer Leute auch häufig so ging, besann sich dann jedoch eines Besseren. »Dass die Kerle die Augen verdrehen, weil ich etwas falsch mache, das ich früher gar nicht tun musste, weil sie es liebenswürdigerweise für mich erledigt haben.«

»Genau.«

»Nun ja, was du brauchst, ist ein neuer Mann, Schätzchen. Und ich habe genau den richtigen für dich.«

»Du meinst William, den nackten Taekwondo-Experten?«

»Tai-Chi. Das ist etwas ganz anderes. Und meistens ist er angezogen.«

»Ich habe trotzdem kein Interesse an ihm, Flo.«

»Er ist aber derjenige, an dem du Interesse haben musst. Doch das kommt schon noch, bestimmt. Er ist unheimlich attraktiv.«

»Warum hast *du* dann kein Interesse an ihm?«

Flora hatte – wie offenbar auch William – über diese Frage bereits nachgedacht. »Keine Ahnung. Wahrscheinlich stimmt einfach die Chemie nicht. Aber er ist wirklich nett, er ist witzig, er kann kochen, kurzum, er ist alles, was eine Frau sich wünschen kann.«

»Vielleicht hast du ja jemand anderen im Auge. Henry?«

Flora zog die Nase kraus, dann fiel ihr wieder ein, dass man davon Falten bekam, und sie hörte auf damit. »Ja, irgendwie finde ich ihn durchaus anziehend, bloß fehlen die Schmetterlinge im Bauch.«

»Es müssen nicht immer Schmetterlinge sein. Manchmal schleicht sich so etwas ganz langsam an, quasi von hinten.«

»Nun, wenn es das gibt, so ist es in diesem Fall definitiv noch nicht so weit. Ich habe im Augenblick auch einfach nicht genug emotionale Energie für eine Beziehung übrig. Das Geschäft ist meine Leidenschaft.«

»Also interessierst du dich für deinen Geschäftspartner?«

»Charles! Was? Auf keinen Fall!«

»Warum nicht?«

»Abgesehen von der Tatsache, dass wir einen grauenhaften Streit hatten, dass er es gar nicht erwarten kann, mich wieder loszuwerden, und dass ich ihn hasse wie die Pest, meinst du?«

»Das hat noch niemals jemanden davon abgehalten, Interesse an jemandem zu entwickeln.«

Flora lachte. »Stimmt, doch in diesem Fall ist es nicht so. Er ist einfach unerträglich steif und spießig. Ich meine, wenn ich ihn nicht gerade hasse, bewundere ich ihn ehrlich. Allerdings bezieht sich meine Bewunderung nur darauf, wie er seinen Job macht, und definitiv nicht auf die Art, wie er sein Geschäft *führt.*« Sie dachte kurz nach. »Er sieht durchaus gut aus, und man könnte seine Unnahbarkeit vielleicht sexy finden. Aber trotzdem: nein!«

»Warum nicht?«

»Ich bitte dich! Äh, zum einen ist er bereits vergeben, und selbst wenn er es nicht wäre, würde man Jahre brauchen, um ihn aus der Reserve zu locken.«

»Solche Projekte haben dich früher immer interessiert. Eine Herausforderung, ein Mann, der sich nicht auf der Stelle in dich verliebt, wenn er dich kennenlernt. Schäbig behandeln und zappeln lassen, das war immer die beste Methode, wie ein Mann dein Interesse erregen konnte.«

»Nein, war es nicht«, protestierte Flora, obwohl sie sich fragte, ob in Emmas Worten vielleicht ein Körnchen Wahrheit steckte. »Wie dem auch sei, Charles wäre mehr als ein Projekt. Wenn man ihn erobern wollte, wäre das eher wie der Versuch, den Mount Everest ohne Training zu besteigen. Und ohne Sauerstoff.«

»Hm.«

»Aber egal, selbst wenn ich ein Auge auf ihn geworfen hätte, was ganz und gar nicht der Fall ist, er liebt Annabelle. Das würde ich nicht zerstören wollen.«

»Bist du dir sicher, dass er mit Annabelle glücklich ist?«

Flora dachte darüber nach. »Ich glaube, schon. Die beiden passen sehr gut zusammen, und sie kennen einander bereits seit langer Zeit.« Vor ihrem monströsen Zerwürfnis mit Charles hätte sie wahrscheinlich gesagt, dass Annabelle ihn gar nicht verdiente. Der Charles, den sie gesehen hatte, wenn Annabelle nicht in der Nähe war, der Charles, der leidenschaftlich und ungemein beschlagen war, wenn es um sein Geschäft ging, und einfach großartig im Umgang mit seinen Angestellten, dieser Charles hatte etwas Besseres verdient als eine Frau, die sich nichts mehr wünschte, als alles zu verkaufen und zu Geld zu machen. Und obwohl ihr Annabelle seit ihrem gemeinsamen Einkaufsbummel ein wenig sympathischer geworden war, hatte Flora nicht vergessen, wie unglaublich egozentrisch Charles' Verlobte war. Es konnte nicht wirklich angenehm sein, mit einem Menschen zusammenzuleben, der ständig um sich selbst kreiste. Aber seit dem Einsturz der Decke war Flora eher der Meinung, dass die beiden wie geschaffen füreinander waren: Der strenge, unnahbare Mann, den sie sah, wenn Annabelle im Raum war, war offenkundig der echte Charles, und den konnte Annabelle gern haben!

»Klingt furchtbar langweilig«, meinte Emma, und Flora wurde bewusst, dass sie ihrer Freundin nicht mehr richtig zugehört hatte, weil sie in ihrer eigenen kleinen Welt versunken gewesen war. Sie lachte.

»Ja, nicht wahr? Aber ich glaube nicht, dass es wirklich so langweilig ist. Und jetzt lass uns über Dave oder über deine Arbeit reden oder über irgendein anderes Großstadtthema.«

»O nein, lass uns genau darüber nicht reden. Ich würde Dave gern wenigstens für die Dauer des Wochenendes vergessen.«

Flora warf ihrer Freundin einen besorgten Blick zu, doch der Ausdruck auf Emmas Gesicht sagte ihr, dass dies nicht der richtige Zeitpunkt für tiefschürfende Gespräche war. »In Ordnung. Wollen wir irgendwo ein paar Pommes frites essen?«

»Hast du für meinen ersten Abend bei dir keine Gourmetmahlzeit vorbereitet?«

»Nein.«

Emma lachte. »Dann eben Pommes frites. Ich vermisse dich schrecklich, Flo. Ich werde ehrlich froh sein, wenn du nach London zurückkommst.«

»Du musst ihn anrufen«, beharrte Emma am nächsten Tag, während sie ihr Geschirrhandtuch beiseitelegte. »Er ist dein Vermieter, und du brauchst einen Esstisch. Sofort.«

Flora cremte sich die Hände ein. Emma und sie hatten gerade den Abwasch vom Mittagessen erledigt, und William löffelte das Innere der Auberginen aus.

»Das Cottage gehört Annabelle. Sie trägt die Verantwortung dafür«, bemerkte Flora.

»Dann ruf eben Annabelle an! Sie wird bestimmt verstehen, dass du einen Tisch brauchst, wenn du eine Dinnerparty gibst.«

»In Ordnung. Aber es wird ein ziemlich großer Tisch sein müssen. Und der würde das ganze Cottage ausfüllen.«

»Nicht, wenn man ihn zusammenklappen kann. Ich weiß nicht, warum du dich nicht schon früher darum gekümmert hast.«

»Ich habe es dir doch erklärt, Charles und ich hatten einen furchtbaren Streit, und obwohl wir uns beide entschuldigt haben, haben wir es nicht wirklich ehrlich gemeint.« Es war jetzt fast zwei Wochen her, dass sie das letzte zivilisierte Gespräch miteinander geführt hatten.

»Das verstehe ich durchaus, doch wir brauchen trotzdem einen Tisch.«

»Ich war beschäftigt, Em! Ich werde mich sofort darum kümmern«, maulte Flora, die von Minute zu Minute hektischer wurde.

»Wenn wir draußen essen würden, hätten wir viel mehr Platz«, wandte William ein. »Es hat aufgehört zu regnen, und es könnte ein sehr schöner Abend werden.«

»Wettermäßig, meinst du«, sagte Flora, die sich nicht vorstellen konnte, dass der Abend in irgendeiner anderen Hinsicht nett werden könnte.

»Ja. Warum fragst du deinen Vetter nicht?«

»Er heißt Charles«, warf Emma ein, die mit William nicht ganz so gut auskam, wie Flora es sich erhofft hatte.

»Wenn er einen großen Picknicktisch hat, könnten wir ein Brett darüberlegen«, fuhr William fort.

»Wie viele Leute werden wir denn sein?«, fragte Emma.

»Nur sechs«, antwortete Flora. »Das sind nun wahrhaftig nicht besonders viele. Ein ganz gewöhnlicher Tisch würde vollkommen ausreichen.«

»Solange es nicht anfängt zu regnen und wir den ganzen Kram ins Haus schaffen müssen«, erklärte William.

»O nein, du hast Recht. Annabelle würde durchdrehen, wenn die Inneneinrichtung nass würde oder sonst irgendetwas damit passierte. Ich werde etwas in dieser Art andeuten«, entschied Flora. »Und jetzt nehme ich die Sache sofort in Angriff. Ich will, dass der Tisch rechtzeitig gedeckt ist. Wenn wir draußen essen, wäre es schön, ihn mit wilden Blumen und solchen Dingen zu dekorieren.«

»Ist das nicht ein klein wenig zu ländlich, Flo?«, wandte Emma ein.

»Ganz und gar nicht. Es ist nur recht und billig, wenn man die Fülle der Natur zu schätzen weiß.«

»Und jetzt marsch, ans Telefon«, befahl Emma, völlig unbeeindruckt von Floras kleiner Rede.

»Es gibt hier kein Telefon. Ich werde mit meinem Handy nach draußen gehen müssen, weil der Empfang dort besser ist.«

Flora schlenderte in den Garten hinaus. Sie war dankbar dafür, ein Weilchen ungestört zu sein, fand den Gedanken, Charles anrufen zu müssen, jedoch ganz und gar nicht angenehm. Wenn sie Annabelle an den Apparat bekam, würde diese zumindest das Problem verstehen.

Charles nahm den Hörer ab. Obwohl Flora wusste, dass er meistens am Telefon war, versetzte der Klang seiner Stimme sie doch in Panik. »Ähm, hallo, ich bin's.« Wenn sie nervös war, vergaß sie immer, ihren Namen zu nennen.

»Flora«, sagte er.

»Ja, tut mir leid. Ich rufe nur wegen des Tischs an. Für heute Abend?«

»Oh. Ja. Sie werden einen brauchen.« Flora hörte Annabelles Stimme im Hintergrund. Dann riss sie Charles das Telefon aus der Hand. »Flora? Was ist los? Sie wollen doch nicht etwa absagen, oder?«

»Nein. Ich wollte lediglich fragen, ob Sie einen Tisch haben, den wir benutzen könnten. Wir wollen doch nicht mit den Tellern auf dem Schoß essen.«

»O Gott, ich hatte ganz vergessen, dass wir den Tisch verkauft haben. Ich werde Charles bitten, sofort etwas deswegen zu unternehmen. Wann brauchen Sie den Tisch?«

»Nun ja, ich hätte gern ein wenig Zeit, um ihn zu decken, bevor Sie alle kommen, aber wahrscheinlich …«

»Natürlich müssen Sie ihn vorher haben. Machen Sie sich keine Sorgen. Ähm, ist Ihre Freundin gut angekommen?«

»O ja. Ich habe sie gestern Abend vom Bahnhof abgeholt.«

»Und – ähm – der Mann, den ich gesehen habe …?«

In ihrer leicht verworrenen Verfassung fiel Flora so schnell nicht mehr ein, was genau sie Annabelle von William erzählt hatte. Daher beschloss sie, sich an Williams Version zu halten, nach der er ein alter Freund von Emma war. »O ja, er ist ebenfalls hier. Er hat das Kochen übernommen.«

»In Ordnung. Dann schicke ich Ihnen Charles jetzt mit dem Tisch rüber.«

Nachdem die beiden Flora davon überzeugt hatten, dass sie unmöglich als Paar durchgehen konnten, kamen William und Emma erheblich besser miteinander zurecht. Zumindest waren sie guter Laune gewesen, als sie sich gemeinsam auf den Weg in den Wald gemacht hatten. Ob sie die Zutaten für eine Vorspeise sammeln wollten, wusste Flora nicht genau. Sie selbst war jedenfalls gerade mit der Schokoladenmousse beschäftigt, als Charles eintraf.

Sie sah seinen Wagen vorfahren, putzte sich ihre schokoladenverschmierten Hände an dem Geschirrtuch ab, das sie sich wie eine Schürze um die Taille gebunden hatte, und ging hinaus. In gewisser Hinsicht war sie erleichtert darüber, ihn zu sehen – es wäre wirklich schade gewesen, wenn sie keine Zeit gehabt hätten, den Tisch hübsch herzurichten –, doch sie wünschte, Emma und William wären da gewesen, um im Zweifelsfalle beschwichtigend in das Geschehen eingreifen zu können.

»Hallo Charles«, begrüßte sie ihn in neutralem Ton. »Das ist sehr nett von Ihnen.«

»So nett nun auch wieder nicht. Sie hätten schon die ganze Zeit über einen Tisch haben sollen. Ich werde ihn hineinbringen. Außerdem habe ich ein paar Flaschen Wein mitgebracht.«

»Wunderbar. Emma und William haben auch welchen gespendet.« Plötzlich kam ihr ein Gedanke. »Es ist kein besonders kostbarer Tisch, oder? Wir dachten, wir könnten draußen essen. Mit sechs Personen könnte es im Cottage ein wenig eng werden.«

»Nein. Der Tisch stammt aus Heeresbeständen. Aber ich nehme an, er hat in der Offiziersmesse gestanden«, fügte er hinzu.

Flora war verwirrt. Das war eindeutig ein Scherz gewesen. »Dann ist es ja gut. Ich möchte nicht, dass meine Gäste an irgendeinem Möbel Platz nehmen, das ihrer nicht würdig wäre.« Flora lächelte. Charles gab sich offensichtlich große Mühe, ein wenig höflicher zu sein als üblich, und daher sollte sie das ebenfalls versuchen.

»Haben Sie genug Stühle? Ich habe für den Notfall zwei Stühle mitgebracht.«

»Stühle.« Flora suchte im Geiste die beiden Schlafzimmer und das Bad ab. »Sie haben Recht, zwei weitere Stühle wären sehr nützlich, vielen Dank«, fügte sie hinzu und stellte zum ersten Mal seit ihrem Streit einen echten Blickkontakt her.

»Wo sind Ihre anderen Gäste?«

»Im Wald. Wahrscheinlich wollen sie irgendetwas pflücken. Ich hoffe, Sie mögen Brennnesseln.«

»Oh, unbedingt. Meine Leib- und Magenspeise.«

»Sie denken, ich mache Witze, aber Sie irren sich«, erklärte sie feierlich.

Er nickte genauso ernsthaft. »Flora …« Einen Moment lang wirkte er seltsam verlegen. »Ich habe Ihnen außerdem einen Scheck über Ihren noch ausstehenden Lohn mitgebracht. Wenn Sie mir Ihre Kontonummer geben, kann ich Ihnen das Geld in Zukunft per Dauerauftrag überweisen.«

Flora sah ihn fragend an. Das war ganz gewiss das Letzte, was sie erwartet hatte, aber vielleicht hatte er Angst, dass ihm womöglich ein grässlich unangenehmer Abend bevorstand, und versuchte, auf diese Weise eine Art Waffenstillstand herbeizuführen. »Sie haben mir also verziehen, dass ich die Decke zum Einsturz gebracht habe?«

Abermals blickte er ein wenig beschämt drein. »Schließlich haben Sie die Decke ja wieder in Ordnung gebracht, und zwar sehr sauber. Und obwohl ich Sie nach wie vor für eine Belastung halte, sind Sie eine sehr hart arbeitende Belastung und verdienen eine Bezahlung dafür, zumindest jedenfalls den jämmerlichen Lohn, den wir anbieten. Und …« Einmal mehr hielt er inne. Die ganze Situation schien ihm furchtbar peinlich zu sein. »Und Geoffrey hat zu mir etwas gesagt …«

Flora errötete. Sie war sich nicht ganz sicher, ob sie der Gegenstand von Gesprächen zwischen Geoffrey und Charles sein wollte.

»Er meinte, es gäbe nur relativ wenige Leute, die einen Job in London aufgeben würden, um in einem kleinen Geschäft in einer kleinen Stadt für einen minimalen Lohn zu arbeiten. Außerdem hat er gesagt, wir könnten uns glücklich schätzen, Sie bei uns zu haben – und um ehrlich zu sein, ist mir da erst bewusst geworden, dass Sie mehrere Wochen unentgeltlich und sehr hart für uns gearbeitet haben. Und obwohl Sie Anteilseignerin sind, gehört das natürlich nicht zu Ihren Aufgaben.«

»Oh.« Diese widerwillige Anerkennung freute Flora über die Maßen.

»Ich gehe die Papiere holen.«

Während er fort war, unterzog Flora ihre Gefühle für ihn einer schnellen Überprüfung. Vielleicht war er ja doch nicht der grässlichste Mann auf dem ganzen Planeten. Vielleicht war er beinahe menschlich. Es kostete eine gewisse Anstrengung, die geistige Korrektur vorzunehmen, aber zum Teufel, sie war flexibel!

Als er zurückkam, hatte er eine strenge, geschäftsmäßige Miene aufgesetzt, und er bedachte sie mit einem Blick, der irgendwie die Aufmerksamkeit auf die Menge an Schokolade lenkte, mit der sie sich beschmiert hatte. Woraufhin sie flugs wieder anfing, ihn nicht zu mögen. Auf diese Weise war das Leben viel einfacher.

Er förderte einen Scheck zu Tage. »Kann ich den hier irgendwo hinlegen, wo Sie ihn nicht verlieren werden?«

»Ich werde ihn nicht verlieren! Doch wenn es Sie beruhigt, können Sie ihn auf den Kaminsims legen.«

Er durchquerte den Raum, dann fiel sein Blick plötzlich auf die Teekanne. »Oh, mein Gott!«

»Sie ist entzückend, nicht wahr? Geoffrey hat sie mir geschenkt. Wir haben sie auf einem Flohmarkt aufgetrieben.«

»Das ist das abscheulichste Stück Kitsch, das mir seit langer Zeit untergekommen ist. Es überrascht mich, dass Geoffrey Ihnen gestattet hat, damit auch nur in Berührung zu kommen.«

Flora grinste. »Nun, um ehrlich zu sein, hätte er es mir unter normalen Umständen wohl auch nicht erlaubt. Aber er konnte sehen, dass ich förmlich darauf geflogen bin. Außerdem hat er wahrscheinlich befürchtet, ich würde zu viel dafür bezahlen, und deshalb entschieden, für mich zu feilschen.«

»Also, wie viel hat er dafür bezahlt?«

»Einen Fünfer.«

»Mmh. Das ist gar nicht so schlecht. Ich an Ihrer Stelle würde sie verkaufen.«

»Aber Charles, die Kanne passt so gut zu dem Rest meiner Sammlung!«

Er verdrehte die Augen. »Dann verkaufen Sie die ganze Sammlung. An einem guten Tag könnten Sie damit eine Menge Geld erzielen.«

»Ich mag ja ein wenig klamm sein, aber noch bin ich nicht so weit, dass ich meine geliebten Teekannen verkaufen würde.« Obwohl es eine gute Idee war, wie sie sich im Stillen eingestand. Sie konnte die Sammlung ins Internet stellen und ihre Mutter bitten, sie für sie zu verschicken.

»Sie sind klamm?«

»Habe ich das gesagt? Nein! Nachdem Sie mir meinen Lohn gezahlt haben, geht es mir blendend.«

Er runzelte die Stirn. »Es tut mir leid, dass unsere ziemlich angespannte Beziehung dazu geführt hat, dass Sie mir etwas Derartiges nicht sagen konnten.«

Sie zuckte die Schultern.

»Andererseits ist unsere angespannte Beziehung ausschließlich Ihre Schuld.« Er lächelte, und eine Sekunde lang sah Flora etwas von dem Charme aufblitzen, der anderen Frauen anscheinend ständig zuteil wurde. »Ich könnte wohl nicht noch mal kurz einen Blick auf die Kätzchen werfen? Ich möchte Sie heute Abend vor den anderen Gästen nicht darum bitten, sonst wollen sie sie ebenfalls sehen, und das würde vielleicht etwas zu viel für die kleinen Tiere werden.«

»Das ist sehr rücksichtsvoll von Ihnen, und natürlich können Sie sie sehen. Sie haben die Augen geöffnet, seit Sie das letzte Mal hier waren.«

Während er ihr die Treppe hinauf folgte, stieg in ihr ein jähes Unbehagen bei dem Gedanken auf, ihn in ihrem Schlafzimmer zu haben. Es war so unordentlich dort! Aber jetzt war es zu spät. Sie konnte die ganze Truppe nicht nach unten bringen, das würde Imelda gar nicht gefallen.

»Sie müssen das Durcheinander entschuldigen«, erklärte sie, als sie im oberen Stockwerk angelangt waren. Ihre Nervosität wuchs von Sekunde zu Sekunde.

Ihr Schlafzimmer sah tatsächlich so aus wie nach einem Einbruch von Vandalen, und obwohl Charles es versuchte, gelang es ihm nicht, sein Entsetzen über das Gewirr von Make-up-Utensilien auf dem Schminktisch und den Haufen Kleider auf dem Bett zu verbergen.

»Ich habe zu wenig Platz im Kleiderschrank, deshalb hatte ich einen Teil meiner Sachen in Emmas Zimmer liegen«, erklärte Flora hastig. »Als sie gestern angekommen ist, musste ich das ganze Zeug wieder hier hereinbringen.«

»Ich verstehe.«

Trotz allem ärgerte sie sich über seine wortlose Missbilligung, deshalb fügte sie hinzu: »Und einige der Sachen müssen gewaschen werden. Ich kann mich nicht entscheiden, ob ich sie alle von Hand waschen oder in die Reinigung bringen soll.«

Dieser kleine Seitenhieb verfehlte seine Wirkung nicht. »Ich habe Ihnen eine Waschmaschine versprochen, nicht wahr? Ich werde mich darum kümmern, das verspreche ich Ihnen. Nachdem ich jetzt gesehen habe, wie dringend Sie eine benötigen …«, er hielt einen Moment inne, »… dürfte die Gefahr geringer sein, dass ich es noch einmal vergesse. Also, sind die Kätzchen immer noch an ihrem alten Platz?«

Flora nickte. »Im Schrank bei meinen Schuhen. Imelda und ich sind nämlich auf eine beinahe karmische Weise miteinander verbunden.«

Er kicherte und kniete sich hin. »Dieses kleine Schwarze mag ich am liebsten«, bekannte er und nahm das Tierchen hoch.

»Es ist besonders scheu. Normalerweise quiekt es wie verrückt, wenn man es hochnimmt.«

Aber das kleine Bündel quiekte nicht, es schnurrte und schmiegte sich behaglich an Charles' Hals.

Beim Anblick ihres Kätzchens, das sich so widerstandslos einem Fremden anvertraute, durchzuckte Flora ein Stich des Ärgers. »Er mag Sie.«

»Es ist ein Junge?«

»Ich glaube, ja. Es lässt sich ziemlich schwer feststellen. Nein, schauen Sie nicht nach! Der Kleine ist so zufrieden, wo er jetzt ist.«

Sie stand zu schnell auf und musste Charles eine Hand auf die Schulter legen, um ihr Gleichgewicht wiederzufinden. »Dann lasse ich Sie jetzt mal allein. Ich muss mich wieder an die Arbeit machen.«

»Ja, tut mir leid, ich muss auch zurück.« Charles legte das Kätzchen in seine Schachtel und erhob sich. »Ich habe noch einiges zu erledigen. Jeremy freut sich jedenfalls schon auf heute Abend.«

»Ach ja? Ich weiß nicht, ob seine Vorfreude berechtigt ist. Ich glaube, es gibt als Vorspeise Brennnessel-Quiche.«

»Ich habe nicht an das Essen gedacht, als ich ihm die näheren Einzelheiten durchgegeben habe.«

»Oh?«

»Sondern eher an die Gesellschaft.«

Charles ging die Treppe hinunter, und Flora, die ihm folgte, litt unterdessen unter einer milden Form von Schock. Er war nett. Oder zumindest höflich.

»Werden Sie dieses Kleid anbehalten?«, fragte Charles.

Flora blickte auf das kleine Kleid hinab, über das sie sich ein Geschirrtuch gebunden hatte. »Nein. Es ist voller Schokoladenflecken.«

»Oh, das ist es allerdings.«

Flora wurde nachdenklich. Sie war davon überzeugt gewesen,

gesehen zu haben, dass er die Schokoladenflecken mit Abscheu betrachtet hatte. Vielleicht hatte sie sich ja geirrt.

Als er abgefahren war, kehrte sie in die Küche zurück und begann, das Eiweiß zu schlagen, wobei sie sich wünschte, es hätte im Cottage einen Elektromixer gegeben. Charles war tatsächlich unergründlich! Neben ihm wirkte die Sphinx geradezu durchschaubar.

William, der Koch und Hauptverantwortliche, blieb während der Vorbereitungen am Nachmittag der Ruhigste der kleinen häuslichen Gemeinschaft. Er hielt sich die ganze Zeit in der Küche auf und tat einfach seine Arbeit, während Flora und Emma putzten und räumten und zusehends in Panik gerieten. Floras Nervosität hatte so viele Gründe, dass sie in einem einzigen Wirrwarr von Angst verschmolzen waren. Emma hatte, loyal wie immer, die Gefühle ihrer Freundin gespürt und gab im untersten Stockwerk ihr Möglichstes, während Flora ihr Schlafzimmer in Angriff nahm.

Es hatte einen entscheidenden Nachteil, kleine Kätzchen im Schlafzimmer zu halten, dachte sie. Es war unvermeidlich, dass alle Welt dort eindrang, um sich die Tiere anzusehen. Deshalb musste hier Ordnung einkehren. Bei der Erinnerung an Charles' Besuch am Morgen stieg ihr noch immer die Schamesröte ins Gesicht. Dass sie aber jetzt anscheinend wieder besser miteinander zurechtkamen, war eindeutig eine gute Sache.

Als ihr Schlafzimmer schließlich der Inbegriff wohlgeordneter Schlichtheit war, hoffte sie, dass Charles die Kätzchen noch einmal würde bewundern wollen, damit er sehen konnte, dass sie nicht immer so schlampig war.

Sie hatten Stunden darauf verwandt, den Esstisch zu schmücken. Nachdem Emma ursprünglich Floras Ideen naserümpfend betrachtet hatte, war sie nun mit dem größten Eifer bei der Sache.

»Ich möchte, dass das Ganze einen französischen Touch bekommt«, sagte Emma, »wie ein Bild aus einem schnieken Kochbuch. Du weißt schon, mit bildhübschen Kindern in weißen Kleidern und mit Blumengirlanden im Haar, und die Mamas sind alle total mager und hinreißend, sogar die Köchin.«

Sie hatte winzige Sträuße wilder Blumen gepflückt und schlug gerade die Ecken von Floras Doppelbettlaken – das als Tischdecke herhalten musste – unter.

»Meinst du nicht, dass das ein wenig nach … Hochzeitstafel aussieht?«, wandte Flora ein, als Emma fertig war. »Jetzt brauchen wir nur noch eine große, weiße Torte in der Mitte und einen Priester.«

»Genauso möchte ich meine Hochzeit haben«, erklärte Emma. »Nur mit Champagner natürlich.«

»Das tut mir leid«, erwiderte Flora. »Trink doch stattdessen ein Glas Frascati.«

Emma nahm das Glas entgegen, ohne nachzudenken. »Ich frage mich nur, ob Dave eine solche Hochzeit gefallen würde?«

»Darling«, antwortete Flora ernsthaft. »Denk nicht über die Hochzeit nach, denk über den Mann nach. Die ganze Hektik des Heiratens lohnt sich nicht, nur um bei jemandem zu landen, der so ist …« Sie hielt inne.

»Wie Dave?«, schlug Emma vor.

»Hm, ja. Tut mir leid, Em. Ich glaube einfach nicht, dass er gut genug für dich ist.«

»Er will mich ohnehin nicht haben.«

Flora sah auf ihre Armbanduhr. Obwohl sie Emmas Gefühle sehr ernst nahm und im Allgemeinen durchaus bereit war, die Menschen über ihre Probleme reden zu lassen, fand sie doch, dass ihnen im Augenblick die Zeit dafür fehlte. »Er will dich wahrscheinlich durchaus, aber du musst wirklich gründlich darüber nachdenken, ob du ihn haben willst. Und jetzt möchte ich dich bitten, dir heute Abend Zeit zu nehmen, während wir alle plaudern und lachen« – bitte, lieber Gott, gib, dass wir genau das tun werden!, fügte sie stumm hinzu –, »und denk darüber nach, ob er dich glücklich macht.

Natürlich nicht unbedingt die ganze Zeit über«, fügte sie vernünftigerweise hinzu, »das kann niemand erwarten, aber eben doch die meiste Zeit. So, jetzt hole ich ein Tuch und poliere das Besteck. Es ist immer noch fleckig. Und die Gläser kommen danach dran.«

»Lass uns zuerst noch ein Glas Wein trinken«, bat Emma. »Dann gehe ich mich umziehen.«

Beide Frauen waren gerade in der Küche, wo sie William nur im Weg herumstanden, als sie einen Wagen vorfahren hörten. Sie eilten ins Wohnzimmer hinüber, sodass sie sehen konnten, wer es war, bevor Flora die Tür öffnete.

»Meinst du, sie werden alle zusammen kommen?«, fragte Emma.

»Woher um alles in der Welt soll ich das wissen?«

Als die Türen von Charles' Wagen geöffnet wurden und ein hochgewachsener Mann ausstieg, tauschten die Freundinnen einen Blick. »Deiner scheint mir nicht so doll zu sein«, murmelte Flora Emma zu.

»Oh, ich weiß nicht«, erwiderte Emma. »Ich finde, er ist in Ordnung. Und jetzt lass mich mal einen Blick auf diesen Charles werfen.«

Zu Floras Glück bedeuteten ihre Pflichten als Gastgeberin, dass sie hinausgehen und ihre Gäste begrüßen musste. Auf diese Weise blieb es ihr erspart, sich die Meinung ihrer Freundin über ihren Vetter und Geschäftspartner anhören zu müssen, der, wie sie erst jüngst entdeckt hatte, nicht ganz so verabscheuenswert war, wie sie es früher einmal geglaubt hatte.

Jeremy war ein Mann, den Flora bei dem Kartenspiel »Glückliche Paare«, das sie sich noch patentieren lassen musste, Annabelle zugedacht hätte. Jeremy war erfreulich hochgewachsen, mit schon leicht schütterem, gewelltem Haar, und er trug ein gestreiftes Hemd und die Art von Cordhosen, die sich auf dem Land immer gut ausnahmen.

Außerdem gehörte er zu dem Typ Mann, der schon bei der ersten Begegnung jeden auf die Wange küsste. Damit gab er für die ganze Gesellschaft den Ton vor, sonst hätte Charles Flora niemals geküsst, obwohl er an diesem Nachmittag tatsächlich ein wenig lockerer geworden war.

Nachdem sich alle miteinander bekannt gemacht hatten und sie ins Wohnzimmer gegangen waren (William war immer noch in der Küche), flüsterte Flora Annabelle zu: »Kommen Sie für einen Moment mit nach oben.«

»Willst du dir die Kätzchen ansehen, Liebes?«, fragte Charles.

»Nein«, erklärte Flora energisch. »Emma, kannst du dich mit William um die Drinks kümmern?«

»Warum haben Sie mich hier heraufgeschleppt?«, erkundigte sich Annabelle. »Ich muss sagen, es sieht sehr hübsch aus. Oh, da sind ja die Kätzchen.«

»Vergessen Sie die Kätzchen, es geht um Ihr Haar! Was ist mit dem Haarband?«

Annabelle beugte sich vor und betrachtete sich in Floras Schminkspiegel. »In der Schule habe ich immer Hauspunkte für meine ordentliche Frisur bekommen.«

Flora zerrte Annabelle das Haarband vom Kopf und zerzauste ihre glänzenden Locken. »Wie wärs, wenn Sie jetzt ein paar Lebenspunkte sammeln und Ihre Frisur ein wenig in Unordnung bringen würden?«

Annabelle besah sich ihr frisch zerzaustes Haar und musste wohl zugeben, dass es eine Verbesserung darstellte, denn sie wandte sich mit einem Lächeln an Flora. »Es ist sehr nett von Ihnen, mich verschönern zu wollen.«

»Ja, das ist es tatsächlich, nicht wahr?«, bemerkte Flora trocken. »Ich hoffe, Charles bemerkt die Verbesserung.«

»Charles liebt mich, ganz egal, wie ich aussehe«, erklärte Annabelle selbstgefällig. »Diese – ähm – Veränderung hat nichts mit ihm zu tun, sondern lediglich mit mir.«

»Und mit dem Klassenfest?«

»Ja, das auch. Und jetzt lassen Sie uns wieder nach unten zu den anderen gehen.«

Plötzlich kam ein klägliches Miauen aus dem Kleiderschrank. Flora blieb zurück, um Imelda zu trösten, was ihr ganz recht war, weil sie auf diese Weise einen Augenblick für sich allein hatte.

Kapitel 13

Als Flora wieder nach unten kam, standen Jeremy, Charles und Emma noch immer ohne einen Drink im Wohnzimmer. William war gerade erst aus der Küche aufgetaucht und stellte sich jetzt den anderen vor.

Flora war gerade rechtzeitig erschienen, um einzuwerfen: »Also, Emma, das ist Annabelle, und Annabelle, das ist William, ein alter Freund von Emma.«

William ergriff Annabelles Hand. »Ich glaube, Sie haben mich neulich gesehen. Ich war auf Madams Anweisung« – er blickte zu Emma hinüber – »hergekommen, um Flora zu besuchen, und da niemand zu Hause war, dachte ich, ich könnte ein wenig Tai-Chi machen.«

Jeremy beäugte William voller Argwohn. »Ist das eine von diesen Kampfsportarten?«

»So ungefähr.«

»Ich glaube nicht, dass er auch nur im Mindesten gefährlich ist«, bemerkte Flora, und Jeremy lächelte.

»Das will ich doch hoffen«, erklärte William. »Ich bin Pazifist – und Porträtmaler, und gelegentlich versuche ich mich auch als Poet.«

»Lauter Ps«, murmelte Emma.

»Ich selbst bin ein ehemaliger Berufssoldat«, entgegnete Jeremy.

Da Flora erkannte, dass dies zu Problemen führen könnte, beeilte sie sich, die Situation zu retten. »Ein ›ehemaliger‹, sagen Sie? Wie schade. Ich liebe Männer in Uniform.«

»Ich bevorzuge Männer, die keine Kleider benötigen, um sich Rang und Ansehen zu verschaffen«, sagte Annabelle.

Fassungslos, etwas Derartiges gerade aus Annabelles Mund gehört zu haben, sprach Flora hastig weiter: »Wollen wir etwas trinken? Was hättet ihr denn gern? Ich kann Wein anbieten, roten oder weißen, Holunderblütensaft, Apfelsaft …«

»Ich habe ein Glas Wein in der Küche«, bemerkte William, »und wenn ihr mich jetzt bitte entschuldigen würdet, ich muss mich wieder dem Essen widmen.«

»Kann ich Ihnen helfen?«, fragte Annabelle blitzschnell. »Sagten Sie, Sie seien Porträtmaler?«

»Unter anderem, und vielen Dank«, erwiderte William, »ich könnte gut noch Unterstützung gebrauchen.«

Wenn sie gekocht hätte, darüber war sich Flora vollauf im Klaren, hätte Annabelle nicht einmal im Traum daran gedacht, ihre Hilfe anzubieten, aber William schien sie geradezu zu faszinieren. Andererseits hatte dieser Abend ja nur den einen Sinn, Annabelle die Gelegenheit zu geben, sich davon zu überzeugen, dass sie Williams Anwesenheit im Cottage getrost dulden konnte. »Dann nehmen Sie sich besser einen Drink mit, Annabelle. Weißwein?«

»Das wäre wunderbar, vielen Dank.«

»Und was ist mit euch anderen?«, fragte Flora in der Hoffnung, dass William Annabelle benötigte, um rohe Brennnesseln zu zupfen.

»Für mich auch Weißwein, bitte«, rief Emma.

»In Ordnung.« Flora kippte die Flasche, um den Wein einzuschenken, und stellte fest, dass sie leer war.

»Ich übernehme das«, erbot sich Charles und nahm Flora den Korkenzieher aus der Hand.

Normalerweise hätte sie dagegen protestiert und die Flasche selbst geöffnet, aber der Korkenzieher war von der Art, die gymnastische Übungen erforderlich machten: Man musste die Flasche zwischen die Füße klemmen und dann wie verrückt ziehen, wobei man sich fast die Finger abriss. Also gab Flora die Flasche und den Korkenzieher ohne Widerspruch her.

»Ich werde einen Roten nehmen«, überlegte Jeremy, »falls diese Flasche bereits geöffnet ist.«

Flora lächelte ihn an, als sie ihm sein Glas gab, und sah seine Reaktion. Oh, lass das schön bleiben!, ermahnte sie sich. Diese Dinnerparty ist jetzt schon kompliziert genug.

»Lasst uns nach draußen gehen«, schlug sie stattdessen vor und trat auf die Haustür zu. »Es ist ein so wunderbarer Abend, und wir werden draußen essen. Außerdem ist euch sicher schon aufgefallen, dass man sich hier nirgendwo hinsetzen kann. Sämtliche Möbel stehen im Garten.«

»Es sieht wirklich hübsch aus«, bemerkte Jeremy. »Haben Sie den Tisch dekoriert, Flora?«

»Nein, das war Emma. Sie ist künstlerisch sehr begabt.«

Emma, die ihnen gefolgt war, blickte geziemend bescheiden drein.

»Welchem Beruf gehen Sie denn nach, Emma?«, erkundigte sich Jeremy. »Sie haben offensichtlich echtes Talent.«

Flora beobachtete mit Befriedigung, wie Emma Jeremy zu dem Tisch hinüberzog, den sie in eine kleine Nische vor der Hecke gestellt hatten. Auf dem Tisch lag eine Decke, und darauf standen eine Vase mit einem einzelnen Geißblattzweig und ein kleines Schälchen mit Pistazien. So unordentlich der Garten insgesamt auch war, war er dennoch ausgesprochen hübsch, mit Kletterrosen, die sich über die Hecke rankten, Geißblatt, das die Luft mit seinem Duft durchzog, und Mohnblumen, die ihre Blätter schamlos über das Gras verteilt hatten.

»Was trinken Sie, Flora?«, fragte Charles sie von hinten. Sie drehte sich erschrocken um und sah, dass er die Hände voller Flaschen hatte.

»Oh, ich denke, ich nehme nur etwas von dem Holunderblütensaft. Emma und ich haben vorhin schon ein Glas Wein getrunken.«

»Also, mich hält das nicht davon ab, jetzt noch eins zu trinken«, rief Emma, die das gehört hatte. »Es überrascht mich, dass es dich abhält, Flora. Du musst schließlich nicht mehr fahren.«

»Aber ich muss fahren«, erklärte Charles. »Ich nehme auch ein Glas Holundersaft.«

»Und jetzt erzählen Sie mir, was Sie beruflich machen, nachdem Sie nicht länger bei der Armee sind«, wandte sich Emma an Jeremy. »Ich habe von Flora viel mehr über Auktionshäuser erfahren, als ich jemals wissen wollte. Sie ist vollkommen fasziniert davon.«

»Ist das wahr?«, fragte Charles leise und trat näher an Flora heran, die sich auf die Armlehne der Bank gehockt hatte.

»Nun ja, ich habe wahrscheinlich wirklich zu viel über das Thema geredet«, gab sie zu.

»Ich meine, dass Sie fasziniert von Auktionshäusern sind.«

»Ich würde das zwar nicht in den Plural setzen, doch es stimmt, von unserem Auktionshaus bin ich in der Tat fasziniert.« Sie sah ihm in die Augen. »Aber das wissen Sie doch, Charles. Ich habe es Ihnen gesagt. Und nicht nur ein Mal.«

»Ja, wahrscheinlich.«

Flora holte tief Luft, denn sie musste unweigerlich an ihren Streit denken, der immer noch zwischen ihnen stand. Sie hätte einiges darum gegeben, einfach nur still dasitzen und den herrlichen Sommerabend genießen zu dürfen, ohne irgendetwas Gescheites von sich geben zu müssen, aber das war unmöglich.

Nahm er es übel, dass Annabelle in der Küche verschwunden war und ihn allein gelassen und damit zu der Notwendigkeit verurteilt hatte, höfliche Konversation zu machen? Kämpfte er gegen den Drang, dorthinein zu stürmen und von Annabelle zu verlangen, dass sie sich die Gummihandschuhe von den Händen riss und mit hinaus in den Garten kam? Würde es einen Streit geben? Bei dem Gedanken musste sie lächeln – eine solche Entwicklung war extrem unwahrscheinlich.

»Weshalb lächeln Sie?«, wollte Charles wissen.

»Oh, es gibt keinen bestimmten Grund!« Sie, die normalerweise reden konnte wie ein Wasserfall, wusste beim besten Willen nichts zu antworten. Möglicherweise lag es daran, dass sie müde war, aber sie befürchtete, dass ihre Wortkargheit einen anderen Grund hatte: Sie wusste, dass sie sich für all die schrecklichen Dinge, die sie ihm während ihres Streits an den Kopf geworfen hatte, vernünftig entschuldigen musste. Sie nahm noch einen Schluck von ihrem Saft und wünschte, sie sei nicht so abstinent gewesen und hätte sich stattdessen noch ein Glas Wein gegönnt. Sie konnte sich nicht entschuldigen, wenn die Gefahr bestand, dass irgendjemand ihr Gespräch mit anhörte – sie wollte nicht, dass die ganze Angelegenheit allgemein bekannt wurde.

»Meinen Sie, dass Annabelle in der Küche klarkommt?«, fragte sie unbeholfen. »Vielleicht sollte ich mal nach ihr sehen?«

Charles stand ihr im Weg und hätte zur Seite treten müssen, wenn sie wirklich versucht hätte, ins Haus zu flüchten. »Annabelle ist durchaus im Stande, sich aus der Affäre zu ziehen, wenn es ihr dort keinen Spaß macht, das kann ich Ihnen versichern«, sagte er.

Hörte sie da eine Spur Kälte aus Charles' Stimme heraus? Vielleicht hatten die beiden unterwegs gestritten. Allerdings hatte Jeremy bei ihnen im Wagen gesessen. Das wäre für Charles ein ernsthaftes Hindernis gewesen, wenn auch nicht für Annabelle. »Also schön, ich werde versuchen, mir darüber nicht den Kopf zu zerbrechen.«

Sie war nicht wirklich besorgt, sondern fühlte sich nur ein klein wenig unbehaglich. Außerdem zermarterte sie sich das Gehirn auf der Suche nach einem neutralen Gesprächsthema.

»Entspannen Sie sich einfach, Flora«, meinte er und legte ihr für eine Sekunde die Hand ins Kreuz, während er um die Bank herumkam, um sich neben sie zu setzen. »Ich weiß, wie stressig es ist, Gäste zu haben, doch William hat sicher alles unter Kontrolle. Und wenn nicht, Annabelle ist sehr tüchtig.«

Flora seufzte abermals. Wenn es doch nur William, Annabelle und die Segnungen der Natur wären, die ihr Sorgen bereiteten! Glücklicherweise erschienen in diesem Moment William und Annabelle mit der Vorspeise.

»So, hier sind ein paar kleine Brennnessel-Quiches für den ersten Hunger«, erklärte William.

»Er ist einfach großartig«, schwärmte Annabelle. »Er hat das gesamte Essen aus Dingen gezaubert, die er am Wegrand und in den Hecken gesammelt hat. Oh, und mit ein paar Auberginen.«

Flora, die das wusste, hatte gehofft, diese Information vor ihren Gästen verborgen halten zu können, und sie hatte auch Emma Stillschweigen schwören lassen. Aber jetzt war die Katze aus dem Sack.

»Ich hoffe, das heißt nicht, dass wir ein paar Heckenbraunellen als Fleischeinlage bekommen«, warf Jeremy ein und brüllte dabei vor Lachen – damit hatte er sich bei Emma vermutlich für alle Zeiten unmöglich gemacht, dachte Flora.

»O nein. Die Gerichte sind streng vegetarisch«, versicherte William. Flora hatte sich gegen eine Kaninchenpastete ausgesprochen, obwohl William beteuert hatte, dass er ein wunderbares Rezept dafür kenne. Aber der Gedanke daran, ein Tier häuten und ausnehmen zu müssen, war einfach zu widerwärtig.

»Oh!«, murmelte Jeremy.

»Vegetarisch, aber nicht vegan«, fügte William beruhigend hinzu. Er und Flora waren zwar übereingekommen, die Kosten für das Essen möglichst gering zu halten, doch da Emma ein dickes Stück von einem sehr guten Parmesankäse mitgebracht hatte, wäre es eine Schande gewesen, ihn nicht zu verwenden.

»Es ist schön, einmal etwas anderes auszuprobieren«, bemerkte Emma, die die Brennnessel-Quiches vorgekostet hatte und wusste, dass sie schmeckten. »Mmh! Die sind köstlich.«

»Also schön«, meinte Jeremy und schob sich eine Quiche im Ganzen in den Mund. »Tatsächlich«, fügte er ein oder zwei Sekunden später hinzu, während er sich die Krümel von den Fingern pustete. »Die sind wirklich hervorragend.«

»Tu nicht so überrascht, Jeremy«, fuhr Annabelle ihn an. »William ist ein brillanter Koch.«

»Das Geheimnis bei Brennnesseln«, warf William ein, »besteht darin, nur die obersten beiden Blätter zu pflücken, wie man es mit Tee macht.«

»Nehmen Sie doch noch eine Quiche, Jeremy«, forderte Emma ihn auf, als sie seine leicht entsetzte Miene bemerkte. »Und machen Sie sich keine Gedanken wegen des Essens. Ich weiß zufällig, dass der Nachtisch ganz normal ist.«

»Er wird bestimmt köstlich sein«, antwortete Jeremy und sah Emma an, die seinen Blick erwiderte.

Flora, der dieses kleine Zwischenspiel nicht entgangen war, war äußerst zufrieden. Es würde Emmas Ego ungemein guttun, ein wenig bewundert zu werden. Und es würde Dave guttun, wenn er herausfand, dass Emma einem kleinen Flirt nebenbei nicht abgeneigt war. Vielleicht würde er sie dann mehr zu schätzen wissen.

»Also, was gibt es zum Essen?«, erkundigte sich Charles.

»Ich finde, das sollte eine Überraschung sein«, erwiderte Annabelle. »Dann können wir alle versuchen, die Zutaten zu erraten!«

»Solange keine davon giftig ist …«, warf Jeremy ein.

»Natürlich ist nichts Giftiges dabei«, sagte Annabelle, die Jeremy offensichtlich lästig fand, so wie Frauen die Freunde ihrer Partner häufig lästig fanden. »William kocht schließlich nicht zum ersten Mal!«

»Außerdem sollte ich jetzt wieder in die Küche gehen und die Dinge dort im Auge behalten«, meinte William. »Ich lasse normalerweise meine Töpfe nicht allein, um höfliche Konversation zu treiben.«

»Ich komme mit!«, erklärte Annabelle und eilte ihm nach.

Flora blickte zu Charles auf. Er wirkte nicht im Mindesten beunruhigt. »Stört es Sie nicht, wenn Annabelle die ganze Zeit in der Küche zubringt?«

»Nein. Das ist mal eine nette Abwechslung für sie.«

Und da Emma und Jeremy tief in ein Gespräch verwickelt waren, wie es sich ergibt, wenn zwei Menschen sich kennenlernen und sich zueinander hingezogen fühlen, blieb Flora nichts anderes übrig, als sich mit Charles zu unterhalten. Ihr fiel noch immer nicht das Geringste ein, womit sie ein Gespräch hätte bestreiten können. Ihr schlechtes Gewissen stand wie eine unüberwindliche Mauer zwischen ihnen. Sie musste unbedingt einen Weg finden, um dieses Hindernis zu überwinden. Es war einfach zu quälend. Also stellte sie ihr Glas auf den Tisch, der auf dem Rasen ein wenig wackelte, ließ sich auf die Bank sinken und wünschte, sie könnte einfach einschlafen, und wenn sie wieder aufwachte, wären alle bereits nach Hause gegangen.

»Also, was bekommen wir nun zu essen?«, fragte Charles. Er saß jetzt auf der Armlehne.

»Wollen Sie das wirklich wissen?« Flora war sich nicht ganz sicher, was die einzelnen Zutaten betraf.

»Nein. Ich habe lediglich Konversation gemacht.«

Flora kicherte. »Wir könnten über die Arbeit reden.«

»Das könnten wir, ich finde jedoch, wir sollten es lassen.« Aber er lächelte, während er sprach.

»Nein. Und ich kann Ihnen die Kätzchen nicht zeigen, weil sie sich wirklich nicht verändert haben, seit Sie sie das letzte Mal gesehen haben.«

»Sie sind ausgesprochen süß. Ich hätte nichts dagegen, sie wiederzusehen.«

»Hm, Sie könnten auf einen Sprung nach oben gehen. Dann würden Sie auch sehen, wie ordentlich mein Schlafzimmer jetzt ist. Aber ich werde nicht mitkommen. Ich muss hier unten bleiben und mich um die Dinge kümmern.«

»Welche Dinge?«

»Oh, Sie wissen schon, einfach nicht näher spezifizierte ›Dinge‹.«

»Dann werde ich mir den Weg sparen.«

Flora fragte sich kurz, ob dies ein geeigneter Augenblick sei, um zu ihrer Entschuldigung anzusetzen. Charles und sie konnten nach oben gehen, sie konnte sich entschuldigen, und dann konnten sie genauso schnell wieder hier im Garten sein. Aber Emma würde es mitbekommen und womöglich eine peinliche Bemerkung darüber machen.

»Ich glaube, ich brauche noch einen Drink«, seufzte sie. »Und diesmal werde ich Wein nehmen.«

Er nahm ihr das Glas ab. »Roten oder weißen?«

»Weißen, bitte.«

Er war im Nu mit ihrem Wein zurück. Wenn Flora es nicht besser gewusst hätte, hätte sie Charles' Benehmen für ritterlich gehalten. Aber das war natürlich unmöglich. Charles konnte ihr gegenüber ebenso wenig ritterlich sein, wie sie fliegen konnte. Allerdings musste sie zugeben, dass er zumindest eine recht gute Imitation von Ritterlichkeit zustande brachte.

»Also, auf uns«, sagte sie und begriff zu spät, dass diese Bemerkung wahrscheinlich ein absoluter Fehlgriff war. »Ich meine, auf *Stanza und Stanza*.«

»Auf *Stanza und Stanza*.« Charles hob sein Glas und blickte ihr in die Augen. »Das aus ›uns‹ besteht.«

Bevor Flora ihrem Verlangen, laut loszuschreien und in den Wald zu rennen, nachgeben konnte, erschienen glücklicherweise William und Annabelle, die einen Korb mit Brötchen und einen Stapel Suppenteller mitbrachten.

»Es ist alles fertig«, berichtete Annabelle. »Sie können zu Tisch bitten. Haben Sie eine Sitzordnung arrangiert, Flora, oder soll ich das für Sie übernehmen?«

»Nein, ich habe mir schon überlegt, wo jeder sitzen sollte«, antwortete Flora, voller Dankbarkeit für ihre Mutter, die darauf bestanden hatte, dass die Aufstellung einer Sitzordnung einen wesentlichen Teil der Pflichten eines guten Gastgebers ausmachte. »Also, da William das Kochen besorgt hat, sollte er am Kopf des Tisches sitzen, als Gastgeber.« Sie schenkte ihm ein Lächeln, von dem sie hoffte, dass es ihre Dankbarkeit für seine Hilfe zum Ausdruck brachte. »Ich werde natürlich am anderen Ende des Tisches sitzen. Emma und Annabelle, Sie gehen zu William hinüber, und Jeremy und Charles sitzen neben mir.«

»Solange ich nicht neben Charles sitzen muss, bin ich mit allem einverstanden«, bemerkte Annabelle.

Jeremy gelang es, seine Enttäuschung darüber zu verbergen, dass er nicht neben Emma sitzen würde, und bis auf William und Annabelle nahmen alle Platz.

»Soll ich mich um den Wein kümmern?«, fragte Charles.

»Ja, das wäre sehr nett. Und ich sollte mit William in die Küche gehen und ihm helfen, alles nach draußen zu tragen.«

»Ich denke, das wird Annabelle übernehmen«, meinte Charles.

Solchermaßen ihrer Pflichten als Gastgeberin beraubt, ergab Flora sich in ihr Schicksal und hantierte mit dem Besteck herum. »Die kleinen Girlanden um die Servietten sehen sehr hübsch aus, Emma«, bemerkte sie.

»Sie müssen Stunden dafür gebraucht haben«, vermutete Jeremy.

»Es hat mir Spaß gemacht, wirklich.« Emma blickte über den Tisch hinweg zu Jeremy hinüber, und es war offensichtlich, dass sie noch immer ihren Spaß hatte.

»Ich hoffe nur, dass es später nicht kalt werden wird«, sagte Flora. »Falls jemand frieren sollte, habe ich oben noch einige Strickjacken und Schals.«

»Frieren Sie, Flora?«, fragte Charles und legte ihr die Hand auf den Oberarm, als wollte er ihre Körpertemperatur überprüfen.

»Nein, alles in Ordnung! Ich dachte nur, dass es später vielleicht ...«

Bevor sie sich in langweiligen Wetterprognosen für den herrlichen Sommerabend ergehen konnte, erschien William mit einer Suppenterrine, die Flora und Emma am Vormittag in einem Secondhandladen erstanden hatten. Annabelle hielt eine Butterdose bereit.

»Also«, meinte William. »Zuerst gibt es eine kalte Wasserkressesuppe mit selbst gebackenen Brötchen.«

»Wow«, rief Emma. »Selbst gebackenes Brot! Du bist wirklich klasse!«

»Und was essen wir nach der Suppe?«, hakte Jeremy nach, noch immer ein wenig nervös.

Annabelle funkelte ihn wütend an, aber William antwortete: »Es handelt sich um eine Art Pudding aus ...«

»Ich dachte, das wolltest du erst verraten, wenn die Gäste probiert haben«, fiel Flora ihm energisch ins Wort. Sie war dankbar dafür, dass das Essen endlich beginnen konnte. »William, du verteilst die Suppe. Haben alle noch Wein?«

Charles stand auf und füllte die Gläser nach, einschließlich Floras. Sie wusste genau, dass sie die Hand über das Glas hätte halten sollen, unterließ es aber.

»Das ist fantastisch!«, rief Jeremy, als alle ihre Suppe vor sich stehen hatten und die ersten zaghaften Löffel probierten.

»Das stimmt, William«, erklärte Flora. »Und noch mal vielen Dank für all deine Mühe!«

Ihre Sorgen, was das Essen betraf, legten sich ein wenig. Eine gute Schale Suppe, die viel Sahne enthielt und daher rasch sättigte, war auf jeden Fall eine anständige Grundlage, um bis zu der Schokoladenmousse durchzuhalten, falls sich der Hauptgang als ungenießbar erweisen sollte.

»William hat mir erzählt, er habe im Wald Nachtigallen schlagen hören«, berichtete Annabelle aufgeregt.

»Aber nicht mehr in letzter Zeit. Inzwischen ist ihre Sangeszeit mehr oder weniger vorbei.«

»Haben Sie nicht gesagt, Sie hätten erst letzte Woche eine gehört?«, meinte Annabelle.

»Wie lange sind Sie eigentlich schon hier?«, wollte Charles wissen. »Ich dachte, Sie seien mit Emma nur übers Wochenende hergekommen.«

»Oh, das stimmt auch«, antwortete William geschickt, »aber ich wohne ganz in der Nähe. Ich kenne diesen Wald gut.«

»Dann ist es also überhaupt nicht nötig, die Nacht hier zu verbringen«, murmelte Jeremy und warf Emma einen besitzergreifenden Blick zu.

»Wo genau wohnen Sie denn?«, erkundigte sich Charles.

Flora stand auf. »Entschuldigt mich bitte, ich habe noch etwas Wichtiges vergessen.« Sie rannte beinahe ins Haus und ging in ihr Schlafzimmer hinauf. Was um alles in der Welt würde William sagen? Wenn es die falsche Antwort war, konnte das für ihn schlimmer sein als für sie, aber dennoch wollte sie seine Lügen nicht mit anhören. Sie blickte aus dem Fenster. Ihre Gäste schienen sich gut zu unterhalten, und im nächsten Moment wehte auch schon schallendes Gelächter zu ihr herauf. Einige Sekunden später war sie wieder unten.

»Tut mir leid«, meinte sie, da die anderen sie fragend ansahen. »Mir war nur eingefallen, dass ich seit Stunden keinen Lipgloss mehr aufgelegt hatte. Möchte jemand noch Suppe? Jeremy, Sie können bestimmt noch einen Teller vertragen. Und noch ein Brötchen.«

Während Flora die Suppenteller in die Küche brachte und auf den Fußboden stellte, die einzige freie Fläche im Raum, tröstete sie sich mit der Tatsache, dass ihre Gäste bereits fast satt waren. Auf dem Weg nach draußen kam ihr William mit der leeren Terrine entgegen, gefolgt von Annabelle, die den leeren Brotkorb hereinbrachte.

»Annabelle! Sie brauchen wirklich nicht mehr zu helfen. Setzen

Sie sich und genießen Sie den schönen Abend. William und ich kommen jetzt auch allein zurecht.«

»O nein, ich bestehe darauf. Ich finde diese Idee, Essen nur aus selbst gesammelten Zutaten zuzubereiten, absolut faszinierend.« Annabelle kicherte wie ein Teenager.

Flora ging zu ihren Gästen hinaus. »Also, Jeremy, welchem Beruf gehen Sie jetzt nach, da Sie nicht mehr bei der Armee sind?«, fragte sie.

»Ich bin EDV-Berater«, erwiderte er.

»Oh! Emma ist auch in der Computerbranche. Was für ein Zufall!«

Jeremy beugte sich ein wenig vor. »Was macht William noch mal? Ich bin mir sicher, dass irgendjemand es mir erzählt hat, doch ich habe es wieder vergessen.«

Flora schluckte. »Er ist Dichter und Porträtmaler. Hat er an der Universität Kunst studiert, Emma?«

Emma öffnete den Mund, als brauchte sie eine Extraportion Sauerstoff. »Nein. Ich glaube, es hatte irgendetwas mit Umwelt zu tun«, sagte sie schließlich. »Sie werden ihn selbst fragen müssen, Jeremy.«

»Ich habe nur gerade darüber nachgedacht, was man mit dem Malen verdienen kann.«

Beide Frauen hofften inbrünstig, dass Jeremy diese Frage nicht William stellen würde, da dieser wahrscheinlich daraufhin die nackte Wahrheit enthüllen würde, die in seinem Fall sehr nackt sein konnte.

»Tada!«, schmetterte Annabelle, als William eine Platte auf den Tisch stellte. Auf der Platte befand sich etwas, das Ähnlichkeit mit einem in grünen Stoff eingehüllten Glockenhut hatte.

»Würden Sie uns jetzt bitte verraten, was das ist!« Jeremys Stimme klang halb flehentlich, halb ungeduldig.

»Ampferpudding«, erklärte William.

»Und Salat – aus Heckenkräutern«, ergänzte Annabelle voller Stolz.

»Ich gehe nur schnell die Kartoffeln holen«, rief Flora, die darauf bestanden hatte, dass es von dieser nahrhaften, mit Sahne und Zwiebeln im Ofen zubereiteten Beilage eine große Portion geben sollte. Das Essen mochte zwar so gut wie nichts gekostet haben, aber in puncto Kalorien hatte es dennoch einiges zu bieten. Außerdem gab es einen Tomatensalat, den Emma zubereitet hatte und der etwas Farbe auf den Tisch brachte.

»Möchte noch jemand Wein?«, fragte Charles nach dem Dessert, das allen vorzüglich geschmeckt hatte.

»Also, das war das Abendessen!«, seufzte Annabelle, die sich auf ihrem Stuhl zurückgelehnt hatte und ausgesprochen entspannt wirkte. »Jetzt möchte ich die Nachtigallen hören.«

»Es ist sehr unwahrscheinlich, dass Sie damit Glück haben werden. Sie hören Ende Juni auf zu singen.«

»Aber Sie haben gesagt, dass vielleicht die eine oder andere doch noch einmal schlägt. Oh, kommen Sie mit, William! Es ist so ein himmlischer Abend.«

Annabelle, so dachte Flora ein wenig mürrisch, hatte offensichtlich befunden, dass William kein Krimineller war.

»Wie steht's mit Ihnen?«, wandte sich Jeremy an Emma. »Hätten Sie Lust auf einen Spaziergang im Wald?«

Dem Blick zufolge, den Emma Flora zuwarf, hatte diese durchaus Lust.

Flora kam sich vor wie eine Klassensprecherin. Sollte sie den Ausflug verbieten? Oder ihm ihren Segen geben? Ihr persönlich war es egal, ob die anderen spazieren gingen, doch sie machte sich Sorgen, dass diese unerwartete Entwicklung der Dinge Charles verletzen könnte.

Obwohl er im Gegensatz zu allen anderen vergleichsweise nüchtern war, wirkte er recht entspannt. Als Fahrer hätte er in dieser Situation durchaus erklären können, es sei Zeit, aufzubrechen.

»Mir persönlich ist nicht nach einem Spaziergang«, sagte Flora.

»Aber ich laufe gern schnell nach oben und hole euch beiden Schultertücher. Es wird langsam kühl. Was ist mit Ihnen, Charles?«

»Ich brauche kein Schultertuch, vielen Dank! Doch wenn die anderen gehen wollen, helfe ich Ihnen beim Abräumen.«

»Vielen Dank.«

Als Annabelle, William, Emma und Jeremy aufgebrochen waren, begann Flora, die Teller zu stapeln. Charles legte ihr eine Hand auf den Arm, um sie daran zu hindern. »Warum setzen Sie sich nicht einfach hin und betrachten die Sterne, während ich abräume?«

»Das geht auf keinen Fall. Außerdem kann ich mir ohnehin keine Sternbilder merken.«

Trotz ihres Protests ließ sie sich auf das Sofa sinken und blickte zum Himmel empor. »Setzen Sie sich doch auch noch ein wenig, sonst muss ich mich womöglich noch sorgen, dass Sie ohne mich spülen werden.«

Er blieb stehen. »Es macht mir nichts aus.«

Flora rückte auf dem Sofa nach vorn. »Nein, lassen Sie es bitte. Ich würde wirklich gern mit Ihnen reden.«

»Oh? Ich hatte ja keine Ahnung, dass ich Ihre Lieblingskummerkastentante bin.«

»Das ist nicht der richtige Zeitpunkt, um einen Sinn für Humor zu entwickeln«, versetzte sie streng. »Ich möchte mich entschuldigen.«

»Wofür? Sie sind mir doch nicht auf den Fuß getreten, oder?«

»Charles, bitte! Sie waren noch nie witzig, also fangen Sie jetzt bitte nicht damit an. Ich möchte mich für die schrecklichen Dinge entschuldigen, die ich zu Ihnen gesagt habe. Letzte Woche im Büro, als ich die Decke zum Einsturz gebracht habe.«

»Ich dachte, Sie wüssten, dass ich Ihnen Ihre Renovierungsversuche nicht mehr nachtrage.«

»Ja, aber das war es nicht, wofür ich mich entschuldigen wollte. Es tut mir leid, dass ich gesagt habe, Sie wären ein hoffnungsloser

Geschäftsmann und dass ich die Seniorpartnerin sei und so weiter. Ich finde wirklich, wir sollten mehr Werbung machen, doch ich denke nicht, dass Sie in Ihrem Job nichts taugen. Ganz im Gegenteil. Ich war einfach nur wütend und habe die gemeinsten Dinge von mir gegeben, die mir eingefallen sind.«

»Ich war auch wütend«, antwortete Charles leise. »Ich habe Ihnen wahrscheinlich unverzeihliche Dinge an den Kopf geworfen.«

»Nun, nicht völlig unverzeihlich, aber es hat mich doch ein wenig mitgenommen, dass Sie mich für herzlos und intrigant halten.«

»So sehe ich Sie jetzt nicht mehr. Und ich muss zugeben, ich bin froh darüber, dass Henry heute Abend nicht hier ist. Er ist nicht die Art Mann, mit dem Sie Ihre Zeit verbringen sollten.«

»Oh.« Diese Bemerkung brachte Flora ein wenig aus dem Gleichgewicht. »Ich hatte ihn eingeladen, aber er konnte nicht kommen.«

»Oh.«

Flora fragte sich, ob es klug gewesen war, das zuzugeben, da Charles daraufhin prompt wieder in seine gewohnte zugeknöpfte Unnahbarkeit verfallen war. Sie seufzte. »Also, warum haben Sie gedacht, ich sei eine herzlose Schlampe?«

»Das habe ich nicht gesagt.«

»Nicht wörtlich, doch es ist das, was Sie gemeint haben.«

Jetzt war es an ihm, zu seufzen. »Es ging um Justin.«

»Justin?«

»Justin Mateland. Sie haben ihm nämlich das Herz gebrochen. Zumindest hat er mir das erzählt.«

»Ich glaube nicht, dass Justins Herz auch nur das Geringste mit der Sache zu tun hatte«, erwiderte Flora ungehalten. »Er war nur wütend, weil …«

»Warum?«

»Weil er offensichtlich von mir erwartet hat, dass … nun ja, er hatte mich zum Essen eingeladen und vermutet … ich möchte wirklich nicht in die Einzelheiten gehen.« Flora schauderte bei der

Erinnerung; diese Szene war so schmutzig gewesen! Sie hatte sich aus Leibeskräften gegen Justin zur Wehr gesetzt und furchtbare Angst ausgestanden.

»Oh.« Charles erbleichte, als ihm plötzlich bewusst wurde, was sie angedeutet hatte. »Davon hatte ich keine Ahnung. Als Justin sich bei mir gemeldet hat, war er sehr erregt. Jetzt ist mir klar, dass er wütend war.«

»Wütend war er ganz sicher, als er meine Wohnung verließ.« Und geblutet hatte er, wie sie sich erinnerte.

»Mein Gott, das tut mir leid, Flora! Ich hätte Justin nicht einfach glauben dürfen.« Charles wirkte tatsächlich zerknirscht, was sehr für ihn sprach. »Justin hatte mir von Ihnen erzählt. Er meinte, dass Sie eine …« Er hüstelte, außerstande, eine höfliche Umschreibung dafür zu finden. »Nun, wie dem auch sei, wegen der Dinge, die er mir von Ihnen erzählt hatte, hatte ich mir eine Meinung gebildet, bevor ich Sie das erste Mal sah. Irgendwie wollte ich wohl auch nicht, dass ein Fremder hier auftaucht und sich in mein Geschäft einmischt – denn ich fürchte, als solches betrachte ich es immer noch –, und erst recht wollte ich kein verwöhntes kleines Mädchen in der Firma haben, das alles durcheinanderbringen und dann wieder verschwinden würde, sobald es der Sache überdrüssig wird.« Er schüttelte den Kopf. »Annabelle und ich haben Sie nicht direkt freundlich aufgenommen, nicht wahr?«

Flora lächelte. »Nein, nicht direkt. Aber Sie sind nicht der Einzige, der sich zunächst einmal hat täuschen lassen. Ich hätte mir auch kein vorschnelles Urteil bilden dürfen.«

»So?«

»Ich habe Sie für so stoffelig gehalten, dass ich glaubte, ein einziger Blick von Ihnen müsste jedes lebendige Wesen in ein verstaubtes Museumsstück mit Glasaugen verwandeln.«

»Gütiger Gott! Ich hoffe, so sehen Sie mich jetzt nicht mehr.«

»Ich kann Sie überhaupt nicht sehen, Charles. Es ist zu dunkel.«

Sie öffnete den Mund, um ihn noch einmal aufzufordern, sich zu ihr auf die Bank zu setzen, aber dann besann sie sich eines Besseren. Der Sommerabend hatte eine seltsam sinnliche Wirkung auf sie, und es wäre keine gute Idee gewesen, wenn Charles sich neben sie gesetzt hätte. Nicht, nachdem sie zu viel Wein getrunken hatte.

Er kam zu ihr herüber und hockte sich auf die Armlehne der Bank. »Vielleicht sollten wir abräumen. Oder vielleicht sollte ich mich wenigstens darum kümmern.«

»Nein, lassen Sie das. In der Küche ist kein Platz mehr, um irgendetwas abzustellen.«

»Die kleine Küche ist auch eigentlich nicht dazu geeignet, Gäste zu bewirten.«

»Nein. Möchten Sie vielleicht eine Tasse Kaffee oder irgendetwas?«

»Nein, danke.«

Einen Moment lang herrschte Schweigen zwischen ihnen. Flora suchte verzweifelt nach einem Gesprächsthema. »Die anderen unternehmen aber einen ziemlich langen Spaziergang. Ich hätte nicht gedacht, dass Annabelle der Typ ist, der gern bei Dunkelheit durch den Wald stolpert.«

»Stille Wasser sind tief.«

»Wie lange sind Sie eigentlich schon verlobt?« Im Grunde wollte sie es gar nicht wissen, doch zumindest ergab sich auf diese Weise ein ungefährliches Gesprächsthema.

»Offiziell sind wir seit etwa einem Jahr verlobt, aber wir sind schon immer davon ausgegangen, dass wir heiraten würden. Wir kennen einander von der Wiege an.« Er hielt inne. »Ich habe mich kurz in eine andere Frau verliebt, während ich auf Reisen war. Doch es war nicht von Dauer. Ich war sehr froh darüber, zu Annabelle zurückkehren zu können.«

Jeden anderen hätte Flora wahrscheinlich gefragt, ob diese andere Frau ihm das Herz gebrochen habe, aber nicht Charles.

»Werden Sie mir jetzt erlauben abzuwaschen?«

»Nein …«

»Ich halte es nur für keine sehr gute Idee, hier im Dunkeln neben Ihnen zu sitzen.«

»Ich bin kein Vampir, Charles«, sagte Flora, seltsam erfreut.

»Sie sind erheblich gefährlicher als ein Vampir. Kommen Sie mit.«

Charles und Flora trockneten noch immer Teller und Besteck ab, als die anderen zurückkamen. Sie wirkten alle ein wenig zerzauster als bei ihrem Aufbruch, und an Emmas Schuhen klebte Labkraut.

Flora legte ihr Geschirrtuch beiseite und zupfte die anhängliche Pflanze ab. »Das nennt meine Mutter ›wilden Tesafilm‹. Habt ihr irgendwelche Nachtigallen gehört?«

Annabelle seufzte. »Nein, doch es war auch so wunderschön. Wir sollten viel häufiger bei Nacht spazieren gehen, das ist ein in Vergessenheit geratenes Vergnügen.«

»Ich denke, ich sollte euch jetzt nach Hause bringen«, schlug Charles vor. »Flora, danke für einen wunderbaren Abend.« Dann küsste er sie auf die Wange, in beunruhigender Nähe ihres Ohres.

»Ja, es war einfach großartig«, bekräftigte Jeremy. »Und ein ganz hervorragendes Essen.« Sein Kuss fiel recht herzlich aus. »Emma? Ich melde mich dann.«

»Ja, tun Sie das«, antwortete Emma mit einem Lächeln, das einem Grinsen gefährlich nah kam.

»Flora!« Annabelle legte ihr die Hände auf die Schultern und küsste sie auf die Wange. »Das Essen war wirklich fabelhaft und alles andere auch.«

»Ich habe das Essen nicht gekocht, Annabelle.«

»Ich weiß, aber Sie haben die Einladung arrangiert, und es war alles super.«

»Ich freue mich, dass es Ihnen gefallen hat.«

Annabelle drehte sich zu William um. »Was soll ich sagen? Dieser Spaziergang war pure Magie.«

»Ich freue mich, dass er Ihnen gefallen hat.«

»Sie wissen so viel über die Natur und all diese Dinge.«

»Nun, ich verbringe auch eine Menge Zeit im Freien.«

»Kommt«, drängte Charles. »Es ist schon spät.«

Endlich hatte Charles Annabelle und Jeremy im Wagen verfrachtet. Emma, William und Flora sahen den dreien von der Tür aus nach.

»Ich finde, es ist wirklich gut gelaufen«, bemerkte Flora. »Was denkt ihr beiden denn?«

»Jeremy war sehr nett«, gab Emma zurück. »Aber Annabelle fand ich ein wenig beängstigend.«

»Ja?«, wunderte sich William. »Ich fand sie sehr freundlich, und sie hat wirklich interessante Gesichtszüge, streng und … renaissanceartig. Ich würde sie gern einmal malen.«

Flora verdaute diese Bemerkung einen Moment lang und überlegte, ob ihr Make-up vielleicht zu Annabelles strengen Gesichtszügen beigetragen haben könnte, verwarf diesen Gedanken dann jedoch wieder. »Hm, wie dem auch sei, du warst der Star des Abends! Und dabei so sparsam.«

William zuckte die Schultern. »Warum sollte man für Essen bezahlen, wenn man es auch umsonst haben kann?«

Als Flora sich später die Zähne putzte, ging ihr durch den Kopf, dass ihre Beziehung zu Charles sich anscheinend verbessert hatte. Sie wusste jetzt, warum er ihr gegenüber so argwöhnisch gewesen war; wegen der Geschichte mit Justin hatte er sie für eine hinterhältige Schlampe gehalten. Nachdem dieser Punkt geklärt war, sollten sie in Zukunft erheblich besser miteinander zurechtkommen. Es überraschte sie, wie erleichtert sie darüber war, dass sich die Atmosphäre zwischen ihnen entspannt hatte. Das hatte ihr offensichtlich mehr zu schaffen gemacht, als ihr bewusst gewesen war, und wenn sie bei ihm nicht länger in Ungnade stand, konnten sie beide aufhören, ihren lästigen Eiertanz aufzuführen und stattdessen *Stanza und Stanza* wieder aufs richtige Gleis bringen.

Ja, ihr Verhältnis hatte sich an diesem Abend entschieden verändert, aber trotzdem würden die Dinge zwischen ihnen nicht wieder so werden, wie sie vor dem Streit gewesen waren – es fühlte sich eher so an, als würden sie tatsächlich Freunde, statt nur höfliche Geschäftspartner zu sein, und einmal mehr überraschte sie sich selbst mit der Erkenntnis, wie viel ihr das bedeutete. Wenn die Roadshow gut lief, würde er vielleicht aufhören, sie als dumme Blondine zu betrachten und anfangen, einen wirklich nützlichen Menschen in ihr zu sehen.

Kapitel 14

Noch mal vielen Dank für die Einladung«, sagte Charles am Montagmorgen.

Annabelle und er stiegen gerade aus ihrem Wagen. Flora hatte kurz vor ihnen den Landrover eingeparkt und auf sie gewartet. Das Wiedersehen mit Charles verursachte einen eigenartigen Gefühlsaufruhr in ihr, den sie auf ihre neue, verbesserte Beziehung zurückführte.

»Ja, es war wunderbar! Man stelle sich das nur vor! All die köstlichen Speisen praktisch kostenlos!«, schwärmte Annabelle.

»Hm, abgesehen von ein paar Töpfen Crème fraîche und etwas Parmesankäse«, meinte Flora. »Jedes alte Kraut schmeckt lecker, wenn man es richtig zuzubereiten weiß.« Sie lächelte und hoffte, dass sie nicht zu gereizt geklungen hatte.

»Die Schokoladenmousse war exzellent«, bemerkte Charles.

Plötzlich musste Flora daran denken, dass er sie in diesem schokoladenverschmierten Kleid gesehen hatte, und sie errötete. Sie räusperte sich. »Nun ja, es freut mich wirklich sehr, dass es Ihnen beiden gefallen hat.«

»Und Jeremy hat es ebenfalls gefallen«, sagte Annabelle. »Er scheint ja ganz begeistert von Ihrer Freundin zu sein. Sie müssen mir irgendwann mal mehr von ihr erzählen.«

Mittlerweile hatten sie den Hintereingang zum Büro erreicht, sodass es Flora erspart blieb, auf Annabelles Bitte um Informationen über Emma reagieren zu müssen. Es war Montagmorgen, und sie wollte sich auf die vor ihr liegende Arbeitswoche konzentrieren. Jetzt, da sich die Situation zwischen Charles und ihr entspannt hatte, sah sie auch allen anderen Dingen optimistischer entgegen. Es würde sicher einfacher sein, *Stanza und Stanza* in die Gewinnzone zu bringen, wenn Charles begriffen hatte, dass sie am selben Strang zogen. Außerdem erhoffte sie sich ein wenig Hilfe bei der Roadshow.

»Wo ist Louisa?«, fragte Annabelle, als sie in das Büro traten. »Ich lechze nach einem Kaffee. Oh, natürlich, heute ist Montag!«

»Ich werde den Kaffee kochen«, entschied Flora. »Wie wollen Sie ihn?«

»Schwarz, zwei Stück Zucker.«

»Charles?«

»Für mich bitte genauso.«

Sie trug wenig später ein Kaffeetablett in Charles' Büro, wo Annabelle und er saßen.

»Haben Sie auch für sich eine Tasse mitgebracht?«, fragte Charles. »Wir müssen über diese Roadshow am Mittwoch reden.«

»Ah, ja. Das müssen wir«, antwortete Flora und dankte Gott, dass Charles beschlossen hatte, sich an dem Vorhaben zu beteiligen. »Ich laufe nur schnell nach drüben und brühe mir einen Tee auf.«

Sie wusste, dass sie den Augenblick hinauszögerte. Mittlerweile musste irgendjemand – vermutlich Charles – die verschiedenen Annoncen, die sie aufgegeben hatte, gelesen und herausgefunden haben, was sie ausgeheckt hatte. Oder zumindest einen Teil von dem, was sie ausgeheckt hatte. Sie hatte noch nicht für all ihre Sünden bezahlt – einige davon würden erst später ans Licht kommen.

»Also«, sagte Charles, nachdem Flora sich noch einen Stuhl an den Schreibtisch gezogen hatte. »Ich habe mit Geoffrey gesprochen. Er ist mit im Boot. Außerdem haben sich Bob Butler und zwei andere Auktionatoren, die beruflich nicht mehr aktiv sind, zur Mitarbeit bereit erklärt.«

»Liebling, wir werden gar keine Verwendung für all diese Leute haben«, warf Annabelle ein. »Was um alles in der Welt hast du dir nur dabei gedacht?«

»Ich habe mir gedacht, dass es gut sein wird, möglichst viel Hilfe zu haben«, fuhr Charles geschickt fort. »Wir wollen die Leute doch nicht zu lange warten lassen.«

»Um Himmels willen! Wir können von Glück sagen, wenn überhaupt jemand kommt. Es werden auf keinen Fall so viele Leute da sein, dass irgendjemand Schlange stehen muss.«

»Das kann man nie wissen«, widersprach Flora strahlend. Inzwischen war ihr klar geworden, dass Charles die Annoncen zwar gesehen hatte, nicht aber Annabelle. Und er hatte ihr nichts davon erzählt. Diese Tatsache schuf eine eigenartige Solidarität zwischen ihnen. »Meinen Sie, dass wir irgendwo einen Tisch einrichten sollten, an dem die Leute etwas trinken und einen Imbiss nehmen können?«

»Eine hervorragende Idee«, antwortete Charles. »Die Porter werden das in die Hand nehmen, wenn ich sie darum bitte.«

»Vergiss nicht, dass sie bezahlt werden müssen«, wandte Annabelle ein, »und das Ganze kommt mir doch sehr spekulativ vor. Außerdem ist es wahrscheinlich ohnehin zu kurzfristig, um jetzt noch etwas zu organisieren.«

»Nun ja, eigentlich habe ich bei der Chorprobe mit ein oder zwei Portern darüber gesprochen«, sagte Flora.

»Was?« Annabelle runzelte die Stirn.

»Weil ich die Leute bei der Probe sehe, habe ich die Gelegenheit genutzt, um sie zu fragen, ob sie auch kurzfristig einspringen könnten, falls es notwendig sein sollte.« Ganz so hatte sie es dem subversiven Sopran gegenüber nicht ausgedrückt, aber ihre Worte waren doch ungefähr in diese Richtung gegangen.

»Eine gute Idee«, befand Charles.

»Ah, warum fragen Sie nicht William, ob er herkommen und bei den Erfrischungen helfen kann?«, wollte Annabelle wissen, die, wie Flora auffiel, ihr Haar heute erfreulich unordentlich trug.

Flora war ein wenig verwirrt. Warum um alles in der Welt glaubte Annabelle, dass William ihnen helfen könnte? »Ich glaube nicht, dass das sein Ding wäre, Annabelle. Ich weiß, er ist ein fabelhafter Koch, aber ich bezweifle, dass er Lust hätte, Schokoladenriegel und Schinkenbrötchen zu verkaufen.«

»Außerdem nehme ich an, dass er mittlerweile nach Hause gefahren ist, nicht wahr, Flora?«, fragte Charles mit ziemlich strengem Tonfall.

»Aber er wohnt doch ganz in der Nähe«, wandte Annabelle ein. »Das hat er gesagt. Deshalb kennt er sich im Wald so gut aus.«

»Ich habe seine Adresse nicht«, erklärte Flora energisch und ausnahmsweise einmal wahrheitsgemäß.

»Oh«, murmelte Annabelle. »Aber könnten Sie nicht über Emma Kontakt zu ihm aufnehmen?«

»Wahrscheinlich, nur dass Emma für ein paar Tage weggefahren ist«, improvisierte sie und wechselte dann hastig das Thema. »Also, welche anderen Vorbereitungen müssen noch getroffen werden?« Wahrhaftig, sie hatte zu viel zu tun, um über William und seine mögliche Verfügbarkeit nachzudenken. Annabelle musste sich inzwischen doch ein – positives – Urteil über ihn gebildet haben, oder warum sollte sie sonst bei Nacht mit ihm durch einen Wald spaziert sein? »Was müssen wir noch organisieren?«

»Viele Dinge können erst an dem Tag selbst erledigt werden, doch wir werden die Tische und Stühle aufstellen. Denken Sie bitte daran, dass möglicherweise nicht gerade tausende herbeiströmen werden, Flora. Ich möchte nicht, dass Sie am Ende enttäuscht sind.«

»Ganz bestimmt nicht!«, sagte Annabelle. »Ich weiß nicht, warum ihr beiden überhaupt all diese Vorbereitungen trefft. Es ist schließlich nicht die *Antiques Roadshow!*«

Flora und Charles tauschten einen Blick. »Nein«, erklärte Flora. »Die ist es nicht.«

»Also, wenn ihr nichts dagegen habt, ich möchte jetzt gehen und noch einige Dinge für Mummy besorgen. Du brauchst mich doch nicht, oder, Charles?«

»Im Augenblick nicht«, antwortete er.

Liebte er sie wirklich?, fragte Flora sich, während sie und Charles Annabelle nachsahen. In diesem Augenblick wäre doch gewiss irgendeine Art von Zärtlichkeit angebracht gewesen? Aber da war nichts, nicht einmal ein »Darling«. Die beiden behaupteten, einander zu lieben, doch so, wie Flora die Dinge wahrnahm, hatte diese Beziehung etwas seltsam Kaltes.

»Also«, sagte Charles, als er und Flora allein waren, »was glauben Sie, wie viele Leute auftauchen werden?«

»Nun, dank Geoffrey wird fast jeder aus dem Chor irgendetwas mitbringen. Edie hat die Frauenvereinigung und verschiedene andere hiesige Gruppen für das Projekt interessiert.«

»Und dann wären da noch die Annoncen«, bemerkte Charles gelassen.

Flora nickte und legte ein Geständnis ab. »Die ich bei sämtlichen Lokalzeitungen der Gegend aufgegeben habe.«

»Das ist mir aufgefallen.« Flora konnte nicht erkennen, ob er über ihre Initiative erfreut oder entsetzt war oder das Ganze einfach nur hinnahm.

»Und da wäre noch etwas, das ich Ihnen erzählen sollte«, erklärte sie.

»Ja?«

»Sie wissen doch, dass diese Antiquitätensendungen im Fernsehen von gut aussehenden, jungen Männern moderiert werden?«

»Flora, ich habe tagsüber keine Zeit, um …«

»Natürlich, tut mir leid. Nun, es ist jedenfalls so. Und einer der Tenöre im Chor hat starke Ähnlichkeit mit einem dieser Moderatoren. Er wird die richtigen Kleider tragen und sich ein wenig betätigen.«

»Wollen Sie damit sagen, dass Sie ein Fernsehmoderatoren-Double angeheuert haben, obwohl das Original wahrscheinlich nicht den blassesten Schimmer von Antiquitäten hat, von seinem Imitator gar nicht erst zu reden, nur damit die Leute denken, dass sie vielleicht im Fernsehen erscheinen werden?«

Charles schien sich beinahe so sehr über Floras Eigenmächtigkeit zu ärgern wie über ihre gescheiterte Verschönerungsaktion. »Diese Moderatoren sind alle schon seit Jahren im Antiquitätengeschäft«, protestierte Flora.

»Darum geht es mir nicht, Flora.«

Emma hatte angedeutet, dass es etwas Erotisches hätte, wenn ein Mann streng wurde, und jetzt musste Flora ihr Recht geben. »Es ist doch nur ein wenig Aufputz. Ich werde damit niemanden wirklich täuschen.«

Charles behielt seine strenge Miene gerade lange genug bei, um Flora echte Angst einzujagen, dann bekannte er: »Es gibt da etwas, das ich Ihnen beichten sollte, obwohl ich eigentlich nicht einsehe, dass ich das hätte tun müssen, nachdem Sie mich in Ihre Pläne ja auch nicht eingeweiht haben …«

»Was, Charles? Mein Gott, Sie können einen manchmal wirklich verrückt machen!«

»Ich kenne einen der Experten, die in diesen Sendungen eingesetzt werden. Er wird herkommen, um uns zu helfen. Und er wird vielleicht eine kleine Fernsehcrew mitbringen. Das hängt ganz davon ab, was sonst noch so los ist.«

Flora flog an den Möbeln vorbei und direkt in Charles' Arme, ohne zu wissen, wie das hatte geschehen können. »Charles! Sie sind ein Schatz! Ich liebe Sie!« Sie küsste ihn kräftig auf die Wange und trat dann einen Schritt zurück. »Natürlich nur als Cousine und Anteilseignerin«, fügte sie hinzu.

»Natürlich«, meinte er nach ein oder zwei Sekunden. »Ich wäre niemals auf den Gedanken gekommen, dass Sie mich auf eine andere Art und Weise lieben könnten.«

»Oh, ich weiß nicht, Charles«, murmelte Flora, verwegen geworden durch seine Neuigkeiten und ihre letzte Begegnung mit seiner glatt rasierten Wange und dem dezenten Aftershave. »Wenn Sie nicht schon vergeben wären … nein, das war nur ein Witz«, sprach sie hastig weiter, denn sie wusste nicht, wen sie mit diesen Worten aufzog, Charles oder sich selbst. »Nun, nach dem, was Sie mir gerade erzählt haben – übrigens, haben Sie es Annabelle auch erzählt?«

Er schüttelte den Kopf. »Sie erwartet immer noch einen Mann, seinen Hund und einen wackeligen Küchentisch, in den sich der Hund höchstwahrscheinlich verlieben wird.«

Flora lächelte begeistert. »Sie haben ja Sinn für Humor – wie schön!« Dann runzelte sie plötzlich die Stirn. »Was glauben Sie, wie sie darauf reagieren wird?«

»Ich glaube«, antwortete er bedächtig, »wir werden feststellen, dass sie am Mittwoch zum Dressurreiten gehen und von der ganzen Sache erst erfahren wird, wenn wir schon gar nicht mehr wissen, wohin mit all den Sheraton-Stühlen.«

»Aber Sie denken nicht, dass es so kommen wird.«

»Eigentlich weiß ich sogar, dass es so kommen wird, denn Bob Butler hat ein sehr hübsches Set, das er mitbringen will, nur für den Fall, dass die Filmcrew auftaucht und die ganze Geschichte real wird.«

»Ist er derjenige, der Sie gefragt hat, ob Sie sein Geschäft aufkaufen wollen?«

»Genau genommen haben mir zwei Auktionatoren dieses Angebot gemacht. Sie sind beide schon seit einer Ewigkeit im Geschäft, können sich aber irgendwie nicht dazu durchringen, in Pension zu gehen, wenn niemand ihr Geschäft weiterführt.«

Flora seufzte. Eingedenk der Tatsache, dass sie während der letzten zwei Wochen nicht miteinander gesprochen hatten, konnte sie kaum glauben, dass er sich so eingesetzt hatte, um sie bei ihrem Projekt zu unterstützen. Vielleicht fand er ihre Idee doch nicht so dumm. »Das ist ja fantastisch! Ich hoffe nur, die Leute, die sich um die Erfrischungen kümmern sollen, werden mit alldem fertig. Es sind nicht besonders viele, die ich dafür vorgesehen habe.«

»Zerbrechen Sie sich darüber nicht den Kopf. Im Fall einer Krise ist die Frauengemeinschaft immer bereit einzuspringen.«

»Normalerweise erstellen die doch heutzutage eher erotische Kalender, als Sandwiches zuzubereiten, oder?«

»Ich garantiere Ihnen, die meisten Landfrauen sind es von Kindesbeinen an gewohnt, Tee in Kübeln zu kochen und Brote im Akkord zu schmieren. Mit einem stumpfen Messer und in einem Höllentempo. Vertrauen Sie mir in diesem Punkt.«

»Ich vertraue Ihnen in allem, Charles.« Sie biss sich auf die Unterlippe. »Wir werden viel mehr Handzettel benötigen. Soll ich sie am Computer erstellen oder drucken lassen? Ich könnte buntes Papier kaufen, sodass sie ein wenig interessanter aussehen.«

»In Ordnung. Es wird Zeit sparen, sie einfach zu kopieren, und dann können wir neue nachdrucken, wenn uns die Vorräte ausgehen.«

»Dann werde ich mich also darum kümmern. Noch irgendetwas anderes?«

»Es könnte nützlich sein, Kontakt zur Lokalzeitung aufzunehmen. Sie werden vielleicht gern jemanden rüberschicken wollen. Es ist schließlich eine Premiere.«

Als sie aus dem Raum schlüpfte, verspürte sie ein unerklärliches Glücksgefühl. Ihre Imitation der *Antiques Roadshow* würde dank Charles ein atemberaubender Erfolg werden. Natürlich hatte auch sie einen gewissen Anteil daran, aber vor allem war es Charles' Verdienst. Sie konnte noch so viele Leute anschleppen, die alles wussten, was es über Antiquitäten zu wissen gab – ein echter »Fernsehexperte« würde den Käufern allemal mehr bedeuten. Es war ein zynischer Gedanke, das wusste sie, doch es entsprach der Wahrheit.

Die Tage vor der Auktion verschmolzen zu einem Nebel von Aktivitäten, und Flora war noch nie so glücklich und zufrieden gewesen. Von Annabelle war nicht viel zu sehen, aber Flora und Charles wuchsen zu einem Team zusammen. Sie waren noch nicht direkt gleichberechtigte Partner, dachte Flora, doch zumindest war sie nicht länger die lästige Idiotin.

»Zum Glück regnet es nicht!«, seufzte Flora, als sie früh am Mittwochmorgen aus ihrem Fenster blickte. »Wir brauchen uns nicht zu sorgen, dass die Leute wegen des Wetters nicht kommen werden.«

Jetzt brauchte sie sich nur noch darum zu sorgen, was sie anziehen sollte. Es war wichtig, einen guten Eindruck zu machen. Sollte sie geschäftsmäßig im Kostüm auftreten? Praktisch in Jeans? Oder hübsch in dem Kleid, zu dem Charles ihr Komplimente gemacht hatte? Es war im Grunde keine Frage. Sie stöpselte ihr Reisebügeleisen ein und holte das Kleid, das sie am vergangenen Sonntag von Hand gewaschen hatte und das jetzt ein zerknittertes Häufchen Stoff war. Eine Stunde später kam sie in der Halle an, ein wenig verfroren, aber zuversichtlich, dass die Sonne sie später wärmen würde.

Charles erschien, kurz nachdem sie die Tür aufgeschlossen und sich darangemacht hatte, weiße Laken auf die Zeichentische zu legen, die am Vortag aufgestellt worden waren.

»Guten Morgen«, meinte er.

»Hallo«, erwiderte sie. Sie fühlte sich plötzlich unglaublich gehemmt und wünschte, sie hätte Jeans angezogen.

»Sie werden sich das Kleid schmutzig machen. Warum binden Sie keine Schürze um? In einer Schublade in dem hinteren Raum liegt ein ganzer Stapel.«

»Gute Idee.« Sie ließ Charles mit den Tischdecken allein und suchte sich eine Schürze. Irgendjemand hatte ihr einmal erzählt, dass eine Frau, die eine Schürze über einem hübschen Kleid trug, ausgesprochen sexy wirkte.

Als sie zurückkam, unterhielt sich Charles mit zwei Männern in Tweedjacken und Flanellhosen. Sie waren beide schon älter und wirkten sehr distinguiert.

»Das ist Flora Stanza. Flora, das ist Bob Butler, und das ist George Woodman. Sie sind beide im Geschäft, seit Noah ein kleiner Junge war, aber sie sind Konkurrenten, nicht Freunde.«

Die Männer lachten. »Nun, ganz so lange sind wir auch wieder nicht dabei, aber doch lange genug.« Bob Butler ergriff Floras ausgestreckte Hand. »Sie sehen für eine Co-Direktorin eines alteingesessenen Geschäfts viel zu jung aus, wenn ich das bemerken darf.«

»Ich bin zwar ziemlich jung, aber ich denke, dass sich dieser Zustand mit der Zeit legen wird. Was meinen Sie, Charles?« Obwohl sie eigentlich nur Konversation machte, musste sie sich eingestehen, dass sie sehr gespannt auf seine Antwort wartete. Es war geradezu erbärmlich.

»Oh ja. Flora macht sich sehr gut. Das hier war allein ihr Werk.«

George Woodman sah sich mit wissendem Blick um. »Hm, man kann nicht voraussagen, wie viele Leute kommen werden, doch es ist eine gute Idee.«

»So, auf mich wartet noch eine Menge Arbeit«, erklärte Flora. »Sobald ich mit den Tischdecken fertig bin, setze ich den Kessel auf. Tee, Kaffee?«

Die Männer sagten ihr, was sie wollten. »Es ist schön, ein hübsches Mädchen zu haben, das einem den Tee kocht, Charles«, bemerkte einer der beiden Männer, als Flora den Raum verließ.

»Bei *Stanza und Stanza* kochen wir alle von Zeit zu Zeit Tee, selbst die Direktoren«, erwiderte Charles. Flora freute sich sehr über seine Antwort: Charles hatte von ihr als Direktorin gesprochen – ja!

Um fünf vor neun spähte Flora aus dem Fenster, um festzustellen, ob sie ein bekanntes Gesicht entdecken konnte. Sie hatte schreckliche Angst, dass sie eine ganz und gar menschenleere Straße vor sich sehen würde. »Arrgh!«, rief sie.

»Was ist?« Charles kam herbeigelaufen.

»Ungefähr eine Million Leute! Sie stehen alle draußen Schlange, und sie haben alle etwas mitgebracht.«

»Dann lassen Sie sie wohl besser rein«, entgegnete er mit einem breiten Grinsen. »Diese Leute sind nämlich alle Ihretwegen hier. Es ist gut, dass ich das Nachrichtenteam des hiesigen Fernsehsenders informiert habe. Das wird eine sehr gute Reklame für uns sein. Brauchen Sie Hilfe beim Öffnen der Türen?«

»Es ist genauso wie im Fernsehen«, meinte Virginia einige Stunden später. Sie führte jetzt das Kommando über die Snackbar.

Flora, die gerade vom Supermarkt zurückgekommen war, stellte zwei Vier-Liter-Behälter Milch auf die Theke. »Bitte schön. Das sollte für ein Weilchen genügen. Es ist umwerfend! Wir werden allein mit den Snacks ein Vermögen verdienen.«

»Ein Mann hat mir erzählt, er und seine Frau seien den ganzen Weg von Trowbridge hierhergefahren. Sie waren ganz aus dem Häuschen bei der Aussicht, ihre Kanne von einem Eric Soundso inspizieren zu lassen.«

»Oh, Sie meinen den Experten? Er ist furchtbar nett, nicht wahr? Ein echter Charmeur.«

»Die beiden waren jedenfalls sehr zufrieden. Also, was wollen Sie essen, Flora? Sie waren die ganze Zeit auf den Beinen und haben sich um alle anderen gekümmert. Ich richte Ihnen ein leckeres Schinkenbrötchen.«

Flora hatte seit etwa zehn Uhr von Schinkenbrötchen geträumt, als ihr eingefallen war, dass sie nicht gefrühstückt hatte. Jetzt hatte sie auch nichts zum Mittag gegessen. »Das wäre wunderbar. Mir kommen ständig Leute mit Tabletts entgegen, und ich habe alle Mühe, nicht über sie herzufallen. Außerdem hätte ich gern eine Tasse Tee.«

»Ich werde Ihnen frischen aufbrühen. Ach, du meine Güte, sehen Sie nur, wer da gerade hereinkommt.«

Flora drehte sich um. »Annabelle!« Sie hatte prompt Gewissensbisse, fest davon überzeugt, dass Annabelle sie zurechtweisen würde, obwohl offenkundig war, dass das ganze Ereignis ein voller Erfolg war.

»Es ist schon gut, sie kommt nicht her«, meinte Virginia. »Sie hat Eric Soundso entdeckt und ist zu ihm hinübergegangen«.

»Puh. Ich sollte sicher immer noch die Namen und Adressen der Leute notieren und sie dazu überreden, uns ihre Schätze zum Verkauf zu überlassen – oder was immer Direktoren so tun.«

»Unsere Rohstoffversorgung sicherzustellen ist eine sehr wichtige Aufgabe. Zerbrechen Sie sich über Annabelle nicht den Kopf.«

Flora hatte nicht gewusst, dass ihre Zwiespältigkeit, was Annabelle betraf, so offenkundig war. »Es ist wirklich sehr nett von Ihnen allen, dass Sie sich heute so ins Zeug legen.«

»Wir sind alle dafür verantwortlich, *Stanza und Stanza* in Schwung zu halten – oder zumindest sind wir es, seitdem Sie zu uns gestoßen sind.«

»Virginia! Das ist das Netteste, was jemals irgendjemand zu mir gesagt hat!«

»Es ist nur die Wahrheit. Annabelle dagegen zeigt keinen Funken von Ihrem Engagement.«

»Bei ihr liegen die Dinge ja auch anders.« Flora versuchte, fair zu sein. »Es ist nur das Geschäft ihres Verlobten, nicht ihr eigenes.«

»Als die beiden sich verlobt haben, wusste sie schließlich, worauf sie sich einließ.«

»Wenn man verliebt ist, zieht man die praktischen Dinge nicht immer in Betracht.«

Virginia runzelte die Stirn. Flora war sich nur allzu deutlich bewusst, dass alle anderen um sie herum ihrer Arbeit nachgingen, und sie hatte ein schlechtes Gewissen, weil sie kostbare Zeit verschwendete, doch andererseits wollte sie unbedingt hören, was Virginia über Charles und Annabelle zu sagen hatte – denn sie selbst fand die beiden ziemlich rätselhaft. »Ich glaube nicht, dass Charles und Annabelle jemals wirklich ineinander verliebt waren«, erklärte Virginia nach kurzem Bedenken. »Und wenn sie es waren, haben sie sich im Büro jedenfalls niemals etwas davon anmerken lassen.«

»Ich vermute, dass sie beide vom Wesen her sehr zurückhaltende Menschen sind. Leute wie sie schmusen nicht in der Öffentlichkeit.«

Virginia kicherte. »Schmusen! Was für ein schönes, altmodisches Wort! Aber das meinte ich eigentlich nicht. Andererseits, wie soll man wissen, was hinter den Beziehungen anderer Menschen steckt? Manchmal ist es schon schwer genug, sich über seine eigenen Beziehungen klar zu werden. Doch bei Charles und Annabelle hatte man immer den Eindruck, dass es sich vorrangig um eine Art geschäftlicher Beziehung handelt.«

»Oh.« Das passte zu dem, was Charles ihr auf der Dinnerparty erzählt hatte – er hatte zwar nicht viele Worte darüber verloren, aber der Eindruck war derselbe gewesen.

»Also«, meinte Virginia, »wenn Sie mit Ihrem Tee fertig sind, sollten Sie Eric, dem Experten, auch eine Tasse bringen. Er dürfte langsam fällig für den nächsten Tee sein.«

Flora nickte. »Ich werde vorher zu Charles gehen und mich nach seinem Namen erkundigen.«

»Oh, Charles kämpft gerade mit einer langen Schlange von Kunden. Ihm könnten Sie auch einen Tee mitbringen.«

Flora stellte ihm die Tasse hin, und Charles blickte von einem Milchkännchen in Form einer Kuh auf, für das er gerade die Worte »Es strahlt auf nette Weise etwas Altertümliches aus« gefunden hatte, und lächelte. Einen Moment lang war sie über die Maßen glücklich, bis ihr bewusst wurde, dass es eigentlich Annabelle hätte sein sollen, die ihn unterstützte, und nicht sie.

Flora war bisher nicht klar gewesen, dass sie so viele Leute in Bishopsbridge kannte oder dass so viele von ihnen sie kannten.

Immer wieder trat jemand an sie heran, um sie zu begrüßen, und alle schienen sich bestens zu amüsieren. »Dieser Mann vom Fernsehen meint, mein alter Becher sei dreißig Pfund wert! Können Sie sich das vorstellen? Ich habe ihn immer als Wassernapf für meinen Hund benutzt. Ich sollte ihm wohl besser einen aus Plastik kaufen.«

»Meine Tante ist vor einigen Monaten gestorben. Ich wollte eigentlich eine Spezialfirma mit der Haushaltsauflösung beauftragen, doch jetzt denke ich, dass ich wohl erst mal einen von Ihren Leuten kommen lassen werde, um die Möbel zu schätzen.«

»Das ist das Beste, was Sie tun können«, antwortete Flora. »Es sind bestimmt einige wertvolle Dinge dabei.« Flora war sich nicht sicher, ob sie diese Frau kannte oder nicht, aber die Frau schien sie zu kennen, zumindest verhielt sie sich so. »Nehmen Sie sich doch einen Handzettel mit.«

Sie war bereits zwei Mal ins Büro gegangen, um Flyer nachzudrucken, und selbst diese gingen bereits wieder zur Neige.

Flora sah, dass Charles seine Schlange an Geoffrey weitergegeben hatte. Die Menge zerstreute sich langsam ein wenig, und er kam mit seiner Tasse in der Hand zu ihr herüber.

»Ich habe Annabelle gebeten, das Büro aufzuschließen, damit wir es vorübergehend als Lagerraum benutzen können. Einige Leute möchten die Dinge, die sie bei der nächsten Auktion verkaufen wollen, nicht wieder mit nach Hause nehmen.« Er betrachtete Flora – insbesondere ihr schmutziges Gesicht und ihre Füße. »Wir werden eine zusätzliche Auktion veranstalten müssen. Der nächste reguläre Termin ist erst im Herbst.«

»Sie müssen doch ganz außer sich vor Freude sein, Charles«, meinte Virginia. »Das war wirklich eine geniale Idee von Flora.«

Annabelle gesellte sich zu ihnen. »Ja, es war ein erstaunlicher Erfolg. Wer hätte das gedacht? Woher wussten die Leute nur alle, dass sie ins Fernsehen kommen würden? Eric hat sich erst in letzter

Minute bereit erklärt, hier zu erscheinen. Und dann ist auch noch das Nachrichtenteam des Lokalsenders aufgetaucht. Das muss ein reiner Zufallstreffer gewesen sein.«

»Nicht ganz, Annabelle«, widersprach Charles. »Ich habe dem Fernsehsender Bescheid gegeben.«

»Ja, aber warum sind all diese Leute gekommen?«

»Flora hat in sämtlichen Lokalzeitungen eine sehr attraktive Annonce schalten lassen«, erwiderte Charles.

Flora blickte auf ihre Füße hinab, die inzwischen ziemlich verschmutzt waren. Sie hätte doch Jeans anziehen sollen oder ein Kostüm, jedenfalls kein dünnes Sommerkleid und Sandalen.

»Ich muss schon sagen, Flora«, meldete Annabelle sich zu Wort. »Sie haben sich als überraschend nützlich erwiesen.« Sie legte Flora eine Hand auf die Schulter. »Kommen Sie mit mir, dann können wir ein wenig reden. Es gibt da etwas, das ich Sie gern fragen würde.«

»Halt sie nicht zu lange auf, Annabelle«, bat Charles. »Sie ist schon vor Morgengrauen hier gewesen und muss vollkommen erschöpft sein.«

»Nicht vor Morgengrauen«, versicherte Flora. »Ich denke, das Morgengrauen und ich sind ungefähr zur gleichen Zeit angekommen.«

Er lachte und zeigte dabei seine Zähne, die sehr gerade und weiß waren, was entweder das Produkt guter Gene war oder guter Zahntechnik.

»Ich werde sie nicht lange aufhalten, mach dir deshalb keine Gedanken. Ich habe da nur eine kleine Frage in Sachen Kleidung. Wegen des Klassentreffens, du weißt doch?«

Typisch Annabelle, dachte Flora, all der Arbeit auszuweichen, die die Roadshow mit sich gebracht hatte, und dann selbstverständlich zu erwarten, dass Flora sich darauf konzentrieren würde, was Annabelle zu ihrem Klassentreffen tragen sollte!

Annabelle wählte einen kleinen Raum aus, der ziemlich überfüllt war mit Tischen und Stühlen in Kindergröße, Plastikschaukelpferden und sonstigem Spielgerät, aber weit genug vom Hauptflur entfernt lag, um sicher sein zu können, dass ihr Gespräch hier niemand würde belauschen können. »Zunächst einmal: Es ist sehr schön, dass Sie und Charles jetzt besser miteinander zurechtkommen. Zu Anfang war er so verärgert über Sie.«

»Ich weiß.«

»Ich hatte eigentlich überlegt, ein dunkelblaues Kostüm anzuziehen, aber …« Sie hob die Hand zu einem gespielten Tadel. »Aber ich wusste, Sie würden mit mir schimpfen, wenn ich nicht einen Schal oder irgendetwas anderes dazunehmen würde. Was meinen Sie, welche Farbe sollte ich wählen?«

Flora, die wusste, dass draußen alle anderen aufräumten und sich in ihrem Erfolg sonnten, schob sich eine Haarsträhne hinters Ohr. »Ich an Ihrer Stelle würde ganz bestimmt kein Kostüm anziehen. So etwas wirkt furchtbar matronenhaft, es sei denn, Sie tragen nichts darunter und zeigen eine Menge Dekolletee.«

»Oh.«

»Und dunkelblau? Das scheint mir eher für eine Versammlung der Konservativen Partei geeignet zu sein als für einen netten Frauenabend.«

»Die Farbe der Konservativen ist königsblau.«

Flora ließ sich auf ihren winzigen Stuhl sinken. »Stimmt.«

»Dann werde ich das Kostüm also nicht anziehen, doch da war noch etwas anderes, das ich Sie fragen wollte.«

»Ja?« Virginia und einige der anderen wollten anschließend noch in den Pub gehen. Flora hoffte, dass Charles ebenfalls mitkommen würde. Wenn Annabelle sie zu lange hier festhielt, würden sie vielleicht ohne sie aufbrechen.

»Können Sie mir Williams Handynummer geben?«

»Er hat kein Handy.«

»Er hat keins! Wie um alles in der Welt kommt er dann zurecht?«

Flora zuckte die Schultern, ebenso verwundert wie Annabelle. »Weshalb wollen Sie die Nummer überhaupt?«

»Ich hatte da eine Idee. Es ist eine Art Geheimnis.«

»Was?« Annabelle war so gar nicht der Typ, zu dem Geheimnisse passten.

»Ich möchte, dass er mein Porträt malt. Als Hochzeitsgeschenk für Charles! Meinen Sie, er könnte es bis November schaffen?«

Irgendwie erschien ihr dieser Termin schrecklich früh. »Die Hochzeit soll also im November sein? Was für eine komische Jahreszeit.«

»Ja, das stimmt schon, aber im Frühling und im Sommer ist die Abtei immer ausgebucht. Außerdem ist das die Zeit, in der Daddy die meisten Versicherungsabschlüsse macht, mit deren Provision er die Feier bezahlt.«

»Sie denken wirklich praktisch, Annabelle.«

»Ich weiß, und das ist auch ein Glück. Aber ich glaube trotzdem, dass Charles sich über ein Porträt von mir sehr freuen würde. Meinen Sie nicht auch?«

Flora dachte nach. Ihr Vater hatte kurz nach der Hochzeit mit ihrer Mutter eine Pastellzeichnung von ihr anfertigen lassen, und es war tatsächlich schön, so etwas zu besitzen. »Doch, das glaube ich auch. Und William hat ja …« Sollte sie Annabelle erzählen, was William gesagt hatte? Sie entschied sich für die Wahrheit. »Er hat gemeint, er würde Sie sehr gern malen.«

»Ach ja? Oh, cool.«

Flora lachte. Es war nett, Annabelle einen umgangssprachlichen Ausdruck benutzen zu hören. »Hmhm.«

Annabelle schien sich außerordentlich darüber zu freuen. »Aber wie kann ich Kontakt zu ihm aufnehmen, wenn er kein Handy hat?«, fragte Annabelle und bewies damit einmal mehr ihre praktische Ader.

»Ich werde mal sehen, ob ich ihm nicht irgendwie eine Nachricht übermitteln kann.«

»Würden Sie das tun? Er könnte sich dann bei mir melden. Allerdings müsste er mich auf meinem Handy anrufen, denn ich möchte auf keinen Fall, dass Charles etwas davon erfährt. Das würde mir die ganze Überraschung verderben«, fügte sie hinzu.

»Ich werde sehen, was sich machen lässt.«

»Geben Sie sich bitte große Mühe, Flora.«

»Das werde ich!« Wahrhaftig, sobald Annabelle entschied, dass sie etwas haben wollte, wollte sie es auf der Stelle. Flora erhob sich, denn sie wünschte sich sehnlichst, zu den anderen zurückkehren zu können.

Annabelle stand ebenfalls auf. »Da wäre noch etwas, Flora. Man erzählt sich, Sie würden mit Henry Burnet ausgehen?«

»Hm, nun ja, irgendwie schon.«

»Ich habe mich nur gefragt, warum Sie ihn nicht zu Ihrer Dinnerparty eingeladen haben. Oder haben Sie auf Charles Rücksicht genommen?«

»Ich habe Henry eingeladen, doch er konnte nicht kommen. Und warum sollte sich Charles dafür interessieren? Verstehen Henry und er sich nicht?«

»Nein, nicht besonders, und ich glaube nicht, dass es ihm gefallen würde, wenn Sie mit Henry ausgingen.«

»Warum nicht?«

»Henry ist ein ziemlicher Weiberheld. Charles war ein wenig mit seiner Exfrau, Natascha, bekannt, und ich glaube, dass Henry sich ihr gegenüber sehr schlecht benommen hat – Charles hat sie damals kennengelernt, kurz nachdem sie von Henrys Affäre erfahren hatte, und sie war sehr unglücklich. Charles war entsetzt. Außerdem verspürt er seiner kleinen Cousine gegenüber gewisse Beschützerinstinkte.« Sie lächelte, damit Flora das Wort »Beschützerinstinkte« auf keinen Fall missverstand. »Kommen Sie. Sehen wir zu, dass wir aus diesem Höllenloch hinauskommen. Ach, übrigens, Flora, finden Sie wirklich, dass Ihr Kleid für ein Ereignis wie die heutige Auktion passend ist?«

Kapitel 15

Die Halle war fast leer, als sie zurückkamen. Charles war noch da, aber er wirkte ungeduldig. Alle Euphorie schien verpufft zu sein. Sie befanden sich lediglich in einer staubigen Halle und warteten darauf, nach Hause gehen zu können.

»Die anderen sind alle in den Pub gegangen, Flora«, berichtete er. »Sie wollten Sie mitnehmen, aber ich dachte, wir drei könnten vielleicht noch irgendwo essen gehen.«

»Das ist eine wunderbare Idee«, antwortete Flora, die das dringende Bedürfnis hatte, ihren Erfolg zu feiern. »Außerdem bin ich halb verhungert.«

»Gut.« Diese Tatsache schien Charles sehr zu freuen. »Dann lasst uns mal überlegen, wo wir hingehen wollen.«

»Aber Charles«, sagte Annabelle scharf, »hast du das etwa vergessen? Wir sind mit Clarissa und Benjamin zum Essen verabredet.«

»Oh. Das hatte ich wirklich völlig vergessen.« Er sah Flora an, die sich sofort wie ein Überbleibsel von einem Flohmarkt fühlte, das niemand haben wollte. »Könnten wir Flora nicht mitnehmen?«

»Red keinen Unsinn! Die beiden kennen sie nicht. Und sie hätte sicher keine Lust, mitgeschleppt zu werden und die ganze Situation zu komplizieren!«

»Nein, das stimmt«, pflichtete Flora ihr bei. Sie war plötzlich den Tränen nahe.

»Gehen Sie zu den anderen in den Pub«, riet Annabelle. »Trinken Sie etwas Schönes mit ihnen.«

Flora wusste, dass sie Charles und Annabelle jetzt unbedingt allein lassen musste, oder sie würde sich ganz schrecklich zum Narren machen. »Eigentlich bin ich ziemlich müde. Vielleicht fahre ich einfach nach Hause. Also dann, Auf Wiedersehen!«

»Flora?«, rief Charles ihr nach, aber sie blieb nicht stehen.

Auf dem Parkplatz holte Flora ein paar Mal tief Luft. Was sollte sie jetzt unternehmen? Sie könnte Henry anrufen. Er hatte sie bereits während der Auktion angerufen und zum Essen eingeladen, aber sie hatte angenommen, dass sie später mit den Leuten ausgehen würde, mit denen sie während der vergangenen Tage so hart gearbeitet hatte.

Und wenn sie jetzt mit Henry ausging, während sie sich so niedergeschlagen fühlte, würde sie vielleicht zu viel trinken und trübsinnig werden. Also, sollte sie sich zu Virginia und den anderen gesellen?

Nein. Sie würde nach Hause fahren, ein Glas Wein trinken und William ausrichten, dass er ein Porträt von Annabelle malen sollte. Dann fiel ihr plötzlich ein, dass sie Annabelles Handynummer nicht hatte. Nun, die konnte sie sich morgen noch geben lassen.

Als sie nach Hause fuhr, schien der Sommer gerade seine Röcke zu raffen und sich zum Aufbruch zu rüsten. In der Ferne hörte man leises Donnergrollen, und Blitze erhellten den immer dunkler werdenden Himmel. Es hatte noch nicht zu regnen begonnen, aber die Luft roch schon danach, und selbst Flora, die in London aufgewachsen war und derartige Zeichen nicht so deutlich zu lesen vermochte, wusste, wann eine Sintflut drohte.

Als sie mit dem Landrover in den Weg einbog, der zum Cottage führte, klatschten die ersten Regentropfen auf die Windschutzscheibe. Sie hatten die Größe von Pfundmünzen, und nach den ersten Sekunden verwandelte sich der Regen in einen Wasserfall. Sie drosselte das Tempo und fluchte leise. Während sie den Wagen durch den Regen lenkte, spulten sich in ihrem Kopf noch einmal die Ereignisse des vergangenen Tages ab. Es wäre so schön gewesen, zusammen mit Charles und den anderen noch zum Essen in irgendein gemütliches Lokal zu gehen! Dazu war es leider nicht gekommen, aber davon abgesehen war die Roadshow ein riesiger Erfolg gewesen. Die Leute waren in Scharen herbeigeströmt, und laut Geoffrey, der der Einzige gewesen war, den sie hatte fragen können, war die Qualität der angebotenen Dinge im Großen und Ganzen recht anständig gewesen.

Und dann war da noch Henry. Sie hatte seine Einladung für diesen Abend nicht angenommen, aber als sie ihm abgesagt hatte, hatte er sich nicht so angehört, als nähme er ihr das übel: Er würde sie noch einmal einladen.

Nur wenn sie über Charles nachdachte, sank ihre Stimmung auf den Nullpunkt, was töricht war. Sie kamen inzwischen erheblich besser miteinander klar, und sie hatten ausgesprochen gut zusammengearbeitet. Das war schließlich alles, was sie wollte. Kurz darauf freute sie sich ungemein, William zu sehen.

Nachdem sie ein heißes Bad genommen hatte und in ihrem Morgenrock wieder nach unten gekommen war, reichte er ihr ein Glas Wein.

»Ich schätze mal, den hast du verdient«, sagte er.

»Oh, und ob ich mir den verdient habe!«

»Wie ist es gelaufen?«

»Großartig. Wir hatten Unmengen Leute da, die Lokalzeitung hat jemanden geschickt, und vielleicht wird sogar der lokale Fernsehsender etwas über uns bringen.«

»Also, was bekümmert dich dann?« Er reichte ihr eine Schale mit Sonnenblumen- und Cashewkernen, die er im Ofen geröstet und mit Sojasoße beträufelt hatte.

»Nichts. Warum fragst du?«

»Du bist einfach nicht das fröhliche kleine Energiebündel, das ich kenne. Und wenn eine Veranstaltung, die du organisiert hast, wirklich gut gelaufen ist, dann müsstest du jetzt eigentlich auf Wolke sieben schweben.«

Flora nahm einen Schluck Wein. Sie hatte sich größte Mühe gegeben, sich einzureden, dass sie mit sich völlig im Reinen sei, aber das stimmte nicht. »Ich bin wahrscheinlich nur müde. Und ich hatte eigentlich gedacht, dass wir anschließend noch alle zusammen essen gehen. Doch Charles und Annabelle hatten andere Pläne. Oh! Annabelle! Das hätte ich ja fast vergessen. Sie hat mich nach dir gefragt.«

»Ich dachte, sie hätte ihre Inspektion bereits durchgeführt und mir nur die besten Noten verliehen.«

»Und ob! Darum geht es ja. Sie möchte, dass du ihr Porträt malst.«

»Oh? Ein Auftrag? Das ist schön. Wir haben neulich abends kurz darüber geredet, doch mir war nicht bewusst gewesen, dass sie ein Porträt im Sinn hatte.«

Flora runzelte die Stirn. »Was hast du denn gedacht? So schön dein Körper ist, ich glaube nicht, dass sie es darauf abgesehen hat. Sie ist mit meinem Vetter verlobt.«

»Dem ehrenwerten Charles. Nun, wenn du es sagst.«

»Ich sage es! Annabelle ist einfach nicht die Frau, die ihren Mann betrügt, das wäre ihr viel zu unordentlich. Sie möchte Charles zur Hochzeit ein Porträt schenken, eine Idee, die ich sehr schön finde.«

»Das ist sie auch.«

»Das einzige Problem ist, ich habe vergessen, mir ihre Handynummer geben zu lassen, aber die kann ich ja morgen noch bekommen.«

»Hm. Was für eine Art von Porträt mag sie wohl im Sinn haben?«

»Oh, etwas sehr Konventionelles, könnte ich mir denken. Wahrscheinlich so etwas wie die alten Fotos, die man in der *Country Life* sehen kann, diese Bilder, auf denen die Frauen bis auf ihre Perlen nackt aussehen.«

»Das wäre eine gute Wahl für Annabelle. Sie hat wunderschöne Arme und Schultern.«

Persönlich fand Flora, dass Annabelles Arme eher kräftig waren, doch sie enthielt sich dieser Bemerkung. »Dann malst du sie also gern?«

»Oh ja. Eindeutig. Die Sache ist nur die, ich wollte morgen eigentlich weiterziehen.«

»Du lässt mich im Stich?« Damit hatte Flora nicht gerechnet.

»Flora, erinnere dich bitte: Als wir uns das erste Mal begegnet sind, warst du ganz und gar nicht begeistert von meiner Anwesenheit hier.«

»Aber seither habe ich mich an deine kleinen Schrullen gewöhnt. Und an deine Küche.«

Er lachte. »Es gibt da auf der anderen Seite des Waldes einige Dinge, um die ich mich kümmern muss. Ein Freund baut ein Haus aus Strohballen und möchte meinen Rat. In ein oder zwei Wochen werde ich wahrscheinlich zurückkommen. Falls ich darf.«

»Natürlich darfst du. Vor allem wenn ich so wunderbare Düfte aus dem Ofen riechen kann.«

»Noch eine Quiche. Und ich habe Suppe und einen Salat zubereitet. Ist das in Ordnung?«

»Oh, fabelhaft! Vielen Dank!« Dann stieß sie ein gewaltiges Gähnen aus. Später schlief sie ein, kaum dass sie sich ins Bett gelegt hatte, während Imelda in ihrer Kniekehle schnurrte, bis ihre Familie sie wieder brauchte.

Am nächsten Morgen regnete es immer noch in Strömen. Der Weg ähnelte einem kleinen Fluss, und Flora wurde schon tropfnass, als sie nur zum Landrover hinauslief, um ihre Gummistiefel zu holen.

»Du wirst doch heute nicht aufbrechen, oder, William? Du würdest ertrinken.«

»Der Regen wird später ein wenig nachlassen. Das muss er einfach. Wenn du heute Abend nach Hause kommst, werde ich nicht mehr da sein.«

Flora ließ unglücklich die Schultern sinken. »Du brauchst wirklich nicht zu gehen, das weißt du doch, William? Wenn Annabelle ihr Porträt gemalt haben will, dann wird sie es bald wollen. Die beiden werden im November heiraten.«

»Mach dir deswegen keine Sorgen, Flora.«

»Ich mache mir keine Sorgen, doch Annabelle wird sich sorgen. Sie hat ihr Leben gern wohl geordnet!«

»Wirklich, es wird Zeit, dass ich weiterziehe. Ich werde bald wieder da sein.« Er lächelte. Es war ein sehr freundliches Lächeln. »Ich habe mich schon viel zu sehr an das gute Leben gewöhnt, mit fließend warmem Wasser und Strom.«

»Und mir«, fügte Flora hinzu.

»Natürlich«, stimmte er zu, »aber bisher war ich derjenige, der dich verhätschelt hat, nicht umgekehrt.«

Flora kicherte. »Ich muss zugeben, ohne dich hätte ich diese Dinnerparty nicht bewältigt, selbst wenn ich normale Speisen gekocht hätte.« Flora griff nach einer Scheibe Toast, die er geröstet hatte, und bestrich sie mit Butter.

»Hm, dann gibst du am besten keine weiteren Dinnerpartys mehr, bevor ich wieder da bin.«

»Auf keinen Fall! Viel zu stressig. Obwohl mir der Abend gut gefallen hat.« Plötzlich stieg in ihr die Erinnerung daran empor, wie sie unter dem Sternenhimmel auf der Bank gesessen hatte. Dann riss sie sich mit Macht in die Gegenwart zurück. »Ich mache mich dann mal besser auf den Weg.« Sie sah William an, der an einer Scheibe Toast kaute. »Du wirst also wirklich nicht mehr hier sein, wenn ich zurückkomme?«

»So ist es. Ich werde wirklich nicht mehr hier sein, wenn du zurückkommst. Nicht einmal mein Geist.«

Flora lachte und ging um den Tisch herum. »Dann gebe ich dir jetzt einen Abschiedskuss. Du wirst mir furchtbar fehlen.«

»Es wird dir guttun, mal für eine Weile selbst zu kochen. So etwas gibt einem das Gefühl von Unabhängigkeit.«

»Es ist nicht so, als könnte ich nicht selbst kochen! Du warst eben hier und hast es einfach getan.«

William legte den Arm um sie, zog sie an sich und küsste sie auf die Wange. »Marsch zur Arbeit, Flora.«

Nach den Aktivitäten des vergangenen Tages waren im Büro alle Angestellten sehr ausgelassener Stimmung, vor allem Geoffrey. »Charles spricht davon, dass ich in Zukunft auch ein wenig verkaufen soll. Ich habe natürlich schon früher verkauft, vor Jahren, aber es ist doch eine Weile her.«

»Und Virginias Tochter wird die besseren Stücke auf die Website stellen«, meinte Louisa. »Natürlich erst, wenn sie die Website eingerichtet hat. Doch sie meint, es würde nicht allzu lange dauern, weil sie schon ein wenig daran gearbeitet hat.«

»Mir ist schleierhaft, warum wir nicht schon lange eine eigene Website haben, Charles«, bemerkte Flora, deren Stimmung angesichts des Optimismus aller anderen ein wenig gedämpft war.

»Bisher hätte sich das kaum gelohnt. Wir sind schließlich nur ein kleines Auktionshaus auf dem Land«, erwiderte Annabelle, die sich dazu aufschwang, für ihren Verlobten zu sprechen. »Aber gestern haben wir einige schöne Stücke hereinbekommen, nicht wahr, Charles?« Sie hielt inne.

»Ja. Eine alte Dame hatte ungefähr ein Dutzend Tragetaschen voller Silber. Alles schwarz angelaufen, doch zum Teil georgianische Stücke.«

»Und dann war da noch dieses wunderschöne Art-déco-Teeservice mit dreieckigen Griffen, das Eric geschätzt hat. Er war ganz aus dem Häuschen deswegen. Ist mit Ihnen alles in Ordnung, Flora?«

Flora war bisher nicht bewusst gewesen, dass sie es an ihrem gewohnten Schwung hatte vermissen lassen. Wahrhaftig, zuerst William und jetzt Annabelle, die glaubte, dass sie sich elend fühlte – sie musste unbedingt daran denken, mehr zu lächeln. »Mir geht es gut!«

»Sie wirken einfach ein wenig … deprimiert. Findest du nicht auch, Charles?«

Flora hatte keine Lust, sich Charles' Spekulationen über ihre Gemütsverfassung anzuhören. »Mir geht es gut, wirklich, es ist nur so, dass William – Sie erinnern sich, Sie haben ihn bei der Dinnerparty kennengelernt?«

Charles nickte. Flora sah Annabelle nicht an. »Hm, er hat … zeitweise bei mir gewohnt, und heute geht er fort.« Sie lachte und hoffte nur, dass ihre Stimme nicht schrill klang. »Ich werde natürlich auch allein zurechtkommen, doch er hat mir Gesellschaft geleistet, und er ist ein großartiger Koch.«

»Oh«, murmelte Annabelle.

Flora betrachtete sie und fragte sich, ob ihre eigene Mutlosigkeit Annabelle mit einem Mal angesteckt hatte.

»Könnte ich kurz ein Wort mit Ihnen reden, Flora?«, fragte Annabelle.

Flora erinnerte sich plötzlich daran, dass William Annabelles Handynummer nicht kannte, und ihr fiel nun auch der Grund dafür wieder ein. Glücklicherweise kannte sie einen Porträtmaler in London, den sie Annabelle als Ersatz für William anbieten konnte. Sie folgte Annabelle aus dem Raum und nahm ihre Handtasche mit.

»Also? Konnten Sie – ähm – William meine Nummer geben?«, erkundigte sich Annabelle mit ängstlichem Tonfall.

»Nein. Ich hatte sie leider nicht. Wahrscheinlich sind wir beide fälschlicherweise davon ausgegangen, Sie hätten mir Ihre Nummer bereits gegeben.«

Annabelle schnalzte verärgert mit der Zunge. »Dann speichern Sie sie am besten gleich in Ihrem Handy.«

Flora holte ihr Telefon hervor, und Annabelle diktierte ihr die Zahlen. Als Flora die Nummer gespeichert hatte, sagte sie: »Ich bin mir nicht ganz sicher, wann ich Gelegenheit haben werde, Ihre Nummer an William weiterzugeben, aber keine Bange, ich kenne einen Porträtmaler in London, der wirklich gut ist und nicht allzu teuer.«

Annabelle dachte nach. »Mir wäre es lieber, wenn ich jemandem Modell sitzen könnte, den ich kenne, und sei es auch nur ein wenig.«

»Er wird nur etwa eine Woche fort sein.« William hatte sich zwar nicht ganz so genau ausgedrückt, aber Flora fand, dass eine Woche Verzögerung als erträglich gelten könnte.

»Sie verstehen nicht! Porträts dauern eine Ewigkeit. Er wird sehr bald anfangen müssen, wenn das Bild rechtzeitig fertig sein soll.«

»Ich habe ihm erzählt, dass Sie ein Porträt wollen.«

»Oh? Was hat er denn gesagt?«

»Er möchte Sie gern malen. Er meinte, Sie hätten sehr schöne Arme und Schultern.«

»Wirklich?« Annabelles Gesichtsausdruck wurde beinahe träumerisch. »Wie nett von ihm! Das heißt, er war noch gar nicht fort?«

»Nein. Er wollte warten, bis der Regen nachlässt.«

»Aha. In Ordnung.« Annabelle schluckte. »Ähm … könnten Sie mir wohl die Schlüssel für den Landrover geben? Ich muss eine Lieferung zu einer Farm bringen und werde den Wagen brauchen. Mein eigener Wagen taugt auf schlammigen Wegen nicht viel.«

Flora presste ihre Handtasche an sich. Sie betrachtete den Landrover bereits als ihr Eigentum. »Werden Sie lange brauchen? Heute Abend ist Chorprobe. Ich möchte rechtzeitig aufbrechen.«

»Dann nehmen Sie Ihren Wagen. Er ist repariert und steht auf dem Hof für Sie bereit.«

»Aber der Weg zum Cottage! Mit meinem eigenen Wagen werde ich das kaum schaffen. Er taugt nämlich auf schlammigen Wegen auch nicht viel.«

»Oh, Flora, ich bringe Ihnen den Landrover schon rechtzeitig zurück. Ich werde nur ein paar Stunden fort sein.«

Widerstrebend kramte Flora in ihrer Handtasche und überreichte Annabelle die Schlüssel. »Sie werden doch vorsichtig sein, nicht wahr, Annabelle?«

Charles öffnete die Tür. »Was schwatzt ihr beiden da?«

»Wir schwatzen nicht!« Annabelle war entrüstet. »Ich habe mir von Flora nur die Schlüssel für den Landy geben lassen. Ich will zur Stringers Farm rauffahren und anschließend vielleicht noch kurz bei Mummy vorbeischauen.«

»Oh. Eigentlich wollte ich zu den Stringers fahren. Vergiss nicht, dass sie zwei ziemlich scharfe Collies haben.«

»Das ist kein Problem! Ich habe keine Angst vor Hunden. Auf Wiedersehen, ihr zwei!«

Flora fand das Ganze ein wenig eigenartig, aber da Charles Annabelles Verhalten für vollkommen normal zu halten schien, musste es wohl so sein.

Um fünf Uhr war von Annabelle immer noch keine Spur zu sehen.

»Es tut mir so leid, Flora«, meinte Charles. »Ich fahre Sie jetzt nach Hause und hole Sie morgen früh wieder ab.«

»Das ist nicht nötig, wirklich. Heute Abend ist Chorprobe. Ich gehe nur schnell über die Straße und hole mir ein Sandwich, dann werde ich arbeiten, bis die Probe anfängt. Wenn Sie die Schlüssel des Landrovers irgendwo hinlegen könnten, wo ich sie finde, kann ich selbst nach Hause fahren.« Sie lächelte strahlend. Seit er nach der Roadshow versucht hatte, sie zu der Dinnerparty mitzuschleppen, zu der er und Annabelle eingeladen gewesen waren, glaubte sie, dass er sie nicht länger hasste – aber dafür tat sie ihm jetzt offenbar ein wenig leid.

»Das klingt nicht besonders spaßig.«

»Ich könnte auch Henry anrufen! Wir könnten zusammen etwas trinken gehen«, überlegte sie, bevor sie sich daran erinnerte, wie Charles zu Henry stand. Aber wahrhaftig, sie war vollauf in der

Lage, auf sich selbst aufzupassen – und das sollte Charles langsam einsehen.

»Oh. Na schön«, sagte er steif. »Dann lege ich die Schlüssel unter den Mülleimer an der Hintertreppe.«

»Wunderbar.« Diesmal fiel Floras Lächeln echter aus. Es war tatsächlich eine gute Idee, Henry anzurufen. Es würde schön sein, ihn zu sehen.

Als Geoffrey hörte, dass Flora in der Stadt festsaß und die Absicht hatte, mit Henry in einen Pub zu gehen, schüttelte er missbilligend den Kopf. »Sie könnten mit mir und Edie Tee trinken, Flora. Das wäre überhaupt keine Mühe gewesen.«

»Das ist sehr freundlich von Ihnen. Meinen Sie, dass es etwas ausmacht, wenn ich ohne meine Noten komme? Ich hatte sie im Wagen liegen, aber den hat ja nun Annabelle.«

»Niemand wird etwas dagegenhaben, wenn Sie mit in seine Noten schauen. Was diesen Henry Burnet betrifft, bin ich allerdings ganz und gar nicht glücklich.« Geoffrey sah sich offensichtlich *in loco parentis.*

Da sie von Geoffrey kam, den sie sehr gern hatte, und nicht von Charles mit seiner herablassenden Art, fand Flora diese Bemerkung durchaus liebenswert. »Auf diese Weise kann ich endlich einmal mit ihm ausgehen, ohne den ganzen Abend mit ihm verbringen oder ihn bitten zu müssen, mich anschließend nach Hause zu fahren. Sie brauchen sich keine Sorgen zu machen, wirklich nicht.«

Geoffrey, dessen Sorge immer noch nicht ganz zerstreut war, fuhr nach Hause, und Flora machte sich auf den Weg in den Pub.

»Ich freue mich, Sie zu sehen, Henry«, meinte sie und küsste ihn auf die Wange. »In letzter Zeit hatte ich furchtbar viel um die Ohren, und Sie konnten ja leider nicht zu meiner Dinnerparty kommen.«

»Ich fühle mich geschmeichelt, dass Sie zumindest jetzt Zeit für mich finden konnten.« Er hob ein wenig zynisch die Augenbrauen, und Flora bekam prompt Gewissensbisse.

Sie griff nach seiner Hand. »Und ich fühle mich geschmeichelt, dass Sie sich immer noch mit mir abgeben wollen. Ich weiß, dass ich in letzter Zeit nicht gerade gesellig war; ich hatte einfach zu viel zu tun.«

Solchermaßen beschwichtigt, lächelte Henry. »Es ist immer noch besser, ab und zu mal einen Drink zusammen zu nehmen, statt sich gar nicht zu sehen. Also, was hätten Sie denn gern?«

»Diese Drinks gehen heute definitiv auf mich. Und essen Sie doch eine Kleinigkeit mit mir. Ich muss in zwei Stunden bei der Chorprobe sein.«

Henry seufzte. »Ich kann von Glück sagen, dass Sie mich zwischendurch in Ihren Terminkalender quetschen konnten.«

»Das können Sie wirklich! Aber nachdem die Roadshow vorbei ist, dürfte es nicht mehr ganz so hektisch zugehen. Ich verspreche Ihnen, dass ich es wiedergutmachen werde.«

Als sie die Drinks zu ihrem Tisch hinübertrug, dachte sie, dass sie Henry tatsächlich sehr schlecht behandelt hatte. Sie musste sich bald etwas einfallen lassen, um ihn dafür zu entschädigen. Solange er nichts von ihr erwartete, was sie nicht zu geben bereit war, machte es Spaß, mit ihm zusammen zu sein. Außerdem tat sein Charme ihrem leicht angeschlagenen Ego gut.

Flora kam ein wenig zu spät zur Chorprobe, nachdem sie anderthalb Gläser Wein getrunken hatte. Sie entschuldigte sich überschwänglich, aber glücklicherweise hatte Moira am Tag zuvor eine sehr schöne Uhr zu der Roadshow mitgebracht, die auf fünfhundert Pfund geschätzt worden war. Flora stand eindeutig hoch im Kurs bei ihr.

Als sie nach der Probe zu *Stanza und Stanza* zurückkehrte, brannte in den Geschäftsräumen zu ihrer Überraschung noch Licht.

Geoffrey, der darauf bestanden hatte, sie trotz des strömenden Regens zu begleiten, war ebenfalls verwundert.

»Charles arbeitet manchmal abends sehr lange«, bemerkte er, »aber um halb zehn ist er normalerweise nicht mehr hier.«

Charles kam ihnen an der obersten Treppenstufe entgegen. »Annabelle ist leider noch nicht zurückgekommen.«

In Flora stieg plötzlich Übelkeit auf. »Mein Gott, wie schrecklich! Was ist denn passiert?«

»Ihr geht es gut. Sie hat angerufen, aber ich befürchte, sie hat den Landrover in den Graben gefahren. Sie verbringt die Nacht bei ihren Eltern.«

An die Stelle ihrer anfänglichen Erleichterung trat ein Gefühl von Ärger: Das alles wäre nicht passiert, hätte sie Annabelle ihre Autoschlüssel nicht gegeben. »Hauptsache, es ist alles in Ordnung mit ihr. Was ist mit dem Landrover?«

»Der ist auch okay. Wir werden ihn morgen Früh aus dem Graben ziehen lassen. Jetzt werde ich Sie erst einmal nach Hause fahren.«

»Wie ich sehe, sind Sie ja nun in guten Händen. Ich mache mich dann auf den Weg«, entschied Geoffrey. »Gute Nacht, Flora, gute Nacht, Charles.«

Als er fort war, meinte Flora: »Es gibt nicht den geringsten Grund, warum Sie mich nach Hause bringen sollten. Ich werde selbst fahren. Mein Wagen steht im Hof.«

»Damit werden Sie auf keinen Fall bis zum Cottage kommen.«

»Dann rufe ich mir ein Taxi. Sie sind schon seit Stunden hier und wollen sicher dringend selbst nach Hause.«

»Mir geht es gut, und ich werde nicht zulassen, dass Sie stundenlang auf ein Taxi warten müssen, das dann wahrscheinlich ebenfalls im Schlamm stecken bleibt. Mit meinem Wagen wird das kein Problem sein.«

Flora spürte Charles' Verärgerung, und sie hatte durchaus Verständnis dafür, doch sie wollte wirklich nicht, dass er sie in so einer Stimmung nach Hause brachte.

»Ich werde mir ein Taxi rufen. Für Sie wäre es ein meilenweiter Umweg, und dann müssten Sie am Morgen noch mal rüberkommen, um mich abzuholen. Es wäre töricht, wenn Sie mich fahren würden. Logistisch betrachtet.«

»Benutzen Sie keine Ausdrücke, die Sie nicht verstehen. Und jetzt kommen Sie.«

Flora öffnete entrüstet den Mund.

»War nur ein Scherz. Haben Sie alles?«

Kapitel 16

Es regnet immer noch«, sagte sie, wohl wissend, dass sie ungefähr zum achtzehnten Mal das Offensichtliche bemerkte, aber es verlangte sie einfach, das Schweigen zu brechen. Sie fuhren sehr langsam, nur die Scheibenwischer liefen auf Hochtouren. »War Annabelle den ganzen Tag bei ihren Eltern?«

»Keine Ahnung. Sie hatte meistens ihr Handy ausgeschaltet.«

»Hat ja auch keinen Sinn, es anzulassen, wenn man ohnehin keinen guten Empfang hat.« Flora tat ihr Bestes, um lässig zu klingen, doch sie konnte sich der Frage nicht erwehren, ob William möglicherweise etwas mit Annabelles Verschwinden zu tun haben könnte. Aber er hatte keine Malutensilien dabeigehabt, also konnten sie kaum mit dem Porträt angefangen haben.

»Nein.«

»Einen solchen Regen habe ich schon lange nicht mehr erlebt«, bemerkte Flora ein Weilchen später. »Das letzte Mal, das mir ein solches Unwetter untergekommen ist, war ich in der Karibik.«

»Und es war so lange trocken, dass das Wasser nicht versickern wird und alle Abflussrohre und -gräben überlastet sein werden. Trotzdem, machen Sie sich keine Sorgen. Ich werde Sie schon unversehrt nach Hause bringen.«

»Davon bin ich überzeugt. Und morgen Früh kann ich mir ja ein Taxi nehmen. Sie wollen doch sicher nicht den ganzen Weg noch einmal fahren, um mich abzuholen.«

Charles warf ihr ein flüchtiges Lächeln zu. »Da sind ja immer noch die Kätzchen, Flora. Für die lohnt sich jede Fahrt.«

»Aber werden Sie morgen nicht Annabelle dabeihaben? Sie mag keine Katzen, vergessen Sie das nicht.«

»Sie kann selbst ins Büro fahren, genau wie heute. Manchmal ist das günstiger für uns. Sie kommt gern ein wenig später, und ich bin um fünf häufig noch nicht fertig.«

Annabelle hatte einen so hart arbeitenden Verlobten gar nicht verdient. Kein Wunder, dass sie ihn unbedingt heiraten wollte! Wenn sie Charles dazu bewegen konnte, ihrer Beziehung genauso viel Hingabe und Energie zu widmen wie dem Auktionshaus, würde er der perfekte Ehemann sein.

»Ich weiß. Es tut mir so leid, dass Sie mich jetzt auch noch nach Hause fahren müssen. Sie haben heute wirklich hart gearbeitet und haben sicher nur den einen Wunsch, nach Hause zu kommen und sich einen großen Drink einzuschenken.«

»Es ist nicht Ihre Schuld, dass Sie nicht selbst fahren können, Flora, und Sie haben genauso hart gearbeitet wie ich. Die Roadshow war für alle eine große Zusatzbelastung, obwohl die Stimmung im Büro gut war. Die Angestellten waren durchweg sehr zufrieden mit dem Verlauf der Dinge«, fügte er hinzu, wahrscheinlich, weil er ahnte, dass Flora die Diagnose »Zusatzbelastung« als Kritik auffassen könnte. »Aber ich muss zugeben, zu Hause wartet ein sehr schöner Single Malt Whisky auf mich, auf dem schon mein Name steht.«

»Wirklich? Das klingt ja sehr vornehm. Natürlich können Sie …«

»Ich meinte das nicht wörtlich.« Er wandte für eine Sekunde den Blick von der Straße ab. »Genau genommen steht der Name einer unaussprechlichen schottischen Insel darauf.«

»Hm, ich könnte mich auch für ein Weilchen Swetlana oder so ähnlich nennen. Emma hat eine Flasche Wodka mitgebracht. Es ist noch ein wenig übrig.«

»Sie werden sich bald ein Glas einschenken können.«

Flora runzelte die Stirn. »Nicht, wenn wir in diesem Tempo weiterkommen. Wir schaffen nur ungefähr zehn Kilometer die Stunde. Wie viele Kilometer haben wir noch vor uns?«

»Ich weiß nicht. Es ist nicht mehr weit. Die Geschichte mit dem Landrover ist wirklich lästig. Wahrscheinlich hätte ich Sie ohnehin nicht allein fahren lassen, aber zumindest hätte ich Sie sicher nach Hause bringen können.«

»Sie wollen damit doch nicht etwa andeuten, dass Sie mich mit diesem Wagen nicht nach Hause bringen können, oder?« Der Gedanke, die Nacht mit Charles in irgendeinem Gasthaus verbringen zu müssen, löste eine Panik in ihr aus, die sie sich nicht ganz erklären konnte.

»Keine Sorge. Es wäre mit dem Landrover nur einfacher gewesen, das ist alles.«

»Wenigstens ist Annabelle nichts passiert. Das ist das einzig Wichtige.«

»Ja. Und ich gehe auch nicht davon aus, dass der Landrover ernsthaften Schaden genommen hat, wenn wir ihn erst einmal aus dem Graben gezogen haben. Ich weiß nicht, was in sie gefahren ist. Sie ist normalerweise nicht so unvorsichtig.«

»Der Straßenzustand ist erbärmlich. Sie war wahrscheinlich gar nicht unvorsichtig.«

Charles antwortete nicht auf ihre Bemerkung, und wieder herrschte Schweigen. Die Straße wurde immer schlechter, und genau wie Charles versuchte Flora, durch den Regen, mit dem die Scheibenwischer kaum fertig wurden, nach überfluteten Stellen oder Hindernissen Ausschau zu halten.

»Wie war die Chorprobe heute Abend?«

»Viele Leute konnten gar nicht kommen. Wenn ich vorher nach Hause gefahren wäre, hätte ich die Probe wahrscheinlich auch sausen lassen.«

»Und was haben Sie vor der Probe unternommen?«

»Ich habe mich mit Henry im Pub getroffen und einen Happen gegessen.«

»Oh, ja.« Charles räusperte sich und konzentrierte sich mit grimmiger Miene auf die Straße. »Dann sind Sie jetzt also mit ihm ›zusammen‹?«

Flora unterdrückte ein Lachen. Die Worte klangen so seltsam aus Charles' Mund. Man konnte die Anführungszeichen beinahe hören. Sie wollte gerade bestreiten, dass zwischen ihr und Henry etwas Ernsthaftes im Gange sei, als ihr wieder einfiel, was Charles ursprünglich über sie gedacht hatte. Sie wollte nicht, dass er sie für leichtfertig hielt, gerade nachdem sie ihn mit ihrer Arbeitsleistung und ihrer Hingabe vom Gegenteil überzeugt hatte. »Wir sind noch nicht ›zusammen‹, aber wer weiß? Er ist in jedem Fall eine angenehme Gesellschaft.«

»Das hängt wohl davon ab, wie Sie ›angenehme Gesellschaft‹ definieren. Ich glaube nicht, dass ich ihn selbst so beschreiben würde. Er ist schließlich geschieden.«

»Das sind viele Leute! Das macht einen Mann nicht automatisch zu einem schlechten Menschen. Außerdem nenne ich jemanden, der mich zum Lachen bringt, eine ›angenehme Gesellschaft‹.«

»Diese Definition trifft auf mich also nicht zu.«

Flora gestattete sich ein leises Kichern. »Sie bringen mich manchmal durchaus zum Lachen, Charles. Aber manchmal – wie jetzt zum Beispiel – können Sie schrecklich spießig sein.«

»Ich glaube, das haben Sie mir schon einmal gesagt.«

»Also dann. Hören Sie auf, spießig zu sein!«

»Ich werde mein Bestes tun.« Wieder wandte er den Blick von der Straße ab und lächelte Flora an. »Doch es ist so schwer, gegen den eigenen Charakter zu gehen.«

»Das hat nichts mit dem Charakter zu tun! Es ist eine Angewohnheit. Da fällt mir noch etwas ein. Habe ich Ihnen eigentlich erzählt, dass wir demnächst ein Konzert geben werden? Ich meine den

Chor, nicht Sie und mich.« Flora war sich des schnippischen Tonfalls bewusst, den sie plötzlich angeschlagen hatte, konnte sich aber nicht entscheiden, ob das gut oder schlecht war.

Charles ignorierte den Unterton. »Ein Konzert? Wie nett. Annabelle und ich sollten auch hingehen.«

»Ich werde vielleicht Mum fragen, ob sie nicht Lust hätte, zu dem Konzert herzukommen. Sie war eine Weile nicht mehr in England, und sie würde das Cottage gern sehen. Sie kann nämlich nicht glauben, dass ich plötzlich Gefallen am Landleben finde.«

Charles lachte. »Nun, ich muss zugeben, Sie haben uns alle überrascht.«

»Ich wüsste nicht, warum!«

Er lachte abermals. »Mir ist inzwischen klar, dass ich mich vollkommen geirrt hatte, aber als Sie herkamen, machten Sie auf mich nicht den Eindruck eines harten Arbeiters.«

»Ich habe Ihnen schon einmal erklärt, dass Sie nicht nach dem äußeren Schein urteilen sollten. Das ist ein großer Fehler.«

»Es ist ein Fehler, der mir nicht noch einmal unterlaufen wird. Nicht bei Ihnen jedenfalls. Also, wie geht es den Kätzchen?«, fragte er, als der Regen ein wenig nachließ.

»Gut. Sie haben sich seit dem Wochenende nicht viel verändert.«

»Das habe ich auch nicht erwartet. Ich habe lediglich versucht, Konversation zu treiben.«

»Bitte, bemühen Sie sich nicht meinetwegen. Ich bin Ihre Arbeitskollegin und Ihre Cousine, nicht jemand, den Sie mit Ihrem Charme zu bestricken brauchen.«

»Oh, da bin ich mir nicht so sicher.«

»Charles?«

»Manchmal wünschte ich, ich hätte Ihr Talent im Umgang mit Menschen, das ist alles.«

»Aber ich trete doch ständig in irgendein Fettnäpfchen!«

»Sie geben den Menschen das Gefühl, dass sie sich in Ihrer Gegenwart entspannen können. Das ist ein großes Talent. Und eins, das ich selbst nicht besitze.«

»Oh doch, Sie besitzen es!« Flora war entrüstet. »Denken Sie nur daran, wie nett Sie zu den Leuten in diesem grässlichen Haus waren. Sie haben so getan, als wäre alles vollkommen normal, und die beiden haben Ihnen geglaubt. Teufel auch, ich selbst habe Ihnen geglaubt! Ich hatte wirklich Angst, dass ich in Zukunft jede Woche durch ein Meer von Schmutz würde waten müssen!«

»Das war etwas anderes. Das war meine Arbeit.«

»Da Sie meistens arbeiten, ist das ja in Ordnung. Wahrscheinlich haben Sie gar nicht viel Zeit für ein Privatleben. Da wir gerade davon sprechen, wie geht es Jeremy?«

»Gut. Und er ist übrigens sehr angetan von Ihrer Freundin Emma. Ist sie noch zu haben?«

»Ja und nein. Sie ist mit jemandem zusammen, doch ich glaube nicht, dass er auch nur annähernd gut genug für sie ist.«

»Und wie sehen Emmas Gefühle aus?«

»Ich fürchte, dass sie das nicht wirklich weiß. Aber ihr hat Jeremy ebenfalls gut gefallen. Es wäre schön für sie, wenn sie mit jemandem zusammen wäre, der nett zu ihr ist.«

»Eigentlich hatte ich ihn Ihretwegen mitgebracht, Flora. Ich dachte, es wäre schön für Sie, jemanden zu haben, mit dem Sie ausgehen können, solange Sie hier unten sind.« Er spähte mit zusammengekniffenen Augen durch die regenüberflutete Windschutzscheibe. »Aber Sie brauchten meine Hilfe nicht, um jemanden zu finden, der Sie ausführt.«

»Was für ein hübsches, altmodisches Wort«, meinte sie, fest entschlossen, sich nicht in ein Gespräch über Henry verwickeln zu lassen. »Nur Sie können so einen Ausdruck benutzen.«

»Wechseln Sie nicht das Thema.«

»Das versuche ich gar nicht, ich habe nur keine Lust, über Henry zu sprechen.«

»Es steht mir nicht zu, mich über ihn zu äußern, aber …«

»Dann lassen Sie es bitte auch. Wie Sie bereits bemerkt haben, es steht Ihnen nicht zu. Außerdem waren es nur ein paar Drinks und vielleicht hier und da ein Mittagessen.« Flora fiel im Moment einfach nicht ein, wie oft sie mit Henry zusammen gewesen war. »Mir geht es da genau wie Ihnen, ich habe viel zu viel zu tun, um allzu oft auszugehen.«

»Verzeihen Sie mir, wenn ich bezweifle, dass Ihr Leben immer so aussieht, Flora.«

»Natürlich verzeihe ich Ihnen, und nein, es ist nicht immer so. Nur dass das Geschäft diesmal zur Hälfte mir gehört. Das macht das Ganze erheblich interessanter.« Sie runzelte die Stirn. »Obwohl ich glaube, dass es mir genauso ergehen würde, wenn ich bei *Stanza und Stanza* lediglich angestellt wäre. Es ist absolut faszinierend. Ich ziehe ernsthaft in Erwägung, mich in dem Beruf ausbilden zu lassen, obwohl ich natürlich weiß, dass das sehr lange dauern würde.«

Er sah sie kurz an, bevor er den Blick wieder auf die Straße richtete. Sie kamen immer noch sehr langsam voran. »Sie könnten eine Abendschule besuchen. Das tun viele Leute.«

»Hm, ist das nicht schön? Sie haben gerade zum ersten Mal so geredet, als würde ich mehr als nur den Sommer hier verbringen!«

Er kicherte. »Wie es aussieht, beginne ich langsam, an Ihre Propaganda zu glauben.«

»Propaganda! Wahrhaftig!«

»Sie hätten es nicht für möglich gehalten, dass so viel Regen auf einmal herunterkommen kann, wie?«, bemerkte er kurze Zeit später.

»Nein. Aber ich schätze, das Land kann den Regen gebrauchen, nicht wahr?«

»Hm, wenn nicht gleich alles wieder abfließt. Den Bauern ist ein leichter, stetiger Regen, der in den Boden einsickert, am liebsten.«

»Dann wird Annabelles Vater also zufrieden sein?«

»Er ist eigentlich nicht die Art von Bauer, wie man sie sich gemeinhin vorstellt. Eher ein ›Agrarkaufmann‹. Den größten Teil seines Geldes verdient er mit Investitionen, mit Immobilien.« Er hielt inne, als wäre er sich nicht schlüssig darüber, ob er dieses Gesprächsthema weiterverfolgen sollte. »Ich verdanke ihm eine Menge, und er würde es gern sehen, wenn ich mich ihm anschlösse.«

»Oh.« Flora verkniff sich jeden weiteren Kommentar. Das erklärte, warum Annabelle sich nur für den Grund- und Hausbesitz von *Stanza und Stanza* interessierte.

»Aber ich kann mir nicht vorstellen, jemals ein ernsthaftes Interesse daran zu entwickeln, Büroblocks in London zu vermieten.«

»Für einfache Einfamilienhäuser könnten Sie sich dagegen interessieren?«

»Annabelles Vater beschäftigt sich nicht mit Einfamilienhäusern. Ihn interessiert lediglich das obere Marktsegment.«

»Oh«, sagte Flora noch einmal.

»Außerdem habe ich ein Geschäft, das ich liebe.«

»Ich liebe es auch.«

Sein Seufzen war trotz des Motorengeräuschs deutlich zu hören. »Annabelle und ihre Eltern sind der Meinung, ich sollte an Sie verkaufen. Ihnen das Auktionshaus überlassen.«

Flora begriff, was das für Charles bedeuten musste: Geradeso gut hätte man einer Mutter vorschlagen können, ihr Kind zur Adoption freizugeben. Die drei hatten ihn wahrscheinlich zu überzeugen versucht, dass diese Lösung für alle Beteiligten die beste wäre.

»Ich würde Sie niemals aus dem Geschäft herauskaufen, Charles. Abgesehen von der Tatsache, dass ich unmöglich das Geld dafür aufbringen könnte, könnte ich *Stanza und Stanza* nicht ohne Sie führen – nicht einmal, wenn ich mich ausbilden lassen und ein wenig mehr Erfahrung sammeln würde. Es würde Jahre dauern, bevor ich auch nur einen Bruchteil Ihres Wissens hätte.« Sie runzelte die

Stirn. »Was um alles in der Welt denken sich Annabelle und ihre Eltern nur dabei, Ihnen etwas Derartiges vorzuschlagen?«

»Sie denken, dass Sie mit großer Begeisterung an die Sache herangehen, dass Ihnen ohnehin mehr als die Hälfte des Geschäfts gehört und dass Sie Geoffrey zur Seite hätten.«

»Dann haben die drei also wirklich darüber diskutiert, ja?«

Er nickte.

»Und sie reden absoluten Blödsinn, nicht wahr?«

Er nickte wieder.

»Sie würden mir Ihre Anteile nicht verkaufen, und selbst wenn ich Ihnen eine Million Pfund anbieten würde, oder?«

Er schüttelte den Kopf. »Ich würde weder an Sie verkaufen noch an irgendjemanden sonst, es sei denn, es bliebe mir absolut nichts anderes übrig.«

»Nun, so weit wird es nicht kommen. Nicht wenn ich etwas zu sagen habe«, erklärte Flora energisch.

Charles sah sie ein wenig seltsam an, und sie überlegte, warum das wohl so war. Allerdings hatte sie das Gefühl, ihn unmöglich danach fragen zu können.

»Da Sie ja noch fahren müssen, werde ich Ihnen keinen Alkohol anbieten können«, fügte sie nach kurzem Schweigen hinzu, »aber ich könnte Ihnen eine schöne Tasse Tee aufbrühen, wenn wir zu Hause sind. Und wahrscheinlich habe ich auch noch ein paar Kekse da.«

»Dafür wäre ich Ihnen wirklich dankbar«, antwortete Charles. »Besonders für die Kekse. Die Fahrt dauert länger, als ich erwartet hatte.«

»Und wir sind noch nicht da. Ich werde Annabelle anrufen und ihr sagen, wie langsam wir vorankommen. Sie soll sich nicht sorgen.«

»Oh, das tut sie bestimmt nicht.«

»Ich glaube, ich werde hier anhalten«, meinte Charles kurze Zeit später. »Bevor der Weg zu schmal wird. Schaffen Sie den Rest zu Fuß?«

»Natürlich. Aber wie wollen Sie den Wagen wenden?«

»An dieser Stelle müsste es eigentlich funktionieren. Doch ich werde Ihr freundliches Angebot, mir einen Tee aufzubrühen, nicht annehmen.«

Flora war sich nicht sicher, ob sie erleichtert oder traurig darüber war. »Ich werde auf jeden Fall hier warten, falls Sie jemanden brauchen, der den Wagen anschiebt.«

»Es ist nicht nötig …«

»Ach, seien Sie still und wenden Sie schon.«

Er gehorchte. Und das Wendemanöver funktionierte perfekt. Flora blieb nichts anderes übrig, als hinaus in den Schlamm zu treten. »Nochmals vielen Dank!«, sagte sie durch die Seitenscheibe.

»Ich hätte Sie einfach mit zu mir nach Hause nehmen sollen.«

Diese Worte berührten sie auf eigenartige Weise. »Ich hätte nicht mitkommen können. Die Kätzchen …«

»Oh, ja. Also, gute Nacht, Flora. Bleiben Sie nicht hier im Regen stehen. Gehen Sie nach Hause. Und wenn ich einen Vorschlag machen dürfte: Ziehen Sie die Schuhe aus und gehen Sie barfuß.«

Sie grinste, bereits durchweicht bis auf die Unterwäsche.

Es schien viel Zeit vergangen zu sein, seit sie am Morgen das Cottage verlassen hatte. Sie war vollkommen durchweicht und wusch sich zuerst in der Küche den Schlamm von den Füßen, bevor sie nach oben ging, um die Temperatur des Warmwassertanks zu überprüfen und nach Imelda und ihren Jungen zu sehen. Der Tank war heiß, und Imelda und die Kätzchen waren wohlauf, sodass Flora sich langsam entspannte. Sie drehte die Wasserhähne auf und ließ sich ein Bad ein. Während das Wasser lief, stieg sie aus dem Rock, der ihr am Körper klebte, und zog dann ihr Top und die Unterwäsche aus. Ohne Kleider fror sie, deshalb schlüpfte sie in ihren

Morgenrock. Was sie brauchte, war eine heiße Tasse Tee. Sie drehte das Wasser ab und ging wieder nach unten.

Der Kessel hatte gerade gekocht, als sie das Klopfen an der Tür hörte. Es musste entweder William oder Charles sein, befand sie und öffnete. Es war Charles.

»Ich bin stecken geblieben«, erklärte er und tropfte auf die Türschwelle. »Darf ich reinkommen?«

Flora zog die Tür weiter auf und überspielte mit einem Lächeln ihre Verlegenheit darüber, im Morgenrock erwischt worden zu sein. Außerdem stellte sie fest, dass sie sich sehr freute, Charles zu sehen. »Oje. Aber machen Sie sich nichts draus, ich habe gerade ein Bad eingelassen, und der Kessel hat eben gepfiffen. Was möchten Sie zuerst, ein Bad oder eine Tasse Tee?«

»Sie müssen das Badewasser für sich selbst eingelassen haben. Ich werde es Ihnen nicht streitig machen.«

Wie ein boshafter Schmetterling stieg in Flora aus dem Nichts der Gedanke auf, dass sie sich das Bad auch teilen könnten. Sie schob die Regung hastig beiseite. »Also eine Tasse Tee? Oder lieber Kaffee? Wollen Sie den Abschleppdienst oder den Automobilclub anrufen?«

»Nein. Ich habe Annabelle angerufen und ihr mitgeteilt, dass ich nicht nach Hause kommen werde.«

»Oh! Und sie hatte nichts dagegen?«

»Sie meinte, Sie hätten ein sehr bequemes Sofa, und es wäre besser, die übrigen Dinge morgen Früh zu regeln, wenn es aufgehört hat zu regnen.«

»Ah.« Wie großmütig von Annabelle.

»Mir ist klar, dass Sie heute Nacht wahrscheinlich keine Gäste wollen, denn Sie sind sicher müde.«

»Sie sind auch müde. Und Sie brauchen nicht auf dem Sofa zu schlafen. Das Cottage verfügt über ein sehr gutes Gästezimmer. Und jetzt koche ich uns einen Tee.«

Flora, die sich plötzlich sehr nackt unter ihrem Morgenrock fühlte, zog sich in die Küche zurück, drehte sich an der Tür aber noch einmal um. »Natürlich wäre da auch noch der Wodka von Emma …«

»Lassen Sie uns den Wodka und den Tee trinken.«

Sie holte ein Glas hervor und eine Flasche Tonic und mixte Charles einen Drink. »Ich sage Ihnen was: Ich steige nur ganz kurz in die Badewanne, danach könnten Sie dann das Wasser benutzen. Sie sind sicher ganz durchgefroren, und es würde eine Ewigkeit dauern, bis neues Wasser heiß ist.«

»Das klingt gut. Ich werde in der Zwischenzeit ein Feuer anzünden. Oder ist es schon so spät, dass es sich nicht lohnen wird?«

Flora sah auf ihre Armbanduhr. Es war nach elf. Andererseits fand sie den Gedanken an ein Feuer ungeheuer gemütlich.

»Das scheint mir eine gute Idee zu sein. Ich gehe nur schnell nach oben und springe in die Wanne.« Sie rannte beinahe die Treppe hinauf. Angenommen, William hatte all die Holzscheite verbraucht, die Charles vorzufinden erwartete? Sie konnte nur hoffen, dass er nicht mehr wusste, wie viel Holz da gewesen war. Einen Moment später schlüpfte sie aus ihrem Morgenrock und stieg in die Wanne.

Das heiße Wasser, das ihre kalten Glieder umspielte, war himmlisch. Sie schloss die Augen. Seltsamerweise musste sie an Charles denken, der unten ein Feuer anzündete. Es war eine so häusliche Betätigung. Wenn sie ein Paar gewesen wären, wäre er gewiss nach oben gekommen, sobald das Feuer brannte, und hätte sie aus der Wanne gescheucht, um selbst baden zu können. Sie wäre dann nach unten gegangen und hätte einen Imbiss zubereitet, den sie dann zusammen auf dem Sofa vor dem Kamin gegessen hätten.

»Flora?«

Sie unterdrückte einen Aufschrei, als sie Charles' Stimme hörte. Als sie die Augen aufschlug, begriff sie, dass er vor der Tür stand und noch nicht *im* Badezimmer. »Ja?«

»Ich dachte nur, Sie wären in der Wanne vielleicht eingeschlafen. Das Feuer brennt inzwischen recht ordentlich. Es war mehr Holz da, als ich gedacht hatte, und jede Menge Anzündholz.«

»Oh, gut. Ja, ich glaube, ich bin tatsächlich kurz eingenickt. Ich komme jetzt raus, damit Sie baden können. Es wäre vielleicht ganz gut, wenn wir einen Kessel aufsetzen würden. Ich glaube, das Badewasser ist in der Zwischenzeit abgekühlt.«

»Ich werde nach unten gehen und den Kessel aufsetzen.«

Als Flora sich zu ihm in die Küche gesellte, hatte sie ihren Morgenrock so fest gegürtet, dass es eines so begnadeten Entfesselungskünstlers wie Houdini bedurft hätte, um den Knoten zu lösen. Sie war nicht so weit gegangen, sich wieder anzukleiden oder auch nur ein Nachthemd anzuziehen, aber sie hatte einen Schlüpfer angezogen und war vom Hals bis zu den Knöcheln in weißes Frottee gehüllt. Charles würde ebenso wenig über sie herfallen, wie Imelda plötzlich zu singen beginnen würde, doch sie konnte unmöglich den Abend ohne Schlüpfer mit ihm verbringen.

»Ich habe ein sauberes Handtuch ins Badezimmer gelegt, und ich habe einen alten Pullover von meinem Vater herausgesucht, den ich ihm einmal stibitzt habe. Er ist ein bisschen ausgeleiert, aber dafür aus Kaschmir und wunderbar weich.«

»Das klingt perfekt.«

»Also gehen Sie mit dem Kessel nach oben, und ich bereite uns irgendetwas zu essen zu. Haben Sie überhaupt schon zu Abend gegessen?«

»Nicht viel, und es kommt mir so vor, als wäre es eine Ewigkeit her. Ein kleiner Imbiss wäre wunderbar, doch machen Sie sich keine Mühe deswegen.«

Sie ignorierte diese Bemerkung. »Können Sie den Kessel draußen vor die Tür stellen, wenn Sie ihn geleert haben? Wir könnten uns vielleicht eine Heiße Tasse genehmigen.«

Er lachte. Der Wodka schien ihn entspannt zu haben. »Ist das alles, was Sie mir anbieten können? Ich hätte gedacht, dass Sie irgendwann im Laufe Ihrer beruflichen Eskapaden einmal einen Gourmetkochkurs absolviert haben.«

»Das habe ich allerdings, doch dafür braucht man gewisse Zutaten. Und jetzt nach oben mit Ihnen.«

Solchermaßen auf sich gestellt, war Flora fest entschlossen, etwas halbwegs Anständiges zustande zu bringen, aber was? Es war schon ziemlich spät für eine große Mahlzeit, doch andererseits war sie halb verhungert, und für Charles galt gewiss dasselbe. Sie hatte Spaghetti im Haus und ein Glas Nudelsoße, aber irgendwie musste sie dem Ganzen noch einen besonderen Touch geben.

Sie hatte eine Menge von William gelernt. Zunächst einmal röstete sie Samen und Nüsse und würzte sie mit Tahini. Dann schnitt sie ein Stück Brot auf, bestrich die Scheiben mit Knoblauch, zerteilte sie mit dem Messer in kleine Würfel und briet sie in Olivenöl, dankbar dafür, dass William darauf bestanden hatte, ein Öl von guter Qualität zu kaufen. Nachdem jetzt eine Kleinigkeit für den ersten Appetit bereitstand, machte sie sich an die Soße. Sie lief in den Regen hinaus, pflückte etwas Majoran und hackte dann eine Salami klein, die Emma mitgebracht hatte. Es würden trotzdem nur Spaghetti und Soße sein, aber auf diese Weise würde das Ergebnis ein wenig besser ausfallen. Außerdem war noch Parmesan von dem Wochenende übrig, an dem Emma sie besucht hatte. Ihr größter Coup bestand darin, eine Flasche Rotwein auszugraben, die ihnen bei der Dinnerparty irgendwie entgangen war.

Sie legte noch ein Holzscheit auf das Feuer, zündete Kerzen an, schaltete die Lichter aus und holte dann, um die gemütliche Atmosphäre zu vervollständigen, den Karton mit den Kätzchen herunter und stellte ihn vors Feuer. Sie strich sich glättend mit den Fingern durchs Haar, legte aber weder Parfüm noch Make-up auf. Ein Hauch Kajal um die Augen hatte das Bad überlebt, und das würde genügen müssen. Sie wollte, dass der Raum behaglich wirkte, aber es sollte auf keinen Fall so aussehen, als hätte sie es darauf angelegt, Charles zu verführen. Denn das hatte sie ganz gewiss nicht.

»Oh«, sagte Charles, als er die Treppe herunterkam. »Das sieht … sehr gemütlich aus.«

»Freut mich. Und jetzt setzen Sie sich. Das Essen ist fast fertig. Ein Glas Wein?«

»Flora, ich bleibe heute Nacht nur deshalb hier, weil ich nicht nach Hause fahren kann. Sie brauchen kein romantisches Dinner für zwei zu zaubern.«

»Ich musste etwas zu essen zaubern, und Sie haben das Feuer im Kamin angezündet.« Plötzlich war ihr das Ganze ein wenig peinlich. »Jetzt können wir uns genauso gut davorsetzen. Außerdem habe ich die Kätzchen heruntergeholt, damit Sie mit ihnen spielen können, also hören Sie einfach auf, so miesepetrig zu sein. Und hier, nehmen Sie erst einmal etwas zu knabbern.«

Er lachte, ein Geräusch, dessen Widerhall Flora irgendwo im Schlüsselbein spüren konnte. Das Timbre seiner Stimme war mit das Attraktivste an ihm, dachte sie und fragte sich, warum ihr das nicht schon vorher aufgefallen war.

Alles dauerte ein wenig länger, als sie erwartet hatte, und als sie endlich mit zwei Tellern mit Spaghetti und Soße ins Wohnzimmer zurückkehrte, war Charles eingeschlafen. Ein Kätzchen, das kleine Schwarze, das so viel scheuer war als seine Geschwister, schmiegte sich an seinen Hals.

So leise sie konnte, stellte sie die beiden Teller auf den Couchtisch vor dem Kamin. Dann ging sie noch einmal in die Küche, um ihr Glas, den Parmesan und einen Krug mit Wasser zu holen. Als sie den letzten Gang erledigt hatte, war Charles wach.

»Ich muss zugeben, das sieht wirklich köstlich aus«, bemerkte er.

»Es sind nur Spaghetti und eine Soße aus der Flasche, Sie brauchen sich also nicht in Lobeshymnen zu ergehen«, antwortete sie. »Guten Appetit.«

»Tut mir leid. Meine Bemerkung vorhin hat Sie offensichtlich gekränkt. Dabei wollte ich eigentlich nur sagen, dass Sie sich nicht so viel Mühe hätten machen müssen. Eine Heiße Tasse und eine Scheibe Toast wären vollauf genug gewesen.«

»Das hätten Sie auch um ein Haar bekommen, wenn ich kein Brot mehr gehabt hätte«, lachte sie. »Allerdings bin ich mir nicht sicher, was ich Ihnen jetzt zum Frühstück vorsetzen soll. Wahrscheinlich Brennnesselsuppe.«

Er prostete ihr zu. »*Slainte.*«

»Was?«

»Das sagt man auf diesen schottischen Inseln mit den unaussprechlichen Namen.«

»Ah. Also schön.« Sie prostete ihm ihrerseits zu und nahm dann einen Schluck Wein. Der Ausdruck in seinen Augen, als er das Glas in ihre Richtung geneigt hatte, hatte etwas Seltsames in ihr ausgelöst.

»Oh, Servietten«, murmelte sie und eilte in die Küche hinüber. Was war nur los mir ihr? Nur weil es spät war und im Cottage eine so gemütliche Atmosphäre herrschte, brauchte sie sich noch lange nicht zu benehmen wie ein Teenager. Es war ja nur Charles, mit dem sie diesen Abend verbrachte.

Kapitel 17

»Das ist ausgesprochen gut!«, sagte Charles, nachdem er einige Bissen gegessen hatte.

»Deswegen brauchen Sie noch lange nicht so überrascht zu klingen. Ich habe diesen Kurs tatsächlich mitgemacht. Es ging zwar nicht um Gourmetküche, doch ich habe einige der grundlegenden Dinge dabei gelernt.«

»Aber ich dachte, dazu würden Sie die notwendigen Zutaten brauchen.«

»Ich hatte Zutaten – nun ja, ein Glas Nudelsoße und eine Tüte Spaghetti. Der Rest ist einfach … ein besonderer Zauber.« Sie lachte. Sie war froh darüber, dass ihr das Essen so gut gelungen war, denn sie wusste, dass dieser besondere Zauber ziemlich unzuverlässig war.

»Es überrascht mich, dass Sie nicht verheiratet sind, Flora.«

»Oh?«

»Sie sind schön, und Sie können kochen. Was kann sich ein Mann mehr wünschen?«

Flora runzelte die Stirn und hoffte, dass er zumindest teilweise scherzte. »Es geht nicht darum, was ein Mann mehr verlangen könnte, Charles, sondern darum, was eine Frau verlangen kann. Heutzutage sind die Frauen nicht mehr bereit, sich mit Mittelmaß abzufinden. Es muss einen guten Grund geben, um seine Freiheit und seine Unabhängigkeit aufzugeben.«

»Womit ich recht hübsch an meinen Platz verwiesen wäre.«

»Ja.« Flora wagte es nicht, ihn anzusehen. Sie wusste, dass er lachte. Sie versuchte selbst, nicht loszuprusten.

»Hat dieser kleine Bursche schon einen Namen?«, fragte er. Er hatte seinen Teller beiseitegestellt und wieder begonnen, das kleine schwarze Kätzchen zu streicheln.

»Nein. Und normalerweise ist er schrecklich scheu.«

»Ich denke, ich werde ihn Macheath nennen.«

»Oh? Warum?«

»Weil mir der Name gefällt und weil das das Kätzchen ist, das ich behalten möchte.«

»Aber Charles, Sie können kein Kätzchen nehmen. Annabelle ist …«

»Allergisch dagegen. Ich weiß. Aber ich dachte, wir könnten eine Bürokatze haben. Darüber werden sich alle freuen.«

Flora wickelte nachdenklich ihre letzte Portion Spaghetti um ihre Gabel. Charles verteilte den Rest des Weins auf ihre Gläser.

»Ich wollte Ihnen eigentlich noch einen Tee anbieten«, meinte Flora, die plötzlich sehr schläfrig war.

»Ich brühe ihn auf. Jetzt sind Sie an der Reihe, auf dem Sofa ein Nickerchen zu halten.«

»Ich glaube, mir genügt der Wein.«

Charles nahm ein anderes Kätzchen auf den Arm. »Es ist ausgesprochen gemütlich hier, finden Sie nicht auch?«

»Hm.« Flora schloss die Augen. Sie hätte gern gefragt, ob Charles diese Art von Gemütlichkeit auch mit Annabelle teilte, aber im Grunde wollte sie die Antwort gar nicht hören.

Kurz darauf nahm sie leises Geklapper aus der Küche wahr, gestattete sich jedoch einzudösen. Einige Zeit später war sie gezwungen, die Augen wieder zu öffnen. Charles stand vor ihr. Er hielt ihr die Hand hin und zog sie auf die Füße. Dann schlang er die Arme um sie, zog sie sehr, sehr fest an sich und legte die Wange auf ihren Kopf.

Mit einem Mal war sie umschlungen von Kaschmir, das zu ihrer Verwirrung sowohl nach ihrem Parfüm als auch nach dem von

Charles roch. Inzwischen presste er sie so fest an sich, dass sie Mühe hatte zu atmen, aber sie wäre mit Freuden für alle Zeit dort geblieben, dem Erstickungstod nahe.

Endlich ließ er sie los. »Gute Nacht, Kleine«, flüsterte er. »Und jetzt gehen Sie schnell nach oben. Bitte.«

Sie flog die Treppe hinauf und ins Bett, obwohl die Kätzchen noch immer unten waren, aber sie war so verwirrt über die Entwicklung des Abends, dass sie nicht noch einmal nach unten gehen wollte, um die Tiere zu holen – denn dann hätte sie Charles abermals vor die Augen treten müssen. Und zwar nicht dem Charles, mit dem sie während der vergangenen Wochen zusammengearbeitet hatte, sondern einem ganz anderen Mann: weicher, wärmer und viel, viel anziehender. Einem Charles, von dem sie, solange er verlobt war, in Zukunft besser so wenig wie möglich sehen sollte.

Plötzlich stieg eine Woge der Eifersucht auf Annabelle in ihr auf. Kein Wunder, dass sie so fest entschlossen war, ihn zu heiraten! Obwohl Flora irgendwie nicht recht davon überzeugt war, dass der Mann, auf den sie gerade einen kurzen Blick hatte werfen können, der Mann war, der jeden Abend mit Annabelle ins Bett ging – er schien einfach nicht Annabelles Typ zu sein.

Wie war es möglich, dass die Dinge sich so schnell geändert hatten? Es mussten das Drama des Sturms gewesen sein, die späte Stunde und der Wodka, befand Flora. Am Morgen würde alles wieder normal sein – und der fremde Mann im Wohnzimmer würde sich wieder so benehmen, wie es zu ihm passte. Dann würde sie wieder dem alten Charles gegenüberstehen, der definitiv keine Bedrohung für ihren Schlaf darstellte. Trotzdem war da ärgerlicherweise ein kleiner Teil von ihr, der hoffte, dass sie sich irrte. So sehr es die ganze Situation komplizierte, der neue Charles war eindeutig interessanter.

Bevor der Schlaf sein Recht forderte, was trotz ihrer aufgewühlten Gefühle gewiss bald passieren würde, fragte Flora sich, was sie tun würde, falls Charles und Annabelle sich trennten. Sie war eingeschlafen, bevor sie sich für eine Antwort entschieden hatte.

Flora stand früh auf und ging nach unten, um nach den Kätzchen zu sehen. Sie waren nicht da. Das Geschirr war gespült, aber sie konnte sich verschwommen daran erinnern, dass Charles das am vergangenen Abend erledigt hatte. Das Verschwinden der Kätzchen dagegen war ein Rätsel. Als sie wieder nach oben ging, wurde ihr klar, dass Charles die kleinen Tiere mitsamt ihrer Mutter zur Sicherheit in sein Schlafzimmer mitgenommen haben musste. Hätte sie nicht in jüngster Zeit eine Seite an ihm entdeckt, die ganz und gar nicht so gefühllos war, wie er sich zu Anfang gegeben hatte, hätte diese Geste allein sie eines Besseren belehrt. Trotzdem war sie immer noch fest entschlossen, ihn nicht allzu sehr zu mögen; gestern Abend hatte sie sich auf eine sehr unbehagliche Weise zu ihm hingezogen gefühlt. Gott sei Dank hatte das nur an der Situation gelegen, redete sie sich ein. Das Feuer, das Essen, der Wein, die Kätzchen und die Tatsache, dass sie beide sehr müde gewesen waren, hatten sich zusammengefügt und sie auf Gedanken gebracht, auf die sie normalerweise nie gekommen wären. Trotzdem konnte das zu gewissen Spannungen im Büro führen!

Sie begegnete ihm, als er gerade aus dem Badezimmer kam. »Guten Morgen!«, sagte sie forsch.

»Sind Sie ein Morgenmensch, Flora?«, fragte Charles mit einem Lächeln.

»Ich glaube, ja. Und Sie?«

»Eher nicht. Ich habe die Kätzchen und Imelda mit in mein Schlafzimmer genommen. Sie wären unten wahrscheinlich auch zurechtgekommen, aber ich wusste, dass sie an menschliche Gesellschaft gewöhnt sind, und ich wollte nicht, dass sie sich einsam fühlen.«

»Das war sehr lieb von Ihnen. Im Wohnzimmer wäre ihnen sicher nichts passiert, doch sie sind daran gewöhnt, mit mir zusammen zu sein. Oder bin ich vielleicht diejenige, die an ihre Gegenwart gewöhnt ist?«

»Wie auch immer. Soll ich nach unten gehen und mal sehen, was ich fürs Frühstück finden kann?«

»Das ist eine gute Idee. Ich glaube, es hat aufgehört zu regnen, aber draußen ist bestimmt alles immer noch ziemlich durchweicht.«

»Das denke ich auch. Also dann, bis gleich.«

Flora kleidete sich mit ihrer gewohnten Sorgfalt an, obwohl er sie gerade eben ohne Make-up gesehen hatte. Es war also ein wenig zu spät, um ihn zu beeindrucken. Sie lächelte ihr Spiegelbild an. Zu ihrer Erleichterung schien heute Morgen wieder alles beim Alten zu sein. Das kalte Licht des Tages hatte einen weniger erotischen und eher vetternhaften Charles hervortreten lassen, und das war angesichts der Situation, in der sie alle sich befanden, nur gut so. Sie und Emma hatten einander einmal gestanden, dass sie, wo immer sie arbeiteten, versuchten, jemanden zu finden, der ihnen einigermaßen gefiel. Allerdings wurden sie in solchen Fällen nicht aktiv, oder zumindest nur dann, wenn alles andere stimmte. Trotzdem brachte ein attraktiver Mann ein wenig Schwung in den Arbeitstag.

Diese Situation war jedoch deutlich heikler. Wenn die Dinge sich so entwickelten, wie Flora es zunehmend hoffte, würden Charles und sie auf lange Zeit gemeinsam *Stanza und Stanza* leiten. Eine Liebelei mochte zwar unterhaltsam sein, war aber eine Katastrophe, wenn sie nicht erwidert wurde – und sie gab sich keinerlei Illusionen darüber hin, dass Charles oder Annabelle die Hochzeit absagen würden. Es waren jetzt nur noch wenige Monate bis dahin, und Charles würde wohl kaum eine langjährige Beziehung um einer Frau willen aufs Spiel setzen, die er erst seit wenigen Wochen kannte. Wie Annabelle bereits festgestellt hatte: Er hatte sie schon sein Leben lang geliebt.

Ja, entschied Flora energisch, es war bei weitem besser, ihre Beziehung wieder auf geschäftliche Belange zu beschränken, freundschaftlich, aber nicht zu freundschaftlich.

Sie ging in das Gästezimmer, um die Kätzchen zu holen und Imelda zu füttern. Die Tiere hatten ihre Nacht mit Charles offensichtlich gut überstanden. Ein gewisser Neid stieg in Flora auf, den sie jedoch hastig beiseitedrängte. Wenn etwas zwischen ihnen vorgefallen wäre, hätten sie jetzt sich selbst und einander gehasst.

Charles hatte einen Rest Bohnenkaffee gefunden, der von dem Wochenende mit Emma übrig geblieben war, sowie einige Scheiben Ciabatta, die er gerade toastete.

»Wie kommt es, dass alles in dieser Küche, was sich zu essen lohnt, italienisch ist?«

»Emma arbeitet in der Nähe eines ausgezeichneten italienischen Delikatessengeschäfts und hat eine Menge aus dem Laden mitgebracht«, erklärte Flora. »Ich habe dieses Ciabatta-Brot einfach nur in den Kühlschrank gelegt. Es muss schon ziemlich altbacken sein.«

»Wenn man die Scheiben toastet, sind sie bestimmt immer noch köstlich.«

Flora sehnte sich plötzlich nach einem kleinen Laden an der Ecke, in dem sie frisches Brot und Orangensaft hätte besorgen können. »Ich selbst habe nicht viel Zeit zum Einkaufen.«

»Nein, gewiss nicht.« Er lächelte sie an, und einen Moment lang fragte Flora sich, ob diese kleine Liebelei die Dinge wirklich komplizieren würde. Nein, das war unmöglich, befand sie. Das Geschäft war viel zu wichtig, um es durch verrückt spielende Hormone zu gefährden.

Sie zog sich einen Stuhl heran und setzte sich an den kleinen Tisch. Wenn Charles das Frühstück zubereiten wollte, würde sie sich nicht einmischen.

»Sie haben dieses Cottage sehr wohnlich gemacht, Flora. Selbst wenn Sie keine Gelegenheit haben, viel Zeit hier zu verbringen.«

»Ich habe mir vor dem Wochenende, an dem Emma und Sie alle

hier waren, große Mühe gegeben. Aber das Cottage ist wirklich zauberhaft. Ich könnte mir gut vorstellen, hier bis ans Ende meiner Tage glücklich zu leben.«

»Das freut mich. Ich hätte gedacht, dass Sie sich hier vielleicht einsam fühlen.«

Flora schüttelte den Kopf und nippte an dem Kaffee, den er vor sie hingestellt hatte. Sie wollte ihm nicht sagen, dass sie normalerweise morgens zuerst einen Tee trank. Oder dass sie, genau genommen, nur wenig Erfahrung darin hatte, allein in dem Cottage zu leben.

»Ich hoffe, mit Annabelle ist alles in Ordnung«, bemerkte sie, nachdem sie einige Sekunden schweigend gekaut hatten.

»Warum sollte es das nicht sein?«

»Ach, einfach so. Manche Frauen wären vielleicht ein wenig verstimmt, wenn ihr Verlobter die Nacht mit einer anderen verbracht hätte.«

»Annabelle und ich verstehen einander viel zu gut, als dass sie sich wegen solcher Dinge den Kopf zerbrechen würde.«

Flora runzelte die Stirn. Ihrer Meinung nach klang das eine Spur zu selbstgefällig. Immerhin hatte es am vergangenen Abend durchaus einen Moment gegeben, in dem die Atmosphäre zwischen ihnen nicht ganz so platonisch gewesen war. »Oh. Eine sehr moderne Art zu denken.«

»Sie weiß, dass sie sich in allen Dingen auf mein Verantwortungsbewusstsein verlassen kann. Und manche Dinge sind einfach zu wichtig, um sie zu gefährden.« Er nippte an seinem Kaffee und sah sie über den Tisch hinweg an, als wollte er seine Worte mit diesem Blick unterstreichen. »Manchmal erscheint einem das Gras anderswo grüner, doch wenn man dann über den Zaun klettert, entpuppt sich das als Irrtum.«

»Ich kann mir nicht vorstellen, dass Sie jemals Äpfel stibitzt haben, Charles!«, sagte Flora, um die Stimmung aufzuhellen, aber trotz aller guten Vorsätze konnte Flora nicht umhin, sich plötzlich ziemlich deprimiert zu fühlen. Seine Worte waren absolut eindeutig – die Atmosphäre am vergangenen Abend war ihm offenkundig heute ein wenig peinlich, und er wollte sie auf diese Weise wissen lassen, dass sie nichts in die Situation hineininterpretieren sollte.

»Man braucht nicht leibhaftig in die Höhle des Löwen zu gehen, um zu wissen, dass das keine besonders gute Idee ist«, fuhr er fort.

»Sprechen Sie Annabelle gegenüber auch jeden Morgen in Rätseln?«, fragte Flora leicht gereizt.

»Ich muss gestehen, dass Annabelle und ich morgens inzwischen nicht mehr allzu viel reden. Wir haben jenes zufriedene Stadium erreicht, in dem man sich nicht ständig Mühe zu geben braucht.«

»Aber am Anfang war das anders? Alle Frauen werden gern umworben, Charles!« Sie konnte nicht dagegen an – sie war fasziniert.

»Eins der Dinge, die mich zu Annabelle hingezogen haben – ich meine, als ich schon erwachsen war …«

»Ich weiß, dass Sie einander schon eine Ewigkeit kennen.«

Er nickte. »Eins dieser Dinge war ihre praktische Art.«

»Eine sichere Bank«, sagte Flora. Natürlich wusste sie es nicht mit Gewissheit, doch sie war davon überzeugt, dass die Frau, der er während seiner Reisen begegnet war, ihm das Herz gebrochen hatte.

»Wie meinen Sie das?«

»Sie haben Annabelle als einen Menschen gesehen, der verlässlich und beständig ist.«

Er lachte. »Aus Ihrem Mund klingt das sehr langweilig.«

Flora lachte ebenfalls. »Natürlich meine ich es nicht so.«

»Ich bin ein Mann, der an Dingen festhält.«

»Sie meinen, wie Kaugummi an den Schuhsohlen«, entgegnete Flora schnippischer als beabsichtigt.

»Wir machen uns besser langsam auf den Weg«, antwortete er. »Ich werde nur schnell das Geschirr spülen.«

»Das ist nicht nötig, ich kann den Abwasch erledigen, wenn ich nach Hause komme, außerdem haben Sie gestern Abend schon gespült.«

Während Charles sich mit Floras Ersatzzahnbürste die Zähne putzte, stapelte sie das Geschirr in der Spüle. Die Intimität, diese glückliche Nähe des vergangenen Abends, war verdorben worden, und sie beschloss, die ganze Episode aus ihrem Gedächtnis zu streichen. Emma und sie hatten vollkommen falsch gelegen mit der Annahme, es könne Spaß machen, in jemanden verliebt zu sein, mit dem man zusammenarbeitet. Manchmal war so etwas eine ausgesprochen schlechte Idee. Nur gut, dass sie Henry hatte, um ihre Gedanken zu beschäftigen.

»Zumindest haben wir diesmal Stiefel an«, bemerkte Flora, als sie durch den Schlamm zurück zum Wagen gingen.

»Ja. Es war ein Glück für mich, dass William seine Stiefel dagelassen hat.«

Flora fragte sich beiläufig, wie William wohl ohne Stiefel zurechtkam und warum um alles in der Welt er sie trotz des starken Regens vergessen hatte.

»Glauben Sie, dass der Wagen in Ordnung ist?«

»Wenn nicht, werde ich Annabelles Vater anrufen und ihn fragen, ob er mit dem Trecker herkommen und uns holen kann.«

»Ich habe noch ein paar Sonntagszeitungen da, falls wir damit irgendetwas Raffiniertes anfangen können.«

»Für das, was Sie vorhaben, bräuchte man einen alten Teppich oder etwas mit einer rauen Oberfläche. Ich denke, wir werden den Trecker nehmen müssen oder gar nichts.«

»O Gott! Und wenn der Trecker nicht kommen kann?«

»Dann werden wir bis zum Ende des Wegs gehen und uns ein Taxi rufen oder Annabelle bitten, uns abzuholen.«

Flora glaubte nicht, dass Annabelle dieser Vorschlag besonders gut gefallen würde, enthielt sich aber eines Kommentars. Schließlich war Annabelle seine Auserwählte, und ihr, Flora, stand eine solche Bemerkung nicht zu.

»Das ist vielleicht kein günstiger Zeitpunkt, um darüber zu reden«, bemerkte Charles, »aber nach der Roadshow waren sowohl Bob als auch George sehr erpicht darauf, dass ich – dass wir – sie aufkaufen sollten. Sie sind beide weit über das Rentenalter hinaus.«

»Und wir könnten uns das leisten, wenn wir das Haus verkaufen würden?«

»Wir haben noch nicht über Geld geredet, aber ich denke, ja.«

»Nun, dann lassen Sie es uns wagen«, antwortete Flora aufgeregt. »Wir brauchen kein riesengroßes Gebäude. Wir brauchen lediglich ein kleines Büro irgendwo.«

»Und ich hätte gern eine eigene Wohnung. Das ist sehr zweckmäßig, außerdem werden Annabelle und ich, wenn wir heiraten, vielleicht etwas weiter wegziehen.«

»Klar.«

»Und wir sollten auch für Sie etwas kaufen. Wenn Sie wollen, könnten wir Annabelle das Feriencottage abkaufen.«

»Darüber müsste ich zuerst nachdenken«, sagte Flora und fragte sich gleichzeitig, warum die Vorstellung, hier nach Charles' und Annabelles Hochzeit zu leben, so deprimierend war. »Vielleicht wäre es vernünftiger, etwas zu kaufen, das nicht so weit von der Stadt entfernt ist.«

»Wie Sie meinen.«

»Andererseits, wie viel würde man für das Gebäude überhaupt bekommen? Wenn wir zwei Auktionshäuser kaufen wollen, ein Büro, eine Wohnung für Sie, ein Cottage für mich – das scheint mir eine Menge Geld für ein einziges Gebäude zu sein.«

»Wenn wir tun, was Annabelle vorschlägt, und das Haus zuerst in Wohnungen einteilen, müsste es eigentlich genügen. Aber ich gebe

Ihnen Recht, vielleicht würden wir uns damit finanziell doch ein wenig zu weit aus dem Fenster lehnen.«

»Außerdem dauert das alles seine Zeit«, erklärte Flora. Wenn ihr tatsächlich irgendwann der Sinn danach stehen würde, fortzugehen, würde sie das nicht tun wollen, bevor *Stanza und Stanza* auf dem Weg in die Gewinnzone war, aber sie konnte kaum von Charles und Annabelle verlangen, ihre Hochzeit zu verschieben. »Obwohl ich in dem Cottages eigentlich ganz glücklich bin. Vielleicht sollte ich Annabelle Miete bezahlen.«

»Sie zahlen schon Miete. Oder vielmehr tue ich es, im Namen von *Stanza und Stanza*.«

»Oh?«

»Ich verfüge über ein kleines privates Einkommen. An das Kapital komme ich nicht heran, aber die Zinsen sind recht nützlich. Annabelle hat ihre Bücher gern in Ordnung«, fuhr er fort, »und das ist noch etwas, das wir regeln müssen.«

»Was müssen wir regeln?«

»Die finanzielle Situation. Wir sollten Klarheit darüber haben, welches Geld der Firma und damit auch Ihnen gehört und was mir gehört.«

»Ich finde es zunehmend bedauerlich, dass ich nicht auch über ein privates Einkommen verfüge«, meinte Flora. »Das würde das Leben so viel leichter machen.«

»Im Gegenteil, es ist viel besser, dass Sie keins haben. Wenn ich keine anderen Quellen hätte, aus denen ich Geld beziehen kann, hätte ich das Geschäft vielleicht schon früher auf eine solidere Basis gestellt. Ihr Erscheinen hier und die Notwendigkeit, dass Sie von dem Auktionshaus leben müssen, haben mich aufgerüttelt, und das gerade noch rechtzeitig.«

»Aber Sie lieben das Geschäft! Und Sie arbeiten so hart!«

»Hart, doch nicht klug«, wandte er nachdenklich ein. »Ich habe die Dinge einfach so weiterlaufen lassen, wie sie immer gelaufen sind, und Jahr für Jahr Verlust gemacht, ohne mich groß darum zu scheren. Das wird sich jetzt, da Sie hier sind, ändern müssen.«

»Nun, ich bin froh zu hören, dass ich meinen Nutzen habe.«

»Oh, den haben Sie durchaus. Und jetzt lassen Sie uns zusehen, ob wir diesen Wagen ans Laufen bekommen.«

Es bedurfte einiger Manöver, bei denen reichlich Schlamm aufgewühlt wurde, aber zu guter Letzt stand der Wagen wieder auf dem Weg, und sie setzten sich langsam in Bewegung. Sobald sie die Hauptstraße erreicht hatten, sagte Flora: »Wir sind beide ziemlich schmutzig geworden. Sie wollen sicher nach Hause fahren und sich frische Kleider anziehen.«

»Das sollte ich wohl besser, ja. Hätten Sie Lust, mitzukommen und einen Kaffee zu trinken, während ich mich frisch mache? Oder wollen Sie lieber gleich ins Büro fahren? Ich fürchte, für Sie kommt es nicht infrage, noch einmal nach Hause zurückzukehren und sich frische Sachen anzuziehen.«

»Oh, bitte, bringen Sie mich ins Büro. Ich habe Unmengen Arbeit.« Sie wollte nicht in Annabelles Wohnzimmer sitzen und Kaffee trinken, in dem Wissen, dass Charles im Stockwerk darüber duschte.

Flora hatte tatsächlich eine Menge Dinge zu erledigen, aber sie hatte kaum mehr zu Wege gebracht, als sich den Schlamm aus dem Gesicht zu waschen, als Geoffrey in ihrem Büro auftauchte.

»Im Chor hat sich ein kleiner Notfall ergeben«, berichtete er. »James hat mich gestern am späten Abend noch angerufen. Es hat sich herausgestellt, dass es Probleme mit dem Haus gibt, in dem wir unser Konzert geben wollten.«

»Oje.«

»Ja. Die Kehlenrinnen haben dem Regen nicht standgehalten und sind eingebrochen. James hatte zufällig die Hausbesitzerin am Telefon, kurz nachdem es passiert ist. Sie war in einer schrecklichen Verfassung.«

»Genau wie ihre Kehlenrinnen vermutlich«, murmelte Flora und fragte sich, was um alles in der Welt Kehlenrinnen wohl sein mochten.

»Ja. Und die Reparaturen werden nicht rechtzeitig vor dem Konzert fertiggestellt werden können. Wir brauchen einen anderen Saal.«

»Können wir das Konzert nicht einfach absagen?« Diese Möglichkeit erschien Flora sehr verlockend, da sie bisher noch keins der Werke wirklich gut kannte. Ihr wäre es nur recht gewesen, wenn sie noch mehr Zeit gehabt hätte, um die Stücke gründlicher zu lernen, bevor sie in der Öffentlichkeit damit auftrat.

»Nein!« Geoffrey war entsetzt. »Wir haben schon viele Karten verkauft, und das Konzert dient einer sehr guten Sache. Wir dürfen nur im äußersten Notfall absagen. Außerdem wird der Chor für dieses Konzert bezahlt, und wir brauchen das Geld.«

»Hm, dann lassen Sie uns Charles fragen, ob wir die Halle bekommen können. Ich könnte von irgendwoher Stühle besorgen, und es würde sicher alles wunderbar funktionieren.«

Geoffrey schüttelte den Kopf. »Nein, Flora.«

Sie hatte instinktiv gespürt, dass für Geoffrey keine einfachen Lösungen infrage kamen. Außerdem sagte ihr Gefühl ihr, dass das, was er im Sinn hatte, irgendwie ihre Mithilfe notwendig machen würde. »Was dann? Mir scheint das eine gute Idee zu sein. Wir müssten keine Miete dafür bezahlen, das könnte ich regeln. Die Halle liegt mitten im Ort, und Parkplätze gäbe es auch. Was ist also daran auszusetzen?«

»Das Konzert steht unter dem Motto ›Ein prachtvoller Sommer: Musik eines Sommerabends‹. Die Halle genügt da nicht. Wir brauchen ein wunderschönes Haus für dieses Konzert.«

»Es tut mir leid, Geoffrey, mir sind die wunderschönen Häuser gerade ausgegangen. Wenn Sie mich letzte Woche gefragt hätten …«

Geoffrey ignorierte Floras schnippische Antwort. »Wir wissen, welches Haus wir gern hätten. Aber Sie müssten hingehen und fragen, ob wir's benutzen dürfen.«

»Warum ich?«

»Abgesehen von der Tatsache, dass Sie nicht bei dem Treffen waren und Nein sagen konnten, kennen Sie den Besitzer des Hauses.«

»Wirklich?« Sie glaubte nicht, dass sie jemanden mit einem prachtvollen Haus kannte.

»Ja. Es ist Henry Burnet.«

»Oh. Oh, Geoffrey, das würde ich lieber nicht tun.« Die ganze Geschichte wurde ihr jetzt sehr peinlich.

»Warum nicht?«

»Man kann nicht irgendwo hereinplatzen und von jemandem verlangen, dass er einem sein Haus für ein Konzert zur Verfügung stellt! Es wäre mir peinlich, wenn er denken würde, ich hätte ihn nur ausgenutzt.« Verzweifelt hielt sie Ausschau nach weiteren Gründen. »Außerdem hat er vielleicht keinen geeigneten Raum.«

»James kennt das Haus. Er sagt, es gäbe dort eine Orangerie, die wie geschaffen dafür wäre und überdies eine hervorragende Akustik hat.«

»Warum geht James dann nicht zu Henry Burnet?«, fragte Flora spitz.

»Er hat im Augenblick viel zu viel um die Ohren. Wenn Burnet uns erlaubt, das Haus zu benutzen, wird James hingehen und sich die Räumlichkeiten noch einmal ansehen, aber Sie müssen erst einmal vorfühlen.«

»Ich habe auch viel um die Ohren! Sogar eine ganze Menge! Warum ausgerechnet ich? Ich bin nicht das einzige weibliche Mitglied des Chors.«

»Natürlich, das weiß ich, aber Sie sind Ihr eigener Chef, Flora. Sie können sich freinehmen, wann immer Sie wollen. Und Sie kennen den Besitzer.«

Wie sich herausstellte, konnte Flora sich jedoch nicht einfach freinehmen, wann immer sie wollte. In der Folge der Roadshow erhielt *Stanza und Stanza* eine unerwartete Anzahl von Anfragen, und bevor Flora es sich versah, war es sechs Uhr, und sie hatte noch keine Minute Zeit gehabt, um darüber nachzudenken, wie sie es anstellen sollte, Henry dazu zu bringen, ihr seine Orangerie zu leihen.

Erst am nächsten Morgen, nachdem sie einige Stunden mit dem Papierkram zugebracht hatte, der am vergangenen Tag liegen geblieben war, fand sie Zeit für diese Mission. Annabelle hatte Flora den Landrover am Tag nach dem Unwetter zurückgebracht – er war tatsächlich nur in dem Graben stecken geblieben, ansonsten aber vollkommen in Ordnung –, sodass Flora eigentlich nicht erwartete, Annabelle an einem Samstagvormittag in ihrem Büro zu sehen. Aber gerade als Flora gehen wollte, tauchte Annabelle plötzlich auf.

»Haben Sie Zeit, mit mir zu Mittag zu essen, Flora? Ich finde, das bin ich Ihnen schuldig, nachdem ich den Landy in den Graben gefahren habe. Charles war furchtbar wütend.«

»Oje, das wäre nicht nötig gewesen. Aber ich fürchte, wir müssen das Mittagessen auf einen anderen Tag verschieben, Annabelle. Ich muss noch etwas erledigen. Nächste Woche vielleicht?« Es schien ihr eine gute Idee zu sein, ein wenig mehr Abstand zwischen ihren gemütlichen Abend mit Annabelles Verlobten und einem zwanglosen Mittagessen zu zweit zu legen.

Annabelle wirkte ehrlich enttäuscht. »Wohin müssen Sie denn noch?«

»Geoffrey hat mich gebeten, ein großes Landhaus aufzusuchen, und ich muss mich persönlich darum kümmert.«

»Oh? Das ist ja interessant! Denken die Besitzer daran, etwas versteigern zu lassen? Nichts wäre besser für uns als eine richtige Landhausversteigerung. Das ist heutzutage natürlich etwas obsolet, aber es würde uns doch ganz gut anstehen.«

Bei dem Gedanken bekam Flora eine Gänsehaut. »Besser nicht. Es ist Henrys Haus.« Sie versuchte verzweifelt, sich auf einen guten Grund zu besinnen, warum sie allein hinfahren sollte. »Ich habe ihn seit einiger Zeit nicht mehr gesehen«, log sie. »Die Situation könnte ein wenig heikel sein.«

»Dann wäre es doch umso besser, wenn ich mitkäme, oder? Ich würde schrecklich gern einmal im Burnet House herumstöbern. Wie ich höre, soll es wunderschön sein. Ist es das?«

»Das weiß ich nicht! Ich war noch nie zuvor dort, aber wenn ich heute noch hinfahren will, sollte ich besser sofort aufbrechen. Noch mal vielen Dank, dass Sie den Landrover gerettet haben.«

»Keine Ursache. Immerhin war ich diejenige, die ihn in den Graben gefahren hat. War es in Ordnung, dass Charles vorgestern bei Ihnen übernachtet hat?«, fuhr Annabelle fort. Sie sah Flora mit einem leicht fragenden Blick an. Wollte sie wissen, ob irgendetwas »passiert« war?

Flora hatte nicht die Absicht, auf unausgesprochene Fragen zu reagieren. Außerdem würde Annabelle ihr womöglich die Augen auskratzen, wenn sie die falsche Antwort gab.

»Ja. Er hat sogar das Geschirr gespült. Sie haben ihn sehr gut erzogen, Annabelle.«

»Oh ja. Er ist wirklich großartig. Ein perfekter Ehemann.«

Flora lächelte. »Jetzt muss ich mich aber beeilen.«

»Und wir werden das Mittagessen bald einmal nachholen, Flora.«

Flora lächelte und nickte geistesabwesend.

Als sie eine halbe Stunde später im Landrover saß, hatte Flora eine Straßenkarte aus dem Büro, eine handgezeichnete Wegbeschreibung von Geoffrey und eine Beschreibung des Hauses dabei, aber sie wusste noch immer nicht genau, wo sie hinfahren musste. Sie rief Henry an, um ihn vorzuwarnen, doch es ging niemand an den Apparat. Er würde überrascht sein, wenn sie plötzlich vor seiner Haustür stand, aber es würde eine angenehme Überraschung sein, hoffte sie. Sie war sich nicht ganz sicher, wie viel Henry für sie empfand. Ging es ihm wie ihr nur darum, ein wenig Spaß und Gesellschaft zu haben? Oder ging es bei ihm tiefer? So oder so, er war der einzig mögliche Kandidat in Sachen Liebe und sollte daher gut behandelt werden.

Schließlich hatte sie Burnet House gefunden. Es lag am Ende einer langen Buchenallee, und selbst nach so heftigen Regenfällen sah es noch immer wunderschön aus. Sie fuhr den Landrover zwischen den offenen Toren hindurch auf die mit Löchern übersäte Auffahrt. Bevor sie entschieden hatte, ob sie vor dem Haus parken oder sich einen Platz dahinter suchen sollte, wurde ihr klar, dass das Haus dringend einer Renovierung bedurfte. Sie stellte den Wagen ab, stieg aus und klopfte dann an die Tür. Die Klingel funktionierte nicht.

Flora drehte sich um und betrachtete den ehemaligen Rasen der Anlage, der jetzt als Weide diente. Das Haus schien von einem Graben umgeben zu sein, der aber trocken war. Wenn hier ein Konzert stattfinden sollte, würde irgendjemand etwas wegen des Rasens unternehmen müssen. Vielleicht hatte ja ein Mitglied des Chores einen Aufsitzmäher.

Nach einer Weile hörte sie Schritte und hoffte, dass es kein Fremder war. »Hallo, Henry«, sagte sie, als die Tür geöffnet wurde.

Kapitel 18

»Flora! Wie schön, Sie zu sehen! Was für eine unerwartete Freude!«

»Freuen Sie sich nicht zu sehr, ich bin nur hier, um zu nassauern.« Das Ganze war Flora grauenhaft peinlich.

Ein fragender Ausdruck trat in seine Augen. »Sie haben eine ziemlich weite Fahrt auf sich genommen, um sich eine Tasse Zucker zu borgen.«

»Machen Sie keine Witze. Es ist kein Zucker, auf den ich es abgesehen habe, es ist Ihr Haus.«

»Mein Haus?« Henry sah sie verwirrt an.

»Nicht das ganze Haus. Hören Sie, darf ich vielleicht hereinkommen? Ich könnte die Situation besser erklären, wenn ich es nicht auf der Türschwelle tun müsste.«

»Natürlich, aber ich sollte Sie warnen, ich gewähre im Allgemeinen keine Gefälligkeiten.«

Sein Lächeln war spöttisch und sehr sexy. Flora lächelte zurück. Es machte viel mehr Spaß, mit jemandem zu flirten, der nicht verlobt war. »Dann tun Sie heute etwas, das Sie normalerweise nicht tun«, entgegnete sie. »Auf diese Weise wird das Leben nicht schal.«

»Oh? Sind Sie seit Donnerstag zur Lebensberaterin avanciert oder so etwas?«

Flora runzelte die Stirn. »Nein. Ich bin nach wie vor eine Auktionatorin in der Ausbildung, aber das ist nicht der Grund, warum ich hier bin.«

»Schön. Hier gibt es nämlich herzlich wenig, was von Wert wäre. Oder eigentlich überhaupt nichts.«

»Das ist gut«, sagte Flora. »Sie haben doch eine Orangerie, nicht wahr?«

»Hm, ja, aber die steht nicht zum Verkauf.«

»Ich weiß.« Sie lächelte wieder. »Ich – wir – wollen sie nur für einen Abend. Das wäre doch nicht zu viel verlangt, oder?« Flora bekam langsam das Gefühl, dass dieser Besuch in Henrys Haus sich vielleicht als Fehler entpuppen würde. Aber sie hatte dem Chor versprochen, nach der Orangerie zu fragen, und die anderen hatten sie bei der Roadshow und vielen weiteren Problemen so unterstützt, dass sie es einfach versuchen musste.

»Wir gehen wohl besser rüber in die Küche.«

Flora wollte keine Zeit mit Kaffee und Keksen verschwenden. »Könnten wir nicht gleich zur Sache kommen und einen Blick in die Orangerie werfen?«

»Flora! Ich dachte, Sie wären hergekommen, um mich zu besuchen, zumindest als Teil Ihres Auftrags.«

»Eigentlich arbeite ich heute, Henry. Ich kann nicht allzu lange bleiben.«

Er zuckte die Schultern; wahrscheinlich war er es nicht gewohnt, dass jemand seine Gastfreundschaft so rundheraus ablehnte. »In Ordnung, doch ich warne Sie, die Orangerie befindet sich ungefähr im gleichen Zustand wie der Rest des Hauses.«

Die Auktionatorin und Schätzerin in ihr (ein bisher noch kleiner, nicht allzu sehr entwickelter Teil) bemerkte, während sie durch das Haus gingen, dass es nirgends Antiquitäten gab, keine Räume, die mit altem Spielzeug vollgestopft waren. Auch fehlten Gemälde und anderer augenfälliger Kram, der sich als ungemein wertvoll erweisen würde, wenn er den Kennern in die Hände fiel. Das bedeutete, dass Annabelles Landhausversteigerung wohl ausfallen musste, und Flora konnte sich ganz auf die Aufgabe konzentrieren, die Geoffrey ihr gestellt hatte.

»Sie erinnern sich vielleicht, ich bin Mitglied eines Chores.«

»Ich erinnere mich, doch ich finde, Sie sehen nicht alt genug dafür aus.« Er lächelte. »Oder, was das betrifft, nicht jung genug.«

»Man braucht weder alt noch ein Chorknabe zu sein, um Freude am Musizieren zu haben«, erwiderte sie geziert.

Henry zuckte erneut mit den Schultern und öffnete die Tür zur Orangerie. Mittlerweile war Flora vollauf darauf gefasst, den Raum als gänzlich unbenutzbar abzutun, und dann würde eben doch die Halle genügen müssen. Zumindest würde sie zu Geoffrey zurückkehren und ihm sagen können, dass sie ihr Bestes gegeben habe.

»Ah«, murmelte sie. Auf dem Fußboden stand eine Pfütze von der Größe eines kleinen Sees. »Warum steht hier Wasser auf dem Boden?«, fragte sie.

»Wahrscheinlich, weil das Dach ein Loch hat.«

Flora blickte auf. Eine Scheibe des Daches war zerbrochen, aber offenbar wirklich nur eine einzige. »Lässt sich das reparieren?«

»Klar. Wenn man genug Geld hat. Unglücklicherweise habe ich keins. Man müsste die Decke einrüsten, und es wären noch mehr Schäden zu beheben als nur eine zerbrochene Scheibe. Das Holzwerk ist verfault, sodass die Rahmen alle ausgewechselt werden müssten. Unterm Strich wäre eine Instandsetzung exorbitant teuer.«

»Verstehe.«

»Also, was war das für eine Gefälligkeit, um die Sie mich bitten wollten?« Er betrachtete sie mit der leichten, aber nicht unattraktiven Arroganz eines Mannes, der sich seiner Wirkung auf Frauen gewiss ist.

Flora drückte die Schultern durch und erwiderte seinen Blick. Ihr Selbstbewusstsein war dem Henrys nicht ganz ebenbürtig, aber das würde sie ihn nicht merken lassen. »Oh, habe ich das nicht gesagt? Ich bin Mitglied in einem Chor …«

»Das haben Sie bereits erwähnt.«

»Und wir würden gern in Ihrer Orangerie ein Konzert geben. Wenn Sie nichts dagegen hätten. Und wenn die Orangerie geeignet wäre.«

»Hm, offensichtlich ist sie nicht geeignet. Wir haben ein Loch im Dach und eine Pfütze auf dem Fußboden.«

»Ja, natürlich, aber ich schätze, wir könnten das Wasser aufwischen und für einen schönen Abend beten.«

Er zog, eindeutig nicht überzeugt, die Augenbrauen in die Höhe. »Angenommen, Ihre Gebete werden nicht erhört? Gestern Nacht hatte ich hier die reinsten Niagarafälle.«

»Kann ich mir vorstellen.«

»Allerdings muss man wohl fair sein. Wenn man bedenkt, wie heftig und wie lange es gestern Nacht geregnet hat, sieht es doch gar nicht so schlimm aus.«

Flora betrachtete die Pfütze, die eher die Ausmaße eines Dorfteichs hatte, und enthielt sich jeden Kommentars.

»Ich nehme an, Sie fragen sich jetzt, warum ich in einem solchen Haus lebe. Und warum ich das nicht erwähnt habe.«

Flora zog die Augenbrauen in die Höhe. In puncto menschlicher Neugier hatte sie mehr als ihren gerechten Anteil mitbekommen, und jetzt, da er das Thema selbst zur Sprache gebracht hatte, wollte sie die Antwort wirklich wissen.

»Ich habe mit dem Gedanken gespielt, nach Übersee zu gehen«, erklärte er, »aber so kann ich das Haus nicht verkaufen, oder zumindest nur für einen Bruchteil dessen, was es wert wäre, wenn man es ordentlich renovieren ließe. Ich möchte Geld verdienen, das Haus herrichten lassen und es dann mit Gewinn verkaufen.«

»Danke, dass Sie mir das erzählt haben«, meinte Flora und stellte fest, dass seine Pläne, das Land vielleicht zu verlassen, sie vollkommen kalt ließen.

»Sie sind ungewöhnlich. Die meisten Frauen werden ganz sentimental bei dem Gedanken an ein schönes Haus, das dringend restauriert werden müsste, vor allem, wenn dieses Haus einem Mann gehört …« Er hielt inne.

Flora zog die Augenbrauen hoch, außer Stande, einem Kichern zu widerstehen. »Da haben Sie sich jetzt aber ein Bein gestellt, Henry! Sie können nicht sagen, was Sie denken, ohne unerträglich eingebildet zu erscheinen.«

Er stimmte in ihr Gelächter ein.

»Sie sind offensichtlich ziemlich eingebildet«, fuhr sie fort. »Aber vielleicht doch nicht unerträglich.«

Er lächelte entschuldigend. »Tut mir leid, aber Sie verstehen jetzt, warum ich Frauen nicht zu mir nach Hause einlade. Sie sind entweder entsetzt und ergreifen die Flucht, oder in ihren Augen leuchten Pfundzeichen auf, und sie gehen sofort auf die Pirsch.«

Flora kicherte. Annabelle wäre auf die Pirsch gegangen. »Ich verspreche Ihnen, dass Sie nichts von mir zu befürchten haben.«

»Ich glaube nicht, dass es mir allzu viel ausmachen würde, wenn Sie auf die Pirsch gingen.« Sie tauschten einen Blick. Flora wusste, dass er an ihr interessiert war und sich alle Mühe gab, seinerseits ihr Interesse zu erregen. Er war schließlich frei.

»Darf ich Ihnen eine Tasse Kaffee anbieten?«, fragte er. »Zum Ausgleich dafür, dass ich so ein Dummkopf bin? Ah – jetzt fällt mir wieder ein, dass ich nur Instantkaffee im Haus habe, und der dürfte wohl keine Entschädigung für irgendetwas sein.«

Flora hatte sich ursprünglich vorgenommen, ein solches Angebot abzulehnen, da sie so viel zu tun hatte, doch jetzt wollte sie nicht zimperlich sein. Sie hätte jeder Frau aus ihrem Bekanntenkreis, die ihre Chancen nicht maximierte, die Leviten gelesen.

»Etwas zu trinken wäre schön. Und Instantkaffee ist in Ordnung.« Flora folgte ihm in eine Küche im Stil der Siebzigerjahre aus rötlichem Kiefernholz, die sie liebend gern mit einer Axt bearbeitet hätte. »Also, warum haben Sie sich scheiden lassen, Henry? Das ist das Einzige, was jeder von Ihnen weiß und worüber alle reden.«

Er seufzte. »Ich fürchte, die Gründe entsprechen ziemlich genau Ihren Erwartungen.«

»Schürzenjägerei?«

Er runzelte die Stirn. »So könnte man es wohl nennen, aber es hat nur eine einzige Frau gegeben.«

»Und Sie sind richtig geschieden und leben nicht nur getrennt?«

»Richtig geschieden. Meine Exfrau hat jeden Penny aus mir herausgeholt, den sie kriegen konnte.«

»Schön für sie.«

»Was soll das heißen: ›schön für sie‹? Ich war ein guter Ehemann.«

»Der fremdgegangen ist.«

»Okay. Ich war ein guter Ehemann, der fremdgegangen ist. Das macht mich noch nicht zu einem durch und durch schlechten Menschen.«

»Jedoch auch nicht zu einem durch und durch guten. Könnte ich vielleicht statt des Kaffees einen Teebeutel bekommen? Oder hat Ihre Frau die auch mitgenommen?«

»Es ist mir gelungen, eine Schachtel vor ihr zu verstecken. Sie können Tee bekommen. Ich habe sogar irgendwelche Kekse da.«

Flora zog sich einen Stuhl heran und sah zu, wie Henry den Kessel füllte, Kekse hervorkramte und sich ganz allgemein wie ein Gastgeber benahm. Sie verstand jetzt, warum Geoffrey ausgerechnet sie hierhergeschickt hatte. Henry war ein wenig empfindlich, was sein Haus betraf, und ein anderer als sie – vielleicht sogar ein junges, weibliches Mitglied aus dem Chor – hätte vielleicht nicht dasselbe Ergebnis erzielt. Tatsächlich, dachte Flora, gab es keine Garantie, dass sie etwas erreichen würde, doch zumindest hatte sie eine gewisse Chance.

»Hier ist Ihr Tee. Ich habe leider nur Trockenmilch da.«

»Das ist in Ordnung.«

Er ließ sich auf der Bank nieder, die Flora gegenüber auf der anderen Seite des Tisches stand.

»Sie wollen also vielleicht ins Ausland gehen? Wohin denn genau?«, fragte sie. »Das heißt, falls Sie überhaupt weggehen?«

»Ich will nach Amerika. Oder vielleicht in die Schweiz.«

»Oh. Das klingt beides ziemlich aufregend.«

»Hm. Nun ja, um ehrlich zu sein …« Das Funkeln in seinen Augen ließ keinen Zweifel daran, dass seine nächsten Worte alles andere als ehrlich sein würden. »… Ich will nur deshalb verkaufen und von hier fortgehen, weil mir das Herz gebrochen wurde. Ich meine, ich komme bei Ihnen einfach nicht weiter, und …«

Flora errötete, obwohl sie wusste, dass er nur scherzte. »Aber das stimmt doch gar nicht! Wir haben zusammen zu Abend gegessen …«

»Hie und da ein Imbiss in der Bar! Das ist nicht dasselbe.«

»Und es war nicht meine Schuld, dass Sie nicht zu meiner Dinnerparty kommen konnten.«

»Was wahrscheinlich ganz gut so war. Charles Stanza hält nicht viel von mir.«

»Oh? Was bringt Sie auf diesen Gedanken?«

»Ich bin ihm neulich in der Stadt begegnet. Er war absolut korrekt und höflich, doch ich hatte den Eindruck, dass es ihm nicht gefiel, dass ich mit seiner kleinen Cousine ausgehe.«

»Ich bin nicht seine ›kleine Cousine‹! Ich bin seine Geschäftspartnerin.«

Henry zuckte die Schultern. »Also, Sie wollen für irgendeine Art von Konzert meine Orangerie.«

»Ja. Mein Chor braucht einen angemessenen Raum für ein Konzert unter dem Motto: ›Ein prachtvoller Sommer: Musik eines Sommerabends‹.«

»Und Sie wollen es in der Orangerie geben?«

»Ja. Wir würden natürlich furchtbar taktvoll sein. Sie würden uns kaum bemerken.«

»Aber was ist mit dem See in der Mitte des Raums? Außerdem,

warum um alles in der Welt sollte ich einem Haufen fremder Leute erlauben, mein Haus zu benutzen?« Er schien zu scherzen, doch Flora war sich nicht ganz sicher.

»Hm …« Sie holte tief Luft. »Es besteht eine gute Chance, dass sich unter den Mitgliedern des Chores Leute finden würden, die das Loch im Dach reparieren könnten. Das wäre doch eine gute Gegenleistung, nicht wahr?« Sie wusste, einer der Bässe war Teilhaber einer Firma, die maßgefertigte Küchen herstellte. Es war nicht ganz dasselbe wie jemand, der Glasdächer reparieren konnte, aber der Mann hatte wahrscheinlich Beziehungen.

Henry sah sie einen Moment lang nachdenklich an. »Hm, ja. Da ist natürlich etwas dran. Aber was ist mit den anderen Unannehmlichkeiten? Ich möchte wirklich keine fremden Leute im Haus haben, die überall herumschnüffeln, außerdem würden die Besucher ihre Autos überall auf dem Rasen abstellen.«

»Ihre Wiese war schon lange kein Rasen mehr«, erklärte Flora unumwunden. »Und Sie könnten übers Wochenende wegfahren. Wenn Sie zurückkämen, würden Sie dann einen tadellos gepflegten Rasen und eine Orangerie ohne Swimmingpool vorfinden. Außerdem müssten Sie nicht mehr so viele Reparaturarbeiten vornehmen lassen, bevor Sie das Haus verkaufen.«

»Und natürlich könnte ich meine Meinung ändern und doch nicht verkaufen. Ich könnte das Haus renovieren und darin wohnen. Falls ich über mein gebrochenes Herz hinwegkommen sollte.«

»Ich bin davon überzeugt, dass Sie sich erholen werden, aber Sie müssten eine Unmenge Geld verdienen, um dieses Haus wieder auf Vordermann zu bringen. Welchem Beruf gehen Sie noch mal nach?« Ihr war klar, dass sie es eigentlich hätte wissen müssen, aber als sie bei ihren ersten Begegnungen all diese Informationen ausgetauscht hatten, waren ihre Gedanken anderweitig beschäftigt gewesen.

»Informationstechnologie.«

»Oh. Dann ist ja alles in Ordnung. Damit lässt sich jede Menge Geld verdienen.«

»Traurigerweise nicht genug. Zumindest nicht im Augenblick. Dieses Haus würde locker hunderttausend Pfund verschlingen, und damit wäre sein Appetit immer noch nicht gestillt.«

Der Gedanke, dass Burnet House möglicherweise wie geschaffen war für Annabelle und Charles, war Flora schon ziemlich bald durch den Kopf gegangen. Allerdings bereitete die Vorstellung, die beiden könnten hier leben, ihr aus irgendeinem Grund Unbehagen, während die Tatsache, dass eine Renovierung astronomische Summen verschlingen würde, sie seltsamerweise aufmunterte. Sie beschloss, hilfsbereit zu sein.

»Ich wette, hier gibt es irgendetwas, von dem Ihre Frau keine Ahnung hatte.«

»Das Problem war nicht meine Frau, sondern ihr Anwalt.«

»Tut mir leid. Der Anwalt. Aber ich wette, wenn ich mich einmal umsehen würde, würde ich etwas finden, das sich zu verkaufen lohnt. Ich bin schließlich Auktionatorin.«

»Ein Lehrling, haben Sie gesagt.«

Flora lachte. »Na schön, aber ich bin keine Vollidiotin, und wenn ich etwas auch nur halbwegs Interessantes fände, könnte ich Cha … könnte ich jemanden bitten, herzukommen und eine richtige Schätzung vorzunehmen.«

»Hm, ich habe eine Bibliothek, doch wenn sich darin irgendwelche Erstausgaben von Dickens befänden, würde ich das sicher wissen.«

»Oder *James Bond*. Der ist auch sehr wertvoll.«

»Nur wenn die Schutzumschläge nicht zerrissen sind.«

Sie lachte. »Wir sehen beide offenkundig die gleichen Fernsehsendungen.«

Er musterte sie. »Wie wär's, wenn Sie Ihren Tee austrinken und sich ein wenig umsehen?«, schlug er vor.

Sie zögerte kurz.

»Ich versichere Ihnen, die Sache hat keinen Haken. Obwohl ich Sie später vielleicht zum Dinner einladen werde. Wir haben noch immer nicht richtig zusammen zu Abend gegessen, nicht wahr?«

Sie neigte höflich den Kopf.

»Würden Sie mitkommen?«

»Man hat mich dazu erzogen, abzuwarten, bis ich gefragt werde«, sagte sie ausweichend. »Wollen wir uns jetzt die Bibliothek ansehen?«

»Der Anwalt hat seinerzeit jemanden geschickt, der alles unter die Lupe genommen hat«, erklärte Henry, als sie einen mit Bücherregalen gesäumten Raum betraten, eine offensichtlich maßgefertigte Bibliothek. »Aber der Mann hat zugegeben, dass er sich mit alten Büchern nicht besonders gut auskannte. Er hat nach irgendetwas gesucht, das offenkundig eine Erstausgabe war, hat jedoch nichts Derartiges gefunden. Er hat den Gesamtwert der Bücher auf fünfhundert Pfund geschätzt und ist dann nach Hause gefahren. Ich glaube, er war zu diesem Zeitpunkt schon ziemlich müde.«

»Bedeuten die Bücher Ihnen sehr viel? Würden Sie sie vermissen, wenn Sie sie verkauften?«

»Nein, eigentlich nicht. Das Haus ist zwar schon seit längerem im Besitz der Familie, aber ich habe es nicht von meinen Eltern geerbt, sondern von einem Onkel. Das klingt ein wenig unwahrscheinlich, ich weiß, doch es ist die Wahrheit.«

»Oh, ich glaube Ihnen. Ich selbst habe auch nur wegen eines Onkels mit dem Auktionshaus zu tun.«

»Das haben Sie mir noch nie erzählt.«

»Nein?« Flora wollte sich nicht vom Thema ablenken lassen. »Hier stehen eine Menge Bücher. Selbst wenn keine besonders kostbaren Bände darunter sind, dürfte sich doch bei den vielen Büchern ein hübsches Sümmchen zusammenläppern, meinen Sie nicht auch?«

Er zuckte die Schultern. »Keine Ahnung. Sie sind die Auktionatorin in Ausbildung.«

»Wenn Sie das Haus renovieren wollen, müssten Sie sie sich ohnehin vom Hals schaffen. Es sei denn, Sie würden sie irgendwo einlagern. Das könnte ziemlich teuer werden.«

»Das würde ich sicher nicht wollen. Ich sage Ihnen was, wenn Sie Ihren Vetter oder wen auch immer dazu bewegen können, hierherzukommen und sich das Ganze einmal anzusehen, und wenn er dann meint, es würde sich für mich lohnen, die Bücher versteigern zu lassen, dann darf Ihr Chor meine Orangerie benutzen.«

»Ich verstehe.«

»Aber ich möchte als Gegenleistung, dass das Auktionshaus mit der Provision heruntergeht. Ich kenne mich aus mit Auktionshäusern, die nehmen Geld vom Käufer, Geld vom Verkäufer und kassieren obendrein noch eine Gebühr.«

»Ich glaube nicht, dass Ihnen ganz klar ist, wie viele Kosten eine Auktion verursacht«, begann Flora.

»Nein, das ist mir nicht klar. Doch Sie bitten mich um eine Gefälligkeit. Können Sie mir im Gegenzug einen Handel anbieten?«

Flora dachte kurz nach. »Nein. Nicht, ohne Rücksprache zu nehmen. Außerdem kann ich nicht beurteilen, ob wir hier irgendetwas finden, das auch nur einen roten Heller wert wäre.«

»Ich will die Bücher loswerden.«

»Wir könnten eine Haushaltsauflösung arrangieren, das wäre nicht weiter schwierig, aber wenn Sie wollen, dass einer unserer Sachverständigen« – Henry konnte nicht wissen, dass sich die Experten im Büro nicht gerade gegenseitig auf den Füßen standen – »herkommt und eine Schätzung vornimmt, dann werden wir jeden Penny der Gebühren brauchen, die wir möglicherweise damit verdienen.«

»In diesem Fall bin ich mir nicht sicher, Flora. Diesen Auftrag könnte ich jedem Auktionshaus geben. Als Gegenleistung für eine Gefälligkeit möchte ich schon etwas mehr sehen.«

»Mir war nicht bewusst, dass es hier um einen Austausch von Gefälligkeiten geht. Ich dachte, Gefälligkeiten wären etwas, das einem die Leute aus reiner Herzensgüte erweisen.«

»Nicht alle Leute«, antwortete er mit einem Grinsen, das seine Worte Lügen strafte. »Mir ist die Herzensgüte restlos ausgegangen.«

»Nun, das ist wirklich schade. Aber egal. Der Chor kann sein Konzert ohne weiteres in unserer Halle in der Stadt geben.« Sie klimperte genau ein einziges Mal mit den Wimpern, dann sah sie auf ihre Armbanduhr, ohne jedoch wirklich wahrzunehmen, wie spät es war. »Ich mache mich dann mal besser wieder auf den Weg. Vielen Dank, dass Sie mir Ihre Zeit geopfert haben. Es tut mir leid, dass ich so viel davon verschwendet habe.«

»Moment mal! Gehen Sie doch nicht beleidigt weg! Es gibt immer noch einen gewissen Spielraum für Verhandlungen.«

Genau das hatte Flora gehofft. »Oh?«

»Gehen Sie mit mir essen?«

Es machte ihr Spaß, mit Henry zu flirten. Genau wie sie schien er eine natürliche Begabung dafür zu haben – er flirtete so selbstverständlich, wie er atmete –, und dieser Umstand sagte ihr, dass er ihr gegenüber keine wirklich ernsten Absichten verfolgte. Ihre ganze Beziehung war so wunderbar unkompliziert, aber da Flora sich ziemlich sicher war, dass sie auch nicht mehr von Henry wollte, fand sie, sie sollte ihre Gefühle klarmachen. »Hm«, antwortete sie, »das kommt drauf an. Würde ich Ihnen eine Gefälligkeit erweisen, indem ich mit Ihnen essen gehe? In dem Fall ständen Sie, wenn ich annehme, mehr in meiner Schuld als ich in Ihrer. Oder erweisen Sie mir einen Gefallen, indem Sie mich einladen, und das zu einem Zeitpunkt, da ich dem Hungertod ziemlich nahe bin? Denn ich könnte nur dann mit Ihnen essen gehen, wenn ich diejenige wäre, die Ihnen eine Gefälligkeit erweist.«

Er hatte ein sehr erotisches Lächeln, befand sie. »Keine Sorge,

Flora. Ich werde nichts in ein Abendessen hineininterpretieren. Wollen wir die Sache mit den Gefälligkeiten ein andermal klären?«

»Das wäre denkbar«, stimmte sie ihm zu.

»Und könnten Sie in der Zwischenzeit einen Ihrer Sachverständigen bitten, die Bibliothek unter die Lupe zu nehmen?«

»Das könnte ich, ja. Aber ich kann nicht mit Ihnen über die Provision verhandeln oder irgendetwas. Das läge dann bei meinem Vetter.«

»Nun ja, wenn er herkommt, um sich die Bücher anzusehen, kann ich mit ihm darüber reden.«

»Nein«, sagte sie hastig. »Mein Vetter wird nicht persönlich kommen, und unser Bücherexperte hat nichts mit der Leitung des Auktionshauses zu tun. Er wird ebenfalls nicht die Befugnis haben, Entscheidungen dieser Art zu treffen. Doch wenn wir wissen, ob sich hier überhaupt viel Wertvolles finden lässt, können wir diese Frage immer noch klären.«

»Damit werde ich mich wohl begnügen müssen.«

Sie legte den Kopf zur Seite. »Und mit dem Vergnügen, mich zum Essen einladen zu dürfen.«

»Das ist eine gewisse Entschädigung, ja.«

»Außerdem wäre da noch das Vergnügen, dass der Chor Ihr Dach in Stand setzen und Ihren Rasen mähen wird. Ganz zu schweigen von dem Genuss, unseren Chor in Ihrer Orangerie singen zu hören.«

»Habe ich meine Zustimmung zu dem Konzert gegeben? Wann ist das denn passiert?«

»Als ich gesagt habe, ich würde mit Ihnen essen gehen.« Sie schenkte ihm ihr aufreizendstes Lächeln.

»Ich weiß, dass es ein Vergnügen sein wird, Sie zum Essen einzuladen, doch was den Chor betrifft, bin ich mir immer noch nicht sicher.« Er wirkte ehrlich beunruhigt.

»Vertrauen Sie mir. Es wird eine sehr positive Erfahrung für Sie sein. Ich werde Ihnen Geoffrey herschicken, damit er sich Ihre Bibliothek einmal gründlich ansieht.«

»Werden Sie auch mitkommen?«

»Vielleicht.«

»Ich begleite Sie zu Ihrem Wagen.«

Der liebe Henry, er war wirklich ein Schatz. Und außerdem ziemlich sexy. Sie wünschte, sie hätte zumindest eine kleine Schwärmerei für ihn entwickeln können. Das wäre viel bequemer gewesen.

Als Flora die Tür des Landrovers öffnete, bemerkte Henry: »Ich werde vielleicht mal nachfragen, ob im ›Grantly Manor‹ noch ein Tisch frei ist. Das Restaurant ist sehr gut. Sie haben einen Koch aus London, der gerade an seinem dritten Michelin-Stern arbeitet.«

»Klingt furchtbar teuer.«

»Oh, das ist es auch, aber immer noch viel preiswerter, als es in London wäre.«

»Das klingt großartig«, antwortete sie und küsste ihn auf die Wange.

»Also?«, fragte Geoffrey, als Flora ihn im Keller des Hauses aufgespürt hatte, wo er gerade die Möbel etikettierte, die bei der Roadshow hereingekommen waren. »Wie ist es gelaufen?«

»Nicht schlecht, aber auch nicht perfekt, fürchte ich. Das Dach der Orangerie hat ein Loch, weshalb auch ein kleiner See auf dem Fußboden steht. Ich habe vorgeschlagen, das Wasser aufzuwischen und für einen trockenen Abend zu beten, doch diese Idee hat Henry Burnet nicht besonders zugesagt. Ich hatte nicht den Eindruck, dass er an die Macht von Gebeten glaubt.«

»Ich habe Gewissensbisse, weil ich Sie zu ihm geschickt habe, Flora. Deshalb dachte ich auch, ich komme besser noch einmal her und arbeite etwas.«

»Sie brauchen kein schlechtes Gewissen deswegen zu haben! Henry ist schließlich ein Freund.«

»Nur ein Freund, Flora?«, vergewisserte sich Geoffrey, der wieder einmal die Vaterrolle übernahm.

»Nun ja, vielleicht ein wenig mehr als das. Er will mich ins ›Grantly Manor‹ einladen.«

»Oh. Sehr vornehm.«

Flora war es müde, über Henry zu sprechen. »Ich habe ihm zugesagt, dass der Chor das Loch im Dach reparieren würde. Einer der Bässe ist doch im Baugewerbe tätig, nicht wahr?«

»Er ist Möbelschreiner, wenn wir von demselben Mann sprechen.«

Flora machte eine ungeduldige Handbewegung. »Meinen Sie, er würde sein Niveau für den Chor ein wenig herunterschrauben und ein Loch im Dach reparieren? Er kennt doch sicher Leute, die Gerüste und dergleichen haben.«

»Jetzt reden Sie von großem Geld.«

»Nun, wenn das unmöglich ist, bleibt uns immer noch die Halle. Und obwohl ich nicht gerade versessen darauf war, Henry anbetteln zu müssen, uns seine Orangerie für das Konzert zur Verfügung zu stellen, finde ich doch, dass es wunderschön wäre, dort zu singen.«

»Es tut mir leid, meine Liebe. Ich habe nicht nachgedacht. Ich werde mich erkundigen, ob eine Reparatur des Daches möglich wäre.«

»Außerdem möchte er, dass Sie ihn aufsuchen und seine Bibliothek schätzen. Er glaubt nicht, dass etwas Besonderes dabei ist, aber man kann nie wissen. Im Zuge seiner Scheidung hat ein Gutachter sich die Bestände einmal angesehen, jedoch nicht wirklich gründlich.«

»Das könnte ich sicher einrichten. Wenn ich hier nicht gebraucht werde. Es wird mir ein großes Vergnügen sein, mein Wissen und meine Erfahrung ausnahmsweise einmal einzusetzen, statt immer so zu tun, als besäße ich weder das eine noch das andere.« Er sah Flora ernst an. »Allerdings wird es Annabelle nicht gefallen, wenn sie davon erfährt. Sie möchte nicht, dass ich als Schätzer arbeite.«

Flora protestierte innerlich gegen diese Verschwendung seines

Talents. »Ich werde das mit Charles regeln. Er wird sicher einverstanden sein.«

Geoffrey lächelte. »Das sieht ja alles sehr vielversprechend aus, Flora. Sie haben Ihre Sache gut gemacht.« Der Gedanke, wieder als Schätzer tätig zu werden, statt nur als Porter zu arbeiten, gefiel Geoffrey offensichtlich. »Wenn sich in Burnet House genug findet, um uns eine Grundlage zu sichern, könnten wir eine spezielle Bücherauktion veranstalten und alles ins Internet setzen.«

»Klar. Es freut mich, dass Ihnen die Idee gefällt. Ich hoffe nur, es sind nicht lauter Buchclubausgaben und Preise aus der Sonntagsschule.«

»Die inzwischen beide einen hohen Sammlerwert haben, vor allem wenn die Schutzumschläge in Ordnung sind.«

»Ja, hm, ich gehe dann wohl besser wieder nach oben, falls mich dort jemand vermisst.«

Im Flur begegnete sie Annabelle. »Wie sind Sie in Burnet House zurechtgekommen?«, erkundigte sie sich.

»Gut. Henry hat einige Bücher, die vielleicht ziemlich wertvoll sind.«

»Großartig. Aber ich muss Sie warnen, Charles war fuchsteufelswild! Ich habe ihm erklärt, wie unwahrscheinlich es sei, dass da ein Hausverkauf für uns drin ist, und er war sehr böse, dass Sie allein hingegangen sind.«

»Er weiß doch, dass ich Henry kenne und dass wir ein paar Mal miteinander ausgegangen sind.« Charles' übertriebene Fürsorglichkeit konnte bisweilen extrem lästig sein.

»Was ihn so aufgeregt hat, war die Tatsache, dass Sie zu Henry nach Hause gegangen sind.«

»Oh. Nun ja, für einen Hausverkauf hat Henry nicht genug Möbel, aber Geoffrey wird sich die Bücher einmal ansehen.«

»Ach ja? Nun, besprechen Sie das doch bitte zuerst mit Charles. Er kann manchmal so verdammt schwierig sein.«

»Dann schaue ich jetzt mal, ob ich ihn finde. Wissen Sie, wo er ist?«

»Er ist weggegangen. Wie wär's, wenn wir auf einen Sprung in den Pub rübergingen und fragten, ob wir dort noch ein Sandwich bekommen können? Ich weiß, es ist schon spät, doch schließlich müssen wir etwas essen. Sie zumindest müssen das.« Annabelle musterte Floras schlanke Gestalt mit unverhohlenem Neid. »Schließlich ist heute Samstag.«

Flora dachte darüber nach. Einem wütenden Charles begegnete man wahrscheinlich besser nicht mit leerem Magen. »In Ordnung. Aber nur ganz schnell. Ich sollte eigentlich hierbleiben und arbeiten, da ich schon den ganzen Vormittag unterwegs war.«

»Sie wollen doch nicht wie Charles werden, der nichts kennt als Arbeit, Arbeit und noch mal Arbeit. Außerdem möchte ich alles über Burnet House hören.«

Sie setzten sich in den Garten des Pubs. Es war ein wenig kühl, da sich die Luft nach dem Regen noch nicht wieder erwärmt hatte, aber im Schankraum roch es stark nach Rauch, und keine der beiden Frauen wollte später im Büro mit der Tatsache hausieren gehen, dass sie im Pub gewesen waren.

Annabelle hatte für sie beide Weißweinschorle und einige Sandwiches mit Eiersalat bestellt. Jetzt nahm sie einen Schluck von ihrem Glas. »Und nun erzählen Sie mir von Burnet House!«

»Es ist in einem schrecklichen Zustand. Henry sagt …«

»Da seid ihr ja!«, erklang plötzlich Charles' Stimme hinter ihnen. »Flora, ich habe mir Sorgen um Sie gemacht!«

Kapitel 19

Warum hast du dir Sorgen um Flora gemacht, Liebling?«, fragte Annabelle.

»Ich habe gehört, dass sie Hals über Kopf nach Burnet House gefahren ist. Das war vollkommen unnötig. Es gibt dort nichts, was man verkaufen könnte.« Charles zog sich einen Stuhl heran, und das Metall kratzte unangenehm über die Steinfliesen.

»Kann ich Ihnen einen Drink besorgen?« Flora stand auf. »Ein Bier? Eine Schorle?«

»Oh, nur etwas Alkoholfreies«, sagte Charles, der offensichtlich gar nicht damit einverstanden war, dass eine Frau ihm einen Drink spendierte. Er war immer noch entschieden verstimmt.

»Ein Sandwich? Chips?«

»Hm …«

Flora zog sich in Richtung Theke zurück. Sie wusste nicht, warum Charles derart schlechter Laune war, aber sie würde ihm erklären müssen, warum sie in Burnet House gewesen war. Wenn er erfuhr, dass ihr Besuch nicht einmal mit der Arbeit zusammenhing, würde er vielleicht noch wütender sein.

Sie kam mit einem Glas Holunderblütensaft und zwei Tüten Chips zurück; außerdem hatte sie noch ein weiteres Sandwich bestellt. Charles hatte vielleicht Hunger und war deshalb unnötig gereizt.

»Ich denke«, erklärte sie, nachdem sie sich wieder an ihren Tisch gesetzt hatte, »ich sollte Ihnen erzählen, dass ich in Burnet House war, um zu fragen, ob der Chor die Orangerie dort benutzen darf. Ich weiß, wir haben furchtbar viel zu tun, und ich hätte arbeiten sollen, aber es war ein Notfall.«

»Und jetzt sitzen Sie hier im Pub?«

»Charles! Heute ist Samstag! Und das Mädchen muss schließlich etwas essen!«, warf Annabelle ein.

»War Henry Burnet da?« Charles ließ sich die Chips schmecken.

»Ja. Er hat mir die Orangerie gezeigt. Auf dem Boden stand eine riesige Pfütze. Sie kennen nicht zufällig einen guten Handwerker, der das reparieren könnte?« Sie sah Annabelle und Charles hoffnungsvoll an. Eigentlich war dies die Aufgabe des Chors, doch es war gewiss nützlich, einen Plan B zu haben. Außerdem konnte sie Charles mit dieser Frage vielleicht von Henry Burnet ablenken.

»O Gott, ja, wir kennen sicher jemanden«, antwortete Annabelle und nahm sich einige Chips. »Ich bin halb verhungert.«

»Er hat … er hat Sie nicht belästigt, oder?«

»Wer?«, entgegnete Flora, die sich absichtlich begriffsstutzig stellte. Sie ärgerte sich über Charles' altmodische Art, fand sie aber gleichzeitig seltsam bezaubernd. »Der Handwerker?«

»Henry Burnet! Er genießt keinen besonders guten Ruf. Ich weiß, Sie sind ein paar Mal mit ihm ausgegangen, aber es ist etwas ganz anderes, wenn Sie bei ihm zu Hause sind. Sie sind meine Cousine, und ich fühle mich für Sie verantwortlich.«

»Um Himmels willen, Charles! Flora ist erwachsen, und ich bin davon überzeugt, dass sie auch nicht ganz unerfahren ist. Du brauchst nicht so altväterlich zu sein.«

»Also?«, hakte Charles nach.

Flora kam plötzlich zu dem Schluss, dass es ihr gefiel, wenn Charles sich so entrüstet über Henry zeigte, selbst wenn es nur eine verwandtschaftliche Geste war. »Er hat gesagt, er wolle versuchen, einen Tisch im ›Grantly Manor‹ zu bekommen. Ich weiß nicht, ob das als Belästigung gelten kann.«

»Das ›Grantly Manor‹! Flora! Wie wunderbar! Wir haben dort den Hochzeitstag meiner Eltern gefeiert. Henry muss wirklich ernsthaft an Ihnen interessiert sein.«

Charles runzelte finster die Stirn.

»Ich finde Henry recht attraktiv«, fuhr Annabelle fort, die Charles' Reaktion entweder nicht bemerkte oder aber ignorierte. »Und seine Frau hat so ein furchtbares Theater gemacht. Es war schließlich nur eine einzige Affäre. Sie könnten es schlechter treffen, Flora.«

»Du findest also, es sei akzeptabel, wenn ein Mann seine Frau betrügt, Annabelle?«, wollte Charles wissen.

»Nicht, wenn er es zur Gewohnheit macht«, antwortete Annabelle. »Ich denke nur, dass man an einer Ehe arbeiten sollte, und ein Mann kann wesentlich Schlimmeres tun, als sich eine kleine Affäre zu leisten.« Sie lächelte und griff nach Charles' Hand. »Glaub ja nicht, ich hätte dir damit die Erlaubnis gegeben, Henry nachzueifern, Charlie, ich sage nur, dass ich eine Beziehung nicht wegen eines einzigen Fehltritts beenden würde. Was meinen Sie dazu, Flora?«

»Ich kann mir dazu wirklich keine Meinung erlauben. Ich habe nie länger als zwei Jahre in einer Beziehung gelebt, doch ich denke, wenn man Kinder hat und ein Zuhause, dann wäre es eine Schande, wenn man es nicht noch einmal miteinander versuchen würde.«

»Hm, glaub nicht, dass ich einen Seitensprung genauso locker sehe«, erklärte Charles, der zu Flora hinübersah und sich alle Mühe gab, sich zu entspannen.

Annabelle lachte, und eine Sekunde lang fragte Flora sich, ob sie in der Stimme der anderen Frau einen Unterton von Hysterie hörte. »Liebling, ich würde dich niemals betrügen, wenn wir verheiratet sind! Als könnte ich das!«

In diesem Moment wurden die Sandwiches serviert und Besteck und Servietten verteilt. Flora hoffte, dass diese Ablenkung Charles helfen würde, seine Gereiztheit zu überwinden. Wenn ich seine Freundin wäre, dachte sie, würde es mir Freude bereiten, ihn mit Charme aus seiner Übellaunigkeit herauszureißen.

»Oh, das Sandwich ist köstlich«, sagte Flora, als die Kellnerin endlich gegangen war. Es gelang ihr, einen guten Teil der Füllung herauszuquetschen, während sie hineinbiss. »Wie ist Ihr Sandwich, Charles?«, murmelte sie.

»Hervorragend, vielen Dank.«

»Also, erzählen Sie uns mehr über das Haus«, bat Annabelle, die ebenfalls mit vollem Mund sprach. »Ich brenne darauf, alle Einzelheiten zu erfahren.«

Flora kaute konzentriert und schluckte. »Nun, wie gesagt, es ist in einem schrecklichen Zustand. Er – Henry – hat mir erklärt, dass eine Renovierung ungefähr hunderttausend Pfund verschlingen würde.«

»So viel?« Annabelle war schockiert. »Was für eine Schande. Ich dachte, das Haus wäre vielleicht etwas für uns, Charles.«

»Es ist riesig!«, erklärte Flora. »Sie müssten ungefähr sieben Kinder haben, um es zu rechtfertigen, darin zu leben.«

»Oder man könnte einfach häufig Gäste einladen. Und ein Yogastudio wäre schön«, meinte Annabelle, deren Miene mit einem Mal ein wenig träumerisch geworden war. »Oder Tai-Chi.«

»Ein Yogastudio?«, fragte Charles. »Was willst du denn damit?«

»Ich dachte nur, ich könnte vielleicht damit anfangen. Es ist sehr beruhigend und eine gute Möglichkeit, negatives Karma loszuwerden.«

Flora sah Annabelle verwirrt an. »Und die Küche ist einfach grässlich, in orangefarbener Kiefer und mit zu vielen kleinen Schränken«, sagte sie. »Man müsste das Ganze herausreißen und vollkommen neu anfangen.«

»Hm, ich habe ja schon gesagt, dass seine Frau eine Närrin war. Sie hatte keinen Geschmack«, bemerkte Annabelle.

»Keinen Geschmack, aber jede Menge Möbel«, entgegnete Flora. »Sie hat Henry kaum welche übrig gelassen.«

»Wenn er das Haus behalten wollte, musste er wahrscheinlich

vieles verkaufen, um sie auszubezahlen«, überlegte Annabelle laut. »Ich frage mich, wer den Verkauf damals durchgeführt hat?«

»Offensichtlich nicht wir«, erwiderte Charles. »Hat er denn erwähnt, dass er das Haus selbst möglicherweise verkaufen wird?«

»Er meinte, er wolle etwas Geld verdienen, um es renovieren zu lassen, und es dann verkaufen. Aber vielleicht behält er es auch. Ich glaube nicht, dass er sich ganz darüber im Klaren ist, wie er sich entscheiden soll.« Sie nahm noch einen Bissen von ihrem Sandwich, um sich zumindest vorübergehend vor weiteren Fragen zu schützen.

»Hm, Sie könnten es weitaus schlechter treffen«, wiederholte Annabelle.

»Mach dich nicht lächerlich!«, protestierte Charles. »Warum um alles in der Welt denkst du, dass Flora sich ausgerechnet auf Henry Burnet einlassen sollte?«

Annabelle zuckte die Schultern. »Reg dich doch nicht gleich so auf, Charles. Er sieht gut aus, und Flora braucht jemanden, mit dem sie gelegentlich ausgehen kann, nicht wahr? Du hast mir erzählt, sie sei eine Frau, die immer irgendwelche Männer an der Hand hatte.«

Flora errötete, als sie sich solchermaßen beschrieben hörte. »Ich hatte seit meiner Ankunft hier wirklich zu viel zu tun, um mich um Verabredungen zu kümmern, aber es ist schön, einen Freund zu haben.« Sie blickte zu ihrer Handtasche hinüber, die sich plötzlich leicht bewegte und *Jingle bells* spielte. »Oh, Entschuldigung«, murmelte sie verlegen. »Das ist mein Telefon. Haben Sie etwas dagegen, wenn ich den Anruf annehme?«

»Natürlich nicht«, antwortete Annabelle.

Flora stand auf und entfernte sich ein wenig von dem Tisch. Es war Henry.

»Ich habe einen Tisch bekommen. Im ›Grantly Manor‹. Haben Sie Interesse?«

»Ja. Für wann?«

»Für heute Abend. Ich fürchte, das ist sehr kurzfristig.«

Flora dachte nach. Sie hatte ihre Ausgabe von *Die Regeln* zwar einer Freundin geliehen, war sich aber ziemlich sicher, dass man für einen Samstag keine Einladung annehmen durfte, die später als Mittwoch ausgesprochen wurde. Es mussten mindestens drei ganze Tage zwischen einer Einladung und einem Date liegen. Auf keinen Fall durfte man eine Einladung für denselben Tag annehmen. »Das ist wirklich *sehr* kurzfristig.«

»Tut mir leid. Ich dachte, ich sollte das Eisen schmieden, solange es heiß ist. Sie haben immer so viel zu tun.«

»Nächste Woche würde mir besser passen.«

»Für nächste Woche konnte ich keinen Tisch mehr bekommen. Wir müssen entweder heute Abend hingehen oder in drei Wochen.«

»Ich wollte mir die Haare waschen …«

Henry lachte. »Das dauert ungefähr fünf Minuten. Diese Ausrede zieht nicht mehr.«

Flora runzelte die Stirn. *Die Regeln* waren dazu geschaffen worden, sie zu brechen, außerdem wollte sie diesen Mann schließlich nicht heiraten. »Ich werde mir die Haare trotzdem waschen. Wollen wir uns in der Stadt treffen?«

»Nein, ich hole Sie ab.«

Flora zögerte eine Sekunde. »In Ordnung. Dann sollte ich Ihnen wohl eine Wegbeschreibung geben. Oder haben Sie ein Fax?«

»Ja.«

»Dann schicke ich Ihnen vom Büro aus eine Karte.« Charles und Annabelle, fand sie, mussten nicht unbedingt mitbekommen, dass sie Henry den Weg zum Cottage beschrieb.

Als sie an den Tisch zurückkehrte, konnte sie ein winziges, selbstgefälliges Lächeln nicht ganz verbergen. »Das war Henry. Er hat den Tisch im ›Grantly Manor‹ bekommen.«

»Oh?«, fragte Charles stirnrunzelnd. »Für wann?«

Flora wünschte, er hätte diese Frage nicht gestellt. Irgendwie verdarb es ihr den Spaß. »Für heute Abend.«

»Dann muss jemand abgesagt haben«, meinte Annabelle, die *Die Regeln* offensichtlich nie gelesen hatte.

»Wie dem auch sei, es wird bestimmt ein schöner Abend. Und jetzt muss ich mich sputen. Da ich den halben Vormittag außer Haus war, habe ich noch furchtbar viel zu tun.«

Flora kehrte in strahlender Laune ins Büro zurück. Es musste an der Aussicht liegen, mit Henry auszugehen, sagte sie sich. Wenn Charles das nicht gefiel, dann war das sein Pech. Er war wirklich ein Spießer. Wenn Männer griesgrämig waren, verspürte sie normalerweise das Verlangen, ihnen einen Eimer Wasser über den Kopf zu kippen, um sie zur Räson zu bringen, aber Charles' Griesgrämigkeit war ziemlich sexy. Außerdem war sie sich unbehaglich einer leisen Stimme in ihrem Hinterkopf bewusst, die fragte, ob Charles sich vielleicht über ihr Rendezvous mit Henry ärgerte, einfach nur, weil es um Henry ging, oder ob ihm auch jeder andere Mann missfallen hätte, mit dem sie zum Essen ausging. Aber nein, im Geiste schüttelte sie sich ein wenig, Charles hatte seine Position am Donnerstagabend ziemlich klar zum Ausdruck gebracht.

»Hi, Geoffrey«, rief sie, als sie zurückkam. »Was treiben Sie gerade?«

»Flora, freut mich, Sie zu sehen. Virginias Tochter hat angerufen. Sie will Fotos sämtlicher schöner Stücke für die Website. Ich wüsste nicht, wo ich da anfangen soll.«

»Kein Problem. Ich werde mir die Digitalkamera ausleihen. Im Keller finden wir sicher irgendeine Ecke, wo wir ein Tuch als Hintergrund ausbreiten können. Wollen wir mal nachsehen?« Sie gingen gemeinsam nach unten. »So etwas gehörte schon ungezählte Male zu meinen Aufgaben, als ich in einer Kunstgalerie gearbeitet habe.«

»Charles hat Etiketten auf die Stücke geklebt, die auf die Website sollen«, berichtete Geoffrey und öffnete eine Tür. »Wie wäre es mit diesem Raum? Hier steht nicht allzu viel. Sie sind ja sehr gut gelaunt.«

»Ich komme gerade aus dem Pub. Charles und Annabelle sind noch dort. Charles hat den Griesgram gegeben, aber Annabelle wird wohl wissen, was sie tun muss, um ihn aus dieser Stimmung herauszuholen. Die beiden passen schließlich sehr gut zusammen. Ja, der Raum hier ist gut.«

»Sie passen gut zusammen, wie?«

»O ja. Beide steif wie Brokkoli, obwohl Annabelle immerhin versucht hat, Charles zu bremsen, als er mir wegen meines Besuchs in Burnet House so zugesetzt hat. Ich werde dieses Tuch da drüben nehmen. Es scheint groß genug zu sein.«

»Das sollte es wohl. Es war mal ein Laken für ein Doppelbett.«

Es war auch ein passender Nagel da, um es aufzuhängen.

»Henry möchte, dass wir ihm bei unserer Provision entgegenkommen. Doch ich kann das nicht entscheiden, er muss Charles fragen – und das habe ich ihm auch gesagt. Ich wünschte, ich hätte die Befugnis, selbst darüber zu verhandeln. Schließlich bin ich eine gleichberechtigte Partnerin – zumindest technisch gesehen. In der Praxis sieht das allerdings anders aus. Aber wie dem auch sei, warum arbeiten Sie eigentlich heute, an einem Samstag?«

»Ich habe es Ihnen doch erzählt. Sie wissen, dass im Augenblick viel zu tun ist, und Edie ist mit einer Freundin zu einem Pflanzenverkauf gefahren.«

»Ah.«

»Und Charles und Annabelle werden Sie auch nicht samstags im Büro sehen, wenn nicht gerade etwas ganz Besonderes anliegt.«

»Charles arbeitet wirklich sehr hart. Er war gestern bis in den späten Abend mit einer Schätzung auf einer Farm beschäftigt.« Sie wusste das, weil sie am Morgen die Notiz gesehen hatte, die Charles für Louisa dagelassen hatte. Sie war in Versuchung gewesen, das Ganze selbst abzutippen, und hätte ihr vielleicht auch nachgegeben, wenn sie nicht anderweitig beschäftigt gewesen wäre. Auf eine bizarre Weise fand sie den Gedanken, mit Ohrstöpseln dazusitzen und Charles zuzuhören, sehr angenehm.

»Sollen wir mit der Chest-on-Chest anfangen, mit der doppelstöckigen Kommode?«, fragte Geoffrey. »Die steht ja gleich hier.«

»Gute Idee. Dem Himmel sei Dank, dass wir zu zweit sind, Geoffrey«, fuhr sie fort, während sie das schwere Möbelstück umdrehten. »Einer allein könnte das Ding gar nicht bewegen. Meinen Sie, wir können es vor das Laken rücken, oder soll ich mir etwas anderes überlegen?«

»Zu zweit werden wir das schon schaffen.«

Als sie die hohe Doppelkommode zwischen zwei anderen Kommoden hervorgezogen hatten, war Flora außer Atem. »Jetzt muss ich praktisch aus dem Fenster klettern, um das Stück ganz aufs Bild zu bekommen. Wenn ich auf diesen Stuhl steige, könnte ich vielleicht … Schon gut, ich lege einfach dieses Tuch darüber – das ist doch kein antiker Läufer, oder? In Ordnung. Sie könnten nicht kurz die Ecke des Lakens hochhalten? Sonst sieht man zu viele Falten … Ja, so ist es besser. Und jetzt bitte lächeln. Geben Sie sich ganz natürlich.«

Geoffrey kicherte.

»Nun ja, es ist wichtig, dass die Ware so gut wie möglich präsentiert wird. Ich glaube, das ist das Stück, von dem Charles' echter Fernsehexperte so begeistert war.«

»Fernsehexperte! Wahrhaftig, was wissen die denn schon?«, brummte Geoffrey.

»Aber es ist ein schönes Stück. Wenn es vernünftig angeboten wird und sich Käufer finden, könnte es für dreitausend Pfund weggehen. Georg III., meinte der Experte.«

»Ich will ja nicht behaupten, dass er sich mit der Datierung geirrt hat, aber wenn Sie mich fragen, sind das Londoner Preise.«

Als die doppelstöckige Kommode fotografiert war, schoben Geoffrey und Flora sie zurück in ihre Nische in der Ecke. »Warum ist es eigentlich so eilig, dass all diese Dinge fotografiert werden?«, fragte er noch einmal, während er sich mit einem karierten Taschentuch die Stirn abtupfte.

»Wir beeilen uns damit zum Teil deshalb, damit die Händler reichlich Zeit haben, zu begreifen, dass *Stanza und Stanza* lohnenswerte Dinge zu verkaufen hat. Da wir während der vergangenen Jahre eher im unteren Marktsegment gearbeitet haben, mit wenig echten Antiquitäten, müssen wir unseren Ruf aufbauen. Wenn die Sachen auf der Website stehen und alle Links stimmen, werden die Händler uns in Zukunft ganz anders wahrnehmen.«

»Sie wollen doch heute nicht den ganzen Tag arbeiten, oder?«, erwiderte Geoffrey und hob mit einer Geschicklichkeit, die jahrelange Übung verriet, einen Tisch an.

»Oh nein. Ich bin heute Abend mit Henry verabredet. Im ›Grantly Manor‹. Charles war nicht allzu erfreut darüber, das zu hören. Er scheint Henry für einen Schwerenöter zu halten, von dem mir irgendeine Gefahr drohe.«

»Er gibt lediglich gut Acht auf Sie, genau wie es sein sollte«, sagte Geoffrey und sah plötzlich ganz so aus, als wollte er ihr eine Predigt halten.

»Fangen Sie nicht auch noch an, Geoffrey!«, rief Flora. »Eine Frau muss sich doch schließlich ein wenig amüsieren. Also, was kommt als Nächstes? Und denken Sie mit daran, dass ich Henry noch eine Wegbeschreibung faxen muss.«

»Es macht immer Spaß, sich auf ein Rendezvous vorzubereiten«, erzählte Flora Imelda und den Kätzchen. »Ich bin jedenfalls fest entschlossen, diesen Abend in vollen Zügen zu genießen. Das habe ich verdient! Ich habe in letzter Zeit sehr hart gearbeitet, und Henry ist ein amüsanter Gesellschafter.« Sie dachte flüchtig an jemanden, den sie nicht als amüsanten Gesellschafter bezeichnet hätte, und verbannte ihn dann energisch aus ihren Gedanken. Sie mochte Henry, er war sehr attraktiv, und vor allem war er noch zu haben; daher war sie fest entschlossen, noch einmal zu schauen, ob sie sich nicht doch in ihn verlieben konnte.

Sie zog ihr hübschestes Kleid an, verwandte große Sorgfalt auf Frisur und Make-up und legte die Schuhe mit der Pfingstrose in eine Tasche. Ihre Mutter, die ein Quell leicht zweifelhafter Ratschläge war, hatte ihr immer eingeschärft, Schuhe dabeizuhaben, in denen sie im Zweifelsfall weglaufen konnte. Außerdem hatte sie ihr geraten, sich stets genug Geld für ein Taxi nach Hause in den BH zu stecken, falls sie von ihrer Handtasche getrennt werden sollte.

»Also?«, fragte sie Imelda, da sie sonst niemanden hatte, der sie in Sachen Mode beraten konnte. »Sehe ich gut aus?«

Imelda schnurrte pflichtschuldigst und wandte ihre Aufmerksamkeit dann Charles' Lieblingskätzchen zu, das offensichtlich dringend gründlich gereinigt werden musste.

»Ich nehme das mal als ein Ja«, sagte Flora und besprühte sich freizügig mit Parfüm; zu spät wurde ihr bewusst, dass es ein sehr schwerer, erotischer Duft war, den man am besten sparsam auftrug. Sie zuckte die Schultern und ging die Treppe hinunter, um auf Henry zu warten. Sie hatte ihm eine Wegbeschreibung gefaxt, die Geoffrey ihr hilfsbereit, aber widerstrebend gezeichnet hatte.

Sie hätte kaum Zeit gehabt, die Kissen aufzuklopfen und die verwelkten Blumen in den Kamin zu werfen, als sie auch schon Henrys Wagen vorfahren hörte.

»Dann sind Sie mit der Wegbeschreibung also gut zurechtgekommen?«

»Sehr gut.« Er küsste sie auf die Wange. »Hm. Sie riechen himmlisch.«

»Sie riechen selbst gut. Wollen wir gehen?« Sie griff nach ihrem Pashmina-Schal und den Hausschlüsseln, verabschiedete sich von

Imelda und zog dann die Haustür hinter sich zu. Henrys Wagen war ein alter Jaguar XK 120. »Hm. Schöner Wagen«, murmelte sie und dachte dabei, dass das genau die Art von Wagen war, die zu Henry passte.

»Ich fürchte, es ist ein ziemliches Klischee. Ich habe ihn in einem Anfall von Rebellion gekauft, nachdem Natascha mich verlassen und den größten Teil meiner irdischen Habe mitgenommen hatte. Das hier stellt den größten Teil dessen dar, was übrig geblieben ist. Aus fünfzehnter Hand natürlich.« Er öffnete die Beifahrertür, und Flora schob sich auf den Sitz.

Das »Grantly Manor« hielt, was sein Name und sein Ruf versprachen – ein altehrwürdiges Haus abseits der Straße, das man über eine alte Kutschenauffahrt erreichte. Kaum waren sie vorgefahren, erschien auch schon ein junger Mann, der den Wagen für sie parkte. Flora war beeindruckt. Henry investierte einen Gutteil dessen, was er für den Wagen nicht ausgegeben hatte, um sie stilvoll auszuführen.

»Es wäre besser, wenn er Sie anschließend nach Hause fahren würde«, meinte er, nachdem er dem jungen Mann seine Schlüssel übergeben hatte, »aber ich vermute, das wäre ziemlich teuer.«

»Wenn Sie wollen, könnte ich fahren. Das ist ein sehr schöner Wagen.«

»Nicht dass ich Ihnen nicht vertrauen würde, Flora, aber er ist nur versichert, wenn ich ihn persönlich fahre.« Sein Grinsen bekam etwas Verwegenes. »Außerdem kann ich Sie auf diese Weise mit Alkohol verwöhnen und selbst stocknüchtern bleiben.«

»Nicht dass ich Ihnen nicht vertrauen würde, Henry, doch ich glaube nicht, dass ich allzu viel trinken werde.«

Er lachte und geleitete sie in eine vertäfelte Bar, die mit bequemen Sofas und kleinen Tischen möbliert war. Obwohl es Sommer war und keineswegs kalt, glomm in dem riesigen Kamin ein kleines Holzfeuer.

»Das ist ja zauberhaft!«, bemerkte Flora. »Ich liebe Feuer im Sommer. Das ist irgendwie so dekadent.«

»Man legt hier großen Wert auf die Einzelheiten. Ich denke, das ist das Geheimnis eines jeden wirklich guten Hotels oder Restaurants. Also, was darf ich Ihnen anbieten? Ein Glas Champagner?«

»Hm, das wäre wunderbar.« Flora lächelte und lehnte sich in den Kissen zurück.

Henry brachte mit den Drinks auch die Speisekarten. Flora nahm ihre Karte entgegen.

»Wie wärs mit einer Portion Austern?«, schlug Henry vor.

Sie blickte ihn über den Rand ihrer Speisekarte hinweg an. »Ich glaube nicht, dass ich ein Aphrodisiakum möchte.«

Er lachte. »Ich dachte, Austern würden nur bei Männern wirken.«

»Ich nehme den geräucherten Lachs, da ich keinen Platz für Nachtisch lassen möchte.« Sie sah ihn an. »Meine Mutter hat ein altes Kochbuch, in dem steht: ›Vertraue niemals einem Mann, der Apfelklöße zurückweist.‹«

»Das tue ich niemals. Stehen welche auf der Speisekarte?«

»Nein, deshalb kann ich Sie auch nicht auf die Probe stellen. Ich habe jemand anderen sagen hören: ›Vertraue niemals einem Mann, der eine Picknickausrüstung besitzt.‹ Haben Sie eine?«

»Ich glaube nicht.« Henry heuchelte Besorgnis. »Es könnte aber eine auf dem Dachboden stehen. Ich bin mir nicht sicher.«

»Oh, wenn es so ist, geben Sie sie zur Versteigerung. Wenn sie vollständig sind, verkaufen sie sich manchmal recht gut. Das hat Geoffrey, ein Kollege, mir erst kürzlich erzählt.«

»Ich habe Sie nicht hierhergebracht, um über Ihre Arbeit zu reden, Flora. Überlegen Sie lieber, was Sie essen wollen.«

»Perlhuhn klingt interessant.«

»Eigentlich klingen sie nicht interessant, sie geben lediglich ein ziemlich langweiliges Gackern von sich.«

»Ich meine, interessant zu essen! Aber wir sollten uns nicht ablenken lassen. Die Kellnerin wird gleich wieder da sein. Es ist grässlich, wenn Gäste sich nicht entscheiden können, weil sie miteinander plaudern. Ich habe mal als Kellnerin gearbeitet«, fügte sie hinzu, »also weiß ich Bescheid.«

Als sie schließlich gewählt hatten, fragte die Kellnerin, die so aussah, als arbeitete sie tagsüber als Fotomodell, ob sie draußen essen wollten. »Wir haben einige Tische vorbereitet. Es ist sehr hübsch dort.«

»Das klingt wunderbar«, sagte Flora. »Was meinen Sie, Henry?«

»Wenn es Ihnen gefällt, werden wir dort essen.«

Man begleitete sie zu einem Tisch nicht weit von den Terrassentüren. Es war ein herrlicher Sommerabend. Die Luft roch nach Jasmin und Pfeifenstrauch, und Pfaue stolzierten einher, deren heisere Schreie sich in das Gemurmel der Gäste mischten.

Henry hatte noch mehr Champagner bestellt. »Ich trinke nur ein Glas, also kann es geradeso gut das Beste vom Besten sein. Auf Sie.«

Als Flora ihm zuprostete, sah er sie mit funkelnden Augen an. Er war wirklich sehr attraktiv, auf eine verwegene, augenfällige Art und Weise, und da Flora immer noch fest entschlossen war, sich Mühe zu geben, schüttelte sie sich mit einem koketten Lächeln das Haar aus dem Gesicht.

Sie waren gerade bei der Vorspeise, als Charles und Annabelle direkt neben ihnen auftauchten. Flora hatte die Ellbogen auf den Tisch gestützt und erklärte Henry, wie aufregend die Arbeit für ein Auktionshaus war. Sie war sehr lebhaft, hatte leicht gerötete Wangen, und der Träger ihres Kleides war ihr über die Schulter gerutscht.

»Oh«, meinte Charles. »Hallo, Flora.«

Annabelle, die einen Schritt hinter ihm stand, rief: »Überraschung! Wir waren schrecklich neidisch bei dem Gedanken, dass Sie an diesem wunderschönen Sommerabend hier sitzen, und dachten, wir gönnen uns auch etwas. Es war Charles' Idee.«

»Ach, wirklich?«, erwiderte Flora trocken. Sie war ganz und gar nicht begeistert, die beiden zu sehen. »Sie haben einfach den plötzlichen Drang verspürt, hierherzukommen, Charles?«

»So ist es«, erklärte er ziemlich hölzern.

»Heute Abend?«

»Ja, heute Abend.« Er hatte immerhin den Anstand, ein wenig verlegen dreinzublicken; er wusste offensichtlich, dass ihr klar war, warum er hier war: um ein Auge auf seine Cousine und den Schürzenjäger zu werfen, vor dem er sie seiner Meinung nach beschützen musste. Wahrhaftig, dachte Flora gereizt, was glaubte er eigentlich, in welchem Jahrhundert er lebte?

Henry hatte sich bereits erhoben. Flora sprang nun ebenfalls von ihrem Stuhl auf und verlor dabei einen Schuh. »Schön. Was für eine … äh … Überraschung! Darf ich Ihnen Henry vorstellen? Henry Burnet, Charles Stanza.«

»Wir kennen einander bereits«, meinte Charles und drückte Henry so fest die Hand, dass es auf eine Kraftprobe hinauslief.

»Henry, das ist Annabelle, Charles' Verlobte«, fuhr Flora fort, die darauf vertraute, dass Annabelle sich ein wenig freundlicher zeigen würde.

»Wir kennen einander ebenfalls schon, Henry.« Annabelle war, was ihre äußere Erscheinung betraf, Floras Anweisungen gefolgt und sah beinahe glamourös aus. »Wir haben uns bei den Williams-Ellis' kennengelernt – erinnern Sie sich?«

»Wie könnte ich das vergessen?« Henry beugte sich über Annabelles Hand. Dann blickte er zu Flora auf. »Haben Sie mir nicht vertraut?«

»Natürlich!« Wie peinlich! »Annabelle, ich habe Sie doch nicht gebeten herzukommen, oder?«

»Meine Güte, nein! Wie ich schon sagte, wir fanden einfach,

heute sei der perfekte Abend für dieses Restaurant, und als wir auf gut Glück hier angerufen haben, war tatsächlich noch ein Tisch frei.« Sie wandte sich an Henry. »Ich nehme an, es hat wohl eine größere Gesellschaft für heute Abend abgesagt.«

»Vermutlich«, stimmte Henry ihr resigniert zu.

»Haben Sie etwas dagegen, wenn wir uns zu Ihnen setzen?«, erkundigte sich Charles. »Sie sind ja erst bei der Vorspeise.«

»Oh, das wäre nett!«, sagte Annabelle, die Floras bösen Blick entweder nicht bemerkte oder ignorierte. »Es ist ein wenig langweilig, wenn man nur zu zweit ist, nicht wahr?« Sie zog sich einen Stuhl heran.

»Ja«, stimmte Charles zu. »Wir wissen schließlich, dass es nicht Ihr erstes Rendezvous ist, also wird es Ihnen ja nichts ausmachen.«

»Ach nein?«, gab Henry zurück.

Flora zuckte die Schultern.

Da Henry begriff, dass er die Situation jetzt nicht mehr retten konnte, fügte er hinzu: »Sie dürfen sich zu uns setzen – unter der festen Voraussetzung, dass Flora und ich allein sein werden, wenn wir das nächste Mal miteinander ausgehen.« Er lächelte. »Es ist nämlich sehr schwierig, diese Frau zu einem Rendezvous zu überreden.«

»Ach ja?«, entgegnete Charles kühl. »Das ist ja beruhigend.«

Die Kellnerin kam an ihren Tisch. »Wir könnten noch eine Flasche Champagner bestellen«, schlug Henry vor, »oder wäre Ihnen das nicht recht?«

»Ich möchte nicht zu viel trinken«, murmelte Flora.

»Oh, kommen Sie«, lachte Annabelle. »Entspannen Sie sich! Nehmen Sie noch ein Glas Champagner.« Sie beugte sich zu Flora vor und flüsterte: »Wenn diese beiden sich benehmen wollen wie zwei Hunde, die gleich aufeinander losstürzen, können wir uns ebenso gut betrinken und unseren Spaß haben.«

Flora konnte sich nicht entscheiden, ob die Möglichkeit, Charles zu ärgern, ein Gewinn für diesen Abend war oder nicht, aber im Stillen gab sie Annabelle Recht, dass ein zweites Glas Champagner nicht schaden konnte.

»Also gut. Morgen ist schließlich Sonntag. Hauptsache, Geoffrey zwingt mich nicht wieder, mit ihm auf einen Flohmarkt zu gehen.«

»Was?«, fragten die anderen wie aus einem Mund.

»Vergesst es. Auf uns alle!«

Kapitel 20

Als sie ihr Glas sinken ließ, fiel Flora ihr Entschluss wieder ein, sich heute Abend zu amüsieren, und sie schenkte Henry ein warmherziges Lächeln. Ihm war der Abend gründlich verdorben worden – und Charles' und Annabelles Anwesenheit war ihrem Entschluss, sich in ihn zu verlieben, auch nicht gerade dienlich.

»Also, Charles, Sie sind der Leiter der Firma, in der Flora arbeitet?«, erkundigte Henry sich gutmütig.

»Der Firma, die auch Flora zur Hälfte gehört, ja«, antwortete Charles.

Henry sah Flora stirnrunzelnd an. »Die Firma gehört Ihnen zur Hälfte? Warum haben Sie mir das nicht erzählt? Und warum um alles in der Welt konnten Sie dann keine niedrigere Provision mit mir aushandeln?« Er wandte sich an Charles. »Ich wollte, dass sie mir besondere Bedingungen einräumt – eine niedrigere Provision –, und sie meinte, das könne sie nicht.«

»Ich habe Ihnen erklärt, dass ich noch in der Ausbildung bin«, warf Flora ein. »Entscheidungen dieser Art liegen ganz bei Charles. Und da es nicht sein Chor ist, der im Burnet House singen will, wird er wahrscheinlich nicht an einem Handel interessiert sein.«

»Also?«, hakte Henry auf eine Art und Weise nach, die ihn in Floras Ansehen etliche Punkte kostete.

»Oh, lasst uns nicht übers Geschäft reden«, bat Annabelle und schenkte Henry ein Lächeln. »Wir sind hier, um uns von der Arbeit zu erholen. Auch ich bin ein Teil von *Stanza und Stanza*«, fügte sie hinzu.

»Ganz recht«, erklärte Flora. »Es ist Samstagabend. Wir sind in diesem zauberhaften Restaurant – das Essen ist übrigens wunderbar –, und wir sollten uns diese Stunden nicht vom Geschäft verderben lassen.« Sie nahm einen ziemlich großen Schluck von ihrem Champagner.

»Mir soll's recht sein«, murmelte Charles.

»Also, Henry«, nahm Flora das Gespräch wieder auf und strich ihm dabei mit dem Finger über die Hand. »Wie war Ihr Tag?«

Flora ertappte sich dabei, dass ihre Gedanken gelegentlich abschweiften, während Henry die Gesellschaft mit Horrorgeschichten über Viren, Würmer und andere EDV-Katastrophen unterhielt. Sie bekam immerhin mit, dass er verschiedene Firmen vor Millionenverlusten bewahrt hatte, aber wie genau er das machte, das begriff sie nicht.

»Klingt wirklich interessant«, bemerkte Annabelle aufgeräumt. »Wollen Sie uns jetzt etwas über Ihren Wagen erzählen?«

Dieses Thema füllte die Gesprächspause, bis das Essen für Charles und Annabelle gebracht wurde, aber im Laufe des Abends fragte Flora sich zunehmend, wie viel sie eigentlich mit Henry gemeinsam hatte. Er war sehr amüsant, er erzählte recht gute, wenn auch leicht zweideutige Witze, doch sie konnte sich des Gefühls nicht erwehren, dass seine Bemerkungen größtenteils ziemlich hohl waren. Nicht dass aus ihrem Mund stets philosophische Erkenntnisse kamen, das wusste sie selbst. Charles dagegen war viel interessanter. Er war gereist, hatte ziemlich ungewöhnliche Orte besucht, und er war sehr belesen. Henry hingegen war ein Mensch, der bestenfalls im Flugzeug las.

Der Alkohol floss reichlich, vor allem in Floras und Annabelles Richtung, und zu keiner Zeit trat eine peinliche Gesprächspause ein, aber Flora stellte fest, dass sie sich ein wenig langweilte. Sie hätte gern mehr über Charles' Erfahrungen in der Mongolei gehört, doch Henry schien vor allem erpicht darauf zu sein, Geschichten von Stars zu erzählen, die er in Cap Ferrat flüchtig gesehen hatte.

Schließlich wurde es Zeit für den Nachtisch.

»Also, was würdet ihr beiden Mädchen gern dazu trinken?«, fragte Henry.

Ganz gegen ihre sonstige Gewohnheit nahm Flora heute Anstoß daran, als »Mädchen«, bezeichnet zu werden. Sie sagte jedoch nichts. »Ich glaube, ich habe schon genug getrunken, vielen Dank.«

»Oh, kommen Sie schon, seien Sie kein Spielverderber. Annabelle wird sicher ein Glas Monbazzilac oder etwas in der Art nehmen.«

»Na schön«, stimmte Annabelle zu. »Ich habe schließlich Unmengen Wasser getrunken. Deshalb musste ich auch ständig zur Toilette verschwinden.«

Flora war tatsächlich aufgefallen, dass Annabelle ziemlich oft den Tisch verlassen hatte. »Ich möchte trotzdem nichts Alkoholisches mehr, vielen Dank. Obwohl ich zu einem Pfefferminztee nicht Nein sagen würde.«

»Dann also Pfefferminztee«, erwiderte Henry und sah Flora dabei auf eine Art an, die keinen Zweifel daran ließ, dass er sich auf den nächsten Teil des Abends freute.

»Ja. Ich habe leichte Kopfschmerzen«, antwortete sie und traf spontan einen Entschluss, der in Anbetracht ihrer letzten Kontoauszüge ziemlich verwegen war: Sie würde sich die Rechnung mit Henry teilen, statt ihn für sich bezahlen zu lassen. »Und dafür ist Pfefferminztee genau das Richtige.«

Henry hatte sich in Anbetracht der Umstände sehr gut gehalten, dachte Flora, als sie die Tür zu ihrem Cottage aufschloss. Er hatte ein Dinner à deux erwartet und vielleicht auch gehofft, dass anschließend ein wenig mehr daraus werden würde. Stattdessen hatte er Charles und Annabelle ertragen müssen und danach im Auto nur einen flüchtigen Kuss auf die Wange gedrückt bekommen. Wahrscheinlich hatte er mit einem gewissen Recht auch erwartet, dass sie ihn anschließend auf einen Kaffee hereinbitten würde; auch wenn sie darauf bestanden hatte, ihre Hälfte der Rechnung zu bezahlen, und damit ein deutliches Signal gesetzt hatte, hatte sie ihn mit einigen anderen Gesten durchaus auch ermutigt. Aber die Kopfschmerzen waren jetzt echt, und sie wollte keine weiteren flüchtigen Küsse mehr.

Am nächsten Morgen rief sie ihn mit leichten Gewissensbissen an und fragte ihn, ob er Lust hätte, am Nachmittag mit ihr spazieren zu gehen.

»Es tut mir leid, Flora, unter anderen Umständen wäre ich liebend gern mitgekommen, aber leider bin ich mit Freunden zum Mittagessen verabredet.« Er schien es tatsächlich zu bedauern, und Flora begriff, dass sie ihn über ihre Gefühle wirklich nicht länger im Unklaren lassen durfte. Sie mochte ihn gern, er war meistens ein angenehmer Gesellschafter, aber wie sehr sie sich am letzten Abend auch bemüht hatte, sich in ihn zu verlieben – es war einfach kein Funke da, der überspringen konnte.

»Trotzdem bin ich froh, dass ich Sie erwischt habe«, begann sie. »Ich wollte …« Großer Gott, war das peinlich! Wie sollte sie es in Worte fassen? »Ich wollte nur sagen, wie sehr ich den gestrigen Abend genossen habe, die schöne Umgebung und alles … und dass mir an Ihrer Freundschaft wirklich gelegen ist.« Himmel, das klang wirklich furchtbar gewunden. »Aber …«

»Aber Sie wollen auch nicht mehr als das?«, unterbrach Henry sie.

»Nein, es tut mir leid. Ich bin einfach …« Sie hielt inne, um ihre Gedanken zu sortieren. »Ich bin zurzeit einfach nicht in der richtigen Geistesverfassung, wirklich. Ich weiß ohnehin nicht, wie lange ich in Bishopsbridge bleiben werde, und *Stanza und Stanza* und all das, was ich über das Geschäft zu lernen habe, nehmen mich dermaßen in Anspruch, dass ich mir nicht sicher bin, ob ich die Energie für eine echte Beziehung aufbringen kann.«

»Ja«, meinte er trocken. »Mir ist schon aufgefallen, dass Sie – wie soll ich es sagen – etwas abwesend waren.«

»Das tut mir leid, Henry. Ich möchte, dass wir gute Freunde sind.«

»Das möchte ich auch«, lenkte er ein. »Doch machen Sie sich keine Gedanken, ich wusste die ganze Zeit über, dass Sie mit den Gedanken ganz woanders waren. Es ist ja schon lächerlich schwierig gewesen, sich mit Ihnen auch nur auf einen Drink in einem Pub zu verabreden. Also habe ich mich keinerlei Illusion im Hinblick auf Ihre Prioritäten hingegeben.«

»Es tut mir wirklich leid.«

»Sie haben ja keinen Schaden angerichtet«, sagte er leichthin. »Ich mag Sie ebenfalls, Flora, aber ich verliere mein Herz nicht an Sie, falls es das sein sollte, was Ihnen Sorgen bereitet.« Das war es natürlich. »Wenn Sie also möchten, dass wir Freunde sind, dann werden wir Freunde sein. Ob ich allerdings den Versuch aufgeben werde, Sie zu überzeugen …«, fügte er hinzu, schon wieder zu einem kleinen Flirt aufgelegt. »Doch Sie wissen ja auch, dass ich vielleicht verkaufen und ebenfalls aus der Gegend verschwinden werde. Also ist es sicherlich für keinen von uns das Gelbe vom Ei, uns auf etwas wahnsinnig Ernstes einzulassen.«

»Danke, Henry. Es ist wirklich schön von Ihnen, dass Sie das so freundlich aufnehmen.«

»Ich bin ein freundlicher Mann«, erwiderte er mit einem Lächeln in der Stimme, bevor er zu seiner Lunchverabredung aufbrach.

Statt eines Spaziergangs mit Henry ging Flora in die Küche und buk sich in einem Anfall von Häuslichkeit Rosinenplätzchen. Die meisten davon aß sie selbst, plauderte mit Imelda und fragte sich, warum das kleine schwarze Kätzchen sich von Charles hochnehmen ließ, ihr selbst aber ständig auswich.

Knapp zwei Wochen später richtete Flora das Gästezimmer für ihre Mutter her. Sie war so aufgeregt und konnte es kaum noch erwarten, ihre Mutter endlich wiederzusehen. In vieler Hinsicht war ihr

Leben perfekt, aber irgendetwas fehlte. Wenn sie arbeitete, ging es ihr gut. Sie war noch immer fasziniert von allem, was das Auktionshaus betraf, und saugte alles auf, was sie von Charles oder Geoffrey lernen konnte. Doch zu Hause vermisste sie William. Oder irgendetwas. Sie ging immer noch von Zeit zu Zeit mit Henry aus, aber obwohl sie sich alle Mühe gab, fand sie ihn nicht ganz so faszinierend, wie er sich selbst zu finden schien.

Ihre Mutter würde wissen, was da nicht stimmte. Sie war eine hervorragende Kummerkastentante – und eine hervorragende Köchin. Flora freute sich darauf, verwöhnt und verhätschelt zu werden, etwas, worauf ihre Mutter sich besonders gut verstand.

Seit jenem bizarren Abend im »Grantly Manor« war fast jede Stunde ausgefüllt gewesen. Sie hatten endlich ihre Website erstellt, und die Vorbereitungen für die nächste Auktion Anfang September waren angelaufen. Die Auktion würde anderthalb Tage dauern, und Henrys Bücher würden den Auftakt bilden, da Geoffrey der Meinung war, dass sie hinreichend interessant seien, um einige Sammler anzuziehen. Im Büro herrschte allenthalben lebhafte Betriebsamkeit, und selbst Annabelle schien am Leben mehr Spaß zu haben. Dies schlug sich zwar nicht unbedingt in ihrer Arbeit nieder, aber sie wirkte ganz allgemein ausgelassener und glücklicher.

Das Konzert, der Vorwand für den Besuch ihrer Mutter, sollte am nächsten Tag stattfinden. Flora war außer sich vor Nervosität, obwohl sie einige private Übungsstunden bei Moira genommen hatte, der inoffiziellen weiblichen Leitung des Chors.

»Wenn ich es vermassle«, erklärte sie Moira, die ihr geduldig die Melodien aller Lieder so lange auf dem Klavier vorgespielt hatte, bis Flora sie in- und auswendig konnte, »ruiniere ich allen anderen das Konzert.«

»Sie werden es nicht vermasseln«, hatte Moira versichert und ein wenig gelangweilt geklungen, weil sie sich so häufig hatte wiederholen müssen. »Sie kennen die Noten, also konzentrieren Sie sich einfach, lassen Sie James nicht aus den Augen – der wird dirigieren –, und Sie werden wunderbar zurechtkommen.«

»Ich glaube, ich habe eine ungefähre Ahnung, wer James ist.«

»Dann kann Ihnen nichts passieren! Und jetzt Schluss mit der Panik!«

Flora ging in den Garten, um Blumen für das Zimmer ihrer Mutter zu pflücken. Sie würde am Abend aus London ankommen, und dann sollte alles perfekt sein. Flora hatte bereits Rosen, Frauenmantel und malvenfarbene Geranien für das Wohnzimmer und das Badezimmer arrangiert. Jetzt wollte sie noch etwas besonders Filigranes für den kleinen Kaminsims im Schlafzimmer.

»Ihr könnt von Glück sagen, dass ich euch nicht alle dazu zwinge, Schleifen um den Hals zu tragen«, erklärte sie den Kätzchen, die ungeheuer gewachsen waren und ausgelassen durchs Haus sausten. Flora dachte mit einigem Unbehagen an den Tag, an dem sie Annabelle die Sache mit den Vorhängen würde erklären müssen. Die kleinen Tiere waren so oft daran hochgeklettert, dass die Vorhänge jetzt ein wenig ausgefranst und auch nicht mehr richtig in Form waren. Das Sofa hatte sie mit Überwürfen geschützt – ein wenig zu spät zwar, aber sie konnte die Überwürfe dalassen, und mit ein wenig Glück würde Annabelle sie vielleicht niemals abnehmen.

Jetzt watete sie durch das Gewusel der Kätzchen, um in den Garten zu gelangen. »Ich werde wohl bald ein Zuhause für euch finden müssen, jedenfalls für die beiden von euch, die nicht bei Onkel Geoffrey und Tante Edie leben werden. Und einen von euch werde ich vielleicht behalten.« Sie seufzte. Charles hatte zwar irgendwann einmal gesagt, dass er den kleinen Schwarzen nehmen wolle, aber in letzter Zeit hatte er kein Wort mehr darüber verloren.

Als sie über die Barrikade kletterte, die sie errichtet hatte, damit die Tiere nicht nach draußen entwischen konnten, überlegte sie, ob Gespräche mit Kätzchen auf der Skala des Wahnsinns auf den gleichen Wert kamen wie Selbstgespräche. Eindeutig nicht, befand sie, Tiere waren lebendig. Nun ja, das war sie auch.

Nachdem sie im Garten alles gepflückt hatte, was sie an winzigen Blumen finden konnte, arrangierte sie einen kleinen Strauß und stellte ihn in den Milchkrug aus einem Puppen-Teeservice. Sie hatte das Service bei einem weiteren Ausflug auf einem Flohmarkt erstanden. Es war nicht komplett, aber dafür hatte es auch nur zwei Pfund gekostet, und es war wie geschaffen für diesen Zweck. Ihre Mutter würde begeistert sein; sie hatte eine Leidenschaft für winzige Dinge.

In der Küche hatte Flora alle Zutaten für ein wunderbares Abendessen bereitstehen. Im Kühlschrank warteten zwei Flaschen Sauvignon blanc aus Neuseeland, die der nette Mann in der Weinhandlung ihr empfohlen hatte.

Nachdem es Flora mit einiger Mühe gelungen war, die Kätzchen im Haus festzusetzen, kehrte sie in den Garten zurück. Es war ein wunderbarer Abend, und sie überlegte, dass es schön wäre, an dem kleinen Tisch zu essen, den Charles ihr nach ihrer Ankunft hergebracht hatte. Dieser Tag schien ein halbes Leben zurückzuliegen, und in gewisser Weise stimmte das auch – ihr Leben hatte sich seither unwiderruflich verändert.

Endlich sah Flora einen Wagen kommen, und sie eilte hinaus, um ihre Mutter zu begrüßen.

»Entschuldige, Liebes, ich habe mich ein wenig verfahren«, sagte ihre Mutter beim Aussteigen und drückte ihre Tochter dabei so fest an sich, dass Flora kaum noch Luft bekam.

»Mummy!«, rief Flora und verfiel damit in eine Anrede, die sie seit Jahren nicht mehr benutzt hatte. »Es ist so schön, dich zu sehen!« Flora hielt ihre Mutter ein kleines Weilchen länger fest als gewöhnlich, denn sie hatte ein wenig zu weinen begonnen und wollte nicht, dass ihre Mutter es sah. Sie wollte zu hundert Prozent die erwachsene Tochter sein.

»Gib mir deine Tasche. Oh, ich freue mich so, dich hier zu haben!«

Hermione Stanza sah sich um. »Nein, wie hübsch das alles ist! Liebling, kein Wunder, dass du hier so glücklich bist.« Sie warf ihrer Tochter einen schnellen Blick zu und runzelte die Stirn.

Hoffentlich sieht sie nicht, dass ich nicht gut geschlafen habe, dachte Flora. Sie hatte sich in ihren E-Mails und am Telefon solche Mühe gegeben, uneingeschränkte Begeisterung zu verströmen, und sie wollte ihrer Mutter von Angesicht zu Angesicht nichts anderes vermitteln. Schließlich war ihr vager, unterschwelliger Kummer vollkommen unlogisch. Es wäre nicht fair gewesen, ihre Mutter damit zu belasten, die ihr doch nicht helfen konnte.

»Komm ins Haus. Ich habe eine Flasche Wein im Kühlschrank. Meine Güte, diese Tasche ist aber schwer! Was hast du denn da drin?«

»Eine Flasche Wodka, etwas Gin und süßen Martini, sodass wir uns einen Pimm's mixen können, außerdem Limonade, falls du vergessen haben solltest, welche zu kaufen. Oh, und einen Dessertwein – Muscat and Flora, weil dein Name darin vorkommt.«

»Oh, Mum, du bist ein Schatz!«

Als Erstes musste sie Hermione durch das Cottage führen. Ihre Mutter war begeistert von ihrem Schlafzimmer, das Flora sehr hübsch hergerichtet hatte, und selbst den kleinen Blumenstrauß bewunderte sie voller Hingabe.

»Und dies ist mein Schlafzimmer. Und das da ist der Schrank, in dem Imelda ihre Jungen bekommen hat.«

»Aber Schätzchen! Der ist ja voller Schuhe!«

»Ich weiß. Imelda liebt Schuhe. Ich musste anschließend jeden einzelnen sauber machen.« Ihre Mutter schnalzte missbilligend mit der Zunge. »Lass uns nach unten gehen und einen Drink nehmen.«

Sie waren beide schon ziemlich beschwipst und hatten bereits die Parmesanwaffeln und die Lachsblinis verspeist, als sie einen Wagen den Weg herunterkommen sahen. Es war Charles.

»Es tut mir leid, dass ich störe«, begann er, als er ausstieg und sie im Garten sitzen sah, umringt von Tellern und Flaschen, »aber ich wollte Hermione begrüßen. Es ist schon eine Weile her, seit wir uns das letzte Mal gesehen haben.«

Floras Mutter erhob sich, um Charles zu umarmen. »Es ist Jahre her, Charles«, meinte Hermione, »aber ich werde der Versuchung widerstehen, Ihnen zu sagen, dass Sie gewachsen sind. Haben Sie schon gegessen? Setzen Sie sich doch zu uns. Wie es aussieht, haben wir viel zu viel zu essen.«

Flora lächelte, plötzlich überwältigt von Schüchternheit. »Ich kann leider nur Rezepte für vier oder mehr Personen kochen. Die Sache mit den halben Portionen habe ich nie richtig begriffen. Es ist wirklich genug da.«

Charles sah auf seine Armbanduhr. »Hm, ich habe tatsächlich noch nicht gegessen. Ich werde nur schnell Annabelle anrufen und mal hören, ob sie gekocht hat. Wenn nicht, wird sie sich sicher freuen, sich die Arbeit sparen zu können.«

»Ich hole noch einen Teller und Besteck«, erbot sich Flora. »Möchten Sie ein Glas Wein oder einen selbst gemixten Pimm's?«

»Ich fürchte, der Pimm's ist ein wenig stark geraten«, meinte Hermione. »Ich konnte mich nicht genau daran erinnern, wie mein Mann ihn mixt. Und uns ist die Limonade ausgegangen.«

»Ein Glas Wein wäre schön. Sind Sie sich sicher, dass es nicht zu viel Mühe macht?«

»Überhaupt nicht«, antwortete Flora. »Wie gesagt, ich habe viel zu viel gekocht. Sie werden uns einen Gefallen tun, wenn Sie uns etwas davon abnehmen.«

Charles kam ins Haus, um zu helfen. »Sie können einen Stuhl nach draußen tragen«, bat Flora, als er fragte.

Charles war jedoch weniger an Stühlen interessiert. »Ich habe die Kätzchen seit einer Ewigkeit nicht mehr gesehen. Sie sind unglaublich gewachsen!« Er nahm den kleinen Schwarzen hoch und inspizierte ihn, während dieser an seinem Finger knabberte.

»Ich dachte, Sie wären hier, um meine Mutter zu sehen«, erklärte Flora mit geheuchelter Entrüstung. Der Anblick von Charles mit den winzigen Geschöpfen wärmte ihr das Herz, auch wenn sie immer noch ein wenig verstimmt war, weil das schwarze Kätzchen vor ihr zurückzuckte, sich von Charles jedoch ohne jeden Protest auf den Arm nehmen ließ.

»Das ist auch richtig, doch die Kätzchen standen auf dem zweiten Platz auf der Liste.«

Flora seufzte und wünschte plötzlich, sie hätte ebenfalls einen Platz auf seiner Liste. Wenn es so war, rangierte sie wahrscheinlich bei Nummer sieben, irgendwo hinter dem Cottage, dem Garten und dem Zustand des Teppichs im Wohnzimmer.

Sobald sie mit den verschiedenen Utensilien die Barrikade überwunden hatten, häufte Flora Hühnchen und Kartoffelsalat auf Charles' Teller. »Es ist noch ein zweiter Teller da, auf den Sie Ihren grünen Salat geben können, wenn Sie wollen«, erklärte sie.

»Ganz wunderbar«, murmelte Charles mit vollem Mund. »Sie können wirklich kochen, Flora. Oder sind Sie dafür verantwortlich, Hermione?«

»Nein, nein. Das ist alles Floras Werk.«

»Und hat Henry Ihre Küche schon gekostet?«, fragte er Flora, sobald sein Mund wieder leer war.

Flora schüttelte den Kopf. »Noch nicht. Wir hatten beide viel zu tun. Ich habe eine Menge zusätzlicher Chorproben mit Moira gehabt. Sie ist quasi die weibliche Leitung«, erklärte sie. »Aber ich werde Henry vielleicht bald einmal einladen.« Diese Bemerkung war hauptsächlich an Charles' Adresse gerichtet. Obwohl keiner von ihnen je darüber gesprochen hatte, war ihr der Gedanke an die

Nacht nach dem Sturm, als er im Cottage geschlafen hatte, immer noch ein wenig peinlich, und die Erinnerung an die lange, intime Umarmung, mit der er sie ins Bett geschickt hatte, weckte eigenartige Gefühle in ihr. Alles in allem war es also weit besser, wenn er glaubte, dass sie irgendeine Art von Beziehung hatte. In jedem Falle war es besser, als in Charles die Vermutung zu wecken, sie könne sich nach ihm verzehren. Was natürlich lächerlich war.

»Nehmen Sie doch etwas Salat, Charles«, forderte Hermione ihn auf. »Er ist wirklich köstlich. Voller Gräser, deren Namen ich nicht kenne.«

Charles füllte seinen Salatteller. »Ich habe schon einmal von Floras Salat gekostet. Kurz nach ihrer Ankunft hier hat sie nämlich eine Dinnerparty gegeben.«

»Nur dass damals William den Salat angerichtet hat. Ich habe diesmal seine Ideen lediglich kopiert.« Sie sah ihre Mutter an. »Hast du William mal kennengelernt? Ein Freund von Emma?«, fragte sie und überlegte gleichzeitig, ob eine Lüge, wenn man sie nur oft genug wiederholte, irgendwann tatsächlich zur Wahrheit wurde oder ob das nur der Erfinder der Lüge so empfand.

»Ich glaube nicht«, antwortete Hermione.

»Oh, er ist jedenfalls ein hervorragender Koch«, fuhr Flora fort, »er ist besonders auf die Zubereitung von Nahrungsmitteln aus der Natur spezialisiert.« Sie betrachtete Charles' Salatteller. »Sie brauchen nicht alles aufzuessen, wenn Sie nicht wollen.«

»Flora und ich werden den Rest des Salats dann morgen essen. Wahrscheinlich zum Mittagessen, bevor Flora zu ihrer Konzertprobe geht«, meinte Hermione. »Werden Sie auch kommen, Charles?«

»Ähm … Ich bin mir nicht sicher, ob ich von dem Termin gewusst habe.«

»Nun, Sie sollten es aber wissen«, erklärte Flora, plötzlich entrüstet. »Geoffrey und all Ihre Porter, oder zumindest fast alle, sind im

Chor. Und im Fenster des Büros hängt ein riesiges Poster. Außerdem habe ich Ihnen vor einer Ewigkeit mal davon erzählt.«

»Wahrscheinlich hat mir nur nie jemand dieses Plakat direkt vor die Nase gehängt. Es ist mir einfach nicht aufgefallen.«

»Ich denke, Sie sollten hingehen«, bemerkte Hermione. »Um Ihre Angestellten zu unterstützen. Und Flora.«

»Bedauerlicherweise sind Annabelle und ich für morgen Abend zum Essen eingeladen«, sagte Charles.

»Oh, das ist schon in Ordnung«, erwiderte Flora, enttäuscht, aber gleichzeitig erleichtert. Sie war sich wirklich nicht sicher, ob sie von Charles beobachtet werden wollte, wenn sie in der ersten Reihe stand und so auszusehen versuchte, als wüsste sie, was sie tat.

»Dann vielleicht das nächste Mal?«, schlug Hermione vor.

»Das nächste Mal ganz bestimmt. Sie müssen mir nur rechtzeitig Bescheid geben, Flora.«

Flora nickte, obwohl sie wusste, wie unwahrscheinlich es war, dass sie beim nächsten Konzert noch da sein würde. Dies war für eine ganze Weile der letzte Auftritt des Chors, und bis die Weihnachtsveranstaltungen begannen, würde sie vermutlich bereits wieder in London sein. Neben vielen anderen Dingen würde sie den Chor schrecklich vermissen.

»Wollen wir zum Nachtisch ins Haus gehen? Mir wird langsam ein wenig kühl«, bemerkte Hermione.

»Das ist eine gute Idee«, antwortete Flora. »Nehmt eure Stühle und Gläser mit, den Rest können wir wahrscheinlich hierlassen.«

Hermione beschloss, auch den Salat und einige andere Speisen zu retten. Als sie wieder im Haus waren, war der Tisch draußen zum größten Teil abgeräumt. Hermione setzte sich auf das Sofa und griff nach dem Kätzchen, das ihr am nächsten war. »Sind die Tiere nicht einfach entzückend?«

Charles holte sich das kleine schwarze Katzenbaby. »Allerdings.«

»Der Kleine da hat sich bisher noch nicht von mir streicheln lassen. Er ist sehr scheu, aber bei Ihnen scheint er sich wohlzufühlen.« Hermione runzelte die Stirn. Sie hatte im Allgemeinen eine gute Hand bei Katzen.

Charles widmete sich weiter seinem Kätzchen. »Es ist sehr bedauerlich, dass Annabelle, meine Verlobte, eine Katzenallergie hat. Aber ich hoffe immer noch, dass wir eins der Tiere im Büro halten können.«

»Solange sie noch jung sind, können Sie sie unmöglich nachts allein lassen«, wandte Flora ein, deren Beschützerinstinkt erwacht war.

»Oh, das wäre kein Problem. Ich könnte für ein Weilchen in der Wohnung schlafen, bis der Kleine etwas älter ist.«

»Es gibt eine Wohnung in dem Bürogebäude?«, hakte Hermione nach.

»Ja. Es ist ein altes Stadthaus. Wir tragen uns mit dem Gedanken, es zum Verkauf anzubieten, um ein wenig Kapital lockerzumachen. Vielleicht verkaufen wir aber auch nur einen Teil davon, den wir vorher in Wohnungen aufgeteilt haben. Das war Floras Idee«, erklärte Charles. »Sie ist ausgesprochen kreativ gewesen, seit sie zu uns gestoßen ist.«

»Flora war schon immer ein Mensch mit vielen Ideen«, erwiderte Hermione und sah ihre Tochter voller Stolz an.

»Wir hatten eine flippige Blondine erwartet«, erklärte Charles, »die rein gar nichts von Auktionen und Antiquitäten versteht.«

Flora lachte und reichte ihm einen Teller mit Baiser, Himbeeren und Sahne. »Nun ja, Sie hatten Recht. Ich bin blond, und ich hatte keine Ahnung von Antiquitäten oder Auktionshäusern. Aber jetzt weiß ich ein wenig mehr. Und Sie fanden meine Teekanne grässlich.«

Alle blickten zu der wie ein Wollknäuel geformten Kanne hinüber, die über und über mit Keramikkätzchen bedeckt war.

»Oh, Liebling, ich dachte, du hättest aufgehört, Teekannen zu sammeln«, rief Hermione, die offenkundig wünschte, dass es so wäre.

»Ich ziehe echte Katzen ihren Porzellanbrüdern vor, aber diese Teekannen haben tatsächlich einen Markt«, bemerkte Charles.

Flora lachte leise über diese Zurschaustellung von Takt. Charles sah sie an und fuhr fort: »Doch im Großen und Ganzen haben Sie schnell gelernt, worauf es ankommt, und Sie können großartig mit Menschen umgehen.«

»Na bitte!«, meinte Hermione triumphierend. »Ich habe dir immer wieder gesagt, dass die Persönlichkeit eines Menschen viel wichtiger ist als akademische Qualifikationen!«

»Vielen Dank, Mutter«, entgegnete Flora, während sie ihrer Mutter einen üppig gefüllten Teller reichte, »dass du Charles hiermit mehr oder weniger mitteilst, dass ich bei meinen Prüfungen nicht besonders gut abgeschnitten habe.«

»Prüfungen sind nicht alles, und ich bin davon überzeugt, Charles weiß das.« Hermione lächelte, und Flora konnte beinahe spüren, wie Charles unter dem Blick ihrer Mutter auftaute.

»Nun, jetzt weiß ich es jedenfalls«, antwortete er.

Flora hockte sich auf die Armlehne des Sofas, auf dem ihre Mutter saß. »Das sind Geoffreys Himbeeren. Greift zu.«

»Köstlich!« Das Gespräch verstummte, während Flora, Hermione und Charles das Dessert genossen. Kurz darauf erhob sich Hermione. »Darf ich Ihnen noch etwas geben, Charles? Nein?« Sie nahm ihm den Teller ab. »Sind Sie sicher? Ich kratze nur noch schnell die Schüssel aus und fange dann morgen mit meiner Diät an. Haben Sie übrigens schon mal davon gehört? Man zählt keine Kalorien mehr, sondern den glykämischen Index oder so etwas.« Sie runzelte die Stirn. »Ich bin noch nicht ganz fertig mit dem Buch, aber es ist ausgesprochen interessant! Nicht dass du über so etwas nachdenken müsstest, Flora. So, und jetzt werde ich den Kessel aufsetzen.«

»Ihre Mutter ist Ihnen sehr ähnlich«, bemerkte Charles, als Hermione in die Küche gegangen war.

Flora war daran gewöhnt, so etwas zu hören. »Ist das gut oder schlecht?«

»Sehr gut. Sie ist zauberhaft.«

Flora lächelte. »Es macht Spaß, sie zur Mutter zu haben, das muss ich zugeben.« Plötzlich fühlte sie sich eigenartig gehemmt und verfiel in Schweigen. Dann fiel ihr Blick auf das schwarze Kätzchen, das sich an Charles' Hals zusammengerollt hatte und fest schlief. »Der Kleine mag Sie wirklich. Sie müssen ihn einfach nehmen.«

»Annabelle wird sich vielleicht an ihn gewöhnen. Ich habe von Menschen gehört, die gegen alle anderen Katzen allergisch sind, mit ihren eigenen jedoch keine Probleme haben.«

Flora seufzte. »Aber der Prozess, den eine solche Gewöhnung mit sich brächte, würde Annabelle wahrscheinlich nicht gefallen.« Sie fragte sich, ob ein Teil ihres unterschwelligen Kummers die Sorge darüber war, dass Annabelle und Charles so gar nicht zusammenpassten. Der Gedanke, Charles könnte den Rest seines Lebens mit der falschen Frau verbringen, war zutiefst niederschmetternd. Er hatte es verdient, glücklich zu sein. Er arbeitete so hart.

Als wollte er ihr Recht geben, stieß Charles einen Seufzer aus. »Nein, wahrscheinlich nicht. Doch ich werde schon eine Lösung finden.«

Flora ließ sich von der Armlehne auf das Sofa gleiten. Sie war sehr müde und wünschte sich nichts auf der Welt sehnlicher, als einfach einzuschlafen, direkt neben Charles. Sie ließ die Augenlider zufallen.

Kurze Zeit später kam Hermione mit Kaffee und Pfefferminztee zurück. Flora öffnete die Augen und nahm einen Becher entgegen. Ihre Mutter stellte das kleine Tablett auf den Tisch und schob Charles seine Kaffeetasse hin.

»Ich brauche einen Schuss Koffein, um wieder wach zu werden«, bekannte er. »Hm, der Kaffee ist wirklich gut.«

»Ich habe ihn mitgebracht. Flora meinte, es sei nicht immer ganz einfach, hier unten guten Kaffee zu bekommen.«

»Oh, dann kennen Sie die richtigen Läden noch nicht!«, erwiderte Charles. »Es gibt hier einen wunderbaren Kaffeeladen. Ich muss Sie unbedingt einmal dorthin bringen.«

»Das wäre nett«, gab Flora mit gepresster Stimme zurück. Warum war ihr diese beiläufige, beinahe bedeutungslose Einladung so wichtig? Es war lächerlich. Schließlich würde Henry sie zu dem Kaffeeladen bringen, wann immer sie ihn darum bat.

Das Gespräch verebbte. Eine Weile saßen sie einfach nur da, die schlafenden Kätzchen auf dem Schoß, allesamt vollauf zufrieden mit dem Schweigen. Schließlich stand Charles auf und legte das Kätzchen dorthin, wo er gesessen hatte, damit es nicht fror. »Ich muss gehen. Es war ein zauberhafter Abend. Ich danke Ihnen beiden.«

Er küsste Hermione auf die Wange. Flora winkte er nur zu. Einen Moment lang durchzuckte sie ein schrecklicher Stich der Eifersucht, und sie ärgerte sich über sich selbst.

Als er fort war, bemerkte Hermione: »Was für ein wunderbarer Mann! Ich verstehe vollkommen, warum du dich in ihn verliebt hast.«

Flora brach in Tränen aus. »Ich bin nicht in ihn verliebt!«, stieß sie hervor und bekam prompt einen Schluckauf. »Er ist mit Annabelle verlobt.«

»Ich weiß, Schätzchen«, meinte Hermione mitfühlend und legte die Arme um ihre Tochter. »Aber das war nicht genug, um dich daran zu hindern, dich in ihn zu verlieben, nicht wahr? Ich weiß, es müsste anders sein, doch so funktioniert es eben nicht.«

»Ach wirklich – ich meine, er ist oft so spießig und steif und …«

»Mit den Kätzchen ist er nicht steif«, bemerkte Hermione bekümmert, »und du hast mir erzählt, dass er in seinem Job wirklich gut ist. Er hat irgendetwas an sich, Flo, und ich kann dir keinen Vorwurf daraus machen, dass du darauf reagierst.«

»Was stimmt da nicht mit mir? Ich fühle mich so eigenartig, so unzufrieden, obwohl alles so gut läuft! Ich finde es wunderschön hier unten, und doch weiß ich, dass ich nicht bleiben kann, wenn Charles und Annabelle verheiratet sind. Liegt das daran, dass ich in Charles verliebt bin? Wie schrecklich!« Seit dem Gewitter hatte Flora sich erfolgreich eingeredet, für Charles nicht mehr zu empfinden als verwandtschaftliche Zuneigung. Es war ein ziemlicher Schock, sich jetzt plötzlich mit der Tatsache konfrontiert zu sehen, dass sie sich tatsächlich in ihn verliebt hatte.

Hermione schob ihre Tochter auf das Sofa zurück und setzte sich neben sie. »Erzähl mir alles. Vielleicht ist es gar nicht so schlimm, wie es aussieht.«

Nachdem Flora Hermione die ganze Geschichte anvertraut hatte, musste ihre Mutter ihr leider beipflichten, dass die Dinge genauso schlimm waren, wie sie aussahen.

»Du könntest ihn verführen und ihn Annabelle abspenstig machen«, schlug Hermione zaghaft vor.

»Nein, das kann ich nicht! Er ist vielleicht vollkommen glücklich mit ihr, und selbst wenn er das nicht ist, müsste es seine Entscheidung sein, sonst würde er mir später die Schuld geben, falls etwas schiefgeht. Nein, ich werde einfach fortgehen müssen, sobald das Geschäft einigermaßen gut läuft, und ihn vergessen. Auf keinen Fall kann ich bis zu der Hochzeit im November bleiben. Das würde mich umbringen.«

Hermione seufzte. »Es ist eine solche Schande.«

»Es ist eine Tragödie! Aber so stehen die Dinge nun einmal.« Sie putzte sich mit einem mittlerweile ziemlich zerfledderten Taschentuch die Nase. »Obwohl – wenn ich denken würde, dass er glücklich ist, würde ich wahrscheinlich damit klarkommen. Mein Pech, aber sein Glück. Vielleicht könnte ich einfach für ein Weilchen fortgehen und dann zurückkommen.«

»Hm, ich werde Annabelle sicher kennenlernen, während ich

hier bin. Ich werde dir dann endgültig sagen können, ob ich glaube, dass sie die Richtige für Charles ist.«

»Aber selbst wenn sie es nicht wäre, läge es an ihm, das herauszufinden. Ich bin da machtlos.« Sie dachte an Charles' Bemerkung am Morgen nach dem Gewitter, dass das Gras auf der anderen Seite des Zauns immer nur scheinbar grüner sei.

Hermione seufzte. »Das ist eine sehr reife Art, die Dinge zu betrachten. Ich glaube, wenn ich an deiner Stelle wäre, würde ich einfach versuchen, ihn zu verführen. Er mag dich ganz offensichtlich.«

»Nein, er mag mich nicht – und wenn doch, dann nur so, wie ein Vetter eben eine Cousine mag. Er mag die Kätzchen, und er hat das Gefühl, mich beschützen zu müssen, wie ein großer Bruder vielleicht. Das ist auch der Grund, warum er es nicht gern sieht, wenn ich mit Henry ausgehe.«

»Erzähl mir von Henry.«

»Oh, der ist in Ordnung. Sehr gut aussehend. Und frei! Was ein beträchtlicher Vorteil ist. Ich versuche immer wieder, mich in ihn zu verlieben, aber irgendwie funktioniert es einfach nicht. Jetzt weiß ich auch, warum.«

»Ich denke, wir sollten beide zu Bett gehen. Morgen früh werden die Dinge nicht mehr gar so trostlos aussehen.«

Ob es nun am Alkohol lag oder an der tröstlichen Gegenwart ihrer Mutter, in dieser Nacht schlief Flora wie ein Baby oder, wie Hermione es ausdrückte, wie ein Teenager. »Babys schlafen gar nicht so viel«, erklärte sie, als sie am nächsten Morgen miteinander frühstückten.

An diesem Tag luden Edie und Geoffrey sie zum Mittagessen ein.

»Es gibt nur Salat und eine Quiche«, meinte Edie, als sie sie in den Garten hinter dem Haus führte, wo ein Tisch und Stühle standen. »Geoffrey hat mir nicht erlaubt, ein richtiges Essen zu kochen. Er isst vor einem Konzert grundsätzlich nichts Schweres.« Der

Blick, den sie ihrem Mann zuwarf, ließ keinen Zweifel daran, dass sie diese Einstellung ein wenig übertrieben fand.

»Man kann nicht mit vollem Magen singen, und wir haben um fünf Uhr noch eine Probe. Hätten Sie gern ein Glas Sherry, Mrs. Stanza?«

»Hermione, bitte, und Sherry wäre wunderbar.«

»Flora?«

»Ja, bitte, aber könnte ich einen Eiswürfel in mein Glas bekommen?«

»Natürlich können Sie das, meine Liebe. Und zum Nachtisch gibt es nur Himbeeren und Sahne«, erklärte Edie, während sie eine Tüte Chips öffnete und in eine Schale gab. »Brauchst du Hilfe, Geoffrey?«

»Auf keinen Fall. Zeig du Hermione den Garten.«

Während die beiden Frauen sich den Garten ansahen, ging Flora ins Haus, um sich auf die Suche nach Geoffrey zu machen. »Könnte ich kurz überprüfen, ob meine Noten in Ordnung sind?«

Gemeinsam gingen sie die Notenblätter durch, bis Flora endlich davon überzeugt war, dass nichts fehlte und sie nicht plötzlich eine Seite umdrehen würde und feststellen musste, dass sie das falsche Stück sang.

Als Edie und Hermione von ihrem Besichtigungsgang durch den Garten zurückkehrten, hatte Hermione mehrere Plastiktüten voller Pflanzen bei sich. »Wir werden sie bis nach dem Konzert hierlassen«, sagte sie entschuldigend. »Und ich pflanze sie dann morgen Früh in den Garten. Charles und Annabelle werden doch nichts dagegen haben, oder?«

Es war schön für Flora, mit Geoffrey nach Burnet House zu fahren. Abgesehen von allem anderen bedeutete es, dass sie rechtzeitig da sein würde. Edie hatte ihren Schal für sie gebügelt, und Hermione hatte von Geoffrey eine eindeutige schriftliche Wegbeschreibung erhalten, um das Haus zu finden.

»Ich bin so nervös, dass mir schlecht ist«, gestand Flora, als sie auf dem Beifahrersitz neben Geoffrey Platz nahm.

»Das ist überhaupt nicht nötig. Eine leichte Nervosität ist gut, denn das bedeutet, dass Sie sich konzentrieren werden, aber Sie brauchen sich deswegen nicht verrückt zu machen. Sie singen schließlich kein Solo.«

»Ich weiß! Aber ich habe Angst, dass ich das Konzert für alle anderen verderben werde.«

»Das werden Sie nicht. Nicht wenn Sie ganz bei der Sache sind und James ständig im Auge behalten.«

»Was ist mit dem Text?«

»Den werden Sie inzwischen fast auswendig können.«

Flora seufzte. »Ich bin noch nicht so lange im Chor wie Sie, Geoffrey.«

Kapitel 21

Flora war so auf den Chor und auf ihre Nervosität fixiert, dass sie Henry beinahe vergessen hatte. Er hatte sie jedoch nicht vergessen. Er stand auf dem Feld, das als Parkplatz gedacht war – angeblich, um den Leuten zu zeigen, wo sie parken konnten, tatsächlich aber, um auf Flora zu warten.

Sie fühlte sich nicht besonders wohl in ihrem langen schwarzen Rock und der schwarzen Bluse. Trotzdem schenkte sie Henry ein strahlendes Lächeln, als er ihr aus Geoffreys Wagen half.

»Hallo, Henry. Ich hoffe nur, Sie werden Ihre Gastfreundschaft nicht bereuen.«

Er küsste sie auf die Wange und nickte Geoffrey zu. »Bisher habe ich keinen Grund zur Reue. Das Loch im Dach der Orangerie ist repariert, das Gras ist gemäht worden, und ich habe die Gelegenheit, Sie gekleidet wie …« – er hielt inne, auf der Suche nach dem perfekten Vergleich – »… wie eine Nonne ohne Schleier zu sehen.« Etwas an seinem Tonfall verriet ihr, dass er diesen Look keineswegs unattraktiv fand.

»Sie erinnern sich an Geoffrey?« Flora fand seinen leicht lüsternen Blick sowohl unerwartet als auch äußerst beunruhigend. Sie griff nach Geoffreys Arm, sodass der ältere Mann gezwungen war, bei ihr zu bleiben.

»Natürlich erinnere ich mich an ihn«, antwortete Henry. »Wir haben einen ganzen Nachmittag zusammen verbracht. Es war eine große Überraschung für mich, dass sich so viele wertvolle Dinge in dieser Bibliothek befanden.«

Geoffrey löste sich von Flora, um die Tür des Wagens abzuschließen. »Es sind einige schöne frühe Ausgaben darunter, und obwohl ich nicht glaube, dass irgendein einzelner Band einen hohen Preis erzielen wird, dürfte der Gesamtbestand doch ein hübsches Sümmchen einbringen.«

»Oh, da ist Euan! Er ist einer der Tenöre«, erklärte sie Henry. »Er züchtet Cavalier-King-Charles-Spaniels, und er ist ein wenig exzentrisch.« Sie runzelte die Stirn. »Jetzt geht er in die falsche Richtung. Vielleicht laufen Sie ihm besser nach, Henry, bevor er sich verirrt.«

»Euan verirrt sich nie«, meinte Geoffrey, nachdem Henry Floras Aufforderung widerstrebend Folge geleistet hatte.

»Ach nein? Hm, egal. Ich kann jetzt nicht plaudern, weil ich mich konzentrieren muss. Ich bin furchtbar nervös.«

»Sie werden es schon schaffen«, erwiderte Geoffrey.

Flora hielt es durchaus für möglich, dass sie vor Angst ohnmächtig wurde, während diese oft wiederholten Worte ihr noch immer in den Ohren klangen.

Nach und nach trafen die übrigen Chormitglieder ein. Fast alle machten lautstarke Bemerkungen über die Schönheit des Hauses und das prächtige Wetter. Und allen widerstrebte es offenkundig, dem angenehm kühlen Sommerabend den Rücken zu kehren und in die Orangerie zu gehen, die natürlich ziemlich aufgeheizt war.

»In diesen schwarzen Kleidern kann es einem manchmal schrecklich heiß werden«, erklärte Virginia. »Wir denken ständig darüber nach, uns für den Sommer anders einzukleiden, aber wir werden uns einfach nicht einig. Hauptsache, heute Abend fällt niemand in Ohnmacht. Haben Sie Ihren Schal, Flora?«

»Ja, Moira hat mir einen gegeben. Er liegt sorgfältig zusammengefaltet in meiner Tasche. Edie hat ihn für mich gebügelt. Ich glaube, sie hatte Angst, ich würde ihn verbrennen.«

»Nun ja, Sie müssen vorsichtig sein. Wird Ihre Mutter auch kommen?«

»Sie kommt mit Edie ein wenig später nach. Es ist so schön, sie dazuhaben.«

»Sie fühlen sich sicher ein wenig einsam hier, weil Sie noch nicht viele Leute kennen. Also, wollen wir jetzt hineingehen?«

»Folgen Sie mir«, bat Flora.

Henry erschien gerade in dem Moment in der Orangerie, als sie mit der Probe begannen. Er winkte Flora zu, aber sie ignorierte ihn. Es war schon schwierig genug, sich zu merken, wie sie den Raum betreten und wo sie stehen sollten, damit sie alle James sehen konnten. Jetzt hielt sie den Blick auf James gerichtet und wartete auf den Einsatz. Wie konnte nur jemand unmittelbar vor einer Generalprobe noch plaudern? Flora hatte schweißnasse Hände, und ihr war immer noch ein wenig übel.

Aber in der Pause vor dem Konzert konnte sie Henry nicht mehr ignorieren. In einem Raum gleich neben der Küche standen Wein, Limonade, Tee, Sandwiches und Kuchen bereit. Eine Frau in einem schwarzen Kleid und einer weißen Schürze führte sie dorthin und erklärte, dass Henry die Erfrischungen gestiftet habe.

Die Mitglieder des Chors waren begeistert, und da sie sich alle persönlich bei Henry bedanken wollten, dauerte es eine Weile, bis Flora zu ihm vordringen konnte. »Das ist sehr nett von Ihnen, Henry«, sagte sie. »Ein paar Flaschen Cola hätten vollauf genügt.«

»Ich wollte Ihnen ein wenig mehr bieten.« Er sah sie mit einem Blick an, der ahnen ließ, dass er sich irgendeine Art von Belohnung erhoffte.

»Das haben Sie für den Chor getan«, erklärte sie energisch. Ihm sollte klar sein, dass er von ihr keine Belohnung zu erwarten hatte. »Aber es ist trotzdem nett von Ihnen.«

Er schien ihre Worte zu akzeptieren und zuckte die Schultern. »Ich fand es nur fair, mir ein wenig Mühe zu geben, nachdem der Chor all die Reparaturen vorgenommen hat.«

»Ist das Dach jetzt wieder in Ordnung?«, fragte einer der Bässe, der Zugang zu Leitern und anderen Dingen hatte, die man für die Reparatur von Fenstern benötigte.

»Alles bestens, vielen Dank, David. Sind Sie wirklich sicher, dass ich Sie nicht für Ihre Arbeit bezahlen darf?«

David schüttelte den Kopf. »Vergessen Sie's. Die Materialien haben nicht viel gekostet, und mein Chef hat mir für die Zeit, die ich hier gearbeitet habe, freigegeben.«

David hatte eine wunderschöne Stimme, und Flora genoss es, wenn sie im Chor so aufgestellt wurden, dass sie ihn gut hören konnte.

»Der Raum ist einfach zauberhaft«, bemerkte eine andere Frau aus dem Chor. »Sie sollten ihn für derartige Zwecke vermieten. Ich denke, Sie könnten eine hübsche Summe dafür verlangen.«

»Oder sich eine Lizenz besorgen, damit Sie ihn für Hochzeiten nutzen können«, stimmte ein Mann zu.

Henry wurde nachdenklich. »Das könnte ich tatsächlich. Wegen des Lochs im Dach bin ich nie auf die Idee gekommen, dass ich mit diesem Raum Geld verdienen könnte.« Er hielt inne. »Also, warum überlasse ich Ihnen die Orangerie, ohne dafür zu kassieren?«, fragte er und lächelte dabei Flora an.

»Weil hier eine Pfütze von der Größe des Lake Windermere stand, bevor wir uns der Decke angenommen haben«, gab sie zurück. Als sie Henry das letzte Mal begegnet war, hätte diese Antwort genügt. Jetzt wirkte er irgendwie verändert. Oder lag es nur an Floras Nervosität, die sie übermäßig empfindlich machte?

»Das ist ein wenig unfair. Die Pfütze war nicht viel größer als die Serpentine im Hyde Park.«

Flora lachte pflichtschuldigst. »Sie tun es für das Allgemeinwohl und für das Gute in Ihrer Seele, der eine solche Erfahrung gewiss nicht schaden kann.«

»Da haben Sie wahrscheinlich Recht.« Diesmal war sein Lächeln weniger berechnend, und Flora stellte einmal mehr fest, wie attraktiv er war.

Na komm schon, Herz, ermahnte sie sich. Er ist nett, und er ist ledig! Fühl dich also gefälligst zu ihm hingezogen! Warum willst du da einfach nicht mitmachen?

Aber sie kannte die Antwort, und so gut sie sich auch zureden mochte, es würde sie nicht daran hindern, einen ziemlich spießigen Mann zu begehren, dessen Herz einer anderen gehörte. Du musst dir noch mehr Mühe geben, ermahnte sie sich energisch, und wenn du dich nicht in Henry verlieben kannst, dann such dir eine andere romantische Ablenkung.

Henry legte Flora eine Hand auf die Schulter und wollte gerade etwas bemerken, als James erklärte: »Die Zuschauer nehmen nach und nach ihre Plätze ein. Könnten wir uns dann bitte sammeln? Und darf ich es noch einmal wiederholen? Vergesst nicht zu lächeln! Flora?«

Flora fiel es sehr schwer, zu lächeln, wenn sie so nervös war. Sie suchte nach Moira, der sie in die Orangerie folgen sollte, und trat hinter sie.

Moira zupfte Floras Schal zurecht und zog sie dann ermutigend zu einer kleinen Umarmung an sich. »Sie werden es schon schaffen! Haben Sie Ihre Noten parat? In der linken Hand? So ist es richtig.«

Moira wandte sich ab, und einen Moment später zogen sie ein, die Frauen in Schwarz mit blauen Schals, die Männer im Smoking mit passenden Fliegen. Sie wirkten sehr elegant, wie sie so alle nebeneinanderstanden.

Die Orangerie sah prachtvoll aus. Obwohl Flora zu nervös war, um allzu viel von ihrer Umgebung wahrzunehmen, erinnerte sie sich doch an den trostlosen Eindruck, den dieser Raum bei ihrem ersten Besuch hier auf sie gemacht hatte. Jetzt waren in einer Hälfte des Raums mehrere Stuhlreihen arrangiert worden. In den Ecken standen riesige Pflanzen, darunter ein echter Orangenbaum in einem Riesenkübel. Außerdem hatte irgendjemand für eine raffinierte Beleuchtung gesorgt, und die vom Boden bis zur Decke reichenden Fenster waren weit geöffnet, sodass ein leichter Luftzug hereinwehte. Vor nicht allzu langer Zeit hatten sie hier geprobt, aber die Anwesenheit von Zuschauern, die in leuchtend bunte, sommerliche Seidenstoffe gekleidet waren, verlieh dem Ganzen zusätzliche Farbe und Spannung.

»Angela, ein Alt, hat die Pflanzen leihweise hergebracht«, flüsterte Moira ihr aus dem Mundwinkel zu, als sie schließlich ihre Plätze erreicht hatten. Es gab keine Bühne, aber sie hatten sorgfältig einstudiert, wo ein jeder von ihnen stehen sollte.

Flora war zu ihrem Schrecken ganz ans Ende der ersten Reihe geschickt worden, sodass alle anderen sie sehen konnten.

»Viel Glück!«, raunte Moira, als sie endgültig ihre Plätze einnahmen.

Flora antwortete nicht. Aus den Augenwinkeln konnte sie Edie und ihre Mutter sehen. Die beiden lächelten ihr ermutigend zu, aber Flora wäre dennoch weit glücklicher gewesen, wenn sie niemanden im Publikum gekannt hätte. Sie hätte ihre Demütigung gern in einem halbwegs geschützten Raum erlitten. Und natürlich war auch Henry anwesend. Er saß in einer der hinteren Reihen. Ihn zu vergessen, fiel ihr nicht schwer.

James trat ein, wandte sich an das Publikum und hielt eine kurze, geistreiche Einführungsrede. Das Publikum lachte. Der Chor lachte. Dann drehte James sich zu den Sängern um, sah einen jeden von ihnen kurz an, dann zeigte er ihnen für einen Moment ein Tuch mit einem grinsenden Gesicht darauf. Flora gab sich größte Mühe, ihm den Gefallen zu tun und ihrerseits zu lächeln, glaubte aber nicht, dass ihrem Bemühen großer Erfolg beschieden war.

Der Pianist spielte die Eröffnungstakte von *Der Einzug der Königin von Saba*, und der Chor holte wie aus einem Mund Luft und öffnete die Kehlen. »Frohlocket! Frohlocket!« Die Orangerie hatte eine hervorragende Akustik. Flora vergaß ihre Nervosität und begann, voller Freude zu singen.

»Es läuft verdammt gut«, bemerkte jemand während der Pause.

Die Chormitglieder war wieder in ihren Ruheraum zurückgekehrt, wo frische Sandwiches und Getränke für sie bereitstanden. Flora nippte an einem Glas Holunderblütensaft, denn Wein würde sie sich erst gestatten, wenn alles vorüber war.

»Und wir haben ein wirklich großes Publikum«, erklärte Geoffrey. »Irgendjemand hat da bei den Kartenverkäufen wahre Wunder gewirkt.«

»Das liegt bestimmt am Ort«, meinte Moira. »Die Leute sind neugierig. Sie hören sich wahrscheinlich alles an, nur um die Chance zu bekommen, einmal einen Blick auf ein Haus wie dieses werfen zu dürfen.«

»Außerdem ranken sich um das Haus eine hübsche Menge an Skandalen, nicht wahr? Weiß irgendjemand hier Einzelheiten?«

»Flora geht mit Henry aus«, sagte Geoffrey, um Flora weitere Peinlichkeiten zu ersparen. »Nur deshalb haben wir die Erlaubnis bekommen, hier zu singen.«

»Es ist ein reiner Zufall. Wir sind nur ein paar Mal miteinander aus gewesen.« Flora spürte, dass alle anderen jetzt zu ihr hinübersahen, und konnte es nicht verhindern, zu erröten. »Ich kenne keine Skandale, fürchte ich, außer dem, dass seine Frau ihn verlassen und den größten Teil des Geldes mitgenommen hat.«

»Hm, welche Umstände auch dazu geführt haben, dass wir heute Abend hier sein dürfen, wir sind jedenfalls sehr dankbar dafür«, versicherte eine der Altstimmen, zu der Flora bisher keinen besonderen Kontakt gehabt hatte. »In einer Kirche wäre es nicht ganz dasselbe gewesen.«

»Die Sandwiches waren übrigens auch sehr gut«, verkündete Euan mit vollem Mund. »Eier und Kresse, das ist mein Lieblingssandwich.«

Zu guter Letzt hörten alle auf zu essen und zu trinken. James sammelte seine Schar ein, und im Gänsemarsch ging es zurück in die Orangerie. Flora war jetzt sehr viel entspannter und hatte das Gefühl, dass sie der ziemlich komplizierten Version von *Der Herr ist mein Hirte* gewachsen sein würde, denn ihre Gedanken waren nun ganz bei der Sache. Dann blickte sie törichterweise auf, um festzustellen, ob ihre Mutter zufrieden war, und sah bei dieser Gelegenheit auch Charles. Er saß am Ende einer der Reihen. Sie spürte, wie sie errötete, blickte starr zu James hinüber und versuchte, sich zu konzentrieren. James suchte mit allen Chormitgliedern Blickkontakt, und als er Flora sah, hob er noch einmal sein Bild von dem grinsenden Gesicht in die Höhe.

Vergiss ihn einfach, ermahnte sie sich und zwang ihre Lippen zu einem Lächeln.

Wie die Zunge stetig nach einem schmerzenden Zahn sucht, wanderte Floras Blick allzu oft zu Charles hinüber. Als sie sich endlich von ihm löste, sah sie etwas, bei dem ihr Herz einige Schläge aussetzte, und um ein Haar hätte sie den Überblick über die Noten verloren, die sie als nächste singen musste. Einige Reihen hinter Charles saßen William … und Annabelle zusammen.

Was um alles in der Welt taten die beiden hier? Zusammen? Flora hoffte aufrichtig, dass niemand mitbekam, wie schockiert sie war. Sie wagte es nicht, noch einmal ins Publikum zu blicken, und lächelte zwischen den einzelnen Stücken angestrengt. Was war hier los? Gab es irgendeine Möglichkeit, zu verhindern, den dreien später zu begegnen? Nein, das wurde ihr sehr schnell klar. Aber wenn William und Annabelle mit Charles hier waren, wo jeder sie sehen konnte, hatte sie nichts zu befürchten, sagte sie sich schließlich.

Während sie ein englisches Volkslied mit einem so eindeutigen Text sangen, dass es Flora beinahe peinlich war, wurde ihr eine eigenartige Tatsache bewusst: Mit Schuldgefühlen verhielt es sich wie mit der Verliebtheit, man konnte sie nicht nach Belieben an- und abschalten. Wenn sich da tatsächlich etwas zwischen Annabelle und William entwickelt hatte, dann war das allein ihre Schuld, davon war sie überzeugt.

Während das Publikum begeistert Beifall klatschte, versuchte Flora, einen Plan zu schmieden. Als Nächstes würde James ein paar Worte sprechen, dann würden sie eine Zugabe geben. Anschließend würden sie die Orangerie verlassen und in den Raum zurückkehren, in dem ihre Handtaschen und Notenmappen lagen. Konnte sie durch den Nebeneingang entwischen, einen Wagen stehlen und fliehen? Nein, das konnte sie nicht. Selbst wenn sie aus einer der Handtaschen einen Autoschlüssel stibitzte, würde sie eine Ewigkeit brauchen herauszufinden, zu welchem Wagen der gestohlene Schlüssel gehörte. Es hatte keinen Sinn. Sie holte tief Luft und bereitete sich auf das Lied *Bobby Shaftoe* vor, das den Chor mit komplizierten Extras forderte. Abermals wurde geklatscht, dann folgte sie Moira aus der Orangerie; inzwischen hatte sie ihr Schicksal akzeptiert.

»Ich danke euch, euch allen«, sagte James. »Das ist sehr gut gelaufen, denke ich. Ein wirklich schöner Saal, Flora. Noch einmal herzlichen Dank, dass Sie das für uns organisiert haben.«

»Keine Ursache«, antwortete sie und hoffte nur, dass jetzt nicht der ganze Chor glaubte, sie habe mit Henry geschlafen, um ihm dieses Zugeständnis abzuringen.

Doch, genau das schienen alle anzunehmen. Das sagte ihr James' nächste Bemerkung: »Oh, aber wenn Sie sich nicht so dafür engagiert hätten, hätten wir den Raum nicht bekommen«, erklärte er. »Und unser Abend wäre nicht ganz so ›prächtig‹ gewesen.«

»Henry ist sehr dankbar für die Reparaturen, die David am Haus vorgenommen hat. Er hat genauso davon profitiert wie wir«, entgegnete Flora.

»Oh ja, es war für ihn ebenfalls ein guter Abend«, stimmte James ihr zu. »Wenn ich recht verstanden habe, überlegt er nun, den Raum später für ähnliche Ereignisse zu vermieten.«

Flora nickte, denn sie wusste nicht, was sie darauf antworten sollte.

Einen Moment später trat Geoffrey neben sie. »Kommen Sie jetzt mit nach draußen, um Ihr Publikum kennenzulernen, junge Dame?«

»Ja, wahrscheinlich.«

»Kommen Sie! Sie haben Ihre Sache großartig gemacht. Das Publikum war begeistert. Ich fand, dass der *Stanforth* noch nie besser geklungen hat, James.«

Der Dirigent nickte. »Ich wusste, dass ihr es schaffen könnt, wenn ihr euch nur konzentriert.«

»Lassen Sie uns gehen, Flora. Ich möchte Sie mit den Leuten hier bekannt machen.«

Flora zwang sich zu einem Lächeln und folgte Geoffrey aus dem Raum, wobei sie ihre Notenmappe an sich presste wie eine Sicherheitsdecke.

Lange bevor sie ihre Mutter und Edie erreicht hatten, sah Flora, dass sie mit Annabelle, William und Charles plauderten, sodass sie keine Chance hatte, den dreien aus dem Weg zu gehen.

»Liebling! Das war wunderschön!« Hermione zog Flora überschwänglich an sich. »Hattest du Lampenfieber? Am Anfang hast du ein wenig verängstigt ausgesehen, aber das Niveau war ja auch so hoch! Es ist ein großartiger Chor!«

»Das Liederpotpourri hat gut geklappt, Geoffrey«, meinte Edie. »Endlich habt ihr es richtig hinbekommen.«

»War das der Teil, als die Männer eine Melodie gesungen haben und die Frauen eine andere?«, fragte Hermione. »Der Dirigent hat es erklärt?«

»Das ist richtig«, bestätigte Geoffrey. »So etwas gefällt dem Publikum immer.«

»Sie müssen sich gewundert haben, warum sich das Publikum nach der Halbzeit plötzlich vermehrt hatte!« Annabelle lachte. »Charles hatte versprochen herzukommen, genau wie William, und Beatty und ich dachten ebenfalls, dass es bestimmt lustig werden würde. Wir haben bei Beatty zu Abend gegessen. Beatty ist schon wieder heimgefahren.«

»Um sich um den Abwasch zu kümmern?«, warf Flora ein.

»Nein. Sie hat Personal!« Annabelle sah Flora an, als hätte sie plötzlich den Verstand verloren. »Und Hugo. Ihren Mann.«

Flora nickte. Mehr denn je meinte sie, dem Wahnsinn nahe zu sein.

»Du warst große Klasse«, erklärte William, den Flora seit einer Ewigkeit nicht mehr gesehen hatte.

Flora lächelte ihm zu. Er sah sehr gut aus und wirkte mittlerweile deutlich zivilisierter. Aber seit wann verkehrte er in Annabelles gesellschaftlichen Kreisen?

»Hast du meine Mutter schon kennengelernt?«, fragte sie ihn. »Mum, das ist Emmas Freund William.«

»Wer ist Emma?«, wollte Annabelle wissen.

»Sie sind ihr doch bei meiner Dinnerparty begegnet«, antwortete Flora entschieden. »Die Dinnerparty, bei der Sie und Charles auch William kennengelernt haben.«

»O ja, ich erinnere mich, die Frau, auf die Jeremy ein Auge geworfen hat.« Nachdem das Thema Emma zufrieden stellend abgehakt war, fuhr Annabelle fort: »Was meinen Sie, besteht eine Chance, dass man sich mal im Haus umsehen darf? Wir waren schließlich mit Henry in diesem hervorragenden Lokal. Man kann uns kaum als Fremde bezeichnen.«

Henry unterhielt sich gerade mit James und zwei anderen Mitgliedern des Chors, wie Flora bemerkte. »Er ist sehr empfindlich, wenn es darum geht, ob jemand sich in seinem Haus umsehen darf oder nicht. Mich hat er nur über die Schwelle gelassen, weil er mich bereits kannte.«

»Mich kennt er auch. Wir waren schließlich zusammen in diesem Restaurant«, wiederholte sie. »Ich werde hinübergehen und ihn fragen. Kommst du mit, Charles?«

»Ich möchte nur schnell ein Wort mit Flora reden, und wenn sie annimmt, dass wir im Haus nicht willkommen sind, werde ich mich bestimmt nicht aufdrängen«, erklärte Charles.

»Dann gehen wir beide eben zu ihm, William.« Annabelle griff nach Williams Arm und marschierte davon.

Hermione nahm Geoffrey und Edie beiseite. »Wenn ich richtig verstanden habe, werden wir das Haus wohl nicht zu sehen bekommen, aber wollen wir nicht noch ein wenig frische Luft schnappen, bevor wir gehen? Ich möchte herausfinden, ob ein Jasminstrauch diesen Duft verströmt oder ob es das Parfüm von irgendjemandem ist.«

Als die drei nach draußen gegangen waren, wurde die Verlegenheit, die schon den ganzen Abend zwischen Flora und Charles geherrscht hatte, mit Macht spürbar. Flora hatte keine Ahnung, was sie sagen sollte.

»Sie waren wunderbar«, bemerkte Charles. »Ich meine, der Chor war wunderbar. Ich hatte ja keine Ahnung, dass meine Porter so talentiert sind.«

»Es war nett von Ihnen, herzukommen. Oh, da ist Virginia.«

»Charles! Ich glaube nicht, dass Sie je zuvor eins unserer Konzerte besucht haben«, erklärte die Herrscherin von Charles' Verkaufsraum nicht ohne Tadel. »Das muss an Floras Einfluss liegen.«

»Ich habe meinen Irrtum erkannt und leiste Abbitte, Virginia. Von jetzt an werde ich keins Ihrer Konzerte mehr versäumen. Ich war sehr beeindruckt.«

»Das will ich meinen. Allerdings bin ich mir nicht sicher, ob *Das Lamm* uns wirklich so gut gelungen ist. Was denken Sie, Flora? Ich fand, dass die Tenöre ein wenig danebengelegen haben.«

Flora schüttelte den Kopf. »Ich fürchte, ich war so auf mich selbst konzentriert, dass ich von den anderen Stimmen kaum etwas mitbekommen habe. Mein Gehör ist einfach nicht gut genug dafür.«

»Machen Sie sich nichts daraus. Sie haben uns jedenfalls einen ganz zauberhaften Raum verschafft. Trinken Sie etwas mit mir?«

Flora verspürte das starke Verlangen nach einem Drink, sehnte sich aber gleichzeitig nach der Ungestörtheit ihres eigenen Zuhauses, wo sie ein Bad nehmen und anschließend sofort ins Bett gehen konnte. »Ich bin in Begleitung meiner Mutter hier.«

»Oh, Ihre Mutter war das eben! Ich habe gerade mit Geoffrey und Edie gesprochen.«

»Wenn Sie müde sind, bringe ich Sie nach Hause, Flora«, erbot sich Charles.

»Dann wäre das ja geregelt«, meinte Virginia. »Ihre Mutter kann uns begleiten und später Ihren Wagen von Geoffrey aus nach Hause fahren, oder?«

Flora nickte. Sie angelte ihre Autoschlüssel hervor und gab sie Virginia.

»Und Charles wird Sie nach Hause bringen, also laufe ich nur schnell zu den anderen und verabrede mit ihnen, in welchem Pub wir uns treffen wollen. Sie wollen bestimmt nicht mitkommen?«

»Nein, wirklich nicht«, versicherte Flora.

Gerade als Virginia gegangen war und Charles sich abwandte, um mit einem Bekannten zu sprechen, erschien Henry. »Ich dachte schon, ich kann diese Leute überhaupt nicht mehr abschütteln. Kommen Sie, Flo.« Er zog sie aus dem Gedränge. »Lassen Sie uns auf einen Schlummertrunk hineingehen. Ich fahre Sie dann später nach Hause. Ich habe einen sehr guten Brandy da. Für all diese harte Arbeit haben Sie gewiss einen Schluck verdient.«

»Also, eigentlich …« Henry hatte sie noch nie Flo genannt, und Flora war sich nicht ganz sicher, ob es ihr gefiel. Normalerweise ließ sie sich diesen Kosenamen nur von Freunden und Verwandten gefallen. »… eigentlich bin ich ziemlich müde.«

»Unsinn. Sie brauchen etwas, das Ihnen hilft, wieder runterzukommen. Und wenn Sie so weit sind, fahre ich Sie zurück und stecke Sie ins Bett. Ich werde Ihnen sogar eine heiße Schokolade zubereiten.«

Als er ein wenig näher an sie heranrückte, wurde Flora bewusst, dass er getrunken hatte, was sonst gar nicht seine Gewohnheit war. »Wirklich, Henry, ich möchte lieber nicht mitkommen. Ich bin fix und fertig.«

Henry wirkte zunehmend gereizt. »Geben Sie sich einen Ruck! Ich habe Ihrem verdammten Chor mein Haus zur Verfügung gestellt, und Sie wollen nicht mal ein Glas Brandy mit mir trinken?«

Flora atmete tief durch. Sie war sich nicht sicher, wie sie mit der Situation fertig werden sollte, aber dann stand plötzlich Charles neben ihnen.

»Ich werde Flora nach Hause bringen«, sagte er kühl.

»Nicht nötig«, antwortete Henry. »Sie müssen sich um Ihre Verlobte kümmern – wie war noch gleich der Name? Annabelle. Flora und ich müssen uns anderen Dingen widmen.«

Mittlerweile gab es keinen Zweifel mehr daran, welche Dinge er im Sinn hatte, und Flora fühlte sich zunehmend unwohl. Sie hatte deutlich gemacht, dass sie von Henry nichts anderes wollte als Freundschaft, und seit dem Abend im »Grantly Manor« hatte sie darauf geachtet, nicht einmal mehr mit ihm zu flirten.

»Flora kommt mit mir«, erklärte Charles und klang sehr entschlossen.

Flora beobachtete die beiden Männer, die hoch aufgerichtet voreinanderstanden, und schwieg. Sie wusste nicht, was sie hätte sagen sollen.

»Sie ist meine Freundin«, behauptete Henry, der jetzt langsam wirklich wütend wurde.

»Sie ist meine Cousine, und ich bringe sie nach Hause.«

Flora verfolgte den Wortwechsel mit wachsender Furcht. Dies war keineswegs das erste Mal, dass Männer sich um das Privileg stritten, sie nach Hause bringen zu dürfen, aber normalerweise gerieten solche Situationen nicht derart außer Kontrolle.

»Ich denke, die Beziehung zwischen uns ist wichtiger als irgendeine entfernte Blutsverwandtschaft, meinen Sie nicht auch, Flora?«

»Ich …«, begann sie.

»Ich glaube nicht …«, begann Henry.

»Ach, seien Sie doch still«, fuhr Charles auf und versetzte Henry einen Hieb auf die Nase.

Floras erste Regung war Erleichterung darüber, dass niemand in der Nähe war, der beobachten konnte, wie Henry sich seine nunmehr blutige Nase hielt. Das zweite Gefühl, das in ihr aufstieg, war eine Mischung aus Erregung und Entsetzen, als Charles sie am Ellbogen fasste und vom Schauplatz des Verbrechens wegführte.

»Es tut mir so leid, Flora«, versicherte er, als sie schließlich vor seinem Wagen standen.

»Entschuldigen Sie sich nicht bei mir! Ich bin nicht diejenige, der Sie eine blutige Nase verpasst haben.«

»Ich konnte ihm nicht gestatten, Sie nach Hause zu fahren. Er hat getrunken, und nach dem, was zwischen Ihnen und Justin vorgefallen ist – nun ja, ich konnte nicht zulassen, dass es noch einmal passiert.«

»Zwischen mir und Justin …?« Für einen Moment hatte Flora Justin vollkommen vergessen.

»Ja, als er … als er Sie belästigt hat, weil er Sie zum Essen ausgeführt hatte. Henry hatte offensichtlich das Gefühl, Sie seien ihm etwas schuldig.«

Flora fand ebenfalls, dass sie Henry etwas schuldig war, aber gewiss nicht die freie Verfügung über ihren Körper. »Doch was ist mit Annabelle und William?«

»Oh, Himmel! Einen Moment lang hatte ich die beiden ganz vergessen – ich meine, ich hatte William vergessen.« Eine Regung, die Flora nicht einordnen konnte, glitt über Charles' Züge.

»Nun, jetzt können Sie unmöglich wieder reingehen und nach den beiden suchen«, bemerkte Flora und brachte es fertig, das nervöse Gelächter, das in ihr aufstieg, zu unterdrücken. »Aber ich kann mich wirklich von jemand anderem nach Hause bringen lassen …«

»Wohl kaum.« Charles' Mundwinkel begannen zu zucken. »Ich werde Annabelle übers Handy anrufen.«

Als er sein Telefon aus der Tasche nahm, fragte Flora: »Aber was wollen Sie ihr sagen?«

»Hi«, meinte er da schon aufgeräumt. »Flora ist müde, und ich werde sie nach Hause fahren. Kommst du allein zurück? Oder willst du im Pub warten, bis ich dich abholen kann? Braves Mädchen. Schön. Gute Nacht, Schätzchen.«

Er legte auf. »Annabelle und William werden sich von irgendjemandem nach Hause bringen lassen. Und jetzt sollten wir besser von hier verschwinden, bevor Henry mir mit einer Schrotflinte nachgelaufen kommt.«

Kapitel 22

Das ist idiotisch«, sagte Flora, als sie in Charles' Wagen stieg. »Ich weiß, es tut mir leid. Ich werde mich morgen früh entschuldigen. Ich weiß selbst nicht, was über mich gekommen ist. Normalerweise werde ich niemals in Schlägereien verwickelt.«

»Es war keine Schlägerei. Henry hat nicht zurückgeschlagen.«

»Gott sei Dank. Er hätte mich wahrscheinlich pulverisieren können.«

Flora antwortete nicht. Sie bedeutete Henry nicht so viel, dass er ihretwegen weitere Verletzungen riskiert hätte – und in dem Moment, als Charles ihn geschlagen hatte, war Flora sicher gewesen, dass Charles nur auf einen Vorwand wartete, um noch einmal ausholen zu können.

»Ich werde ihm eine Flasche Wein oder irgendetwas schicken, um mich zu entschuldigen.«

»Ihnen ist doch klar, dass er nun wahrscheinlich nie wieder mit mir ausgehen will.«

»Ich kann nicht behaupten, dass mir das leidtäte. Es hat mir niemals gefallen, dass Sie überhaupt etwas mit ihm zu tun hatten.«

»Zu seiner Verteidigung möchte ich bemerken, dass er mir bisher nie zu nahe gekommen ist.«

»Aber vorhin ist er Ihnen zu nahe gekommen?« Charles machte ein Gesicht, als zöge er es in Erwägung, umzukehren und Henry eine richtige Tracht Prügel zu verabreichen.

»Nein! Nein, aber er hätte es vielleicht versucht … ich meine – oh, Sie wissen, was ich meine.«

»Ich weiß, dass er fest entschlossen war, Sie zu verführen.«

»Das ist so ein nettes, altmodisches Wort.«

»Da ist nichts Nettes dran, das versichere ich Ihnen. Sie hätten in ernste Schwierigkeiten kommen können, wenn Sie bei Henry geblieben wären.«

»Ich bin erwachsen, Charles«, protestierte sie leise. »Zumindest theoretisch.«

»Ich konnte es nicht zulassen. Tut mir leid.«

Flora lächelte. »Genau genommen brauche ich Sie nicht um Erlaubnis zu fragen, wenn ich irgendetwas tun will.« Sie biss sich auf die Lippe, um ein Kichern zu unterdrücken.

»Das ist mir vollauf bewusst.« Charles legte einen höheren Gang ein, denn er fuhr inzwischen ziemlich schnell. Dann seufzte er tief und bemühte sich offenkundig, sich zu beruhigen. »Ich gebe zu, dass es falsch von mir war. Ich hätte ihn nicht schlagen sollen. Gewalt ist niemals eine Lösung, aber ich habe einfach instinktiv gehandelt, wie ich es auch getan hätte, wenn Sie meine Schwester wären.«

»Sie haben keine Schwestern.«

»Darum geht es gar nicht! Und wahrhaftig, es gibt da draußen jede Menge anständiger Männer. Sie brauchen sich nicht mit dem Abschaum abzugeben.«

»Hm, herzlichen Dank«, entgegnete sie demütig. »Es freut mich zu hören, dass Sie mich nicht für so unattraktiv halten, dass ich in schäbigen Bars und in der Gosse suchen muss, um einen Gefährten zu finden.«

Charles biss sich auf die Unterlippe. »Sie wissen ganz genau, was ich meine.«

»Wollen Sie damit andeuten, dass ich Ihnen in Zukunft jeden Mann, der mich zum Essen einlädt, zwecks genauer Überprüfung vorstellen muss?«

»Das wäre keine schlechte Idee. Schließlich sind Sie neu in der Gegend.«

Jetzt versuchte Flora nicht einmal mehr, ihr Kichern zu ersticken. »Vielleicht sollte ich Ihnen erzählen, dass schon mein Vater mit diesem Verfahren nicht viel Glück hatte, als ich fünfzehn war.«

Charles blieb nichts anderes übrig, als ebenfalls zu lachen, aber Flora konnte spüren, dass er ihre Bemerkung keineswegs komisch fand.

»Mein Vater hat damals immer versucht, die unpassenden Freunde durch passende zu ersetzen.«

»Ich habe Sie mit Jeremy bekannt gemacht!«

»Und das hat auch nicht funktioniert. Er steht auf Emma.«

»Ich habe noch andere Freunde. Anständige Männer, die Sie nicht so schäbig behandeln würden.«

»Vor nicht allzu langer Zeit haben Sie mich beschuldigt, Ihre Freunde schäbig zu behandeln.«

»Ich kenne Sie inzwischen besser, Flora. Ich weiß, dass Sie niemals jemanden mit Absicht verletzen würden.«

»Im Gegensatz zu Ihnen.«

»Im Gegensatz zu mir.« Er kicherte. »Armer Henry. Er hat es einfach nicht kommen sehen.«

»Nun ja, Sie können von Glück sagen, dass ich nicht bis über beide Ohren in ihn verliebt bin, sonst würde ich nie wieder ein Wort mit Ihnen reden.«

»Wenn Sie bis über beide Ohren in ihn verliebt wären, hätten Sie nicht gezögert, als er Sie zu einem Brandy eingeladen hat. Sie wären einfach mitgegangen.«

»Da haben Sie wahrscheinlich Recht.« Flora versuchte, unbekümmert zu klingen, wusste aber, dass Charles' Bemerkung die reine Wahrheit war. Wenn Charles sie zu einem Brandy eingeladen hätte, wäre sie einfach mitgegangen, ganz egal, wie müde sie gewesen wäre. Aber wenn Flora ihn zu einem Brandy eingeladen hätte, hätte er sie zur Ordnung gerufen und erklärt, sie sei viel zu jung, um Alkohol zu trinken, und solle nach Hause fahren und früh zu

Bett gehen. »Ich bin recht froh darüber, dass Sie keine Schwestern haben, zumindest keine jüngeren.«

»Oh? Warum?«

»Weil Sie einen schrecklich tyrannischen älteren Bruder abgegeben hätten.«

Er lachte. »Ich war in der Schule Haussprecher. Wahrscheinlich habe ich damals gelernt, auf jüngere Menschen aufzupassen.«

Damit hatte er sie recht hübsch an ihren Platz verwiesen. Er betrachtete sie als eine Art Zweitklässlerin, die Gefahr lief, die falschen Freundschaften zu schließen, und einen verlässlichen, älteren Jungen brauchte, der sie im Auge behielt.

Er sah sie an. »Schlafen Sie ruhig, wenn Ihnen danach ist.«

»Es ist schon in Ordnung. Ich bin gar nicht mehr so müde.« Das entsprach zwar nicht ganz der Wahrheit, doch sie war entschlossen, keine Sekunde dieser seltsamen, aber überraschend vergnüglichen Fahrt zu versäumen. »Also, haben Sie und Annabelle sich mit William angefreundet?«, erkundigte sie sich.

»Ja. Annabelle brauchte für irgendeinen Anlass einen zusätzlichen männlichen Gast, und da ist ihr William eingefallen.« Er runzelte die Stirn. »Ich dachte, Sie wüssten das. Wenn ich mich nicht irre, hat Annabelle mir erzählt, Sie hätten ihm ihre Telefonnummer gegeben.«

»Oh …« Sie war doch gar nicht dazu gekommen, oder? Flora dachte hastig nach. »Ja, aber ich dachte, dabei ging es um … irgendeine Hecke, die sie angelegt haben wollte. Mir war nicht bewusst, dass sie ihn für eine Gesellschaft brauchte.«

»Wir müssen Sie und Hermione unbedingt zum Essen einladen.«

Flora hätte lieber in einer Kathedrale ein Solo gesungen, als einen ganzen Abend lang zusehen zu müssen, wie Charles und Annabelle das glückliche Liebespaar spielten. »Meine Mutter wird nicht lange bleiben. Vielleicht, wenn sie das nächste Mal herkommt?«

»Wissen Sie denn schon, wann sie Sie das nächste Mal besucht?«

»Ich bin mir nicht sicher. Irgendwann vor Weihnachten, hoffe ich.«

»Bis dahin werden Annabelle und ich vielleicht schon verheiratet sein.« Er blickte geradeaus auf die Straße.

»Vielleicht«, stimmte Flora ihm zu und stellte fest, dass sich in ihren Augenwinkeln Tränen bildeten. Sie wischte sie hastig beiseite und gähnte.

Er bemerkte es. »Sie sind fix und fertig.«

»Ja.« Irgendwie erzählten ihr die Leute an diesem Abend alle das Gleiche.

»Wir sind jetzt fast da.«

»Gut.« Die Tränen liefen nun schneller. In wenigen Sekunden würde er sie vor ihrer Haustür absetzen und dann zu Annabelle zurückfahren und wahrscheinlich (sie zwang sich, sich diesem Gedanken zu stellen) leidenschaftlichen Sex mit ihr haben.

Sie bogen in den Weg zu ihrem Cottage ein. »Der Weg ist immer noch ziemlich matschig, nicht wahr?«

Flora räusperte sich. »Das ist kein Problem, solange man nur langsam fährt.«

»Ihre Stimme klingt ein wenig seltsam. Vielleicht haben Sie sie beim Singen zu sehr strapaziert.«

Sie hätte gern gesagt: Eigentlich ist es mein Herz, das ich zu sehr strapaziert habe. Es bricht nämlich gerade, und jetzt haben die Tränen meinen Hals erreicht. Aber sie behielt diese Bemerkung für sich und machte stattdessen nur zustimmend »Hm«. Das war alles, was sie herausbringen konnte.

Endlich fuhr er vor dem Cottage vor. »Wenn ich mit hineinkäme und Ihnen eine heiße Schokolade zubereiten würde … würden Sie dann denken, dass ich Sie zu verführen versuche?«

»Nein, Charles«, sagte sie, nachdem sie endlich ihre Fassung wiedergefunden hatte. »Das wäre ganz bestimmt das Letzte, was ich denken würde.«

»Ich würde niemals etwas tun, das Sie verletzt, Flora.«

Nicht mit Absicht, nein, dachte sie.

»Dann bereiten Sie uns eine heiße Schokolade zu, während ich mir mein Nachthemd anziehe.« Sie öffnete die Tür des Cottages.

»Eigentlich wäre es mir lieber, wenn Sie Ihr Nachthemd nicht anziehen würden.«

»Warum? Diese schwarzen Kleider sind schrecklich heiß.«

»Weil ich auch kein Heiliger bin, Flora!« Er stolzierte in die Küche, und Floras Stimmung hob sich, wenn auch nur ein klein wenig.

Flora schlief überraschend gut. Die heiße Schokolade und die Erinnerung an Charles' keuschen Kuss auf die Wange waren sehr besänftigend. Sie hörte ihre Mutter nach Hause kommen, rührte sich jedoch nicht. Sie brauchte ihren Schlaf.

Am nächsten Morgen war Hermione abermals voll des Lobes. »Also, Liebling, ich war wirklich sehr beeindruckt. Und der Chor ist eine so nette Truppe. Ich habe mich gestern Abend im Pub wunderbar unterhalten.«

»Das freut mich. Die Leute sind nett, nicht wahr?«

»Hast du eigentlich herausgefunden, warum William und Annabelle das Konzert gemeinsam besucht haben?«

»Anscheinend hatten sie William in ihren Bekanntenkreis aufgenommen, als Annabelle für irgendetwas einen zusätzlichen männlichen Gast benötigte. Er hat sich gut in ihre Kreise eingefügt, das muss ich schon sagen. Allerdings war ich ziemlich schockiert, ihn mit Annabelle zu sehen. Aber Charles hat das offensichtlich nicht gestört.«

Hermione sah ihre Tochter an, die sich mit Feuereifer über ihren Marmeladentoast hermachte. »Und Charles hat dir nicht erzählt, dass seine Verlobung mit Annabelle ein schrecklicher Fehler gewesen ist und er sich sofort von ihr trennen will?«

»Nein. Obwohl er Henry einen Boxhieb verpasst hat! Es war grässlich und gleichzeitig ausgesprochen komisch.«

»Warum hat Charles Henry geschlagen? Das passt überhaupt nicht zu ihm.«

»Da kann ich dir nur Recht geben. Aber er hat mir auf dem Heimweg erklärt, dass er in der Schule Haussprecher gewesen und deshalb darauf programmiert sei, auf die kleineren Jungen aufzupassen.«

Hermione wirkte verwirrt. »Willst du damit andeuten, dass Charles glaubt, er trage die Verantwortung für dich?«

»Genau das.«

»Oh, Liebling!«

»Wenn ich etwas anderes dächte, würde ich mir selbst etwas vormachen, Mum. Er mag mich, aber nur so, wie ein älterer und schrecklich herrischer Bruder seine kleine Schwester mag.«

Hermione seufzte. »Es ist ein Jammer. Er würde einen so wunderbaren Vater abgeben. Denk nur daran, wie lieb er zu den Kätzchen ist!«

Flora lachte, wie es von ihr erwartet wurde. Sie wussten beide, dass Flora gleich die Fassung verlieren würde, wenn sie das Thema näher erörterten. Und da Flora in Kürze zur Arbeit aufbrechen würde, wollte keine der Frauen dieses Risiko eingehen.

Als Hermione einige Tage später abreiste, zog sie ihre Tochter fest an sich. »Du wirst zurechtkommen, nicht wahr?«

»O ja. Die nächste Auktion steht bevor, und wir haben furchtbar viel zu tun.«

»Und wirst du Henry wiedersehen?«

Flora war sich in diesem Punkt nicht sicher. Henry hatte am Tag nach dem Konzert zutiefst zerknirscht angerufen und sich für sein Benehmen entschuldigt. Der Zwischenfall war so untypisch für ihn, dass Flora sich nach dem ersten Zorn beinahe um ihn sorgte – mit gutem Grund, wie sich herausstellte. Anscheinend hatte er am Tag zuvor einen ziemlich unerfreulichen Telefonanruf von seiner Exfrau erhalten, die ihm unsanft eröffnet hatte, wieder heiraten zu wollen. Dieser Anruf war gegen drei Uhr nachmittags gekommen, und Henry hatte sich mit einem Brandy getröstet, und es war natürlich nicht bei einem Glas geblieben. Es hatte ihn in seinem Stolz getroffen, dass Natascha eine neue Familie gründen wollte, und als Flora dann auf dem Schauplatz erschienen war, war er fest entschlossen gewesen zu beweisen, dass auch er wieder eine Partnerin gefunden hatte.

Er war entsetzt über sein eigenes Benehmen, und Flora glaubte nicht, dass so etwas noch einmal vorkommen würde, aber der Zwischenfall hatte trotzdem einen unangenehmen Nachgeschmack hinterlassen. Sie befürchtete, dass ihre Freundschaft sich möglicherweise nicht davon erholen würde.

»Ich bin mir nicht sicher, Mum«, antwortete sie daher. »Um ehrlich zu sein, bin ich mir nicht einmal sicher, ob Henry mich wiedersehen will.«

»In gewisser Hinsicht ist das ein Jammer. Du brauchst eine Ablenkung.«

»Ich arbeite zu hart für Ablenkungen.«

Hermione schüttelte den Kopf. »Die Arbeit mit Charles wird dir nicht helfen! Was ist eigentlich mit diesem netten William?«

»Zwischen William und mir funkt es einfach nicht. Das haben wir schon vor einer Ewigkeit geklärt.«

»Wie schade!« Ihre Mutter umarmte sie noch einmal. »Die Liebe kann eine solche Hölle sein.«

Flora hatte erwartet, dass ihre nächste Begegnung mit Charles nach dem Vorfall in Burnet House ziemlich peinlich werden würde, doch ihre Befürchtungen erwiesen sich als unbegründet.

»Ich habe den Vorfall Annabelle gegenüber nicht erwähnt«, erklärte er blasiert, »aber ich habe Burnet einen sehr schönen Rotwein geschickt, und er war so anständig, sich dafür bei mir zu bedanken.« Charles runzelte die Stirn. »Ich muss mich auch bei Ihnen noch einmal dafür entschuldigen, dass ich Sie in einen derart schmutzigen Vorfall hineingezogen habe.«

»Oh, Charles, wie kann man nur so steif und spießig sein! Schmutziger Vorfall, wahrhaftig! Sie haben ihm eins auf die Nase gegeben! Es ist Blut geflossen! Aber ich bin froh, dass Sie sich mit Henry ausgesöhnt haben. Das bedeutet, dass ich ihn wiedersehen kann, wenn ich will.«

Er runzelte die Stirn. »Das glaube ich nicht.«

Flora seufzte. »Nein, ich glaube es auch nicht. Nun ja. Also, soll ich jetzt die Nummernzettel auf die Auktionsstücke heften?«

Am ersten Morgen der Auktion waren alle sehr aufgekratzt. Es herrschte das goldene Septemberwetter, das das Ende des Sommers so unausweichlich erscheinen lässt. Als Flora – lange bevor der Rest der Welt erwachte – zum Auktionshaus fuhr, wurde ihr die Schönheit der Landschaft mit Macht bewusst, und sie fragte sich, ob sie sich versehentlich in eine Landpomeranze verwandelt hatte, obwohl sie doch von Rechts wegen ein Stadtmensch sein sollte. Um sieben Uhr betrat sie die Verkaufsräume. Charles kam um halb acht, und selbst Annabelle erschien kurz vor halb neun. Dies war die Auktion, bei der die Möbel und die anderen Gegenstände von der Roadshow verkauft werden sollten. Diese Auktion würde beweisen, ob Flora für *Stanza und Stanza* auch nur den geringsten Nutzen hatte – so erschien es ihr selbst zumindest. Aber auch alle anderen hatten das Gefühl, dass dies ein Neuanfang war, ein Schritt nach vorn.

Ganz gegen ihre sonstige Gewohnheit half Annabelle Flora, die Stühle zu arrangieren. »Die sind aber hübsch«, bemerkte sie. »Vielleicht werde ich selbst ein Gebot dafür abgeben. Wir haben zwar schon einige schöne Stühle, aber die sind ziemlich sperrig, sodass man nicht viele davon an den Tisch bekommt.«

»Und Sie könnten die Stühle, die Sie jetzt haben, bei der nächsten Auktion versteigern lassen.«

»Natürlich. Ich weiß gar nicht, warum mir das nicht selbst eingefallen ist.«

Flora wusste es auch nicht, denn schließlich arbeitete Annabelle schon viel länger in einem Auktionshaus als sie.

»Ich finde es sehr aufregend, ausnahmsweise einmal halbwegs anständige Dinge verkaufen zu können«, fuhr Annabelle fort. »Es werden sicher viele Leute kommen. Und diese kleine Anzeige, die wir in den Lokalzeitungen hatten, dürfte das Interesse noch schüren. Außerdem haben mehrere Antiquitätenhändler Sachen hergebracht, die schon zu lange in ihren Läden gestanden haben. Man braucht nur ein oder zwei herausragende Stücke, um eine Menge Aufmerksamkeit zu erregen, und wenn sich das erst einmal herumgesprochen hat, bringen die Leute auch ihre eigenen Sachen her. Charles hat Bob Butler rekrutiert, weil er allein mit dem Ansturm kaum fertig werden dürfte.«

»Es freut mich, dass Sie sich endlich auch zu dieser Meinung durchgerungen haben«, erwiderte Flora gelassen.

Annabelle inspizierte gerade die Unterseite eines Windsorstuhls. »Er ist etwas wurmstichig – aber was solls, *caveat emptor* und so weiter.«

Flora sprach kein Latein. »Das ist kein Problem, solange wir im Katalog nicht behaupten, er sei perfekt. Oh, da fällt mir ein, ich habe Sie noch gar nicht gefragt, wie Ihr Klassentreffen gewesen ist.« Flora hatte vollkommen vergessen, wann das Treffen stattfinden sollte, aber sie hatte das Gefühl, dass der Termin inzwischen verstrichen sein musste.

»Das Klassentreffen?« Annabelle sah sie einen Moment lang verständnislos an. »Ach, das! Es war schön, vielen Dank. Ich habe ein paar alte Freundinnen wiedergesehen, die ich unbedingt zur Hochzeit einladen muss.«

»Wie geht es mit den Vorbereitungen voran? Und was macht das Porträt?«

Annabelle lächelte und blickte ein wenig träumerisch drein, was vollkommen verständlich war. »Es sieht gut aus, an beiden Fronten. Ach, übrigens, ich wollte Sie etwas fragen – ich weiß, dass es ein wenig kurzfristig ist, weil es eine Ewigkeit dauert, ein Kleid schneidern zu lassen, aber hätten Sie vielleicht Lust, mir beim Aussuchen eines Hochzeitskleids zu helfen? Ursprünglich hatte ich etwas sehr Konservatives ins Auge gefasst, aber seit ich Ihnen in die Hände gefallen bin, schwebt mir eigentlich etwas Schlichteres vor. Die Schneiderin ist schon beauftragt, doch sie sagt, sie würde erst in einer guten Woche damit anfangen, sodass noch Zeit für einige Änderungen wäre.«

»Es wäre mir eine große Freude, Ihnen zu helfen!« Flora beschwor tapfer Begeisterung für eine Hochzeit herauf, die ihrer Chance auf Glück für alle Zeit ein Ende bereiten würde. »Ich sehe Sie in hautengem, austernfarbenem Satin oder etwas in der Art. Elegant und schlicht.«

»Wunderbar. Wir müssen uns bald einmal zusammen einige Zeitschriften ansehen, aber vorher sollten wir wohl diese Auktion hinter uns bringen. Ich werde für den größten Teil des Tages den Telefondienst übernehmen. Wollen Sie und Louisa für Charles Buch führen? Sie wissen schon, aufpassen, dass er kein kommissioniertes Gebot übersieht? Mein Gott! Ich hoffe, das klang jetzt nicht zu herablassend! Ich hatte in letzter Zeit so viel um die Ohren.«

Sie stolzierte davon, und Flora blieb, sprachlos vor Erstaunen, zurück. Annabelle hatte sich dafür entschuldigt, dass sie herablassend gewesen war! Geradeso gut hätte sich das Meer dafür entschuldigen können, dass es ständig in Bewegung war. Annabelle hatte sich in letzter Zeit wirklich gemacht, und das nicht nur, weil sie das Haar kürzer trug und ihre körperlichen Vorzüge zur Geltung brachte. Sie wirkte einfach insgesamt lebensfroher als zuvor. Das, so befand

Flora, musste daran liegen, dass *Stanza und Stanza* sich endlich zu der Art von Geschäft mauserte, wie es Annabelle vorschwebte. Und sie, Flora, würde ihr bei der Wahl eines Brautkleids helfen … Flora seufzte. Normalerweise wusste sie Ironie sehr zu schätzen, aber jetzt fühlte sie sich an wie ein vergifteter Pfeil.

Es blieb keine Zeit mehr für weitere philosophische Betrachtungen, denn es war zehn Uhr, und die Öffentlichkeit wurde für eine halbe Stunde in den Saal gelassen, um sich die Auktionsstücke anzusehen, bevor um halb elf die Versteigerung begann.

Die Auktion war fantastisch gut gelaufen und näherte sich jetzt – es ging auf vier Uhr zu – ihrem Ende. Flora war kurz zuvor damit beauftragt worden, sich bei dem Wirt des benachbarten Pubs zu entschuldigen, dessen Parkplatz von den Kunden der Auktion zur Gänze mit Beschlag belegt worden war. Glücklicherweise hatte Flora ihn davon überzeugen können, dass die zusätzlichen Geschäfte den Verlust von Einnahmen durch die Einheimischen wettmachen würden. Das war ein Thema, über das sie später würden nachdenken müssen. Wenn sie sich weiter vergrößerten, würden sie einen eigenen Parkplatz benötigen.

Es herrschte noch immer einiges Gedränge im Saal, der in den Stunden zuvor aus allen Nähten geplatzt war. Viele Leute, die nicht selbst kommen konnten, hatten Gebote beauftragt, und die meiste Zeit des Tages hatte Flora neben Charles (oder einem der anderen Mitarbeiter) auf dem Podest gesessen und aufgepasst, dass kein Gebot übersehen wurde. Wenn Charles da war, wurde niemals etwas übersehen, aber er war der Meinung gewesen, dies sei ein gutes Training für sie.

Als Charles sie zwischendurch in die Pause hinausgeschickt hatte, war Flora mit ihrem Tee in den hinteren Teil des Saals gegangen, da sie sich nicht von dem Trubel im Verkaufsraum hatte losreißen können. Zumindest hatte sie die Sache Virginia gegenüber so dargestellt, als sie einander an der Theke begegnet waren. Flora wusste, dass sie in Wirklichkeit nur blieb, um Charles in Aktion zu sehen.

Es liegt nicht allein daran, dass ich in ihn verliebt bin, gestand sie sich ein, während sie beobachtete, wie geschickt und sachkundig er sein Publikum zu fesseln wusste. Er ist einfach ein fantastischer Auktionator. Und vor so großem Publikum war er noch besser als sonst. Er war einfach genial! Ein glückliches Lächeln stahl sich in ihre Züge, denn sie spürte, dass er ganz in seinem Element war.

Jetzt trat sie einen Schritt zur Seite, sodass sie vor einer kompletten Werkausgabe von Georgette Heyers stand; es waren lauter frühe Ausgaben und daher vielleicht sehr wertvoll. Charles und Geoffrey hatten ein wenig abschätzig auf die Bücher reagiert, als man sie in Burnet House gefunden hatte, aber Flora wusste, dass sie etwas Besonderes waren, denn sie hatte auf der Website gesehen, wie groß das Interesse der Leser an dieser Autorin war.

Einen Moment lang wurde sie von der auffälligen, offensichtlich selbst gestrickten Jacke einer Frau abgelenkt, aber als sie wieder aufblickte, sah sie, dass Louisa Charles eine Tasse Tee und selbst gebackene Rosinenplätzchen reichte. Normalerweise trank er nie Tee, während er auf dem Podest stand, doch er hatte jetzt schon längere Zeit keine Pause mehr gehabt. Louisa fand wahrscheinlich, dass er eine kleine Stärkung brauchte. Er nahm den Tee entgegen, trank einen Schluck, biss in einen Keks und zuckte dann heftig zusammen, als hätte er Schmerzen. Louisa, die bereits wieder ihren Platz neben dem Podest eingenommen hatte, erhob sich abermals und legte Charles eine Hand auf den Arm. Mit besorgter Miene sah sie zu ihm auf, und er beugte sich vor und flüsterte ihr etwas zu, woraufhin sie noch besorgter schien und ihrerseits etwas sagte. Charles schüttelte den Kopf.

»Es tut mir schrecklich leid, meine Damen und Herren«, erklärte er nuschelnd, »aber mir ist da ein kleines Missgeschick mit einem Zahn passiert. Ich hoffe, Sie können mich noch verstehen.«

Er beugte sich wieder zu Louisa vor, und diese flüsterte Virginia, die ganz in der Nähe saß, etwas ins Ohr. Als Charles erneut zu sprechen begann, klang er beinahe wie immer, doch Flora verspürte das dringende Verlangen, zu ihm hinüberzugehen. Sie schob sich zwischen den Stuhlreihen hindurch nach vorn. Dann tauchte Bob Butler auf. »Ich werde jetzt Bob Butler die Leitung übergeben, der die letzten Objekte zur Versteigerung bringen wird«, verkündete Charles und lächelte trotz seiner offenkundigen Schmerzen. »Morgen werde ich mich dann wieder selbst um Sie kümmern können.«

»Charles! Ist alles in Ordnung?«, fragte Flora. Sie folgte ihm in ein kleines Nebenzimmer, das sie an Verkaufstagen als Büro benutzten.

»Ich habe mir einen Zahn abgebrochen. Diese verdammten Kekse.«

»Oh, das tut mir leid!«, murmelte Virginia. »Es war meine Schuld! Meine Schwester hat sie gebacken.«

»Unsinn«, widersprach Annabelle, »er hätte diesen Zahn schon lange in Ordnung bringen lassen müssen! Wir werden sofort den Zahnarzt anrufen. Die Praxis hält immer einige Termine für Notfälle frei. Bestimmt kannst du morgen gleich vorbeikommen.«

»Ich kann unmöglich mitten in einer Auktion zum Zahnarzt gehen«, protestierte Charles mit einem Ausdruck von Panik in den Augen.

»Wenn Sie Schmerzen haben, müssen Sie hingehen!«, erklärte Flora.

»Ich kann nicht! Das ist die größte Auktion, die wir je veranstaltet haben. Ich muss hierbleiben.«

»Das ist einfach töricht«, schimpfte Flora, der bewusst war, dass sie ziemlich herrisch klang. Aber sie sorgte sich zu sehr um ihn, um sich zügeln zu können. »Bob und George werden das für Sie übernehmen. Ich werde mit Bob sprechen, sobald er fertig ist, und dann George zu Hause anrufen. Er steht doch im Telefonbuch unter Woodman, nicht wahr? Bob ist morgen ohnehin hier, um die Möbel zu übernehmen.«

Charles schüttelte den Kopf. »Nein, das ist ausgeschlossen. Bob hat normalerweise nie mit Büchern zu tun, außerdem ist er fast achtzig, und seine Frau wird niemals wieder mit mir sprechen, wenn ich ihm noch mehr aufbürde. Er hat ein schwaches Herz; er sollte nicht arbeiten, wenn er müde ist, und nach dem heutigen Tag wird er völlig erschöpft sein.«

»Er hat die Auktion genossen. Er wird schon damit zurechtkommen«, beruhigte Louisa ihn.

»Nein, wird er nicht«, widersprach Charles mit Nachdruck. »Hört mal, ich kann nicht einfach das Schiff verlassen, nur weil ich Zahnschmerzen habe! Ich werde durchhalten müssen.«

»Sie lassen ja niemanden im Stich. So etwas nennt man ›delegieren‹, und dagegen ist nichts einzuwenden. Sie gehen zum Zahnarzt. Wir werden schon zurechtkommen, bis Sie wieder da sind«, beharrte Flora.

»Ich kann nicht.«

»Doch, können Sie wohl. Niemand ist unersetzlich, Charles.« Er hielt den Blick immer noch auf sie gerichtet. Flora fand, dass dies der richtige Zeitpunkt sei, um ihre Position in die Waagschale zu werfen. »Ich bin Ihre Partnerin. Und ich sage Ihnen, dass Sie zum Zahnarzt gehen sollen!«

Er lachte trotz seiner Schmerzen. »Sie werden langsam ziemlich herrisch, Flora.«

»Ich weiß. Das ist gut, nicht wahr?«

»Mein Gott, Charles! Auf mich hättest du in solch einer Situation niemals gehört«, sagte Annabelle. »Das muss daran liegen, dass Flora die Seniorpartnerin ist.«

Flora spürte, wie sie erbleichte. Sie würde niemals die Seniorpartnerin sein, und wenn sie sämtliche Aktien besäße und Charles keine einzige. Sie sah ihn an, entsetzt über den Gedanken, er könne glauben, dass sie ihre Position bei *Stanza und Stanza* derart hoch einschätzte. »Ähm, das stimmt eigentlich nicht«, murmelte sie.

»Nun, es stimmt so lange, bis Charles' Zahn wieder in Ordnung ist«, stellte Louisa zu Floras großer Erleichterung fest.

»Komm mit. Ich werde dich nach Hause bringen und dann einen Termin ausmachen«, schlug Annabelle vor.

Als die beiden gemeinsam das Gebäude verließen, zwang Flora sich dazu, sie sich als glücklich verheiratetes Ehepaar vorzustellen, zwei Menschen, die ihr ganzes Leben miteinander verbringen würden. Aber obwohl Annabelle den Arm um Charles gelegt hatte, fiel es Flora schwer, dieses Bild wirklich vor sich zu sehen.

Sie begab sich auf die Suche nach Geoffrey, der stets ihre Stütze und eine Quelle guter Ratschläge war. Inzwischen hatten offensichtlich alle gehört, was passiert war, und wussten, dass Flora für den Augenblick verantwortlich für den Fortgang der Auktion war. Sie hielt überall nach Geoffrey Ausschau, vergeblich. Als sie ihn nirgends finden konnte, ging sie wieder zu Virginia. »Haben Sie Geoffrey gesehen, Virginia?«, fragte sie.

»Ich habe ihn mit einer riesigen Rüstung durch die Hintertür hinausgehen sehen. Wahrscheinlich hat er das Ding zu dem Wagen eines Käufers getragen und wird gleich wieder da sein. In der Zwischenzeit könnten Sie uns ein wenig helfen.« Virginia zumindest behandelte Flora nicht anders als sonst. »Wir werden ihn sehen, sobald er wieder hereinkommt.«

Flora trat neben Virginia auf die erhöhte Bühne, auf der Virginia die Nummernzettel der Käufer mit denen auf den überall unter und auf den Tischen verstauten Auktionsstücken abglich.

Flora nahm einem Mann, der wie ein erfolgreicher Händler aussah, einen solchen Papierstreifen ab und sah, dass er einige Gläser zu einem sehr guten Preis gekauft hatte. »Soll ich Ihnen die Gläser einpacken?«

»Nein, vielen Dank. Zeitungspapier zerkratzt sie nur. Ich packe sie selbst ein, mit ordentlichem Papier. Wenn Sie sie mir einfach nach und nach herüberbringen könnten, komme ich gut allein klar.«

Flora, die befürchtete, sie könne Geoffrey übersehen, während sie dem Kunden half, entledigte sich dieser Aufgabe mit beinahe gefährlicher Schnelligkeit.

Da von Geoffrey immer noch keine Spur zu sehen war, nahm sie sich den nächsten Papierstreifen vor.

»Oh, da ist Geoffrey«, sagte sie zu dem frisch gebackenen Eigentümer eines Kaminbestecks. »Sie brauchen mich hier doch nicht mehr, oder, Virginia?«

»Nein, gehen Sie nur, Anne und ich kommen allein zurecht. Wir wissen, wo die Sachen liegen.«

Solchermaßen entlassen, folgte Flora Geoffrey in die Küche, wo er einen der Kekse aß, an denen Charles sich den Zahn abgebrochen hatte. Auch Geoffrey wusste inzwischen Bescheid.

Flora war zu dem Schluss gekommen, dass Charles in Bezug auf Bob Recht hatte: Es wäre nicht fair gewesen, ihn zu bitten, morgen noch einmal herzukommen, nachdem sie ihn heute bereits über Gebühr beansprucht hatten.

»Geoffrey, ich glaube nicht, dass wir Bob bitten können, für Charles einzuspringen, doch George wird das sicher gern übernehmen, bis Charles von seinem Zahnarztbesuch zurückkommt. Und Sie könnten, wenn nötig, ebenfalls einspringen, nicht wahr?«

»Nun ja, die Sache ist die … oh, rufen Sie George einfach an. Mal sehen, was er dazu sagt.«

»Flora!«, rief George Woodman erfreut, als er ihre Stimme am Telefon hörte. »Sie können die Erste sein, die mir gratuliert! Unsere Tochter hat ein kleines Mädchen zur Welt gebracht! Es war eine schwierige Schwangerschaft, und meine Tochter hat während der ganzen letzten Woche im Krankenhaus gelegen, aber jetzt ist das Baby da, und es geht ihr gut.«

»Oh, herzlichen Glückwunsch! Sie sind sicher ganz aus dem Häuschen!«

»Das sind wir. Meine Frau packt nur schnell ein paar Sachen zusammen, dann machen wir uns auf den Weg, um sie zu besuchen. Die beiden haben bereits einen kleinen Sohn, und die Schwiegereltern meiner Tochter waren da, um sich um das Kind zu kümmern. Jetzt müssen sie wieder nach Hause fahren, und wir lösen sie ab. Wollten Sie irgendetwas Bestimmtes von mir?«

»Nichts, das nicht warten könnte, bis Sie wieder zurück sind«, antwortete Flora. »Und noch einmal: herzlichen Glückwunsch!«

Wieder ging sie zu Geoffrey hinüber. »Er hat gerade ein Enkelkind bekommen und fährt jetzt mit seiner Frau zu ihrer Tochter, deshalb konnte ich ihn nicht fragen. Aber Bob wird mit den Möbeln heute fertig werden. Jetzt geht es nur noch um die Bücher. Sie können sie übernehmen. Das ist doch Ihr Spezialgebiet.«

»Ich kann mich nur bis zu einem gewissen Punkt darum kümmern, Flora.«

»Wie meinen Sie das?«

»Eine Menge Bücher, die weiter hinten im Katalog stehen, gehören mir. Die darf ich nicht versteigern. Das wäre ein Verstoß gegen die Berufsethik.«

Flora schluckte. »Es ist ziemlich wahrscheinlich, dass Charles bis dahin wieder da sein wird.«

»Ziemlich wahrscheinlich, ja …«

»Und wenn er nicht rechtzeitig kommt, könnten Sie die Bücher doch trotzdem versteigern. Es würde ja niemand wissen, dass sie Ihnen gehören.«

»Ich würde es wissen«, erwiderte er energisch. »Wenn es herauskäme, würde das dem Ruf der Firma einen nicht wiedergutzumachenden Schaden zufügen.«

»Oh.« Ausnahmsweise einmal fiel Flora nichts ein. »Also können wir nur hoffen, dass es so weit nicht kommen wird. Ich frage mich, was wohl an Charles' Zahn gemacht werden muss?«

»Wenn Charles bis dahin nicht zurück ist, werden Sie es übernehmen müssen.«

»Was?«

»Die Bücher versteigern.«

Ein dünner Schweißfilm legte sich auf Floras Stirn, als ihr klar wurde, was Geoffrey meinte.

»O nein. Das ist unmöglich!«

»Jeder muss irgendwann mal anfangen.«

»Aber … Ich würde nicht die besten Preise für Sie erzielen! Das ist schließlich Ihre Pensionskasse! Sie brauchen den allerbesten Preis, den man für Ihre Bücher erzielen kann. Sie wollen bestimmt nicht, dass jemand, der in dem Metier völlig unerfahren ist, die Ersparnisse Ihres Lebens unter den Hammer bringt.«

»Flora, das sind nicht die Ersparnisse meines Lebens, und Sie werden wahrscheinlich einen genauso guten Preis dafür aushandeln können wie ich. Wenn Charles nicht rechtzeitig zurück ist, müssen Sie in den sauren Apfel beißen und dort hinaufgehen und verkaufen. Ich werde Sie heute Abend kurz einweisen.«

Flora atmete so langsam aus, wie sie nur konnte. »Geoffrey, das ist unmöglich! Denken Sie doch daran, wie nervös ich war, als ich lediglich zusammen mit zwanzig anderen Leuten in einem Chor singen musste! Ich kann nicht vor all diese Leute hintreten und eine Auktion leiten!«

»O doch, das können Sie«, beharrte er.

»Nein, kann ich nicht!«

Er seufzte. »Ich sage Ihnen was, Sie sind müde, und diese neue Entwicklung hat Sie vollkommen unerwartet getroffen. Fahren Sie jetzt nach Hause, und kümmern Sie sich um Imelda und die Kätzchen, und dann kommen Sie zurück zu mir und Edie. Bleiben Sie über Nacht bei uns, und ich gebe Ihnen einen Crashkurs in Sachen Versteigerung. Man steigert immer in Schritten von drei, fünf oder zehn. Das ist nicht besonders schwierig.«

»Ich kann nicht mal in Einserschritten rechnen. Wie soll ich das alles lernen?«

»Ich werde das mit Ihnen üben. Und jetzt fahren Sie nach Hause, versorgen die Kätzchen und kommen dann auf geradem Wege zurück zu mir.«

»Ich kann jetzt nicht weg, wir haben hier noch so viel Arbeit.« Im Büro stapelte sich ein Berg von Papierkram, außerdem musste anschließend noch aufgeräumt und gefegt werden. Alle anderen würden frühestens in zwei Stunden aufbrechen.

»Wir werden das hier auch ohne Sie schaffen. Schließlich haben wir es auch geschafft, bevor Sie kamen, nicht wahr?«

»Und Charles und Annabelle? Die beiden sind doch normalerweise immer hier, oder?«

»Noch einmal: Wir schaffen das schon. Ich werde den anderen die Situation erklären. Und jetzt fort mit Ihnen!«

Kapitel 23

Flora hatte ein schlechtes Gewissen, weil sie eigentlich hätte bleiben und zusammen mit allen anderen die Arbeit zu Ende hätte bringen sollen, aber gleichzeitig war sie auch dankbar dafür, auf diese Weise entfliehen zu können. Also stieg sie kurze Zeit später in den Landrover und machte sich auf den Weg zum Cottage. Der Gedanke an ein heißes Bad war sehr verlockend; danach würde sie der Tatsache, am nächsten Tag vor vielen fremden Menschen auf dem Podest stehen zu müssen, viel mutiger entgegensehen können. Aber vielleicht würde es ja gar nicht so weit kommen. Wie lang konnte ein Zahnarzttermin denn schon dauern?

Aber sie machte sich Sorgen um Charles, und zwar nicht wegen des Zahnarztes; Charles war wahrscheinlich einer dieser hartgesottenen Typen, die einen Eingriff auch ohne zig Betäubungsspritzen ertragen konnten.

Wenn Flora früher verliebt gewesen war (falls man diese mädchenhaften Schwärmereien Liebe nennen konnte), waren ihre Gefühle sehr auf sich selbst fixiert gewesen. Sie hatte mit ihrem Objekt der Begierde nach Paris fahren wollen, sie hatte ein Schaumbad mit ihm teilen wollen, sie hatte mit ihm Hand in Hand durch den Richmond Park spazieren und das bunte Laub aufwirbeln wollen … Immer war es um sie und ihre Wünsche gegangen.

Aber diesmal hätte sie alles andere geopfert, nur um bei Charles sein zu dürfen. Und sie wollte, dass er die Freuden des Lebens mit einer Frau genießen konnte, die er aufrichtig liebte und die ihn ebenso aufrichtig liebte – die ihn so sehr liebte, dass ihr sein Glück wichtiger war als ihr eigenes Glück.

Flora hielt sich nicht für einen egoistischen Menschen. Schließlich war sie gut zu Tieren (Imelda war der lebende Beweis dafür), zu Menschen (manchmal tatsächlich zu gut), und sie wollte ganz allgemein Gutes tun. Aber noch nie zuvor war ihr das Glück eines anderen Menschen wichtiger als ihr eigenes gewesen.

Dieser Gedanke beschäftigte sie, bis sie in den Weg einbog, der zu ihrem Cottage führte. Dann gestattete sie sich einzugestehen, dass Charles nur ein Wort zu sagen brauchte, und sie würde zu ihm gehen – zur Hölle mit ihrem Stolz! Natürlich nur, wenn er aufrichtig zu ihr war.

Die Kätzchen waren für eine kurze Zeit eine wunderbare Ablenkung. Inzwischen waren sie überall im Cottage zu finden. Annabelle würde wegen ihrer Allergie wahrscheinlich nie wieder in der Lage sein, das Haus zu betreten, aber andererseits verspürte sie diesen Wunsch vermutlich ohnehin nicht. Würde sie es Charles erlauben, ein Kätzchen zu nehmen? Würde sie ihn für den Rest seines Lebens einengen? Und würde die Ehe mit ihr ihm gestatten, sich endgültig in seiner steifen Spießigkeit einzurichten? Was er brauchte, war eine etwas jüngere Frau, fand Flora, eine frivolere Frau, die ebenso an dem Geschäft hing wie er, eine Frau, die Katzen wirklich mochte. Mit anderen Worten, er brauchte sie, Flora! Aber als Mann und noch dazu gestraft mit einem traurigen Mangel an Intuition, würde er das vielleicht niemals begreifen.

Als sie die Katzen gefüttert und sich eine Tasse Tee aufgebrüht hatte, schaltete Flora den Fernseher ein und kuschelte sich auf das Sofa. Imelda hatte sich auf Floras Schoß zusammengerollt und genoss die ausgiebigen Streicheleinheiten. Jedes Kätzchen, das ihr in die Nähe kam, wurde mit einem Fauchen seiner Wege geschickt. Flora schloss die Augen. In ein paar Minuten würde sie für die Tiere genug Futter bereitstellen, sodass diese bis morgen damit auskommen würden. Anschließend würde sie die Katzentoilette säubern, eine Tasche packen und zu Geoffrey und Edie fahren. Solange sie hier in ihrem kleinen Cottage saß, konnte sie so tun, als wäre ihre Welt in Ordnung. Bei Geoffrey würde sie sich sofort darauf konzentrieren müssen, die Kunst eines Auktionators zu erlernen. Und die ganze Nacht würde sie beten, dass dieser Kelch an ihr vorübergehen möge.

Flora wünschte, sie hätte die Gelegenheit genutzt und zu Hause ein wenig geschlafen. »Ich werde Sie instruieren, bis Sie alles aus dem Effeff beherrschen«, verkündete Geoffrey, gleich als sie zur Tür hineintrat.

»Aber nicht, bevor Sie gegessen haben, Kind«, wandte Edie ein. »Ich habe eine schöne Cottagepastete, die nur noch auf Sie wartet.«

»Ich liebe Ihre Cottagepastete! Sie haben mir gleich nach meiner Ankunft hier eine gebacken, erinnern Sie sich noch?«

»Natürlich. Ich weiß, dass manche Leute derartige Speisen im Sommer nicht essen, aber ich finde diese Pastete so beruhigend. Außerdem habe ich Erbsen und Karotten zubereitet. Ich fürchte, wir haben unsere schon gegessen. Möchten Sie eine Tasse Tee, Flora?«

»Gib dem Mädchen ein Glas Wein«, bat Geoffrey und zog sich den Stuhl Flora gegenüber heran.

»Und wie geht es meinen Kätzchen?«, fragte Edie, während sie den Wein einschenkte. »Ich kann es kaum mehr erwarten, sie endlich zu mir nehmen zu dürfen. Lassen Sie uns nur noch ein wenig Zeit, um unseren Zaun reparieren zu lassen, sodass der Nachbarshund nicht hereinkommen und sie bedrohen kann.«

»Edie, könntest du uns wohl Papier und einen Füller besorgen? Flora wird sich vielleicht Notizen machen wollen.«

Edie ging zu einer Schublade hinüber und förderte einen Block und einen Füller zu Tage. »Sie sollten einmal darüber nachdenken, Imelda sterilisieren zu lassen. Sie wollen doch sicher nicht, dass sie noch einmal schwanger wird, oder?«

»Ganz bestimmt nicht, sie ist noch so jung. Eigentlich zu jung, um schon Mutter zu sein«, antwortete Flora. »Obwohl sie ihre Sache wunderbar gemeistert hat.«

»Flora, wir sollten jetzt wirklich langsam anfangen«, ermahnte Geoffrey sie.

»Lass das Mädchen erst mal zu Abend essen, Geoffrey.« Edie stellte Flora einen Teller hin. »Sie hat schon genug um die Ohren, ohne dass sie auch noch Verdauungsprobleme bekommt, weil du sie so hetzt.«

Flora schob ihre Gabel beherzt in einen kleinen Berg Kartoffelpüree, das im Ofen gebräunt worden war.

»Das ist ganz köstlich, Edie. Sie haben Recht – genau das, was ich jetzt gebraucht habe.«

»Nun zerbrechen Sie sich nicht den Kopf wegen morgen«, sagte Edie, ignorierte Geoffreys Stirnrunzeln und zog sich einen Stuhl heran, sodass sie mit Flora reden konnte. »Es wird alles laufen wie am Schnürchen. Geoffrey wird an Ihrer Seite sein, um dafür zu sorgen, dass nichts schiefgeht.«

»Ich werde die Auktion wahrscheinlich ohnehin nicht leiten müssen. Charles wird so schnell wie möglich vom Zahnarzt zurückkommen«, meinte Flora.

»Ich habe dir immer wieder erklärt, Edie, dass ich da nicht mitmischen kann, weil die Bücher, die unter den Hammer kommen, mir gehören.«

Geoffrey schraubte den Verschluss des Füllers ab und begann, damit herumzuspielen.

»Ich hoffe, sie werden einen guten Preis bringen«, entgegnete Flora. »Was haben Sie denn mit dem Geld vor? Oder sollte ich das lieber nicht fragen?«

»Es ist ein kleines Geheimnis«, bekannte Geoffrey. »Ich erzähle es Ihnen, wenn ich bekomme, was ich brauche.«

»Es ist doch nicht …«

»Es ist nicht für eine Kreuzfahrt bestimmt«, meldete Edie sich zu Wort, aber Flora spürte, dass die ältere Frau ein wenig enttäuscht darüber war.

»Sie müssten mir Bescheid geben, wenn Sie verreisen wollen«, überlegte Flora laut, »damit ich mich dann um Ihre Kätzchen kümmern kann – wie wollten Sie die beiden eigentlich nennen?«

»Flora und Fauna, Flora nach Ihnen, und, nun ja – Fauna für das zweite Kätzchen versteht sich dann praktisch von selbst, nicht wahr?«

Plötzlich überwältigt von Rührung, versteckte Flora sich hinter einer Gabel voll Pastete. »Wie lieb von Ihnen!«, brachte sie mit schwacher Stimme hervor.

»Wir sollten langsam anfangen«, sagte Geoffrey. »Wir haben nicht die ganze Nacht Zeit.«

»Flora bleibt heute Nacht hier«, rief Edie ihm ins Gedächtnis. »Obwohl ich finde, dass sie früh zu Bett gehen sollte. Sie sieht ganz erschöpft aus. Wollen Sie noch Gemüse?«

Flora nickte. Solange sie aß, konnte Geoffrey ihr nicht beibringen, wie man in Dreier-, Fünfer- und Zehnerschritten rechnete.

»Und haben Sie schon ein Zuhause für die anderen Kätzchen gefunden?« Edie löffelte Erbsen und Möhren auf Floras Teller.

»Charles wollte eigentlich eins nehmen, das dann im Büro leben soll, aber ich weiß nicht …«

»Diese Annabelle! Sie war schon immer egoistisch«, brummte Edie.

»Aber wenn er sie liebt …«, wandte Flora ein.

»Hm, ich hoffe, es ist so, aber die beiden wirkten nie besonders verliebt, nicht wahr?« Sie sah ihren Mann an.

»Niemand weiß, was in der Ehe eines anderen Menschen vorgeht, Edie.«

»Aber sie sind noch nicht verheiratet, oder? Noch ein Stück Pastete?«

»Nein, danke. Ich kann mich jetzt schon kaum noch rühren. Es war einfach köstlich.«

»Irgendjemand sollte Sie mal ein wenig aufpäppeln. Sie bestehen nur aus Haut und Knochen.«

»Hör auf, so ein Theater zu machen, Edie. Flora und ich haben zu arbeiten.«

»Ja, ja. Ich brühe euch beiden nur schnell eine Tasse Tee auf, dann lasse ich euch in Ruhe«, versprach Edie.

»Sie müssen sich vor allem merken, sich jeweils nur auf zwei Bieter zu konzentrieren. Möglicherweise wedeln auch andere Leute mit ihren Nummern herum, weil sie denken, Sie hätten sie nicht gesehen, aber solange nicht einer der beiden anderen Bieter aussteigt, ignorieren Sie diese Leute einfach.«

»Verstehe«, murmelte Flora und notierte sich diesen Hinweis.

»Und Sie wissen Bescheid über das Buch?«

Natürlich wusste Flora über das Buch Bescheid, aber Geoffrey erachtete es offensichtlich als seine Pflicht, ihr alles zu erklären. »Das Buch, in dem die kommissionierten Gebote festgehalten werden, die im Voraus platziert worden sind?«, fragte sie Geoffrey zuliebe.

»Ja. Sie müssen dafür sorgen, dass der höchste Bieter im Saal nicht genau dieselbe Summe bietet wie ein kommissioniertes Gebot.«

Flora glaubte zwar, das zu verstehen, schien aber dennoch eher ratlos zu wirken.

»Wie dem auch sei, Louisa wird dafür sorgen, dass Sie alles richtig machen. Sie ist sehr gut.«

»Warum kann Louisa die Auktion nicht einfach übernehmen?«

»Das könnte sie schon, falls Ihre Stimme vollkommen versagen sollte, aber dies ist Ihre Chance, den Platz bei *Stanza und Stanza* einzunehmen, der Ihnen zusteht. Es ist ja schön und gut, dass Sie all diese glänzenden Ideen gehabt haben, doch solange Sie nicht auf diesem Podest gestanden haben, wird die Welt Sie nicht als gleichberechtigte Partnerin des Auktionshauses sehen. Sie werden einfach die hübsche Blondine sein.«

Diese Rolle hatte Flora während eines großen Teils ihres Lebens innegehabt, und obwohl daran prinzipiell nichts auszusetzen war, war es doch nicht ihre Lieblingsrolle. »In Ordnung, ich stelle mich auf dieses Podest, aber nur wenn Charles nicht rechtzeitig vom Zahnarzt zurück ist.«

»Natürlich. Also«, nahm Geoffrey seinen Faden wieder auf, »wie die Steigerung funktioniert, wissen Sie? Wenn jemand ein Eröffnungsgebot abgibt, gehen Sie in Fünferschritten hoch. Falls das nicht funktioniert, in Dreierschritten, doch dann gehen Sie zu Zehnern über.«

Flora begriff langsam, dass ihr ein langer Abend bevorstand.

»Wissen Sie was?«, meinte Geoffrey. »Ed und ich werden so tun, als wären wir Bieter, und Sie leiten jetzt die Auktion. Ich werde Ihnen helfen.«

Schließlich schickte Edie sie ins Bett. Flora war sehr froh darüber: Nach Geoffreys Erklärungen erschien ihr der ganze Prozess noch verwirrender als zuvor. Sie stieg in das kleine, schmale Bett in Edies Gästezimmer und schlief fast sofort ein, wohl wissend, dass ihr Haar am nächsten Morgen ziemlich katastrophal aussehen würde und dass sie ihren Haarglätter im Cottage vergessen hatte.

»Annabelle hat angerufen«, berichtete Louisa, als Flora und Geoffrey im Auktionshaus ankamen. »Charles' Termin beim Zahnarzt ist um zwölf. Er wollte heute Morgen herkommen, aber ich habe ihm davon abgeraten. Wir werden ihn nicht brauchen, und er hat starke Schmerzen.«

»Armer Charles!«, murmelte Flora schwach. »Louisa, was denken Sie, um wie viel Uhr Bob fertig sein wird? Ich meine, ähm – wie wahrscheinlich ist es, dass ich einen Teil der Auktion werde übernehmen müssen?«

»Flora! Warum widerstrebt es Ihnen so sehr, das zu tun? Sie werden Ihre Sache ganz großartig machen! Außerdem wird es eine gute Erfahrung für Sie sein. Schließlich sind Sie die Seniorpartnerin.«

»Nein, das bin ich nicht! Nicht wirklich; die Sache mit dem Testament war einfach nur ein glücklicher Zufall.« Sie runzelte die Stirn. »Können Sie mir denn sagen, um wie viel Uhr wir zu den Büchern kommen werden, die Geoffrey nicht selbst versteigern kann?«

»Nun ja, Bob ist sehr schnell, sodass dieser Teil der Auktion nicht allzu lange dauern wird. Dann kommt Geoffrey an die Reihe. Er hat das schon seit geraumer Zeit nicht mehr gemacht, daher wird er wahrscheinlich ein wenig langsamer sein.«

»Und wenn er wirklich mein Freund ist, wird er die Sache so lange hinauszögern, bis Charles wieder hier ist«, warf Flora ein.

»Was bedeutet, dass wir gegen zwei Uhr zu den Büchern kommen sollten.«

»Reichlich Zeit für Charles, um von einem Termin um zwölf zurück zu sein!«, rief Flora, und eine Woge der Erleichterung schlug über ihr zusammen.

»Vermutlich«, meinte Louisa.

»Aber ich frage mich doch, warum er keinen früheren Termin ausgemacht hat«, seufzte Flora.

Louisa schüttelte den Kopf. »Haben Sie eine Ahnung, wie schwierig es ist, in dieser Stadt einen Zahnarzttermin zu bekommen? Die Praxen halten gegen Mittag immer einen Termin für echte Notfälle frei, alle anderen Patienten müssen wochenlang warten.«

»Oh.« Solchermaßen belehrt, ging Flora zu den anderen hinüber, um nachzusehen, was sonst noch erledigt werden musste. Für eine Weile half sie in dem kleinen Erfrischungsbereich aus, verkaufte Brötchen und Tee, und wusch zwischendurch das Geschirr ab. Sie arbeitete gern hier. Man bekam alle Bieter zu sehen, und man konnte zuhören, wie sie ihre Meinung über die Auktion kundtaten, aber die Arbeit war nicht allzu anstrengend, und vor allem brauchte man nur selten Entscheidungen zu treffen. Sie hatte gerade einen Ansturm von Kunden überstanden, als sie auf die Uhr blickte. Es war halb zwei! Wo blieb Charles?

Der fast achtzigjährige Bob arbeitete die restlichen Möbel in Rekordzeit ab. Er hatte früher einmal bei Viehversteigerungen gearbeitet, bei denen eine zügige Abwicklung vonnöten war, und trotz seines kranken Herzens hatte er diese Gewohnheit beibehalten.

»Gehen Sie nicht so schnell vor!«, bat Flora ihn aus dem hinteren Teil des Raums. Sie hatte die Cafeteria im Stich gelassen und beschlossen, dass die nächsten Kunden sich ihren Tee selbst nehmen konnten. Sämtliche Brötchen waren bereits verkauft.

Virginia trat neben sie. »Geoffrey kommt als Nächster an die Reihe, dann sind Sie dran.«

»Aber wo zum Teufel bleibt Charles?«, flüsterte Flora. »Sein Termin war um zwölf, und jetzt ist es halb zwei. Er müsste mittlerweile längst wieder zurück sein!«

»Hören Sie auf, darüber zu spekulieren, wo Charles steckt, und konzentrieren Sie sich einfach auf Ihre Arbeit. Ich gehe jede Wette ein, dass Sie, wenn Sie von dem Podest herunterkommen, keinen größeren Wunsch haben werden, als wieder hinaufzugehen.«

Geoffrey hatte entweder nur wenige Lose zu verkaufen, oder aber die Zeit, die er dafür benötigte, verging so schnell, dass Flora es kaum mitbekam. Er war eben fertig geworden, da fasste Virginia Flora auch schon am Arm und führte sie in den vorderen Teil des Raums.

»Sie werden das schon schaffen«, versicherte Louisa, als Flora mit zitternden Beinen auf das Podest stieg.

Geoffrey zwinkerte ihr zu. »Das hier werden Sie brauchen«, meinte er und drückte ihr einen kleinen Hammer in die Hand. »Er gehört Charles. Ich sollte dafür sorgen, dass Sie ihn bekommen.«

Flora umklammerte den Hammer wie einen Talisman, als könnte sie auf diese Weise die jahrelange Erfahrung heraufbeschwören, die er in Charles' Händen gewonnen hatte. Im gleichen Augenblick wurde ihr klar, dass Charles von Anfang an nicht die Absicht gehabt hatte, pünktlich zurück zu sein, entweder wegen des Zahnarztes oder weil er glaubte, es sei eine gute Erfahrung für sie. Sie liebte und hasste ihn im selben Herzschlag.

Plötzlich musste sie an eine Schulaufführung denken, bei der sie als Ansagerin fungiert hatte; damals hatte man ihr beigebracht, wie sie trotz ihrer großen Angst die Aufmerksamkeit des Publikums fesseln konnte. Sie dachte an ihren Schauspielunterricht, in dessen Verlauf sie gelernt hatte, sich in eine Rolle hineinzudenken. Sie dachte an Charles, für den sie ihr Bestes geben wollte. Aber sie tat dies hier nicht nur für Charles, sondern auch für Geoffrey und Edie und alle anderen, die sie so liebevoll und herzlich aufgenommen hatten. Schließlich sah sie in das Hauptbuch, das sie vor sich liegen hatte, blickte kurz zu dem Porter hinüber, der das nächste zur Versteigerung bestimmte Buch hochhielt, damit alle es sehen konnten, und holte tief Luft. Sie wartete, bis sie sich sicher war, dass alle anderen im Raum sie ansahen. Dann lächelte sie – so tapfer, wie es ihr unter diesen Umständen möglich war – und begann.

»Hier habe ich ein schönes Exemplar von *The Caine Mutiny* von Herman Wouk, eine ansprechende Ausgabe in gutem Zustand. Wer gibt das erste Gebot ab? Höre ich hundert Pfund? Nein? Dann fünfzig, ja! Fünfzig Pfund sind geboten. Fünfundfünfzig? Ja? Und Sie, Madam …«

Schon bald wurde sie von der Stimmung im Saal mitgerissen. Sie fühlte sich wie ein Jongleur, der versuchte, alle Bälle gleichzeitig in der Luft zu halten. Es überraschte sie, wie schnell sie lernte, die Bieter zu identifizieren und ihre Aufmerksamkeit zu fesseln. Virginia bediente eins der beiden Telefone, und die Gelassenheit der älteren Frau stärkte Flora zusätzlich den Rücken.

Als sie etwa die Hälfte der Bücher abgearbeitet hatte, bemerkte sie Charles, der im hinteren Teil des Raums stand. Aber sie hatte keine Zeit, darüber nachzudenken, welche Gefühle sein Erscheinen in ihr auslöste; sie war einfach zu beschäftigt mit der Auktion.

Wenn sie befürchtete, dass ihre Stimme versagen könnte, trank sie rasch einen Schluck Wasser, und als Geoffrey schließlich aufs Podest kam, um sie zu erlösen, stellte sie fest, dass sie vollkommen erschöpft war.

»Ich dachte, Sie könnten die Bücher nicht verkaufen, weil es gegen die Berufsethik verstoße«, sagte sie zu ihm, während er darauf wartete, dass sie ihren Stuhl freimachte.

»Meine Bücher sind alle verkauft. Wissen Sie, dass Sie über zwanzigtausend Pfund für mich herausgeschlagen haben?«

»Wirklich? Mir ist aufgefallen, dass wir teilweise gute Preise erzielt haben, weit über den Schätzungen, aber ich wusste natürlich nicht, wie viele der Bücher Ihnen gehörten.«

»Jetzt gehen Sie und trinken Sie eine Tasse Tee. Das haben Sie sich wahrhaftig verdient.«

Floras Knie gaben beinahe unter ihr nach, als sie vom Podest stieg, und die Besucher der Auktion applaudierten laut, denn die meisten hatten inzwischen erfahren, dass sie zum ersten Mal eine Auktion geleitet hatte.

Dann stand Virginia neben ihr und zog sie fest an sich. »Gut gemacht, Flora! Sie waren fantastisch! Wir wussten alle, dass Sie es schaffen würden.«

Plötzlich gratulierten ihr alle zu ihrem Erfolg.

»Sie haben Bücher für etliche tausend Pfund verkauft – und nach den Listenpreisen zu urteilen, haben Sie weit mehr erzielt als den eigentlichen Wert«, freute sich Louisa.

»Aber Sie wissen doch, dass die Listenpreise immer ziemlich niedrig sind, um potenzielle Käufer anzulocken«, erwiderte Flora verlegen.

»Diese beiden letzten Bieter sind nur deshalb so hoch gegangen, weil sie Ihre Aufmerksamkeit auf sich lenken wollten! Sie müssen gewusst haben, dass sie die Bücher anderswo billiger bekommen hätten.«

»Nun ja, Hauptsache, alle sind zufrieden. Ich glaube allerdings, dass mir einige Fehler mit dem Buch unterlaufen sind.«

»Ja, doch Sie haben es ja wieder ausgebügelt, indem Sie einen imaginären Bieter erfunden haben«, gab Louisa zurück. »Hat Geoffrey Ihnen das nahegelegt?«

»Und ob. Er hat mir gestern Abend stundenlang Anweisungen gegeben.«

»Was sich wahrhaftig gelohnt hat! Sie haben ihm viele tausend Pfund eingebracht!«

»Ich bin froh, das zu hören, aber wir dürfen nicht länger hier herumstehen und uns auf unseren Lorbeeren ausruhen, wir haben noch jede Menge Arbeit, bevor wir nach Hause gehen können.«

Plötzlich wurde sie von hinten gepackt und herumgedreht. Sie hatte kaum Zeit zu registrieren, wer es war, als Charles auch schon die Arme um sie gelegt hatte und sie halb zu Tode drückte. »Gut gemacht, Flora«, flüsterte er ihr ins Ohr. »Ich wusste, dass du es schaffen kannst.« Dann küsste er sie – auf den Mund.

Einen Moment lang war es nur ein Kuss unter Freunden, eine Geste zur Gratulation, die sie mit jedem anderen hätte tauschen können, aber dann nahm der Kuss für einen winzigen Augenblick eine Leidenschaft an, die Flora den Atem stocken ließ.

Eine Sekunde später lösten sie sich voneinander, beide gleichermaßen erstaunt und entsetzt. Sie starrten einander an, und keiner von ihnen wusste etwas zu sagen. Ein halbes Leben verstrich, bevor Flora sich räusperte. »Ähm …«

»So ist das«, meldete sich Annabelle mit tonloser Stimme zu Wort. »*Flora zieht das große Los!* Wie fühlt man sich als Titel eines Schulmädchenromans?«

Flora versuchte zu lachen. »Ähm – gut.«

Sie betrachtete Charles' blasses Gesicht und wusste, dass sie ebenso blass war. »Ich, äh … entschuldigen Sie mich bitte. Ich glaube, ich verschwinde kurz zur Damentoilette.«

Sie wusch sich gerade die Hände, als Annabelle in den Raum trat und sich mit dem Rücken vor die Tür stellte, sodass niemand sie stören konnte. Überwältigt von einer Mischung aus Schock, Schuldgefühlen und Abspannung nach ihrem Einsatz als Auktionatorin begann Flora zu zittern.

»Was zum Teufel haben Sie sich dabei gedacht?« Annabelle sah erhitzt und bekümmert aus, aber ihr Blick war eisig.

»Ich … ich weiß nicht, wovon Sie sprechen«, stammelte Flora. Wie viel hatte Annabelle mitbekommen?

»Kommen Sie mir nicht damit! Ich habe Sie gesehen. Sie und Charles.«

»Oh«, murmelte Flora schwach. »Sie meinen, gerade, als er mich geküsst hat? Das war nur die Aufregung, Annabelle, wirklich. Interpretieren Sie da nichts hinein. Er hat mich nur …«

»Ich rede nicht von dem Kuss, Flora«, erklärte Annabelle wütend. »Das war lediglich eine bedeutungslose Sentimentalität. Ich spreche von dem Blick.«

»Von dem Blick?«, wiederholte Flora matt. »Von welchem Blick?«

»Ach, werden Sie doch endlich erwachsen, Flora«, blaffte Annabelle. »Sie sind in ihn verliebt, nicht wahr?«

»Nein …«, antwortete Flora hitzig.

»Versuchen Sie nicht, es abzustreiten! Das war unübersehbar.«

Flora schüttelte den Kopf. Plötzlich schien alles so schnell zu gehen, dass sie nicht mehr wusste, was sie denken sollte. Charles' Kuss war für sich genommen schon beunruhigend gewesen, doch Annabelle hatte Recht. Die Art, wie er plötzlich zurückgezuckt war, und der Blick, den sie in diesem Moment getauscht hatten, hatten sie verraten.

Ein völlig unpassendes Gefühl des Glücks stieg in ihr auf. Charles sah nicht nur die kleine Cousine in ihr, er sah sie als Frau. Und offensichtlich fand er sie attraktiv. Aber was war mit Annabelle?

»Hören Sie, es tut mir leid, Annabelle, ich …«

»Ehrlich, Flora, ich will es gar nicht hören. Ich kann mir nicht vorstellen, dass Sie irgendetwas sagen könnten, das ich hören will. Doch eines sollten Sie in jedem Fall wissen. Selbst wenn Charles in Ihnen mehr sähe als ein geringfügiges Ärgernis in seinem Leben, würde er mich Ihretwegen niemals verlassen.«

»Warum nicht?« Flora war selbst überrascht, dass sie diese Frage laut ausgesprochen hatte.

»Weil er ohne mich alles verlieren würde.«

»Alles? Was soll das heißen, alles?«

»Das soll heißen, dass er die Firma verlieren würde. Er würde *Stanza und Stanza* verlieren.«

»Das kann nicht wahr sein.« Flora verstand nicht. »Wenn es so wäre, wüsste ich davon.«

»Nicht unbedingt. Er erzählt Ihnen nämlich nicht alles«, fuhr Annabelle mit gehässigem Tonfall fort. »Genau genommen erzählt er Ihnen überhaupt nicht viel.«

»Dann erzählen *Sie* es mir. Warum würde er die Firma verlieren, wenn er Sie verlässt?«

»Das Bürogebäude brauchte eine komplett neue Verkabelung. Mein Vater hat dafür bezahlt, und Charles hat mit seiner Hälfte des Geschäfts dafür gebürgt.«

»Soll das heißen, Ihr Vater hat Charles das Geld geliehen?«

»Mehr oder weniger. Aber sobald wir heiraten, wird mein Vater die Schuld streichen. Sie sehen also: Ganz gleich, wie sehr Charles Sie liebt – falls er das überhaupt tut, was ich ernsthaft bezweifle –, er würde mich trotzdem niemals verlassen. Seine kostbare Firma wird ihm stets wichtiger sein als jede Frau.«

»Ich verstehe. Nun, vielen Dank, dass Sie mir reinen Wein eingeschenkt haben. Und ich hoffe, es macht Sie glücklich zu wissen, dass Charles Sie nur wegen des Geldes Ihres Vaters heiratet!«

»Nicht ›nur‹, Schätzchen, aber mein Vater hat tatsächlich eine Menge Geld.« Sie sah Flora mitleidig an. »Ich habe versucht, es Ihnen zu erklären. Ich dachte, ich hätte sehr deutlich dargelegt, wie die Dinge stehen. Charles und ich werden heiraten, wir hatten schon immer die Absicht zu heiraten, und damit wäre die Sache erledigt.«

In Flora stieg Übelkeit auf. Mit gewaltiger Willensanstrengung kämpfte sie sie ein wenig nieder und drängte sich an Annabelle vorbei.

»Entschuldigen Sie mich bitte. Ich muss gehen.«

Sie blieb für einige Sekunden im Flur stehen, und der Schweiß kitzelte sie am Haaransatz. Am liebsten wäre sie vor Scham gestorben und hätte einiges darum gegeben, nicht wieder in den Verkaufsraum zurückkehren zu müssen, wo alle mit ihr würden reden wollen. Schließlich öffnete sie die Tür zu einem Lagerraum, der offensichtlich von der Spielgruppe benutzt wurde, denn er war voller Dreiräder, Roller und Spielzeug-LKW. Sie selbst hatte dort kaum noch Platz, aber sie zwängte sich hinein und blieb dort, bis sie Annabelle von der Damentoilette kommen hörte. Als einige Zeit später ihre Übelkeit endlich verebbt war, verließ sie ihre Zuflucht mit dem Gefühl, dass ihr Leben ein einziger Trümmerhaufen war.

Um ihre Tasche zu holen, musste sie in den kleinen Raum gehen, den sie als Büro benutzten. Sie wusste nicht, ob es ein gutes oder ein schlechtes Zeichen war, dass Charles sich ebenfalls dort aufhielt.

»Flora! Ist alles in Ordnung mit Ihnen? Wo sind Sie gewesen? Sie sehen schrecklich aus!«

»Ich stehe einfach nur leicht unter Schock«, antwortete sie und versuchte, den ganzen Vorfall mit einem Schulterzucken abzutun.

Dass er wieder zum distanzierten »Sie« übergegangen war, versetzte ihr einen Stich. »Das muss wohl die Aufregung sein. Wie geht es Ihrem Zahn?«

»Oh, der hat sich inzwischen wieder beruhigt. Soll ich Sie nach Hause fahren?« Als er sie ansah, stand in seinen Augen unverkennbar ein Echo des Blicks, den sie nach ihrem Kuss bei ihm gesehen hatte. »Wir müssen reden, Flora. Ich möchte …«

»Nein.« Sie unterbrach ihn, bevor er weitersprechen konnte. Sie musste zuerst selbst Klarheit gewinnen, bevor alles noch verworrener wurde, und der letzte Mensch, mit dem sie in diesem Moment über ihre Gefühle reden wollte, war Charles. »Nein, Charles, tut mir leid.« Gut, sie klang deutlich gefasster. »Ich möchte nach Hause fahren, doch ich möchte nicht, dass Sie mich heimbringen. Wirklich nicht. Ich komme schon zurecht. Könnten Sie mir einfach meine Tasche rüberreichen? Sie liegt in der untersten Schublade des Aktenschranks.«

Er wirkte gekränkt und verwirrt. »Aber Flora, Sie sehen so krank aus, dass ich Sie nicht allein nach Hause fahren lassen möchte. Außerdem müssen wir …«

»Ich komme wirklich allein zurecht.«

Als er in ihre Augen blickte, konnte er ihre Entschlossenheit sehen und zog sich mit Würde zurück. »Sie waren heute einfach großartig, Flora. Ich habe alles beobachtet. Und morgen können wir miteinander reden, ja?«

Flora betrachtete ihn gedankenverloren. »Ich bin froh, dass ich Sie nicht enttäuscht habe, Charles.«

Und dann verließ sie den Raum, zu unglücklich, um zu weinen.

Kapitel 24

Zurück im Cottage wurde Flora von Einsamkeit und Verzweiflung überwältigt. Sie setzte den Kessel auf und stellte dann fest, dass sie keinen Appetit auf Tee hatte, daher öffnete sie eine Flasche Wein, schenkte sich ein Glas ein und musste begreifen, dass sie auch keinen Wein trinken wollte. Sie wusste, dass es ihr gutgetan hätte, wenn sie hätte weinen können, aber die Tränen wollten nicht kommen. Schließlich warf sie sich auf das Sofa und ließ sich von Imelda und den Kätzchen trösten. Die Kätzchen verloren schon bald das Interesse an ihr, aber Imeldas Nähe tat ihr wohl. Sie saß laut schnurrend auf Floras Schoß und bearbeitete Floras Knie mit den Pfoten. Flora lag mit geschlossenen Augen da und streichelte Imelda.

»Das ist doch einfach lächerlich!«, sagte sie laut. »Du bist aufs Land gegangen, um etwas über das Geschäft deiner Familie zu lernen, und das hast du getan. Du hast viel gelernt und etliche Verbesserungen eingeführt, und heute hast du mehrere tausend Pfund für Geoffrey rausgeholt. Du solltest vor Glück außer dir sein! Die ganze Geschichte mit Charles führt im Grunde zu nichts. Er war mit Annabelle verlobt, und er ist immer noch mit Annabelle verlobt. Nichts hat sich geändert.«

Aber es hatte sich sehr wohl etwas geändert. Dieser Kuss, dieser Blick und Annabelle, die beides beobachtet hatte. Selbst wenn sie, Flora, es gewollt hätte, sie konnte nicht so tun, als wäre nichts geschehen – Annabelle würde es nicht zulassen. Und Annabelle schwang die Peitsche – über ihr, über Charles und gegenwärtig auch über *Stanza und Stanza*. Jetzt ergaben viele Dinge einen Sinn.

Nach einer Weile ging sie in den Garten hinaus, um ihre Mutter anzurufen. Sie war noch nicht bereit, über Charles zu sprechen. Wenn sie ihre Gedanken geordnet hatte, würde sie es nachholen. Sie hatte Hermione jedoch erzählt, dass sie heute möglicherweise zum ersten Mal eine Auktion würde leiten müssen, und ihre Mutter würde sicher hören wollen, wie es gelaufen war.

Zuerst entwickelte sich das Telefongespräch ganz nach Plan. Ihre Mutter reagierte mit größerer Begeisterung, als Flora erwartet hatte.

»Oh, Schätzchen, ich wusste, dass du irgendwann herausfinden würdest, wo deine wirkliche Begabung liegt!«

»Was soll das heißen?« Flora war entrüstet. »Ich habe viele Fähigkeiten. Die Leute wollen mir immer Jobs geben und sehen es gar nicht gern, wenn ich wieder gehe.«

»Ich weiß, ich weiß, aber das liegt zu einem großen Teil daran, dass du blond und hübsch bist. Und früher waren es immer nur Jobs. Das hier ist ein *Beruf*, und du machst deine Sache gut, obwohl du blond und hübsch bist.«

Flora verspürte keinerlei Verlangen, ihrer Mutter zu erzählen, was Louisa über die beiden letzten Bieter gesagt hatte: dass sie nämlich nur geboten hätten, um Floras Aufmerksamkeit auf sich zu lenken. »Ich habe nie geglaubt, dass es von Nachteil sei, nicht so auszusehen wie ein Putzlumpen. Die Leute waren immer sehr nett zu mir. Glaubst du, dass das der Grund war? Was für ein schrecklicher Gedanke!«

»Nun, vielleicht haben sie dich anfangs gerade deshalb gemocht, aber wenn du nur ein hübsches Gesicht hättest und sonst nichts, hätten sie sich gewiss nicht lange mit dir abgegeben. Das war es, was ich eigentlich meinte. Dies ist ein Job, bei dem das Aussehen nicht zählt. Ich bin ja so stolz auf dich, Schätzchen.«

»Danke, Mum.«

»Dein Dad steht neben mir. Willst du kurz mit ihm sprechen?«

In Wirklichkeit wollte Flora eine Umarmung, doch im Augenblick musste ein Gespräch genügen. Nachdem sie ausgiebig mit ihrem Vater geplaudert hatte, der genau wissen wollte, wie alles funktionierte, kam Hermione wieder an den Apparat.

»Also, was ist mit dir und Charles?«

»Wir sind kein … kein ›wir‹, meine ich. Er ist mit Annabelle zusammen, und so wird es für immer bleiben.« Sie zog die Nase hoch. Die Tränen, die sie zuvor mit Macht zurückzudrängen versucht hatte, drohten jetzt umso reichlicher zu fließen.

»Bist du dir sicher?«

»Ja! Er hat mich geküsst, als ich vom Podest heruntergestiegen bin, und Annabelle hat es gesehen.«

»Aber in diesem Moment hätte dich doch sicher jeder geküsst, oder?«

»Nicht so. Und wir haben einander angesehen. Das war das Schlimmste, das Verräterischste. Anschließend ist Annabelle mir zur Damentoilette gefolgt und hat mir erzählt, dass …« Sie unterdrückte ein Schluchzen. »Dass Charles sie nicht verlassen könnte, selbst wenn er es wollte, weil …« Ein weiterer Schluchzer folgte. »… weil er ihrem Vater eine Unmenge Geld schuldet und seine Hälfte des Geschäfts als Sicherheit eingesetzt hat.«

»Warum schuldet er Annabelles Vater Geld? Waren es Spielschulden oder etwas in der Art?«

»Nein! Er musste das Bürogebäude neu verkabeln lassen.«

»Oh, gut. Ich meine, ich bin froh, dass es nicht irgendetwas Schreckliches war.«

»Es ist schrecklich genug. Mum, ich muss weg von hier. Ich kann nicht bleiben und zusehen, wie er Annabelle heiratet. Und ich könnte unmöglich etwas von ihm verlangen, das seine Position im Geschäft gefährden würde.« Diese Erkenntnis war nur langsam in ihr Bewusstsein vorgedrungen, aber jetzt, da sie es einmal begriffen hatte, sah sie vollkommen klar.

»Bist du dir sicher, dass diese Geschichte wahr ist? Bevor du etwas

Unwiderrufliches tust, überzeuge dich davon, dass Annabelle die Wahrheit gesagt hat. Es ist gut möglich, dass sie alles nur erfunden hat. Ruf Geoffrey an. Er wird Bescheid wissen.«

»Da wäre immer noch die Sache mit dem Kuss. Sie weiß, dass ich in Charles verliebt bin …«

»Und ist er auch in dich verliebt?«

Flora blieb lange Sekunden still. »Ich glaube, ja. Ich meine, so hat es sich jedenfalls angefühlt. Als er mich geküsst hat und danach, als er mich angesehen hat. Doch …«

»Kehr dem Geschäft, das du liebst und in das du so viel investiert hast, nicht den Rücken, ohne dich zu vergewissern, dass es absolut keine andere Möglichkeit gibt. Sprich mit Geoffrey. Und ruf mich anschließend wieder an.«

Als Geoffrey sich am Telefon meldete, schien er ausgesprochen guter Laune zu sein. »Hallo, meine Liebe! Wie nett, von Ihnen zu hören. Ich konnte mich vorhin gar nicht von Ihnen verabschieden, ist alles in Ordnung mit Ihnen?«

»Mir geht es gut, Geoffrey«, behauptete sie, obwohl ihr bewusst war, dass sie sich ganz und gar nicht so anhörte. »Ich bin natürlich müde, aber davon abgesehen ist alles bestens. Mir ist gerade nur eine Kleinigkeit eingefallen, die ich Sie gern fragen würde. Ich habe über die Stromleitungen im Bürogebäude nachgedacht.« Hoffentlich fand Geoffrey ihre Überlegungen zu diesem Thema nicht allzu eigenartig, aber sie musste wissen, ob Annabelle die Wahrheit gesagt hatte.

Glücklicherweise fand Geoffrey nichts Merkwürdiges an ihrer Frage. Und wenn doch, verkniff er sich jedenfalls jede Bemerkung darüber. »Was ist mit den Stromleitungen?«

»Müssten sie nicht einmal überprüft und vielleicht erneuert werden?«

»Oh, das glaube ich nicht. Die Leitungen sind vor einem Jahr alle neu verlegt worden. Annabelles Vater hat das alles bezahlt.«

»Woher um alles in der Welt wissen Sie das?«

»Ich musste die Rechnungen überprüfen. Annabelles Vater wollte keine Schecks ausstellen, bevor ich ihm nicht gemeldet hatte, dass die Arbeiten ordnungsgemäß erledigt worden waren.«

Ihre gute Erziehung zwang Flora dazu, das Gespräch noch für eine Weile fortzusetzen, dann rief sie ihre Mutter an und erzählte ihr, was sie erfahren hatte.

»Oh, Liebes! Mein Herz blutet für dich! Meine Freundin Jill sagte einmal, das sei das Schlimmste für eine Mutter: mit anzusehen, wie dem eigenen Kind das Herz gebrochen wird, und nichts daran ändern zu können. Jetzt weiß ich, was sie gemeint hat.«

»Ich komme schon darüber hinweg, Mum. Ich bin stark. Jetzt muss ich nur entscheiden, was ich tun will.«

Es folgte eine weitere lange Pause.

»Nun, Schätzchen«, brach Hermione schließlich das Schweigen, »du weißt, dass wir uns immer freuen, dich bei uns zu haben. Wenn du hier wohnen willst …«

»Nein, Mum, es ist eine wunderschöne Idee, aber ich muss praktisch denken, und ihr wohnt nicht gerade um die Ecke, nicht wahr? Doch ich glaube, dass ich trotzdem von hier fort muss – ich kann Charles einfach nicht wieder gegenübertreten.« Die Erinnerung an sein besorgtes Gesicht nach ihrer Auseinandersetzung mit Annabelle stieg in ihr auf. Er hatte unbedingt reden wollen – wahrscheinlich über ihren Kuss –, aber was immer er ihr sagen würde, sie könnte nicht ertragen, es zu hören. Wenn er ihr erklären wollte, dass das Ganze ein Fehler gewesen sei und er Annabelle und nur Annabelle liebe, würde es Flora das Herz brechen. Aber wenn er ihr eröffnete, in Wirklichkeit sie zu lieben, dass er aber wegen *Stanza und Stanza* an Annabelle gebunden sei, war das auch nicht besser. Sie konnte ihn nicht bitten, das Geschäft aufzugeben, das er so leidenschaftlich liebte – und um ehrlich zu sein, sie wollte gar nicht wissen, welche Wahl er treffen würde, wenn sie ihn zu einer Entscheidung zwang. Nein, es blieb ihr nichts anderes übrig. Sie konnte nicht in Bishopsbridge bleiben.

»Ich werde vielleicht für eine Weile zu Emma gehen«, erklärte sie langsam. »Aber du musst mir versprechen, Charles nicht zu verraten, wo ich abgeblieben bin. Er würde mir möglicherweise folgen wollen, um sich davon zu überzeugen, dass alles in Ordnung ist, und genau das will ich nicht. Verstehst du mich? Es ist schon schwer genug, von hier fortzugehen, aber es würde alles noch schlimmer werden, wenn ich mit Charles über diese Dinge sprechen müsste. Ich könnte es nicht ertragen.«

Widerstrebend gab ihre Mutter ihr Recht.

Als Flora auflegte, brach sie in Tränen aus und trank ihren Wein.

Nachdem sie anschließend noch eine Scheibe Brot mit *Marmite* gegessen hatte, fühlte sie sich stark genug, um Emma anzurufen. Ihre Freundin war vielleicht nicht zu Hause, doch Flora wollte ihr auf jeden Fall eine Nachricht hinterlassen und sie vorwarnen, dass sie unter Umständen schon bald Besuch bekommen würde. Aber glücklicherweise ging Emma sofort an den Apparat.

»Hallo, Süße!«, rief sie erfreut. »Wie geht es dir?«

Flora war mit einem Mal vollkommen erschöpft. »Gut. Ich habe gerade meine erste Auktion geleitet. Es war wunderbar. Einfach berauschend.«

»Und du feierst das mit einem Glas Wein?«

»Hmhm.«

»Warum klingst du dann überhaupt nicht glücklich?«

Flora biss sich auf die Unterlippe. Weinen war gesund, aber es machte auch ein Gespräch ziemlich schwierig. »Weil der Rest meines Lebens völlig aus dem Ruder gelaufen ist.«

»Ist es Henry?«

»Henry? Nein! Charles! Ich liebe ihn, Em, aber er wird Annabelle niemals verlassen.«

»Ist das die Frau, die William malen wollte? Sie ist tatsächlich die

Art üppiger präraffaelitischer Schönheit, die Männer mögen. Nun ja, du musst ihn ihr einfach abspenstig machen. Das sollte einem hübschen Mädchen wie dir nicht schwerfallen«, erklärte Emma energisch.

»So einfach ist das nicht. Selbst wenn ich es könnte, würde Charles die Hälfte des Geschäfts verlieren, wenn die beiden nicht heiraten. Oh, mein Gott. Kannst du dir vorstellen, wie es wäre, sich ein Geschäft mit Annabelles Vater teilen zu müssen! Ein entsetzlicher Gedanke!«

»Aber unterm Strich wäre es in Ordnung, weil du Charles hättest. Dann könntest du alles tun, was du willst.« Emma hielt inne. »Ist er immer noch so steif und spießig?«

»Ziemlich. Ich liebe ihn einfach so sehr, dass es mir nichts mehr ausmacht.«

»Er ist auf seine Weise ausgesprochen attraktiv.«

»Das weiß ich! Und er kann auch ganz nett sein …«

»Ich finde es nicht besonders nett, dass er dir das Herz bricht«, gab sie eisig zurück.

»Er tut es doch nicht mit Absicht!«

»Ich weiß, ich weiß, entschuldige. Ich bin einfach im Moment nicht besonders gut auf Männer zu sprechen.«

»Oh, Emma, es tut mir so leid! Ich war so mit meinen eigenen Problemen beschäftigt – ist mit dir und Dave alles in Ordnung?«

»Ja, denn er wohnt nicht mehr hier.«

»Was?«

»Das Leben ist ohne ihn so viel leichter. Männerlos und stolz, das bin ich. Jeremy ruft von Zeit zu Zeit an, aber wir haben uns noch nicht wiedergesehen.«

»Heißt das …«

»Was?«

»Dass ich für eine Weile bei dir wohnen könnte? Ich muss weg von hier.« Dann erzählte sie Emma alles.

Als sie zum Ende kam, meinte Emma: »Setz dich ins Auto, sobald du dieses Glas Wein aus dem Blut hast, und schwing deinen Hintern hier herüber!«

Obwohl es schon ziemlich spät war, rief Flora noch einmal bei Geoffrey an und vereinbarte mit ihm, dass sie ihm am nächsten Morgen Imelda und die Kätzchen bringen würde. Dann begann sie mit einer Putzaktion. Sie würde ohnehin nicht schlafen können und versuchte gar nicht erst, ins Bett zu gehen, bevor das Cottage tipptopp in Ordnung war. Jeder Teller, jede Tasse und jedes Messer wurden gespült und in einen frisch ausgewischten Schrank geräumt. Die zukünftige Mrs. Stanza würde an ihrer Haushaltsführung nichts auszusetzen finden.

Als die körperliche Anstrengung des Fegens, Putzens und Staubwischens schließlich ihren Tribut forderte, ließ Flora sich von dem Rest des heißen Wassers ein Bad ein und fiel danach mit Imelda auf dem Bauch ins Bett.

Bei Morgengrauen wachte sie auf und packte ihre Kleider zusammen. Unten sah sie die Teekanne auf dem Kaminsims. Sollte sie sie dalassen? Oder sie als Souvenir mitnehmen? Oder würde es ihr jedes Mal von neuem das Herz brechen, sie zu sehen? Ohne eine bewusste Entscheidung getroffen zu haben, wickelte sie die Kanne in den Kaschmirpullover ihres Vaters, den sie einmal Charles geliehen hatte, und steckte sie zusammen mit ihrem Make-up in ihre kleine, geblümte Schultertasche.

Dann verfrachtete sie Imelda und die Kätzchen in den Landrover, den sie sich auszuleihen beabsichtigte, und dabei brach sie von neuem in Tränen aus. Das kleine Cottage war das einzige Zuhause der Kätzchen gewesen. Sie hatten sich hier so wohlgefühlt. Auch Flora war hier in gewisser Weise glücklich gewesen. Sie kämpfte gegen die Tränen an und putzte sich mit einem Taschentuch, das sie in ihrer Jackentasche gefunden hatte, die Nase. Es war ein Taschentuch, das ihre Mutter ihr geschenkt hatte, und es waren kleine

Schuhe darauf gedruckt. Bei diesem Anblick musste sie nur umso heftiger weinen.

Flora hatte vergessen, wie grässlich der Londoner Verkehr selbst an einem Samstag sein konnte. Der Landrover war zwar wie geschaffen für ländliche Wege, in den Nebenstraßen Claphams war er jedoch ein wenig sperrig. Aber der Himmel musste wohl ein Einsehen haben, denn sie fand einen Parkplatz direkt vor Emmas Haus.

Die Freundin hatte offensichtlich nach ihr Ausschau gehalten, denn Flora hatte kaum die Tür des Wagens geöffnet, als Emma auch schon die Treppe heruntergelaufen kam. Sie drückte Flora fest an sich. Dann sagte sie: »Das ist aber ein schrecklich großer Wagen.«

»Ich weiß. Und er gehört nicht einmal mir. Meiner steht noch auf dem Hof hinter dem Büro.«

Obwohl sie noch keinen Tag fort war und normalerweise am Samstag ohnehin nicht zur Arbeit gegangen wäre, durchzuckte sie ein schmerzhafter Stich des Heimwehs. »Es ist wunderbar, wieder hier zu sein. Ich habe London vermisst.«

Emma runzelte die Stirn. »Komm, ich helfe dir bei deinen Sachen.« Dann warf sie einen Blick auf Floras Taschen. »Ist das alles, was du dabeihast?«

»Ich hatte nicht all meine Kleider nach Bishopsbridge mitgenommen. Ich werde sie mir vom Speicher der Wohnung holen müssen.« Normalerweise hätte der Gedanke an entzückende, aber vergessene kleine Outfits, die es wiederzuentdecken galt, Flora in Begeisterung versetzt. Jetzt kam es ihr so vor, als gehörten diese Kleider zu einem früheren Leben.

»Nun ja, komm doch erst einmal herein. Ich habe eine Flasche Wein in den Kühlschrank gestellt, oder ist es noch zu früh?«

Während Flora ihre Taschen und Koffer zusammenraffte, kam sie zu dem Schluss, dass sie keine andere Wahl hatte, als sich zu betrinken. »Ich finde ganz und gar nicht, dass es noch zu früh ist. Es ist fast Mittag.«

Der Wein öffnete bei Flora endgültig alle Schleusen. Sie hockte mit angewinkelten Beinen auf dem Sofa, schluchzte und trank abwechselnd, während sie Emma ihr Leid klagte, bis diese aufstand und Käsetoasts zubereitete.

»Tut mir leid, Em, ich weiß, dass ich eine grässliche Heulsuse bin. Willst du über Dave reden?«

»Nein. Da ich nicht mehr in Dave verliebt bin, falls ich es denn überhaupt je war, möchte ich nicht über ihn reden.«

»In Ordnung. Gibt es vielleicht irgendeinen Laden an der Ecke, der noch geöffnet sein könnte?«

»Gleich hinter der Hauptstraße. Warum, was willst du denn?«

»Mehr Wein und Schokolade. Außerdem brauchen wir noch ein paar gute DVDs.«

Den Rest des Nachmittags und Abends verbrachten sie damit, Schokolade zu essen und sich ihre Lieblingsfilme anzusehen. Als Bridget Jones sagte: »Ich entscheide mich für Wodka«, klatschten sie beide laut Beifall.

Schließlich war es Zeit zum Schlafengehen, und Flora taumelte, angetrunken und von leichter Übelkeit gequält, in das Gästebett. »Morgen wird es mir besser gehen«, sagte sie. »Morgen werde ich wieder stark sein. Ich brauchte einfach einen Tag Auszeit.«

Aber sie fühlte sich am nächsten Tag keineswegs besser. Nachdem sie die Teekanne auf das Fenstersims in ihrem Zimmer gestellt hatte, zog sie den Kaschmirpullover über ihren Pyjama. Sie wusste, das war töricht, aber sie hatte das Gefühl, als wäre der Pullover die letzte Verbindung mit Charles, das Zweitbeste nach einer Umarmung von ihm. Das erzählte sie Emma jedoch nicht. Sie wusste, wie ermüdend Freundinnen mit gebrochenem Herzen sein konnten, aber sie konnte ihre Gefühle einfach nicht abstellen, ganz gleich, wie streng sie sich befahl, genau das zu versuchen.

Emma hatte den Tag mit Freunden verbracht, und als sie nach Hause kam, war Flora noch immer im Pyjama. Sie hatte einen halbherzigen Versuch unternommen, die benutzten Taschentücher und das Schokoladenpapier vom Vortag wegzuräumen, doch sie hatte sich weder die Haare gewaschen noch Make-up aufgelegt. Selbst das Zähneputzen war ihr wie reine Zeitverschwendung vorgekommen, obwohl sie sich dazu immerhin gezwungen hatte.

Emma verlor kein Wort darüber und kochte ihnen ein Nudelgericht. Sie ist eine so gute Freundin, dachte Flora. Ich muss mich zusammenreißen, oder sie wird schon bald die Nase voll haben von mir, und was mache ich dann?

Am nächsten Tag war Flora gerade in eine Sendung über Ehepaare vertieft, die im Ausland Grundstücke kauften, als ihre Mutter anrief.

»Schätzchen«, sagte sie behutsam, »ich möchte dir nicht noch mehr wehtun, aber es gibt da etwas, das du meiner Meinung nach wissen solltest.«

»Was? Es ist doch nichts mit Dad passiert, oder?«

»Nein, nein. Nichts in der Art. Wir haben nur gerade eine Hochzeitseinladung bekommen. Von Annabelles Eltern. Für die Hochzeit von Charles und Annabelle«, fuhr sie fort, da Flora immer noch nicht reagiert hatte.

»Oh.« Die Einladungen mussten einige Tage vor Floras Aufbruch verschickt worden sein. Jetzt würde Annabelle das Ganze gewiss nicht mehr abblasen, und Floras letzte schwache Hoffnung verpuffte.

»Das war's dann also.«

»Es sieht ziemlich danach aus.«

»Nun, es bestätigt nur das, was ich ohnehin bereits wusste.«

»Ja, aber es tut mir wirklich, wirklich leid, Liebling.«

Flora aß in ihrer tiefen Verzweiflung einen Becher Vanillecreme leer.

Als sie Emmas Schlüssel im Schloss hörte, flog sie förmlich in die Küche und begann, einige Zwiebeln zu schälen und klein zu hacken.

Sie brauchte irgendeinen Vorwand, um ihre frisch geröteten Augen und ihre geschwollene Nase zu erklären.

»Oh, Flo, was ist denn jetzt schon wieder passiert?«, verlangte Emma zu erfahren, denn sie war keineswegs auf dieses Ablenkungsmanöver hereingefallen.

»Mum hat angerufen. Sie hat eine Hochzeitseinladung bekommen. Die beiden werden definitiv heiraten. Mein Leben ist vorbei.«

»Nein, ist es nicht! Du wusstest, dass sie heiraten würden. Du bist jetzt nicht schlechter dran als zuvor.« Emma versuchte offensichtlich, einer weiteren Tränenflut vorzubeugen.

»Ja, aber wahrscheinlich hatte ich tief im Innern immer noch gehofft, dass sie nach meinem Weggang einen furchtbaren Streit haben würden. Wahrscheinlich hatte ich gehofft, dass Charles es sich nach diesem Kuss noch einmal überlegen und die Heirat abblasen würde, doch es war dumm von mir, mir derartige Hoffnungen zu machen.«

»Nun, du darfst deshalb nicht in Verzweiflung versinken. Ich weiß, es ist hart, aber die Sache wird dadurch nicht besser, dass du den ganzen Tag lang in einem Pullover, der dir viel zu groß ist, auf dem Sofa herumhängst.«

»Es ist ein sehr schöner Pullover«, sagte Flora und hüllte sich fester in den weichen Stoff.

»Das stimmt, doch du wirst dadurch nur noch sentimentaler. Du musst unbedingt raus – unternimm etwas wegen eines Jobs. Du kannst bleiben, solange du willst, aber ich allein kann die Miete hier nicht bezahlen. Wenn du mir keine Miete zahlst, werde ich mir jemand anderen suchen müssen.«

»Emma!«

»So ist das Leben, Süße. Und du wärst viel glücklicher, wenn du etwas zu tun hättest.«

»Ich werde einen Job brauchen, bevor ich dir etwas bezahlen kann.«

»Hast du denn keine Ersparnisse? Haben sie dich im Auktionshaus nicht bezahlt?«

»Nicht richtig, nicht auf eine Weise, die man in London als Bezahlung ansehen würde. Ich brauchte da unten nämlich keine Miete zu zahlen.«

»Hm, ich bin mir sicher, dass du etwas finden wirst, wenn du nicht zu wählerisch bist. Allerdings kann ich nicht abschätzen, ob Sotheby's dich einfach so einstellen würde.«

Flora lächelte pflichtschuldigst. »Nein, aber wenn ich mich wieder ein wenig gefangen habe, werde ich darüber nachdenken, ob ich nicht für ein Auktionshaus arbeiten könnte. Es ist absolut faszinierend.«

Emma war weniger begeistert. »Wenn du für eins dieser Häuser arbeiten und in London leben willst, wäre es bestimmt nützlich, wenn du nebenbei noch etwas verdienen würdest.«

»Womit du wahrscheinlich Recht hast. Vielleicht sollte ich mich an ein ländliches Auktionshaus wenden, das eine Auszubildende sucht. Dann kann ich mir abends in irgendeiner Kneipe immer noch etwas dazuverdienen.«

»Oder du könntest dir gleich eine besser bezahlte Arbeit suchen. Du hast doch früher reichlich Jobs gehabt, bei denen du ziemlich gut verdient hast.«

»Das waren aber nur Jobs, keine Berufe«, wandte Flora ein. »Ich weiß nicht, ob ich mich jetzt noch mit so etwas zufriedengeben könnte.«

»Nun, sei nicht zu wählerisch. Und wie wär's, wenn du jetzt erst einmal duschen gehen und dir die Haare waschen würdest? Ich hätte Lust, heute Abend auszugehen. Ein paar Leute von der Arbeit treffen sich in einer neuen Weinbar. Du kannst mitkommen und die anderen kennenlernen.«

»Oh, Emma, muss ich?«

»Ja! Ich möchte dich nicht allein hier zurücklassen, und außerdem habe ich schon erzählt, dass ich meine hübsche Freundin mitbringen würde.«

»Im Moment bin ich keineswegs hübsch«, widersprach Flora düster.

»Aber du wärst es, wenn du dir ein wenig Mühe geben würdest! Und jetzt spring unter die Dusche!«

Anderthalb Stunden später saß Flora in der Art Bar, die, bevor sie aufs Land gezogen und für das zivilisierte Leben verdorben worden war, ihr natürliches Biotop gewesen wäre. Sie gab sich wirklich alle Mühe, fröhlich und amüsant zu sein und dem Ruf gerecht zu werden, den Emma ihr vorausgetragen hatte. Ohne gebrochenes Herz wäre ihr das so leicht gefallen wie das Atmen. Wie die Dinge lagen, kamen ihr jedes Lächeln, jeder Wimpernaufschlag und jede kleine Handbewegung gezwungen vor. Glücklicherweise erzielte sie jedoch die richtige Wirkung damit.

»Also, Flora, was machen Sie beruflich?«, kam die unausweichliche Frage von Emmas Chef, der Tim hieß.

»Zurzeit suche ich etwas, doch ich habe bis vor kurzem bei der Leitung eines Auktionshauses assistiert.« Sie lächelte, nippte an ihrer Weinschorle und wünschte, sie könnte nach Hause gehen und ihren Pullover wieder anziehen. »Und was ist mit Ihnen?«

Flora führte das Gespräch auf Autopilot, bis Tim sagte: »Wir sponsern eine Kunstausstellung. Ich habe keine Ahnung von Kunst, ich weiß nicht einmal, was mir gefällt, aber anscheinend macht sich diese Sache für unser Marketing bezahlt.«

Flora wurde hellhörig. Sie fragte sich, was William gesagt hätte, wenn er die Worte »Kunst« und »Marketing« in ein und demselben Satz gehört hätte. »Sie brauchen nicht zusätzlich noch etwas Hilfe, oder? Das ist nämlich genau die Art von Arbeit, auf die ich mich gut verstehe.« Es würde einfach sein, und auf diese Weise würde sie nicht ständig Emma am Schürzenbändel hängen.

»Was? Was können Sie gut?«

Sie zuckte die Schultern und lächelte, fest entschlossen, die schwersten Geschütze aufzufahren, um sich einen Job zu verschaffen. »Ich kann gut mit Menschen reden, Flugblätter verteilen und Kunden Kunstwerke zeigen. Ich kann das alles.«

Tim runzelte die Stirn. »Hm, eine zusätzliche Hilfskraft könnten wir wahrscheinlich noch gebrauchen. Haben Sie einen blassen Schimmer, womit sich Handelsbanken beschäftigen?«

»Nein, aber ich habe eine sehr gute Auffassungsgabe und kann schnell auswendig lernen, und Schauspielern kann ich auch, glauben Sie mir, ich könnte Eskimos Eis verkaufen.« Sie schenkte ihm ein strahlendes Lächeln, das sie nur selten im Stich ließ. Charles war der einzige Mann, der dagegen offenbar immun war.

Tim lächelte. »Ich glaube, Sie haben mich überzeugt, Flora.«

»Sehen Sie! Ich bin genau die Frau, die Sie suchen.«

»Sie werden Geschäftskleidung tragen müssen.«

»Ich weiß genau, was Sie meinen! Nette kleine Kostüme, frisch gebügelte Blusen und hohe Absätze.« Oder vielleicht auch keine Bluse, sondern nur eine Andeutung von Dekolletee. Sie würde Emmas Kleiderschrank plündern müssen. Ihre eigenen netten kleinen Kostüme vegetierten gegenwärtig in der Wohnung am Lancaster Gate in schwarzen Plastiksäcken vor sich hin. Sie hatte keinen Schlüssel für die Wohnung und würde sich auch keinen mehr rechtzeitig beschaffen können.

»Sie scheinen den Job wirklich zu wollen.«

»Und ob! Es ist genau die Art von Job, die ich liebe. Sie können alles mir überlassen, und ich werde damit zurechtkommen. Ich bin es gewohnt, Verantwortung zu tragen.«

Tims Skepsis schwand nach und nach, bis er schließlich fest davon überzeugt war, dass Flora genau die Frau war, die er brauchte. Und obendrein war die Bezahlung noch recht gut.

Während sie mit dem Taxi nach Hause fuhren, war Emma genauso begeistert wie Flora. »Ich wusste, dass du nicht lange brauchen würdest, um einen Job zu finden. Ich habe doch gesagt, du fällst immer wieder auf die Füße. Und wenn es vielleicht nicht der anspruchsvollste Job auf der Welt ist, wirst du auf diese Weise wenigstens rauskommen. Du wirst sicher eine Menge Spaß haben.«

Flora seufzte. »Ich weiß, du hast Recht – ich muss dringend wieder in die Welt hinaus –, aber ›eine Menge Spaß‹ werde ich im Augenblick sicher nicht haben.«

Bekleidet mit einem von Emmas Kostümen, dessen oberster Jackenknopf selbst für Floras freizügige Einstellung ein wenig zu tief saß, stand sie in der Galerie und nahm gerade einen Schluck Wasser aus der Flasche. Die Galerie war voller Menschen, die durcheinanderredeten. Niemand schien sich die Kunstwerke anzusehen, aber viele Leute hatten sich mit ihr über Handelsbanking unterhalten. Bis auf den letzten Mann – und es waren alles Männer – wussten sie mehr darüber als Flora, doch sie blieben, um Floras Geplauder zu hören und sich zu erbieten, ihr noch etwas zu trinken zu holen. Mehrere von ihnen hatten Flora ihre Visitenkarten zugesteckt. Es tat dem Ego recht gut, befand sie, und es war vielversprechend, wenn sie sich irgendwann nach einer dauerhaften Arbeit umsehen musste. Einer dieser Citytypen hatte sicher eine freie Stelle für sie, irgendetwas. Sie hatte viel dazugelernt, seit sie das letzte Mal in London gelebt hatte.

Irgendwann im Laufe des Tages trat eine kleine Flaute ein, und Flora ruhte ihre Stimme aus, füllte ihre leeren Wassertanks und wartete auf den nächsten Mann, den die Kunstwerke langweilten und der deshalb zu ihr kommen würde, um sich von einer jungen Frau, die nichts davon verstand, Dinge erklären zu lassen, über die er selbst bestens Bescheid wusste. Während sie noch müßig dastand und dachte, dass es jetzt nicht mehr lange dauern könne, bis der nächste Kunde an sie herantrat, glaubte sie, kurz ein vertrautes Profil in der Menge erkannt zu haben. Sie schob es auf ihr verrücktes

Gehirn, dass sie Charles an einem Ort gesehen hatte, an dem er unmöglich sein konnte – und dann stand er plötzlich leibhaftig vor ihr.

Ihre Lippen wurden taub, und der Schweiß brach ihr aus. Sie gab sich große Mühe, ihren Mund zu etwas zu formen, das einem Lächeln ähnelte, aber es war kein sehr überzeugender Versuch. Und sprechen konnte sie erst recht nicht.

»Mein Gott, ich habe wahrhaftig lange gebraucht, um dich aufzuspüren!«, sagte er gereizt. »Warum zum Teufel hast du keine Nachsendeadresse hinterlassen?«

Flora räusperte sich mehrmals, damit sie sprechen konnte. »Hallo.« Ihre Stimme war heiser. »Was machst du denn hier?«

»Ich habe nach dir gesucht!« Charles wirkte verärgert, als hätten sie einen Termin gehabt, zu dem Flora nicht erschienen war.

»Warum?«

»Ach, zum Teufel damit, Flora! Hast du einen Mantel dabei? Nein? Gut, dann können wir ja gehen.«

»Einen Augenblick bitte!« Von einer Sekunde auf die andere fiel Flora wieder ein, dass sie so etwas wie ein Rückgrat hatte. »Wer sind Sie, dass Sie mir Befehle geben?«

Charles blickte verwirrt auf sie hinab. »Flora, ich bin hier, um dich nach Hause zu bringen. Und jetzt komm.«

»Ich kann hier nicht weg, ich arbeite nämlich, für den Fall, dass Ihnen das nicht aufgefallen ist!«

»Herumstehen und Broschüren verteilen ist nicht das, was ich unter Arbeit verstehe!«

»Hm, tut mir sehr leid! Es war das Beste, was ich zurzeit finden konnte! Ich bin erst seit kurzem in London …«

»Und es wird Zeit, dass du wieder nach Hause kommst.«

»Nein, wird es nicht! Ich arbeite. Und jetzt gehen Sie bitte und lassen mich meinen Job machen.« Sie sah lächelnd über seine Schulter hinweg, um klarzumachen, dass da jemand auf sie wartete.

Charles reckte das Kinn vor und nahm ihr die Wasserflasche aus der Hand. Dann suchte er nach einem Platz, wo er die Flasche abstellen konnte, und als er keinen fand, stellte er sie einfach auf den Boden. »Niemand ist unersetzlich«, zitierte er Flora selbst. Sie hatte diese Worte gesagt, als er nicht hatte zum Zahnarzt gehen. wollen. »Und jetzt komm mit.«

Kapitel 25

Im nächsten Moment wurde Flora am Handgelenk gepackt und weggezogen. Da es ebenso schwierig wie peinlich gewesen wäre, ihre hohen Absätze in den Parkettfußboden zu bohren, folgte sie Charles widerstandslos nach draußen. »Ich kann nirgendwo mit Ihnen hingehen, Charles«, protestierte sie dann, als sie schließlich vor dem Gebäude standen. »Und wenn ich vorzeitig hier verschwinde, werde ich nicht bezahlt, und ich brauche das Geld.«

»Wozu brauchst du das Geld?«

»Um meine Miete zu bezahlen. Und wenn ich hier fertig bin, habe ich einen Termin für eine Wohnungsbesichtigung.« Das entsprach nicht der Wahrheit, aber es klang gut.

»Hör mal, Flora, ich habe lange gebraucht, um dich aufzuspüren …«

»Wie *haben* Sie mich eigentlich aufgespürt? Erzählen Sie mir nicht, meine Mutter hätte Ihnen verraten, wo ich bin?«

Charles strich sich das Haar aus den Augen. »Können wir dieses Gespräch irgendwo anders führen als in der Cork Street?«

»Was schlagen Sie denn vor? Sollen wir in einem Kongresszentrum anfragen, ob noch ein Besprechungszimmer frei ist?«

Charles lächelte. »Ein Restaurant wäre gut. Ich bin halb verhungert.« Erregung, Adrenalin und das pure Glück darüber, wieder mit Charles zusammen zu sein – selbst wenn sie sich stritten –, ließen Floras Herz einen kleinen Hüpfer vollführen. »In Ordnung.« Sie gab sich alle Mühe, lässig zu klingen. Sie wollte Charles nicht den Eindruck vermitteln, als würde sie einfach gehorsam mit ihm nach Hause gehen.

»Es muss doch irgendwo in der Nähe ein Lokal geben.« Sie gingen an mehreren Lokalen vorbei, die geschlossen waren, und Charles ließ ihre Hand keinen Moment los.

»Montagabends sind nicht viele Restaurants geöffnet«, erklärte Flora. »Das hat etwas mit dem Fisch zu tun. Oder vielleicht gilt das auch nur für die Imbissbuden …«

Charles blickte stirnrunzelnd auf sie herab, als hätte er jede Hoffnung aufgegeben, sie jemals zu verstehen.

Sie bogen in eine kleine Nebenstraße ein, an deren Ende sie eine Markise und Lichterketten sehen konnten. Kurz darauf konnten sie das typische Lärmen eines überfüllten Restaurants hören. Als sie in die Tür traten, warf ihnen der Oberkellner einen traurigen Blick zu und schüttelte den Kopf. »Es tut mir leid …«

»Hören Sie«, meinte Charles höflich, aber sehr entschieden, »wir haben Hunger, und wir brauchen einen kleinen Tisch für zwei Personen. Es macht uns nichts aus, wenn wir neben der Küche sitzen, es macht uns nichts aus, wenn es ein wenig zugig ist, wir wollen einfach nur irgendeinen Platz, an dem wir essen können.«

»Gewiss, Monsieur. Wenn Sie einen Moment hier warten wollen, werde ich sehen, was ich für Sie tun kann.«

Während sie warteten, schaute Flora sich um. Es sah so aus, als wäre im ganzen Raum kein Quadratzentimeter mehr frei. Doch wenige Minuten nach ihrer Ankunft kam der Oberkellner zurück.

»Wir haben ein kleines Eckchen für Sie gefunden.«

Sie zwängten sich an anderen Tischen mit Gästen und großen Topfpflanzen vorbei, bis sie die versprochene Ecke erreichten. Selbst nachdem der Oberkellner für sie den Tisch etwas vorgezogen hatte, gelang es Flora kaum, dahinter Platz zu nehmen. Mit einem Kichern, das sie zum Teil auf ihre Nervosität zurückführte, ließ sie sich auf ihren Stuhl fallen. Charles nahm die Speisekarte entgegen.

»Steak, Pommes frites, Salat und … könnte ich die Weinkarte sehen? Bist du damit einverstanden, Flora?«

»Bestellen Sie gerade das Essen für mich, Charles?«

»Ja. Hast du ein Problem damit?«

Flora seufzte. »Diesmal nicht, nein.«

Charles überflog die Liste der Weine, die auf der anderen Seite der Speisekarte stand. »Wir hätten gern den Barolo und etwas Wasser. Stilles Wasser oder mit Kohlensäure, Flora?«

»Mit Kohlensäure«, antwortete sie fügsam.

Im Prinzip hielt sie nichts von Männern, die für ihre Begleiterin das Essen auswählten, aber in diesem Fall fand sie es recht angenehm. Schließlich hätte sie ja protestieren können, wenn eine der von ihm ausgewählten Speisen ihr zuwider gewesen wäre. Außerdem fand sie Charles' Erscheinen zu faszinierend, um sich wegen des Essens aufzuregen.

Der Wein wurde mit befriedigender Schnelligkeit an ihren Tisch gebracht. »Ich brauche ihn nicht zu probieren«, erklärte Charles. »Ich bin davon überzeugt, dass er nicht korkig schmeckt.«

Der Kellner versuchte, sich nicht anmerken zu lassen, dass er dies als Kränkung empfand, und schenkte ihnen beiden ein Glas Wein ein, bevor er sich wieder zurückzog. Er war offensichtlich erfahren genug, um zu wissen, wann Gäste sich in aller Ruhe ordentlich streiten wollten.

»Also, Flora. Oh, das Brot. Vielen Dank.«

Flora nahm sich ein Stück Brot und knabberte daran. Jetzt erst stellte sie fest, dass sie ebenfalls Hunger hatte. Sie hatte seit dem Frühstück nichts Richtiges mehr gegessen.

»Also, warum bist du weggelaufen? Du musst mit nach Hause kommen!«

»Ich bin nicht weggelaufen! Ich bin übers Wochenende nach London gefahren und habe beschlossen, für ein paar Tage zu bleiben. Das ist ganz und gar nicht dasselbe.« Sie wollte nicht erklären, warum sie Bishopsbridge verlassen hatte; es war zu demütigend, zu schmerzhaft.

»Das magst du Geoffrey erzählt haben, aber mich hast du damit nicht getäuscht. Und wenn du nur übers Wochenende weggefahren bist, warum hast du dir dann einen Job gesucht? Außerdem hast du gesagt, dass du nach einer Wohnung suchst!«

Flora sah auf ihre Armbanduhr. »Danke, dass Sie mich daran erinnern. Ich werde um neun Uhr dort erwartet. Das war die einzige Uhrzeit, die der Vermieter mir anbieten konnte. Ich darf den Termin auf keinen Fall versäumen.« Ihr Stolz zwang sie dazu, an dieser Lüge festzuhalten. Auf diese Weise fühlte sie sich nicht ganz so hilflos.

»Du wirst dir keine Wohnung ansehen! Was ist los mit dir? Du kommst nach Bishopsbridge, stiftest auf Schritt und Tritt Aufruhr …«

»Ich habe keinen Aufruhr gestiftet! Ich habe … Wohlstand, Publicity und eine Menge anderer guter Dinge gestiftet. Und wir haben einen großen Batzen Geld für Geoffreys Bücher herausgeschlagen.«

»Ich weiß. Ich war dabei. Wir müssen dich unbedingt noch einmal aufs Podest schicken, sobald du etwas mehr Erfahrung hast.«

Flora war aufgestanden, bevor er seinen Satz beendet hatte. Er hielt sie am Handgelenk fest. »Das war nur ein Scherz, ehrlich. Du warst großartig, und du bist seither in aller Munde.«

Flora betrachtete ihn argwöhnisch. »Verraten Sie mir eins, Charles, sind Sie absichtlich weggeblieben, damit ich die Auktion leiten musste?«

Charles zog auf geradezu komische Weise eine Augenbraue in die Höhe. »Wenn ich es dir erzähle, wirst du mir dann versprechen, nicht mit irgendwelchen Dingen um dich zu werfen?«

»Nein. Das werde ich nicht versprechen«, fauchte sie, »und Sie haben sich mit dieser Frage selbst verraten.«

»Überleg doch mal, was für eine Enttäuschung es für dich gewesen wäre – und für Geoffrey –, wenn ihr so viel Zeit und Mühe in die Vorbereitung investiert hättet und du dann keine Gelegenheit gehabt hättest, dein Können unter Beweis zu stellen.«

Flora gestattete sich, einen nachgiebigeren Tonfall anzuschlagen. »Das ist wahrscheinlich richtig. Waren Sie von Anfang an dabei?«

»Ja, das war ich, und ich war ehrlich beeindruckt. Geoffrey hat seine Sache wirklich gut gemacht.«

»Bekomme ich selbst denn gar kein Lob?«

»Du weißt ganz genau, dass du ein Naturtalent bist. Und die Leute lieben dich.«

Flora spürte, dass sich ein selbstgefälliges kleines Lächeln in ihren Mundwinkeln bildete, und unterdrückte die Regung, dankbar dafür, dass sie nicht wutentbrannt in den Abend hinausstürmen musste, ohne gegessen zu haben. »Ich bin ganz bestimmt kein Naturtalent. Geoffrey hat etliche Stunden darauf verwandt, mich zu unterrichten.«

»Es hat sich jedenfalls gelohnt. Ich hätte mir niemals träumen lassen, dass wir auch nur annähernd so viel für seine Bücher erzielen würden.« Er runzelte die Stirn. »Geoffrey war der Meinung, dass die Leute nur deshalb weitergeboten haben, um deine Aufmerksamkeit zu erregen.«

»Das ist nicht wahr. Die Leute sind nicht doof. Es war die Website, die die Gebote in die Höhe getrieben hat. Die Leute haben auf diese Weise erfahren, dass die Bücher zum Verkauf standen, und sind nur deshalb gekommen. Mehr steckte nicht dahinter.«

»Ich bin nicht eifersüchtig auf die Bieter.«

»Gut.«

»Also, warum bist du gegangen?«

Flora atmete tief durch, spielte mit ihrer Serviette herum und aß noch ein wenig Brot. Es war schön, dass Charles ihr nachgekommen war, aber es änderte im Grunde gar nichts. Er würde nach wie vor das Geschäft verlieren, wenn er Annabelle verließ – vorausgesetzt, er wollte das überhaupt. Im Augenblick benahm er sich nicht gerade wie ein Mensch, dem das Herz gebrochen worden war; stattdessen kehrte er wieder den herrischen älteren Vetter heraus. Nichts hatte sich wirklich geändert, daher war Flora nicht danach zu Mute, ihm ehrlich zu erklären, was geschehen war. Stattdessen entschied sie sich dafür, ein wenig kreativ mit der Wahrheit umzugehen.

Sie richtete den Blick auf einen Webfehler in der Tischdecke. »Annabelle hat gesehen, wie wir uns geküsst haben. Irgendwie hat sie das in den falschen Hals bekommen, und« – sie zwang sich, ein unbefangenes Lachen zu versuchen – »und sie hat geglaubt, da wäre etwas zwischen uns.« Charles' Miene hatte sich verändert, doch Flora war außer Stande, sie zu deuten. »Also«, fuhr sie fort, »hat sie mir erklärt, dass du deine Hälfte der Firma verlieren würdest, wenn ihr beide nicht heiratet.«

Charles schüttelte den Kopf. »Aber warum hat dich das dazu gebracht, wegzugehen?«

»Wie meinst du das? Ich konnte dich schlecht bitten …« Sie unterbrach sich. Ich konnte dich schlecht bitten, eine Wahl zu treffen, hatte sie sagen wollen, doch das brachte sie nicht über sich, da sie mit dieser Bemerkung vorausgesetzt hätte, dass er an ihr interessiert war. »Ich konnte dich nicht bitten, die Firma zu riskieren. Sie ist dein Leben.«

»Ich dachte, sie sei auch dein Leben, Flora.«

»Das war sie – ist sie« – Gott, war das schwierig –, »aber sie ist viel länger dein Leben gewesen, als sie meines war.« Himmel, wie konfus sie klang!

»Ich verstehe.«

»Also, was machst du hier?«, fragte sie. »Du und Annabelle, ihr werdet heiraten. Versuch nicht, es abzustreiten! Meine Mutter hat die Einladung bekommen.«

»Oh Gott, das tut mir leid. Ich nehme an, Annabelles Mutter hatte die Einladungen bereits verschickt, bevor sie erfahren hat, dass wir uns getrennt haben …«

»Getrennt?« Flora konnte nicht glauben, was sie da hörte. »Du meinst, du und Annabelle, ihr habt euch getrennt?«

»Ja, Flora. Ich habe am Sonntag versucht, dich anzurufen, habe dich aber nicht erreicht. Daraufhin habe ich Annabelle gefragt, ob sie wisse, wo du sein könntest, und sie hat zugegeben, dich weggeschickt zu haben.«

Flora dröhnte der Kopf. »Aber wenn du Annabelle nicht heiratest, wie willst du dann deine Schulden bei ihrem Vater zurückzahlen?«

»Ich habe nicht die geringste Ahnung. Irgendetwas wird mir wohl einfallen.«

»Charles, das sieht dir so gar nicht ähnlich!«

»Ich weiß. Ich glaube, seit einiger Zeit langweilt es mich, mir ähnlich zu sehen. Ich würde viel lieber so sein wie du. Im Moment lebe ich in der Wohnung über dem Büro. Und sobald wir nach Hause kommen, werde ich mein Kätzchen abholen.«

»›Wir‹? Sprichst du von dir im Majestätsplural?«, fragte sie vorsichtig, da sie kein Missverständnis riskieren wollte.

»Nein! Damit sind wir beide gemeint. Du hast eine Menge gelernt und dich sehr nützlich gemacht.«

»Du hast gesagt, ich hätte Aufruhr gestiftet.«

»Das ist dasselbe.«

Flora ging das ganze Gespräch im Geiste noch einmal durch. Es waren einfach zu viele Neuigkeiten, um alle gleichzeitig zu verarbeiten. »Du hast mir immer noch nicht erzählt, warum du dich auf die Suche nach mir gemacht hast. Oder wie du mich überhaupt gefunden hast.«

»Ich mache Zeugenschutz geltend.«

Da Flora den starken Verdacht hatte, dass ihre Mutter in die Sache verwickelt war, ließ sie ihn mit dieser Antwort durchkommen. »Was ist mit dem ersten Teil der Frage?«

»Wir brauchen dich, Flora! Und du kannst von Geoffrey nicht

erwarten, dass er sich bis in alle Ewigkeit um deine Katzen kümmert.«

»Es geht nur um Imelda, und zwei der Kätzchen gehören ohnehin Geoffrey.« Sie runzelte die Stirn. »Willst du weiter in der Wohnung leben? Denn wenn wir sie verkaufen würden, könnten wir genug Geld zusammenbekommen, um Bobs und vielleicht auch Georges Geschäft zu übernehmen. Vielleicht würde sogar genug übrig bleiben, um Annabelles Vater auszuzahlen. Wenn nicht, hätten wir immer noch meine Hälfte des Geschäfts. Die könnten wir als Sicherheit für ein Darlehen einsetzen. So viel kann die neue Elektrik unmöglich gekostet haben.«

»Du wärst bereit, deinen Anteil zu beleihen?«

»Äh, hm.« Flora wurde plötzlich klar, wie sehr sie ihre Gefühle offengelegt hatte.

»Für mich oder für die Firma?«

Sie schluckte. »Für die Firma natürlich.« Das war eine Lüge, aber sie fühlte sich zu verletzbar, um ihm die Wahrheit zu sagen.

»Dann bedeutet dir *Stanza und Stanza* also etwas?«, hakte er leise nach.

»Natürlich!«, antwortete Flora.

»Also, warum bist du weggelaufen?«

»Das habe ich dir doch schon erklärt. Ich dachte, du würdest die Firma verlieren, wenn ich bleibe. Warum bist du mir nachgekommen?«

»Musst du mich das wirklich fragen?«

Floras vehemente Zustimmung wurde durch den Kellner unterbrochen, der das Essen brachte. Flora war dankbar für diese Störung, denn sie gab ihr Zeit zum Nachdenken. Welchen Grund könnte sie für ihre Flucht nennen, der nichts mit ihren Gefühlen für Charles zu tun hatte? Sie schnitt sich ein so großes Stück von ihrem Steak ab, dass man unmöglich eine schnelle Antwort von ihr erwarten konnte.

»Es war ziemlich schwierig, dich ausfindig zu machen«, bemerkte Charles, der einen kleineren Bissen genommen hatte und schon recht bald wieder in der Lage war zu sprechen.

Flora nickte kauend.

»Am Ende musste ich Kontakt zu Henry aufnehmen.«

Flora runzelte die Stirn. »Woher wusste er denn, wo ich war?«

»Er hat es einfach vermutet und hat mir geraten, Emma anzurufen.« Er hielt inne. »Und stell dir vor: Obwohl William und Emma angeblich Freunde sind, hatte William keine Telefonnummer von Emma.«

»Oh?«

»Nein. Aber glücklicherweise hatte deine Mutter sie. Sie hat mir erzählt, wo du arbeitest.«

Flora nahm sich vor, Emma und ihre Mutter später entweder zu ermorden oder zu umarmen, je nachdem, wie die Sache ausging.

»Also, sind Emma und William nun alte Freunde oder nicht?«

Flora zuckte die Schultern. »Vielleicht nicht.«

»Wie dem auch sei, er malt sehr gute Porträts.«

»Oh, hat Annabelle sich porträtieren lassen? Wie ist das Bild denn so?« Sie griff nach ihrem Glas.

»Es ist sehr fesselnd. Sie ist darauf nackt.«

Flora versprühte Rotwein über ihren ganzen Teller und den Tisch, und Charles bekam ebenfalls etwas ab.

»Wusstest du das nicht?«, erkundigte sich Charles. »Ich dachte, sie hätte dich ins Vertrauen gezogen.«

Flora schüttelte den Kopf und nahm einen Schluck Wasser. »Sie hat mir nie erzählt, dass sie sich nackt malen lassen wollte! Das sieht ihr so gar nicht ähnlich!«

»Dazu kann ich nichts sagen. Seit du sie unter deine Fittiche genommen hast, ist sie vollkommen verändert.«

Flora wurde plötzlich sehr heiß. Wenn sie Annabelles Garderobe nicht umgekrempelt, die altmodischen Blusen nicht aussortiert und

Annabelle nicht dazu gebracht hätte, alles nicht mehr bis obenhin zugeknöpft zu tragen, dann wären sie und Annabelle vielleicht nicht glücklicher geworden, aber zumindest Charles wäre es besser ergangen. Ihm musste die alte Annabelle gefallen haben.

»Es tut mir so leid«, flüsterte sie, überwältigt von Schuldgefühlen.

»Ich glaube nicht, dass du dir darüber im Klaren bist, welchen Einfluss du auf die Menschen hast, Flora«, antwortete er mit aufreizend undurchdringlicher Miene.

Flora riss sich zusammen. »Oh, ich bitte dich, du kannst mir nicht alle Schuld in die Schuhe schieben! Annabelle ist eine Frau mit einem sehr starken Willen.«

Seine unvernünftige Argumentation gab Flora neue Kraft, und sie attackierte den nächsten Teil ihres Steaks.

»Dann übernimmst du also keine Verantwortung dafür, dass Annabelle sich so untypisch benimmt?«

»Nein!« Sie konzentrierte sich darauf, ihrer Stimme einen tieferen Klang zu geben, damit sie sich nicht allzu sehr wie eine verschüchterte Maus anhörte. »Nein. Man kann keine Verantwortung für die Taten erwachsener Menschen übernehmen, sofern diese noch bei Verstand sind. Es ist einfach neurotisch, sich selbst an allem die Schuld zu geben.«

»Gerade eben hast du dir noch die Schuld daran gegeben, dass Annabelles neu geweckter Sinn für attraktive Outfits sie leichtfertig gemacht hat, und trotzdem willst du jetzt keine Schuldhaftigkeit deinerseits darin erkennen, dass sie sich nackt hat malen lassen?«

Flora fragte sich plötzlich, ob das alles war, was zwischen Annabelle und William lief. Trotz ihrer Drohungen Flora gegenüber hatte Annabelle Charles offenkundig ziemlich schnell freigegeben – vielleicht war William daran nicht ganz unschuldig gewesen. Schließlich war es etwas sehr Intimes, sich vor einem Mann auszuziehen, und sei es auch nur in der Rolle eines Aktmodells. Allerdings sprach Flora diesen wilden Gedanken nicht aus.

»Nur du benutzt noch ein Wort wie ›Schuldhaftigkeit‹, Charles.« Sie nahm einen weiteren Schluck Wein. Eigentlich hatte sie sagen wollen, dass dies eins der Dinge war, die sie an ihm liebte. Nicht weil diese Eigenart irgendwie besonders liebenswert gewesen wäre, sondern weil sie so typisch für ihn war.

»Willst du deine Pommes frites nicht?«

Sie brauchte Eisen, um dem Streitgespräch mit Charles gewachsen zu sein, und steckte sich erneut ein Stück Fleisch in den Mund! »Nein. Du kannst sie gern haben.« Sie sah zu, wie er seinen Teller mit Pommes frites belud. »Ehrlich, wie kann man nur so viel essen …«

»Was?« Charles kaute stoisch weiter.

»Zu einer solchen Zeit«, brachte sie hervor, wobei sie sich absichtlich so ungenau ausdrückte.

Er legte sein Besteck beiseite und blickte auf seine Armbanduhr. »Halb neun?«

Flora biss sich auf die Lippen, um ihr Lächeln zu unterdrücken. »Ich meinte keine spezielle Uhrzeit, sondern einfach eine Zeit wie diese.« Dann fiel ihr wieder ihr erfundener Termin für die Besichtigung der imaginären Wohnung ein. »Und wenn es halb neun ist, dann muss ich jetzt gehen. Ich muss noch nach Islington fahren, und ich habe keine Ahnung, wie lange ich dafür brauchen werde.«

»Zu lange. Und warum willst du überhaupt nach Islington?«

»Ich habe dir doch erzählt, dass ich mir eine Wohnung ansehen will.«

»Und ich habe gesagt, dass ich hier bin, um dich nach Hause zu holen.«

»Hm, ich kann unmöglich mit dir gehen. Zum einen steht der Landrover auf einem Anwohnerparkplatz vor Emmas Haus.«

»Ich darf auf keinen Fall vergessen, die Tatsache, dass du den Wagen gestohlen hast, der Polizei zu melden.«

»Der gehört ohnehin zur Hälfte mir. Und kannst du mir einen einzigen guten Grund nennen, warum ich zu *Stanza und Stanza* zurückkehren sollte – abgesehen von Imelda, die sich bei Edie und ihren Sardinen bestimmt sehr wohlfühlt?« Sie holte tief Luft und sprach weiter, für den Fall, dass er ihr nicht die Antwort gab, die sie hören wollte. »Die Geschäfte laufen immer besser, du kannst Bobs und Georges Läden übernehmen, die Website lockt jede Menge Kunden an. Du kannst *Stanza und Stanza* zu einem ausgesprochen einträglichen Geschäft machen.«

»Hat Geoffrey dir erzählt, dass er sich bei uns beteiligen will?«

»Nein, wirklich? Das ist ja fantastisch!« Das also war es, was Geoffrey mit dem Erlös der Bücher anfangen wollte; das war der Plan, von dem er ihr nichts hatte verraten wollen. »Er verfügt über ein enormes Wissen, und das zusätzliche Bargeld wäre ausgesprochen nützlich.« Tatsächlich wäre es mehr als nützlich, dachte Flora, es würde Charles die Möglichkeit geben, seine Schulden bei Annabelles Vater zu begleichen. Und damit hätte Annabelle dann ihre Macht über Charles verloren.

»Zusätzliches Bargeld ist immer nützlich«, stimmte er mit einem kläglichen Lächeln zu, »aber das Geld würde an dich gehen, nicht an das Geschäft.«

»Was?«

»Du würdest es bekommen, weil es deine Anteile wären, die Geoffrey kauft, nicht wahr?«

Flora schüttelte den Kopf. »Nicht unbedingt. Er könnte auch Anteile von dir kaufen. Aber wenn er sich deswegen an mich wenden sollte, wäre das vollkommen in Ordnung für mich. Tatsächlich wäre ich mehr als einverstanden, wenn er meine Anteile komplett übernehmen wollte.«

Charles runzelte die Stirn und wirkte zum ersten Mal an diesem Abend ehrlich verunsichert. »Aber Flora, ich dachte, du liebst das Auktionsgeschäft.«

»Das stimmt auch«, pflichtete sie ihm kleinlaut bei. »Aber es müsste ja nicht unbedingt *Stanza und Stanza* sein, oder?«

»Bei keinem anderen Geschäft würde dein Name im Briefkopf stehen, Flora. Bedeutet dir das denn gar nichts?«

»Doch, aber ...« Tränen schnürten ihr die Kehle zu. Sie fühlte sich sehr erschöpft und sehr mutlos. Charles war den ganzen Weg bis nach London gefahren, um sie zurückzuholen, doch jetzt schien ganz klar zu sein, dass er nur aus geschäftlichen Gründen hier war.

»Aber was?«

»Es wäre vielleicht besser, wenn ich als Auktionatorin in einem anderen Auktionshaus arbeiten würde.«

»Warum?«

»Weil ...« Was konnte sie darauf antworten, das auch nur halbwegs vernünftig klingen würde?

»Es gibt überhaupt keinen Grund dafür, nicht wahr?«

Sie zuckte die Schultern und blickte ins Leere. Es gab einen Grund, einen sehr guten Grund sogar, doch den konnte sie Charles unmöglich nennen.

»Möchtest du einen Nachtisch?«

»Nein, danke.« Sie sah ihn an. »Aber du kannst gern einen nehmen. Wie wärs mit den Profiteroles?«

»Mir steht der Sinn nach etwas ganz anderem als nach Blätterteighäppchen, die mit Schokolade überzogen sind.«

»Was willst du denn?« Flora warf einen Blick auf die Tafel mit den Empfehlungen des Tages. »Tarte au citron? Tarte tatin?«

»Nein, du dummes Geschöpf, ich will dich. Und jetzt komm mit.«

Er warf mehrere Zehnpfundscheine auf den Tisch und stand auf.

Statt sich der Peinlichkeit dieser arroganten Geste zu stellen, ließ Flora sich am Arm aus dem Restaurant und auf den Gehsteig hinausziehen, auf dem inzwischen lebhafter Betrieb herrschte.

»Wohin jetzt?«, fragte Flora und versuchte, sich daran zu erinnern, dass sie eine Frau aus dem 21. Jahrhundert war und sich daher nicht beliebig irgendwohin verfrachten lassen würde.

»Ein Hotel, denke ich. Taxi!«

Ein Taxi hielt am Straßenrand, und Flora stieg ein. Charles ließ sich auf den Sitz neben ihr sinken.

»Wohin?«, erkundigte sich der Taxifahrer über die Schulter.

»In ein gutes Hotel«, antwortete Charles. »Können Sie uns eins empfehlen?«

Flora verbarg das Gesicht hinter den Händen und gab sich alle Mühe, nicht vor Scham zu sterben. »Was wird er nur von uns denken?«, flüsterte sie.

Charles blickte auf sie hinab und kicherte leise. »Offen gesagt, meine Liebe, ist mir das verdammt egal.«

Flora, die sich immer noch die Hände vors Gesicht hielt, brach in Gelächter aus.

Kapitel 26

Flora versteckte sich immer noch hinter ihren Händen, als das Taxi einige Minuten später anhielt. Das war im Grunde nicht weiter überraschend: Sie befanden sich im Zentrum von London, wo es nur so von Hotels wimmelte.

»Das dürfte das Richtige für Sie sein. Klein und diskret, genau das, was Sie brauchen, Sir«, meinte der Taxifahrer.

Flora stieg aus dem Wagen und stand mit hochrotem Gesicht neben Charles, während dieser bezahlte. Dann folgte sie ihm in sicherem Abstand die Stufen des Hotels hinauf. Musste nicht alles, was er an der Rezeption sagen konnte, ausgesprochen zwielichtig klingen?

Im Foyer ließ sie sich ein wenig zurückfallen und studierte die modernen Kunstwerke an den Wänden, doch ihre Nervosität schien sich nur noch zu steigern. Es war nicht so, dass sie nicht liebend gern mit Charles in ein Schlafzimmer geeilt wäre, aber bei dem Gedanken, wie sie dorthin gelangen würden, krümmten sich ihr, gelinde gesagt, die Zehennägel.

»Komm her und unterschreib das Formular«, sagte Charles. Seine Worte waren ein Befehl, doch sein Tonfall war sanft. Flora unterschrieb pflichtschuldigst und vermied es dabei nach Kräften, die nette junge Frau hinter dem Empfangstisch anzusehen.

»Wie Sie sehen, haben wir kein Gepäck dabei, also wären wir Ihnen sehr verbunden, wenn Sie Zahnbürsten und Zahnpasta nach oben schicken würden und … brauchst du sonst noch irgendetwas, Liebling?«

Das »Liebling« erweckte den Eindruck, als wären sie verheiratet, aber es war das erste Mal, dass er dieses Kosewort benutzte, und Floras Röte vertiefte sich noch.

»Eine Feuchtigkeitscreme wäre gut«, murmelte sie, immer noch mit gesenktem Blick.

Plötzlich kam ihr ein schrecklicher Gedanke. Was war mit der Empfängnisverhütung? Aber wenn sie Charles jetzt daran erinnerte, würde er diese nette Frau darum bitten, ihnen mit den Zahnbürsten auch Kondome nach oben zu schicken, und dann würde sie endgültig vor Scham sterben.

Sie befanden sich nicht in der Art von Hotel, in der man den Gästen nur den Weg zu ihrem Zimmer beschrieb und sie dann sich selbst überließ. Trotz ihres augenfälligen Mangels an Gepäck führte ein junger Mann sie durch mit Teppich ausgelegte Flure und eine Treppe hinunter in ihr Zimmer.

Nachdem er ihnen den Kleiderschrank und die Minibar gezeigt und ihnen die Funktionsweise des Fernsehers erklärt hatte, ließ er sie sofort allein.

Flora ging direkt ins Badezimmer, um die Shampoos und Duschgels zu inspizieren, und stellte fest, dass sie alle Markenprodukte waren – sehr zufrieden stellend. Als sie zurückkam, fand sie Charles vor der Minibar.

Es war weniger eine Bar als ein kleiner Kühlschrank. Darin befanden sich Gin, Wodka, Champagner, Weißwein und die üblichen Geleebohnen und Knabbersachen. Neben dem Kühlschrank standen Whisky und Rotwein, außerdem entdeckte sie eine Wegwerfkamera, Snacks und etwas, das sich Erste-Hilfe-Set nannte.

Flora griff danach und riss den Deckel auf. »Oh, sieh mal! Lauter nützliche Dinge! Pflaster, Schmerztabletten, ein kleines Nähkästchen und …« Ein Päckchen mit drei Kondomen fiel auf das Bett.

»Nur drei«, sagte Charles nach kurzem Schweigen. »Das ist ein wenig enttäuschend. Aber ich nehme an, sie werden uns weitere nach oben schicken, wenn wir darum bitten.«

Zum ersten Mal, seit sie das Restaurant verlassen hatten, gestattete Flora sich, ungefähr in die Richtung von Charles' Kopf zu blicken. »Ich kann nicht fassen, dass wir das hier tun, obwohl wir uns noch nicht einmal richtig geküsst haben.«

Er lächelte sie an und breitete die Arme aus. »Dann sollten wir uns jetzt küssen – richtig.«

Charles zog sie an sich, und seine Lippen senkten sich auf ihre herab, als würden sie von einem Magneten angezogen. Er schmeckte nach Pfefferminz, und sie begriff, dass er irgendwann im Laufe der Taxifahrt eine Lutschpastille gegessen haben musste. Sie wünschte, sie hätte dasselbe getan – sie hatte einige Drops in ihrer Handtasche –, aber sie hatte nicht daran gedacht. Dann hörte sie auf, sich darüber den Kopf zu zerbrechen, hörte sogar auf zu denken und gab sich einfach ihren Gefühlen hin.

Zuerst war ihr Kuss unbeholfen, zu leidenschaftlich, um raffiniert zu sein, und es dauerte einige Sekunden, bis Charles' Lippen die Kontrolle übernahmen, und Flora spürte, wie ihr Körper mit seinem verschmolz. Die Knie gaben unter ihr nach, und gemeinsam ließen sie sich auf das Bett fallen; zuerst saßen sie, dann lagen sie schließlich auf den verschiedenen Kleinigkeiten aus dem Erste-Hilfe-Set. Charles war mit Inbrunst bei der Sache, und langsam fing Flora Feuer.

Er kämpfte gerade mit der Sicherheitsnadel, die Emmas Jacke über ihren Brüsten zusammenhielt, als jemand an der Tür klopfte, so diskret, dass Flora nur einen Schluss daraus ziehen konnte: Wer immer dort draußen stand, wusste, was in diesem Raum vorging.

Charles stand auf, um die Tür zu öffnen, und Flora flüchtete in das Badezimmer, damit der Hotelangestellte, der die Zahnbürsten brachte, ihre geröteten Wangen und ihr wirres Haar nicht sah. Wo hatte Charles gelernt, so zu küssen?, fragte sie sich. Gewiss nicht von Annabelle! Nachdem sie Annabelle energisch aus ihren Gedanken verbannt hatte, öffnete sie die Sicherheitsnadel, während sie darauf wartete, dass Charles die Angelegenheiten mit dem Zimmerservice regelte. Es schien ziemlich lange zu dauern, zwei Zahnbürsten und eine Feuchtigkeitscreme zu liefern.

Als sie aus dem Bad kam, öffnete Charles gerade eine Flasche Champagner.

»Der kommt aber nicht aus der Minibar. Die große Flasche hätte nicht hineingepasst«, sagte sie.

»Das ist ein Geschenk des Hauses. Für Flitterwöchner.«

Floras Augen weiteten sich. »Aber wir verbringen hier nicht unsere Flitterwochen! Und das können sie auch unmöglich annehmen.«

Er zuckte die Schultern. »Vielleicht verstehen sie hier den Begriff ›Flitterwochen‹ eher im metaphorischen Sinne.«

Flora biss sich auf die Unterlippe und errötete.

»Ich muss vorher unbedingt duschen«, erklärte er. »Ich war den ganzen Tag unterwegs und stinke sicher.«

Flora war da ganz anderer Meinung gewesen. Er hatte einen angenehmen, metallischen und maskulinen Duft, der ihr gefiel. Jetzt, da er davon gesprochen hatte, wurde ihr allerdings bewusst, wie lange sie selbst nicht geduscht hatte.

»Ich werde vielleicht ein Bad nehmen.«

»Ich gehe zuerst rein, dann bringe ich dir ein Glas Champagner hinein, während du badest.«

Zumindest würde sie, wenn er sie das erste Mal nackt sah, mit edlem Badeschaum bedeckt sein. Flora fand diesen Gedanken überraschend erotisch. Aber ihr war auch bewusst, dass jeder Gedanke, der mit Charles zusammenhing, überraschend erotisch war. Sie griff nach dem kleinen Tiegel Feuchtigkeitscreme, der mit dem Champagner gebracht worden war. Die Creme roch himmlisch. Dies war ein sehr teures Hotel. Der Taxifahrer musste der Meinung gewesen sein, dass Charles recht wohlhabend sei. Sein Anzug war gut geschnitten, seine Schultern waren breit, und seine Schuhe glänzten. Ein typisches Alpha-Männchen. Sie kicherte.

Das Alpha-Männchen kam, nur mit einem Handtuch um die Hüften bekleidet, ins Schlafzimmer zurück. Flora hatte seinen nackten Rücken noch nie gesehen. Seine Muskeln waren erstaunlich beeindruckend für einen Mann, der, soweit sie wusste, keinen Sport trieb. Sie schaute zur Seite. Sein Anblick raubte ihr den Atem. Als sie an ihm vorbei ins Badezimmer ging, warf sie ihm jedoch einen schnellen, provokanten Blick zu.

Hotelbadewannen füllen sich in der Regel sehr schnell, und es dauerte nicht lange, bis Flora unter einer schützenden Schicht aus Schaumbläschen im Wasser saß. Sie war im Allgemeinen nicht besonders gehemmt, wenn es um ihren Körper ging, aber bisher war das auch nie besonders wichtig gewesen. Sie hatte sich so lange danach gesehnt, mit Charles zusammen zu sein, und sie hatte nie geglaubt, dass es jemals dazu kommen würde. Jetzt, da es geschah, wollte sie, dass diese Stunden so schön wie möglich wurden. Sie schloss die Augen und dachte an das, was vor ihr lag.

Als sie ihn eine Weile später hereinkommen hörte, öffnete sie die Augen, und er setzte sich auf den Badewannenrand und reichte ihr ein Glas. Wenn sie jetzt die Hand ausstreckte, um es entgegenzunehmen, würde sie ihre nackte Brust zeigen, die nur zum Teil unter dem Schaum verborgen war. Sie sah, dass sein Blick dorthin wanderte, und biss sich auf die Lippen. Ihre anfängliche Scheu verwandelte sich schnell in Verlangen. Es musste wohl die Kombination aus heißem Wasser und kaltem Champagner sein.

»Du bist sehr schön, Flora.«

»Ich bin nicht schön. Ganz hübsch, wenn ich gut zurechtgemacht bin, aber nicht schön.«

»Für mich bist du schön, und du bist es fast von dem Augenblick an gewesen, als ich dich das erste Mal gesehen habe.«

Sie nippte an ihrem Champagner und überlegte, was sie damals angehabt hatte. Nicht annähernd genug, daran erinnerte sie sich, und sie hatte Schuhe getragen, die ganz und gar nicht zu einer Geschäftsfrau passten. »Ich habe dich damals für schrecklich steif und spießig gehalten.«

»Das war ich auch. In gewisser Hinsicht bin ich es immer noch, aber ich hoffe, es ist ein wenig besser geworden.«

»Du bist ganz in Ordnung«, murmelte sie in ihr Glas hinein. »Ich mag dich recht gern.«

»Es wäre untertrieben, wenn ich behauptete, ich würde dich nur recht gern mögen, Flora. Ich liebe dich, ich liebe dich sehr.«

»Dann ist es ja gut.« Diesmal blickte sie über ihr Glas hinweg zu ihm auf.

»Hast du die Absicht, da jemals wieder rauszukommen? Oder muss ich hineinkommen und dich holen?«

»Normalerweise komme ich nicht aus der Wanne, bevor ich mich in eine Dörrpflaume verwandelt habe. In eine pinkfarbene Dörrpflaume.«

»So lange kann ich nicht warten.« Er nahm ihr das Glas ab und stellte es weg.

»Dann gib mir bitte ein Handtuch.«

»Nein. Du kannst meins haben.« Er zog sie aus der Wanne und in seine Arme. Einen Moment lang stand sie einfach nur vor ihm, ohne ihn zu berühren. Er blickte versonnen auf sie hinab, dann fuhr er sachte mit dem Zeigefinger ihr Rückgrat entlang. Sie hielt den Atem an, als Charles sie an sich zog und seine Hände plötzlich überall waren. Sie küssten sich lange und Schwindel erregend, bis er sich schließlich von ihr löste und sie ihn schlucken hörte. »Komm mit.«

Immer noch eng umschlungen, ließen sie sich auf das Bett fallen, küssten sich und bewegten sich erst, als Flora bewusst wurde, dass sie auf einem Päckchen Sicherheitsnadeln lag.

Charles zog die Tagesdecke vom Bett und warf dabei das Erste-Hilfe-Set auf den Boden. Inzwischen hatte er sein Handtuch verloren, und als er Flora auf die Arme nahm und sie auf das Bett warf, kicherte sie atemlos, bis seine Lippen sich wieder auf ihre senkten.

»Du kannst unmöglich um weitere Kondome bitten«, protestierte Flora. »Das lasse ich nicht zu.«

»Hm, was schlägst du dann vor, was wir tun sollen?«

Flora dachte darüber nach und warf einen Blick auf das Uhrenradio. »Es ist fünf vor zwölf. Irgendein Laden ist sicher noch geöffnet. Du könntest an der Rezeption danach fragen.«

»Dann kann ich mir genauso gut die Mühe sparen, noch einmal aus dem Haus zu gehen. Wer immer dort unten Dienst tut, er würde genau wissen, was ich kaufe. Außerdem habe ich schon wieder Hunger.«

»Dann bestell ein paar Sandwiches – oder irgendetwas.«

Irgendwie war sie nicht überrascht, als sie kurze Zeit später aus dem Badezimmer kam und nicht nur Clubsandwiches, Pommes frites und zwei riesige Portionen Profiteroles vorfand, sondern auch zwei Päckchen Kondome.

»Charles, die hast du doch nicht etwa bestellt? Beim Zimmerservice? Wie konntest du? Und ich dachte, du wärest respektabel!«

»Das war ich auch, bis ich dich kennengelernt habe und mir klar wurde, dass Respektabilität keinen Spaß macht. Nimm ein paar Pommes. Ich hatte plötzlich Appetit auf all die Dinge, die wir im Restaurant nicht gegessen haben. Und es gibt eine Menge schöner Dinge, die man mit einem Profiterole tun kann.«

Flora sah ihren Geliebten voller Bewunderung an. Ganz so spießig war er also doch nicht.

Obwohl ihr bisher gar nicht bewusst gewesen war, welchen Hunger sie hatte, griff sie jetzt nach einem Sandwich und überlegte, wie sie es in den Mund bekommen sollte. Dann zog sie den Cocktailspieß, der es zusammenhielt, heraus und biss irgendwie davon ab. Nachdem sie noch einen zweiten Bissen genommen hatte, kam ihr plötzlich ein Gedanke.

»Ich muss Emma anrufen«, sagte sie, entsetzt darüber, dass ihr das nicht früher eingefallen war. »Sie wird sich Sorgen machen, wenn ich nicht nach Hause komme!«

»Bestimmt nicht. Du bist schließlich erwachsen.«

»Ich kann spät nach Hause kommen, aber ich kann unmöglich gar nicht nach Hause kommen, ohne ihr Bescheid zu geben. Wo ist mein Handy?«

»Benutz das Hoteltelefon.«

Sie schüttelte den Kopf. »Ich kann mich nicht an ihre Telefonnummer erinnern. Würdest du so lieb sein, mir meine Handtasche zu geben?«

Sie beobachtete, wie er sich vorbeugte, und sah das Spiel der Muskeln in seinen Schultern. Wenn sie in ein wirklich warmes Land zogen, beschloss sie, würde sie nie wieder Kleider anziehen müssen. Aber vielleicht wäre es in gewisser Weise erregender, wenn all diese männliche Schönheit die meiste Zeit über bedeckt war.

Sie nahm ihr Handy entgegen und setzte sich wieder auf das Bett, bevor sie die entsprechenden Tasten drückte. Dann zog sie das Laken ein wenig höher, um sich teilweise zu bedecken. Wenn er sie nicht ganz nackt sehen konnte, war das vielleicht verlockender. Schließlich hatte er die Mühe und die Peinlichkeit auf sich genommen, die Kondome zu bestellen, und es wäre eine schreckliche Verschwendung, sie nicht zu benutzen.

Emma sorgte sich tatsächlich bereits. »Hast du in der Galerie jemand Nettes kennengelernt und bist noch auf einen Drink ausgegangen?« Der Optimismus in ihrer Stimme tat beinahe weh.

»Nein. Ich bin in einem Hotel.«

»Schätzchen! Warum? Du musst sofort auschecken und nach Hause kommen.«

»Ich habe aber nichts an.«

»Was! Dann schwing dich in deine Kleider! Hast du gerade gebadet? Wenn du irgendetwas durcheinandergebracht hast, wirst du wohl etwas bezahlen müssen.«

»Ich habe allerdings etwas durcheinandergebracht.« Flora besah sich das Chaos, das im Zimmer herrschte. Kleider, Bettdecken und jetzt auch noch Essteller. Die Schachtel mit Sicherheitsnadeln hatte sich geöffnet, und ihr Inhalt lag nun überall auf dem Teppich verteilt. »Außerdem habe ich nicht die Absicht, mich anzuziehen.« Sie warf Charles einen Blick zu, der ihn veranlasste, zu ihr zu kommen und sich auf das Bett zu setzen. Er strich ihr verführerisch mit dem Finger über eine Brustwarze. »Lass das! Emma? Tut mir leid. Du wirst inzwischen vielleicht erraten haben, dass ich nicht allein bin.« Gegen ihren Willen kicherte sie.

Am anderen Ende der Leitung folgte ein hörbares Schweigen. »Flora, ich weiß, dass du im Augenblick sehr unglücklich bist, aber glaubst du, dass du dich nach einem One-Night-Stand besser fühlen wirst? Wie willst du morgen Früh in den Spiegel schauen?«

Flora fand, dass es an der Zeit war, die Freundin von ihrem Elend zu erlösen. »Es ist in Ordnung, ich bin mit Charles hier.« Dann hielt sie das Telefon um Armeslänge von sich weg, als Emma durch die Leitung kreischte.

»Oh, mein Gott! Wie romantisch!«

»Das ist es wohl. Aber ich kann jetzt natürlich nicht lange sprechen …«

»Ich will alles wissen, sobald du wieder hier bist. Oh, das ist so zauberhaft! Dann mache ich jetzt wohl besser Schluss«, gurrte sie und hatte im nächsten Moment schon aufgelegt.

Charles hielt ihr eine heiße, dick geschnittene Pommes frites hin. Flora öffnete den Mund und schloss die Augen. Es schmeckte köstlich. Er fütterte sie weiter mit Pommes frites, bis sie die Augen wieder aufschlug. »Kann ich jetzt den Nachtisch haben?«

Flora hatte sich große Mühe mit ihrem Aussehen gegeben. Sie hatte ihre gesamte Unterwäsche am Abend zuvor ausgewaschen und die Notfallausrüstung aus ihrer Handtasche benutzt, um sich zu schminken. Allerdings hatte sie sich die Sicherheitsnadel gespart, die ihr Dekolletee am Vortag auf ein diskretes Minimum beschränkt hatte, und ihr Haar war ein wenig wirr. Sie hatte es zwar gewaschen (versehentlich, als sie in der Dusche gewesen waren) und dank des Hotels auch eine Spülung angewendet, aber die Utensilien, die sie normalerweise benutzte, um ihr Haar zu zähmen, hatte sie natürlich nicht zur Hand gehabt. Trotzdem fand sie, dass ihr Bemühen um Respektabilität durchaus erfolgreich gewesen war.

Charles, der das Hemd vom Vortag trug und eine sehr zufriedene Miene zur Schau stellte, stand ohne jede Verlegenheit an der Rezeption.

»Bitte sehr, Mr. Stanza«, sagte die Hotelangestellte, als sie ihm die Rechnung reichte. »Wir hoffen, Sie hatten einen angenehmen Aufenthalt bei uns.«

»Oh, den hatten wir allerdings«, antwortete Charles. Er unterschrieb den Kreditkartenbeleg und öffnete dann seine Brieftasche. »Haben Sie eine Trinkgeldbox für das Personal?«

Die junge Frau deutete auf eine diskrete, messingumrahmte Öffnung in der hölzernen Theke. Charles schob einige Geldscheine in den Schlitz. »Der Zimmerservice war ganz hervorragend«, sagte er.

»Das freut mich zu hören. Und vielen Dank.« Die junge Frau fing Floras Blick auf und lächelte. »Dann wünsche ich Ihnen noch schöne Flitterwochen, Mrs. Stanza.«

Flora öffnete den Mund und schloss ihn wieder, als ihr bewusst wurde, was geschehen war. Weil sie denselben Nachnamen hatten, waren die Angestellten des Hotels davon ausgegangen, dass sie verheiratet waren. Es hatte doch gewisse Vorteile, alles in der Familie zu halten.

Als sie auf den Bürgersteig hinaustraten, gestattete sie sich ein

Kichern. »Sie haben uns wirklich für Flitterwöchner gehalten, weil wir den gleichen Namen haben!«

Charles runzelte die Stirn. »Ja.«

»Du hast dich inzwischen sicher daran gewöhnt, verlobt zu sein. Du warst es schließlich lange genug.«

»Genau genommen bin ich es gründlich leid. Ich glaube, ich ziehe es eindeutig vor, verheiratet zu sein. Was meinst du dazu?«

»Es könnte mir durchaus gefallen, eines Tages zu heiraten, wenn ich reichlich Zeit hatte, mir über mein Brautkleid Gedanken zu machen, aber ich werde auf keinen Fall deinen Termin in der Abtei von Bishopsbridge übernehmen«, erklärte sie energisch.

»Dann willst du wahrscheinlich auch nicht, dass ich das Aktbild von Annabelle über unser Bett hänge?«

»Nein«, antwortete sie geduldig, »das würde mir auch nicht gefallen. Obwohl ich zugeben muss, dass ich es schrecklich gern einmal sehen würde.«

Er küsste sie auf die Nase. »Vielleicht werde ich William bitten, auch von dir ein solches Bild zu malen.«

Sie stieß einen spitzen Schrei aus und schlug nach ihm.

Der Rückweg nach Bishopsbridge dauerte länger, als jeder der beiden für die Hinfahrt gebraucht hatte. Das lag daran, dass Charles sich kategorisch weigerte, in getrennten Autos nach Hause zu fahren. Er bestand darauf, dass Flora den Landrover bei einem Freund von ihm parkte, der in Richmond lebte.

»Wenn ich ohne dich nach Hause käme, würde mich praktisch die ganze Stadt lynchen«, erklärte er, als er ihr in seinen Wagen half. »Jetzt, da ich dich habe, werde ich dich auch festhalten.«

Während sie sich durch den Verkehr bis auf die Autobahn kämpften, war Flora sehr nachdenklich. Sie selbst war außer sich vor Glück, aber sie wollte sichergehen, dass Charles ebenfalls glücklich war. »Hat dich die Trennung von Annabelle sehr mitgenommen?

Ihr wart schließlich schon eine Ewigkeit zusammen. Dein Herz ist nicht gebrochen?«

»Was meinst du?« Er sah sie so voller Begehren an, dass an seinen Gefühlen diesbezüglich kein Zweifel bestehen konnte.

»Es ist dein Herz, wovon ich spreche, nicht … du weißt schon.«

»Die Beziehung zwischen mir und Annabelle war im Grunde nur eine Gewohnheit. Wir hatten uns so sehr an die Vorstellung gewöhnt, zusammen zu sein, dass wir aufgehört haben, darüber nachzudenken. Und als wir dann schließlich doch darüber nachdachten, ist uns wohl beiden klar geworden, dass wir uns seit unserer Verlobung verändert hatten. Ich hatte – habe – sie in gewisser Weise sehr gern. Du hast sie nie von ihrer besten Seite kennengelernt, aber …«

»Ich habe ›ihre beste Seite‹ erst zum Vorschein gebracht!« Flora war entrüstet. »Ohne mich würde sie immer noch Schleifchen im Haar und Röcke von der falschen Länge tragen.«

»Hm, wie dem auch sei, sie steht uns nicht länger im Weg.«

»Charles, du willst mich doch nicht nur wegen des Geschäfts heiraten, oder?«

Er riskierte ihrer beider Leben, als er sich vorbeugte und sie auf die Nase küsste. »Als mir klar wurde, wie sehr ich dich liebe, kamen mir all meine Gefühle für die Firma vergleichsweise jämmerlich vor. Wenn es dein Wunsch wäre, das Auktionshaus zu verkaufen, würde ich es, ohne eine Sekunde zu zögern, tun. Für dich.«

»Oh«, meinte Flora sehr leise und versuchte, nicht in Tränen auszubrechen.

Über dem Querbalken des Hauses hing eine Blumengirlande. Sämtliche Porter hatten sich am Eingang versammelt. Geoffrey hielt ein Tablett mit Champagnergläsern in Händen. Als sie aus dem Wagen stiegen, sagte Flora: »Woher wussten Sie, wann wir kommen würden?«

»Ich habe angerufen, als wir das letzte Mal getankt haben.«

»Man soll an Tankstellen sein Handy doch nicht benutzen!«

»Ich weiß, aber ich bin nun mal ein Rebell«, erwiderte er trocken, dann lachte er.

Arm in Arm gingen sie die Treppe hinauf. »Das ist ja wie ein Hochzeitsempfang«, murmelte Flora, bevor sie sich in Virginias Armen wiederfand.

»Willkommen daheim! Wir haben Sie vermisst!«

»Ich war doch nur für ein paar Tage fort – oh!«

Geoffrey stimmte einen Ton an und begann zu dirigieren, und alle, die Mitglieder des Chors waren, stimmten das Lied *Hell dämmert unser Hochzeitstag herauf* an.

Flora lachte und weinte gleichzeitig. »Das ist wirklich wunderschön!«

»Hier«, sagte Edie, die neben ihr stand. »Diese Dame wird Sie vielleicht aufheitern.« Sie legte ihr Imelda in die Arme, die sofort zu schnurren begann und Katzenhaare auf Emmas schwarzem Kostüm verteilte.

»Imelda, wie schön, dich wiederzusehen!«

Als Flora wieder aufblickte, stellte sie fest, dass Edie auch die Kätzchen bei sich hatte. Anschließend wurde sie in das Vorstandszimmer geführt, das jetzt für eine Party hergerichtet war. Louisa, die übers ganze Gesicht grinste, hatte sich zur Beschützerin der Essensplatten aufgeschwungen.

Nachdem sie Imelda abgesetzt hatte, nahm Flora alle in die Arme, selbst Leute, denen sie noch nie zuvor begegnet war, und Geoffrey öffnete weitere Champagnerflaschen. Alle Angestellten gratulierten Charles, der sein Kätzchen auf dem Arm hielt. Sie küssten ihn auf die Wange, schlugen ihm auf den Rücken und benahmen sich ganz allgemein auf eine neue entspannte, herzliche Art und Weise.

»Wir sind genau genommen noch nicht verheiratet«, bemerkte Flora, als sie ein Glas Champagner von Geoffrey entgegennahm.

»Was nur gut ist. Der ganze Chor freut sich schon darauf, bei Ihrer Hochzeit zu singen. Ach, übrigens, könnten Sie Ihre Mutter anrufen? Sie war ein wenig besorgt.«

Flora unterdrückte einen Aufschrei, kramte ihr Telefon hervor, zog sich in den Schrank unter der Treppe zurück und rief Hermione an. »Es ist alles in Ordnung! Ich bin so glücklich. Charles hat mich in London gefunden und in ein Hotel gebracht, und – nun ja, den Rest kannst du dir denken.«

»Seid ihr verlobt?«

»Nicht offiziell, aber wir haben darüber gesprochen.«

»Einen schrecklichen Augenblick lang dachte ich, du würdest mir eröffnen, dass ihr geheiratet habt.«

»Nein, nein. Der Chor möchte auf unserer Hochzeit singen.«

Als ihre Mutter fürs Erste mit genug Einzelheiten versorgt war, kam Flora wieder aus dem Schrank hervor. Alle anderen hatten sich versammelt, um Trinksprüche auszubringen.

»Auf Flora«, meinte Charles, »die nicht nur den Sonnenschein in mein Leben gebracht, sondern auch einige hervorragende Ideen für das Geschäft gehabt hat.«

Alle lachten.

»Auf *Stanza und Stanza*«, sagte Geoffrey, »was sowohl Charles und Flora bedeuten kann als auch das Auktionshaus. Aber möge das eine wie das andere blühen und gedeihen.«

»Darauf trinke ich«, lachte Charles.

»Oh nein, Imelda hat ein Sandwich gestohlen«, rief Flora.

»Nein, hat sie nicht«, widersprach Edie. »Ich habe es ihr gegeben. Warum sollte sie nicht auch etwas von dem Fest haben?«

»Ach, übrigens, Virginia«, fragte Flora später, »wissen Sie, was aus Annabelle geworden ist?«

»Hm, ungefähr eine halbe Stunde, nachdem Charles weggefahren war, ist Annabelle durchs Haus gestürmt, hat ihren Schreibtisch ausgeräumt, Schränke zugeschlagen und war ganz allgemein furchtbar außer sich. Aber als ich ihr zwei Tage später in der Haushaltswarenhandlung begegnet bin, sah sie so anders aus, dass ich sie um ein Haar nicht erkannt hätte.«

»Ich habe sie ja generalüberholt ...«, murmelte Flora.

»Aber es war ihre ganze Körpersprache, die sich verändert hatte. Sie wirkte vollkommen verträumt und desorganisiert, und sie trug einen Bastkorb überm Arm.«

»Oh, mein Gott«, flüsterte Charles.

»Nun«, meldete sich jetzt Louisa zu Wort, voller Freude darüber, die Überbringerin eines hübschen Stückchens Tratsch zu sein. »Ich habe Neuigkeiten jüngeren Datums!«

»Was?«, riefen alle wie aus einem Mund.

»Meine Mutter hat ihre Mutter bei einem Fest getroffen. Sie war außer sich vor Wut. Annabelles Mutter, meine ich. Anscheinend ist Annabelle mit einem Maler durchgebrannt und lebt jetzt in einem Zigeunerwohnwagen im Wald!«

»William!«, rief Flora und sah entsetzt zu Charles hinüber, der in Gelächter ausgebrochen war.

»Schön für Annabelle«, meinte er. »Wer hat behauptet, sie sei nicht flexibel?«

»Ich war das bestimmt nicht, Liebling«, versicherte Flora und versuchte, das schwarze Kätzchen hochzunehmen, was ihr jedoch misslang.

Charles nahm es ohne Mühe auf den Arm und hielt es Flora hin. Es hockte nun zwischen ihnen beiden und schaute verwundert drein. »Willst du, Flora, dieses schwarze Kätzchen als Symbol meiner unsterblichen Liebe annehmen?«

»Nein!«, antwortete Flora und versuchte, nicht sentimental zu werden, »ich habe dir das Kätzchen geschenkt.«

»Dann nimm stattdessen dies hier.« Er kramte in seiner Tasche und förderte ein zusammengedrehtes Stück Seidenpapier zu Tage.

Darin lag eine winzige Brosche mit Diamanten und Gagat in der

Form einer Katze. Sie hatte Augen aus Smaragden und eine unverkennbare Ähnlichkeit mit Imelda.

Flora blickte auf die Brosche und dann zu Charles hinüber. Sie nickte. Sprechen konnte sie nicht. Er küsste sie auf die Nase.

»Man sollte doch meinen, er hätte ihr einen ordentlichen Ring besorgt«, murmelte jemand, der weiter hinten stand.

»Den werden sie zusammen aussuchen müssen«, sagte Geoffrey und fügte dann einen Moment später hinzu: »Wenn diese Küsserei noch lange dauert, werde ich mich wohl wieder an die Arbeit machen.«